고대 중국학 담론

고대 중국학 담론

김만원

역락

머리말

　필자가 1994년 강릉대학교 중어중문학과에 부임하여 2005년 정교수가 되었을 때, 누군가 사석에서 '이제 정년 보장을 받았으니 논문을 안 써도 되겠네!'라고 하였는데, 농담인 줄 알았더니 정말로 연구실적이 없어도 퇴출당하지 않는다는 말이 사실이었다. 그래서 이제부터는 정말로 하고 싶은 작업을 해야겠다는 생각을 품게 되었다. 무엇보다도 고대 중국학을 제대로 이해하려면 뭔가 근본적인 체례를 파악하여 전체적인 그림을 그려보고 싶어졌다.

　그래서 사고전서四庫全書를 조사하여 적절한 원서를 물색한 뒤, 중국의 고사를 총망라한 《산당사고山堂肆考 역주譯註》(20책)를 약 10년에 걸쳐 완성하였고, 그래도 뭔가 부족하다고 생각하여 이를 보완하기 위해 한자의 조합 원리와 연원에 관한 《사물기원事物紀原 역주》(2책)와, 중국인의 성씨의 유래 및 그에 속한 역대 인물들에 관한 《씨족대전氏族大全 역주》(4책), 청나라 때 공인받아 사고전서에 수록된 경서류經書類・사서류史書類・자서류子書類・문집류文集類 등 약 3,500여종의 도서에 관한 해설서인 《사고전서간명목록四庫全書簡明目錄 역주》(4책)를 도서출판 역락의 도움을 받아 연이어 세상에 선보이게 되었다. 그 뒤로도 《백호통의白虎通義》《독단獨斷》《고금주古今注》《중화고금주中華古今注》《금루자金樓子≫ ≪소씨연의蘇氏演義≫ ≪간오刊誤≫ ≪자가집資暇集≫ 등 고대 중국학과 관련하여 고증학 방면의 원서 8종에 관한 역주서를 4책으로 묶어서 연이어 출간하였다.

　이상의 역주서들을 출간하면서 필자는 '일반인들이 평소 그냥 지나치기 쉬운 고대 중국학에 관한 궁금증이나 의문점에 대해 답변을 제시할 수 있다면 어떠할까?' 하는 나름대로의 소박한 생각을 품게 되었다. 즉 이 책은 필자가 그 동안 여러 주석서를 출간하면서 나름대로 체득한 지식과 논리를 바탕으로, 이러한 의구심에 답하고자 시도한 결과물이다. 이를테면 고급 과일인 '석류石榴'라는 말에서 앞에 '돌 석石'자가 왜 붙어 있을까? 불교 용어인 '관세음보살觀世音菩薩'이 '관음보살'이란 말로 줄어들면서 '세상 세世'자는 왜 탈락한 것일까? 절세미인을 비유하는 고사성어인 '경국지색傾國之色'이란 말의 의미를 '나라를 망하게 할 정도로 빼어난 미녀'라고 해석하면 안 되는 이유가 무엇일까? 등등이 그러한 예에 해당한다. 이 책을 읽다 보면 이러한 궁금증을 대부분 해소할 수 있으리라 생각된다. 따라서 고대 중국학과 관련하여 작년에 출간한 ≪고대 중국의 이해≫가 총론적 성격의 저술이라면, 이 책 ≪고대 중국학 담론≫은 각론적 성격의 저서라고 구분지어 말할 수 있을 듯하다.

　여기에 수록한 담론들은 학생들의 고대 중국학 공부에 도움을 주고자 개별적으로 정한 소주제 하에 외형상 '기승전결起承轉結'의 형식을 갖춰 네 단락으로 작성해서, 비대면 수업을 위해 아프리카TV에 개설한 필자의 개인 방송국 일반게시판에 연재했거나 앞으로 연재할 글들이다.

이 책은 이것들을 모아 다시 '개별한자' '한자 어휘' '고사성어' '고대 정치' '고대 경제' '고대 사회' '고대 문화' '고대 문학' 등 8종의 대주제 별로 정리하여 편집한 것이다. 끝으로 이 책의 출판을 기꺼이 맡아 주신 도서출판 역락의 모든 임직원분들께 다시 한번 머리 숙여 감사의 인사를 올린다.

2023. 4. 30.

강원도 강릉시 청헌재淸軒齋에서 필자 씀

목차

◈◈◈◈◈ 제2장　한자 어휘에 관한 담론 ◈◈◈◈◈

◇◇◇◇◇ 제3장 고사성어에 관한 담론 ◇◇◇◇◇

◇◇◇◇◇◇ 제4장 **고대 정치에 관한 담론** ◇◇◇◇◇◇

◇◇◇◇◇ 제5장　고대 경제에 관한 담론 ◇◇◇◇◇

◇◇◇◇◇ 제6장　고대 사회에 관한 담론 ◇◇◇◇◇

◇◇◇◇◇ 제7장   고대 문화에 관한 담론 ◇◇◇◇◇

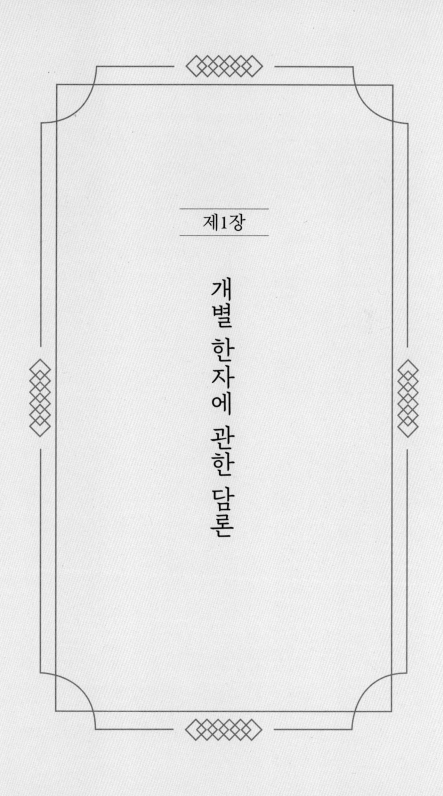

제1장

개별 한자에 관한 담론

1. 지금까지 만들어진 한자는 총 몇 자나 될까?

필자가 살고 있는 이곳 강원도 강릉에서 만나는 지인들 가운데, 혹 자는 이따금 "지금까지 만들어진 한자가 얼마나 되느냐?"고 묻곤 하는데, 참으로 난감한 질문이지만 정답(?)은 '아무도 정확히 알 수 없다'는 것이다. 지금까지 나온 대자전大字典이나 대사전大辭典을 살펴보면,[01] 출판 시기에 따라 나열했을 때, 일본의 ≪대한화사전大漢和辭典≫(13책), 대만의 ≪중문대사전中文大辭典≫(10책), 중국의 ≪한어대사전漢語大詞典≫(13책), 우리나라의 ≪한한대사전漢韓大辭典≫(15책)이 각국을 대표한다. 그중에서도 가장 최근에 나온 우리나라의 ≪한한대사전≫이 분량 면에서 가장 방대하다. 이것들을 통털어 계산하면, 지금까지 만들어진 한자는 얼추 5만 자 남짓 된다.

필자가 예전에 고교 동창생들이 강릉을 방문했을 때 취중에도 설명한 적이 있는데, 이 많은 한자 가운데는 고문자古文字, 이체자異體字, 약자

---

01 '辭典'은 '詞典'으로도 쓰는데, '자전字典'은 문자를 위주로 해설한 공구서를 가리키고, '사전辭典'은 어휘를 위주로 해설한 공구서를 가리키기에, 의미나 체례상 차이가 있지만, 오늘날에는 주로 후자로 표기한다.

略字, 속자俗字 등 시대 상황에 따라 모양만 달라졌을 뿐, 음音(소리)과 훈訓(뜻)이 동일한 한자들이 상당수를 차지한다. 따라서 이러한 한자들을 제외하면 음과 훈이 완전히 다른 독립된 한자의 수치는 거의 반감한다. 게다가 심지어 개중에는 음과 훈이 불명확하고, 언제 왜 만들어졌는지 알 수 없는 한자들마저도 존재한다.

중국고전을 전공하는 전문가라면 고문헌을 읽기 위해 1, 2만 자 내외의 한자에 대한 지식이 필요하겠지만, 그렇지 않다면 굳이 한자를 많이 알려고 애쓸 필요가 없다. 중국인들도 일상생활에서 사용하는 한자는 3, 4천 자에 불과하다. 게다가 우리나라에서는 이제 한자의 사용이 거의 단절되다시피 하였으니, 필요한 사람만 한자를 익히면 될 것이다. 그런 점에서 전국민이 왜 영어 공부에 '몰빵'하는지 의아스럽다![02]

다만 독자나 청자가 의미를 정확히 전달받지 못 할 가능성이 있을 경우, 한자를 병기함으로써 그 의미를 구분해 줄 필요는 있을 듯하다. '오랜만입니다!'라는 말을 중국어로 '하오지우부지엔!(好久不見!)'이라고 발음하는데,[03] 이따금 발음이 같은 '하오지우부지엔!(好酒不見!)'으로 치환하여 '좋은 술이 안 보이네요!'라는 뜻으로 농담을 하기도 한다. 마찬가지로 우리말에서도 흰 쌀을 뜻하는 '백미白米'와 뛰어난 사람이나 작품을 비유하는 '백미白眉'[04]처럼, 의미에 혼동이 생길 경우만 한자를 활용하면 충분하지 않을까?

---

02 별다른 의도는 없으니, 영어 교육에 종사하는 분들이 물타기해서 밥그릇 앗아간다고 화내지 않기를 바랍니다!

03 앞의 '好'는 '좋다'가 아니라 '매우'라는 의미의 부사로서 '久'를 수식하는 말일 뿐이다.

04 삼국시대 촉蜀나라 때 마양馬良이란 사람이 5형제 중에 가장 뛰어났는데, 눈썹이 하얘서 생긴 고사성어이다. ≪삼국지·촉지·마양전≫권39 참조.

2. 고대와 현대의 글쓰기 문장부호의 차이점은?

이 단락에서는 경직된 얘기겠지만, 고대의 글쓰기와 현대의 글쓰기에서의 문장부호의 차이점과 관련하여 개인적인 생각을 피력해 보고자 한다. 우리가 초중고등학교를 다닐 때 필수과목인 국어 수업 시간에, 심지어 대학교에 입학한 뒤로도 교양 수업 시간에, 숱하게 연습한 것이 '글쓰기'가 아닐까 싶다. 글쓰기 시간에는 한글맞춤법이나 띄어쓰기뿐만 아니라, 문장부호의 활용에 대해서도 수없이 연마하였던 것으로 기억한다. 그럼에도 불구하고 모든 교육과정을 마친 뒤로도 글쓰기에서의 규칙을 어렵게 여기는 사람들이 무척 많은 듯하다.

주지하다시피 한글 작문에서는 쉼표(,), 마침표(.), 물음표(?), 느낌표(!), 인용부호(""), 재인용부호(''), 생략표(…), 말줄임표(……) 등의 문장부호를 잘 활용하는 것이 중요하다. 다만 영어나 중국어 문장에서 사용하는 세미콜론(;)이나 콜론(:)은 우리 한글 문장에서는 사용하지 않는 것이 원칙이기에, 필자도 세미콜론과 콜론은 활용하지 않고 있다. 문장부호는 글쓴이의 입장에서 보면 생각이나 감정의 기복을 전달하는 데 도움을 주지만, 독자의 입장에서 보더라도 의미 전개를 파악하거나 숨고르기를 하는 데 편의를 제공받을 수 있기에, 적절하게 활용하면 작문의 효율성을 제고하는 데 많은 도움을 받을 수 있다.

그런데 이러한 문장부호는 20세기 전후로 서양의 문물제도가 수입되면서 함께 들어와 한글이나 중국어 작문에도 적용된 것이다. 그렇다면 우리나라나 중국의 고대 문장, 즉 한문漢文(고문古文)에서는 어떠했을까? 당연히 이러한 문장부호가 없었다. 혹자는 소위 '방점旁點'을 거론하기도 하지만, '방점'은 엄밀히 말해서 문장부호가 아니라, 특정 문장을 강조하거나 숙지하기 위해 한자 옆에 찍었던 점의 집합체일 따름이다.

그렇다면 한문에는 문장부호가 전혀 없었던 것일까? 그렇다. 요즘 말하는 문장부호는 존재하지 않았다. 황제에 대한 극존대를 표시하기 위해 임금을 나타내는 한자 앞에서 칸을 띄우거나 행을 바꾸는 경우를 제외하면, 일체의 여백 없이 한자를 계속해서 붙여 썼기에, 그런 의미에서 한문의 형태를 '백문白文'이라고 부른다. 다만 문장부호를 대신하는 한자가 존재하였기에, 어찌보면 문장부호 자체가 불필요했다고 보아도 무방하다. 예를 들어 '말이을 이而'는 '쉼표'에 해당하고, 어말조사 '야也'는 '마침표'에 해당하며, 의문조사 '야耶'는 '물음표'에 해당하고, 감탄조사 '재哉'는 '느낌표'에 해당한다고 볼 수 있다. 따라서 고서古書를 읽을 때는 '하늘 천天'이나 '땅 지地'처럼 실질적인 의미를 지니고 있는 한자인 실사實詞보다도, 별 의미 없이 어법적 기능만을 담당하는 한자인 허사虛詞의 용법과 기능을 잘 알아야 한다. 심지어 같은 한자를 다시 쓰기 귀찮으면, 지금의 등가 표기(〃)와 유사하게 점을 두 번 찍어서 대신하기도 하였다. 그리고 문장부호를 대신할 수 있는 한자(허사)들은 앞에서 제시한 것들 외에도 이루 헤아릴 수 없을 정도로 다양하다. 그렇지 않다면 우리나라든 중국이든 옛날 사람들이 글을 읽다가 숨이 막혀 사망하는 불상사가 발생하지 않았을까?

3. 한자의 중국음과 한글음은 무슨 관계일까?

이 단락에서는 중국어나 한문을 학습 중이거나 관심이 있는 독자들에게 조금이나마 도움을 주고자, 한자의 중국음과 한글음과의 연관성에 대해 잠시 소개하고자 한다. 한자의 한글음은 어디까지나 중국음의 영향을 받아 일대일 대응관계를 가지는 것이 원칙이다. 즉 중국음이 달라지면 한글음도 달라진다. 예를 들어 '樂'자의 경우, 중국음이 한어병음漢語拼音으로 표기했을 때 'lè'이면 한글음은 '즐거울 락'이 되고, 중국음이 'yuè'이면 한글음은 '음악 악'이 되며, 중국음이 'yào'이면 한글음은 '좋아할 요'가 된다.[05] 또 '數'자의 경우, 중국음이 'shù'나 'shǔ'[06]이면 한글음에는 성조가 없기에 '숫자 수'와 '헤아릴 수'로서 음이 같고, 중국음이 'shuò'이면 한글음은 '자주 삭'이 되며, 중국음이 'cù'이면 한글음은 '촘촘할 촉'이 되는 것도 같은 이치이다.

이처럼 여러 개의 음을 가진 글자를 어학 용어로는 '파음자破音字'라고 한다. 즉 '소리가 깨져서 여러 개의 발음을 갖게 된다'는 말이다. 한자가 만들어진 초기에는 글자수가 많지 않아 하나의 글자로 여러 가지 의미를 나타낼 필요가 있었다. 그래서 의미가 다르거나 품사 내지 어법 기능이 다르면 발음이나 성조를 달리하여 구분할 수밖에 없었을 것이다. 따라서 고대 한자는 파음자가 아닌 글자가 없다고 말해도 과언이 아닐 정도로, 대부분의 글자가 두 가지 이상의 음과 뜻을 가지고 있었다.

오늘날 방언이 아닌 표준 중국어의 종성음은 '-n'과 '-ng'뿐이다. 반면 한글음에서 종성은 ㄱ, ㄴ, ㄹ, ㅁ, ㅂ, ㅇ 등 여섯 가지 발음이 있다.[07] 그중 'ㄴ'과 'ㅁ'으로 끝나는 한자는 중국음에서 '-n'으로 끝나고, 'ㅇ'으로 끝나는 한자는 중국음에서 '-ng'로 끝난다. 그렇다면 ㄱ, ㄹ, ㅂ으로 끝나는 한자는 무엇일까? 고대 중국음에서는 입성入聲이었으나, 현

---

05 시중의 음식점에서 물수건으로 나오는 물품에 '樂山樂水'로 적힌 것이 그러한 예이다. ≪논어論語·옹야雍也≫권6의 '군자는 산을 좋아하고 지자智者는 물을 좋아한다'는 말에서 유래하였다.

06 앞의 것은 명사이고, 뒤의 것은 동사이다.

07 단 '곳간'의 '곳庫'처럼 우리말 표기를 위해 우리나라에서 독자적으로 만든 한자 가운데 종성이 'ㅅ'인 경우도 있으나, 이는 중국 한자가 아니므로 논외로 한다.

대 중국음에서는 모두 사라지고 종성이 없는 발음으로 변환되었다. 예를 들어 '日'은 우리음에서는 입성이 살아 있어 '일'로 발음나지만, 중국음에서는 'rì(르)'[08]로 변환되었다.

따라서 고대 중국음은 오히려 우리말 독음에 잘 보존되어 있고, 현대 중국음은 원나라 때 몽고족, 청나라 때 만주족의 지배를 받으면서 많은 변화를 겪어 원형을 잃었다고 볼 수 있다. 즉 고대 중국음이 오히려 우리말 독음에 보존되어 있다고 말할 수 있다. 예를 들어 '易'자의 경우 현대 중국어에서는 'yì'라는 한 가지 음으로 통일되었지만, 우리말 독음에서 '쉬울 이'와 '바꿀 역' 두 가지로 나는 것도 우리음에는 고대 중국어의 입성이 살아 있기 때문이다. 마찬가지로 '復'자의 경우 현대 중국어에서는 'fù'라는 한 가지 음으로 발음하지만, 우리말 독음에서 '다시부'와 '되풀이할 복' 두 가지 음을 갖추고 있는 것도 같은 이치이다. 그렇다고 '국뽕'에 함몰된 일부 사이비 학자들처럼 '한자를 우리민족이 만들었다'는 주장에는 휘말리지 맙시다. 나가도 너무 나간 얘기니까!

4. 한자의 한글음은 어떻게 정해진 것일까?

한자는 중국에서 만들어진 문자이다. 따라서 한자의 우리말 독음, 즉 한글음은 중국의 발음을 그대로 반영할 수밖에 없다. 그런데 한자의 한글음 가운데 특이한 현상이 몇 가지 발견된다. 이 글의 주제에서는 한자의 중국음과 한글음의 관계에 있어서 몇 가지 특이 현상에 대해 개인적인 견해를 개진해 보고자 한다.

---

08 'rì'는 표기 편의상의 기호일 뿐 묵음默音이다.

먼저 한자 가운데는 한글음으로 읽었을 때 그 개수가 몇 개밖에 안되고, 독음 자체도 독특하며, 그 쓰임새도 그다지 빈도가 높지 않은 문자들이 있다. 이를테면 갹(噱臄醵 …), 끽(吃喫 …), 냑(糯逽 …), 멱(冪覓汨 …), 쉬(倅淬 …), 에(恚瞖殪 …), 즙(汁葺 …), 퍅(愎愊 …) 등과 같은 경우가 그러한 예이다. 이들 한자들은 '만끽滿喫' '과즙果汁' '괴퍅怪愎'처럼 우리 일상 생활 한자어에서도 무척 드물게 등장하는 것들에 해당한다.

그런데 일부 한자의 한글음은 한자자전 혹은 한자사전마다 약간의 차이를 보이는 경우가 있다. 이를테면 장난이나 농담을 뜻하는 '耍'라는 한자의 독음을 '사'로 정할 것인지, '솨'로 정할 것인지, 아니면 둘 다 인정할 것인지 애매한 경우가 그러하다. 이는 고대 한자의 독음 표기법인 반절음反切音[09]을 어떻게 한글음으로 옮길 것인가에 대한 결정권자의 관점에 기인하기 때문인 것으로 보인다. 그래서인지 근자에 출간된 가장 방대한 분량의 한한대사전漢韓大辭典에서는 두 가지 음을 모두 수용하고 있다.

또 한 가지 특이한 현상으로는 한글음의 경음硬音 표기를 들 수 있을 듯 싶다. 한자의 한글음 가운데 초성初聲을 된소리인 경음으로 표기하는 경우는 몇 종류 안 된다. 즉 '끽'과 '쌍' '씨' 등 세 가지 외에는 달리 발견되는 것이 없다. 실상 중국인들의 뇌리에는 연음軟音(평음平音)과 경음硬音(된소리)의 구분이 없다고 말해도 지나친 말은 아닐 것이다. 다시 말해서 'ㄱ'과 'ㄲ', 'ㅅ'과 'ㅆ'을 별 차이 없이 거의 동일음으로 인식한다는

---

09 反切音(반절음): 중국 고대의 음운 표기법. 두 글자 가운데 앞의 글자에서 성모聲母를 따고 뒤의 글자에서 운모韻母를 따서 읽는 방법을 말한다. 예를 들어 '구슬'을 뜻하는 '옥玉'의 반절음이 '어욕절魚欲切'이므로 성모를 '어魚'에서 따 'ㅇ'으로 읽고 운모를 '욕欲'에서 따 '욕(옥)'으로 읽은 뒤 이를 합치면 '옥'이 되는 것과 같은 경우를 말한다.

말이다. 이는 서양인들의 의식 속에서도 발견되는데, 어느 방송에서 한 서양인이 'ㅅ'과 'ㅆ'을 구별하지 못 하는 장면이 연출된 것도 이와 유사한 현상이 아닐까 싶다. 마찬가지로 중국인이 'ㄱ'과 'ㄲ', 'ㅅ'과 'ㅆ'을 구분하지 못 한다는 말은 곧 연음과 경음의 구분이 필요없다는 것을 방증해 준다. 따라서 '喫'을 '긱'이 아니라 '끽'으로, '雙'을 '상'이 아니라 '쌍'으로, '氏'를 '시'가 아니라 '씨'로 한글음을 표기하는 것은 한국인의 관념 속에서의 느낌 내지는 의식 현상일 뿐, 중국인의 의식 세계와는 별 상관이 없어 보인다. 결국 한자에 대한 한글음의 된소리 표기는 어디까지나 우리나라 언어 체계에서의 편의성에 의해 생겨난 결과물이 아닐까 싶다.

5. 골아픈 유사 한자가 너무 많잖아!

앞에서 지금까지 만들어진 중국 고유의 한자가 약 5만 자 남짓 된다는 얘기를 꺼냈다. 물론 그중에는 고문자古文字나 이체자異體字·속자·약자 등 겹치는 한자도 많지만…… 이렇게 개체수가 많다 보니, 그중에는 모양이 흡사하여 착각하기 쉬운 유사 한자가 제법 많다. 이를테면 '몸 기己'와 '뱀 사巳'와 '그칠 이已', '십간 무戊'와 '십이지 술戌'과 '수자리설 수戍', '옳을 의乂'와 '벨 예乂'와 '비녀 차叉', '위장 위胃'와 '장남 주胄'와 '투구 주胄', '멱라강 멱汨'과 '물 다스릴 골汨', '역시 역亦'과 '붉을 적赤', '타이를 계戒'와 '무기 융戎', '날 일日'과 '가로 왈曰', '저자 시市'와 '무릎덮개 불市', '넓을 박博'과 '때릴 박搏', '넘칠 범氾'과 '물가 사汜', '봄 춘春'과 '절구질할 용舂', '어미 모母'와 '말 무毋', '잃을 실失'과 '붉을 주朱', '아이 아兒'와 '모양 모皃', '새 조鳥'와 '까마귀 오烏', '또 차且'와 '새벽 단旦' 등이 그러한 예이다.

사고전서四庫全書를 읽다 보면 이러한 유사 한자들이 마구 뒤섞여 출현한다. 이는 아마도 필사본인 사고전서를 작성한 서예가들이 전문적인 학자들이 아니어서, 글자에 대한 정확한 인지 능력이 떨어져 대충 엇비슷하게 그리다시피 필획을 그었기 때문이 아닐까 싶다. 심지어 '손 수扌' 와 '나무 목木' 부수, '풀 초艹'와 '대나무 죽竹' 부수까지 마구 뒤섞어 쓰는 바람에 독자를 더욱 혼란에 빠뜨리기도 한다. 이를테면 '전매할 각榷' 과 '때릴 각攉', '대답할 답答'과 '팥 답荅'자를 혼용한 것이 그러한 예이다. 급기야는 사전에서 이들을 통용자로 처리하기까지 하였다. 그러나 이처럼 단순히 유사성 때문에 글자를 잘못 쓴 것은 그래도 양반이다. 왜냐하면 조금만 자세히 들여다보면 금세 식별할 수 있기 때문이다. 그러나 문맥을 완전히 흔들어놓는 오기는 차원이 완전히 다른 얘기가 된다. 실례로 남조南朝 양梁나라 원제元帝의 ≪금루자金樓子·잡기편雜記篇≫권6 의 기록을 예시해 본다.

(전국시대) 위나라 문후가 송릉자를 접견하고서 세 번이나 벼슬을 주었지만 맡으려 하지 않았다. 그래서 문후가 물었다. "어찌하여 가난하게 사시오?" 그러자 송릉자가 대답하였다. "왕께서도 아시다시피 초나라의 한 부자가 양 99마리를 키우면서 100마리가 되기를 원하여 늘 고을 친구들에게 묻곤 하였습니다. 그의 이웃 사람 중에 집이 가난하여 양이 한 마리밖에 없는 사람이 있기에, 부자가 그에게 절을 하며 '내 양이 99마리라오. 이제 그대가 가지고 있는 한 마리로 내 100마리를 채운다면 키우는 수치가 꽉 차게 될 것이오'라고 하였습니다. 그래서 이웃 사람이 그에게 양을 주었습니다. 이로써 살펴보건

대 부자라고 해서 부유한 것이 아니고, 가난뱅이라고 해서 가
난한 것이 아니옵니다."(魏文侯見宋陵子, 三仕不願. 文侯曰, "何貧乎?" 曰,
"王見楚之富者, 牧羊九十九而願百, 嘗訪邑里故人. 其隣人貧有一羊者, 富拜之曰, '吾
羊九十九. 今君之一, 盈成我百, 則牧數足矣.' 鄰者與之. 從此觀焉, 富者非貧, 貧者非
富也.")

예문에서 '富者非貧, 貧者非富'는 그대로 옮기면 '부자는 가난뱅이가
아니고, 가난뱅이는 부자가 아니다'란 말이 된다. 이 무슨 말인가? 문맥
상으로 볼 때 당연히 번역문에서처럼 '부자라고 해서 부유한 것이 아니
고, 가난뱅이라고 해서 가난한 것이 아니다'란 말이 들어가야 전후 맥
락이 논리적으로 순통하게 된다. 따라서 이는 '富者非富, 貧者非貧'의 오
기이다. 필자는 고서를 읽으면 읽을수록 의심만 늘어났다. 그래서 '의심
많다'는 중국인들처럼 끊임없이 의혹의 눈초리를 던지는 태도로 옛 글
을 읽을 수밖에는 없다. '학자에게는 당연한 태도가 아니냐?'고 반문할
사람도 있겠지만……

6. 같은 의미의 한자가 왜 이리 많을까?

왜 사람들은 피곤하게도 '동의이음同義異音'의 말들을 많이 만들어내
는 것일까? 기억하기도 번거롭고 사용하기도 불편할 터인데 말이다. 우
리말에도 뜻에 별 차이가 없는데, 발음이 다른 어휘들이 제법 있다. 이
를테면 자연 현상 가운데 '천둥'과 '우레'는 '번개가 친 다음에 사람의
귀에 들리는 소리'라는 점에서 의미상에 별 차이가 없다. 다만 '천둥'은
'하늘의 움직임'이란 의미의 '천동天動'이란 한자어에서 유래하고, '우

레'는 '비가 오면서 울리는 소리'란 의미의 '우뢰雨雷'란 한자어에서 유래했다는 차이가 있는 듯하다. 헌데 이러한 현상은 표음문자表音文字인 우리 한글에 비해서 표의문자表意文字인 중국의 한자가 훨씬 심한 편이다. 우선 이를 예시한 글을 아래에 옮겨본다. 예문에서 ≪이아爾雅≫는 전국시대 때 출현한 것으로 추정되는 중국 최고最古의 사전으로서 저자에 대해서는 알려지지 않았다.

> 《이아·석천釋天》권5에 "하나라 때는 '세歲'라고 하였고, 상나라 때는 '사祀'라고 하였으며, 주나라 때는 '년年'이라고 하였고, 당나라와 우나라 때는 '재載'라고 하였다"고 하였는데, (진晉나라) 곽박은 주에서 "'세'는 세성(목성)이 한 번 운행한다는 뜻을 취한 것이고, '사'는 사계절이 한 번 끝난다는 뜻을 취한 것이며, '년'은 벼가 한 번 익는다는 뜻을 취한 것이고, '재'는 만물이 끝났다가 다시 시작한다는 뜻을 취한 것이다"라고 하였다. (爾雅, "夏曰歲, 商曰祀, 周曰年, 唐虞曰載." 郭璞注, "歲取歲星行一次, 祀取四時一終, 年取禾一熟, 載取物終更始.")

위의 예문에 의하면 각 왕조마다 연도를 표기하는 한자의 표기가 달랐다는 것을 알 수 있다. 즉 전설상의 임금인 요왕堯王과 순왕舜王이 세웠다고 하는 당나라와 우나라 때는 '載'로 표기하고, 본격적인 역사 시대라고 할 수 있는 하나라 때는 '歲', 상(은殷)나라 때는 '祀', 주나라 때는 '年'으로 표기했다는 것이다. 그래서인지 그 진위를 증명할 수 없음에도 불구하고, 이연李淵이 세운 후대의 당나라 때는 현종玄宗이 실제로 연호를 '천보天寶'로 제정하면서 연도 표기를 공식적으로 '일재一載' '이재二載'와 같은 방식으로 표기한 적도 있다. 이는 곧 요왕의 당나라를 계승했다는 정통성을 표방하기 위해 국호뿐만 아니라 연도 표기도 그대로 모방했다는 의미가 된다.

같은 의미의 다양한 한자를 만든다는 것은 어휘의 활용성을 풍부하게 해 준다는 장점이 있지만, 한편으로는 학습자나 수용자에게 상당한 인내심을 요구한다. 그만큼 숙지해야 할 어휘가 많아지기 때문이다. 요즈음 특히 인터넷상에 떠도는 신조어 아닌 신조어를 대할 때면 머리가 어질어질하기까지 하다. 우리말에 한자나 영어까지 혼합한 정체불명의 어휘들이 우후죽순처럼 생겨나고 있으나, 이는 어휘를 풍부하게 하기 위해서라기보다는 우리말의 정체성을 해치는 경향이 더 농후하다는 느낌마저 배제할 수 없기 때문이다. 세종대왕께서 무덤에서 일어나 이러한 현상들을 마주한다면, 과연 어떤 반응을 보이실까?

7. 세상만사 간명한 것이 좋지 않을까?

중국인들의 사유체계를 지배해 온 사상 가운데 대표적인 것으로 '음양오행설陰陽五行說'이 있다. 고대 중국인들은 2음절의 한자어를 만들 때도 음양의 원리를 적용하기 좋아하였다. 예를 들면 자본이 없어서 돌아다니며 장사하는 상인과 자본이 있어서 가게를 차리고 장사하는 상인을 합친 '상고商賈', 주요 손님과 수행원을 묶은 '빈객賓客', 내성과 외곽을 합친 '성곽城郭', 물에 놓은 다리와 육지에 놓은 다리를 합친 '교량橋梁', 두 종류의 현악기를 묶은 '금슬琴瑟', 천리마의 암수를 합친 '기기騏驥', 상상 속 동물의 암수를 합친 '기린麒麟'이나 '봉황鳳凰', 금슬이 좋은 새의 암수를 합친 '원앙鴛鴦' 등이 그러한 예이다. 헌데 2음절 한자어 가운데는 독특한 결합 방식으로 표현한 예도 있다. 아래에 ≪시경·위풍衛

風·모과木瓜≫권5에서 발췌한 노랫말이 그러한 예를 보여준다.

> 내게 모과를 선물하면, ('경거'라는) 옥으로 보답하리.
> 내게 복숭아를 선물하면, ('경요'라는) 옥으로 보답하리.
> 내게 자두를 선물하면, ('경구'라는) 옥으로 보답하리.
> 投我以木瓜, 報之以瓊琚. (투아이목과, 보지이경거.)
> 投我以木桃, 報之以瓊瑤. (투아이목도, 보지이경요.)
> 投我以木李, 報之以瓊玖. (투아이목리, 보지이경구.)

우리나라는 옥에 관한 어휘가 발달하지 않았기에, 위의 예문에서 옥을 가리키는 2음절 한자어인 '경거瓊琚' '경요瓊瑤' '경구瓊玖'를 1대1 대응 방식으로 명쾌하게 번역할 뾰족한 방법이 없다. 다만 과일의 등급이 뒤로 갈수록 고급 품질로 올라가는 것에 비추어 볼 때, 옥의 종류 역시 뒤로 갈수록 고급스러운 종류로 바뀐다는 것을 유추해 볼 수 있을 따름이다. 고대 중국인들은 관직의 품계를 9품으로 나누듯이, 각종 사물에 대해서도 등급을 매기기 좋아하였는데, 고인들이 자두를 꽤 고급 과일로 인식하였기 때문이다. 그래서 이렇게 추론해 볼 수 있는 것이다.

우리말에서는 범주가 넓지 않아 단촐하게 표현하지만, 고대 중국에서는 같은 부류의 사물도 종류가 다양하여 유사한 한자들이 많이 생성되었다. 예를 들어 옥의 총칭을 가리키는 '옥玉' 외에 이를 부수로 택한 한자들, 즉 위의 예문에도 등장하는 '瓊' '琚' '瑤' '玖' 등은 품질이나 빛깔·생산지 등을 구분하기 위해 만들어진 한자들로 이해하면 될 듯하다. 즉 외연과 내포의 차이를 구분하기 위한 글자 제작 방식이라고 볼 수 있다. 이러한 한자들을 우리말로 명확하게 옮기는 것은 거의 불가능에 가깝다. 우리말에서는 그러한 다양한 어휘가 발달하지 않았기 때문이다. 그래서 그냥 '옥'이나 '옥돌' '구슬' '진주' 등의 어휘를 활용하여 어림잡아 번역할 수밖에는 없을 듯하다. 이와 유사한 예로 실을 뜻하는 '사糸'를 부수로 택하는 '수繡' '견絹' '나羅' '능綾' '초綃' '치絺' '격綌' 등의 한자들도, 비단이나 삼베 등 다양한 옷감의 종류를 재료나 품질·등급 등을 구분하기 위해 만들어낸 것들이다. 이러한 한자들 역시 우리말로 명확하게 옮기는 것이 거의 불가능하기에, 그냥 '비단'이나 '삼베' 같은 어휘를 택하여 번역하는 것 외에는 달리 뾰족한 수단이 없다. 오히려 우리말이 더 간촐하니, 사용자 입장에서는 한자어보다 편리하다고 평할 수 있지 않을까? 여하튼 세상만사 복잡하면 골치 아프기 마련이다. 그래서 필자는 말이나 일을 복잡하게 만드는 사람을 대하면 '혹시 사기꾼이 아닐까?' 의심하는 못된 습관이 있다. 필자 개인의 경험에 의하면 '세상만사 간명한 것이 정답이 아닐까?' 생각하기 때문이다.

8. 한자의 활용 원리에 관한 한 마디!

여기서는 조금 전문적이고 딱딱한 얘기지만, 몇 가지 사례를 소개함으로써 고대 중국인들의 한자 활용 원리에 관한 이해에 도움을 주고자 한다. 이와 관련하여 대표적인 예로서 '분별자分別字'와 '가차자假借字' '통용자通用字' 등을 거론할 수 있을 듯하다. '분별자'는 '뜻을 구별하기 위해 새로 만든 한자'를 뜻하고, '가차자'는 '발음이 비슷한 한자를 빌어다가 쓰는 것'을 의미하며, '통용자'는 '자형이 유사한 한자를 서로 섞어서 사용하는 것'을 가리킨다.

먼저 분별자의 경우, 상고시대 때 한자가 많지 않았을 때는 하나의 한자가 여러 가지 의미로 활용되었다. 그러나 이는 사용자나 수용자 모두에게 오해를 불러일으키기 십상이다. 그래서 의미를 분별하기 위해 별개의 문자를 창제할 필요가 생겨났다. 이에 수많은 분별자들이 만들어졌다. 이를테면 '두루마리'나 '둘둘 말다' 등을 뜻하는 '권卷'자에서 '말다'라는 동사적 의미로만 사용하기 위한 '권捲'자를 새로 만들고, '집'이나 '버리다' 등을 뜻하는 '사舍'자에서 '버리다'라는 동사적 의미로만 사용하기 위한 '사捨'자를 새로 만든 것이 그러한 예이다. 그런데 분별자 가운데는 자체적으로 모순적인 결함을 안고 있는 것들도 있다. 예를 들면 '수受'는 원래 '받다'와 '주다'라는 뜻을 동시에 지닌 한자이다. 그래서 혼란을 막기 위해 '주다'라는 의미로 한정된 '수授'라는 한자를 새로 만들었다. 따라서 '授'는 '주다'라는 의미로만 쓰인다. 그러나 이는 조자造字 방면에서 모순점을 안고 있다. 왜냐하면 '受'에 이미 '손톱'을 의미하는 '조爪'자가 들어 있음에도 다시 '손 수扌(手)' 부수를 첨가하였으니, '授'라고 하는 한자는 문자의 중복 내지 낭비의 결과물이라고 볼 수도 있기 때문이다. 마찬가지로 '연然'자 역시 '태우다' '그렇다' 등 여러 가지 의미를 지니고 있어 독자에게 혼동을 줄 수 있기에 '태우다'는 의미로 한정된 '연燃'자를 새로 만들었지만, 이 또한 '然'자에 이미 '불 화灬(火)'자가 들어 있는데 다시 '불 화火' 부수를 첨가하였으니, 문자의 중복 내지 낭비의 결과물이라 할 수 있다.

다음으로 가차자의 경우는 모양새가 확연하게 다름에도 불구하고 발음이 유사한 한자를 빌어다 쓴 예를 가리킨다. 이를테면 '곱절 배倍'자를 '배신할 배背'자의 가차자로 쓰고, '믿을 신信'자를 '펼칠 신伸'자의 가차자로 쓰고, '바퀴벌레 비蜚'자를 '날 비飛'자의 가차자로 쓰고, '일찍이 상嘗'자를 '항상 상常'자의 가차자로 활용한 것이 그러한 예이다. 이러한 용례들은 실상 일일이 열거할 수 없을 정도로 많다. 따라서 어찌보면 고대 중국인들은 문자의 의미를 자형보다는 발음으로 인식하는 성향이 더 강했다고도 말할 수 있지 않을까 싶다.

다음으로 통용자의 경우는 문자의 모양새를 엄격하게 구분하지 않아 유사한 자형의 한자를 뒤섞어서 활용한 예를 말한다. 이를테면 '사람 인人' 부수의 '닦을 수修'와 '고기 육月(肉)' 부수의 '육포 수脩'는 엄연히 다른 문자임에도 모양새가 비슷해 뒤섞어 쓰는 우를 범하였는데, 오랜 세월 동안 반복적으로 쓰이면서 통용자로 인정받게 되었다. 그러나 어쩌랴? 오랜 세월을 거치면서 그리 쓰인 것을! 이제라도 혼란을 막기 위해 의미를 엄격하게 구분해서 본래의 의미로만 사용하자고 주장한다고 해도, 계란으로 바위를 때리는 격처럼 씨알도 먹히지 않을 듯 싶다. 필자가 그리 하라고 조장한 것은 아니니, 그저 원망의 소리를 듣지 않기를 바랄 뿐이다.

9. 유사 의미 한자의 번역상 차별법은?

정말로 정해진 운명이란 게 있는 것일까? 필자는 운명이니 숙명이니 하는 말을 잘 믿지 않는다. 흔한 말로 '운명은 스스로 개척하는 것'이라고 하지 않던가? 중국 고문헌에는 사람의 운명에 관한 기록이 제법 많이 전한다. 그중에서도 동물에 빗대어 우화적으로 풀어낸 고사가 한 토막 떠오르기에, 이 자리를 빌어 한번 소개해 보고자 한다. 원 고사는 전한 말엽의 유학자인 유향劉向(약 B.C.77-B.C.6)이 지은 ≪설원說苑·담총談叢≫권16에 다음과 같이 전한다.

올빼미가 비둘기를 만나자, 비둘기가 물었다. "그대는 어디로 가시는 것입니까?" 올빼미가 대답하였다. "저는 동쪽으로 이사가려고 합니다." 비둘기가 물었다. "어째서입니까?" 올빼미가 대답하였다. "고을 사람들이 모두 저의 울음소리를 싫어하기에, 동쪽으로 이사가려는 것입니다." 비둘기가 말했다. "그대가 울음소리를 바꿀 수 있다면 괜찮겠지만, 울음소리를 바꿀 수 없다면 동쪽으로 이사를 가더라도, 여전히 그대의 울음소리를 싫어할 것입니다."(梟逢鳩, 鳩曰, "子將安之?" 梟曰, "我將東徙." 鳩曰, "何故?" 梟曰, "鄕人皆惡我鳴, 以故東徙." 鳩曰, "子能更鳴, 可矣. 不能更鳴, 東徙, 猶惡子之聲.")

올빼미가 울음소리를 듣기 좋게 바꿔야 다른 곳으로 이사가서도 고생하지 않는다고? 그것이 어찌 가능한 일이겠는가? 올빼미든 비둘기든 그냥 생긴 대로 사는 수밖에…… 여하튼 위의 우화는 앞에 닥친 난관을 정공법이 아니라 꼼수를 써서 회피하려는 것은 올바른 방도가 아니라는 점을 깨닫게 하기 위해 만들어진 얘기이니, 그저 재미삼아 가볍게 읽고서 웃음 지으면 그만일 듯 싶다.

각설하고, 조금 엉뚱한 방향으로 흐르는 얘기겠지만, 올빼미와 부엉이의 차이점이 무엇일까? 인터넷을 검색해 보면 생물학적으로 올빼미는 귀깃이 없고, 부엉이는 귀깃이 있다는 외양상의 차이를 통해서 구분할 수 있다고 한다. 필자가 제법 시간을 들여 대조해 본 결과, 한자 가운데 '효梟'는 올빼미로, '복鵩'은 부엉이로 구분지어 번역하면 적절할 듯하여 그렇게 하고 있다. 그러나 고대 중국인들이 위에서 말한 것처럼 과학적이고 생물학적인 검증을 통해 구분해서 그리 사용했는지는 필자로서도 확인할 길이 없다. 그래서 한자를 우리말로 옮길 때는 아직도 100% 확신할 수가 없어서 버벅대고 있다고나 할까? 마치 '궐蕨'을 고사리로, '미微'를 고비로 구분하여 번역하면서도 장담할 수 없는 것처럼……

10. 간자를 폐기하라!

여기서는 현대 중국어에서 사용하는 '간자簡字'[10]의 문제점에 대해 상식을 넓히는 차원에서 한번 '썰'을 풀어보고자 한다. 재미없고 딱딱한 얘기에 그칠 수도 있으나 가벼운 마음으로 일독해 주시기를 기대해 본다.

흔히 고대 중국인들은 문맹률이 90%가 넘었다고 한다. 아니 그 이상일지도 모르겠다. 고대에는 귀족층의 한인漢人들만 한자를 익혀 지식과 정보를 독점하였으니 그럴 수밖에 없었을 것이다. 이처럼 높은 문맹률은 20세기 현대 중국에 이르러서도 크게 바뀌지 않았던 듯하다. 그래서 제2차 세계대전이 끝나고 중국공산당 정부가 들어선 뒤 이를 해결하기 위해 다양한 노력을 기울이던 중, 복잡하게 생긴 번자를 배우기 쉽고 사용하기 편리토록 하기 위해서 획수를 파격적으로 줄인 간자로 변환시켰다. 헌데 간자는 문맹률을 낮추는 데는 어느 정도 효과를 보았을지 모르겠으나, 이에 따른 역효과 또한 만만치 않다. 게다가 이미 일찌감치 고교까지 의무교육을 실시하였으니, 그냥 전처럼 번자를 채택했어도 문맹률을 낮추는 데 실패하지는 않았을 것으로 짐작된다. 그래서인지 중

---

10 일명 '간체자簡體字'라고도 한다. 정자正字는 '번자繁字' 또는 '번체자繁體字'라고 하는데, 중국에서는 고서를 편찬할 때가 아니면 간자만 사용하고, 대만에서는 오직 번자만 사용하고 있다. 복잡한 생김새의 번자를 공부한 사람은 간촐한 모양의 간자를 익히기 쉽지만, 간자만 익힌 사람은 번자를 인식하기가 쉽지 않다. 대륙 출신 중국인 가운데 간자인 '龙'의 번자이자 본글자인 '龍'을 알아보지 못 하는 사람을 본 적이 있다.

국 내부적으로도 여전히 간자의 사용을 지속할 것인지에 대한 논의가 끊이지 않고 있는 듯하다. 허나 이미 한 세기를 넘겼으니, 다시 번자로 돌아가기는 쉽지 않아 보인다.

간자의 가장 큰 문제점은 한자 고유의 미적 감각이 많이 손상되었다는 것이다. 이에 대해서는 어느 누구도 이견을 제시하지 않고 가장 우선적인 문제점으로 제기하는 듯하다. 그러나 그 외에도 한 가지 덧붙여 말하고 싶은 것은 일반인들은 잘 감지하지 못 할 수도 있겠으나, 굳이 고전을 전공하지 않은 중국인이라 할지라도 문서를 다루는 이들이라면 한 번 쯤 겪게 되는 사안이 있다. 우선 이러한 문제점을 부각시킬 수 있는 간자를 몇 가지 실례로 제시해 보겠다. 이를테면 번자인 '구름 운雲'을 간자에서는 '이를 운云'으로 쓰고, 번자인 '남을 여餘'를 간자에서는 '나 여余'로 쓰며, 번자인 '누대 대臺'를 간자에서는 '별이름 태台'로 쓰는 것이 그러한 예이다.

위의 예시에서 간자 '운云'은 현대 중국어에서는 구름을 뜻하는 말로 쓰이지만, 만약 문서를 작성하는 사람이 고문을 인용하거나 '운운云云'처럼 특정 어휘를 사용할 경우는 구름을 뜻하는 '雲'의 간자와 모양상 구별이 되지 않기에 혼동을 줄 수 있다. 왜냐하면 번자 '云'은 원래 '말하다'란 뜻으로 쓰이는 한자이기 때문이다. 마찬가지로 간자 '余'도 고문에서는 '나'를 뜻하는 한자로 쓰였기에, 만약 번자와 함께 쓰이게 되면 의미에 혼동을 줄 수 있다. 또 간자 '台'도 고문에서는 '삼태성三台星'과 같이 별이름을 뜻하는 한자로 쓰였기에, '누대'를 뜻하는 말과 '삼태성'을 뜻하는 말이 한 문장에서 동시에 튀어나오면 마찬가지로 혼란을 야기할 수 있다. 실제로 이를 혼동하여 잘못 이해하는 사례를 목도한 적이 있다. 이에 대해 '한국인이 왜 시비삼냐?'고 따진다면 할 말은 없다.

하긴 우리나라 사람들이 고민할 거리는 아니니 주제넘은 얘기일 수도 있겠다.

11. 이 글자가 왜 붙어 있을까?

우리가 흔히 사용하는 한자어 가운데는 '이 글자가 왜 붙어 있지?' 하고 의아한 생각이 들게 만드는 어휘들이 있다. 예를 들어 비싸서 자주 사먹기는 힘들지만, 마트에 진열된 '석류'라는 과일의 경우 앞의 글자가 '돌 석石'자인데, 이 글자가 왜 붙어 있을까? 학생들에게 퀴즈 삼아 냈더니, 대부분 '돌맹이처럼 생겨서' 혹은 '바위 가에서 잘 자라서'라고 나름대로 그럴 듯하게 추측해 본다. 그러나 정답은 전혀 엉뚱한 곳에 있다. 원래 '석류'의 본명은 '안석류安石榴'인데, 짝수를 좋아하는 중국인들이 2음절을 선호하는 데다가, 성가시기도 해서 앞의 '안'자를 생략하고 '석류'라고 부르게 되었다. 그러면 '안석'은 또 무슨 말인가? 옛날 서역西域에 '안석국'[11]이란 나라가 있었는데, 석류의 원산지가 바로 안석국이다. 따라서 '석류'를 글자 그대로 풀이하면 '원산지가 안석국인 유실榴實'[12] 정도가 된다.

필자가 거주하고 있는 이곳 강릉에서는 '재선충'(?)인가 뭔가 하는 해충 때문에 골머리를 앓고 있지만, 바닷가를 따라 소나무가 무척 많다. 그래서인지 관광객들의 산책로로도 좋은 반응을 얻고 있다. 강릉에서는

---

11 고대 중동의 페르시아 일대에 있었던 페르티아 왕국의 전신인 '아시리아' 왕국의 음역音譯인 '안식安息'이 독자에게 안식일의 '안식'으로 오해받을 수 있기에, 의미가 연결되지 않는 '안석安石'으로 수정한 것으로 추정된다.

12 '유榴'에 해당하는 순 우리말이 없어서 그냥 한자로 표기한다.

이 소나무들을 '바다 해海'자를 앞에 붙여 '해송海松'이라고 부른다. 그러나 중국에서는 식물 이름 앞에 '해海'자를 붙이는 연유가 우리와는 다를 때가 있다. 예를 들어 '해당화'는 흔히 '바닷가에서 자라는 팥배나무 꽃'을 뜻하는 말로 이해하기 쉽지만, 본의는 '바다 건너온 팥배나무꽃'이다. 즉 이 경우도 앞의 '석류'처럼 원산지가 외국이라는 말이다.

해당화가 수입된 이후로 중국의 문인들이 그 아름다움에 반해 시문에 많이 등장시켰다. 그러나 중국을 대표하는 당나라 때 시인 두보杜甫(712-770)의 글에서는 '해당' 혹은 '해당화'란 꽃말을 발견할 수 없다. 이는 두보의 모친 이름이 '해당'이기 때문이다. 고인들은 부모나 조상, 황제, 스승 등의 이름을 입에 올리거나 글에 쓰는 것을 무척 금기시하였다. 만약 이를 어기면 불효, 불충, 불경하다고 손가락질을 받기 때문이다. 이를 '피하고(避) 꺼린다(諱)' 혹은 '꺼리는 글자를(諱) 피한다(避)'는 의미에서 '피휘避諱'라고 하고, 그런 글자를 '피휘자避諱字'라고 한다. 따라서 두보의 입장에서는 자신의 글에서 '해당화'를 언급할 수 없었던 것이다.

'피휘' 때문에 심지어 성씨나 이름이 바뀌는 경우도 있었으니, 고대 예법은 너무 가혹했던 것 같다. 전한 때 고조高祖의 황후 여치呂雉의 이름 때문에 '치雉'자를 쓸 수 없어 꿩을 표현할 때 '들에 사는 닭처럼 생긴 새'라는 의미에서 '야계野鷄'라고 표기하고, 문제文帝 유항劉恒의 이름 때문에 북방을 대표하는 '항산恒山'이란 명칭이 '상산常山'으로 바뀌고, 후한 때 명제明帝 유장劉莊의 이름 때문에 '장莊'씨 가문 사람들의 성씨가 '엄嚴'씨로 바뀌고, 당나라 때 태종太宗 이세민李世民의 이름 때문에 '관세음보살觀世音菩薩'에서 '세世'자가 떨어져나가 '관음보살'이란 약칭이 생겨난 것도 모두 같은 이치이다. 현대인은 이런 예법에 구속받지 않아도 되니, 고인보다 비교할 수 없는 자유를 누린다고 말할 수 있지 않을까?

12. 피휘란 무엇인가?

앞에서 중국인의 언어 습관 가운데 '피휘避諱'라는 것에 대해 잠시 언급하였다. '피휘'는 황제를 비롯한 황실 사람이나 부모·스승 등의 이름을 입에 올리거나 글에 쓰는 것을 금기시한다는 말이다. 이러한 언어 문화적 관습 때문에 많은 말들이 다른 말로 치환되거나 변질되기도 하였다. 그중에서도 마의 일종인 '산약山藥'이라는 어휘는 그 변모 과정이 비교적 복잡하고도 황당한 편이다. 이에 관해서는 송나라 고승高承이 ≪사물기원事物紀原·초목화과부草木花菓部≫권10에서 상세히 밝히고 있기에 아래에 인용해 본다.

'산약'은 바로 ≪본초≫에서 말한 (마의 일종인) '서여'라는 것이다. 당나라 때는 대종(이예李豫)의 이름(豫)과 음이 유사한 것을 기피하였기에, 민간에서 '서약'으로 불렀다. 송나라에 이르러서는 (인종仁宗) 가우 8년(1063) 4월에 영종이 즉위하자, 사람들이 영종(조서趙曙)의 이름(曙)과 음이 유사한 것을 기피해 급기야 '산약'으로 개명하였다. 이때부터 ('서여'라는) 본래의 명칭을 완전히 잃고 말았다. (山藥, 卽本草[13]所謂薯蕷者也. 唐避代宗嫌名, 故民

---

13 ≪본초本草≫는 전설상의 황제인 신농씨神農氏가 지었다고 전하는 약초에 관한 저술로서 위서僞書일 가능성이 높으나, 이미 후한 채옹蔡邕(133-192) 등의 해설서가 있었던 것으로 보아, 그 저작 시기는 전국시대로 거슬러 올라갈 듯하다. 다양한 판본이 전래되었으나 대부분 실전되고, 지금은 명나라 이시진李時珍(1518-1593)이 정리한 ≪본초강목本草綱目≫ 52권본이 널리 통용되고 있다.

間呼薯藥. 至宋朝, 嘉祐八年四月, 英宗卽位, 人避嫌諱, 遂改曰山藥. 自此全失其本稱
矣.)

윗 글에서 '혐명嫌名'이란 말은 이름 중에 음이 서로 유사한 것을 뜻
한다. 후한 정현鄭玄(127-200)은 ≪예기禮記 · 곡례상曲禮上≫권3의 기록에
주를 달면서 "'혐명'은 소리가 서로 유사한 것을 말한다. 이를테면 '우
禹'와 '우雨', '구丘'와 '구區' 같은 경우이다(嫌名, 謂音聲相近, 若禹與雨, 丘與區
也)"라고 설명하였다. 따라서 당나라 대종 이예李豫의 이름인 '예豫(yù)'
와 '서여薯蕷'의 '여蕷(yù)'가 음이 유사하기에 '서여'가 '서약薯藥'으로
바뀌었고, 다시 송나라 때 영종英宗 조서趙曙의 이름인 '서曙(shǔ)'와 '서
약薯藥'의 '서薯(shǔ)'가 음이 유사하기에 '서약'이 재차 '산약山藥'으로
바뀌었다는 말이다.

피휘로 인해 이렇게 이름 전체가 통째로 바뀌고 말았으니, 이를 '피
휘'의 폐해라고 말할 수 있지 않을까? 그러나 어쩌랴? '피휘'가 엄격한
예법이라서 오랜 전통처럼 지켜졌으니…… 고대 중국의 문장에서는 이
로 인해 글자가 허무하게 바뀌치기 당하는 예가 한두 가지가 아니다. 예
를 들어 청나라 때 사고전서四庫全書를 편찬하면서 수록한 대부분의 서
책에서 강희제康熙帝의 이름(玄燁) 때문에 '현玄'을 '원元'으로, 옹정제雍正
帝의 이름(胤禛) 때문에 '진禛'을 '정禎'으로, 건륭제乾隆帝의 이름(弘曆) 때
문에 '홍弘'을 '굉宏'으로 일괄 수정한 것이 그러한 예이다. 따라서 고서
를 읽을 때는 이러한 언어문화적 관습에도 주의를 기울일 필요가 있다.
옛날의 엄격한 예법 때문에 독서할 때 세심한 주의를 기울여야 하니, 참
으로 옛 글은 여러 가지로 독자로 하여금 골치아프게 만드는 요소가 많
다. 그래서 필자는 후배들에게 농담 반 진담 반으로 이런 말을 곧잘 던

지곤 하였다. '고전古典을 전공하면 고전苦戰하고, 고문古文을 전공하면 고문拷問당하니, 좀더 쉬운 분야를 전공으로 선택하라!'고…… 그런데도 필자의 말을 곧이 듣지 않았다가 지금까지도 고전을 면치 못 하고 있는 후배들이 많으니, 그저 안타까울 뿐이다.

13. 여자들이 자기 이름을 못 쓰던 시대도 있었다니!

옛날 사람들은 글을 쓸 때 여러 가지 제약이 많았다. 그중에서도 대표적인 예로 앞에서도 언급한 '피휘避諱'를 들 수 있다. '피휘'는 부모를 포함하여 가문의 조상이나 황제, 스승 등의 이름자를 글을 쓸 때 함부로 사용하지 않는 것을 말한다. 그리하였다가는 불효, 불충, 불경한 인물로 지울 수 없는 낙인이 찍히기 때문이다. 그러나 고문헌에서 아내의 이름자를 '피휘'하는 것에 대한 기록은 매우 드문 편이다. 이와 관련한 기록이 남조南朝 유송劉宋 때 사람 유의경劉義慶(403-444)이 지은 ≪세설신어世說新語·상예賞譽≫권중卷中에서 발견되기에, 아래에 한번 소개해 보고자 한다.

(진晉나라 때 섬서성) 남전현의 현령을 지냈던 왕술王述이 (강소성) 양주자사에 임명되자, (문서를 관장하는) 주부가 피휘에 대해 가르쳐 달라고 청하였다. 그러자 교지를 내려 말했다. "돌아가신 우리 조부(왕담王湛)와 부친(왕승王承)은 명성이 온세상에 두루 알려져 있어 멀든 가깝든 어디서나 다 알고 있고, (아내의 이름자인) 내휘는 밖으로 내보내는 것이 아니오. 나머지는 피휘할 거 없소."(王藍田拜揚州, 主簿請諱. 敎云, "亡祖·先君, 名播海內, 遠近

所知, 內諱不出于外. 餘無所諱.")

　　위의 예문에서 '남전藍田'은 요즘은 어떤지 모르겠으나, 옛날에는 최고급 옥의 생산지로도 유명했던 섬서성의 속현屬縣을 가리키고, '주부主簿'는 직급은 낮지만 주요 문서(簿)를 주관하는(主) 직책이기에 학문이 깊은 사람에게 수여하던 명예로운 관직을 가리키며, '내휘內諱'는 내인內人, 즉 아내의 이름자를 가리킨다. 피휘의 대상은 앞에서도 말한 것처럼 보통은 조상이나 황제, 스승의 이름이 거기에 해당하지만, 하급관리에게는 상관 아내의 이름자도 글에 올리기 껄끄러운 대상이었을 것이다. 그래서 수하가 '내휘'를 알고자 한 것이지만, 이를 가르쳐 준다면 오히려 아내의 이름자가 밖으로 알려질 것이기에, 아예 이를 입밖에 내뱉지 않았다는 것이다. 물론 위의 고사의 요지는 휘하 관원에게 '제약을 받지 말고 자유롭게 글을 쓰라'는 왕술의 속깊은 배려심을 강조하기 위한 것이지만……

　　고대 중국의 여성들은 본명이 잘 알려져 있지 않다. 전한 고조高祖 유방劉邦의 부인인 여치呂雉나, 당나라 고종高宗 이치李治의 부인인 측천황후測天皇后 무조武曌와 같은 몇몇 여인을 제외하면, 심지어 황제의 본부인인 황후의 이름마저도 역사책에 기록되지 않은 경우가 허다하다. 이를테면 당나라 고조高祖 이연李淵의 부인인 두황후竇皇后나 태종太宗 이세민李世民의 부인인 손황후孫皇后 등은 성씨만 알려져 있지 본명이 기록되어 있지 않다. 그에 비하면 지금은 여성들이 모든 방면에서 아무런 제약도 받지 않고 있으니, 세상이 변해도 무척 많이 변한 듯 싶다. 물론 여성들 입장에서는 아직도 불평등한 요소가 많기에 개선해야 할 점이 많을 수 있을 것이다. 여하튼 필자가 가부정적인 시대를 그리워하여 내뱉는 말은 결코 아니니, 독자제현의 오해가 없으시기를 바란다.

14. 부친 이름 때문에 떡을 먹지 않다니!

앞에서도 몇 차례에 걸쳐 고대 중국인들이 글을 쓸 때 황제나 스승, 조상, 부모 등의 이름자를 적는 것을 금기시했던, 중국의 오랜 언어 관습 가운데 하나인 '피휘避諱'에 대해 언급한 적이 있다. 이 단락에서도 이와 관련하여 우스꽝스러운 고사를 한 가지 소개해 보고자 한다. 원 고사는 당나라 위현韋絢이 목종穆宗 장경長慶 원년(821)에 사천성 백제성白帝城에서 유우석劉禹錫(772-842)으로부터 들은 얘기들을 기록한 책인 ≪유빈객가화록劉賓客¹⁴嘉話錄≫에 다음과 같이 전한다.

> (당나라 때 사람) 원사덕은 급사중을 지낸 원고袁高의 아들이
> 다. 9월 9일 중양절에 손님이 떡을 내놓자, 좌중 사람들에게
> 말했다. "저는 차마 먹을 수 없으니 여러분께서 드십시오." 고
> 개를 숙인 채 한참 동안을 그렇게 시간을 보냈다. 아마도 부친
> 의 이름이 '고高'이기 때문에, 그래서 차마 (발음이 같은) 떡(고糕)
> 을 먹지 않았을 것이다. (袁師德, 給事中¹⁵高之子. 九日¹⁶客出糕, 謂坐客曰,
> "某不忍喫, 請諸公食." 俛首久之. 蓋以父名高故, 不忍食糕也.)

---

14 책 제목에서 '빈객賓客'은 일반적으로 손님에 대한 총칭을 가리키는 말이지만, 여기서는 유
   우석이 맡았던 평생 직책 가운데 가장 고관인 '태자빈객太子賓客'의 약칭이다.

15 문하성門下省에서 장관인 시중侍中과 차관인 문하시랑門下侍郎 다음 가는 요직으로서, 정령
   政令에 대한 논의와 시정時政을 담당하던 벼슬을 가리킨다.

16 음력 9월 9일 중양절重陽節을 가리킨다.

위의 예문에 등장하는 '급사중給事中'은 황제의 자문과 정사의 논의에 참여하던 문하성門下省 소속 고관을 가리킨다. 그리고 '원사덕'이란 사람은 윗 고사 외에는 신상에 대해 알려진 바가 거의 없는 무명인사이다. 그런데 부친의 이름이 '높을 고高'자라서 발음이 같은 떡을 입에 대지 않고, 모두 타인에게 양보했다는 것이다. 이를 두고 효성이 지극하다고 해야 할까? 아니면 고지식하기 그지없는 꽉 막힌 인물이라고 평해야 할까? 그저 쓴웃음이 나온다.

하긴 현대인들도 자신의 부모님 이름을 입에 올리는 것을 조심하는 마당에야 고대인들은 오죽했으랴? 그렇다고 해도 부친 이름 때문에 음식을 입에 대지 않았다고 하니, 이를 어디까지 믿어야 할지 가늠하기 어렵다. 사실 여부를 따질 필요 없이 그저 재미삼아 읽을 거리로 여기면 그만일 것이다.

15. 융통성을 발휘하자!

앞에 게재한 글에서 '떡(고糕)'을 언급한 김에 이와 관련한 이야기가 한 가지 더 떠오르기에 아래에 적어 보고자 한다. 고대 중국인들은 글을 지을 때 전고典故의 활용에 무척 신경을 쓰는 편이었다. 이는 상대방을 설득하기 위해 명확한 근거를 대는 손쉬운 방편이기도 했지만, 다른 한편으로는 자신의 독서량을 과시하기 위한 노림수이기도 했다. 그러나 지나치게 이러한 방면에 천착하다가 보면 웃지못할 일이 발생하기도 한다. 이에 관한 고사가 송나라 소박邵博의 ≪문견후록聞見後錄≫권19에 전하기에, 아래에 한번 소개해 보고자 한다.

(당나라 때) 유몽득('몽득'은 유우석劉禹錫의 자)은 9월 9일 중양절重陽節을 소재로 시를 지으면서 '고糕'(떡) 자를 쓰려고 하였지만, 경전에 이 글자가 없어서 번번이 쓰지를 않았다. (송나라) 송자경('자경'은 송기宋祁의 자)은 그렇지 않다고 생각하였기에, <중양절에 떡을 먹는 것을 읊은 시>에서 "가을 궁궐에 가벼운 서리 내려 새벽에 핫옷을 스칠 제, 쌀보리떡과 국화주를 다투어 각 부서에 나누어 주네. 유랑(유몽득)은 감히 '고糕'(떡) 자를 쓰지 못 하여, 부질없이 시인으로서 일대 문호의 명성을 저버리고 말았네"라고 하였는데, 결국 고금의 절창이 되었다. (劉夢得[17]作九日詩, 欲用糕字, 以五經中無此字, 輒不復爲. 宋子京[18]以爲不然, 故九日食糕詩, "颸館輕霜拂曙袍, 糗餈花飮鬪分曹. 劉郎不敢題糕字, 空負詩家一代豪." 遂爲古今絶唱.)

위의 예문에서 '오경五經'은 《역경易經》《서경書經》《시경詩經》《예기禮記》《춘추경春秋經》을 아우르는 말로서, 결국 유가 경전을 총칭한다. 또 '표관颸館'는 남조南朝 남제南齊 때 무제武帝가 강소성 금릉金陵(남경의 옛 이름)에 세운 궁궐 이름으로서, 뒤에는 가을철이 찾아온 궁궐을 비유하는 말로 쓰이게 되었다. 이상은 송나라 시인인 송기가 시를 지어, 당나라 때 시인인 유우석의 융통성 없는 태도를 풍자함으로써 오히려 시인으로서의 명성을 얻었다는 해학적인 내용을 담고 있다.

군이 고인의 문단에만 한정시킬 것이 아니라, 우리들 자신도 일상생활에서 너무 경직된 태도로 살아가는 것은 아닐까? 필자도 지나치게 원칙이나 명분을 강조한다는 말을 수 차례 들은 적이 있다. 그럴 때마다

---

17 '몽득夢得'은 중당中唐 때 저명한 시인인 유우석劉禹錫(772-842)의 자이다.

18 '자경子京'은 송나라 때 대학자인 송기宋祁(998-1061)의 자이다.

자신의 삶에 회의감이 들 때가 적지 않았다. 하지만 그렇다고 느슨한 태도를 취하다 보면, 오히려 예기치 않은 곤경에 처하기도 하니, 어찌 조율을 해야 할까? 그래서 인생에 답이 없다는 말들을 하나 보다.

16. 언어도 세월에 따라 의미가 변한다네!

언어는 오랜 세월을 거치면서 변화한다. 이는 물론 중국어라고 해서 예외일 수 없다. 이 단락에서는 의외의 변화를 겪은 중국어 어휘를 한 가지 소개해 보고자 한다. 이와 관련한 기록은 당나라 말엽 사람인 이광예李匡乂가 지은 ≪자가집資暇集≫권상卷上에 다음과 같이 전한다.

'리李'자는 과일 이름이나 땅 이름, 사람의 성씨를 제외하면 더 이상 다른 뜻이 없다. ≪좌전·희공僖公30년≫권16에 "사신의 왕래"라는 말이 있는데, (진晉나라) 두예杜預가 그 의미에 대해 깊이 연구해 보지 않고 끝내 주를 달아 "행리'는 사신을 뜻한다"고 풀이하였다. 그래서 급기야 오늘날 사람들도 먼 길을 떠나는 사람이 짐을 묶어서 차례대로 정리하면 이를 '행리'라고 말하면서, 그것이 원래 사신을 뜻한다는 것을 알지 못 하게 되었다. 살펴보건대 고문자에서 '사使'자는 (山+人+子 모양의) '사㝮'라고 썼는데, 옮겨적는 과정에서 잘못되어 (十+人+子 모양의) '리李'자로 잘못 쓰게 된 것이다. (李字, 除菓名·地名·人姓之外, 更無別訓義也. 左傳, "行李之往來," 杜[19]不研窮意理, 遂注云, "行李, 使人也." 遂俾今見遠行, 結束次第, 謂之'行李,' 而不悟是行使爾. 按, 舊文使字作㝮, 傳寫之誤, 誤作李焉.)

---

19 진나라 때 학자로서 ≪좌전≫에 주를 단 두예杜預(222-284)를 가리킨다.

현대 중국어를 공부한 사람이라면 초급중국어 단계에서 '行李(xíngli)'가 여행짐이나 보따리를 뜻하는 말이라는 것을 배운다. 그런데 '行李'는 원래는 '사신'을 뜻하는 말이었다. 실제로 한자의 의미나 결합 구조상 '行李'에서 여행짐이란 의미가 생겨나는 것은 어불성설에 해당한다. 이는 결국 고문자를 옮겨적는 과정에서 오류가 발생해 사신을 뜻하는 '使'자가 과일을 뜻하는 '李'자로 뒤바뀌었고, 급기야 뒤바뀐 글자의 의미를 알 수 없어 막연하게 추측하여 뜻풀이를 하였으며, 더 나아가 사신을 뜻하는 말에서 사신의 여행짐을 뜻하는 말로까지 변화한 데서 비롯되었다는 것을 알 수 있다. 그것이 오늘날까지도 그대로 쓰이고 있는 것이다.

이와는 유래가 다르지만, 우리나라에서 오랜 세월을 거치며 의미가 뒤바뀐 어휘로서 '횡설수설橫說竪說'이나 '상가지구喪家之狗' '표변豹變'과 같은 성어들이 있다.[20] 그러나 말이란 잘못 쓰이게 되었다 하더라도, 오랜 세월이 흘러 굳어지고 나면 다시 원래의 의미로 되돌릴 방법이 없는 것 같다. 그렇기에 요즘처럼 외래어가 남용되는 시기에는 한글날만 반짝 언성을 높일 것이 아니라, 잘못 쓰이고 있는 말들에 대한 교정 작업이 상시적으로 이루어져야 할 것이다. 그렇지 않으면 오염된 언어를 후손들에게도 물려주어야 하기 때문이다. 국어학자들에게만 맡겨둘 것이 아니라, 특히 대중에게 영향을 미치는 언론인들이 솔선수범하여 실천하였으면 하는 바람이다.

---

20 이에 대해서는 제3장 '고사성어'편에서 상세히 다루고자 한다.

17. 상대성이론으로 본 좌·우의 정체?

한국인도 마찬가지지만, 왜 중국인은 왼손잡이가 별로 없을까? 과학적인 근거를 가지고 설명하라면 중문과 소속인 필자로서는 시원스럽게 해결할 방법이 없다. 다만 이와 관련한 한자어에 대해 개연적인 의견을 한번 개진해 볼까 한다.

우리는 평소 상대방이 꼭 지키고자 다짐하는 규범을 물을 때, "당신의 좌우명座右銘은 무엇입니까?"라고 묻곤 한다. '좌우명'을 글자 그대로 해석하면 '좌석(座) 오른쪽에 비치한(右) 가슴에 새길 만한 글(銘)' 정도가 된다. 그런데 왜 좌석 오른쪽일까? 대다수가 오른손잡이인 중국인의 입장에서 보면, 그러한 글을 수시로 편하게 집어서 읽을 수 있는 위치가 좌석 오른쪽이기 때문일 것이다. 만약 중국인에게 왼손잡이가 많았다면, 우리가 지금 사용하는 어휘는 '좌우명'이 아니라 '좌좌명座左銘'이 되었을 것이다. 왼손잡이 독자들이여! '좌좌명'으로 바꾸고 싶으면 마음대로 하시라!

혹자는 한자어에서 '좌'와 '우'라는 문자에 존비의 차별이 있다는 이론을 가지고 이를 설명하려고 할지도 모르겠다. 고문에서 '우'는 주로 '중시하다' '존중하다'란 뜻으로 쓰이고, '좌'는 '무시하다' '천대하다'란 의미로 쓰인다. 예를 들어 '천遷'은 주로 승진이나 전근을 뜻할 때 쓰지만, 앞에 '좌'를 붙여 '좌천左遷'이라고 하면 '강등하다' '쫓아내다'란 뜻이 된다. 그러나 우리나라 조선시대 때 벼슬에서 좌의정이 우의정보다 직급이 높았듯이, 고대 중국에서도 좌승상左丞相이 우승상右丞相보다 직급이 높았다. 이는 승상에만 국한된 것이 아니라, 간언과 자문을 담당하는 하급 관리인 '좌보궐左補闕' '우보궐右補闕'이나 '좌습유左拾遺' '우습유右拾遺' 등과 같이, 직급에 상관없이 '좌'자가 붙으면 '우'자가 붙는 관직에 비해 서열이 높았다. 따라서 '좌'와 '우'의 우열은 어느 방향에서 보느냐에 따라 얼마든지 뒤바뀔 수 있다. 고대 조정에서 영의정이 임금 왼쪽에 서고 좌의정이 임금 오른쪽에 선다 해도, 출입구 쪽에서 보면 영의정은 임금 오른쪽에 시립하고 좌의정은 임금 왼쪽에 시립한 것이니, 어디까지나 상대적인 개념일 뿐이다.

오늘날 국무위원의 좌석 배열을 보면, 비록 옛날처럼 좌우(동서) 두 줄로 도열하지 않고 권위의식을 타파한다는 차원에서 원탁에 앉는 방식으로 바뀌긴 했지만, 이 기준을 적용해 옛날과 마찬가지로 대통령을 중심으로 해서 좌우로 번갈아가며 배치하는 듯하다. 수천 년 동안의 전통이라 기본적인 질서는 유지되는 것인가 보다! 오래 전에 '좌'와 '우'의 적용 방식에 대해 고서의 기록을 근거로 어느 중국학자가 작성한 논문을 읽은 적이 있으나, 별로 동의하고 싶지 않았기에 이에 대한 고찰은 그냥 방기해 놓고 있다. 독자들도 각자 나름대로 한번 추론해 보시라!

18. 절 이름에 왜 '寺'자를 쓸까?

2000년에 어머니가 서거하신 뒤 그분의 소망대로 절에 신위를 모시고 제를 올렸다. 그때 절을 찾은 또 하나의 이유는 절밥 얻어먹는 유혹(?)에서 벗어나기 힘들어서이기도 했다. 다양한 나물을 곁들인 절 음식은 별미 중에 별미! 강릉 근처에도 유명한 사찰이 제법 많다. 신흥사·백담사·낙산사·낙가사 등등. 헌데 절을 지칭하는 한자인 '寺'를 왜 '사'라고 발음하는 걸까? '寺'의 원음은 '시'인데……

불교가 중국에 전래된 것이 언제인지 정확히는 알 수 없으나, 지금까지 전해지는 고문헌에 의하면 대략 후한 명제明帝 때로 보는 것이 통설이다. 기록에 의하면 섭마등攝摩騰과 축법란竺法蘭이란 인도의 두 고승이 백마白馬에 불경을 싣고 당시 도성인 하남성 낙양洛陽에 도착했다고 한다. 그들이 도착하자, 황제는 '홍려시鴻臚寺'라는 기관에 명을 내려 그들을 환대케 하였다. '홍려시'란 '큰 소리(鴻)로 외국 사신에게 황명을 전하는(臚) 기관(寺)'이란 의미에서 유래한 말로, 요즘으로 말하면 외교부와 유사한 관청이다. 뒤에 두 고승은 황제의 도움을 받아 낙양 근처에 절을 세우고, 자신들이 타고 온 말과 자신들이 환대받은 관청의 명칭을 빌어, 절 이름을 '白馬寺'라고 하였다. 이 사찰이 중국 최초의 절로 전한다.

그런데 처음에는 절 이름을 '백마시'로 발음하다가 나중에 조정의 관청과 구별하기 위해 '시寺'의 음을 '사'로 바꾼 것이 아닐까 싶다. '홍려시'라고 할 때 '寺'는 '모실 시侍'의 본자이다. 즉 임금을 모시는 조정의 관공서라는 말이다. 고대 장관 가운데 구경九卿이 관장하는 기관을 명명할 때 바로 이 '寺'자를 사용하였다. 국가의 전례를 관장하는 기관인 '태상시太常寺'나 재판을 관장하는 기관인 '대리시大理寺' 등이 그러한 예이다. 뒤에는 '寺'를 주로 절 이름에 사용하면서 중국인들이 발음을 권설음捲舌音인 'shì'에서 설치음舌齒音인 'sì'로 바꾸었기에, 우리나라에서도 음을 '시'에서 '사'로 바꾼 것으로 보인다. 아울러 '궁궐 안에서(內) 황제를 늘 모시는(侍) 업무를 관장하는 직책'인 '내시內侍'라는 어휘에서처럼, '모신다'는 의미를 나타낼 때는 뜻을 구별하기 위해 새로 만든 분별자分別字인 '侍(shì)'자를 사용하게 되었을 것이다.

한때 뉴스에 어느 대통령을 잘못 보좌한 측근들을 조롱하기 위해 '십상시十常侍'라는 말이 자주 등장하던 때가 생각난다. 이 때의 '상시' 역시 '내시'처럼 황제를 늘(常) 곁에서 모시는(侍) 관직을 가리킨다. '십상시'는 두 가지 '버전'이 있다. 전한 말엽 홍공弘恭과 석현石顯을 중심으로 한 열두 명의 내시와 후한 말엽 장양張讓과 조충趙忠을 중심으로 한 열 명의 상시를 말하는데, 보통은 후자를 가리킨다. 중국의 역사를 들여다보면 역대 왕조 말엽에 어김없이 이러한 측근들이 전횡을 일삼아 망국의 결과를 초래하였다. 역사는 반복된다고 하던가? 반면교사로 삼아야 할 일이다.

19. 재미있는 한자놀이 첫 번째!

세상만사에는 늘 명과 암이 함께 존재하는 듯하다. 표의문자表意文字인 한자를 두고 혹자는 비과학적이고 비효율적인 문자라고 흉을 본다. 과학적인 관점에서 본다면 틀린 말은 아니다. 반면 다른 관점에서 보면 예술적이고 문학적인 강점을 지니고 있는 것도 사실이다. 특히 조합 능력이 뛰어나 같은 의미의 여러 어휘를 만들어 내는 조어造語 방면에서는 세계 어느 문자보다도 탁월한 기능을 발휘한다. 예를 들어 공부를 함께 했으면 '동학同學', 재학 시기나 졸업 기수를 같이하면 '동기同期', 같은 교문을 함께 드나들었으면 '동문同門', 같은 교실의 창문 아래서 따사한 햇살을 받으며 함께 수업을 했으면 '동창同窓'이라고 하여, 목적어에 해당하는 한자만 바꾸면 다양한 동의어를 만들어낼 수 있다. 그중에서 필자는 '동학'이란 말을 선호하는 편이다.

고대 중국인들은 한자를 가지고 장난질치는(?) 것을 좋아하였다. 이는 한자가 상형문자象形文字에서 출발한 일종의 그림 문자라는 독특한 성격을 지니고 있기 때문이다. 그중에서도 한자를 쪼개어 해학적인 장면을 연출하는 모습을 종종 발견할 수 있다. 그러한 예로서 '봉황 봉鳳'자를 들 수 있다. 오늘날에는 동서양을 막론하고 거의 모든 나라가 글을 쓸 때 가로쓰기를 택하고 있지만, 고대 중국인들은 세로쓰기를 택하였다. 바로 이 세로쓰기가 문자의 유희를 용이하게 만들 수 있는 계기를 마련해 준다. 먼저 '鳳'자와 관련한 두 가지 고사를 소개하면 아래와 같다. 1번은 남조南朝 양梁나라 원제元帝 소역蕭繹(508-554)의 ≪금루자金樓子 · 입언편立言篇≫권4의 기록이고, 2번은 남조 유송劉宋 유의경劉義慶의 ≪세설신어世說新語 · 간오簡傲≫권하의 기록이다.

> 1. (후한 사람) 공사목이 "집안을 잘 다스리는 방법은 오직 검소함과 절약뿐이고, 입신양명할 수 있는 방도는 오직 겸손함과 학문뿐이라오"라고 하자, 누군가 그의 말에 화가 나 그의 대문에 '鳳'자를 썼다. 공사목은 그 뜻을 알아채지 못 한 채 내심 크게 기뻐하였지만, 그 사람의 의도는 '평범한 새'라는 뜻을 전달하는 데 있었다. (公沙穆曰, "居家之方, 唯儉與約, 立身之道, 唯謙與學." 世人有忿者, 題其門爲鳳字. 彼不覺, 大以爲欣, 而意在凡鳥也.)
>
> 2. (삼국 위魏나라 때 죽림칠현竹林七賢 가운데 한 사람인) 혜강은 여안과 친한 사이여서, 매번 만나고 싶으면 천리 길도 멀다하지 않고 수레를 준비시키곤 하였다. 여안이 뒤에 찾아왔을 때 마침 혜강이 부재중이라서, 그의 형인 혜희嵇喜가 문을 나서 맞이했지만, 여안은 안으로 들어서지 않고 문 위에 '鳳'자를 쓰고는 그곳을 그냥 떠났다. (嵇康與呂安善. 每一相思, 千里命駕. 安後來, 値康不在, 兄喜出户延之, 不入, 題門上作鳳字而去.)

누구나 '鳳'이란 말을 들으면 당연히 기뻐할 수밖에 없을 것이다. 상서로운 새를 상징하는 '봉황'이란 말로 자신을 비유한다면, 불쾌해 할 사람이 어디 있으랴? 그러나 세로쓰기에서 '鳳'자는 이를 쪼개면 '평범할 범凡'과 '새 조鳥'자가 상하로 연결되는 모양새를 띠게 된다. 즉 '평범한 새'란 말이 되어 '봉황'과 정반대의 의미가 되는 것이다. 후한 때 누군가 공사목의 자랑질에 화가 나서 역설적으로 '봉황'이라고 놀려대고, 삼국 위나라 때 여안이 친구 혜강의 형으로서 동생과는 달리 출세 지향적인 인물이었던 혜희의 속물적 성품을 비꼬기 위해 '봉황'이라고 놀려댄 것 모두 한자놀이를 통한 뼈아픈 비아냥이었던 것이다.

20. 재미있는 한자놀이 두 번째!

앞에서 고대 중국인들이 한자를 가지고 장난질치는(?) 것을 좋아했다는 얘기를 꺼냈는데, 이 단락에서도 한자놀이와 관련한 고사를 한 토막 소개해 보고자 한다. 남조南朝 남제南齊 때 사람 유회劉繪는 당시에 제법 이름을 떨치던 유생儒生이었다. 그런 그가 제후인 하동왕河東王의 승상을 지낼 때, 한 서민을 만나 우월한 지위와 폭넓은 지식을 바탕으로 농을 걸었다가 본전도 못 찾았다는 고사가 명明나라 팽대익彭大翼이 지은 ≪산당사고山堂肆考 · 지리地理≫ 권28에 전하는데, 이를 옮겨적으면 아래와 같다.

남제 사람 유회는 (춘추시대 때 노나라 공자의 고향인 산동성) 궐리 사람으로 하동왕의 승상을 지냈다. 주민 중에 성이 뇌씨인 사람이 있었는데, 사는 고을 이름이 '예리'라서 유회가 그를 놀리며 말했다. "자네는 뭐가 더러워서(穢) 예리에 사는가?" 그러자 그 사람이 대답하였다. "잘 모르겠습니다. 그러면 어르신은 뭐가 부족해서(闕) 궐리에 사십니까?"(齊劉繪, 闕里人, 爲河東相. 居人有姓穢者, 所居名穢里. 繪嘲之曰, "君有何穢, 而居穢里?" 答曰, "未審. 夫子有何闕, 而居闕里?")

윗 글에서 '예穢'는 '더럽다'는 의미의 한자이다. 우리나라에서는 일상용어에 잘 사용하지 않는 글자이다. 또 '궐闕'은 명사(què)로 쓰일 때는 '대궐'을 뜻하지만, 동사(quē)로 쓰일 때는 '부족하다' '빠지다'라는 의미를 가진 파음자破音字이다. 우리도 일상생활에서 '궐석재판'이란 말을 곧잘 듣곤 하는데, 여기서의 '궐'이 바로 그런 의미를 가리킨다. 즉 소송 당사자가 자리에 나오지 않고 불출석 상태에서 대리인인 변호사를 통해 받는 재판을 말한다.

위의 내용은 유회劉繪가 어느 서민이 사는 고을 이름인 '예리'를 가지고 놀려대자, 그 서민 역시 유회의 본관 이름인 '궐리'를 가지고 반격을 가했다는 것이다. 신분이 높다고 해서, 혹은 재물이 많다고 해서, 함부로 남을 깔보았다가는 잘못하면 큰코 다칠 수 있는 것이 인생사가 아닐까 싶다. 언행을 조심하라는 교훈을 전달하기 위해 지어진 일화로 이해하면 될 듯 싶다. 그러나 한편으로는 '闕'자에 비해 '穢'자가 더 저급한 것을 감안하면, 신분의 차이를 복선으로 까는 한계까지 극복하지는 못 한 것이 아닐까 하는 생각도 든다. 저자가 정말로 이러한 점까지 고려해서 위의 고사를 지어낸 것인지는 직접 물어볼 수 없어 알 수 없지만……

21. 재미있는 한자놀이 세 번째!

앞에서도 몇 차례 언급한 적이 있지만, 황제나 스승, 조상, 부모님 등의 이름자를 글이나 말에서 사용하기 꺼려해 기피하는 현상을 '피휘避諱'라고 하는데, 고대 중국인들은 이를 무척 금기시하였다고 했다. 여기서는 이를 이용한 말장난에 가까운 해학적인 고사를 한 토막 소개해 보고자 한다. 원문은 남조南朝 양梁나라 때 원제元帝 소역蕭繹(508-554)의 저서인 《금루자金樓子·첩대편捷對篇》권5에 다음과 같이 전한다.

> (남조南朝 유송劉宋 때) 안성공 하욱이 은원희('원희元喜'는 은부殷孚의 자)와 함께 식사를 하게 되었다. 은원희는 바로 은순殷淳의 아들이다. 하욱이 말했다. "은선생께 순채국을 더 드려라!"
> 그러자 은원희(은부)가 천천히 고개를 들면서 말했다. "어찌 그리도 거리낌이 없으십니까?"[21] 하욱은 바로 하무기의 아들이다.(安成公何勗, 與殷元喜共食. 元喜, 卽淳之子也. 勗曰, "益殷蓴羹!" 元喜徐擧頭曰, "何無忌諱?" 勗乃無忌子.)

위의 고사에는 하무기何無忌와 하욱何勗 부자, 그리고 은순殷淳과 은부殷孚 부자 등 네 사람이 등장한다. 내용은 먼저 하욱이 은부의 부친인 은순의 이름자 '순淳(chún)'과 발음이 같으면서 순채국을 의미하는 '순蓴(chún)'자를 거론하여 놀리자, 은부 역시 하욱의 부친인 하무기를 거론하여 반격을 가했다는 것이다. 헌데 하욱이 단순히 발음이 같은 한자를 예시한 반면, 은부는 하욱의 부친 성명을 직접 거론하였으니, 그 반격의

---

21 은부가 내뱉은 말은 "그대 부친인 하무기何無忌라면 꺼리셨을 텐데요"라는 의미와도 중복된다.

강도가 남다르다. 즉 문맥상으로 볼 때, '하무기휘何無忌諱?'는 '어찌 그리도 거리낌이 없으십니까?'라는 뜻이 되지만, 그 이면에는 '그대 부친인 하무기라면 꺼려서 감히 그런 말을 하지 않았을 것이오!'라는 내용이 담겨 있기에 급과 격이 다르다고 할 수 있다.

실상 이러한 문자놀이는 아마도 표의문자表意文字로 구성된 한문에서나 가능한 것이 아닐까 싶다. 그러나 그러한 장점에도 불구하고 표의문자는 여러 면에서 우리나라 한글보다는 사용하기 불편한 점이 참으로 많다. 필자의 이러한 생각을 두고서 요즘 유행하는 시쳇말로 '국뽕'적인 발상이라고 한다면 할 말은 없다. 우리글에서는 어떠한 재미있는 문자놀이가 있었는지 독자들의 지도편달을 바란다.

22. 지금은 오히려 우스꽝스러운 이름을 사랑한다네!

필자는 자신의 이름과 관련하여 말못할 사연을 많이 가지고 있는 편이다. 이름이 '만원萬源'이니 누구나 돈을 떠올리기 마련이기 때문이다. 이제는 너무 익숙해져 상대방의 반응에 무심해졌지만…… 심지어 비록 한자는 다르지만 발음이 같기에, 중국인들조차도 필자의 이름을 들으면 미소를 짓곤 한다. 중국어의 경우 구어에서는 '이완콰이치엔(一萬塊錢)'이라고 쓰지만, 문언문에서는 '만원(萬元)'으로 쓰는데, '源'과 '元'의 발음이 같기 때문이다. 고대 중국의 고사 가운데서도 이름과 관련한 웃지못할 얘기가 있기에, 이 자리를 빌어 한번 소개해 보고자 한다. 관련 고사는 남조南朝 양梁나라 때 원제元帝 소역蕭繹(508-554)의 저서인 ≪금루자金樓子·잡기편雜記篇≫권6에 다음과 같이 전한다.

초지방 일대에 '나'라는 이름을 가진 사람이 있었다. 이 사람은 아버지 앞에서는 늘 '나'라고 하고, 자식 앞에서는 늘 자기 이름을 부르는 꼴이 되었으니, 이것이야말로 괴이한 일이로다!(荊楚間有人名我者. 此人向父恒稱我, 向子恒稱名, 此其異也!)

위의 고사처럼 사람 이름이 '나 我'라는 한자라면 무슨 일이 벌어질까? 고대 중국인들에게는 상대방과 대화할 때 자신의 이름을 부름으로써 겸손을 표하고, 상대방의 경우는 이름 대신 별칭인 자字나 호號를 부름으로써 존경을 표하는 것이 통상적인 예법이었다. 헌데 본명이 '我'라면 부친에게는 1인칭 대명사로 자신을 칭함으로써 불경한 태도를 보이고, 자식 앞에서는 자기 이름을 부름으로써 볼성사납게 자신을 낮추는 꼴이 되고 마는 것이다. 중국에는 요상한 이름이 많다. 일전에 고문을 번역하면서 사람의 성명을 해석할 뻔한 적이 있었다. 등장 인물의 성명이 '유가劉家'인데, 설마 이름이 '집 가家'자일까 싶어 '유씨 집안 사람'으로 이해했었다. 그러나 실제로 그의 본명이 '家'였기에, 서둘러 정정표를 작성할 수밖에 없었으니 더 말할 나위가 있겠는가? 그래서 중국의 고문헌을 해석할 때는 거듭 주의를 기울일 수밖에 없다.

각설하고, 예전에 학생들이 필자의 연구실 앞을 지나다가 이름표를 보고서 '와! 이름이 만원이네!'라며 웃고 떠드는 소리를 들은 적이 있었다. 그때 필자는 쏜살같이 뛰쳐나가 '학생! 나한테 1원 한 푼 보태준 적이 있나?'라는 말을 던졌다. 학생들이 기겁을 하기에 그냥 웃자고 던진 농담이라고 해서 안심시켰는데, 나이 들어서는 그만큼 마음에 여유가 생겼기에 그냥 해본 장난이었다. 그러나 필자의 내심을 모르는 학생들은 무척 놀랐을 터이다. 요즘도 필자는 재미삼아 자신을 소개할 때 '만원짜리'라는 농담을 던지곤 한다. 그러면 상대방은 영원히 필자의 이름을 기억할 테니까!

23. 옛사람이라고 애정 표현이 달랐을까?

　요즘 젊은이들은 애정 행각을 벌이면서 남의 이목을 별로 의식하지 않는 듯하다. 그러나 선대는 물론이고 필자의 세대까지만 해도 공공장소에서 애정 표현을 서슴없이 하는 것은 무척 금기사항으로 간주되었다. 그럼에도 불구하고 고대 중국인, 그중에서도 황제마저 사랑하는 여자에게 물심양면으로 무척 적극적인 애정 표현을 보인 사례가 발견되기에, 아래에 한번 소개해 보고자 한다. 이에 관한 기록은 남조南朝 양梁나라 원제元帝 소역蕭繹(508-554)의 ≪금루자金樓子·잠계편箴戒篇≫권1에 다음과 같이 전한다.

　　(남조) 남제南齊 때 울림왕은 무제의 적손이다. 그는 제위帝位를 물려받던 날, 왕비 하씨에게 서신을 쓰면서 ('사랑한다'는 의미에서) '희喜' 한 글자를 크게 쓴 뒤, 다시 작은 글씨로 '희'자 30개 가량을 써서 사방을 둘러싸게 하였다. (齊鬱林王, 武帝嫡孫. 嗣位之日, 與妃何氏書, 題作一喜字, 又作三十許細喜字, 繞四邊.)[22]

　예문에서 울림왕鬱林王은 남조南朝 때 남제南齊를 건국한 무제 소색蕭

22　예문에서 '허許'는 '가량' 정도의 의미에 해당하는 접미사이고, '세細'는 '소小'의 의미이며, '희喜'는 현대 중국어에서도 '좋아한다'고 할 때 '喜歡xǐhuan'이라고 하여 그대로 사용되고 있다.

頤(440-493)의 손자로서, 본명이 소소업蕭昭業(473-494)으로 정식 황제에 올랐으나, 패덕으로 인해 쫓겨나서 왕으로 강등당한 인물이다. 그렇기에 시호로 불리지 못 하고, 초라한 봉호로 불린 것이다. 그러나 그런 그도 아내만큼은 끔찍이 사랑하여 낯 간지러울 정도로 지극정성을 다해서 애정을 표현하였다. 아마 요즘도 누군가 연인에게 이런 서신을 쓴다면 오글오글하다고 놀림을 당하지 않을까 싶다.

하지만 옛날 사람이라고 해서 애정을 표현하는 데 현대인과 특별히 다를 게 뭐 있으랴? 동서고금을 막론하고 사랑하는 마음은 매한가지가 아닐까? 그러나 울림왕의 애정 행각은 남달랐던 것 같다. 자신의 사랑을 표현하기 위해 멋진 디자인까지 창안하면서 애정 표현을 한 것이 무척 애틋하기까지 하다. 하지만 역사책에서는 대표적 폭군으로 기록하고 있으니, 그러한 정성마저도 희석되는 것은 아닐는지 모르겠다.

24. '아무말 대잔치'라고?

언제 누구로부터 비롯되었는지는 알 수 없으나, 근자에 시중에 떠도는 말 가운데 '아무말 대잔치'라는 기묘한 유행어가 있다. 일감하기에 그 속에 담긴 의미가 무척 재미있게 느껴지기도 하지만, 그만큼 사람들 사이에 대화의 창구가 환하게 열려 있는 듯하다. 그러나 이를 두고 '대화'라고 할 수 있을지는 모르겠다. 여하튼 인터넷의 발달로 SNS상에서도 상호간의 대화가 활발하게 벌어지고 있는 듯하다. 그러나 말이란 애정과 신뢰의 수단이면서 공격과 상처의 빌미가 되기도 하기에, 입밖으로 내뱉을 때는 무척 조심해야 하는 매개체이기도 하다. 말의 효용에 대한 격언 유사한 기록이 남조南朝 양梁나라 원제元帝 소역蕭繹(508-554)의

≪금루자金樓子・입언편立言篇≫권4에 다음과 같이 전하기에 소개해 보고자 한다.

남에게 좋은 말을 건네는 것은 베옷이나 비단옷보다도 마음을 더 따듯하게 해 줄 수 있고, 말로써 남에게 상처를 주는 것은 창보다 더 심하게 아프게 할 수 있다. 말로써 남에게 선행을 베푸는 것은 금석이나 주옥보다 더 가치가 있고, 말로써 남을 잘 살펴주는 것은 보불의 문양보다 더 아름다울 수 있으며, 말로써 남의 사정을 들어주는 것은 타악기나 현악기 연주보다 마음을 더 즐겁게 해 줄 수 있다.(與人善言, 煖於布帛, 傷人以言, 深於矛戟. 贈人以言, 重於金石珠玉, 觀人以言, 美於黼黻[23]文章, 聽人以言, 樂於鐘鼓琴瑟.)

황제의 신분으로서 학문에 정진했던 소역이 전하고자 하는 얘기는 지극히 상식적이기에 특별히 새삼스러울 것은 없으나, 두고두고 곱씹어 볼 부분이 많아 보인다. 좋은 말은 옷처럼 사람을 따뜻하게 해 주지만, 한편으로는 창칼처럼 깊은 상처를 남기기도 한다. 그래서 남을 배려하는 말은 주옥 같은 보물보다도 더 가치가 나가고, 예쁜 문양보다도 더 아름다우며, 훌륭한 음악보다도 더 마음을 즐겁게 해줄 수 있다는 것이다.

필자도 예전에는 말이 많은 편이란 얘기를 자주 들었다. 특히 평소에는 말수가 적다가도 술자리에만 착석하면 '따발총'이 되어 타인의 눈총을 받곤 하였다. 그러나 요즘은 갈수록 말수가 적어지고 있다. 특히

---

23 '보黼'는 검은 실과 흰 실을 번갈아 수놓아 도끼 문양을 만든 것을 뜻하고, '불黻'은 검은 실과 푸른 실을 번갈아 수놓아 '아亞'자 문양을 만든 것을 뜻하므로, '보불黼黻'은 결국 화려한 문양을 수놓은 제왕이나 고관의 예복을 가리킨다.

'트위터'니 '인스타그램'이니 '페이스북'이니 '밴드'니 하는 인터넷을 통한 대화창에는 전혀 참여를 하지 않고 있다. 동기들의 권유로 밴드에 잠시 참여하였을 때도 초창기에는 댓글을 많이 달았지만, 점차 그 양을 줄이는 경향을 보이다가 결국 탈퇴하여 원상태로 돌아가고 말았다. 여기에는 말을 내뱉는 데 대한 걱정 내지는 두려움이 가장 큰 연유로 작용하는 것 같다. 그냥 '카카오톡'을 통해서 가족들하고만 대화를 나누는 정도에 그친다고나 할까? 그것도 드문드문……

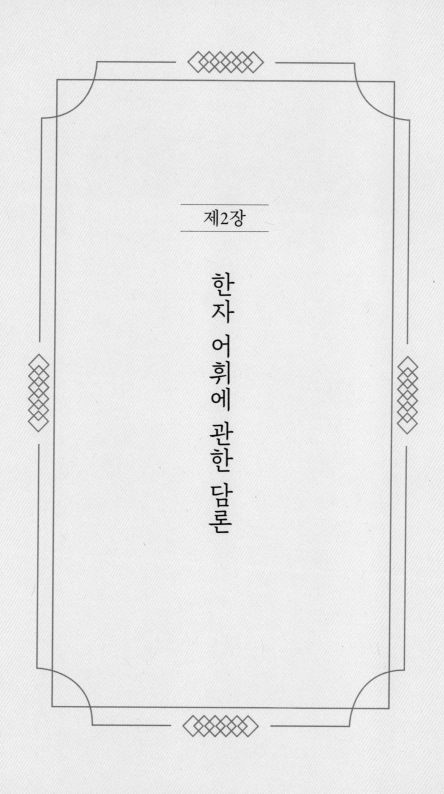

제2장

한자 어휘에 관한 담론

1. 한자어는 한자 자체에 답이 있다네!

요즘은 양력의 사용이 보편화되어 있기에, 음력에 대한 관심도가 많이 떨어져 있다. 아니 떨어져 있는 정도가 아니라, 일반인들은 거의 의식하지 않고 생활하는 듯하다. 그래도 이따금 언론 매체에서 24절기에 대해 언급하는 것을 접할 때가 있다. 실상 24절기는 태양의 운행을 관찰하여 설정한 것이기에 양력에 고정되어 있다. 거꾸로 얘기하면 음력에서는 수시로 날짜가 변한다는 말이다. 우선 이에 대해 간략히 설명한 명나라 팽대익彭大翼의 ≪산당사고山堂肆考 · 시령時令≫권7의 기록을 아래에 소개해 보고자 한다. 원서에는 흩어져서 기록되어 있으나, 편의상 한군데에 모아서 적는다.

5일이 1후이고, 6후가 모여서 한 달이 된다. 따라서 1년은 72후가 있다. 3후가 1절후가 되고, 6절후가 모여서 계절을 이룬다. 따라서 1년은 곧 24절후가 있다. 절후는 바로 절기와 중기이다. 예를 들어 역서에서 입춘을 정월의 절기로 삼는 것과 같은 부류가 그것이다. 매 절후마다 계산하면 15일이 된다.(五日爲一候, 積六候而成月. 故一歲則有七十二候. 三候爲一氣, 積六氣而成時. 故一歲則

有二十四氣. 氣卽節氣·中氣. 如曆書立春爲正月節之類, 是也, 每氣計一十五日.）

지금은 의미 구분없이 편의상 모두 '절기'라고 칭하지만, 원래 '절후節侯'는 절기와 중기로 나뉜다. 즉 원래 정의상 24절기 가운데 초순의 절후를 '절기'라고 하고, 중순 이후의 절후를 '중기'라고 하였다. 다시 말해서 음력 1월의 입춘立春·우수雨水, 2월의 경칩驚蟄·춘분春分, 3월의 청명淸明·곡우穀雨, 4월의 입하立夏·소만小滿, 5월의 망종芒種·하지夏至, 6월의 소서小暑·대서大暑, 7월의 입추立秋·처서處暑, 8월의 백로白露·추분秋分, 9월의 한로寒露·상강霜降, 10월의 입동立冬·소설小雪, 11월의 대설大雪·동지冬至, 12월의 소한小寒·대한大寒 등 24절후 가운데 앞의 것은 절기이고, 뒤의 것은 중기에 해당한다. 그리고 이러한 24절기는 전적으로 태양력에 근거하여 농사를 위해 만든 천문학적 배려였다.

24절기 가운데 '경칩驚蟄'은 '개구리나 곰처럼 겨울잠을 자는 동물(蟄)들을 깜짝 놀라 잠에서 깨게 만든다(驚)'는 의미에서 생긴 명칭이고, '춘분春分'이나 '추분秋分'은 '봄과 가을 중에 낮과 밤이 정확히 같은 시간으로 나뉜다(分)'는 의미에서 생겨난 명칭이며, '하지夏至'와 '동지冬至'는 '여름의 더운 기운과 겨울의 추운 기운이 극에 달한다(至)'는 의미에서 생긴 명칭이니, 한자 조합 원리에 딱 부합한다. 이처럼 한자어는 한자 자체에 그 의미가 담겨 있다. 이러한 지극히 기본적인 원리를 안다면 우리가 일상생활에서 사용하는 한자어의 의미를 이해하는 데 좀더 수월하게 다가설 수 있지 않을까? 헌데 왜 하지가 가장 덥지 않고, 동지가 가장 춥지 않을까? 이는 나만의 느낌이려나? 이과를 전공한 어느 동기의 말에 의하면, 태양에서 지구까지 에너지가 도착하는 데 시간이 걸리기 때문에 실제로 가장 덥고 추운 시기는 하지나 동지보다 한두 달 뒤라고 설명하는데, 과학적으로 정확한 답안인지는 모르겠다.

2. 인간의 혀는 원래 간사하다네!

이 지면에서는 가볍게 한자어와 관련하여 개인적인 생각을 개진해 보고자 한다. 우리가 일상생활에서 사용하고 있는 한자어 가운데는 발음이나 의미가 원음이나 본의와 달리 변질된 것들이 있다. 이를테면 '금실이 좋다'고 할 때의 '금실'이나, '맹세하다'라고 할 때의 '맹세', 그리고 '부실기업'이라고 할 때의 '부실' 등을 그러한 예로 들 수 있을 듯하다.

먼저 '금실'은 원음이 '금슬'이고, 본의는 중국 고유의 현악기인 '금琴'과 '슬瑟'을 가리킨다. 우리나라로 말하면 거문고나 가야금과 유사하게 생긴 악기를 가리킨다. 이 두 현악기를 조화롭게 연주하면 아름다운 음악을 창조할 수 있기에, 부부 사이에 사랑이 돈독함을 비유하는 의미로도 확장되었다. 그러던 것이 언제부터인지는 모르겠으나, 발음이 '금실'로도 변환되어 '금실이 좋다'라는 말로 상용화되었고, 오늘날에는 이 말이 한글 표준어 사전에도 등록되어 있다. 또 원래 '맹세'라는 한자어 자체는 존재하지 않는다. 즉 한자는 '盟誓'이고, 원음은 '맹서'이다. 아울러 '부실' 역시 한자는 '不實'이고, 원음은 '불실'이다. '不'자는 원래 우리말로 발음했을 때 종성終聲이 '각各' '을乙' '읍邑'처럼 'ㄱ' 'ㄹ' 'ㅂ'으로 끝나는 입성자入聲字로서, '불'이란 발음만 존재하지 '부'라는 발음은 없다. 다만 우리말 발음의 경우 'ㄷ'이나 'ㅈ'으로 시작되는 한자 앞에서만 '부'로 발음하고, 그 외의 한자 앞에서는 원음으로 발음하는 것이 원칙이다. 그렇지 않다면 '不死'도 '불사'가 아니라 '부사'로 발음하는 기현상이 생길 수 있을 것이다. 이를 국어 시간에 무슨 법칙이라고 배웠던 것 같은데, 그 어법학적 용어는 잘 기억나지 않는다.

　이상의 예들은 모두 발음 편의상 변화한 경우라는 공통점을 지니고 있다. 인간의 혀는 간사하기에 편리함을 추구하기 마련이다. 그러나 아무리 편리함을 좇는 것이 사람의 속성이라 할지라도, 대의명분을 망각하고 일상적인 언행에서까지 편리함만 추구하거나, 본의를 왜곡하여 궤변을 늘어놓는 쪽으로 과하게 변질시킨다면, 인간 사회는 무질서와 혼돈이 극에 달하고 말 것이다. 편의를 좇는 것이 단지 이러한 언어 현상에서만 그치기를 바란다면 너무 순진한 생각일까?

　각설하고, 조금 결을 달리하는 얘기이지만, 요즘 유행하는 말에 '프레임'이란 용어가 있다. 필자는 개인적으로 이 외래어가 언론에 너무 자주 등장하는 데 대해 일종의 거부감을 느끼곤 한다. 정치 공작적인 냄새가 배어 있는 것은 차치하고서라도, '틀'이나 '굴레' 같은 아름다운 우리말을 두고 왜 굳이 외래어를 남발하는 것일까? 꼭 영어를 써야만 유식해 보인다고 착각하는 것은 아닐까? 하긴 한글날이 아니면 이런 얘기도 자주 등장하지는 않는 듯하다. 그렇다고 해서 필자에게 너무 고지식하다고 핀잔을 준다면 할 말은 없다!

3. 중국인들은 의태어·의성어를 어떻게 만들었을까?

　고대 중국어든 현대 중국어든 한자어에서도 의태어나 의성어가 상당히 발달하였다. 여기서는 현대 중국어나 한문에 관심이 있는 독자들을 위해 그 원리에 대해 간략히 소개해 보고자 한다. 한자어에서 의태어나 의성어의 조합 원리를 보면 우리말과 상당히 유사한 점이 발견된다. 우리말의 의태어나 의성어를 보면 '살금살금' '멍멍!'처럼 같은 말을 중복시키는 경우가 많다. 이는 한자어도 마찬가지다. 아마도 이러한 말에는 민족성을 떠나 인류 보편적인 감성의 원리가 숨어 있는 것이 아닐까 싶다. 다만 한자어에서는 그 형태가 좀더 다양할 뿐이다. 한자어에서 의태어나 의성어를 만드는 원리는 대략 세 가지로 나눌 수 있다. 이를 어학용어로는 '첩자疊字' '쌍성雙聲' '첩운疊韻'이라고 한다. 이러한 어휘들은 중국음으로 읽으나 우리음으로 읽으나, 소리 조합 현상에서는 큰 차이가 나지 않는다.

먼저 '첩자'는 글자 그대로 '동일한 글자를(字) 중첩하여(疊) 만든 말'을 가리킨다. 이를테면 '아득한 모양'을 형용하는 '유유悠悠(yōuyōu)'나 '두려움에 떠는 모양'을 뜻하는 '전전긍긍戰戰兢兢(zhànzhànjīngjīng)' 등과 같은 한자어들이 그러한 예이다. 이들은 우리음으로 읽으나 중국음으로 읽으나 연결된 글자의 발음이 모두 동일하다.

다음으로 '쌍성'은 '성모聲母가 같은 한자로(聲) 쌍을(雙) 이룬 말'을 가리킨다. 이를테면 '들쭉날쭉하여 가지런하지 않은 모양'을 뜻하는 '참치參差(cēncī)'와 같은 말이 그러한 예이다. 우리음으로 읽으나 중국음으로 읽으나 두 글자 모두 초성初聲이 'ㅊ'과 'c'음으로 동일하다. 그 외에 '아득히 먼 모양'을 뜻하는 '면막綿邈(miánmiǎo)'이나 우리말에서도 그대로 사용하는 '령롱玲瓏(línglóng)'과 같은 말들도 모두 쌍성에 속하는 예들이다.

'첩운'은 '운모韻母가 같은 한자를(韻) 중첩하여(疊) 만든 말'을 가리킨다. 이를테면 원래는 '윗니와 아랫니가 서로 들어맞지 않는 모양'을 뜻하는 말에서 갈등을 일으키거나 꺼려하는 것을 비유하는 말로 전이된 '저어齟齬(jǔyǔ)'와 같은 단어가 그러한 예이다. 우리음으로 읽으나 중국음으로 읽으나 두 글자 모두 종성終聲이 'ㅓ'와 'ǔ'음으로 동일하다.

그 외에 '아리따운 모양'을 뜻하는 말로서 '요조숙녀窈窕淑女'라고 할 때의 '요조窈窕(yǎotiǎo)', '조용한 모양'을 뜻하는 말인 '종용從容(cóngróng)', '방황彷徨(pánghuáng)'이나 '배회徘徊(páihuái)'처럼 우리말에서도 그대로 사용하는 어휘들도 모두 첩운에 속하는 것들이다. 이상의 '첩자' '쌍성' '첩운'의 원리는 현대 중국어에도 그대로 적용되어 의태어와 의성어를 생성하고 있다.

4. 한자어나 한문 학습을 위한 기본 원리!

필자가 학생들에게 한자나 고문古文(한문)을 가르칠 때 가장 중시하는 세 가지 기본 견해가 있다. 첫 번째는 한자의 생성 원리와 본뜻에 관한 것이고, 두 번째는 일반 어휘나 성어의 구성 원리에 관한 것이며, 세 번째는 본격적으로 문장을 이해하는 원리에 관한 것이다. 여기서는 한자어 내지 중국어에 관한 기본 소양을 넓힌다는 차원에서, 이 세 가지 견해에 대해 간략히 소개해 보고자 한다.

첫 번째, 한자의 생성 원리와 원의를 얘기할 때 흔히 거론하는 것이 '육서六書'이다. '육서'는 여섯 가지 조자造字 방식을 가리키는데, 그중에서도 핵심은 '상형象形' '지사指事' '회의會意' '형성形聲'이다. '상형'은 사물의 모양(形)을 본뜬(象) 것으로, '해 일日' '달 월月' 같은 한자를 가리킨다. '지사'는 추상적인 개념(事)을 형상화하기(指) 위한 것으로, '위 상上' '아래 하下' 같은 한자를 가리킨다. '회의'는 두 개 이상의 한자의 의미(意)를 결합시켜(會) 새로운 의미의 글자를 만드는 방법으로, '전쟁(戈)을 막는다(止)'는 의미의 '무武'나 '사람(人)의 말(言)은 믿어야 한다'는 의미의 '신信'과 같은 한자를 가리킨다. 마지막으로 '형성'은 의미를 나타내는 부수(形)와 소리를 나타내는 한자(聲)를 결합한 것으로, '장강 강江'이나 '황하 하河'와 같은 한자를 가리킨다. 그런데 한자의 8, 90% 이상이 여기에 속하기에, '형성'의 원리를 알면 대부분의 한자의 조합 원리와 의미에 대해 대충 유추해 낼 수 있다.

두 번째, 한자어의 구성 원리는 대개 우리말 어순과 유사하다. 주어+술어인 주위구조主謂構造도 그렇고, 형용사가 앞에서 명사를 수식하거나 부사가 앞에서 동사나 형용사를 수식하는 편정구조偏正構造도 그러하며, 명사와 명사나 동사와 동사를 나란히 연결하는 연합구조聯合構造도 그러하다. 다만 우리말 어순처럼 목적어를 강조하기 위해 앞으로 도치하는 특별한 경우를 제외하면, '압권壓卷'처럼 목적어를 동사 뒤에 놓는 동빈구조動賓構造나, '청출어람靑出於藍'처럼 전치사를 활용하는 개사구조介詞構造에 속하는 말들이 우리말과 다를 뿐이다. 그래서 혹자는 중국어가 영어와 비슷하다고 하지만, 이는 하나만 알고 둘은 모르는 소리이다. 전체적으로 보면 우리말 어순과 유사한 점이 더 많다고 해도 틀린 말은 아니다.

세 번째, 고문을 이해하는 방법에 대한 이론이다. 결론부터 말하자면 여기에는 특별히 설명할 수 있는 원리가 없다. 앞의 두 가지 이론에 대한 숙지를 바탕으로 다양한 문장을 폭넓게 읽는 방법 외에 달리 첩경이 있을 수 없다. 필자가 학교 다닐 때 은사님이 '글을 백 번 반복해서 읽으면 뜻이 절로 드러난다'는 의미의 '독서백편, 의자현(讀書百遍, 意自見)'이란 한문을 인용하며, ≪맹자≫를 백 번 반복해서 읽으라는 말씀을 하신 적이 있다. 이는 옛날 서당식 공부 방법으로 '체득體得'을 강조한 말이다. 필자는 이를 받아들이지 않았다. 왜냐하면 시간 낭비라고 생각했기 때문이다. 영어권 영화를 반복해서 본다고 영어가 늘까? 기왕 모르는 것은 반복해도 계속해서 모를 수밖에는 없는 노릇이다. 그래서 그럴 시간이 있으면 차라리 다양한 고서를 정확하게 이해하는 것이 훨씬 효율적이고 합리적이라 생각했다. 이 생각은 지금도 변함이 없기에, 그분의 말씀을 학생들에게 대물림하지 않는다. 더욱이 중어중문학이나 한국한문학을 전공하지 않는다면, 세 번째에 대해서는 신경쓸 필요조차도 없다. 고서를 읽을 일이 없을 테니까! 그래도 이상에서 말한 세 가지 원리에 대해 얼추 인지한다면 우리가 평소 사용하는 한자어를 명쾌하게 이해하는 데 도움을 받을 수 있을 것이다.

5. 옛날에는 별명이 왜 이리도 많았을까?

고문서를 읽을 때 독자로 하여금 난감함을 느끼게 하는 요인 중 하나가 호칭이다. 요즘이야 그냥 성명만 알면 되지만, 고인은 본명 외에도 수많은 별칭이 있어서 이에 대한 사전 정보가 없으면 누구 얘기를 하는 것인지 막막한 경우가 다반사다. 이를테면 꼬맹이 때 부르는 소자小字, 약관의 나이가 되어 성인식을 치르면 어른들이 지어주는 자字, 중년의 나이가 되어 학식과 인품이 돈독하다고 인정받았을 때 스승이나 주변 원로가 지어주는 호號, 그것이 마음에 안 들면 스스로 짓는 자호自號,[01] 벼슬길에 올랐으면 일생 가운데 최고위 관직으로 부르는 관호官號, 업적을 인정받아 일종의 연금으로 받는 봉토封土를 딴 봉호封號, 사망 후 생전의 업적을 기리기 위해 조정에서 공식적으로 제정하거나 제자들이 지

---

01 조선시대 말엽의 저명한 서예가인 추사 김정희의 자호가 수백 개란 얘기를 국사학자에게서 들은 적이 있다.

어주는 시호諡號, 사당에서 제삿밥을 얻어 먹을 때 불리는 묘호廟號 등이 그러한 예이다. 그중 여기서는 '시호'와 관련해 개인적인 견해를 개진해 보고자 한다.

대한민국 국민 중에 죽을 때까지 시호를 한 번도 들어보지 못 한 사람은 아마도 없을 것이다. 우리에게 친숙한 이순신 장군을 부를 때 시호인 '忠武'에 '公'이란 존칭을 붙여 '충무공'으로 달리 부르는 것이 그 대표적인 예이다. 문관이 '문충文忠'이나 '충문忠文'이란 시호를 받으면 가문의 영광이듯이, 무관의 경우 '忠武'라는 시호를 받으면 이 역시 가문의 무한한 영광이라고 할 수 있다.

시호 중에 가장 거창한 것은 아무래도 황제의 시호라 할 수 있다. 시호의 제정은 한나라 때부터 시작되었다고 하는데, 한나라를 건국한 유방劉邦을 묘호로 부를 때는 '고조高祖'라고 하지만, 시호로 부를 때는 '고제高帝'라고 한다. 전한 '무제武帝'와 후한 '광무제光武帝' 등도 모두 시호에 해당한다. 당초 중국인들이 사망한 황제를 부를 때는 업적을 부각시킬 수 있는 시호를 주로 사용하였다. 그러다가 대략 당나라 이후로는 묘호를 대신 사용하기 시작하였다. 이는 추측컨대 시호가 너무 길어지면서 사용하기 불편했기 때문이 아닐까 싶다. 예를 들어 당나라 때 양귀비와의 스캔들로도 유명한 현종玄宗(묘호)의 시호는 '지도대성대명효황제至道大聖大明孝皇帝'이다. 우리말로 옮기면 '지극한 도리를 알아 성인답고 현명하며 효성스러웠던 황제'란 뜻이 된다. 이 얼마나 아부의 극치인가? 너무 길어 불편하니까 축약해서 '명황明皇'이라고 하지만, '현종'이란 묘호가 훨씬 간편하긴 하다. 심지어 청나라 때 최장수 황제인 강희제康熙帝는 시호가 '합천홍운문무예철공검관유효경성신공덕대성인황제合

天弘運文武睿哲恭儉寬裕孝敬誠信功德大成仁皇帝'[02]라고 엄청 길어졌으니, 이를 어떻게 매번 부를 수 있으리오? 70년대에 구봉서와 배삼룡(?)이란 연예인이 '삼천갑자동방삭…'이라고 하면서 긴 이름으로 시간을 때우는(?) 코메디를 연출했던 일이 연상된다.

끝으로 이순신 장군과 관련하여 한 마디 첨언하자면, 충무공 이순신과 동명이인이 조선시대에 제법 많았을 법하다. 이순신李舜臣은 이름이 '전설상의 성군인 순왕舜王의 신하처럼 살아라'는 의미이고, 실제로 이름에 걸맞게 충신으로 생을 마쳤다. 고대 중국에도 '이순신'이란 동명이인이 각 시대마다 존재했던 것으로 보아, 중국이나 우리나라나 위대한 이름을 자손에게 물려주고자 하는 욕망은 매한가지인가 보다! 헌데 필자의 이름은 너무 거창해서 소개하기가 민망하다. '만물의 근원이 되라'고 지어졌으니까 하는 말이다.

6. 가장 튀는 자호自號는?

앞에서도 언급했다시피 고대 중국인들은 소자小字, 자字, 호號, 자호自號, 시호諡號, 봉호封號, 묘호廟號, 관호官號 등등 다양한 별칭을 가지고 있었다. 그렇기에 이러한 별칭에 대한 사전 지식이 없으면, 글에서 지칭하는 대상이 누구를 가리키는지 알기 어려운 경우가 종종 발생한다. 그중 타인이 지어준 것이 마음에 안 들거나 특별한 사연이 있을 때 본인 스스로 짓는 별칭을 '자호'라고 한다. 여기서는 고대 중국인들의 자호 가운

---

02 줄여서 '인황제仁皇帝'라고 하는데, 좋은 뜻의 한자는 다 가져다가 붙였다고 보아도 무방할 듯하다.

데 독특하면서도 흥미로운 예를 하나 소개해 보고자 한다.

오대십국五代十國의 혼란한 시기를 거쳐 송나라가 건국되고 나서, 초엽에 정치적으로나 문화 예술적인 방면에서 절대적인 영향력을 발휘한 사람으로 구양수歐陽修(1007-1072)를 꼽을 수 있다. 당송팔대가唐宋八大家 가운데 절반 가량이 그의 제자라는 점이 이를 웅변적으로 말해 준다. 그런데 그의 자호가 무척 특이하다. 결론부터 말하자면 그의 자호는 '육일거사六一居士'이다. 그중 뒤의 '거사'는 벼슬을 하지 않고 재야에서 한적한 생활을 향유하는 선비에 대한 존칭으로 널리 쓰이는 말이기에 그 의미를 쉽게 알 수 있지만, 앞의 '육일'은 그 의미가 수수께끼 그 자체이다. 그래서 자호를 지은 당사자가 친절하게 설명하지 않으면 그 의미를 알 도리가 없다. 그렇기에 구양수 역시 이를 의식하였는지, 그 의미에 대해 다음과 같이 소상히 밝힌 적이 있다. 원문은 구양수의 제자 소철蘇轍(1039-1112)이 지은 <문충공 구양수의 신도비(歐陽文忠公神道碑)>에 인용되어 전하고, <신도비>는 소철의 문집인 ≪난성후집欒城後集≫권23에 수록되어 전한다.

나는 옛 기록(금석문金石文의 탁본을 가리킴) 1천 권을 모았고, 서책 1만 권을 소장하고 있으며, 금琴 한 개와 바둑판 한 개, 술 한 병을 가지고 있는데, 나 자신이 그 사이에서 늙어가고 있으니, 이것이 바로 '육일'이란 말이다. (吾集古錄一千卷, 藏書一萬卷, 有琴一張, 棊一局, 酒一壺, 吾老其間, 是爲六一.)[03]

---

03 실제로 구양수는 고대의 금석문을 수집하여 정리하고는, 이에 관한 저서를 ≪집고록集古錄≫ 이라고 이름 지었다.

구양수 본인의 설명에 의하면, '六'은 《집고록》과 장서·금·바둑판·술·노년에 들어선 자기 자신을 가리키고, '一'은 구양수 본인을 가리키는 말이 된다. 이를 당사자인 구양수가 직접 설명하지 않았다면, 후인들이 무슨 수로 그 의미를 알아챌 수 있으리오? 말장난 같이 보이지만, 곱씹어 볼수록 그 함의가 심오하고도 흥미롭기 그지없다. 우리 독자들에게는 재미있는 별칭으로 어떠한 것이 있을까?

7. 잠실이 내시의 몸조리 장소라고?

어떤 한자어는 동의어가 무척 많다. 예를 들어 '천하天下' '재상宰相' '은하銀河' '원일元日(설날)' 등등이 그러하다. '궁내(內)에서 황제를 모시는(侍) 직책'이란 의미의 '내시內侍'도 그중 하나이다. 필자가 조사한 바에 의하면 '내시'의 동의어가 수십 종에 이르는데, 얼추 기억나는 것만 가나다 순으로 열거해도 '내감內監' '내관內官' '내신內臣' '엄관奄官' '엄관閹官' '엄시奄寺[04]' '엄시閹寺' '엄인奄人' '엄환閹宦' '중관中官' '중사中使' '혼시閽寺' '환관宦官' '환자宦者' 등이 있다. 이중에서도 '閹'이나 '奄' 자가 붙은 명칭이 가장 치욕스런 어휘가 아닐까 싶다. 왜냐하면 이러한 한자들은 남자의 성기능을 제거한 '거세去勢'를 의미하기 때문이다.

내시는 원래 학식을 갖춘 선비를 기용하였으나, 뒤에는 궁중에서 궁녀들과 말썽을 일으키지 못 하도록 생식기를 거세한 낮은 신분의 인물을 임명하였다. 우리나라 서울에서 요즘 롯데월드 때문에 '핫(hot)'한 동네 가운데 하나로 꼽히는 잠실蠶室도 내시와 관련성이 있다. 잠실은 원

---

04 '寺'는 '모실 시侍'의 본자이다.

래 비단실을 생산하기 위해 누에를 키우는 곳이다. 과학적으로 설명하기는 어렵지만, 누에가 발산하는 열기가 강해 잠실은 무척 따듯한 장소라고 한다. 그래서 내시를 만들기 위해 생식기를 제거한 뒤 몸조리를 한 곳이 잠실이었다고 한다.

당나라 때 고역사高力士(684-762)란 내시가 있었다. 역대 내시 가운데 가장 많은 고사를 남긴 인물이 아닐까 싶다. 양귀비楊貴妃의 총애를 받아 당시 황제인 현종玄宗에게도 남다른 신임을 얻었다. 고역사는 원래 풍앙馮盎의 증손자로서 환관 고연복高延福의 양자로 입양되어 '고'씨로 개성改姓하였다. 그러나 뒤에 여러 고관을 맡았지만, 같은 환관인 이보국李輔國(704-762)의 탄핵을 받아 유배당했다가 귀경길에 사망하였다. 그에 관한 일화 가운데 유명한 것으로는 이백李白(701-762)과의 갈등을 첫손가락으로 꼽을 수 있을 듯하다. 이백이 술자리에서 주사를 부려 자신의 신발을 벗게 만들자, 앙심을 품고서 양귀비에게 무고하였고, 이로 인해 이백은 큰 곤욕을 치를 뻔했으나, 다행히 이백의 글재주를 끔찍이 아낀 현종에 의해 화를 면하곤 하였다는 얘기가 전한다.

우리나라에서도 한때 국정농단 사건 때문에 대통령의 보좌관을 내시에 빗대어 '십상시十常侍'니 '문고리 3인방'이니 하면서 비아냥거린 적이 있고, 그들 대부분 옥고를 치르거나 치르고 있다는 뉴스를 접했던 듯하다. 사람을 어디까지 신뢰할 수 있는지, 아니면 어느 정도 거리를 유지해야 하는지, 참으로 알기 어려운 일일 듯 싶다.

8. 벼는 익을수록 고개를 숙이는 법!

앞에서 고대 중국 사회에서는 특정 신분에 대한 다양한 호칭이 발달하였다는 언급을 하였는데, 그중에서도 가장 종류가 많은 것을 꼽으라면 '재상宰相' 내지 '승상丞相'이 이에 해당한다고 할 수 있을 듯하다. 그래서 이 단락에서는 이와 관련하여 상세하게 기술해 보고자 한다.

주지하다시피 오늘날 우리나라 행정제도에서 대통령 다음 가는 직책으로 최고위직인 국무총리·경제부총리·사회부총리(교육부총리)가 있듯이, 조선시대에는 흔히 '삼정승三政丞'이라고 하여 영의정領議政·좌의정左議政·우의정右議政이 있었는데, 이는 중국의 '삼공三公'이라는 체제를 본받은 것으로 보인다. 중국의 '삼공'은 시대마다 명칭이 바뀌어 주周나라 때는 태사太師·태부太傅·태보太保를 일컸다가, 한나라 이후로는 태위太尉·사도司徒·사공司空을 지칭하였으며, 당송唐宋 이후로는 상서령尚書令·중서령中書令·문하시중門下侍中을 가리키기도 하였다. 또 재상의 인원을 늘려 좌복야左僕射·우복야右僕射·좌승상左丞相·우승상右丞相·참지정사參知政事·동중서문하평장사同中書門下平章事 등을 추가하기도 하였다. 즉 황제가 모종의 정치적인 노림수를 가지고 상호 경쟁 체제를 구축하여 권력의 분산을 꾀하고자 할 때는 재상의 수치를 늘리기도 하였다.

한편 재상을 지칭하는 말도 동주東周, 즉 춘추전국시대 때는 제후국마다 달라서 '상국相國' '상방相邦' '승상丞相' '영윤令尹' 등 다양한 명칭으로 불렸고, 또 시대마다 바뀌면서 '단규端揆' '보신輔臣' '보상輔相' '보재輔宰' '재상宰相' '재신宰臣' '재집宰執' '태보台輔' 등 다양한 명칭이 생겨나기도 했으며, 재상 중에서도 가장 서열이 높은 신분을 한 단계 올려 '상공上公'이라고 높여 부르기도 하였다. 아마도 어느 시대나 재상에 해당하는 직급이 있었기에, 이처럼 다양한 별칭이 생겨난 것이 아닌가 생각된다. 이 또한 한자만의 독특한 조합 능력이 작동하였기에 가능했던 일이 아닐까 싶다. 끝으로 '벼는 익을수록 고개를 숙인다'는 속담처럼, 지위가 높아질수록 겸허한 태도를 견지한 북조北朝 북주北周 때 재상인 달해무達奚武에 얽힌 고사 한 토막을 소개하는 것으로 마무리하고자 한다. 원문은 명나라 팽대익彭大翼의 ≪산당사고山堂肆考 · 신직臣職≫권42에 아래와 같이 전한다.

달해무는 신분이 낮았을 때 화려한 것을 좋아하였으나, 태부에 오르면서는 위엄이나 의식에 신경쓰지 않았다. 다닐 때는 늘 수행원 없이 혼자서 말을 타고, (고관의 권위를 나타내기 위해) 대문에 창을 세우지 않았으며, 평상시 낮에는 부채 하나로 얼굴을 가리곤 하였다. 누군가 말했다. "공께서는 지위가 공경公卿 가운데서도 으뜸이고, 공명이 한 시대를 뒤덮는데도, 출입할 때 의장儀仗이 재상의 지위에 어울리지 않으니, 어찌 이처럼 가볍게 행동하십니까?" 그러자 달해무가 대답하였다. "천하를 아직 평정하지 못 했고, 성은에 미처 보답하지 못 했거늘, 어찌 위엄이나 의식 따위에 신경쓸 수 있겠소?" 말한 사람이 겸언쩍은 표정을 지으며 물러났다. (達奚武賤時好華麗, 及居太傅[05], 不理威儀, 行常單馬, 門不施戟[06], 常晝掩一扇. 或謂, "公位冠群后, 功名蓋代, 出入儀衛, 不稱具瞻[07], 何輕率如是?" 武曰, "天下未平, 恩德未報, 安所事威儀乎?" 言者慙而退.)

---

05 황제의 세 스승인 삼사三師 가운데 하나로 매우 명예로운 관직이었다.

06 원문에서 '시극施戟'은 고관으로서의 신분과 위엄을 나타내기 위해 대문에 창을 세우는 제도를 가리킨다.

07 '구첨具瞻'은 모두가 우러러보는 관직이란 뜻으로 재상을 가리킨다.

9. 도사와 승려의 별칭은 왜 이리 많을까?

고대 중국 사회에서는 앞에서 언급한 '내시'나 '재상'처럼 특정 신분에 대한 다양한 호칭이 발달하였다. 이는 근본적으로 개별적인 의미를 지니는 한자를 2음절로 결합했을 때, 다양한 의미의 어휘를 만들어낼 수 있는 한자 고유의 기능 내지 특성 때문에 가능한 일이 아닐까 싶다. 그중에서도 여기서는 도교에 종사하는 도사와 불교에 종사하는 승려와 관련한 호칭에 대해 개인적인 견해를 피력해 보고자 한다.

도교에 종사하는 사람들을 흔히 '도사道士'나 '도인道人'이라고 칭한다. 이 말이 가장 평범한 범칭汎稱에 해당한다고 할 수 있다. 이와 유사한 말로 '진인眞人'이란 용어가 있는데, 도가사상을 대표하는 전국시대 송宋나라 때 장자(장주莊周)를 '남화진인南華[08]眞人'으로 부르고, 남조南朝 양梁나라 때 도사인 도홍경陶弘景(452-536)을 '화산 남쪽에서 도를 닦은 사람'이란 의미에서 '화양진인華陽眞人'으로 불렀던 것이 그러한 예이다. 또 가장 거창한 존칭으로는 '천사天師'라는 어휘가 있는데, 이 말은 후한 말엽에 세력을 키운 오두미도五斗米道의 창시자인 장도릉張道陵[09]을 '장천사'라고 높여 부른 데서 유래하였다. 그 외에도 유사한 용어로 '명사明師' '선옹仙翁' '연사鍊師' '우사羽士' '우인羽人' '지인至人' '진군眞君' '진일眞逸' '화인化人' 등 다양한 별칭이 발달하였다. 게다가 도사도 남녀를 구별하여 여자 도사는 '태진太眞'이나 '원군元君' '도녀道女'라고 하였다. 당나라 현종玄宗의 총희인 양귀비楊貴妃가 도복을 즐겨 입어 '양태진'으로도 불린 것이 그러한 예이다.

---

08 '남화'의 의미는 미상.

09 한나라 건국공신인 장양張良의 8대손이다.

한편 불교에 종사하는 사람들은 흔히 '승려僧侶'라고 칭한다. 순 우리말로 하면 '스님'이나 '중'에 해당하는 말인데, 이와 관련해서도 다양한 별칭이 발달하였다. '대사大師' '법사法師' '상인上人' '선사禪師' '율사律師' '화상和尙' 등이 그러한 예이다. 이 가운데 '화상'은 중국 고유의 명칭이 아니다. 이 말은 나의 스승을 뜻하는 범어梵語(산스크리트어)인 'upādhyāya'가 우전국于闐國에서 '화사和社' '화도和闍'로 번역되었다가 와전되어, 중국에서는 '화상'이란 말로 전이되었다고 한다. 그런데 우리나라에서는 언제부터인가 상대방을 비아냥거리는 말로 변질되기까지하였다. 아마도 민가를 돌아다니며 곡식을 동냥하던 '탁발승' 때문에 이런 비칭으로 전락한 것이 아닌가 싶다. 승려도 도사와 마찬가지로 남녀를 구분하여 남자 승려는 '비구比丘'라고 하고, 여자 승려는 '비구니比丘尼'라고 한다. 끝으로 승려와 관련한 고사 가운데 흥미를 끌 만한 이야기를 한 토막 소개하는 것으로 글을 마무리하고자 한다. 원문은 명나라 팽대익彭大翼의 ≪산당사고山堂肆考·석교釋敎2≫권146에 전한다.

송나라 때 선혜대사는 (사천성) 아주 명산현 사람으로 여러 차례 과거시험에 응시했으나 낙방하였다. (철종哲宗) 원부(1098-1100) 연간에 군수인 여유성이 승려의 계율을 가지고 자신을 놀리자, 선혜대사는 즉시 삭발하고 중이 되었다. 어떤 사람이 불법에 의하면 말을 타서는 안 된다고 따지자, 선혜대사가 즉시 대답하였다. "문수보살은 사자를 몰고, 보현보살은 코끼리 우두머리를 탔거늘, 새로 부처가 나타나 말을 타는 것이 무슨 상관이 있겠소?" 그는 이처럼 재치가 넘쳤다. (宋禪惠大師, 雅州名山人, 屢擧不第. 元符間, 郡守呂由誠以僧勅戲之, 師卽削髮爲僧. 或叩以佛法不許乘馬,

師卽曰, "文殊駕獅子, 普賢跨象王, 新來一個佛, 騎馬也, 何妨?" 其機敏如此.）**10**

10. 왜 이렇게 동의어를 많이 만드는 거야?

앞에서 동의어와 관련하여 고문헌이나 현대 사극에서 자주 등장하는 한자어인 내시나 재상·도사·승려 등과 관련하여 다양한 한자 어휘들을 소개하였다. 여기서도 그 연속선상에서 고대 중국 사회에서 최고의 권력을 지닌 황제의 수많은 동의어에 대해 한번 소개해 보고자 한다. 아래에 소개하는 예문은 후한 말엽의 유학자인 채옹蔡邕(133-192)의 ≪독단獨斷≫권상에 전한다.

'황제' '황왕' '후제' 모두 임금을 뜻한다. '왕'은 경기 지역 내에서 부르는 호칭이다. 천하를 다스리고 소유하기에 '왕'이라고 부른다. '천왕'은 중원 지역에서 부르는 호칭이고, '천자'는 오랑캐가 부르는 호칭이다. '상'은 지존의 자리가 있는 곳을 뜻한다. 가까운 시종관은 천자를 '대가'라고 부르고, 문무백관이나 하급관리는 천자를 '천가'라고 부른다. (皇帝·皇王·后帝, 皆君也. 王, 畿內之所稱. 王有天下, 故稱王. 天王, 諸夏之所稱. 天子, 夷狄之所稱. 上者, 尊位所在也. 親近侍從官, 稱曰大家, 百官小吏, 稱曰天家.)

심지어 황제를 지칭하는 한자어뿐만 아니라 황제가 거주하는 건물에 대한 동의어도 다양하게 발달하였다. 흔히 사극에서 등장하는 '궁궐宮闕'이나 '궁중宮中'이란 말 대신, 중국에서는 이를 '금중禁中'이나 '성중

---

10 원문에서 '문수文殊'와 '보현普賢'은 석가모니의 좌우에 시립했다는 보살 이름을 가리킨다.

省中'이라고도 하였다. '금중'은 황제의 처소에서는 금기 사항이 많기에 생긴 말이고, '성중'은 원래 한나라 원제元帝 황후의 부친으로서 대사마大司馬를 지내고 양평후陽平侯에 봉해진 왕금王禁의 이름이 '금禁'이라서, 당시 이를 피휘避諱하기 위해 '禁'을 '省'으로 바꾼 것이지만, '省'이란 한자는 단순히 피휘 때문만이 아니라, 궁중에서는 언행을 잘 살펴야(省) 하기에 일부러 선택한 한자로도 이해할 수 있다.

이러한 언어 현상은 한자가 표의문자表意文字로서의 특성을 가지고 있기 때문에 가능한 일이겠지만, 여하튼 이러한 한자의 특성을 알게 된다면 오늘날에도 일상생활에서 사용하고 있는 한자어의 생성 원리와 의미를 보다 심도 있게 이해하는 데 도움이 되지 않을까 싶다.

11. 옛사람들의 신발도 다양했다네!

현대는 '패션의 시대'라고 했던가? 의복뿐만 아니라 간편한 '슬리퍼'[11]로부터 정장에 맞춰 신는 구두까지 신발의 종류도 무척 다양하다. 그렇다면 옛사람들은 어떠했을까? 고대 중국인들도 상황에 맞춰 다양한 신발을 갖춰 신었다. 이에 관한 기록이 오대십국五代十國 때 학자인 마호馬縞의 ≪중화고금주中華古今注≫ 권상에 전하기에, 아래에 한번 소개해 보고자 한다.

'이履'는 신발 가운데 끈이 달리지 않은 것이다. '불차不借'는 짚으로 만든 신발이다. 짚신은 값이 저렴해 구하기 쉽기 때

---

11 현대 중국어에서는 '질질 끄는 신발'이란 의미에서 '拖鞋tuōxié'라고 한다.

문에 사람들마다 각자 소유하기에 남에게 빌리지 않는다. 전한 문제가 '불차'를 신고서 조회를 열었다는 것도 이를 두고 한 말이다. '석舃'은 나무를 신발 밑창에 깐 것인데, 말린 고기가 진흙이나 습기를 잘 제거하는 것과 같은 이치이다. 천자는 붉은 신발을 신는다. 무릇 '석'의 빛깔은 모두 의상에 맞춘다.(履者, 履之不帶也. 不借, 草履也. 以其輕賤易得, 故人人自有, 不假借也. 漢文帝履不借, 以視朝, 是也. 舃者, 以木置履下, 乾腊不畏泥濕也. 天子赤舃. 凡舃色皆象裳也.)

위의 예문에 의하면 우리말로 옮겼을 때 고무신과 비슷하게 생긴 신발, 짚신, 나막신 등 다양한 신발이 있었다는 것을 알 수 있다. 위의 예문에는 등장하지 않지만, 북방 호족胡族으로부터 유래한 가죽신(화靴) 따위도 존재했었다. 그중에서도 유독 흥미로운 명칭으로는 '불차不借'를 꼽을 수 있을 듯하다. 값이 저렴하고 주변에 흔해서 남에게 '빌려 신지(借) 않아도 된다(不)'는 의미에서 이런 명칭이 만들어졌다고 하니, 명칭의 생성 원리 자체가 흥미롭다.

필자는 구두 한 컬레와 운동화 한 컬레, 그리고 무좀 때문에 피치 못해 자주 착용하는 슬리퍼 등 세 종류만 구비하고 있다. 그래도 일상생활을 보내는 데는 전혀 불편함을 느끼지 않는다. 더욱이 코로나19 사태로 외출이나 타인과의 대면을 자제하는 상황에서는 구두마저도 자주 신을 기회가 사라지게 되었다. 복장에 신경을 덜 써도 되기에 일면 편한 느낌도 들지만, 아무리 그래도 이전의 정상적인 생활로 하루빨리 돌아갈 수 있기를 기원해 본다. 다만 내 마음대로 되지 않는 것이 안타까울 뿐이다.

12. 고유명사인 줄 모르고 쓰는 것은 아닐까?

요즘은 자동차 상호로 널리 알려져 있지만, 한때는 편하게 신을 수 있는 구두의 대명사로도 유명한 이름으로 '랜드로바'라는 말이 유행했었다. 실상은 고유명사로서 상호명이었지만, 보통명사화되어 가죽 신발을 가리킬 때 관습적으로 '랜드로바'라는 말을 내뱉곤 했던 기억이 난다. 한자어에도 이와 유사한 사례가 있기에, 이 단락에서는 가벼운 어조로 보통명사화된 한자 어휘에 대해서 담론을 전개해 보고자 한다.

우리는 세상을 떠들썩하게 만드는 사물이나 사건을 가리킬 때 '장안의 화제'라는 말을 사용하곤 한다. 그런데 여기서 '장안長安'은 원래 진秦나라와 한漢나라 및 당唐나라 이래로 중국 역대 왕조가 자주 도성으로 채택했던 섬서성에 있는 지명을 가리킨다. 그리고 지금도 여전히 제법 규모가 큰 도시의 면모를 유지하면서 관광도시로서 5백만 명이 넘는 대도시로 자리잡았다. 그래서 중국의 도성을 한자문화권인 우리나라에서도 서울의 대칭으로 사용함으로써 이런 관용어가 생긴 것으로 보인다.

또 낚시꾼을 흔히 '강태공姜太公'이라고 부른다. '강태공'은 주지하다시피 주周나라 때 재상을 지냈던 유명인사인 여상呂尙을 가리킨다. 은殷나라 말엽에 제후였던 주나라 무왕武王의 부친(태공) 문왕文王이 그를 만나기를 소망하였고, 문왕의 아들인 무왕이 통일국가인 주나라를 건국하고서 부친처럼 모셨는데, 그의 성이 '강' 씨이기 때문에 '강태공'이란 존칭이 생겨났던 것이다. 헌데 그가 재상에 오르기 전에 강가에서 낚시를 즐겼기에, 고유명사인 '강태공'이 보통명사화되어 낚시꾼의 대명사가 되었다.

이처럼 고유명사의 보통명사화는 어휘를 더 풍부하고도 흥미롭게 만들어 주는 순기능이 있다. 그러나 그것이 자본주의와 결탁했을 때는 또 다른 부작용을 낳을 수도 있기에, 부정적인 측면도 없다고 말할 수는 없을 듯 싶다. 이를 우리 모두 마음먹은 대로 통제할 수는 없다는 아쉬움이 남는다.

13. 내키는 대로 추론해 보자!

주지하다시피 고대 중국 사상 가운데 유가학파와 쌍벽을 이루는 문파로 도가학파가 있다. 도가학파의 시조라고 하면 춘추시대 때 주周나라 사람 노자老子(이이李耳)를 들 수 있고, 그의 학설을 가장 잘 계승한 이로는 전국시대 때 송宋나라 사람 장자莊子(장주莊周)를 들 수 있다. 여기서는 장자와 관련해 잘 알려지지 않은 고사에 대해 지극히 개인적으로 이야기보따리를 풀어보고자 한다.

장자는 일명 '남화진인南華眞人'으로도 불렸다. '남화'는 장자의 별칭이고, '진인'은 도사에 대한 존칭이다. 그래서 그의 저서인 ≪장자≫ 역시 ≪남화경南華經≫이라는 별칭으로 불리기도 한다. 그런데 역대로 어느 누구도 그의 별칭이 왜 '남화'이고, 그의 저서의 별칭 역시 왜 '남화경'으로 불리게 되었는지에 대해서는 정확히 밝히지 않았다. 그래서 주석서에서는 보통 '남화'에 대해 '의미 미상'이라고 적고 있다. 즉 고인들은 그 의미의 유래에 대해 모두 알 수 없다고 손을 놓았던 것이다.

따라서 그 의미에 대해서는 누구나 자유로운 유추 해석이 가능하다. 필자는 대략 두 가지 가능성을 염두에 두고 있다. 첫째는 중국인들이 명산으로 떠받드는 오악五嶽 가운데 하나인 화산華山과의 연관성이다. 비록 그의 전기에 그가 화산과 모종의 인연을 맺었다고 언급한 기록은 없지만, 역대로 화산을 근거로 도사나 신선에 관한 여러 가지 일화들이 양산된 것도 장자와의 모종의 연관성에서 비롯된 것이 아닐까 추측해 본다. 또 하나는 그가 주로 전국시대 때 남방에 위치한 초楚나라에서 활약한 것과 모종의 연관성이 있지 않을까 하는 점이다. '화華'는 '하夏나라'라고 할 때의 '夏'와 통용자로서 '중원'을 뜻하는 말이다. 그래서 그가 남방의 중심국인 초나라에서 활동을 하였기에 이러한 별칭이 생겨난 것이 아닐까 조심스레 추론해 본다.

≪논어 · 자로子路≫권13에 의하면, 춘추시대 노나라 공자는 "군자는 자신이 모르는 것에 대해 대개 보류하는 법이니라(君子於其所不知, 蓋闕如也)"라고 하였다. 즉 '모종의 사안에 대해 100% 자신이 없으면 함부로 삼촌설三寸舌을 놀리지 말라!'는 말이다. 이러한 공자의 충고는 고대 중국인들의 뇌리에 각인되어, 역대 학자들은 자신이 확신하지 않는 바에 대해서는 함부로 얘기하는 것을 주저하였다. 그런 면에서 '남화'에 대해 함부로 추론을 전개하는 필자에 대해 군자의 반열에 오르기에 아직 멀었다고 꼬집는다면 할 말은 없다.

14. 결례인 줄도 모르고 사용하다니!

제법 오래 전 뉴스에서 나온 것 같은데, 누군가 박근혜를 '대통령님'으로 부르지 않고 '각하'로 불렀다고 아부성 발언이라 비판하는 기사를 본 듯하다. 그러나 이 얼마나 '넌센스'인가? 대통령을 '각하'로 부른다면, 이보다 더한 결례가 어디 있을까? 고대 사회에서 호칭은 매우 엄격했다. 호칭을 잘못 쓰면 목이 달아날 수도 있었으니까!

옛날에 권력자들을 부를 때는 신분에 따라 한자의 결합이 매우 엄정하였다. 이를테면 황제를 부를 때는 '섬돌 아래 있다'는 의미의 '폐하陛

下'를, 친왕親王[12]이나 제후에게는 '전각 아래 있다'는 의미의 '전하殿下'를, 고관에게는 '다락방 아래 있다'는 의미의 '각하閣下'를, 그리고 신분이나 연령이 다소 높은 사람에게는 '당신 발 아래에 있다'는 의미의 '족하足下'를 사용함으로써, 상대방의 지위가 낮아질수록 점차 거리를 가까이하는 의미가 담겨 있다.[13] 뒤집어서 말하면 상대방의 지위가 높아질수록 감히 범접하지 못 하기에, 멀리 떨어져서 대면한다는 의도가 담겨 있다. 그래서 조선시대 때 신하들은 민족적 자존심이 상하는 일이긴 하지만, 중국에 조공을 바치는 제후국 군주의 신분이었기에 우리 임금을 부를 때 '전하'라고 했던 것이다. 따라서 '전하'보다도 한 등급 아래인 '각하'는 장관급 관료에게 쓰는 말이기에, 일국의 통치자에게 쓴다면 심각한 결례라 아니할 수 없다.

아마도 임시정부에서 장관을 지낸 이승만이나 쿠데타 때 사단장을 지낸 박정희는 재직 중 당연히 신분에 걸맞게 '각하'라는 존칭을 들었을 것이다. 그러나 대통령에 오르면 '폐하'로 불려야지, '각하'가 웬 말인가? 아마도 이러한 원리를 모른 채 관습적인 표현을 그대로 받아들여서였을 것이다. 물론 '폐하'라는 존칭으로 바꿨다면 전국민이 콧웃음을 치는 사태가 벌어졌을 것이니, 그리할 수도 없는 노릇이었다.

추가적으로 한 걸음 더 나아가 담론을 진일척시킨다면, 고대 중국 사회는 철저한 신분사회였기에 지위에 따라서 사용하는 한자의 차이가 무척 엄격하였다. 예를 들면 무덤을 지칭하는 말도 확실히 구분되었다. 규모와 높이의 차이 때문에 천자의 무덤은 '릉陵', 제후의 무덤은 '총塚',

---

12 황제의 형제나 아들들을 가리킨다.

13 요즘 쓰는 '귀한 분 아래에 있다'는 의미의 '귀하貴下'는 옛 글에 보이지 않는 것으로 보아, 일본식 한자어인 듯하다.

사대부의 무덤은 '분墳',[14] 봉분하지 않은 평민의 평평한 무덤은 '묘墓'라고 하였다. 그래서 무덤을 총칭하여 '분묘墳墓'라고 한다. 또 죽음을 표현할 때도 신분의 차이에 따라 엄밀하게 차이를 두었다. 즉 앞의 경우와 마찬가지로 신분에 따라 '붕崩' '훙薨' '졸卒' '사死'라고 달리 표현하였다. 평민이 죽으면 묘비에 '死'라고 써야 하지만, 대부분 얼렁뚱땅 그냥 '卒'로 쓰기도 한다. 하지만 화장이 대세인 오늘날에는 이러한 규범을 더 이상 의식할 필요가 없어졌으니, 그 얼마나 후련한가?

15. 잘못된 일본식 한자어를 되돌릴 방법은 없을까?

우리는 일상생활에서 한자어를 무척 많이 사용한다. 아니! 우리말 가운데 상당수가 한자어라는 점을 부정할 수는 없을 듯하다. 그러나 우리가 사용하는 한자어 가운데는 일본식 한자어가 부지기수이고, 우리는 부지불식간에 아무런 의심도 없이 그것들을 그대로 수용하여 사용하고 있다. 물론 우리말 어순과 일본어 어순이 비슷하기에, '일본어 어순에 맞는 한자어가 우리말 어순에도 어울리니 무슨 상관이 있냐?'고 반문을 제기할 수도 있을 것이다. 그러나 우리 고유의 한자어에는 일본식 한자어처럼 한자어의 조합 원리를 무시한 채 만들어진 어휘가 거의 없다. 다시 말해서 일제강점기를 거치면서 강제로 수용된 어휘들로 여겨진다. 우선 머리에 떠오르는 대로 일본식 한자어를 몇 가지 예로 들어 보고자 한다. 언론 매체에 자주 등장하는 한자어 가운데 일본식 한자어라는 느낌을 지울 수 없는 대표적인 예로 '요실금尿失禁' '주지사州知事' '도지사

---

14 사대부 무덤의 높이도 품계에 따라 그 차이를 법으로 정하였다.

道知事' 등을 들 수 있다.

필자는 '요실금'이란 의학 용어를 처음 들었을 때 실소를 금치 못 했다. 한자어의 조합 원리대로라면, '오줌을 통제하는 능력을 잃다'는 원의에 근거할 때 '실금뇨失禁尿'라는 형태로 만드는 것이 정상이라고 생각했기 때문이다. 즉 '요실금'으로 쓰면 '오줌을 눌 때 통제 능력을 잃다'는 의미가 되어 조합 원리상 부자연스럽다. 한자어는 기본적으로 '동사+목적어'를 근본 원리로 하기 때문이다. 그렇지 않고 우리말이나 일본어 어순을 그대로 존중한다면 '압권壓卷'이나 '몽진蒙塵'도 '권압'이나 '진몽'이란 표현이 가능해지기 때문이다.

또 '주지사'의 경우도 '각 주에서 업무를 관장하는 직책'이란 의미로 억지 해석은 가능하지만, '각 주의 업무를 관장하는 직책'이란 의미의 '지주사知州事'로 표기하는 것이 정상적이고 자연스럽다. 실제로 송나라 때는 각 주州의 자사刺史를 '주의 업무를 관장하는 직책'이란 의미에서 달리 '지주사知州事'라는 별칭으로 부르기도 하였다. 즉 이미 천 년 넘게 사용하던 기존의 한자어가 존재했었다. 같은 이치에서 볼 때 비록 이미 입에 익숙해져서 역으로 어색한 느낌이 들 수도 있겠지만, '도지사' 역시 '지도사知道事'로 표기하는 것이 옳은 표현법일 듯 싶다.

이상의 견해에 대해 오랜 세월 사용해 왔고, 국어사전에도 이미 수록되어 있는데, '이제 와서 따져봐야 무슨 소용이 있냐?'고 반론을 제기한다면 할 말은 없다. 다만 앞으로는 일본식 언어 문화에 영향을 받아 이처럼 요상한 한자어들이 생겨나지 않기를 바라는 마음에서 담론의 소주제로 제기해 본 것이다.

16. 잘못하면 요강이 호랑이 새끼로 바뀔 수도!

타국의 글을 우리말로 옮기는 작업은 지난한 과정을 거친다. 특히 표의문자表意文字의 특성상 압축과 생략은 물론 상징·비유·함축 등의 표현이 심하여 난해하기로 둘째가라면 서러운 중국 고문古文의 경우는 더욱 많은 시간과 노력을 요한다. 왜냐하면 한자만 적혀 있는 백문白文에 적절한 구두점과 문장부호를 찍고, 교감을 거치고, 사전에 없는 어휘는 사고전서四庫全書 검색 프로그램을 구동하여 비교·유추해야 하고, 관련 내용에 대한 상세한 주석도 달아야 하기 때문이다. 게다가 역문 역시 가독성可讀性이 중요하기에, 자연스런 우리말 표현에 신경을 쏟아야 한다. 필자 자신도 이따금 실수를 범하지만, 중국의 고문을 우리말로 옮기는 과정에서의 치명적인 오류를 본 적이 있기에, 이 자리를 빌어 소개해 보고자 한다. 이는 특정인을 힐난하고자 하는 것도 아니고, 어차피 오래되어 실명을 기억하지도 못 하므로, 그냥 우스갯소리로 가볍게 받아들였으면 한다.

예전에 학회지를 읽다가 나도 모르게 피식 웃음을 터뜨린 적이 있다. 무척 엉뚱한 오역을 발견했기 때문이다. 예컨대 '집執'자를 사전에서 찾으면 기본 의미로 '잡다'란 해설이 나온다. 그러나 '잡다'라는 우리말에도 여러 의미가 있다. 물건을 손에 쥐는 것을 뜻할 때도 있고, 짐승을 사냥해서 사로잡는 것을 뜻할 때도 있다. '執'은 전자에 해당한다. 즉 포획할 때는 거의 사용하지 않는다. 대신 보통 '잡을 포捕'와 같은 한자로 표현한다. 이러한 어감을 모르면 사냥해서 잡는다는 뜻으로 오해하기 십상이다. 더욱이 뒤에 목적어로 '호자虎子'가 나온다면 누구나 무심코 '호랑이 새끼를 사로잡다'로 이해하기 쉽다. 그러나 글이란 글자 그대로의 의미보다 전후 맥락과 상황을 파악하는 것이 무엇보다도 중요하다.

원문의 '執虎子'는 '내시內侍'가 주어인 문장에서 등장한 말이다. 내시가 호랑이 새끼를 사냥해서 잡는다고? 그것도 황제가 사는 궁중에서? 상식적으로 이해할 수 없는 상황이다. 여기서 '虎子'는 '호랑이 새끼'가 아니라 '요강'을 뜻하는 한자 어휘이다. 황제의 요강은 일반인들이 사용하는 그것과 달리, 권위와 품격을 높이기 위해 호랑이 새끼 모양으로 거창하게 제작하였다. 따라서 '執虎子'는 내시가 황제를 모시기 위해 요강을 손에 들고서 따라다닌다는 말이다.

몇 가지 예를 더 들면, 한 신하가 만년에 황제에게 '걸해골乞骸骨' 했다는 문장이 있었는데, 이를 황제에게 '뼈를 달라고 요청했다'로 번역한 예를 본 적이 있다. 이 무슨 말인가? 신하가 황제에게 뼈를 달라니? 전혀 상황 논리에 맞지 않는다. 이 또한 중국인들 특유의 비유적 표현을 이해하지 못 한 데서 기인한 경우이다. 이는 신하가 황제에게 '고향에 돌아가 뼈를 묻을 수 있게 해 달라고 간청한다'는 말이다. 즉 사직서를 제출하는 것을 고대 중국인들은 '乞骸骨'이란 말로 비유해서 표현하였다. 또 중국문학에 익숙지 않은 어느 한문학자가 <君子行>이란 중국 고대 민가의 제목을 '군자가 가다'로 번역한 경우도 보았다. 여기서 '행行'은 노래를 뜻한다. 따라서 이는 '군자의 노래'로 번역하는 것이 맞는 표현이다.

필자도 역주서를 작업하면서 늘 이런 실수를 범하지 않을까 무척 조심한다. 그래서 교정을 보면서 언제나 '상식에 어긋나는 이해를 한 경우는 없는가?' '부자연스러운 표현이 있지 않을까?'라고 반문하면서 재삼 검토한다. 우리 속담에서도 '자기 눈의 들보는 못 보아도, 남의 눈에 티끌은 잘 본다'고 하지 않던가? 또 바둑을 둘 때 훈수를 두는 사람이 최고수라고 하지 않던가? 소소한 문제라도 매사 신중에 신중을 기할 일이다.

17. 왜 이랬다 저랬다 하는 거야?

앞에서는 번역상의 오류에 관해 언급했지만, 여기서는 이를 보완하는 차원에서 역으로 다양한 해석이 가능한 경우를 소개해 보고자 한다. 중국의 고문 가운데 선진先秦시대 제자백가서의 경우는 다양한 주석서가 쏟아져 나왔다. 이는 진한秦漢 이후 문장에 비해 압축이 심하고 다소 이질적이기 때문이다. 후대의 시문 가운데 전고典故의 활용이 다양하고 복잡해 가장 난해하다고 평가받는 두보杜甫의 시도 그 주석서가 수백 종에 이르거늘, 하물며 선진시대 저술들이야 오죽했겠는가? 그러나 개중에는 두보 시에 대한 주석서와 마찬가지로 튀는 해석으로 자신의 이름을 후세에 남기고 싶은 욕망에서 비롯된 허접한 저서들도 상당수 존재한다. 즉 요즘 유행하는 말로 표현해서 '관심종자'들의 유별난 해석도 많다는 얘기다.

제자백가서 가운데서도 후인들이 가장 주석서를 많이 남긴 대상으로는 ≪논어≫를 손꼽을 수 있다. ≪논어≫에 관한 주석서 또한 두보시의 그것처럼 수백 종에 이른다. 그러나 그중 상당수는 역시 '관종'들의 저술로 평가절하할 수 있을 듯하다. 다만 그중 논리적이고 설득력 있는 풀이들도 있기에 소개해 본다. ≪논어 · 향당鄕黨≫권10에는 "廐焚子退朝曰傷人乎不問馬(구분자퇴조왈상인호불문마)"라는 문구가 있다. 이에 대해 '어떻게 구두점을 찍어서 이해할 것인가?'는 전적으로 독자의 몫이다. 당나라 이부李涪의 ≪간오刊誤≫권하와 이광예李匡乂의 ≪자가집資暇集≫ 권상에서의 분석을 종합해 보면, 다음과 같은 3종의 구두와 번역이 가능하다.

　1. 廐焚, 子退朝曰, "傷人乎?" 不問馬. (마구간이 불에 타자, 공자가 조정

에서 퇴근하여 "사람이 다쳤느냐?"고 물을 뿐, 말에 대해서는 묻지 않았다.)

2. 廐焚, 子退朝曰, "傷人乎?" "不!" 問馬. (마구간이 불에 타자, 공자가 조정에서 퇴근하여 "사람이 다쳤느냐?"고 물어 "아닙니다!"라고 대답하자, 그제서야 말에 대해 물었다.)

3. 廐焚, 子退朝曰, "傷人乎不?" 問馬. (마구간이 불에 타자, 공자가 조정에서 퇴근하여 "사람이 다쳤느냐?"고 물었다가, 다시 말에 대해서도 물었다.)

이상에서와 같이 구두점을 어떻게 찍느냐에 따라 여러 가지 해석이 가능하지만, 그중에서도 1번이 고대 유학자들이 전통적으로 취했던 해법이다. 우리나라 시중에 나와 있는 ≪논어≫ 번역서도 대부분 이를 따르고 있을 것이다. 그런데 후인들이 이에 대해 의문을 제기하면서 2번과 3번의 해석이 새로 등장하였다. 1번은 공자가 사람을 중시하고 가축을 천시했다는 말로서, 공자의 인본주의 사상을 강조하기 위한 경우이다. 반면 2번은 공자가 사람의 안전을 확인한 뒤에야 말의 생사에까지 관심을 가졌다는 말로서, 공자가 사람을 우선 중시하고 가축의 생사도 부차적으로 챙겼다는 점을 강조하기 위한 경우이다. 3번은 '불不'을 '부否'의 통용자로 보아 부가의문문附加疑問文을 만들기 위한 의문조사로 간주함으로써, 공자가 사람의 안전을 우선적으로 중시했지만, 그 결과와 상관없이 바로 가축의 생사에도 관심을 표명했다는 점을 강조하기 위한 경우라서 2번의 해석과는 미묘한 차이가 존재한다. 어떤 형태의 해석을 취하느냐에 따라 '뉘앙스'에는 다소 차이가 발생할 수 있다. 그렇다고 해서 모든 고문에 여러 가지 해석이 가능한 것은 아니다. 중의법重義法을 즐겨 사용하는 시인의 글을 제외하고 대부분의 문장은 답이 하나일 뿐이다. 왜냐하면 작가의 의도는 대개 논리적으로 한 가지 주장을 전달하는 데 있기 때문이다.

18. 왜 말의 본의가 자꾸 바뀌지?

흔히 우리는 사람의 태도가 확 바뀌면 '표변豹變'한다는 말을 즐겨 사용한다. '표변'을 글자 그대로 풀이하면 '표범처럼 변한다'는 말이다. 한자어나 고문에서 명사가 동사 앞에 쓰였을 때는 대개 주어나 부사 역할을 담당하는데, 여기서는 부사어에 해당한다. 마치 '잠식蠶食'을 '뽕잎을 야금야금 갉아먹는 누에처럼 먹다'로 이해하고, '만연蔓延'을 '덩굴처럼 뻗어나가다'로 이해해야 하는 것과 같은 이치이다.

주지하다시피 표범은 고양이과에 속하는 맹수이다. 표범은 새끼 때 털갈이를 거쳐 가죽의 무늬가 칙칙한 빛깔에서 아름다운 문양으로 변한다고 한다. 그래서 이러한 말이 생겨났다는 것이다. 따라서 원래 '표변'은 긍정적인 의미로부터 출발하였다. 우선 이 말의 어원에 해당하는 원전原典의 기록부터 검토해 보면, 이 말은 원래 ≪역경易經・혁괘革卦≫ 권8의 "군자는 표범처럼 변하기에 그 무늬(겉모습)에 위엄이 넘친다(君子豹變, 其文蔚也)"는 말에서 유래하였다.

위의 예문에서도 알 수 있듯이 '표변'은 원래 군자의 고상한 성품이나 아름다운 언행을 뜻하는 말이었다. 그래서 주周나라 때는 군법을 집행하는 벼슬아치인 '군정軍正'이 자신의 직분과 권위를 상징적으로 나타내기 위한 탈거리로 '표미거豹尾車'라는 수레를 제작하였고, 후대에는 황제가 타는 수레 가운데 하나로 제작되기도 하였다.

이와 유사한 예로 '구미호九尾狐'나 '낭만浪漫' '횡설수설橫說竪說' 등을 들 수 있다. 다른 글에서도 상세하게 다루겠지만, '구미호'는 상서로운 동물을 뜻하는 긍정적인 의미에서 요망한 동물을 뜻하는 부정적인 의미로 전환이 일어났고, '낭만'은 '멋대로'란 부정적 의미에서 '로맨스'란 낭만적 의미로 변화가 일어났으며, '횡설수설'은 '논리적으로 말하다'라는 긍정적 의미에서 '두서없이 말하다'란 부정적인 의미로의 대전환이 일어났다. 이와 마찬가지로 '표변' 역시 긍정적인 의미에서 부정적인 의미로 180도 대전환이 일어나, 마치 '돌변突變'이란 의미의 한자어처럼 사용되고 있다. 필자로서도 언제부터 무슨 연유로 그리 되었는지에 대해서는 정확히 알지 못 한다. 사람의 마음이 조변석개朝變夕改하듯이 말의 의미도 수시로 바뀔 수밖에 없는 것일까? 그야말로 필자에게는 여전히 알쏭달쏭한 '미스테리'로 남아 있다.

19. 인공지능한테 졌다고 실망하지 말자!

얼마 전 필자의 동창 밴드에 바둑 모임을 만들자는 건의문이 올라온 것을 본 적이 있다. 필자는 바둑에 문외한이라서 그 모임에 가입하지는 않았지만, 글에서 제법 고풍스럽게 바둑을 '수담手談'이라고 표현한 것을 보았기에, 여기서는 바둑의 별칭인 '수담'의 연원에 대해 한번 소개해 보고자 한다.

'수담'은 글자 그대로 풀이하면 '손으로 하는 담화'라는 뜻이므로, 결국 손으로 바둑알을 둠으로써 말로 하는 담화를 대신한다는 의미가 될 것이다. 바둑의 역사가 지금으로부터 5천 년도 더 되었다고 하니, 바둑의 본명인 '위기圍碁'와 함께 '수담'이란 별칭도 역사가 무척 오래되었을 것 같지만, 결론부터 말하자면 '수담'이란 말이 생겨난 것은 바둑이 생긴 지 오랜 세월이 흐른 뒤의 일이다. 이에 관해 논한 송나라 고승高承의 《사물기원事物紀原·박혁희희부博弈嬉戲部》권9의 기록을 소개하면 아래와 같다.

요즘 사람들이 바둑을 '수담'이라고 지칭하는 것과 관련하여 세간에서는 "(진晉나라 때) 중랑을 지낸 왕탄지王坦之가 바둑을 '수담'이라고 하였다"고 한다. 반면 《세설신어世說新語·교예巧藝》권하(의 남조南朝 양梁나라 유효표劉孝標의 주)에서는 "왕중랑(왕탄지)은 바둑을 ('앉아서 은거의 흥취를 맛본다'는 의미에서) '좌은'이라고 하였고, 지공(지둔支遁)이 바둑을 '수담'으로 불렀다"고 하였고, (당나라) 왕적의 《신기세보도》에서는 "왕중랑(왕탄지)은 바둑을 '좌은'으로 불렀고, 조약은 '수담'으로 불렀다"고 하였다. 이로써 말하건대 비록 설마다 약간의 차이가 있기는 하지만, ('수담'은) 아마도 진나라 이래로 생긴 말인 듯하다. (今人目圍棋爲手談者, 語云, "王中郞[15]以棋爲手談也." 世說曰, "王中郞以圍棋是坐隱, 支公[16]以圍棋爲手談." 王積新碁勢譜圖曰, "王郞號爲坐隱, 祖約稱爲手談." 由是言之, 雖說有小同異, 然疑晉以來語也.)

위의 예문에 등장하는 왕탄지(330-375)나 조약(?-330)·지둔 스님(314-366) 등은 모두 진晉나라 때 인물들이다. 따라서 '수담'이란 용어가 생겨난 것은 기원 후 4세기에 들어섰을 때의 일이라는 사실을 알 수 있다. 필자는 바둑에 대해 잘 모르지만, 그 경우의 수가 수학적인 관점에

---

15 '중랑中郞'은 요즘으로 말하면 대통령의 자문위원 겸 경호원 정도에 해당하는 벼슬 이름을 뜻하는 말인데, 예문에서 '왕중랑'은 진晉나라 때 사람 왕탄지王坦之(330-375)를 가리킨다.

16 진晉나라 때 고승인 지둔支遁(314-366) 스님에 대한 존칭.

서 계산했을 때 기본적으로 19제곱의 '팩토리얼'이고, 거기에 패가 끼어들면 거의 무한대로 확장된다는 정도는 알고 있다. 그래서 아무리 컴퓨터가 발달해도 결코 기계가 인간을 이길 수 없으리라고 생각했다. 하지만 주지하다시피 인간계 최고수가 인공지능 컴퓨터 앞에서 무릎을 꿇고 말았다. 필자가 근무하는 이곳 직장에서 최고수로 인정받는 모교수는 그 뉴스를 접하고서 얼마나 충격을 받았으면 바둑을 끊었다는 말까지 하였다. 허나 인간과 기계의 승부가 뭐 그리 중요하랴? 그저 바둑이 인간의 두뇌활동이나 취미생활에 도움을 준다면 계속 즐기면 그만 아닐까? 바둑을 몰라서 하는 소리라면 할 말은 없다. 헌데 진짜 걱정되는 것은 이러다가 '터미네이터'나 '매트릭스'라는 영화에서처럼, 인간이 기계의 지배를 받는 세상이 정말로 도래하는 것은 아닐까? 그냥 기우杞憂에 그치기만을 바랄 뿐이다.

20. 말이 꼬이면 솔직하게 대처하라!

우리는 일상생활에서 말을 잘못 내뱉고 나서 이를 얼렁뚱땅 수습하려다가 혀가 꼬여, 오히려 횡설수설로 빠지게 되는 경험을 한 번 정도는 해 보았을 듯하다. 실상 그럴 때는 진솔하게 애기함으로써 난관을 헤쳐나가는 것이 현명한 방법이겠지만, 대개는 자존심 때문에 그런 기회를 날려버리기 십상이다.

진晉나라 때 은자의 흥취를 추구했던 손초孫楚(?-293)라는 사람도 무심코 앞뒤가 맞지 않는 엉뚱한 말을 내뱉었다가, 친구인 왕제王濟로부터 핀잔을 들은 적이 있다. 하지만 그는 자신이 추구하던 은자의 기질을 발휘하여 재치있게 난관을 헤쳐나갔다. 이에 대해 ≪진서晉書·손초전≫

권56에서는 다음과 같이 적고 있다.

> 손초는 자가 자형으로 왕무자(왕제)와 절친한 사이였다. 젊었을 때 왕무자에게 "의당 돌을 베고 냇물로 양치질을 해야겠소이다"라고 말한다는 것이, 잘못해서 "돌로 양치질을 하고 냇물을 베고자 하오"라고 말하고 말았다. 이에 왕무자가 말했다. "냇물은 벨 수 있는 것이 아니고, 돌은 양치질할 수 있는 것이 아니지요." 그러자 손초가 대답하였다. "냇물을 벤다는 것은 귀를 씻고자 함이요, 돌로 양치질한다는 것은 이빨을 갈고자 함이지요."(孫楚, 字子荊, 與王武子[17]善. 少時謂武子曰, "當枕石漱流." 誤云, "漱石枕流." 武子曰, "流非可枕, 石非可漱." 楚曰, "枕流欲洗其耳, 漱石欲礪其齒.")

위의 예문에서 '귀를 씻는다'고 하는 것은 전설상의 왕조인 당唐나라 때 은자 허유許由가 요왕堯王이 왕위를 선양하려고 하자 하북성 기산箕山에 은거하였고, 구주장九州長을 맡기려 하자 영수穎水에서 귀를 씻었다는 진晉나라 황보밀皇甫謐(215-282)의 ≪고사전高士傳 · 허유≫권상의 고사에서 유래한 말로, 속세를 떠나 은거생활을 하는 것을 비유한다. 그렇기에 손초의 성향과 잘 어울리는 말이다. 비록 손초가 내뱉은 말이 표면적으로는 억지스러운 면이 있지만, 자신이 추구하는 바와 조화를 이룸으로써 어떻게든 자신을 합리화시키는 데는 성공한 셈이다. 하지만 이러한 방식이 일반인에게 얼마나 효과가 있을지는 미지수다. 말실수를 범했을 때는 솔직한 태도를 보여야지 결코 잔꾀를 부려서는 안 되리라 여겨진다.

---

17 '무자武子'는 진나라 때 명사인 왕제王濟의 자이다.

21. 거위의 출세!

고대 중국의 문장가들은 일반 사물도 의인화하여 표현하기를 좋아하였다. 송나라 위중거魏仲擧가 엮은 ≪오백가주창려문집五百家注昌黎文集·잡문雜文≫권36에 수록된 당나라 한유韓愈(768-824)의 <모영(붓)의 전기(毛穎傳)>에서 붓대(管)가 있는 붓을 '관성의 선생님'이란 의미에서 '관성자管城子'로 부른 것이 그 대표적인 예이다.

마찬가지로 동물 가운데 거위는 '우군장군右軍將軍'이란 관직의 준말인 '우군'으로 달리 불리기도 하였다. 이는 중국을 대표하는 서예가인 진晉나라 때 사람 왕희지王羲之(321-379)로부터 유래하였다. 이에 대해 송나라 때 고승高承은 ≪사물기원事物紀原·충어금수부蟲魚禽獸部≫권10에서 다음과 같이 소개한 바 있다.

> 진나라 때 우군장군을 지낸 왕희지는 거위를 좋아하였다. (절강성) 회계군 산음현에 있을 때, 도사가 거위들을 키우자 왕희지는 매번 그를 찾아가 거위를 데리고 놀았다. 도사가 말했다. "저를 위해 ≪황정경≫을 필사해 주신다면, 틀림없이 거위를 드리겠습니다." 왕희지가 기쁜 마음에 필사를 마치고는 거위를 새장에 넣고서 그곳을 떠났다. 요즘 사람들이 잘못하여 거위를 '우군'이라고 부르는 것도 이 때문이다. (晉右軍[18]王羲之好
>
> 鵝. 在會稽山陰, 道士養群鵝, 羲之每就玩之. 道士曰, "爲寫黃庭經[19], 當以相贈." 羲之

---

18 중국 고대의 군대 편제인 중군장군中軍將軍·좌군장군左軍將軍·우군장군右軍將軍 가운데 하나인 '우군장군'의 준말.

19 송나라 구양수歐陽修(1007-1072)의 ≪집고록集古錄≫권10이나 ≪송사·예문지≫권205의 기록에 의하면, 위진魏晉 때 신상 미상의 도사道士가 양생술養生術에 대해 적은 한 권짜리 책 이름이라고 하나, 원서는 오래 전에 실전되었다.

欣然, 寫畢, 籠鵝而去. 今人誤以鵝爲右軍, 緣此故.)

실상 거위와 '우군'이란 말은 아무런 관계가 없다. 단지 우군장군을 지낸 왕희지가 거위를 좋아했다는 이유만으로 거위에게 왕희지의 벼슬 이름을 덧씌웠으니, 그 과정이 다소 엉뚱해 보인다. 하지만 거위의 입장에서는 무척 영광스러운 일이 아닐까? 그렇다면 왕희지는 왜 거위를 좋아했을까? 거위의 목 놀림이 서예가의 유려한 손목 놀림과 유사했기 때문이라고 한다. 여하튼 우리말 가운데도 관습적으로 사용됨으로써 굳어진 잘못된 말들이 더러 있다. 특히 일본식 한자어가 그 정도가 심하다. 이를테면 '사료思料'나 '회람回覽' 등은 한자의 조합 원리로 보나 어감상으로 보나 무척 어색한 단어이다. 그러나 어쩌랴? 이미 상용화되어 그리 쓰이고 있는 것을……

22. 꿩 먹고 알 먹고!

필자가 좋아하는 한자어 가운데 '조은朝隱'이란 말이 있다. 이를 한편으로는 '이은吏隱'이나 '시은市隱'이라고도 한다. 고대 중국인들은 조정이나 저자거리나 둘 다 사람들이 실리를 추구하는 장소라는 공통점을 안고 있다고 생각하였고, 심지어 두 장소를 하나로 묶어 '조시朝市'라는 말을 만들어냄으로써 속세를 가리키는 뜻으로 사용하였다. 따라서 '조은'이나 '시은'은 속세에서 생계를 해결하면서 은자처럼 한적하고 자유로운 삶을 누리는 것을 가리킨다. 그야말로 '꿩 먹고 알 먹고'라고나 할까? 이 어휘가 얼마나 마음에 들었으면, 당나라 때 염조은閻朝隱이나 이조은李朝隱처럼 이름에까지 그대로 사용한 인물들이 있었을까? 그래서 당나라 때 백거이白居易(772-846)는 자신의 시에서 "큰 은자는 조정에 머물고, 작은 은자는 산속으로 들어간다네(大隱住朝市, 小隱入丘樊)"라고 읊은 일이 있다. 즉 조정에서 벼슬하면서 은자처럼 사는 것을 '대은大隱'이라고 하고, 산속에 숨어사는 은자를 '소은小隱'이라고 하여, 등급을 매기기까지 하였다.

고대 중국인들의 글을 읽다 보면 걸핏하면 은거생활을 동경하는 마음을 표출하는 경우를 흔히 보게 된다. 그러나 '그것이 과연 그들의 본심일까?' 하는 의심을 떨쳐버릴 수가 없다. 그저 마지막 탈출구로써 그냥 하소연 식으로 던져보는 말이 아닐까 싶은 생각이 들 때가 많기 때문이다. 물론 진晉나라 때 시인 도연명陶淵明(365-427)처럼 3개월 동안의 관직 생활을 청산한 뒤, 전원에 은거하여 평생 한적한 삶을 누리며 다시는 벼슬길에 오르지 않은 예외적인 인물도 있기는 하다. 당나라 때 대문호인 유종원柳宗元(773-819)은 <산에 갇혀서 읊은 부(囚山賦)>를 지어 자신의 갑갑한 삶에 대해 호소하는 글을 지은 적이 있다. 그러자 송나라 때 조보지晁補之(1053-1110)란 사람은 유종원의 글에 대해 <≪이소離騷≫에 변화를 준 글(變騷)>에서 다음과 같이 비판하였다.

(≪논어·옹야雍也≫권6에서 말한 것처럼) 어진 사람은 산을 좋아한다. 예로부터 달인이 조정을 새장에 비유하는 경우는 있어도, 산림을 새장에 비유했다는 말을 들어 보지 못 했다. 아마도 유종원은 (광동성) 남해군에 폄적되어 물리도록 오래 있으면서 산림을 벗어나지 못 하고 조정으로 돌아갈 수 없었기에, 그래서 <산에 갇히다>라는 부를 지었을 것이다. (仁者樂山. 自古達

人有以朝市爲樊籠者矣, 未聞以山林爲樊籠也. 蓋宗元謫南海[20]久厭, 山林不可得而出, 朝市不可得而復, 故賦囚山.)

즉 조보지는 산에 사는 은자의 삶을 경멸한 유종원의 말에 대해 반론을 제기하면서, 그가 폄적 생활에 대한 환멸 때문에 그런 말을 한 것일 뿐이라고 평가절하하였다. 필자가 재직하고 있는 이곳 직장에도 두 부류의 사람이 있는 듯하다. 무척 바쁘고 활동적인 삶을 추구하는 사람과 한가하고 자유로운 삶을 희구하는 사람이다. 필자는 후자에 속한다고 할 수 있다. 필자 자신도 한때 학장이란 보직을 맡아 완장을 차면서 새로운 경험을 시도해 본 적이 있지만, 나 자신과는 전혀 맞지 않는 삶이라는 것을 깨달았다. 그래서 봉급을 받아 생계를 걱정하지 않으면서도 자유롭고 한적하게 지낼 수 있는 삶을 다시 구가하고 있다. '꿩 먹고 알 먹고'의 '조은朝隱'처럼!

23. 세대차가 왜 이리 빨라질까?

요즘 사람들은 연배가 고작 10년 차만 나도 세대차를 느낀다는 말을 던지곤 한다. 원래 한 세대는 30년을 가리킨다. 예로부터 고인들은 서른 살 즈음에 결혼해 자식을 낳음으로써 세대를 이어갔기 때문이다. 그러나 현대 사회는 워낙 빠른 속도로 변화하기에, 서른 살을 훌쩍 넘겨 늦깎이로 결혼을 하면서도 나이에 상관없이 다른 척도를 들이대 세대차란 말의 본의를 바꾼 듯하다. 아마도 '10년이면 강산도 변한다'는 말에서

---

20 고대에 광동성에 설치하였던 군郡 이름.

그 10년이 세대차로까지 확대 적용된 것이 아닐까 싶다.

혈통의 유지를 중시했던 고대 중국 사회에서는 각 세대에 대한 명칭도 다양하게 발달하였다. 이에 대해 전국시대 때 지어진 중국 최초의 사전으로 평가받는 저자 미상의 ≪이아爾雅 · 석훈釋訓≫권3에서는 "아들의 아들을 '손자'라고 하고, 손자의 아들을 '증손'이라고 하며, 증손의 아들을 '현손'이라고 하고, 현손의 아들을 '내손'이라고 하며, 내손의 아들을 '곤손'이라고 하고, 곤손의 아들을 '잉손'이라고 하며, 잉손의 아들을 '운손'이라고 한다(子之子爲孫, 孫之子爲曾孫, 曾孫之子爲玄孫, 玄孫之子爲來孫, 來孫之子爲晜孫, 晜孫之子爲仍孫, 仍孫之子爲雲孫)"고 하여, 아들(子)부터 8대손인 '운손雲孫'까지의 명칭에 대해 상세하게 설명하였다. 그중 '미래의 손자'를 의미하는 '내손來孫'은 세대차가 너무 커 '조상에 대해 단지 귀로만 얘기를 들었다'는 의미에서 '이손耳孫'으로도 부른다고 하니, 참으로 고대 중국인들은 한자의 특성을 잘 활용해 다양한 별칭을 절묘하게 만들어낸 듯하다. 세대간의 교감과 관련해 명나라 팽대익彭大翼의 ≪산당사고山堂肆考 · 친속親屬≫권91에 인용된 송나라 공평중孔平仲의 저서로 추정되는 ≪속세설續世說≫이란 서책에 제법 흥미로운 고사가 하나 전하기에, 아래에 소개해 보고자 한다.

당나라 허경종의 손자 허언백許彦伯은 허앙許昻의 아들이다. 허언백은 자못 글재주가 뛰어나고 학식이 풍부하였다. 허경종이 만년에 더 이상 붓을 들지 못 하자, 모든 황제의 책명을 허언백이 다 작성하였다. 허경종은 일찍이 허앙에게 이런 농담을 하였다. "내 아들(허앙)이 네 아들(허언백)에게 미치지 못 하는구나." 그러자 허앙이 대답하였다. "저 아이의 부친(허앙)은 허앙의 부친(허경종)에게도 미치지 못 한답니다."(唐許敬宗

孫彦伯, 昻子也. 彦伯頗有文學. 敬宗晚年不復下筆, 凡大典冊, 悉彦伯爲之. 嘗戱昻曰,
"吾兒不及若兒." 昻答曰, "渠父不及昻父.")**21**

　　허경종과 허앙·허언백 등 세 조손祖孫 사이에 오간 농담에는 상당
히 가시가 돋혀 있다. 할아버지가 손자를 기특하게 여겨 아들에게 손자
가 훨씬 뛰어나다고 하자, 아들은 역으로 자신이 부친에게도 미치지 못
한다는 말로써 원망 아닌 원망을 표출한 것이다. 실상 글재주 방면에서
허앙은 부친인 허경종이나 아들인 허언백에 미치지 못 했던 듯하다. 그
러나 허경종이 당나라 때 둘째가라면 서러울 정도의 간신으로서 이름을
떨쳤으니, 차라리 허앙은 재능이 부친에게 미치지 못 했어도, 인간적인
면에서 볼 때 그리 서러울 것은 없으리란 생각이 들기도 한다. 즉 글재
주 방면에서는 뒤떨어질지라도, 언행 방면에서는 손색이 없다고 말하면
지나친 비약일까? 어느 관점에서 보느냐에 따라 관심 대상에 대한 평가
가 달라질 수 있는 게 인간사가 아닐까? 우리는 과연 고정관념에 얽매
여 너무 세상사를 흑백으로만 판단하고 있는 것은 아닌지 다시금 되새
겨 보게 된다.

24. 까마귀와 까치가 힘을 합쳤다고?

　　우리나라에도 견우牽牛와 직녀織女가 만난다는 중국의 칠월 칠석날
고사가 민담처럼 전해진다. 소(牛)를 끄는(牽) 목동과 베를 짜는(織) 소녀

21　예문에서 '약若'은 2인칭 대명사이고, '거渠'는 오吳 지방 방언에서 유래한 말로서 3인칭 대
　　명사이다.

(女)의 슬픈 낭만(romance)! 그러나 그 사랑을 이룰 수 없다는 매우 애절한 이야기가 그속에 담겨 있다. 이 이야기는 이미 세간에 널리 알려져 있기에, 새삼 소개할 필요는 없을 듯하다.

그런데 우리말 사전을 살펴보면, '오작교烏鵲橋'를 '견우와 직녀가 칠월 칠석날에 서로 만날 수 있도록 까마귀(烏)와 까치(鵲)가 은하수에 모여서 자신들 몸으로 놓은 다리(橋)'라고 풀이하고 있다. 까마귀와 까치가 언제부터 친하게 지냈지? 어째서 서로 어울릴 것 같지 않은 이질적인 두 조류가 힘을 합쳐 다리를 놓는다는 발상을 했을까? 상식적으로 이해하기 어렵다. 이는 단순히 '烏'를 까마귀를 뜻하는 한자로만 이해한 데서 비롯된 오류가 아닐까 싶다. 한자에는 고정된 품사가 없다. 중요한 점은 그 한자가 어디에 위치하고, 어떠한 기능을 담당하느냐에 따라서 품사가 달라진다는 것이다.

강릉의 명소 가운데 '오죽헌烏竹軒'이란 오래된 건축물이 있다. 바로 조선시대 대유大儒인 율곡栗谷[22] 이이李珥가 태어나고 자란 생가이다. 이때 '오죽'은 '까마귀와 대나무'가 아니라 '검은 대나무'를 뜻한다. 영동지방의 특수한 기후 때문에 강릉에는 검은 빛깔을 띤 대나무가 많이 자라는데, 오죽헌에 가면 이 '오죽'을 흔히 볼 수 있다. 한때 선교장船橋莊 뒷마을인 심씨촌沈氏村에서 전원생활을 즐길 때, 전세로 임차했던 우리 집에도 이 오죽이 제법 무성히 자라고 있었다. '烏'는 명사로 쓸 때는 까마귀를 뜻하지만, 형용사로 쓸 때는 검은 빛깔을 뜻한다. 까만 빛깔의 딱따구리를 '까막딱따구리'라고 하듯이, '오작교'의 '오작' 역시 비록 국어사전에는 없지만 빛깔이 유난히 새까만 까치를 가리키는 말이 아닐

---

22 우리말로 옮기면 '밤골'이란 의미에 해당하기에, 옛날에 이곳에는 밤나무가 무척 많았을 듯 싶다.

까? 따라서 '오작교'는 '까마귀와 까치가 협동하여 만든 다리'가 아니라 '까막까치가 놓은 다리'를 뜻하는 말로 보는 것이 적절할 듯하다. 이것이 생태계의 이치로 보나 상식적으로 생각할 때 합리적인 답안이 아닐까 싶다.[23]

　　우리가 알고 있는 한자어 가운데는 잘못 알려진 것들이 더러 있다. 일례로 오늘날 우리도 사용하고 있는 '낭만浪漫'이란 말은 송나라 때 당송팔대가唐宋八大家에 속하는 남풍선생南豊先生 증공曾鞏(1019-1083)이나 동파거사東坡居士 소식蘇軾(1036-1101) 등의 문장을 보면, 원래 '제멋대로 행동한다'는 부정적인 의미의 어휘였다. '浪'이나 '漫'이란 글자 자체가 부사로 쓰일 때는 '멋대로'란 어감을 지닌 한자이다. 그러나 지금은 '로맨틱하다'는 긍정적인 의미로 쓰이고 있다. 이는 아마도 일본인들이 영어나 프랑스어의 'romance'를 발음이 비슷한 '浪漫(làngmàn)'이란 한자어를 끌어다가 제멋대로 음역音譯한 데서 비롯된 것이 아닐까 싶다. 그러나 어쩌랴? 이미 그리 쓰이고 있는 것을…… 오늘날 우리가 사용하고 있는 한자어 가운데 어감이 요상한 것들은 대개 일제강점기 때 생긴 언어의 잔재들일 가능성이 높다. 일본인들이야말로 영어를 괴이하게 활용하듯이, 한자어도 그 조합 원리와 어순을 무시한 채 '낭만'하게 만드는 경향이 있는 듯하다. 이런 담론은 한글날에 펼쳐야 제격인데 적기를 놓친 것 같다.

23　중국의 고문에서는 '오작'이 까치만을 뜻하는 말로 쓰인 예를 어렵지 않게 발견할 수 있다.

25. 왜 오징어라고 할까?

여기서는 필자가 강원도 강릉에 사는 몸이기에, 이곳의 특산물인 오징어의 어원에 대해서 한번 소개해 보고자 한다. 오징어의 한자어는 다름 아니라 '오적어烏賊魚'이다. 영양가가 풍부하고 항암물질이 많아서 장수에 좋은 어류라고 하는데, 발음 편의상 '오적어'가 '오징어'로 변환된 것으로 보인다. 그런데 이 명칭의 의미를 우리말로 그대로 옮기면 '까마귀(烏)가 천적으로 여기는(賊) 물고기(魚)'란 뜻이 된다. 물고기 중에 까마귀에게 천적인 어류가 있다니? 무척 뜬금없는 말로 들릴 수도 있겠다는 생각이 든다.

남조南朝 유송劉宋 때 심회원沈懷遠이란 사람이 지은 남월[24]에 관한 지리지인 《남월지南越志》[25]란 고서가 있었다. 원서는 오래 전에 실전되었지만, 명나라 때 팽대익彭大翼이 지은 유서류類書類의 저서인 《산당사고山堂肆考》에 인용되어 전하는 기록에 의하면, "오징어는 늘 스스로 물위를 떠다닌다. 까마귀가 발견하고서 죽은 시체인 줄 알고 날아와 그것을 쪼려고 하면, 오징어가 도리어 까마귀를 말아서 잡아먹는다. 그래서 '오적烏賊'이라고 하는 것이다(烏賊魚常自浮水上. 烏見以爲死, 便往啄之, 乃卷取烏, 故曰烏賊)"라고 하였다. 그런데 우리 상식으로는 '정말로 오징어가 까마귀를 잡아먹을까?' 의아스럽기는 하지만, 중국 동남방 바닷가의 오징어는 정말로 까마귀를 잡아먹었던 것 같다.

예전에는 필자가 살고 있는 이곳 강릉 바닷가에서도 이따금 까마귀가 떼지어 나는 모습을 목도하곤 하였지만, 자연환경이 나빠져서 그런

---

24 지금의 광동성 일대를 가리킨다.

25 원서는 오래 전에 실전되고, 일부 잔문殘文이 다른 서책들에 인용되어 전한다.

지 요즈음은 눈에 잘 띄지 않는다. 그런데 이곳에서 30년의 세월을 보냈지만, 까마귀가 오징어에게 잡아먹힌다는 얘기는 들어보지 못 했다. 그래서 이걸 믿어야 할지 말아야 할지 알쏭달쏭하기만 하다.

필자는 수업시간에 우리학교 학생들에게 진담 반 농담 반으로, 중국인들은 '뻥'이 심해서 옛 기록 가운데 상당 부분을 믿을 수 없다고 말하곤 하는데, 도대체 중국인들이 남긴 이야기 가운데 어디까지 믿을 수 있고 어디까지 믿을 수 없는지 가늠할 수 없을 때가 많다. 그래서 중국인들끼리도 서로 의심하며 믿지 않기에, 그들을 두고 '의심이 많은 민족'이라는 속설이 생겨난 것은 아닐까 싶기도 하다.

26. 인류 보편적 사고의 결과물인가?

인간의 상상력은 동양인이든 서양인이든 별반 차이가 없는 듯하다. 중국에서는 아주 오래 전부터 상상의 동물을 만들어냈는데, 그 이미지가 서양과 큰 차이가 없어 보인다. 예를 들어 서양에 'Dragon'이 있다면 중국에는 '용龍'이 있고, 서양에 'Phoenix'가 있다면 중국에는 '봉황鳳凰'이 있으며, 서양에 'Unicon'이 있다면 중국에는 '기린麒麟'이 있다. 단 오늘날 동물원에 있는 아프리카산 동물을 '기린'이라고 부르는 것은 아마도 서양 문물을 먼저 받아들이면서 그 동물을 신기하게 여겨 견강부회한 일본인들의 잘못된 표현에서 비롯된 듯하다. 기린은 상상의 동물이지 결코 현실세계의 동물이 아니다. 그래서 중국인들은 현실세계의 동물을 그 모양새를 잘 반영하여 '목이 긴 사슴'이란 의미에서 '장경록長頸鹿(chángjǐnglù)'이라고 부르지, 결코 '기린'이라고 부르지 않는다. 허나 어쩌랴? 우리는 이미 그리 쓰고 있는 것을. 이 말도 일제의 잔재라고 해야 하지 않을까 싶다.

한편 상상의 동물로 달리 '獬豸'라는 것이 있다. '豸'의 본음은 '치'로서 원래 '발이 없는 벌레'를 뜻한다. 그러나 상상의 동물을 뜻할 때는 '태'로 읽기도 한다. 일반인들에게는 '해태제과'나 '해태타이거즈'처럼 '해치'보다는 '해태'라는 발음이 더 친숙해져 있기에, 여기서도 '해태'라는 발음을 택하였다. 해태는 선악을 판별할 줄 안다는 전설상의 동물로서, 사악한 자를 보면 저돌적으로 공격한다고 해서 법의 집행을 상징한다. 그래서 옛날에 법관들이 쓰는 모자를 '해태관獬豸冠'이라고 하였다. '해태'의 모양새에 대해 ≪한관의漢官儀≫나 ≪후한서後漢書≫ 등 중국의 고문헌에서는 모두 양과 닮았으면서 뿔이 하나 달렸다고 적고 있다. 그렇기에 '신양神羊'이란 별칭으로도 불렸다. 우선 해태에 관한 원문들을 열거해 보면 아래와 같다.

어사는 해태관을 쓴다. 해태는 신양이다. 이 동물은 곧지 않은 사물을 주로 들이받는다. 초나라 왕이 이것을 포획하여 갓을 만들었다. 진나라가 초나라를 멸망시키고, 그 갓을 법을 집행하는 근신에게 하사하여 머리에 쓰게 하였다. (御史冠獬豸冠. 獬豸, 神羊, 此獸主觸不直. 楚王獲之, 以爲冠. 秦滅楚, 以其冠賜執法近臣, 服之.) (후한 응소應劭 ≪한관의漢官儀≫권상)

해태는 신비로운 짐승으로 모습이 양처럼 생겼으면서 뿔이 하나이고, 몸은 청색을 띠었으며, 발이 네 개이고, 성품이 충직하다. 일명 (법률을 담당하는 짐승'이란 의미에서) '임법수任法獸'라고도 한다. (獬豸, 神奇之獸, 狀如羊而一角, 青色, 四足, 性忠直. 一名任法獸也.) (송나라 사유신謝維新 ≪고금합벽사류비요古今合璧事類備要·주수문走獸門·해태獬鷹≫별집권76)

해태는 뿔이 하나 달린 양이다. 시시비비를 알고, 사악하고 교활한 것을 식별한다. (獬豸, 一角羊也. 知曲直, 識邪佞.) (명나라 팽대익彭大翼《산당사고山堂肆考·모충毛蟲》권217에 인용된《논형論衡》)

그런데 어찌된 일인지 오늘날의 석상을 보면 오히려 사자의 형상을 하고 있으니, 언제부터 그 모양새가 변질되기 시작하였는지 모르겠다. 각설하고, 대통령이 머물고 있는 청와대를 보면 봉황의 문양이 새겨져 있다. 확실치는 않으나 용의 문양이 중국 황제의 전유물처럼 여겨졌기에, 고대 때부터 우리 선조들은 용 문양을 기피하고 대신 봉황을 택했던 것이 아닐까 싶다. 만약 그렇다면 청와대에 건의하자! 이제 우리도 중국에 조공을 바치지 않는 어엿한 독립국가이고, 중국과 맞장을 뜨고 있으니, 대통령 내지 청와대를 상징하는 상상의 동물을 봉황에서 용으로 바꾸자고 하면 어떨까?

27. 쥐가 장수하는 동물이라고?

현대 중국어에서 동물을 표기하는 말들을 보면, 묘하게도 앞에 접두사로 '노老'자를 덧붙인 경우들을 발견할 수 있다. 이를테면 쥐를 '라오수lǎoshǔ(老鼠)'라고 하고, 호랑이를 '라오후lǎohǔ(老虎)'라고 하는 것이 그러한 예이다. 이를 '늙은 쥐'와 '늙은 호랑이'라고 번역한다면 매우 우스꽝스러운 느낌을 줄 수밖에 없다. 물론 고문에서는 상황에 따라서 '라오수'를 그냥 '쥐'가 아니라 '늙은 쥐'로 해석해야 할 때도 있기에, 반드시 문맥을 잘 살피는 것이 무엇보다도 중요하다.

그렇다면 왜 앞에 '老'자를 붙일까? 이는 아마도 옛날에 장수하는 동물, 즉 거북이나 학처럼 십장생十長生에 속하는 생명체의 수명을 강조하기 위한 표현법에서 유래한 듯하다. 다시 말해서 오래 사는 동물을 표기하던 방식이 확대 적용되어 다른 동물을 명명하는 말에도 그대로 사용되었던 것으로 짐작된다. 심지어 송나라 때 육전陸佃이란 문인이 지은 ≪비아埤雅·석충釋蟲·서鼠≫권11에서 "쥐라는 부류는 가장 오래 살기에 '노서'(라오수)라고 부른다(鼠類最壽, 故謂之老鼠)"고 한 것으로 보아, 고대 중국인들은 쥐도 장수하는 동물로 생각했던 것으로 보인다. 아마도 시도 때도 없이 나타나 곡식을 훔쳐 먹어대니, '이 놈의 쥐새끼는 왜 죽지도 않는 거야?'라고 생각해서가 아닐까?

위에서 언급한 '열 가지 장생불사長生不死하는 사물'이란 의미의 '십장생'이란 말은 원래 중국에서 생긴 것이 아니라 우리나라에서 독자적으로 만든 말이기에, 필자 역시 상세한 사연은 잘 모른다. 다만 우리나라에서 편찬한 한자 자전에 의하면, 해(日), 산(山), 물(水), 돌(石), 구름(雲), 소나무(松), 불로초(不老草), 거북(龜), 학(鶴), 사슴(鹿)을 가리키는 말로서 우리 고유의 민간신앙에서 유래하였다고 한다.

그러고 보니 '老鼠'하면 떠오르는 안 좋은 추억이 있다. 아마도 타 학과에서 개설한 조선시대 고문 관련 과목을 어떻게 강의하는지 감히 염탐하고 싶은 심보였으리라 추측되지만, 대학교 재학 시절에 국문과 수업을 신청하여 수강한 적이 있는데, 중국어에 익숙지 않은 교수분이 '老鼠'를 '늙은 쥐'라고 해석해 '老'는 별뜻이 없는 접두사라서 그냥 '쥐'로 풀이해야 한다고 같이 수강한 친구와 함께 이의를 제기했다가 그분에게 '괘씸죄'로 찍힌 적이 있다. '그냥 입 다물고 있었어야 하는데……' 하고 후회했지만, 이미 때는 늦었다. 꼭 그래서만은 아니겠지만, 그 수업을 들은 필자와 우리 학과 절친 모두 안 좋은 학점을 받아서 우리끼리 뒷말이 많았다. 역시 남의 영역은 함부로 침범하는 것이 아닌가 보다!

28. 강릉을 다시 명주라고 하자!

필자는 수업시간에 학생들에게 '괜히 쓰인 한자는 단 한 글자도 없다'는 말을 반복적으로 강조하곤 한다. 심지어 고유명사의 경우도 그 한자를 쓴 데는 다 이유가 있다고 말한다. 인명의 경우도 그렇고, 지명의 경우도 마찬가지다. 하지만 자신의 이름을 해석해 보라고 하면 대부분 학생들은 머뭇거린다. 자기 이름의 의미에 대해 생각해 본 적이 별로 없기 때문이다. 그러면 학생들에게 자연스럽고 바람직한 의미가 나오도록 유추케 한다. 이 세상에 자기 자식 이름을 흉하게 짓는 부모는 없기 때문이다.

지명의 경우도 매한가지이다. 이는 우리나라도 동일하다. 요즘 '한국의 실리콘밸리'라고 하여 새롭게 조성된 신도시인 '판교板橋'는 중국에도 동명의 고을이 있는데, 이는 글자 그대로 풀이했을 때 '대충 나무를 엮어 만든 소박한 다리'가 있었던 데서 유래하였을 것이다. 즉 그리 부유한 동네를 뜻하는 지명은 아니라는 얘기다. 고대 중국의 지명 가운데 전란과 관련이 있는 일례를 소개해 보고자 한다. 원문은 원래 진晉나라 원산송袁山松의 ≪의도기宜都記≫의 기록이나, 원서는 오래 전에 실전되고, 대신 명나라 팽대익彭大翼의 ≪산당사고山堂肆考·지리地理≫권29에 인용되어 전한다.

(호북성) 항산현 동쪽에는 산이 있는데, 사면이 절벽이어서 마치 성곽처럼 생겼다. 그 속에는 숲과 연못이 있고, 사람들이

그 위에서 농사를 짓는다. 옛날에 진나라 (회제懷帝) 영가(307-313) 연간의 변란 때 주민들은 이곳에 올라 반군을 피하였다. 그러나 반군이 그곳을 지키는 바람에 1년이 지나 식량이 다 떨어졌지만, 주민들은 연못의 물고기를 잡아서 아래로 반군에게 던져 곤궁하지 않다는 것을 보여주었다. 그러자 반군이 결국 물러났다. 그래서 그 산의 이름을 ('물고기를 던진 성이 있는 산'이란 의미에서) '하어성산'이라고 한다. (佷山縣東有山, 四面絶壁, 若城郭然. 中有林木池水, 人田種其上. 昔晉永嘉之亂, 土人登此避賊. 賊守之, 經年食盡, 取池魚, 擲下與賊, 以示不窮. 賊遂退散. 因名其山, 曰下魚城.)

필자가 거주하고 있는 이곳 '강릉江陵'은 예전에는 '바닷가 고을'이란 의미에서 '명주溟州'라고 하였다. 그래서 지금의 강릉시장을 옛날에는 '명주군수'라고 하였다. 지금은 '강가 언덕에 사람들이 모여 사는 곳'이란 의미에서 현재의 지명으로 바뀌었다. 그렇다고 강릉에 큰 강이 흐르는 것도 아니다. '큰 대大'자가 붙은 것도 과분하지만, '남대천南大川'이라고 하는 평범한 냇물이 흐를 뿐이다. 따라서 의미만 놓고 보면 옛 지명이 훨씬 더 운치있게 느껴진다. 하지만 이제 와서 옛 지명으로 돌아가자고 하면, 동의하지 않을 사람이 많을 듯 싶다. 그만큼 관습은 무서운 것인가 보다![26]

---

26 이곳 강릉은 중국의 호북성 형주시荊州市와 자매결연을 맺고 있다. 왜냐하면 춘추전국시대 때 초楚나라의 도읍이었던 형주시가 역대로 '형주'로도 불렸고, '강릉'이란 지명으로도 불렸기 때문이다. 그래서인지 강원도 양양군襄陽郡도 지금의 호북성 양양시와 자매결연을 맺고 있다. 근자에 송나라 때 대문호인 동파선생東坡先生 소식蘇軾(1036-1101)과도 인연이 깊은 호북성湖北省이 '코로나19'의 발원지로 악명을 떨쳤다. 더욱이 싸움꾼을 뜻하는 '우한'(무한武漢의 중국어 발음. 원래 '무한'은 '무창武昌'과 '한구漢口'라는 두 고을을 합친 이름이지만, 이를 보통명사화하여 풀이하면 '싸움꾼'이란 해석이 가능하다)에서 바이러스가 가장 강력한 존재로 급부상하였

29. 괜히 쓰인 한자는 한 글자도 없다네!

앞의 담론에서 '고유명사에도 다 나름대로 의미가 있다'는 내용에 대해 언급하는 자리에서, '괜히 쓰인 한자는 단 한 글자도 없다'는 말을 던졌다. 이와 함께 필자는 학생들에게 '복잡한 이야기를 함축하고 있는 고사성어가 아니라면, 모든 한자어는 개별 한자 자체 안에 답이 들어 있다'는 말을 강조적으로 던지곤 한다. 물론 여기에는 한자가 지니고 있는 어감에 대한 소양이 전제되기에, 한자 자체에 대한 정확한 이해가 선행되어야 한다. 여기서는 이에 대해 보다 구체적인 예를 들어서 장황하나마 보다 상세히 소개해 보고자 한다.

획수가 가장 단순한 한자 가운데 '위 상上'이나 '아래 하下'라는 글자가 있다. 이 글자를 모르는 이는 아마도 거의 없을 듯하다. 그래서인지 이 글자가 문장에서 쓰인 것을 보면 '별것 아니겠지?' 하고 그냥 지나치기 쉽다. 그러나 이러한 상용한자도 그 쓰임새에 대한 면밀한 검토가 필요하다.

예를 들어 강물에다가 쓴 경우를 상정해 보자! '장하상漳河上'이란 단어가 출현했을 때, 이를 어찌 이해해야 할까? '장하'라는 강물의 수면 위를 뜻하는 말일까? 아니면 '장하'보다 높은 지대를 뜻하는 말일까? 이 역시 문장의 전후 맥락과 상황에 따라 달리 이해해야 한다. 문장에 등장하는 주체가 배를 타고 있다면 강물 표면 위에 위치한다는 말이 되지만, 배를 타고 있지 않다면 강물 가에 위치한다는 말이 된다. '上' 자는 강물 표면 위를 뜻할 수도 있지만, 육지나 언덕이 강물 표면보다 높은 곳에 위치하기에 강가 언덕을 가리킬 수도 있기 때문이다. 따라서 문맥

으니, 지명이 주는 '뉘앙스'가 우연만은 아닌 듯하다.

에 따라 강물 위를 뜻할 때도 있고, 강가 언덕을 뜻할 때도 있다. 예를 들어 '조조의 가짜 무덤 72개는 장하 가에 있다(曹操疑塚七十二, 在漳河上)'고 할 때는 당연히 강가 언덕을 뜻하는 말이 될 수밖에 없다.

　그렇다면 '下' 자의 경우는 어떠할까? 고문에 보면 '성하城下'나 '도하都下'라는 어휘가 곧잘 등장한다. 예전에 국문학과의 모교수로부터도 이에 대한 질문을 받은 적이 있는데, '下' 자가 왜 붙어 있을까? 이는 그 기준이 되는 주체를 일반 백성들로 보기 때문이다. 즉 일반 관리나 백성들이 성주나 지방 장관이 머무는 성보다 아래쪽의 평야 지대에 거주하고, 신하나 백성들이 임금이 머무는 도성보다 아래쪽 지대에 거주하기 때문에 '下' 자를 첨부했다고 보면 이해하기 수월해진다. 따라서 결국 '성하'나 '도하'는 성곽 아래 고을이나 도읍을 의미하는 말이 된다. 다시 말해서 '下' 자도 괜히 붙어 있는 것이 아니다. 이에 다시 한번 강조하면 '괜히 쓰인 한자는 단 한 글자도 없고, 대부분의 한자어는 개별 한자에 답이 들어 있다'고 보면 될 것 같다.

30. 정말로 성씨를 잘못 알고 있었던 것일까?

　중국의 고문헌을 열람하다 보면 늘 마주하는 현실이지만, 고대 중국인들은 한자의 생략이 무척 심하였다. 물론 한자라는 문자 자체가 획수가 많아 매번 반복해서 쓰기 귀찮았을 테니까 그리 했겠지만, 여하튼 독자가 읽고서 이해하는 데 지장이 없다면 가차없이 생략하는 성향이 농후하였다. 그래서 고문을 읽을 때는 주어는 물론 전치사나 목적어의 생략을 감안하여 문맥을 꼼꼼히 살피는 작업이 성가실 정도로 병행되어야 한다.

심지어 멀쩡한 성씨마저도 줄임말로 표기함으로써 문외한에게는 전혀 다른 성씨로 오인될 수 있는 소지를 남기기도 하였다. 예를 들어 얼마 전에 모 기관에서 수백억의 가치가 나가는 친필 족자를 전시한다는 뉴스로도 언론에 오르내린 宋나라 소식蘇軾(1036-1101)의 스승 구양수歐陽修(1007-1072)를 지칭할 때, 복성複姓이기에 당연히 '구양씨'라고 불러야 함에도 그냥 '구씨'라고 지칭함으로써 후인들로 하여금 복성이 아니라 단성單姓으로 오인하게 만드는 경우도 있다.

필자는 일전에 당唐나라 두보杜甫(712-770)가 자랑하던 조상이자 진晉나라 때 대문호인 두예杜預(222-284)의 글에서 이상한 문구를 발견한 적이 있다. 진위 여부를 떠나서, 춘추시대의 역사를 기록한 두 문헌인 《춘추좌씨전春秋左氏傳》과 《국어國語》의 저자로 알려진 전국시대 노魯나라 사람 좌구명左丘明(?-?)에 관한 평론이 그것이다. 두예는 그에 대해 《춘추좌씨전》의 서문에서 "중니(공자의 자)는 즉위하지 않은 제왕이고, 구명(좌구명)은 벼슬하지 않은 신하이다(仲尼爲素王, 丘明爲素臣)"라고 평하였다. 이 예문에서 '소왕素王'은 '왕에 즉위하지는 않았지만 왕이 될 만한 덕성을 지닌 사람'을 뜻하는 말로서, 춘추시대 노魯나라 사람 공자에 대한 존칭이고, '소신素臣'은 '소왕의 신하', 즉 '벼슬하지 않은 신하'를 뜻하는 말로서 공자의 《춘추경》에 해설을 단 좌구명을 가리킨다.

그런데 여기에는 이상한 점이 있다. 비록 앞의 문장과 뒤의 문장을 대구로 만들기 위해서는 필히 뒤의 문장의 주어도 두 글자가 필요하지만, '구명'이라는 표현은 매우 부자연스럽다. 왜냐하면 '좌구명'의 성씨는 '좌'가 아니라 '좌구'이기 때문이다. '좌구'는 '왼쪽 언덕', 즉 '동쪽 언덕'을 뜻하는 말로서 지명에서 유래한 성씨이다. 이는 송나라 때 소식蘇軾이 '동쪽 언덕'을 의미하는 호북성 황주黃州의 '동파東坡'라는 동네로 유배당한 뒤, 일종의 반감의 발로로서 동네 이름을 자신의 자호로 삼은 것과도 유사하다. 만약 성씨를 '좌'라고 한다면, 이름이 '구명'이 되어 이름의 두 글자가 상호 연결되지 않기 때문이다. 따라서 필히 대구로 문장을 구성해야 했다면, '좌구씨(좌구명)는 벼슬하지 않은 신하이다(左丘爲素臣)'라고 써야 한다. 과연 두예 같은 대문호가 좌구명의 성씨를 잘못 알고 있었던 것일까? 아니면 알면서도 그냥 두루뭉술 그렇게 표현한 것일까? 필자에게는 아직도 풀리지 않는 '미스테리'로 남아 있다. 아울러 이 때문에 후대 사람들도 계속해서 좌구명에 대해 '좌씨'라고 지칭한 것일까? 아니면 구양수를 '구씨'라고 줄여서 부르듯이 그냥 편하게 '좌씨'라고 한 것일까? 이 또한 더 가중된 '미스테리'가 아닐 수 없다.

31. 손오공이란 이름은 왜 생겨났을까?

흔히 중국 고전문학의 꽃은 '시詩'라고 한다. 그래서 시대 명칭을 붙여 '한시漢詩'니 '당시唐詩'니 '송시宋詩'니 하는 말까지 생겨났다. 즉 중국에서 본격적으로 시가문학이 하나의 장르로 자리잡힌 것이 한나라 때라면, 그것이 꽃을 피운 것은 당나라와 송나라 때라는 말이다. 그러나 이러한 분야는 모두 한자를 독점했던 귀족층의 전유물이라는 전제를 바탕으로 하는 얘기이다.

그렇다면 정말로 중국 전통문학의 대표적 분야인 '시'가 사대부들의 힘에 의해서만 이루어진 것일까? 결코 그렇지가 않다. 동서양 모두 마찬가지이겠지만, 문학의 진정한 힘은 일반 서민들로부터 자양분을 얻는 데서 출발했다고 해도 과언이 아니다. 중국의 시가문학도 민가로부터 출발하였다. 그 대표적인 예가 주周나라 때 민요를 모아놓은 《시경》이나, 한나라 때 음악을 관장하는 '악부'라는 관청에서 수집하고 이를 본받아 귀족들의 재창작을 걸쳐 확장, 발전한 '악부시樂府詩'이다. 즉 고시古詩니 근체시近體詩니 하는 귀족문학의 완성도 민가나 악부시를 바탕으로 가능했다고 말할 수 있다.

그렇다면 요즘 인기를 구가하는 소설은 어떠했을까? 고대 중국에서 소설은 천덕꾸러기 신세를 면치 못 했다. 아마도 이는 인격을 함양하는 데 소설이 아무런 도움도 못 된다고 비판한 춘추시대 노나라 공자의 사상에서 절대적인 영향을 받았기 때문인 듯하다. 그래서인지 흔히 '사대기서四大奇書'로 일컬어지는 《삼국연의》 《서유기》 《수호지》 《금병매》 모두 사대부 계층으로부터는 배척을 받아, 사고전서四庫全書에 단 한 편도 이름을 올리지 못 한 채 퇴출당하고 말았다. 물론 우리나라 조선시대 양반들이 《춘향전》을 이불 속에서 남몰래 도둑고양이처럼 재미삼아 읽었던 것처럼, 중국의 귀족들도 마찬가지 행태를 보였겠지만……

각설하고, 그 가운데 《서유기》에 등장하는 주인공들의 이름을 보면 무척 흥미로운 점이 발견된다. 삼장법사三藏法師를 수행한 주인공들인 '손오공孫悟空'이나 '저팔계豬八戒', '사오정沙悟淨' 등의 이름을 보면, 모두 무작위로 지어진 것이 아니다. '손'은 원숭이를 뜻하는 말인 '호손猢猻'에서의 '猻'과 통용자이기에 생김새에 맞춰 지은 성씨이고, 이름인 '오공'은 불교의 핵심 사상인 '색즉시공色卽是空'의 '空'을 깨우치고자(悟) 애쓰는 주인공의 눈물겨운 노력을 담은 한자이다. 그렇다면 나머지 '저팔계'나 '사오정'은 어떠할까? '저팔계' 역시 손오공과 마찬가지로 성씨인 '저'는 돼지처럼 생긴 주인공의 생김새를 본뜬 것이고, 이름인 '팔계' 역시 불교의 여러 계율을 뜻하기 위해 지은 것이다. 또 '사오정'도 성씨인 '사'는 모래 속에서 튀어나온 괴물에서 따온 것이고, 이름 인 '오정' 역시 청정의 깨우침을 추구하는 불교 정신을 반영한 것이다. 그렇다면 우리는 자신의 이름에 걸맞게 생을 보내고 있을까? 각자 알아 서 반추해 볼 만한 명제이다.

32. 낚시꾼을 왜 강태공이라고 부를까?

굳이 낚시를 좋아하지 않더라도 낚시꾼을 빗대는 말로 '강태공姜太 公'이란 한자어를 들어보지 못 한 사람은 없을 듯 싶다. 그러나 정작 그 러한 비유적 표현이 등장하게 된 유래에 대해 명확히 아는 사람은 그다 지 많지 않은 듯하다. 이는 그 역사적 유래가 오래된 데다가 남의 나라 이야기이고, 게다가 다양한 별칭을 갖고 있기 때문이다. 여기서는 '강태 공'이란 한자어에 관해 장황하나마 상세한 설명을 풀어놓고자 한다.

우리에게는 '강태공'이란 명칭이 익숙할지 모르겠으나, 고대 중국에 서는 오히려 다른 별칭으로 많이 불렸다. '강태공'에서 '강'은 성姓이고, '태공'은 부친에 대한 존칭으로서, 주周나라 무왕武王이 그를 재상에 임 명하고 부친처럼 모신 데서 비롯되었다. 또 무왕의 부친인 문왕文王이 그를 만나 "우리 선친께서 그대를 기다린 지 오래되었소(吾太公望子, 久 矣)"라고 말한 데서 '태공망太公望'이란 별칭으로도 불렸고, 그의 씨氏가 봉토인 '여呂' 땅에서 유래하였고 이름이 '상尙'이라서 '여상'으로도 불 렸으며, 여씨와 '태공망'의 '망'을 합쳐 '여망'으로도 불렸고, 자가 '자아 子牙'여서 성씨와 자를 결합하여 '강자아'로도 불렸으며, 부친처럼 존중 했다는 의미에서 '상부尙父'로도 불렸으니, 그의 별칭이 한두 가지가 아 니었다. 그렇다면 '강태공 여상'은 낚시와 무슨 인연이 있기에, 낚시꾼의 상징적 인물로 고착되었을까? 이는 전한 사마천司馬遷(B.C.135-?)의 ≪사기史記 · 제태공세가齊太公世家≫권32에 전하는 다음과 같은 고사와 관련이 있다.

　　태공망(강태공 여상)은 동해 가에 살던 사람으로서 고기잡 이와 낚시로 생계를 유지하다가, 주나라 서백(문왕文王)을 만났 다. 서백이 사냥을 하려고 점을 쳤는데, "잡을 것은 용도 아니 고, 이무기도 아니고, 곰도 아니고, 큰곰도 아니라, 패왕을 도 울 신하이다"라는 점괘가 나왔다. 이에 서백이 사냥을 나갔다 가 정말로 위수 북쪽에서 태공망을 만났다. 함께 얘기를 나누 고는 대단히 기뻐서 그를 수레에 태우고서 함께 돌아왔다.(太 公望者, 東海上人, 以漁釣奸[27]周西伯[28]. 西伯將獵, 卜曰, "所獲非龍 · 非彲 · 非熊 · 非 羆, 霸王之輔." 於是西伯獵, 果遇太公於渭水之陽. 與語, 大悅, 載與俱歸.)

　　위의 고사 때문에 후대에는 낚시꾼을 만나는 것으로 훌륭한 재상을 얻는 것을 비유하기도 하였다. 그러나 요즘은 '강태공'을 단순히 낚시꾼 을 비유적으로 가리킬 때만 사용하는 듯하다. 그렇다면 정치에 혐오감 을 품고 있는 낚시광에게 '강태공'이란 말을 가져다가 지칭했을 때, 만 약 그가 이러한 내막을 잘 알고 있다면, 어떻게 받아들일까? 별 것을 가 져다가 다 따진다고 지적한다면 할 말은 없다.

27　원문에서 '간奸'은 '간干'의 통용자로서 '범접하다' '만나다'를 뜻한다.

28　주周나라 무왕武王의 부친인 문왕文王 희창姬昌의 별칭. '서방의 패자'란 의미에서 '서패西覇' 로도 읽는다.

33. 철갑상어가 멸종했다고?

얼마 전에 언론 매체에서 중국 당국이 장강에만 서식하는 중국 고유종인 철갑상어와 장강 악어, 상괭이류의 돌고래 등의 멸종을 공식적으로 선언했다는 뉴스를 접한 적이 있다. 인류의 무분별한 개발과 남획으로 인해 생태계의 파괴가 무지막지하게 벌어지는 현실이 그대로 반영된 결과가 아닐까 싶은 생각에, 착잡함이 밀려드는 느낌을 금할 수 없었다.

각설하고, 철갑상어가 무엇일까? 필자도 실물을 본 적이 없으나, 뉴스를 통해 주둥이가 뾰족하고, 길이가 3미터에서 5미터에 달하는 거대한 어류라는 것을 알았다. 이는 "입이 턱 아래에 있고, 비늘이 없으며, 코가 길고, 뼈가 연하다(口在頷下, 無鱗, 長鼻, 頓骨)"는 송나라 육전陸佃(1042-1102)의 ≪비아埤雅·석어釋魚·전鱣≫권1의 기록과도 어느 정도 일맥상통한다. 헌데 고문헌에 따라 철갑상어에 해당하는 한자어는 무척 다양하여, '음어淫魚' '우어牛魚' '녹각어鹿角魚' '녹두어鹿頭魚' '황어黃魚' '유어鮪魚' '전어鱣魚' '심어鱏魚' '심어鱘魚' 등 여러 어휘로 표기되어 있다. 그러나 어느 것이 정확한 표기법인지 현재로서는 알 길이 없다. 다만 철갑상어도 다양한 어종이 존재했기에, 이러한 상이한 표현들이 생겨나지 않았을까 조심스레 추측해 본다. 철갑상어와 관련하여 남조南朝 양梁나라 원제元帝 소역蕭繹(508-554)의 ≪금루자金樓子·잠계편箴戒篇≫권1에 보면 다음과 같은 기록이 전하기에, 아래에 한번 소개해 보고자 한다.

(은나라 마지막 임금인) 주왕紂王 때 수풀이 우거진 땅에다가 밤새 연못을 팠다. 연못에 철갑상어가 생기자, 그것을 잡아다가 먹었다. 연못을 하룻밤 사이에 다 퍼내어 철갑상어 수백 마리를 잡더니, 무척 기뻐하며 그것을 궁인들에게 하사하였다.

궁인들도 모두 음탕한 짓을 서슴지 않았다. (帝紂時, 木林之地, 宵
陷爲池. 池生淫魚, 取而食之. 池一夜而竭, 得淫魚數百, 大悅之, 錫之宮人. 宮人悉淫
亂.)

일부러 거대한 연못에 방생했다면 모를까, 철갑상어가 연못에서 저
절로 자랐다는 말은 어딘가 사실에 부합하지 않아 보인다. 그러나 여하
튼 철갑상어에 관한 위의 고사가 주는 '뉘앙스'가 참으로 묘하다. 철갑
상어의 육질이 궁인들로 하여금 음란한 행위를 유발케 하였다고? 그 맛
이 얼마나 좋으면 사람들을 방탕케 하고 남획케 했을까? 하긴 철갑상어
를 맛보기 위해 씨가 마를 때까지 잡아들였다고 하니, 멸종의 결과가 초
래된 것도 이상한 일은 아닐 듯 싶다. 그 결과가 인류에게도 고스란히
영향을 미치지 않을까 못내 두렵기도 하다. 결코 중국 땅에서만 일어나
는 일은 아닐 듯 싶다.

34. 강남은 원래 사람 사는 곳이 아니라네!

중국을 지배해온 사상으로 대표적인 것을 들라면 '음양오행설陰陽五
行說'을 꼽을 수 있다. 그중 음양은 '봉황鳳凰'이나 '원앙鴛鴦' 같은 대칭
적 구조의 어휘를 만드는 데 이용되었을 뿐만 아니라, 남북이란 말 대신
방향을 의미하는 데도 활용되었다. 다만 '산에다가 쓰느냐? 물에다가
쓰느냐?'에 따라 그 의미는 정반대로 작동한다. 즉 '볕 양陽'자의 경우
산에다가 쓰면 남쪽을 가리키고, 물에다가 쓰면 북쪽을 가리키게 된다.
반대로 '그늘 음陰'자는 산에다가 쓰면 북쪽을 가리키고, 물에다가 쓰면
남쪽을 가리키게 된다. 이는 옛날에 사람들이 모여사는 곳이 주로 명당

자리의 기본 요건인 '배산임수背山臨水', 즉 산의 남쪽이자 물의 북쪽에 위치하였기 때문이다.

예를 들어 절강성의 산음현山陰縣은 회계산會稽山 북쪽에 생긴 고을을 가리키고, 산서성의 분음현汾陰縣은 분수汾水 남쪽에 생긴 고을을 가리킨다. 그러나 이처럼 산의 북쪽이나 강물 남쪽에 고을이 생기는 것은 가난이나 특수한 상황 등 예외적인 경우에 해당하기에 정상적인 경우가 아니다. 그런 의미에서 요즘 우리나라에서 가장 비싼 아파트가 즐비해 있는 서울의 강남 땅은 예전에는 사람이 살지 않아 갈대풀이나 억새풀만 가득 자라 있던 지역이었으니, 세상이 변해도 너무 변했다는 생각이 든다. 1970년, 80년대에 개발붐이 일면서 값싼 강남 땅에 아파트를 지었던 것이 시대가 지나면서 역전 현상이 일어난 것으로 보인다.

필자가 처음 이곳 강릉으로 이사왔을 때도 소위 '토박이'라는 지역 유지들이 한결같이 건네던 말이, 남대천 너머 강릉 남쪽은 사람 살 만한 곳이 아니라는 것이었다. 이 역시 산의 남쪽, 물의 북쪽에 있는 양지 바른 땅을 선호하던 전통적인 관념이 그대로 반영된 충고였다. 강릉의 명소라는 임영관臨瀛館·오죽헌烏竹軒·선교장船橋莊 모두 남대천 북쪽에 위치하고 있는 것도 우연의 일치가 아니다. 강릉은 아직도 남대천 남쪽 땅은 그다지 선호의 대상이 아니다. 물론 이곳은 대지든 아파트든 남북에 따라 가격 차이가 많이 나지 않는 지방도시라서, 서울처럼 집값 때문에 심각한 고민을 하지 않아도 되니, 그나마 다행이라고나 할까? 끝으로 '음양'으로 지어진 땅 이름 가운데 중국을 대표하는 오악五嶽 중 하나인 화산華山의 북쪽에 있는 섬서성 화음현華陰縣과, 당나라 때 시인 이백李白에 얽힌 고사를 한 토막 소개하는 것으로 담론을 마무리하고자 한다. 건방기가 하늘을 찌르는 이백의 '스타일'이 잘 반영되어 있는 내용인데,

원문은 원나라 때 저자 미상의 ≪씨족대전氏族大全·이씨李氏≫권13에 다음과 같이 전한다.

> 일찍이 나귀를 타고서 화음현을 지난 적이 있는데, 현령이 제지하자 이백이 붓을 달라고 하여 다음과 같이 썼다. "일찍이 황제의 수건으로 침을 닦고, 황제께서 손수 국을 요리해 주시고, (환관) 고역사高力士가 신발을 벗고, 양귀비가 벼루를 받든 적이 있지요. 천자의 궁문 앞에서도 신하의 몸으로 말 달리는 것을 허락받았거늘, 화음현에서 내가 나귀를 탈 수 없단 말이오?" 그러자 현령이 겸언쩍은 표정을 지으며 그에게 사과하였다. (嘗騎驢[29], 過華陰縣, 縣令止之, 白索筆供云, "曾使龍巾[30]拭唾, 御手調羹, 力士脫靴, 貴妃捧硯. 天子門前, 尙容臣走馬, 華陰縣裏, 不得我騎驢?" 令愧謝之.)

35. 태풍이란 말은 동양에서 유래하였다네!

매년 겪는 일이려니 하고 지내지만, 2021년은 유난히 태풍의 피해가 심했던 듯하다. 물론 이런 얘기를 하면 2002년 '루사'와 2003년 '매미'를 겪었던 대관령 동쪽의 영동지방 사람들은 쓴웃음을 짓겠지만…… 특히 2002년 태풍 '루사'가 왔을 때 900mm에 달하는 물폭탄을 하루 사이에 맞은 강릉 지역은 거의 전지역이 물바다가 되었기에, 아직도 이곳 사람들은 다들 그때의 악몽을 잊지 못 하여 이따금 술자리 안주로 입에 올

---

29 당나라 측천무후則天武后 때 사대부들이 말을 화려하게 치장하는 사치 풍조가 만연하자, 관리가 아니면 말을 타지 못 하게 하였기에, '나귀를 탄다'는 말은 벼슬아치가 아니라는 것을 암시한다.

30 '용건龍巾'은 황제가 사용하는 수건을 뜻한다.

리곤 한다. 필자는 당시 높은 지대에서 전원생활을 하고 있었기에 발밑까지 물이 차오르는 것을 구경하였을 뿐, 다행히도 피해를 겪지 않아 이재민들의 고통을 실감하지 못 했다. 이것도 천운이라고 해야 하나?

'태풍(泰風 혹은 颱風)'은 영어로 'typhoon'이라고 하는데, 이 말은 '큰 바람'이란 의미로서 중국어 발음 '타이펑(tàifēng)'을 서양인들이 음역한 것이다. 정확한 말인지는 모르겠으나, 미국인들은 태평양에서 발생하는 강풍을 'typhoon', 대서양에서 일어나는 강풍을 'hurricane', 미국 내륙에서 일어나는 강력한 돌개바람을 'tornado'라고 구분지어 달리 표현하는 듯하다. 바람과 관련해 고대 중국에서는 무척이나 다양한 명칭이 발달하였다. 그중 가장 오래된 기록으로서 중국 최초의 사전이라고 일컬어지는, 전국시대 때 출간된 저자 미상의 《이아爾雅 · 석천釋天》권5의 내용을 아래에 소개해 보고자 한다.

> 사계절이 조화를 이루는 것이 법도에 맞는 것이고, 그 때 부는 바람을 '경풍景風'이라고 한다. 남풍은 '개풍凱風'이라고 하고, 동풍은 '곡풍谷風'이라고 하며, 북풍은 '양풍涼風'이라고 하고, 서풍은 '태풍泰風'이라고 한다. 위에서 아래로 부는 회오리바람을 '퇴頹'라고 하고, 아래에서 위로 부는 회오리바람을 '염焱'이라고 한다. 바람은 불의 기운과 함께 하면 맹렬해진다. 돌개바람을 '표飄'라고 한다. 달이 뜰 때 부는 바람을 '폭暴'이라고 한다. 날이 흐릴 때 부는 바람을 '에曀'라고 한다. 바람이 불어 흙먼지를 비처럼 뿌리면 '매霾'라고 한다. (四時和爲通正, 謂之景風. 南風, 謂之凱風. 東風, 謂之谷風. 北風, 謂之涼風. 西風, 謂之泰風. 焚輪, 謂之頹. 扶搖, 謂之焱. 風與火爲庵. 廻風, 曰飄. 月出而風, 曰暴. 陰而風, 曰曀. 風而雨土, 曰霾.)

위의 예문에 의하면 원래 고대 중국인들은 서쪽에서 부는 바람을 대충 '태풍'이라고 하였는데, 후대에 이르러 태평양에서 발생하는 강력한 바람을 뜻하는 말로 의미가 축소되었다는 것을 알 수 있다. 어쨌든 요즘은 우리나라에서도 태평양에서 올라오는 무시무시한 바람을 가리키는 말로 쓰이고 있다. 말의 의미야 시대에 따라 변화하기 마련이거늘 어찌하리오? 그나저나 이상기후 현상 때문인지 갈수록 태풍마저도 강력해지는 것 같아 심히 걱정된다. 위에서 말한 대로 정상적이고 온화한 바람인 '경풍景風'만 불면 좋으련만! 내년부터는 또 얼마나 강력한 태풍이 우리 한반도를 강타할지 벌써부터 염려스럽다.

36. 우리나라 대구에도 팔공산이 있다고?

언젠가 대구에 있는 필자의 동창들이 모임을 가지고 SNS에 글을 올렸을 때, 우리나라와 중국이 같은 한자문화권이라서 동일한 지명이 무척 많다고 얘기하면서, 대구의 팔공산을 거론하며 '팔공八公' 고사를 소개해 보겠다고 말한 적이 있다. 여기서는 이와 관련하여 담론을 전개해 보고자 한다.

중국 고문헌에는 '팔공'에 대해 언급한 기록이 상당히 많다. 이는 각 시대마다 '팔공'이 존재했기 때문이다. 그중 가장 유명한 인물로는 한나라 때 팔공과 진나라 때 팔공을 들 수 있다. 전자의 '팔공'이란 전한 때 회남왕淮南王 유안劉安이 초빙한 좌오左吳·이상李尙·소비蘇飛·전유田

由[31] · 모피毛被[32] · 뇌피雷被 · 진창晉昌 · 오피伍被 등 8명의 문객을 가리키고, 후자의 '팔공'이란 진晉나라 무제武帝의 건국을 도와 성공을 거둔 뒤 같은 날에 고관에 오른 하증何曾 · 사마부司馬孚 · 정충鄭沖 · 사마망司馬望 · 순의荀顗 · 석포石苞 · 진건陳騫 · 왕상王祥 등 8명의 신하를 가리킨다. 헌데 산 이름과 관련하여 '팔공산'이라고 할 때의 '팔공'은 보통 전자를 가리킨다.

산 이름으로서의 팔공산도 중국에는 각지에 존재한다. 그중에서도 유안의 문객인 팔공과 관련한 팔공산은 안휘성 수춘현壽春縣 북동쪽이자 회수淮水 남쪽에 위치한 산을 가리킨다. 유안이 이 산에 올라 문객들과 함께 글을 짓고, 신선술을 익히며, 한적한 삶을 누렸다는 것이다. 명나라 때 팽대익彭大翼이 지은 ≪산당사고山堂肆考 · 지리地理≫권17의 기록에 의하면, 당시까지만 해도 유안이 노닐던 오래된 누대와 인마人馬 모양의 석상이 남아 있었다고 하는데, 필자가 현장을 직접 답방한 적이 없기에 지금까지도 보존되고 있는지 확인하지는 못 했다.

우리나라 대구직할시에 있는 팔공산도 명칭상으로 볼 때, 고려나 조선시대 유명인사 8명과 모종의 연관성이 있어 보인다. 그러나 필자는 식견이 짧아 그들이 누구인지, 그리고 거기에 어떠한 고사가 담겨 있는지, 그 내막까지는 소상히 알지 못 한다. 아마도 대구직할시에 관해 잘 알고 있는 전문가를 만나야 해결할 수 있는 문제이기에, 본 담론에서는 보류토록 하겠다.

---

31 진유陳由로 표기한 문헌도 있는데, '田'과 '陳'은 동성동본이다.

32 '모주毛周'로 표기한 문헌도 있다.

37. '편의복사'란 무엇인가?

한자어는 매우 복잡하고 다양하다. 그래서 한자어를 잘 활용하면 우리말 표현이 풍성하고 다양해질 수 있지만, 그렇지 않으면 경직되고 와전될 우려도 적지 않다. 그만큼 우리말에서 한자가 차지하는 위상은 절대적이라고 말할 수 있을 것 같다. 여기서는 한자어 가운데서도 특이한 성향을 띤 어휘인 '편의복사偏(偏)義複詞'와 관련해 한번 담론을 전개해 보고자 한다.

얼마 전에 한 종편TV 뉴스에서 앵커가 젊은 신세대의 문해력에 문제를 제기한 적이 있다. 모 인사의 '심심한 사과'라는 표현이 '매우 깊이 사과한다'는 의미인데, 엉뚱하게도 '심심한데 왜 사과하냐'는 의미로 읽는다는 것이다. 또 신세대 젊은이들이 '금일今日'을 '오늘'의 의미가 아니라 '금요일'의 준말로, '무운武運'을 '건투를 빈다'는 의미가 아니라 '운이 없다(無運)'란 의미로, '가제假題'를 '임시 제목'이 아니라 음식인 '랍스터'로 이해한다는 것이다. 그러면서 그와 비슷한 예를 지도층의 언사에서도 찾느라, 여야與野의 균형을 맞춰 전임 대통령과 전임 정당 대표의 연설문에서의 표현을 문제삼는 장면을 본 적이 있다. 즉 '국가의 안위를 지킨다'는 말이 틀린 표현이라는 것이었다. 다시 말해서 '안위'가 '안전과 위험'이란 뜻이라서 '국가의 안위를 지킨다'는 말은 의미가 어색하므로, '국가의 안전을 지킨다' 내지 '국가의 안보를 지킨다'는 표현으로 바꾸어야 한다는 것이다.

그러나 결론부터 말하자면 '국가의 안위를 지킨다'는 말은 틀린 표현이 결코 아니다. 이는 한자어 가운데 '편의복사'의 원리를 몰라서 하는 말이다. '편의복사'는 우리말로 옮기면 '의미(義)가 한쪽으로 치우친(偏) 2음절 단어(複詞)'라는 뜻이다. 서로 상반된 의미를 가진 한자가 결합했을 때, 한쪽의 의미를 집중적으로 선택하여 활용하는 어휘를 가리킨다. 이러한 원리에 의하면 '안위'는 '안전과 위험'이란 뜻도 되지만, 그냥 '안전'이란 의미를 강조하는 표현도 된다. 따라서 '국가의 안위를 지킨다'는 표현은 '국가의 안전을 지킨다'는 말과 유사하기에 전혀 이상한 말이 아니라 지극히 자연스러운 표현이 된다.

그와 유사한 예로 '자제子弟'를 '아들과 동생들'이란 의미로 쓸 때도 있지만, 상대방의 자식이 몇 명인지를 물을 때 '슬하에 자제가 몇 분이세요?'라고 말하듯이, 보통은 주로 '자식'만 가리키는 말로 쓰고, '이동異同'을 '다른 점과 같은 점'이란 의미로 쓸 때도 있지만, 차이점을 살필 때 '이동을 고찰한다'라고 말하듯이, 보통은 주로 '다른 점'만 부각시켜 가리키는 말로 쓰는 것도 같은 원리이다. 이는 어느 특정 의미를 강하게 표현하기 위한 일종의 기묘한 표현 방식이라고 이해하면 될 듯하다. 그리고 이러한 표현은 앞에서도 말했다시피 반대의 의미를 가진 한자가 결합했을 때만 가능하다. 그 종편TV가 젊은이들의 문해력에 심각한 문제가 있다는 점을 부각시키려는 의도는 좋으나, 그 예를 선택함에 있어서는 실수를 범한 것 같아 안타까운 생각이 들기에 한번 거론해 보았다. 그 방송국이 정치적 편향성을 가지고 있다고 개인적인 편견을 가지고서 하는 말은 아니니, 독자들의 오해가 없기를 바란다.

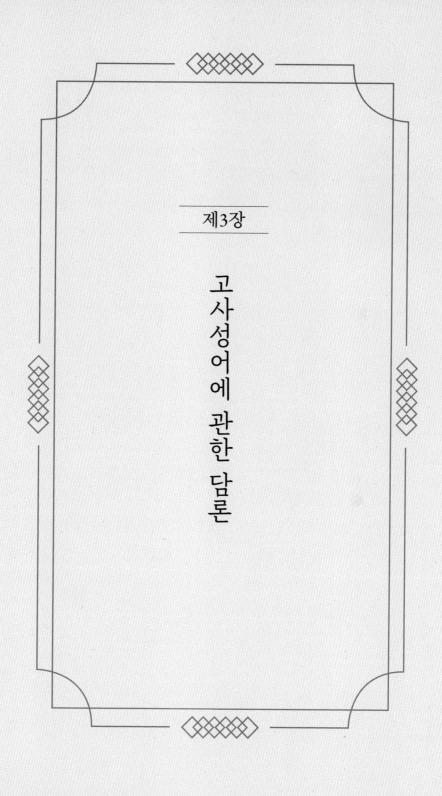

제3장

고사성어에 관한 담론

1. 중국인들은 왜 아직도 괴이한 고사성어의 정체를 모를까?

지금까지 중국에서는 수많은 고사성어가 생겨났다. 같은 한자문화권에 속하는 우리나라도 중국의 고사성어를 수입해 그대로 쓰고 있지만, 우리나라에서 독자적으로 만들어 사용하는 것도 있다. 이러한 성어는 당연히 중국인들이 알아듣지 못 한다. 이를테면 '까마귀 날자 배 떨어진다'는 속담에 해당하는 '오비이락烏飛梨落'이나, 독과점처럼 경제범죄를 의미하는 '매점매석買占賣惜'과 같은 사자성어들이 그러한 예이다. 그중 '매점매석'은 우리나라에서 만든 말인지 아니면 일본에서 수입한 말인지 모르겠으나, 일반적인 한자어 조합 원리에 어긋난다. 이를 우리말로 옮기면 '사들이는 것을 독점했다가 파는 것을 아낀다'는 뜻이라서 한국어나 일본어 어순에는 들어맞지만, 동사+목적어 구조가 일반적인 중국어 관점에서 보면 '점매석매'로 표기하는 것이 원칙에 맞기 때문이다. 그러나 어쩌랴? 이미 그리 쓰이고 있는 것을……

중국인들은 짝수 형태의 표현법을 좋아하기에, 고사성어를 대부분 두 글자 아니면 네 글자로 만든다. 우리도 흔히 쓰는 '불모지'나 '배수진' 역시 원래는 '불모지지不毛之地' '배수지진背水之陣'처럼 사자성어였는데, 단순히 조사助詞 역할만 담당하는 '之' 자를 생략하여 세 글자 형태로 쓰고 있을 뿐이다. 물론 '시의 나라'로 불리는 중국에서는 오언시五言詩나 칠언시七言詩의 구절처럼 다섯 자나 일곱 자로 된 성어도 만들었으나, 여기서 일일이 예시하지는 않겠다.

중국인들이 만든 수많은 고사성어 가운데 잘못 만들어 괴이한 형태를 띠고 있음에도 불구하고, 사전에 수록하여 그대로 사용하고 있는 것을 발견한 적이 있다. 바로 장수를 비는 것을 비유하는 말인 '해옥첨주海屋添籌'가 그것이다. '해옥첨주'란 말은 옛날에 세 노인이 만나 서로 자신이 장수했다고 자랑하면서 근거를 들이대던 중, 한 노인이 "바다가 뽕나무 밭으로 변하는 것을 내가 번번이 산가지로 계산했는데, 그 산가지가 이미 방 열 칸을 가득 채웠다오!(海水變桑田, 吾輒下籌, 已滿十屋矣!)"라고 엄청나게 '뻥'을 쳤다는 송나라 소식蘇軾(1036-1101)의 ≪동파지림東坡志林≫권7의 고사에서 유래하였다.

따라서 이 고사성어는 전형적인 구조인 '동사+목적어+동사+목적어'란 결합 원리에 근거했을 때, '방을 가득 채울 만큼 산가지를 보탰다'는 의미에서 '만옥첨주滿屋添籌'라고 표현해야 정상이다. '해옥첨주'라고 하면 구조적 결함이 생겨 앞뒤 연결고리가 형성되지 않는다. 그런데 '만滿' 자와 '해海' 자가 생김새가 비슷해, 언제부터인가 '해옥첨주'란 말로 변질되어 통용되면서 잘못된 고사성어가 사전에 수록되는 지경에까지 이르렀다. 그런데도 이를 지적한 글을 본 적이 없으니, 중국인들 가운데 아무도 알아채지 못 한 것일까? 아니면 알면서도 너무 오랜 기간 사용해 온 관용어라서 그냥 사전에 수록해 두고 있는 것일까? 참으로 알다가도 모를 일이다.

2. 알고나면 쉬운 고사성어의 유래!

얼마 전에는 '국정농단', 근자에는 '사법농단'이라고 하여, '농단'[01]이란 말이 뉴스에 비일비재하게 등장하지만, 정작 그 본의에 대해 정확히 알고 있는 사람은 그리 많지 않은 듯하다. 실상 '농단'은 글자 그대로 해석하면 '언덕이 끊어지다'란 말이 된다. 그것이 어째서 '멋대로 좌지우지한다'는 의미로 쓰이게 되었는지 언뜻 이해하기 어려울 듯하다. 이는 고사의 내용을 정확히 알아야 하기 때문이다.

한자로 구성된 성어는 거의 대부분이 글자 그대로 해석해도 이해할 수 있지만, 일정 부분은 글자 그대로 해석하면 무슨 말인지 모르는 경우에 해당한다. '농단'은 맹자孟子가 상인에게도 과세하게 된 기원을 제시하기 위해 만든 고사에서 유래한 말로, 어느 약삭빠른 상인이 시장의 상황을 간파하기 위해 언덕이 끊어진 곳, 즉 절벽 같은 곳에 올라가 시장 상황을 파악한 뒤 물품의 유통을 장악하여 이익을 독점했다는 이야기에서 비롯된 말이다. 이 말이 오랜 세월 반복되어 사용되면서 하나의 고사성어로 굳어져 오늘날까지도 일상용어처럼 쓰이고 있다.

마찬가지로 우리가 일상생활에서 흔히 사용하는 말 가운데는 이처럼 어원을 알면 쉽게 수긍이 가는 어휘들이 상당수 존재한다. 예를 들어 사극에 많이 등장하는 '몽진蒙塵'이란 말을 우리말로 그대로 옮기면 '먼지를 뒤집어쓰다'는 뜻인데, 이는 임금이 먼지를 뒤집어쓰는 경우가 사냥을 나가거나,[02] 피난을 갈 때 외에는 발생하지 않은 데서 유래하였다.

---

01 '龍斷' '壟斷' '瓏斷' 등으로 표기한다. 상상의 동물인 용을 뜻하는 '룡龍'이 '언덕 롱壟(壠)'자의 본글자이자 통용자이다. 누군가의 글에선가 '장난칠 롱弄'자를 사용하여 '弄斷'으로 표기한 것을 본 적이 있으나, 이는 실존하지 않는 어휘이기에 오기이다.

02 시대마다 차이는 있지만, 고대 중국에서는 일반적으로 군사훈련이나 제사용 음식 공급 또

그래서 임금이 피난가는 것을 '몽진'이란 말로 비유적으로 표현하는 것이다.

또 뛰어난 사람이나 작품을 뜻하는 말인 '압권壓卷'은 글자 그대로 풀이하면 '두루마리(종이)를 누르다'는 뜻이다. 이 말도 고사를 모르면 무슨 말인지 알 수 없다. 과거시험이 끝나고 급제자 명단을 임금에게 보고할 때, 장원급제자의 답안지를 다른 수험생의 그것들보다 맨위에 올려놓기에, 결과적으로 장원급제자의 답안지가 다른 답안지들을 위에서 짓누르는 모양새가 된다. 그래서 가장 뛰어난 것을 '압권'이란 말로 비유하게 되었다. 이처럼 그 유래를 몰라서 알쏭달쏭하게 여기는 한자어들이 많지만, 실상 알고나면 쉬워지는 것이 옛말이라고나 할까?

3. 인사가 만사!

어느 시대 어느 군주나 정사를 펼치는 데 있어서 가장 중요시한 것은 아마도 인재를 찾아 적재적소에 활용하는 일이었을 것이다. '인사가 만사'라 하지 않던가? 그만큼 적절한 인재를 구한다는 것이 쉽지 않은 일이었기에, 이런 격언이 생겨난 것이 아닐까 싶다.

고대 중국인들이 춘추시대 노魯나라 공자(공구孔丘)만큼 성인으로 숭앙한 인물이 있었는데, 바로 주周나라 문왕文王 희창姬昌의 아들이자 무왕武王 희발姬發의 동생인 주공周公 희단姬旦이다. 주공은 주나라 정치제도의 기반을 닦아 주나라 왕조의 정치적 안정을 이루는 데 누구보다도 기여를 많이 한 일등공신이었다. 그런 그도 인재를 구하는 데 심혈을 기

는 놀이를 위해서 행해지는 황제의 사냥을 절제를 위해 1년에 3회로 제한하였다.

울여 늘 몸을 낮추고 겸손한 태도로 인재를 맞이하였다. 전한 사마천司馬遷(B.C.135-?)의 ≪사기史記 · 노주공세가魯周公世家≫권33에 보면 다음과 같은 고사가 전한다.

주공이 장남인 백금에게 훈계조로 말했다. "나(희단姬旦)는 문왕(희창姬昌)의 아들이자 무왕(희발姬發)의 동생이면서 성왕(희송姬誦)의 숙부이기에, 역시 천하 사람들에 비해 비천하지 않다고 할 수 있느니라. 그러나 나는 한 번 머리 감을 때마다 세 번이나 머리카락을 쥐어짜고, 한 번 밥을 먹을 때마다 세 번이나 먹던 것을 뱉으면서까지 몸을 일으켜 선비를 대접하면서도, 여전히 천하의 현자를 잃을까 두려워한단다. 너는 노나라로 가거든 삼가 국왕이라고 해서 사람들에게 교만하게 굴어서는 안 될 것이다."(周公戒伯禽曰, "吾文王之子, 武王之弟, 成王之叔父, 我於天下亦不賤矣. 然我一沐三捉髮, 一飯三吐哺, 起以待士, 猶恐失天下之賢人. 子之魯, 慎無以國驕人.")

주공은 노나라를 봉국으로 받았으나, 재상의 신분으로서 모국을 먼저 잘 다스려야 했기에, 대신 아들에게 봉국을 맡기면서 위와 같은 당부를 내린 것이다. 그는 인재가 찾아오면 결례를 하지 않기 위해 수시로 감던 머리의 물기를 없애고, 입에 머금고 있던 음식을 뱉으면서 상대를 맞이하였다. 여기서 생겨난 것이 '먹던 음식을 뱉어내고, 감던 머리를 쥐어짠다'는 의미의 '토포악발吐哺握髮'이란 고사성어이다. 물론 이 고사성어는 연합구조聯合構造(병렬구조)에 해당하기에 도치해서 '악발토포握髮吐哺'로도 쓰고, 줄여서 '악발握髮'이나 '토포吐哺'로 쓸 수도 있다. 여하튼 결국 후인들도 이러한 주공의 진중한 태도를 본받기 위해 '토포악발'

이란 고사를 글에 자주 인용하곤 하였다. 이러한 태도야말로 동서고금을 통해 모든 통치자들이 본받아야 할 덕목이 아닐까 싶다. 우리나라도 신문지상을 가장 시끄럽게 하는 사안들이 바로 인재의 기용에 관한 것인 듯하다. 물론 정치적인 목적 때문에 괜한 트집을 잡으면서 정쟁의 수단으로 악용하는 경우도 적지 않지만…… 그러나 이는 현명한 국민들이 알아서 잘 판단할 터이니, 괜히 논쟁거리로 삼을 필요는 없을 듯하다.

4. 은혜를 입으면 반드시 보답하라!

중국의 고사성어 가운데 시기적으로 유래가 가장 오래된 어휘 가운데 하나로서 '결초보은結草報恩'이란 말이 있다. '결초보은'은 글자 그대로 풀이하면 '풀을 묶어서 은혜에 보답한다'는 말이다. 이렇게 해석하면 실상 무슨 말인지 이해하기가 쉽지 않다. 역시 비교적 장편의 고사가 배경으로 깔려 있기 때문이다.

보통 '결초'라고 하면 풀을 엮어서 초가집을 짓는 것을 의미하는 말로 쓰이지만, 여기서는 전혀 다른 의미로 활용되었다. 즉 '풀을 묶었다'는 것은 적장을 넘어뜨리기 위한 고육지책苦肉之策을 가리킨다. 이 고사에 관한 원문이 ≪좌전左傳·선공宣公15년≫권24에 전하기에 아래에 게재해 본다.

(춘추시대) 진晉나라 위과가 (섬서성) 보씨 땅에서 진秦나라 군대를 패퇴시키고 두회를 사로잡았는데, 두회는 바로 진秦나라에서 힘이 센 장사였다. 당초 위무자에게 애첩이 있었으나, 그녀에게는 아들이 없었다. 위무자가 병이 나자 본처의 아들

인 위과에게 명했다. "반드시 시집 보내거라." 병이 위독해지자 말했다. "반드시 그녀를 순장하거라." 위무자가 죽자 위과는 그녀를 재가시키면서 말했다. "병들었을 때는 정신이 혼미한 법이기에, 나는 아버지가 멀쩡하셨을 때 내린 명령을 따르는 것이라오." 보씨 땅에서 전투가 벌어졌을 때 위과는 한 노인이 풀을 묶어서 적에게 대항하는 모습을 보았는데, 두회가 발이 걸려 넘어지는 바람에 그를 사로잡을 수 있었다. 그러자 밤에 꿈 속에서 그 노인이 말했다. "저는 당신이 재가시킨 아녀자의 아비가 되는 사람입니다. 당신이 선친이 멀쩡했을 때 내린 명령을 따라 저의 딸을 재가시켰기에, 저는 그래서 그 은혜에 보답한 것입니다."(晉魏顆敗秦師於輔氏, 獲杜回, 秦之力人也. 初魏武子有嬖妾, 無子. 武子疾, 命顆曰, "必嫁." 是疾篤則曰, "必以爲殉." 及卒, 顆嫁之曰, "疾病則亂, 吾從其治[03]也." 及輔氏之役, 顆見老人結草以亢, 回躓而顚, 故獲之. 夜夢, 老人曰, "余而[04]所嫁婦人之父也. 爾用先人之治命, 余是以報.")

위무자魏武子의 아들 위과魏顆의 선택은 현명한 처사임에 분명하다. 부친의 첩실을 재가시킴으로써 그녀의 부친이 귀신이 되어서도 그 은혜에 보답을 하였다고 했지만, 소설적인 얘기를 떠나서 인본주의를 몸소 실행에 옮긴 점에서는 당시 사회 풍조에 비추어 보았을 때 높이 평가할 만하다. 첩실의 부친은 죽어서도 귀신의 몸으로 전장에 현신하여 적장을 사로잡음으로써 은혜를 보답하였다는데, 요즘은 배은망덕한 인간들이 판을 치는 세상이니 개탄스럽기 그지없다. 이를 자본주의로 인한 물질만능 풍조의 폐해라고만 치부한다면 너무 단조로운 분석이 아닐까?

---

03 '치治'는 정신이 멀쩡한 상태에서 내린 명령을 의미한다.

04 '이而'는 2인칭 대명사로서 뒤의 '너 이爾'와 통용자이다.

5. 문화우월주의로 시비걸지 말라!

사람들은 누군가에게 이용만 당하고 배척을 받으면, 흔히 '토끼가 죽으면 사냥개는 삶아진다'는 의미의 '토사구팽兎死狗烹'이란 고사성어를 즐겨 사용한다. 예전에 지금은 고인이 된 어느 정치인이 대통령을 위해 '킹메이커'의 역할을 담당했다가 나중에 정계에서 쫓겨나게 되자, 이 말을 인용하여 권력자를 향해 원망조의 일갈을 날리는 장면을 뉴스에서 본 적이 있다. 그리고 그 뒤로도 정계에서 이런 장면이 여러 차례 반복되었던 것으로 기억한다. 아니 현재 진행형이라고 보는 것이 더 맞지 않을까 싶다. 그래서 여기서는 이 사자성어의 연원에 대해 얘기해 보고자 한다. 원전인 전한 사마천司馬遷(B.C.135-?)의 ≪사기史記·월왕구천세가越王勾踐世家≫권41의 원문을 인용하면 아래와 같다.

> (춘추시대 월나라 사람) 범이는 마침내 모국을 떠났다가 제나라로부터 대부 문종에게 서신을 보내 말했다. "날아다니던 새가 다 잡히면 좋은 활도 무기고에 들어가기 마련이고, 날랜 토끼가 죽으면 사냥개도 삶아지기 마련이지요. 월나라 왕은 사람 됨됨이가 목이 길고 입이 새부리처럼 생겨서 의심이 많기에, 환난을 함께 할 수는 있을지언정 즐거움을 함께 나눌 수 없거늘, 그대는 어째서 떠나지 않는 것이오?" 문종이 서신을 보더니 병을 핑계로 조회에 참석하지 않았다. (范蠡遂去, 自齊遺大夫文種書曰, "蜚[05]鳥盡, 良弓藏, 狡兔死, 走狗烹. 越王爲人, 長頸鳥喙, 可與共患難, 不可與共樂, 子何不去?" 種見書, 稱病不朝.)

---

05 '蜚'는 '날 비飛'와 통용자이다.

예문에서 범이范蠡는 월越나라에서 재상직까지 올라 견원지간犬猿之間인 오吳나라를 멸망시키기 위해서 오나라 왕 부차夫差에게 미녀인 서시西施를 바치고 목적을 달성한 뒤, 월나라 왕에게 버림받을까 두려워 제나라로 망명해서 부를 축적하였다고 전해지는 신화적인 인물이다. 그런 그가 자신과 함께 국사를 도모했던 문종에게 서신을 부쳐, 문종 역시 제거 대상에 오를 수 있으니 선택을 잘 하라고 충고한 것이다. 여기서 바로 '토사구팽'이란 고사성어가 생겨났다.

헌데 위의 예문을 보면 중국의 보신탕 문화도 그 역사가 무척 오래 된 듯하다. 그런데도 외국의 유명배우, 특히 '아무개 베신저' '아무개 바르도' 등 미국과 유럽의 여배우들이 걸핏하면 우리나라 고유의 음식문화인 보신탕에 대해 시비를 거는 뉴스를 이따금 보게 된다. 개고기 소비량으로 따지면 우리나라보다 인구가 훨씬 많은 중국이 압도적으로 많은데도, 중국에 대해서는 찍소리 못 하면서 우리나라에 대해서만 비난의 화살을 날리는 모습을 대할 때면 은근히 울화통이 터진다. 보신탕 문화를 찬성해서가 아니라, 중국인들이 들고 일어나면 감당이 안 되니까 비겁하게 상대적으로 약소국인 우리나라에 대해서만 시비를 거는 것 같아 자존심이 상해서 하는 소리이다. 더욱이 괘씸하게도 서양인 특유의 문화상대주의, 내지는 문화우월주의가 저변에 깔려 있는 것은 아닐까 하는 의구심마저 떨쳐버릴 수 없기 때문이다. 역시 나라도 국력이 세고 보아야 하나 보다! 헌데 우리나라 사람들은 주로 여름에 보신탕을 먹는 반면, 중국인들은 겨울에 보신탕을 즐긴다고 하는데, 아직 그 연유에 대해서는 명쾌한 해답을 찾지 못 했다.

6. 함부로 남을 흉내내지 말라!

중국을 대표하는 사대미인 가운데 서시西施라는 여인이 있다. 그녀와 관련해서도 고사성어가 전해지는데, 바로 '효빈效顰'[06]이란 어휘이다. 이를 글자 그대로 옮기면 '눈썹 찌푸리는 것을 본받는다'는 말로, 주제 파악을 못 하고 함부로 남을 흉내내는 것을 비유한다.

'서시'는 본명이 시이광施夷光으로 '선시先施' '서자西子' 등 다양한 별칭으로도 불렸다. 그녀는 춘추시대 월越나라 때 미녀로서 월나라 왕이 범이范蠡를 시켜 오吳나라를 멸망시키기 위해 오나라 왕 부차夫差에게 바쳤는데, 오나라가 망한 뒤에는 범이에게 시집을 가 오호五湖를 유랑하였다고도 하고, 월나라 사람들이 그녀를 장강長江에 던졌다고도 한다. 그녀에 관한 기록은 ≪오월춘추吳越春秋ㆍ구천음모외전勾踐陰謀外傳≫권5와 ≪장자莊子ㆍ천운편天運篇≫권5 등에 전하는데, '효빈'이란 고사가 실린 ≪장자≫의 기록을 소개하면 아래와 같다.

서시는 심장병을 앓고 있어서 자기 고을에서 눈썹을 찌푸리고 다녔는데, 그 고을의 못생긴 여인이 이를 보고서 아름답다고 생각하여 돌아가 자기 역시 가슴을 부여잡고 자기 동네에서 눈썹을 찌푸리고 다녔다. 그러자 그 동네의 부자들은 그녀를 보고서 대문을 굳게 걸어잠근 채 외출하지 않았고, 가난한 사람들은 그녀를 보자 처자식을 데리고 이사를 가버렸다. 그녀는 눈썹 찌푸리는 것이 아름다운 줄만 알았지, 눈썹 찌푸리는 것이 왜 아름다운지는 몰랐던 것이다. (西施病心而矉其里, 其里之醜人見而美之, 歸亦捧心而矉其里. 其里之富人見之, 堅閉門而不出, 貧人見之, 挈妻

---

06 '顰'은 '矉'으로도 쓴다.

子而去走. 彼知矉美, 而不知矉之所以美.)

위의 예문에서 추녀는 보통 '서쪽에 사는 시씨'라는 의미의 '서시'와 대비시키기 위해, '동쪽에 사는 시씨'라는 의미에서 '동시東施'라는 별명으로도 불렸다. 그런데 실려 있는 내용이 참으로 고약스럽기 짝이 없다. 주제를 모르고 서시를 흉내내는 그녀가 보기 싫어 고대광실高臺廣室을 갖춘 부자들은 대문을 걸어잠그면 그만이지만, 가난뱅이들은 변변한 담장도, 번듯한 대문도 없었기에, 가족을 데리고 아예 통째로 이사를 가버렸다는 것이다. 아무리 꼴보기 싫어도 그렇지, 이사를 가버리다니! 이 얘기를 지어낸 사람이 고사의 효과를 극대화하기 위해 얼마나 머리를 짜냈길래, 저런 극단적인 얘기를 창조해낸 것일까? 그 재치에 놀라면서도 한편으로는 괘씸한 생각이 들기도 한다. 어쨌든 고사가 흥미롭기는 하다.

7. 모방은 창조의 어머니!

앞에서 춘추시대 월越나라 때 미녀 서시西施로부터 유래한 '효빈效矉'이란 고사성어를 소개하였다. 이 말에는 함부로 남을 흉내내지 말 것을 경계하는 뜻이 담겨 있는데, 이와 유사한 의미의 또 다른 어휘가 있기에 아래에 소개해 보고자 한다. 해당 성어는 '한단에서 걸음을 배운다'는 의미의 '한단학보邯鄲學步'로서, 원문은 도가사상을 대표하는 ≪장자莊子·추수秋水≫ 권6에 수록되어 전한다.

(전국시대 위魏나라 공자) 위모가 말했다. "그대는 아마도 (연

燕나라) 수릉현의 젊은이가 (趙조나라 도성인) 한단으로 걸음을 배우러 갔다는 얘기를 들어보셨겠지요? 그 나라 사람들의 능력을 배우지 못 한 데다가, 또 원래 걸음걸이도 잃어버려서 단지 엉금엉금 기어서 돌아왔다지요."(魏牟曰, "子獨不聞夫壽陵餘子[07]之學行於邯鄲與[08]? 未得國能, 又失其故行矣, 直匍匐而歸耳.")

전국시대 때 조나라의 도성인 한단은 요즘으로 말하면 '모델들의 집합소'라고 일컬을 만큼, 걸음걸이가 예쁜 사람들이 많았다고 한다. 그래서 이웃 제후국인 연나라의 젊은이가 멋진 걸음걸이를 배우기 위해 그곳을 찾았으나, 한단의 걸음걸이를 배우기는커녕 자신의 본래 걸음걸이마저도 까맣게 잊어버리는 바람에 엉금엉금 기어서 돌아왔다는 것이다. 여기서 '한단학보'라는 고사성어가 생겨났다.

그러나 '모방은 창조의 어머니'라는 말도 있지 않은가? 특히 운동을 배울 때 기존 고수들의 동작을 흉내내는 것이 실력을 향상시키는 데 큰 도움을 준다는 사실은, 운동을 해 본 사람이라면 누구나 느껴 보았을 것이다. 꼭 모방이 나쁜 것만은 아닌 듯하다. 다만 이를 어느 방면에서 유효적절하게 잘 활용하느냐가 중요한 점이 아닐까? 그러나 서투른 모방은 역효과만 가져올 뿐이니 유념할 필요가 있을 것 같다.

8. 관포지교·문경지우·금란지교란?

우리는 변치않는 끈끈한 우정을 말할 때 '관포지교管鮑之交'란 고사

---

07 '여자餘子'는 인생이 많이 남은 사람을 일컫는 말로서, 결국 젊은이를 뜻한다.

08 '與'는 의문조사 '여歟'의 본글자이자 통용자이다.

성어를 즐겨 사용한다. '관포지교'는 춘추시대 제齊나라 때 재상인 관중管仲(관이오管夷吾)과 포숙鮑叔(포숙아鮑叔牙) 사이의 우정을 뜻하는 말로서, 전한 사마천司馬遷(B.C.135-?)의 ≪사기·관중전≫권62의 기록에서 유래하였다. 원문을 소개하면 아래의 내용과 같다.

(춘추시대 제나라 관중이 말했다.) "내가 처음 빈곤했을 때, 일찍이 포숙과 함께 장사를 하다가 이익을 나누면서 나 자신이 많이 차지한 적이 있지만, 포숙이 나를 욕심쟁이라고 여기지 않은 것은 내가 가난하다는 것을 알아서이다. 내가 일찍이 포숙과 모종의 일을 도모하다가 더욱 곤궁하게 만든 적이 있지만, 포숙이 나를 멍청이라고 여기지 않은 것은 시기상 유리하고 불리할 때가 있다는 것을 알아서이다. 내가 일찍이 세 번 벼슬길에 올라 세 번 모두 군주에게 쫓겨난 적이 있지만, 포숙이 나를 못났다고 여기지 않은 것은 내가 때를 만나지 못 했다는 것을 알아서이다. 내가 일찍이 세 번 싸움에 나서 세 번 다 도주한 적이 있지만, 포숙이 나를 겁쟁이라고 여기지 않은 것은 내게 노모가 계시다는 것을 알아서이다. 공자 규糾가 패하면서 소홀이 그로 인해 사망하고, 내가 감옥에 갇혀 곤욕을 치렀지만, 포숙이 나를 염치가 없다고 여기지 않은 것은 내가 소소한 절조를 부끄럽게 여기지 않고 공명을 천하에 드러내지 못 하는 것을 수치스럽게 여긴다는 것을 알아서이다. 나를 낳은 이는 부모이지만, 나를 알아준 이는 포선생(포숙)이다."("吾始困時, 嘗與鮑叔賈, 分財利多自與, 鮑叔不以我爲貪, 知我貧也. 吾嘗爲鮑叔謀事而更窮困, 鮑叔不以我爲愚, 知時有利不利也. 吾嘗三仕三見逐於君, 鮑叔不以我爲不肖, 知我不遭時也. 吾嘗三戰三走, 鮑叔不以我爲怯, 知我有老母也. 公子糾敗, 召忽死之, 吾幽囚受辱, 鮑叔不以我爲無恥, 知我不羞小節而恥功名不顯於天下也. 生我者父母, 知

我者鮑子也.")⁰⁹

위의 고사에 등장하는 포숙은 본명이 포숙아鮑叔牙이고, 관중은 본명이 관이오管夷吾이지만, 모두 본명보다는 별칭인 자字로 더 알려져 있다. 고사의 내용을 보면, 사실 포숙이 관중에게 일방적으로 베푼 측면이 강하기에, 포숙의 입장에서 보면 다소 억울한 측면이 있지만, 포숙은 이를 따지지 않고 물심양면으로 관중을 지지하였다. 심지어 관중이 공자 규糾를 즉위시키기 위해 제나라 환공桓公을 여러 차례 암살하려다 실패함으로써 사형을 당할 뻔했을 때도 목숨을 구해주었고, 그를 재상 자리에 추천하여 제나라를 제후국 가운데 가장 강대한 국가로 성장하도록 발판을 마련해 주기도 하였다. 그만큼 관중에 대한 신의가 절대적이었다. 여기서 친구 사이의 두터운 우정을 뜻하는 말인 '관포지교'란 고사성어가 생겨났다.

이와 유사한 고사성어로 '목이 잘려도 변치않는 우정'이란 의미의 '문경지우刎頸之友(문경지교刎頸之交)'나, '쇠처럼 단단하고 난초처럼 향기로운 우정'이란 의미의 '금란지교金蘭之交' 등도 있다. 앞의 '문경지우'는 전국시대 조趙나라 재상 인상여藺相如와 대장군 염파廉頗의 고사를 담은 ≪사기·염파인상여열전廉頗藺相如列傳≫권81의 기록에서 유래한 말이고, 뒤의 '금란지교'는 "두 사람이 마음을 같이 하면 그 날카로움은 쇠도 끊을 수 있고, 같은 마음에서 하는 말은 그 향기가 난초와 같다(二人同心, 其利斷金, 同心之言, 其臭如蘭)"는 ≪역경·계사상繫辭上≫권11의 기록에서 유래한 말이다. 그래서 궁극적인 의미에서는 '관포지교'와 별 차이가 없

---

09 예문에서 '糾'는 춘추시대 제齊나라의 공자公子로서 환공桓公과의 권력 투쟁에서 실패하여 살해당한 인물을 가리키고, '召忽'은 관중과 함께 공자 '糾'를 추종하였던 인물을 가리킨다.

이 쓰인다.

9. 자신을 진정으로 알아주는 친구란?

앞에서 거론한 '관포지교管鮑之交' '금란지교金蘭之交' '문경지우刎頸之友'와 궁극적으로 의미상에서 큰 차이가 없는 고사성어로 '백아절현伯牙絶弦'이란 말이 있다. 이를 우리말로 옮기면 '백아가 현악기의 줄을 끊었다'는 뜻이 되기에, 이 또한 고사를 모르면 무슨 내용인지 알 수 없는 어휘에 해당한다. 원문이 진秦나라 때 여불위呂不韋(?-B.C.235)가 여러 문객들과 함께 지었다는 ≪여씨춘추呂氏春秋·효행람孝行覽·본미本味≫권14에 전하기에 아래에 옮겨적어 본다.

　　백아가 금을 연주하면, 종자기는 이를 잘 감상할 줄 알았다. 백아가 한창 금을 연주하면서 높은 산에 마음을 두자, 종자기는 "훌륭하오! 금 연주 소리가 높디 높은 것이 마치 태산 같구려!"라고 하였다. 얼마 뒤 다시 흐르는 물에 마음을 두자, 종자기는 "훌륭하오! 금 연주 소리가 드넓은 것이 마치 흐르는 강물 같구려!"라고 하였다. 종자기가 죽자 백아는 금을 부수고 현을 끊은 채, 죽을 때까지 다시는 금을 연주하지 않았으니, 세상에 금을 연주해 줄 사람이 더 이상 없다고 생각했던 것이다. (伯牙鼓琴, 鍾子期聽之. 方鼓琴, 而志在泰山, 鍾子期曰, "善哉乎! 鼓琴巍巍乎若泰山!" 少選[10]之間, 而志在流水, 鍾子期又曰, "善哉乎! 鼓琴湯湯乎若流水!" 鍾子期死, 伯牙破琴絶絃, 終身不復鼓琴, 以爲世無足復爲鼓琴者.)

---

10 '소선少選'은 매우 짧은 시간을 뜻한다.

위의 예문에 등장하는 백아는 춘추시대 초楚나라 때 사람으로서 악기 연주 솜씨가 탁월한 음악가이고, 종자기는 그의 절친으로서 음악을 잘 감상할 줄 아는 인물이었다. 그래서 백아가 어떤 노래를 연주하면, 종자기는 그의 연주 의도를 금세 알아채곤 하였다. 그러나 그런 종자기가 사망하자, 백아는 결국 악기 연주에서 손을 떼고 말았다는 것이다. 여기서 진정한 우정이나 친구의 죽음을 슬퍼하는 것을 비유하는 말인 '백아절현'이란 고사성어가 생겨났다.

2020년은 필자가 고교 동기들과 함께 졸업한 지 만 40년이 된 해이다. 그래서 다들 동창회에 대한 기대가 컸었다. 그러나 코로나19라는 돌발 변수 때문에 다음해를 기약할 수밖에 없게 되었다. 다음해인 2021년에는 모두들 환갑의 나이에 들어서는 해라서, 그 나름대로의 뜻깊은 의미를 지니고 있었다. 그렇지만 그 해에도 코로나19 상황이 진정되지 않아 만남의 장을 가지지 못 했다. 아마도 당분간은 난망한 일이지 않을까 심히 우려스럽다. 하루빨리 정상적인 상황이 회복되기를 소망한다.

10. 집 잃은 개? 상갓집 개?

불현듯 옛날 어른들이 차림새가 남루하여 불쌍해 보이는 사람을 대하면 '상갓집 개 같다'는 말을 즐겨 쓰던 모습이 떠오르기에, 이와 관련하여 개인적인 견해를 한번 개진해 보고자 한다. 이 말은 정확한 연유는 모르겠으나, 전래 과정에서 모종의 와전이 개입된 것이 아닐까 하는 의구심을 불러일으킨다. 이 말의 원 출처는 전한 사마천(B.C.135-?)의 《사기史記·노주공세가魯周公世家》권33인데, 원문을 인용하면 다음과 같다.

(춘추시대 노나라) 공자가 정나라로 가다가 제자들과 서로 헤어져 공자 혼자 성곽 동문에 서 있게 되었다. 정나라 사람 중에 누군가 (공자의 제자인) 자공(단목사)에게 말했다. "동문에 어떤 사람이 있는데, 그의 이마는 (당唐나라 때 성군인) 요왕처럼 생겼고, 그의 목은 (우虞나라 순왕 때 재상인) 고요처럼 생겼으며, 그의 어깨는 (정鄭나라 때 현신인) 자산(공손교)처럼 생겼더군요. 하지만 허리 아래로는 (하夏나라) 우왕보다 세 치가 짧으면서 초라한 행색이 마치 집 잃은 개 같았습니다." 자공이 사실대로 공자에게 고하자, 공자가 즐거운 표정으로 웃음을 지으며 "외모는 지엽말단에 불과한 것이란다. 하지만 '집 잃은 개' 같다는 것은 맞는 말이로다! 맞는 말이로다!"라고 하였다. (孔子適鄭, 與 弟子相失, 孔子獨立郭東門. 鄭人或謂子貢曰, "東門有人, 其顙似堯, 其項類皐陶, 其肩 類子産. 然自腰以下不及禹三寸, 纍纍若喪家之狗." 子貢以實告孔子, 孔子欣然笑曰, "形狀, 末也. 而謂似喪家之狗, 然哉! 然哉!")[11]

예문에 등장하는 '상가지구喪家之狗'라는 사자성어에서의 '상喪' 은 거성去聲인 'sàng'으로 발음하면 '잃다' 는 뜻이 되고, 평성平聲인 'sāng'으로 발음하면 '상을 당하다' '상갓집'이란 뜻이 된다. 따라서 원뜻은 '집 잃은 개' 이다. 그것이 당시 길을 잃고 헤매던 공자의 상황을 묘사한 원래 고사의 내용과도 부합한다. 그래서인지 중국인들은 '상喪'을 거성으로 발음한다. 그런데 언제부터 누구에 의해서 그리되었는지는 모르겠으나, 우리나라에서는 음을 평성인 'sāng'으로 오인하여 '상사喪事'라는 뜻으

---

11 예문에서 '자공子貢'은 공자의 제자인 단목사端木賜의 자字를 가리키고, '고요皐陶'는 우虞나 라 순왕舜王 때 신하를 가리키며, '자산子産'은 춘추시대 정鄭나라 때 대부大夫 공손교公孫僑 의 자를 가리킨다.

로 인식함으로써 '상갓집 개'라는 풀이가 생겨났다. '상갓집 개'는 상례를 치르느라 바빠서 돌보는 사람이 없어 야윈 개를 의미하기에, 집을 잃어 음식을 제때 얻어먹지 못 해 야윈 개와 생김새 면에서는 궁극적으로 큰 차이가 없어 보이지만, 실상 본뜻에서는 다소 멀어진 느낌을 준다. 다만 '부쩍 야윈 불쌍한 개'라는 점에서 의미가 유사할 뿐이다.

혹자는 필자의 이러한 주장을 보고서 별걸 다 따진다고 핀잔을 줄지도 모르겠다. 그러나 언어가 시대의 흐름 속에 의미상으로 변화를 겪는다 하더라도, 원래 생성되었을 때의 정확한 본의를 아는 것이 거기서 갈려나온 의미인 파생의派生義나 보다 확장된 의미인 인신의引伸義를 파악하는 데 중요한 열쇠가 되기에, 이를 꼼꼼히 헤아려 보는 것도 무시할 수 없는 작업이라 하겠다. 더욱이 본래의 의미에서 많이 벗어났다면, 그 연유를 파악하는 데도 도움을 얻을 수 있기 때문이다.

11. 가혹한 정치는 왜 호랑이보다 무서울까?

우리나라 일반인들에게는 잘 알려져 있지 않지만, '가정맹어호苛政猛於虎'란 고사성어가 있다. 전치사인 '於'가 삽입되어 다섯 글자로 이루어진 흔치 않은 형태의 고사성어이다. 이를 우리말로 옮기면 '가혹한 정치는 호랑이보다 사납다(무섭다)'는 뜻이 된다. 이 말은 ≪예기禮記·단궁하檀弓下≫권10에 수록되어 전한다.

≪예기≫는 서명 그대로 예법에 관한 책이다. 고대 중국인들은 예법을 중시하여 이에 관한 3종의 서책, 즉 ≪주례周禮≫≪의례儀禮≫≪예기≫를 경전의 반열에 올려 '십삼경十三經'에 소속시켰다. ≪주례≫는 주周나라 때 국가적 차원의 행정조직과 체제에 대한 해설을 담은 것이

고, ≪의례≫는 관혼상제冠婚喪祭 등 사회적 관습이나 제도에 관한 설명
을 담은 것이며, ≪예기≫는 사람과 사람 사이에 지켜야 할 개인적 차원
의 예법에 관해 해설한 것이다. '가정맹어호'에 대해 적은 ≪예기≫의
원문을 소개하면 아래와 같다.

（춘추시대 노魯나라 때) 공자가 태산 옆을 지나는데, 웬 아녀
자가 무덤에서 통곡을 하는 것이 무척 슬퍼보였다. 공자가 수
레가로나무에 기대어 듣다가 (제자인) 자로를 시켜 물었다. "그
대의 통곡소리를 듣자하니, 꼭 상을 거듭 당한 사람 같구려."
그녀가 대답하였다. "그렇습니다. 옛날에 저의 시아버님께서
호랑이한테 죽임을 당하고, 저의 남편도 호랑이한테 죽임을
당했는데, 이제 저의 아들마저도 호랑이한테 죽임을 당했습
니다." 공자가 물었다. "그런데 어째서 떠나지 않는 것이오?"
그녀가 대답하였다. "가혹한 정치가 없어서랍니다." 그러자 공
자가 말했다. "제자들아! 마음에 잘 새겨두거라! 가혹한 정치
가 호랑이보다 무섭다는 것을!"(孔子過泰山側, 有婦人哭於墓者而哀. 夫
子式12而聽之, 使子路問之, 曰, "子之哭也, 壹13似重有憂者." 而曰, "然. 昔者吾舅死於
虎, 吾夫又死焉, 今吾子又死焉." 夫子曰, "何爲不去也?" 曰, "無苛政." 夫子曰, "小子!
識14之! 苛政猛於虎也!")

---

12 '式'은 수레를 탄 사람이 안정적인 자세를 취할 수 있도록 수레에 설치하는 '수레가로나무
식軾'의 본글자이자 통용자이다.

13 '壹'은 '一'과 마찬가지로 '매우'라는 의미의 강조적 표현을 가리킨다.

14 '지識'는 '기록할 지志(誌)'와 통용자로서, 여기서는 '머리 속에 잘 기록하라!' 즉 '잘 기억하
라!' '마음에 잘 새기라!'는 의미이다. 마찬가지로 '標識'도 '표식'이 아닌 '표지'로 읽어야 한
다. '표식'은 '表式'처럼 한자도 다르고, 의미도 다르다.

잘못된 정치가 얼마나 무서운 결과를 야기하면 호랑이보다 무섭다고 했을까? 실제로 호랑이는 한 사람을 잡아먹고서 배가 부르면 더 이상 사냥을 하지 않으니 해악을 끼쳐도 제한적이지만, 잘못된 정치는 수많은 사람들에게 엄청난 해악을 끼치니, 그 결과는 가히 상상을 초월할 정도로 폐해가 크기 마련이다. 그래서 선거에서 선량을 제대로 뽑아야 한다는 말은 아무리 강조해도 지나치지 않을 듯하다. 그나저나 당사자가 훌륭한 인물인지 아닌지를 어찌 알 수 있으리오? '열 길 물 속은 알아도 한 길 사람 속은 모른다'는 속담처럼 사람이란 존재는 간파해 내기가 어렵기 그지없거늘……

12. 귤이 회수를 건너면 탱자가 된다고?

2021년 여름 장마철에 중국뿐만 아니라 전세계를 떠들썩하게 만든 뉴스 중에 뉴스를 든다면, '싼샤'[15](三峽)댐'의 범람 소식이 아니었을까 싶다. 이는 단순히 중국 내의 문제일 뿐만 아니기 때문이다. 잘못하면 일본의 '후쿠시마 원전사고'처럼 중국 동해안의 '원전사고'로까지도 이어질 수 있어, 우리나라 서해안과 남해안 및 제주도는 물론 전세계로까지 엄청난 파장을 미치는 끔찍한 재앙이 될 수 있기 때문이다. 그래서 우리나라는 물론 세계의 언론 매체에서도 촉각을 곤두세웠던 일로 기억한다.

'삼협三峽'은 장강 중류에 있는 세 개의 험준하고 아름다운 협곡을 가리킨다. 다만 그 명칭의 유래에 대해서는 무협巫峽·서릉협西陵峽·귀협歸峽을 가리킨다는 설이 있는가 하면, 무협巫峽·서릉협西陵峽·구당협

---

15 '삼협三峽'의 중국어 발음이다.

瞿唐峽을 가리킨다는 설이 있는 등, 여러 '버전'이 존재하기에 분명치는 않은 듯하다. 홍수의 관리와 전력 생산을 위해 건설된 '싼샤댐'은 수많은 이주민을 양산하고, 장강의 아름다운 경관을 해쳤을 뿐만 아니라, 철갑상어·돌고래·악어 등 천연기념물 급의 중국 고유 토종 생물의 멸종을 초래하는 등 여러 가지 재앙을 불러오기도 하였다.

각설하고, '싼샤댐'이 건설된 장강은 지리적 조사를 통해 중국에서 가장 긴 강으로 증명되었다. 중국에는 그 외에도 수없이 많은 강물이 흐르고 있으나, 예로부터 '네 군데 커다란 물줄기'란 의미에서 '사독四瀆'으로 불리던 대표적 강물이 있다. '사독'은 곧 장강을 비롯해 황하黃河와 제수濟水·회수淮水를 가리킨다. 그중 중국의 기후를 온대와 아열대로 양분하는 강물인 회수를 배경으로, 교육환경의 중요성을 비유적으로 강조하기 위해 생겨난 '(회수를 건너면) 귤이 탱자로 변한다'는 의미의 '귤화위지橘化爲枳'라는 고사성어의 원문을 소개하는 것으로 글을 마무리하고자 한다. 본문은 춘추시대 제齊나라에서 재상을 지낸 안영晏嬰의 행적과 간쟁諫諍을 엮은 저자 미상의 《안자춘추晏子春秋·잡하雜下》권6에 전한다.

> 귤은 회수 남쪽에서 자라면 귤이 되지만, 회수 북쪽에서 자라면 탱자가 된다. 잎사귀만 서로 비슷할 뿐, 그 열매는 맛이 다르다. 그러한 이유는 무엇일까? 수질과 토양이 달라서이다. (橘生淮南則爲橘, 生於淮北則爲枳. 葉徒相似, 其實味不同. 所以然者何? 水土異也.)

13. 이웃 나라끼리 으르렁대지 않을 방도는?

우리가 고등학교 다닐 때 한문 시간에도 배운 것으로 기억되는 고사성어로서 '순망치한脣亡齒寒'이란 말이 있다. 주지하다시피 본의는 '입술이 없으면 이빨이 시리다'는 뜻으로, 서로 떼어내려고 해도 떼어낼 수 없는 아주 긴밀한 관계를 비유하는 말이다. 이에 관한 원 고사가 ≪국어國語≫와 함께 춘추시대 역사를 기록한 ≪좌전左傳·희공5년僖公五年≫권 12에 전하기에, 아래에 한번 원문을 소개해 보고자 한다.

> (춘추시대) 진나라 군주가 다시금 우나라에서 길을 빌려 괵나라를 치려고 하자, 궁지기가 간언하였다. "괵나라는 우리 우나라의 울타리와 같은 존재입니다. 괵나라가 망하면 우리 우나라도 필시 덩달아 망할 것입니다. 진나라에게 길을 열어 주어서도 안 되고, 침략에 놀아나서도 안 되는데, 그들에게 한번 빌려준 것도 심하거늘, 어찌 다시 빌려줄 수 있겠습니까? 속담에서 말한 '덧방나무와 수레는 서로 의지하기 마련'이고, '입술이 없어지면 이빨이 시리다'는 것도 아마 바로 우리 우나라와 괵나라의 관계를 두고 하는 말일 것이옵니다."(晉侯復假道於虞以伐虢. 宮之奇諫曰, "虢, 虞之表也. 虢亡, 虞必從之. 晉不可啓, 寇不可翫, 一之謂甚, 其可再乎? 諺所謂'輔車相依', '脣亡齒寒'者, 其虞虢之謂也.")

예문에서 괵나라와 우나라는 춘추시대 때 수많은 제후국 가운데서도 비교적 자그마한 나라를 가리키고, 진나라는 춘추오패春秋五覇 가운데서도 가장 강대한 제후국을 가리킨다. 그런 진나라가 괵나라를 침공하기 위해 우나라에게 길을 내달라는 것은 우나라에게 결국 속국이 되라는 말이니, 이 얼마나 가당치 않은 소리인가? 그기에 우나라의 충신인 궁지기란 사람이 진나라의 요구를 받아들이는 것은 나라를 그냥 바치는 것과 진배없다는 직언을 올렸던 것이지만, 힘이 없는 약소국인 우나라가 과연 이러한 요구를 쉽게 물리칠 수는 없었을 것이다.

위의 고사를 읽다보면 문득 조선시대 때 일어난 임진왜란이 연상된다. 선조 임진년(1592)에 '왜국倭國'[16]이 우리나라를 침범하면서 내세운 명분이 '명나라를 정벌하려고 하니, 길을 내달라'고 했다는 것이었던가? 차라리 대놓고 조선땅을 통째로 달라고 하는 것과 무엇이 다르리오? 여전히 날로 악화하기만 하고 회복될 기미가 보이지 않는 한일관계의 악연은 너무도 오래되고 너무나 깊어졌으니, 해결할 방법이 정녕 없는 것일까? 아마도 국제법이고 뭐고를 떠나서 과거사에 대한 일본의 진심어린 반성과 성찰이 전제되지 않는 한, 달리 뾰족한 방도는 없을 듯싶다.

14. 사람의 도리도 경우에 따라 달라지는 법!

누가 맨처음 내뱉은 말인지는 모르겠으나, 전쟁에서는 수단과 방법을 가리지 않고 승리를 취하는 것이 최선이라는 얘기를 들은 적이 있는 듯하다. 만약 전쟁에서 이것저것 다 양보하고 도리를 따지다가 막상 패하고 나면 무슨 소용이 있을까? 중국의 고문헌에는 어처구니 없는 전술을 펼친 인물이 등장하는 고사가 발견되는데, 원문은 전한 사마천司馬遷(B.C.135-?)의 ≪사기史記 · 송미자세가宋微子世家≫권38에 수록되어 전한다.

---

16 '왜국'은 '멀리 있는 나라'라는 의미에서 고대 중국의 조정에서 지정한 정식 국호이지, 비하하는 말이 아니다. 이 말을 '키 작은 사람들이 사는 나라'라는 의미의 '왜국矮國'으로 오인하는 사람들이 있는데, '倭'와 '矮'는 엄연히 전혀 다른 별개의 한자로서 통용하지 않는다.

양공이 초나라 성왕과 홍수에서 전투를 벌이게 되었다. 초나라 군대가 미처 강을 건너지 않았을 때, 아들인 목이가 말했다. "상대방 군사가 많고, 우리 군사가 적으니, 그들이 강을 건너기 전에 공격하십시오." 그러나 양공은 그의 말을 듣지 않았다. 다 건너고 나서 채 진영을 구축하기 전에 목이가 다시 말했다. "공격해야 합니다." 그러나 양공이 대답하였다. "그들이 진영을 다 구축할 때까지 기다리거라." 진영이 완성된 뒤 송나라 사람들이 그들을 공격하였다. 그러나 송나라 군대는 대패하고, 양공은 다리에 부상을 입었다. 그래서 송나라 사람들이 모두 양공을 원망하였다. (襄公與楚成王戰於泓. 楚人未濟, 目夷曰, "彼衆我寡, 及其未濟, 擊之." 公不聽. 已濟未陳, 又曰, "可擊." 公曰, "待其已陳." 陳成, 宋人擊之. 宋師大敗, 襄公傷股. 國人皆怨公.)[17]

위의 예문에 등장하는 '양공'은 전국시대 때 송宋나라 군주의 시호이고, '성왕'은 초楚나라 군주의 시호이다. 실상 당시 송나라와 초나라는 인구나 규모 면에서 상대가 되지 않았다. 초나라는 전국칠웅戰國七雄에 속할 만큼 강대국 중에 강대국이었다. 따라서 송나라가 수단과 방법을 가리지 않고 대처해도 초나라는 힘에 버거운 상대였다. 그럼에도 불구하고 정반대의 상황이 벌어진 것이다.

약소국의 군주가 보인 행동은 괴이하기 짝이없다. 초나라와 전쟁을 벌이면서 군자의 도리를 따져 상대방이 전력을 다 정비할 때까지 기다렸다가 전투를 벌이다니! 세상에 이렇게 어리석은 군주가 어디 있을까? 그러니 전쟁에서 패하고, 백성들에게는 웃음거리로 전락할 수밖에 없었

---

17 원문에서 '목이目夷'는 송나라 양공의 아들 이름이고, '진陳'은 진영을 치는 것을 뜻하는 말인 '진陣'과 통용자이다.

을 것이다. 사람의 도리를 따지는 것도 경우에 따라 다른 법이거늘, 이를 어찌 해석해야 할지, 그저 '믿거나 말거나'에 속하는 우화로 취급해야 하려나? 여하튼 결국 어리석을 정도로 쓸데없이 하찮은 인정을 베푸는 것을 비유하는 말로서, '송나라 양공의 너무나도 어진 마음'이란 의미의 '송양지인宋襄之仁'이란 고사성어로까지 발전하였으니, 고사의 진위 여부를 굳이 따질 필요까지도 없을 듯 싶다.

15. 주제를 알고 덤벼라!

우리나라 속담에 매우 무모한 행동을 빗대어 꼬집을 때 쓰는 표현으로, '하룻강아지 범 무서운 줄 모른다'는 말이 있다. 그런데 이 말을 들을 때마다 문득 사마귀가 떠오르는 것은 무슨 연유일까? 아마도 상대방의 능력을 헤아리지 않고 무모하게 덤벼드는 사마귀의 생리적 행동 때문이 아닐까 싶다. 더욱이 곤충 세계의 먹이사슬에서 최상위 포식자로서 악명을 떨칠 뿐만 아니라, 심지어 교미한 뒤에는 뱃속의 새끼들에게 영양 보충을 시켜주기 위해 덩치 큰 암컷이 상대적으로 작은 수컷을 잡아먹는다고 하니, 왠지 모르게 공포 분위기마저 풍기는 무시무시한 벌레의 대명사로도 잘 알려져 있다.

여기서는 중국의 고사성어 가운데 사마귀와 관련한 어휘가 있기에 한번 소개해 보고자 한다. 그것은 다름 아니라 '사마귀가 수레바퀴를 가로막는다'는 의미의 '당랑거철螳螂拒轍'이란 사자성어이다. 이에 대해서는 이미 알고 있는 독자들도 있겠지만, 원문을 직접 읽을 기회가 많지 않을 것이기에 전문을 제시코자 한다. 원문은 전한 무제武帝 때 황족인 회남왕淮南王 유안劉安(B.C.179-B.C.122)이 지은 ≪회남자淮南子·인간훈人

間訓≫권18에 아래와 같이 수록되어 전한다.

(춘추시대) 제나라 장공이 사냥하러 나갔을 때, 한 벌레가 다리를 들고 그의 수레바퀴를 치려고 하였다. 장공이 자신의 마부에게 물었다. "이것은 무슨 벌레인고?" 마부가 대답하였다. "이 놈은 이른바 사마귀라는 것입니다. 벌레로서의 속성이 앞으로 나아갈 줄만 알지 물러날 줄을 모르고, 자신의 역량도 헤아리지 않고 상대방을 가볍게 여깁니다." 그러자 장공이 말했다. "이 놈을 사람으로 친다면 필시 천하에 용맹한 무사라 하겠구나." 수레를 돌려 사마귀를 피하였다. 그러자 용맹한 무사들이 이 소문을 듣고서는 목숨을 바칠 데를 알게 되었다. (齊莊公出獵, 有一蟲, 擧足將搏其輪. 問其御曰, "此何蟲也?" 對曰, "此所謂螳螂者也. 其爲蟲也, 知進而不知却, 不量力而輕敵." 莊公曰, "此爲人而必爲天下勇武矣." 廻車而避之. 勇武聞之, 知所盡死矣.)

위의 고사에서 유래한 '당랑거철'이란 고사성어는 한자 몇 개만 살짝 바꿔 '당랑분비螳螂奮臂' '당비당철螳臂當轍' '당비액철螳臂扼轍'이라고도 한다. 그리고 원래 의미는 매우 용감한 무인을 칭송하는 말이었으나, 후대에는 자신의 역량을 모르고 함부로 싸움을 거는 무모한 행위를 비유하는 말로 주로 쓰이게 되었다. 우리는 살아오면서 혹시 '당랑거철'에 해당하는 무모한 행동을 몇 번이나 범하여 보았을까? 필자는 겁이 많아 그리 해본 적이 거의 없는 듯하다. 아마 앞으로도 그럴 가능성은 없을 듯 싶다.

16. 말에 앞뒤가 안 맞잖아!

여기서는 우리나라 사람들에게도 익히 잘 알려진 고사성어인 '모순矛盾'에 대해 소개함으로써 가벼운 담론을 전개해 보고자 한다. 하도 많이 사용하기에 누구나 '아니! 누가 그걸 모르나?'라고 반문할지 모르지만, 그 세부적인 내용에 대해서는 명확히 알고 있는 사람이 그리 많지 않은 듯하기에, 다시 거론해 보는 것이다.

'모순'은 글자 그대로 풀이하면 '창과 방패'를 뜻한다. 그런데 그것이 말의 앞뒤가 맞지 않는 논리적 결함을 비유하는 말이 된 데에는 그만한 이유가 있다. 즉 앞에서도 언급했던 '농단壟斷'이나 '몽진蒙塵' '압권壓卷' '백미白眉' 등과 마찬가지로 고사의 내용을 정확히 알아야만 이해가 되는 말이다. 이에 관한 고사는 전국시대 때 법가사상을 대표하는 한韓나라 사람 한비韓非의 저서인 ≪한비자韓非子 · 난일難一≫권15에 수록되어 전하는데, 한비가 스스로 창작한 이야기인지 아니면 시중에 떠도는 이야기를 자신의 저서에 옮겨적은 것인지는 불분명하다.

초나라 사람 중에 누군가 창과 방패를 팔면서 자랑삼아 떠들어댔다. "제 방패는 워낙 튼튼해서 세상에 이걸 뚫을 수 있는 게 없답니다." 그리고는 또 자신의 창을 자랑하며 말했다. "제 창은 워낙 날카로워서 세상에 뚫지 못 하는 물건이 없답니다." 그러자 구경꾼 가운데 누군가 물었다. "당신 창으로 당신 방패를 찌르면 어떻게 되오?" 그 장사꾼이 결국 아무 대꾸도 하지 못 했다. (楚人有鬻矛與盾者, 譽之曰, "吾盾之堅, 莫能陷也." 又譽其矛曰, "吾矛之利, 於物無不陷也." 或曰, "以子之矛, 陷子之盾, 何如?" 其人不能應也.)

누가 지어낸 이야기인지는 알 수 없으나, 곱씹어 볼수록 참으로 절묘하게 잘 만들어진 우화이다. 또 얼핏 보면 무척 우스꽝스러운 애기 같지만, 그 이면에는 심각한 내용이 담겨 있다. 즉 한 구경꾼의 질문을 빌어 자신의 말에 책임질 수 없는 무기상의 결정적인 문제점을 정확히 지적해 낸 것이다. 여기서 논리적 결함을 풍자하는 의미의 '모순'이란 말이 탄생하였다. 우리도 일상생활에서 얼마나 모순되는 언행을 일삼고 있을까? 다시 한번 반추하는 시간을 가져 볼 만하다. 그렇다면 나 '자신自身'은? 별로 '자신自信'이 없다.

17. 자기 PR은 인간의 본성!

누가 그랬던가? 현대는 '자기 PR(홍보)의 시대'라고…… 사람들은 상대방에게 자신의 가치를 알리기 위해 끊임없이 본인의 장점을 자랑하고 싶어하는 경향이 있다. 심지어 언제부터인지는 모르겠으나, 남의 관심을 받고 싶어하는 사람을 '관심종자' 혹은 줄임말로 '관종'이라고 비아냥거리는 요상한 신조어까지 생겨났다. 남의 이목을 끌고 싶어하는 심리는 동서고금을 막론하고 인간의 본성인 듯하다. 당연히 고대 중국인들에게서도 이러한 면모를 찾아볼 수 있다.

전국시대 연나라 때 곽외郭隗라는 사람은 벼슬에 욕심이 많았다. 그러나 그렇다고 해서 대놓고 자기 자랑을 하려니, 말문이 먹히지 않을 것 같아 스스로 잔꾀를 짜냈다. 당시 군주인 소왕昭王이 역수易水 남동쪽에 황금대黃金臺를 지은 뒤 자기 자신을 낮추고 예물을 후하게 준비하고서 천하의 인재들을 초빙하자, 곽외는 손수 소왕을 알현한 자리에서 다음과 같이 아뢰었다. 관련 고사는 송나라 주희朱熹의 ≪자치통감강목資治通

鑑綱目≫권1에 전한다.

　　"옛날에 한 임금이 천금(금 천 근)을 내주고 환관에게 천리 마를 구하게 했는데, 말이 이미 죽었음에도 그 뼈를 금 오백 근으로 사서 돌아왔습니다. 임금이 화를 내자 환관이 말했습니다. '죽은 말조차도 샀으니, 하물며 살아 있는 말이야 오죽하겠습니까? 말이 이제 곧 도착할 겁니다.' 과연 1년도 되지 않아 천리마가 세 마리나 이르렀습니다. 이제 왕께서 꼭 인재를 부르고 싶으시다면, 먼저 저 곽외로부터 시작하십시오. 그러면 하물며 저보다 현명한 사람들이 어찌 천 리를 멀다 여기겠나이까?"("古之人君, 有以千金使涓人[18]求千里馬者, 馬已死, 買其骨五百金而還. 君怒, 涓人曰, '死馬且買之, 況生者乎? 馬今至矣.' 不期年而千里馬至者三. 今王必欲致士, 先從隗始. 況賢于隗者, 豈遠千里哉?")

　　결국 소왕은 곽외의 설득에 넘어가 그를 위해 대저택을 지어주고, 그를 스승으로 섬겼다고 한다. 위의 글에서 곽외는 표면적으로는 소왕에게 인재를 구하는 묘안을 제시한 것처럼 보이지만, 실상은 자신이 먼저 벼슬에 오르기 위해 '죽은 말조차도 샀다'는 '사마차매死馬且買'의 고사성어를 인용하여 소왕을 설득했던 것이다. 필자의 입장에서는 곽외의 기발한 잔꾀보다도 위의 이야기 전체를 창조해낸 기록자의 기지가 더 감탄스럽다. 고대 중국의 고사성어 가운데는 기기묘묘한 이야기가 많은데, 그러한 발상에 탄성을 금치 못 할 때가 많다. 인간의 상상력은 확실히 무한한가 보다!

18　'연인涓人'은 '청소하는 사람'을 뜻하는 말로, 군주의 곁에서 시중을 드는 환관宦官(내시 內侍)의 직책을 가리킨다.

18. 여우가 호랑이보다 더 세다고?

우리는 누군가 남의 권세를 등에 업고 함부로 설쳐대면 흔히 '호가호위狐假虎威'란 고사성어를 사용하여 조롱조로 비판한다. 이 말을 글자 그대로 옮기면 '여우가 호랑이의 위세를 빌린다'는 뜻이 된다. 여우가 얼마나 똑똑하고 교활하면 호랑이를 가지고 놀았을까? 여하튼 이야기의 전개가 흥미로운 것만은 사실인 듯하다.

이 말은 전국시대 역사를 가장 상세하게 기록하고 있다는 평을 받는 저자 미상의 ≪전국책戰國策·초책楚策≫권14에 전한다. 그 배경을 살펴보면, 초楚나라 선왕宣王이 북방 사람들이 자기 나라의 장수인 소해휼昭奚恤을 왜 두려워하는지 묻자, 강을江乙이란 간신이 소해휼을 음해하기 위해 꺼낸 우화에서 비롯된 말로서 그 전문을 소개하면 아래와 같다.

호랑이가 온갖 짐승을 잡아먹다가 마침 여우를 붙잡게 되었다. 그러자 여우가 말했다. "그대는 감히 나를 먹어서는 안 되네. 하느님이 나보고 짐승들을 거느리라고 하셨거늘, 이제 그대가 나를 잡아먹으면, 이는 하느님 명령을 거스르는 것일세. 내 말이 믿기지 않거든 내 그대를 위해 앞서 걸을 터이니, 그대는 내 뒤를 따르며 짐승들이 나를 보고서 감히 도망치지 않는지 살펴보시게." 호랑이는 그럴싸하다고 생각해 결국 여우와 함께 걸었는데, 짐승들이 그들을 보고서 모두 도망을 쳤다. 그러나 호랑이는 짐승들이 자기가 무서워서 도망치는 줄은 모르고, 여우를 두려워하는 것이라고 생각하였다.(虎求百獸而食之, 得狐. 狐曰, "子無敢食我也. 天帝使我長百獸, 今子食我, 是逆天帝命也. 子以我爲不信, 吾爲子先行, 子隨我後, 觀百獸之見我而敢不走乎?"虎以爲然, 故遂與之行, 獸見之皆走. 虎不知獸畏己而走也, 以爲畏狐也.)

세상에 하느님이 온갖 짐승을 통솔할 수 있는 권능을 여우 자신에게 주었다니? 무엇을 믿고 이렇게 큰 소리를 친 걸까? 당연히 이를 증명하기 위해서는 실제로 물증을 보여주어야 한다. 그래서 여우는 호랑이를 거느리고 위풍당당하게 앞에서 걷는다. 그러나 멍청한 호랑이는 짐승들이 자기 때문에 도망치는 줄 모르고 여우의 권능을 인정해 버린다. 이 무슨 가당치 않은 말인가? 그러나 어쨌든 위의 이야기에서 호랑이는 선왕을, 여우는 소해휼을 비유하기에, 결국 소해휼이 선왕의 위세를 등에 업고 함부로 날뛴다고 함으로써 소해휼을 무고하기 위해서 강을이란 간신이 만들어낸 얘기이다. 비록 간신의 입에서 튀어나온 이야기이기는 하지만, 수천 년이 지난 현세에도 남의 위세를 등에 업고 까부는 인간들에게 경종을 울리기에 모범이 될 만한 이야기임에는 틀림없어 보인다. 요즘도 이러한 부류의 인간들을 발견하기는 어렵지 않다. 사람의 삶이란 동서고금을 막론하고 거기서 거기인가 보다!

19. 글자로 인한 의미의 차이가 이리 클 줄이야!

우리는 보통 쌍방간의 대립이나 갈등 속에서 제3자가 이득을 취하면, 흔히 '어부의 이익'이란 의미의 '어부지리漁父之利'라는 말을 즐겨 쓴다. 그러나 동사+목적어 구조를 좋아하는 중국인들은 '어부가 이익을 얻는다'는 의미에서 '어인득리漁人得利'라는 표현을 즐겨 사용한다. 또 이를 조개와 도요새의 싸움 속에 제3자인 어부가 둘 다 잡았다는 원래 고사의 내용 때문에, '말조개와 도요새 사이의 싸움'이란 의미에서 '방휼지쟁蚌鷸之爭'이라고도 한다. 이 고사의 원문은 전국시대 역사를 가장 상세히 적고 있는 저자 미상의 ≪전국책戰國策·연책燕策≫권30에 전하는데, 전문을 소개하면 다음과 같다.

조나라가 연나라를 치려고 하자, 소대가 연나라를 위해 (조나라) 혜왕에게 말했다. "방금 신이 오다가 역수를 지나는데, 말조개가 막 햇볕을 쬐려고 나왔으나, 도요새가 자기 속살을 물자 입을 닫아 그 부리를 찝었습니다. 그러자 도요새가 말했습니다. '오늘 비가 내리지 않고 내일도 비가 내리지 않으면, 죽은 말조개가 있게 될 것이오.' 그러자 말조개 역시 도요새에게 말했습니다. '오늘 풀어주지 않고 내일도 풀어주지 않으면, 죽은 도요새가 있게 될 것이오.' 둘이서 서로 풀어주지 않는 바람에 어부가 그들을 함께 잡을 수 있었습니다. 이제 조나라가 장차 연나라는 치려고 하는데, 연나라와 조나라가 오래도록 서로 공격하여 사람들을 피폐하게 만든다면, 신은 막강한 진나라가 어부처럼 될까 염려스럽습니다. 따라서 원하옵건대 왕께서는 이를 깊이 헤아리시기 바라옵니다." 혜왕은 "옳은 말이오"라고 대답하고는 결국 그만두었다. (趙且伐燕, 蘇代爲燕謂惠王曰, "今者臣來, 過易水, 蚌方出曝, 而鷸啄其肉, 蚌合而箝其喙. 鷸曰, '今日不雨, 明日不雨, 即有死蚌.' 蚌亦謂鷸曰, '今日不出, 明日不出, 即有死鷸.' 兩者不肯相舍, 漁者得而幷禽之. 今趙且伐燕, 燕趙久相攻, 以敝大衆, 臣恐强秦之爲漁父也. 故願王熟計之也." 惠王曰, "善." 乃止.)[19]

헌데 위의 예문에서 '비가 내린다'는 의미의 '우雨'자는 생김새가 비슷한 '두 량兩'자로 적힌 판본도 있다. 그렇다면 이는 무엇을 의미할까?

---

19 원문에서 '舍'는 '버릴 사捨'의 본글자이자 통용자이고, '禽'은 '사로잡을 금擒'의 본글자이자 통용자이다.

문맥상 상당한 차이가 생긴다. '兩'은 동사로 쓰이면 '양쪽으로 벌린다'는 의미가 된다. 즉 도요새가 주둥이를 벌려서 말조개를 풀어준다는 뜻이 된다. 실상 위의 예문에서 '비가 내린다'는 말의 등장은, 비록 앞에 햇볕을 쬔다는 말이 있기는 해도 다소 뜬금없어 보인다. 오히려 도요새가 주둥이를 벌려서 말조개를 풀어준다고 해야, 뒤에서 말조개가 도요새를 풀어준다고 한 말과 의미상 딱 맞아떨어지므로, 문맥상으로 보나 논리적으로 보나 더 이치에 맞다고 생각할 수 있지 않을까? 여하튼 어디까지나 판본의 차이에서 비롯된 경우이기에, 어느 것이 절대적으로 맞는다고 단정하기는 어려울 듯하다. 다만 필자 개인의 생각으로는 '雨'보다 '兩'이 더 적절해 보인다. 어쩌면 원전에서는 '兩'이라고 하였는데, 전래 과정에서 자형字形이 비슷한 '雨'로 잘못 적히게 되었는지도 모르겠다.

각설하고, 우리는 일상생활에서 얼마나 어부지리를 염두에 두고 살고 있을까? 실상 이는 비정상적인 이득이기에 굳이 그런 바람을 품는 것 자체가 문제일 것이다. 정직하게 사는 사람들에게는 전혀 불필요한 고사성어가 아닐까 싶다. 필자도 딸아이나 학생들에게 늘 하는 말이 있다. '세상에 공짜는 없다!'

20. 유언비어의 해악!

뜬소문을 흔히 '유언비어流言蜚語'라고 한다. 이를 우리말로 그대로 옮기면 '흘러다니는 말과 날아다니는 말'이란 뜻이다. 즉 근거없이 떠돌아다니는 헛소문을 가리킨다. 그러나 인터넷에서는 이를 흔히 '흘러다니는 말과 해충 같은 말'로 풀이한다. 그러나 여기서 '바퀴벌레'를 뜻하는 '蜚'자는 '날 비飛'와 통용자라서 '飛'자로 대체하여 '유언비어流言飛語'로도 표기하므로, 이러한 풀이는 문맥상으로 보나 구조상으로 보나 부적절하다. 그래서 필자는 학생들에게 인터넷에 떠돌아다니는 설을 다 믿지는 말라고도 한다.

유언비어의 폐해는 굳이 재삼 거론하지 않아도 누구나 익히 잘 알고 있을 것이다. 그래서 한때 '유언비어 유포죄'란 법조항까지 생겨나기도 하였다. 물론 이를 악용하면 언론의 자유를 침해할 수 있기에 법을 적용하는 데 엄격한 잣대가 필요하지만, 독재정권일수록 이를 남용하기도 하였다. 고대 중국에서도 유언비어의 폐해를 익히 알아 이에 해당하는 고사성어가 여러 가지 생겨났다. 이를테면 '유언비어' 외에도 이와 유사한 어휘로서 '흔히 길에서 들을 수 있고 길에서 떠들어대는 말'이란 의미의 '도청도설道聽途說'이나, '세 사람이 떠벌리면 없던 호랑이도 만들어낸다'는 의미의 '삼인성호三人成虎', 성인군자의 반열에 오른 '증참이 살인을 했다'는 터무니없는 소문에서 유래한 '증참살인曾參殺人'과 같은 사자성어들이 모두 그러한 예이다. 여기서는 ≪전국책戰國策·진책秦策≫권4에서 유래한 '증참살인'이란 고사성어를 소개해 보고자 한다. 원문을 예시하면 다음과 같다.

옛날 (춘추시대 노魯나라) 증자(증참)가 (산동성) 비읍에 살 때, 비읍 사람 중에 누군가 증자와 동명이인인 자가 살인을 저질렀다. 누군가 증자의 모친에게 "증참이 사람을 죽였습니다"라고 하자, 증자의 모친은 "내 아들이 살인을 했을 리 없소"라고 대답하며 태연자약하게 옷감을 짰다. 얼마 뒤 누군가 또 "증참이 사람을 죽였습니다"라고 해도, 그의 모친은 여전히 태연자약하게 옷감을 짰다. 얼마 뒤 또 한 사람이 다시 그녀에게 "증참이 사람을 죽였습니다"라고 고하자, 그의 모친은 두려운 마음에 베틀북을 집어던지더니 담장을 넘어 달려나갔다. (昔者曾子處費, 費人有與曾子同名族者而殺人. 人告曾子母曰, "曾參殺人." 曾子之母曰, "吾子不殺人." 織自若. 有頃焉, 人又曰, "曾參殺人" 其母尙織自若也. 頃之, 一人又告之曰, "曾參殺人." 其母懼, 投杼逾墻而走.)

증참의 어진 성품을 잘 아는 그의 모친도 처음에는 그가 살인을 했다는 말에 콧방귀도 안 뀌었지만, 재삼 반복되자 참말인지 알고 버선발로 뛰쳐나갔다고 하였으니, 유언비어의 폐해가 오죽 심하면 이런 이야기가 생겨났을까? 오늘날에도 가짜 뉴스의 폐해가 심심치 않게 언론에 오르내린다. 현대 사회는 통신기술의 발달로 그 전달 속도가 상상을 초월할 정도로 빠르다. 이를 막을 수 있는 뾰족한 방법이 없을까? 법적 처벌만이 능사는 아니니, 무언가 확실한 대책이 정립되었으면 좋겠다. 그래도 이곳 강릉에서 조용히 살고 있는 필자로서는 그로 인한 피해를 당할 일이 별로 없어 그나마 다행인 듯 싶다. 하지만 바닥이 좁아서 오히려 더 조신하게 행동해야 할 때도 있기는 하다.

21. 사족이 뱀의 발이라고?

우리는 평소 불필요한 말을 가리켜 '사족蛇足'이란 표현을 즐겨 사용한다. 이제는 거의 우리말화되어 상용하는 고사성어이다. 그러나 아직 원서를 접해보지 못 한 독자들을 위해 여기서는 원문을 중심으로 한번 소개해 보고자 한다. 이 말은 글자 그대로 옮기면 '뱀의 발'이란 뜻이라서 언뜻 이해하기 어렵지만, 각기 동사 두 글자를 덧보탠 '화사첨족畫

蛇添足'이란 사자성어 형태의 원어를 가지고 이해하면 무슨 말인지 쉽게 알아챌 수 있으리라 생각된다. 즉 원어대로 하면 '뱀을 그리면서 발을 보태다'라는 뜻이 되어 괜히 쓸데없는 짓을 벌인다는 의미임을 알 수 있다.

이 말은 원래 ≪전국책戰國策·제책齊策≫권9에 전한다. ≪전국책≫은 고대 중국의 춘추시대 때 역사를 담은 ≪춘추좌씨전春秋左氏傳≫[20]이나 ≪국어國語≫와 달리, 책 이름이 말해주듯 전국시대 역사를 기록한 사서史書로서 저자에 대해서는 알려지지 않았다. 사고전서四庫全書에는 후한 때 사람 고유高誘가 주를 달고, 송나라 때 사람 요굉姚宏이 속주續注를 단 33권본이 수록되어 전한다. 여기에는 '화사첨족'처럼 재미있는 이야기가 많이 담겨 있어, 이 책에서 유래한 고사성어가 제법 많은 편이다. 이제 원문을 소개하면 아래와 같다.

초나라에서 누군가 제사를 올리며 일꾼들에게 술을 한 잔 하사하였다. 그러자 일꾼들이 서로에게 말했다. "몇 사람이 마시기에는 부족하고 한 사람이 마시기에는 넉넉하니, 땅에다가 뱀을 그리되 먼저 완성하는 사람이 마시기로 합시다." 한 사람이 뱀을 먼저 완성하고서 술잔을 당겨 마시려고 하더니, 왼손에 술잔을 들고서 오른손으로 뱀을 그리며 말했다. "나는 뱀에다가 발도 그릴 수 있다오." 채 완성하기 전에 다른 한 사람이 뱀을 완성하고는 그의 술잔을 빼앗으며 말했다. "뱀은 원래 발이 없거늘, 그대는 어찌 뱀에다가 발을 그릴 수 있단 말이오?" 급기야 그 술을 마셔버렸다. 뱀의 발을 그린 사람은 결

---

20 문헌에 따라 줄임말인 ≪춘추좌전春秋左傳≫ ≪좌씨전左氏傳≫ ≪좌전左傳≫이라고도 표기하는데, ≪좌전≫이란 표현이 가장 일반적이다.

국 그 술을 잃고 말았다. (楚有祠者, 賜其舍人卮酒. 舍人相謂曰, "數人飲之不足, 一人飲之有餘, 請畫地爲蛇, 先成者飲酒." 一人蛇先成, 引酒且飲之, 乃左手持卮, 右手畫蛇曰, "吾能爲之足." 未成, 一人之蛇成, 奪其卮曰, "蛇固無足, 子安能爲之足?" 遂飲其酒. 爲蛇足者, 終亡其酒.)

일단 주인이 그 많은 일꾼들에게 술을 한 잔만 주어 싸움을 붙였다는 이야기의 출발부터가 왠지 '넌센스'처럼 느껴지지만, 어쨌든 이야기를 재미있게 엮기 위한 장치로 이해하면 될 듯 싶다. 일꾼들이 술을 놓고 뱀 그리기로 내기를 했는데, 먼저 그림을 완성한 사람이 쓸데없이 뱀에 발을 그려넣는 바람에 술을 빼앗겼다는 것이 이 이야기의 전말이다. 헌데 옛날 중국인들은 단지 퇴화되어 눈에 잘 보이지 않을 뿐, 뱀에게 실제로 발이 있다는 사실을 몰랐나 보다. 필자 같으면 퇴화된 발을 보여주어서 확인을 시켰을 터인데…… 그렇다면 아마 이 고사성어는 탄생조차 하지 못 했을 것이다.

22. 교묘한 말로 속이는 이들은 속히 퇴출시키자!

우리는 교묘한 말로 남을 속일 때 '조삼모사朝三暮四'란 고사성어를 즐겨 사용한다. 이제는 거의 우리말처럼 쓰이기에 누구나 그 의미를 알고 있지만, 글자 그대로 옮기면 무슨 말인지 도통 알 수 없는 수수께끼처럼 보이는 말이 바로 '조삼모사'이다. 글자 그대로 해석하면 '아침에는 셋, 저녁에는 넷'이란 뜻이 되니, 이 무슨 말인가? 이 말 역시 고사의 내용을 모르면 뜬구름 잡는 얘기처럼 들릴 수밖에 없을 듯하다.

이 고사는 위서僞書로 의심받고 있지만, 어쨌든 전국시대 정鄭나라 사람 열어구列禦寇가 지었다고 하는 ≪열자列子·황제黃帝≫권2에 수록되어 전한다. '黃帝'는 전설상의 임금인 '삼황오제三皇五帝' 가운데 한 사람을 지칭하는 명칭으로서 일반명사인 '황제皇帝'와 달리 고유명사이다. 이에 대해서는 두 가지 '버전'이 있다. 하나는 '오제' 가운데 첫 번째 임금이라는 전한 사마천司馬遷(B.C.135-?)의 ≪사기史記≫에서의 설과 '삼황' 가운데 마지막 임금이라는 진晉나라 황보밀皇甫謐의 ≪제왕세기帝王世紀≫에서의 설이 그것이다. 각설하고 '조삼모사'에 관한 전문을 소개하면 아래와 같다.

송나라에 어느 원숭이 사육사가 원숭이를 좋아하여 많은 무리를 이룰 정도로 다수를 키웠는데, 그도 원숭이의 마음을 잘 알아챘고, 원숭이들도 그의 마음을 잘 헤아렸다. 그래서 그는 가족들 먹거리를 덜어서 원숭이들의 식욕을 채워 주었다. 얼마 뒤 식량이 떨어지자 음식을 제한하려고 하였다. 그러나 원숭이들이 자기 말을 따르지 않을까 염려하여 먼저 속임수를 써서 말했다. "너희들에게 도토리를 주되, 아침에 세 개 주고 저녁에 네 개 주면 만족하겠느냐?" 그러자 원숭이들이 모두들 벌떡 일어서더니 화를 냈다. 얼마 뒤 다시 말했다. "그러면 너희들에게 도토리를 주되, 아침에 네 개 주고 저녁에 세 개 주면 만족하겠느냐?" 그러자 원숭이들이 모두들 엎드리며 기뻐하였다. (宋有狙公者, 愛狙, 養之成群, 能解狙之意, 狙亦得公之心. 損其家口, 充狙之欲. 俄而[21]匱焉, 將限其食. 恐衆狙之不馴於己也, 先誑之曰, "與若[22]芧, 朝三而暮四, 足乎?" 衆狙皆起而怒. 俄而曰, "與若芧, 朝四而暮三, 足乎?" 衆狙皆伏而喜.)

---

21 '아이俄而'는 '얼마 안 있어' '잠시 뒤'를 뜻한다.
22 '若'은 2인칭 대명사.

중국의 원숭이는 도토리도 잘 먹었나 보다! 게다가 사람의 말귀도 잘 알아들었다니 이를 어찌 믿을 수 있을까마는, 역으로 생각하면 세상에 이렇게 멍청한 원숭이가 또 있을까? 아니! 사육사의 말귀를 꼬박꼬박 잘 알아들으면서도 3+4와 4+3이 같은 수치라는 것을 모르다니? 그래서 결국 아침에 먼저 많이 먹게 되는 것을 좋아하였다고 얘기를 풀어가다니? 그래도 여하튼 이야기의 조합이 무척 흥미롭기는 하다. 우리는 현실 세계에서, 특히 정치권에서 이처럼 '조삼모사'를 즐겨 일삼는 인사들을 많이 목도하게 된다. 참으로 슬픈 현실이다. 그래서 미국인들은 정치인과 법률가를 가장 혐오하여 영화 소재로 즐겨 활용하는 것인지도 모르겠다.

23. 한 우물을 파라!

우리 속담에 '한 우물을 파라!'는 말이 있다. 우리는 성장 과정에서 이것도 하다가 포기하고, 저것도 하다가 포기하는 경험을 한번쯤은 해보았을 듯 싶다. 그러다가 이도저도 아닌 결과를 초래하여 후회하는 일을 누구나 경험해 보았음 직하다. 중국에는 이와 유사한 내용의 고사성어인 '다기망양多岐(歧)亡羊'이란 말이 전한다. 중국인들이 가장 좋아하는 문형인 동사+목적어+동사+목적어 구조의 사자성어로서, 문자 그대로 풀이하면 '갈림길을 많이 만나 양을 잃었다'는 의미를 지닌다. 이는 원래 학문의 방법이 많아 진리를 찾기 어려움을 뜻하지만, 더 나아가 한 분야에 전념할 것을 훈계하는 의미도 담겨 있다. 이에 관한 고사가 ≪열자列子·설부說符≫권8에 수록되어 전하기에, 아래에 원문을 한번 소개해 본다.

(전국시대 위魏나라) 양자(양주楊朱)의 이웃 사람이 양을 잃자, 자기 식구를 데리고 갔다가 다시 양자의 하인까지 부탁하여 양을 찾았다. 양자가 말했다. "아니! 양 한 마리를 잃었거늘, 추적하는 사람이 그렇게 많을 필요가 어디 있소?" 이웃 사람이 대답하였다. "갈림길이 너무 많아서입니다." 돌아오자 양자가 다시 물었다. "양을 찾았소?" 그가 대답하였다. "못 찾았습니다." 양자가 물었다. "어째서 잃어버렸소?" 그가 대답하였다. "갈림길 속에 또 갈림길이 있어서, 저는 어디로 가야 할지 몰랐기에 그냥 돌아왔습니다." 양자가 슬픈 표정으로 낯빛은 바꾼 채, 한참 동안 말을 하지 않고 하루종일 웃지 않았다. 큰 길에서는 갈림길이 많아서 양을 잃듯이, 학자는 다방면에 관심을 가지기에 삶을 잃는 법이다. (楊子之鄰人亡羊, 既率其黨, 又請楊子之竪追之. 楊子曰, "噫, 亡一羊, 何追者之衆?" 鄰人曰, "多岐路." 既反, 問, "獲羊乎?" 曰, "亡之矣." 曰, "奚亡之?" 曰, "岐路之中, 又有岐焉, 吾不知所之, 所以反也." 楊子戚然變容, 不言者移時, 不笑者竟日. 大道以多岐亡羊, 學者以多方喪生.)

위의 고사에 등장하는 '양자'는 '양주'라는 전국시대 때 철학자에 대한 존칭으로서, 그의 핵심 사상은 천하가 태평성대를 구가하려면 모든 사람이 자아를 사랑해야 한다는 것이다. 그의 저서로 ≪양자楊子≫가 있었다고 하나, 오래 전에 실전되었다. 대신 그에 관한 기록은 ≪열자列子・양주편楊朱篇≫에 전한다. 그런데 위의 고사에서 그는 학문을 깊이 있게 이루고자 할 때는 지나치게 다방면으로 접근해서는 안 된다고 당부하고 있다. 즉 '한 우물을 파라!'는 것이다.

요즘은 인터넷이 발달해서 그런지, 너도나도 전문가 행세하는 사람들이 너무도 많은 듯하다. 그러나 실상 속내를 들여다보면, 대개는 수박 겉핥기 식으로 지식과 정보를 습득한 수준에 불과하다. 다시 말해서 기본적인 원리나 전반적인 시스템에 대해서는 어두우면서, 지엽말단적인 소소한 부분에만 천착하였음에도 불구하고, 마치 오랜 세월 많은 시간과 노력을 기울여 깊이 있게 연구한 척 허세를 떠는 사이비 지식인들이 자주 눈에 들어온다. 그래서 요즘의 세태가 못내 서글프게 느껴지기도 한다. 필자만의 느낌이려나?

24. 입장 바꿔놓고 생각해 봅시다!

우리는 '입장 바꿔놓고 생각해 봅시다!'라는 말에 해당하는 사자성어로 '역지사지易地思之'라는 말을 즐겨 쓴다. 사람은 누구나 직접 당하지 않으면 당사자의 입장을 100% 다 이해할 수 없는 법이다. 그래서 상대방의 입장에서 생각해 보자는 말을 자주 하는 것일 게다. 중국의 고문헌에도 이와 유사한 얘기가 많이 등장한다. 여기서는 시기적으로 비교적 오래되어 원형에 가까운 고사를 하나 소개해 보고자 한다.

유가와 함께 중국을 대표하는 사상인 도가 계열에 속하는 철학자 가운데 전국시대 때 사람으로 양주楊朱란 인물이 있었다. 그에 관한 이야기는 정鄭나라 출신으로 동시대 사람인 열어구列禦寇의 저서로 알려진 ≪열자列子≫에 전한다. 비록 이 책은 오늘날 위서僞書로 의심받고 있지만, '역지사지'에 해당하는 고사가 ≪열자·설부說符≫권8에 실려 있기에 아래에 소개해 본다.

양주의 동생은 이름이 양포楊布이다. 어느날 그는 흰 옷을 입고서 외출했다가 비가 내리자, 흰 옷을 벗고 검은 옷으로 갈아입고서 돌아왔다. 헌데 개가 그를 알아보지 못 하고 그를 맞아 짖어댔다. 양포가 화가 나서 개를 때리려고 하자, 양주가 말했다. "자네는 때리지 마시게. 자네 역시 이와 마찬가지라 네. 일전에 만약 자네 개가 흰 색을 하고서 나갔었는데, 검은 색을 띠고서 돌아왔다면, 어찌 괴이하게 생각하지 않을 수 있 겠는가?"(楊朱之弟曰布. 衣素衣而出, 天雨, 解素衣, 衣緇衣而反. 其狗不知, 迎而 吠之. 楊布怒, 將扑之. 楊朱曰, "子無扑矣. 子亦猶是也. 嚮者使汝狗白而往, 黑而來, 豈能無怪哉?")

양주는 '양자楊子'란 존칭으로도 불리던 제자백가 가운데 한 사람으 로서 독립적인 저서는 전하지 않고, 대신 ≪열자 · 양주편≫권7에 그에 관한 이야기가 전한다. 그의 사상은 한 마디로 요약하면, '내 머리카락 을 한 올 뽑아서 세계 평화가 온다고 해도 내 머리카락을 뽑지 않겠다' 는 것이다. 이는 얼핏 들으면 극단적 이기주의처럼 보이지만, 실제로는 모든 사람들이 자아를 사랑한다면 세상에 평화가 저절로 찾아온다는 평 화 지향적 사유 체계에 해당한다. 이는 21세기를 살아가는 우리에게도 적용해 볼 만한 가치가 있는 말이라 하겠다. 특히 요즘처럼 자유주의가 득세하는 세상에서는 더욱 가슴에 와닿는 말이기도 하다. 우리 모두가 남에게 피해를 주지 않으면서 자기 자신을 소중히 여긴다면, 세계 평화 는 저절로 실현되지 않을까? 너무 순진한 생각일까?

25. 오른손이 하는 일을 왼손이 모르게 하라!

성경에 있는 구절로 알고 있는데, 어느 종교에선가는 '오른손이 하는 일을 왼손이 모르게 하라'는 가르침을 전파하는 듯하다. 한자문화권에

서는 이와 유사한 은혜를 '음덕陰德'(혹은 음덕蔭德으로도 표기한다)이라고
한다. 이와 관련한 고사가 전한 때 가의賈誼(B.C.201-B.C.169)가 지은 ≪
신서新書·춘추春秋≫권6에 전하기에, 한번 소개해 보고자 한다.

> 손숙오가 어린아이였을 때, 놀러 나갔다가 돌아와 근심에
> 젖어 밥을 먹지 않았다. 그의 모친이 그 까닭을 묻자, 울면서
> 대답하였다. "오늘 저는 머리 둘 달린 뱀을 보았으니, 아마도
> 죽을 날이 얼마 남지 않았을 것입니다." 모친이 물었다. "지금
> 뱀이 어디에 있느냐?" 손숙오가 대답하였다. "제가 듣자하니
> 머리 둘 달린 뱀을 보면 죽는다고 하기에, 저는 다른 사람이
> 다시 그것을 볼까 염려되어 이미 땅에 묻었습니다." 그러자 모
> 친이 말했다. "걱정하지 말거라. 너는 죽지 않는단다. 나는 이
> 런 말을 들었단다. 음덕을 베풀면 하늘이 복으로 보답한다는
> 말을!"(孫叔敖爲嬰兒, 出游而還, 憂而不食. 其母問其故, 泣而對曰, "今日吾見兩頭
> 蛇, 恐去死無日[23]矣." 母曰, "今蛇安在?" 曰, "吾聞見兩頭蛇者死, 吾恐他人又見, 已埋
> 之矣." 母曰, "無憂. 汝不死. 吾聞之, 有陰德者, 天報以福!")

위의 예문에 등장하는 손숙오는 춘추시대 초楚나라 사람으로 '위애
렵蔿艾獵'이란 별칭으로도 불렸는데, 장왕莊王 때 영윤令尹이란 고관에 올
라 명성을 떨쳤다. 고대 중국에서는 머리 둘 달린 '양두사'를 보면 요절
한다는 미신이 돌았다고 한다. 손숙오가 외출했다가 양두사를 보고서
죽음을 염려하자, 모친이 그의 음덕을 근거로 미신을 불식시키는 내용
을 담고 있다.

---

23 '去死無日'은 '죽음으로부터 며칠이 남지 않았다'는 의미로서, 결국 '죽을 날이 얼마 남지 않
았다'는 말이다.

헌데 서양의 신화에 나오는 괴물인 '메두사'처럼 머리 둘 달린 뱀이 정말로 존재했을까? 이에 대해서는 의심할 필요가 없을 듯하다. 왜냐하면 머리 둘 달린 뱀이 발견되었다는 뉴스를 오래 전 해외토픽에서 몇 차례 보았기 때문이다. 그러나 일종의 돌연변이라서 수명이 무척 짧다는 보충 설명이 달렸던 것으로 기억한다. 오히려 필자는 '정말로 꼬맹이가 겁도 없이 뱀을 잡아서 매장했을까?' 하는 의구심을 떨쳐버릴 수가 없다. 일단 이야기의 출발부터에 미심쩍은 구석이 있기는 하지만, 이야기의 전개가 흥미롭고 모범적인 교훈을 담고 있기에, 어물쩍 넘어가도 될 듯 싶다.

26. 항구에서 검을 찾겠다고?

강의 시간에 학생들에게 '검劍'과 '도刀'의 차이가 무엇인지 물으면, 대부분 감을 잡지 못 하는 모습을 보인다. 답은 간단하다. '劍'은 양날이라서 찌르는 용도에 적합하고, '刀'는 외날이라서 베는 용도에 적합하다는 것이다. 그래서 '부엌검'이라고 하지 않고 '부엌칼'이라고 말할 수밖에 없지 않을까? 허나 '刀'의 순 우리말이 '칼'이라는 것은 알겠는데, '劍'의 순 우리말은 필자 자신도 답을 찾지 못 했다. 그래서 언젠가 국문과 교수에게 물었더니, 순 우리말에서는 둘 다 칼로 알고 있는데, 확정적으로 말할 수는 없다는 답을 들었다.

'劍'과 관련한 중국의 고사성어 가운데 중고등학교 한문 교과서에도 등장하는 '각주구검刻舟求劍'이란 어휘가 있기에, 여기서는 이에 대해 잠시 담론을 전개해 보고자 한다. 이 고사성어는 직역하면 '배에다가 금을 새기고서 검을 찾는다'는 의미이기에, 고사를 모르면 무슨 말인지 선뜻 알아채기가 쉽지 않다. 이 말이 생겨나게 된 원 고사는 전국시대 진秦나라 때 사람으로서 시황제始皇帝의 생부라는 속설이 전하는 여불위呂不韋(?-B.C.235)가 여러 문객들과 함께 지었다는 ≪여씨춘추呂氏春秋·신대람愼大覽≫권15에 전한다. 원문을 소개하면 아래와 같다.

> 초나라 사람 중에 누군가 강을 건너다가 자기 검을 배에서 강물에 빠뜨리자, 서둘러 배에다가 금을 긋고는 말했다. "이곳이 내 검이 물에 빠진 곳이오." 배가 멈추자 자신이 금을 새긴 곳으로부터 물 속으로 뛰어들어가 검을 찾았다. 배는 이미 운행을 하였으나 검은 움직이지 않았는데도 이처럼 검을 찾았으니, 역시 미혹된 일이라 하지 않을 수 있으랴?(楚人有涉江者, 其劍自舟中墜於水, 遽刻其舟曰, "是吾劍所從墜也." 舟止, 從其所刻處, 入水求之. 舟已行矣, 而劍不行, 求劍若此, 不亦或乎?)

움직이는 배에다가 금을 긋고는 항구에 도착해서 그곳으로 입수하여 검을 찾다니? 초등학생들도 들으면 '킥킥!' 거리고 웃을 법한 우스꽝스러운 얘기지만, 말하고자 하는 교훈은 제법 심각하다. 생각이 고리타분하거나 세상물정에 어두워 사리판단을 제대로 하지 못 하는 것을 꼬집고자 할 때 흔히 이 말을 활용한다. 필자 자신도 늘 이 말의 의미를 이따끔 되새기곤 한다. 아직도 '각주구검'의 수준에서 벗어나지 못 하고 있는 것은 아닐까? 하고 스스로에게 반문하면서……

27. 아내를 죽이기까지 하다니!

한때 '황금만능주의'라는 말이 유행어처럼 떠돌던 때가 있었다. 오로지 출세와 부를 목표로 앞만 보고 달려가는, 현대 자본주의 사회를 살아가는 사람들의 맹점을 적나라하게 공격하기 위해 생겨난 말이 아니었나 싶다. 그리고 이러한 출세 지향적 사회 풍토를 풍자하는 드라마나 영화가 우후죽순처럼 제작되어 사람들의 반향을 불러일으키기도 하였다.

고대 중국에서 출세를 위해 물불을 가리지 않았던 인물 가운데 대표적인 사례를 든다면, 전국시대 위衛나라 사람 오기吳起(?-B.C.381)를 꼽을 수 있을 듯하다. 오죽하면 '아내를 죽여서 장수직을 구한다'는 의미의 '살처구장殺妻求將'이란 고사성어마저 생겨났을까? 진위 여부를 떠나서 오기라는 인물은 비록 ≪손자孫子≫와 함께 고대 중국의 양대 병법서로 평가받는 ≪오자吳子≫의 저자로도 유명하지만, 아래와 같은 불명예스러운 고사가 전한 사마천司馬遷(B.C.135-?)의 ≪사기史記 · 오기전吳起傳≫권 65에 전하기에 한번 아래에 인용해 보고자 한다.

오기는 위나라 사람으로서 용병술을 좋아하였다. 일찍이 (공자의 제자인) 증자(증참曾參)에게서 수학하다가, 노나라 군주를 섬긴 적이 있다. 제나라 사람들이 노나라를 공격하여 노나라가 오기를 장수에 임명하려고 하였지만, 오기가 제나라 여인을 아내로 맞았기에 노나라 사람들이 그를 의심하였다. 오기는 이에 명분을 얻고자 하여 급기야 자신의 아내를 죽여서 제나라와 같은 편이 아니라는 것을 밝혔다. 그래서 노나라가 결국 그를 장수에 임명하였다. 오기는 장수직을 맡아 제나라를 공격해서 크게 물리쳤다. (吳起者, 衛人也. 好用兵. 嘗學於曾子, 事魯君. 齊人攻魯, 魯欲將吳起, 吳起取齊女爲妻, 而魯疑之. 吳起於是欲就名, 遂殺其妻, 以明

不與齊也. 魯卒以爲將. 將而攻齊, 大破之.）

　춘추전국시대 때 노나라와 제나라는 국경이 맞닿아 있는 두 제후국이었다. 당시 오기는 노나라를 섬기고 있었고, 아내는 제나라 출신이었다. 두 나라 사이에 전쟁이 일어났을 때, 오기는 적국 출신의 아내 때문에 장수직에 오르지 못 하자, 적과 내통하지 않는다는 것을 증명하기 위해 아내를 죽이기까지 했다는 것이다. 오늘날 같으면 아마도 인간 말종으로 취급받을 행위이지만, 오직 출세를 위해 인간의 기본 도리마저 팽개치고 말았던 것이다. 이 또한 '믿거나 말거나'에 속하는 이야기로서 사람 살 떨리게 만드는 괴담 수준이지만, 정사正史에 버젓이 수록된 것을 보면 오기라는 장수에 대한 반감 내지 시기심 또한 예로부터 그다지 작지는 않았던 듯하다.

28. 동생이 열심히 공부하도록 조장한다고?

　이번에도 우리가 일상생활에서 마치 우리말처럼 상용하는 고사성어를 대상으로 담론을 전개해 보고자 한다. 바로 초등학생들도 알고 있다는 '조장助長'! 그러나 '알묘조장揠苗助長' 내지 '발묘조장拔苗助長'의 준말인 이 말의 본뜻이 '잘 자라도록(長) 도와준다(助)'는 의미를 지니기에, 일견하기에는 '좋은 말이네!'라는 느낌을 가지기 십상이다. 하지만 이 말은 결코 긍정적인 의미로 쓰이지 않고 늘 부정적인 상황에서만 사용된다. 그것은 이 말이 유래하게 된 고사 자체가 결코 아름답지 않기 때문이다. 예를 들어 '아버지! 제가 동생이 열심히 공부하도록 조장했어요!'라고 말한다면 말이 될까? 아마도 누구나 고개를 갸우뚱하게 될 것이다.

즉 부정적인 의미로만 사용하는 고사성어라는 말이다. 이 말은 《맹자·공손추상公孫丑上》권3에 전하는데, 전문을 소개하면 아래와 같다.

> 송나라 사람 중에 누군가 모가 자라지 않는 것을 안타깝게 여겨 그것을 살짝 뽑아올리고는, 아무것도 모른 채 집으로 돌아와서는 가족들에게 말했다. "오늘 병 나게 생겼소. 내가 모가 잘 자라도록 도와주었다오." 그의 아들이 달려가서 살펴보니, 모가 시들어 있었다. (宋人有閔其苗之不長而揠之者, 芒芒然歸, 謂其人曰, "今日病矣. 予助苗長矣." 其子趨而往視之, 苗則槁矣.)

곡식의 새싹이 잘 자라지 않는다고 그것을 뽑아올려 자란 것처럼 보이게 만들다니? 세상에 이리도 멍청한 사람이 어디 있단 말인가? 그러니 곡식이 뿌리까지 드러나 말라죽고 마는 것은 당연한 결과일 것이다. 헌데 왜 하필이면 송나라 사람이라고 했을까? 여기에는 모종의 정치적인 복선이 깔려 있는 듯하다.

당시 천자국은 주周나라였다. 주나라는 은殷나라를 멸망시킨 뒤 은나라 왕실의 후손들에게 반란을 꿈꾸지 말고 조용히, 그러나 편히 먹고 살라고 송나라를 봉토로 하사해서 생계를 유지케 하였다. 그 뒤로 수많은 제자백가서가 생산된 춘추전국시대도 엄연히 주나라 왕조였기에, 묘하게도 당시 저술들에서 바보 멍청이로 등장하는 인물들은 대개가 송나라 소속이었다. 이는 은나라의 정통성을 부정하고 주나라의 정통성을 부각시키기 위한 일종의 정치적 술수가 저변에 깔려 있기 때문이 아닐까 싶다. 여하튼 '조장'이란 고사성어에서의 주인공이 송나라 사람인 것도 여기서 그 이유를 찾는 것이 합리적인 추론이 아닐까 싶다. 이처럼 시대가 바뀌면 전 정권을 부정하고 현 정권을 돋보이게 하는 것은 예나 지금이나 마찬가지인가 보다! 이러한 현상 역시 현재 진행형이다.

29. 잔꾀를 부리지 말라!

필자가 이곳 강릉의 어느 변호사에게 들은 말이지만, 그 자신이 범죄 중에 가장 혐오스럽게 여기는 것은 사기라고 하는 것이었다. 왜냐고 물었더니, 변호사인 자기한테도 사기를 친다나? 이 얘기를 듣고서 웃어야 할지 울어야 할지 표정 관리가 잘 안 된 경험이 있다. 사기까지는 아니더라도 지금껏 살아오면서 잔꾀 내지 잔머리 굴리는 사람들을 많이 봐왔다. 그러면서 이를 반면교사로 삼아 나만은 그리 살지 말자고 다짐을 하곤 하였다. 실천이 잘 되었는지는 미지수이지만……

사람들은 뭔가 손쉽게 이익을 챙기려고 잔꾀를 부리다가 '소탐대실 小貪大失'하는 일을 많이 저지르곤 한다. 이에 대해 이미 전국시대 송宋 나라 철학자인 장주莊周가 제법 뼈아프게 일침을 가하는 언급을 한 적이 있다. 이와 관련한 얘기가 그의 저서로 알려진 ≪장자莊子 · 천지天地≫권 5에 전하기에, 아래에 한번 소개해 보고자 한다.

자공(단목사)이 한수 남쪽을 지나다가 한 노인이 한창 농사 일을 하는 것을 발견하였는데, 좁은 길을 뚫고 우물에 들어갔다가, 항아리를 안고 나와 물을 주면서 끙끙대고 힘을 많이 쓰지만, 효과를 별로 보지 못 하고 있었다. 자공이 말했다. "여기 있는 이 기계는 하루에 백 이랑에 물을 댈 수 있는데, 이름을 '길고'(두레박)라고 합니다. 힘을 적게 쓰면서도 효과는 만점이니, 선생께서는 사용하지 않으시렵니까?" 채마밭을 일구던 노인이 화가 나서 낯빛을 바꾸며 말했다. "기계를 가진 사람은 기계에 의존해서 일을 하게 되고, 기계에 의존해서 일을 하는 사람은 잔꾀를 부리려는 마음이 생기는 법이오. 잔꾀를 부리려는 마음이 가슴 속에서 일어나면 순수함을 잃게 되고, 순수함을 잃게 되면 정신이 불안정해지며, 정신이 불안정해지면 도가 사라지고 만다오. 나는 모르는 것이 아니라, 수치스러워서 하지 않는 것이오." 자공이 눈길을 제대로 주지 못 하고 부끄러워 고개를 숙인 채 아무런 대답을 하지 못 했다. (子貢過漢陰, 見一丈人方將爲圃畦, 鑿隧而入井, 抱甕而出灌, 搰搰然用力甚多, 而見功寡. 子貢曰, "有械於此, 一日灌百畦, 其名曰桔槹. 用力甚寡, 而見功多, 夫子不欲乎?"爲圃者忿然作色曰, "有機械者, 必有機事, 有機事者, 必有機心. 機心存於胸中, 則純白不備, 純白不備, 則神生不定, 神生不定者, 道之所不載也. 吾非不知, 羞而不爲也." 子貢晩然慙俯而不對.)

위의 예문에 등장하는 '자공'은 춘추시대 때 노魯나라 공자의 제자인 단목사端木賜의 자이다. 장자가 굳이 단목사를 등장시킨 것은 도가학파의 적수인 유가학파의 대표적 인물을 엿먹임으로써, 상대적으로 우월성을 확보하려는 의도가 복선으로 깔려 있다고 보면 될 듯하다. 그러면서 기계를 이용해서 노동의 효율성을 높이는 것을 단순히 잔꾀 정도로 치부해 버리고 있다. 여기서 잔꾀를 부리거나 요령을 피우려는 마음을 뜻하는 말인 '기심機心'이란 고사성어가 생겼다. 그러나 이는 '도'라고 하는 가르침을 베풀기 위한 하나의 방편으로 받아들이면 될 듯하다. 요즘처럼 효율성을 중시하는 현대사회에서 장자 같은 말을 했다가는 '또라이' 소리 듣기 십상이니까!

30. 우리는 신념을 위해 목숨을 걸 수 있을까?

오늘날 흔히 보물이라고 하면 다이아몬드나 사파이어 같은 보석을 주로 가리키지 않을까 싶다. 고대 중국에서도 보물에 관한 여러 가지 고사가 만들어져 인구人口에 회자膾炙되었는데, 그 대표적인 예를 든다면 '화씨지벽和氏之璧'[24]과 '수후지주隨后之珠'[25]를 꼽을 수 있을 듯하다. 전자는 춘추시대 초楚나라 때 변화卞和라는 사람이 캐서 왕에게 바쳤다는 구슬을 가리키고, 후자는 비교적 작은 제후국인 수隨나라의 군주가 목숨처럼 귀히 여겼다는 진주를 가리킨다. 물론 실제로 존재했었는지 여부에 대해 현재로서는 입증할 길이 없다.

그중 중국인들이 가장 많이 거론했던 것은 '화씨지벽'이란 보물이다. 이에 관한 고사가 전국시대 한韓나라 사람 한비韓非의 저서로서 법가사상을 대표하는 서책인 ≪한비자韓非子 · 화씨和氏≫권4에 전하기에, 아래에 한번 소개해 보고자 한다.

초나라 사람 화씨가 초산에서 옥돌을 얻어 이를 여왕에게 공손히 바쳤다. 여왕이 옥 가공업자를 시켜 이를 살피게 하였더니, 옥 가공업자가 "돌입니다"라고 아뢰었다. 여왕은 화씨가 거짓말을 했다고 여겨 그의 왼쪽 발을 잘랐다. 여왕이 죽고 무왕이 즉위하자, 화씨는 다시 그 옥돌을 가져다가 무왕에게 바쳤다. 무왕이 옥 가공업자를 시켜 그것을 살피게 하였더니, 다시 "돌입니다"라고 아뢰었다. 무왕도 화씨가 거짓말을 했다

---

24 '화씨'는 변卞 지역 사람이라서 '변화卞和'로도 불리고, '화씨지벽'은 '화벽和璧'으로 약칭하기도 한다.

25 '隨'는 '隋'로도 쓰고, '수주隨珠'로 약칭하기도 한다.

고 여겨 그의 오른쪽 발을 잘랐다. 무왕이 죽고 문왕이 즉위하자, 화씨는 그 옥돌을 품에 안은 채 초산 아래서 통곡을 하였는데, 사흘 밤낮이 지나 눈물이 마르고 뒤를 이어 피눈물이 흘렀다. 문왕이 이 얘기를 듣고서 사람을 시켜 그 연유를 물었다. "천하에 발이 잘린 자가 많은데, 그대는 어째서 이리도 슬피 통곡을 하는가?" 화씨가 대답하였다. "저는 발이 잘린 것을 슬퍼하는 것이 아니라, 보물인데도 돌이라고 지목하고, 정직한 선비인데도 거짓말쟁이라고 부르는 것을 슬퍼하는 것입니다. 이것이야말로 제가 슬피 우는 이유입니다." 문왕이 그래서 옥 가공업자를 시켜 그 옥돌을 가공케 해 보물을 얻었다. 그리고는 이를 '화씨지벽'이라고 명명하였다. (楚人和氏得玉璞楚山中, 奉而獻之厲王. 厲王使玉人相之, 玉人曰, "石也." 王以和爲誑, 而刖其左足. 及厲王薨, 武王卽位, 和又奉其璞, 而獻之武王. 武王使玉人相之, 又曰, "石也." 王又以和爲誑, 而刖其右足. 武王崩, 文王卽位, 和乃抱其璞, 而哭於楚山之下, 三日三夜, 淚盡而繼之以血. 王聞之, 使人問其故曰, "天下之刖者多矣, 子奚哭之悲也?" 和曰, "吾非悲刖也, 悲夫寶玉而題之以石, 貞士而名之以誑. 此吾所以悲也." 王乃使玉人理其璞, 而得寶焉. 遂命曰, '和氏之璧.')

거짓말을 했다는 이유로 두 임금에게 양쪽 발이 모두 잘리면서까지 자신의 진정성을 알리기 위해 목숨을 걸고 애쓴 화씨의 눈물겨운 노력이 가상하기는 하다. 그러나 만약 그것이 정말로 평범한 돌에 그쳤다면 어찌되었을까? 물론 그렇다면 이런 고사 자체가 생성되지도 않았을 것이다. 과연 자신의 신념과 소신을 지키기 위해서 목숨을 걸 수 있는 사람이 몇이나 될까?

31. 사슴을 두고서 말이라고 하다니!

우리는 권력을 독차지하기 위해 통치자를 농락하면서까지 궤변을 일삼는 사람을 볼 때, '사슴을 가리켜 말이라고 한다'는 의미의 '지록위마指鹿爲馬'라는 고사성어를 즐겨 사용한다. 이 말은 '전화위복轉禍爲福'처럼 중국인들이 가장 선호하는 형식인 동사+목적어+동사+목적어의 전형적인 조합 구조를 갖추고 있다. 고사는 본래 전한 사마천司馬遷(B.C.135-?)의 ≪사기史記·진이세영호해본기秦二世嬴胡亥本紀≫권6에 전하던 것이나, 여기서는 내용을 보다 소략하게 간추린 원나라 증선지曾先之의 ≪십팔사략十八史略≫의 기록을 인용해 보고자 한다.

> 승상 조고는 진나라의 권력을 독차지하고 싶어하였으나, 신하들이 자신의 말을 따르지 않을까 염려가 되자, 먼저 시험을 하려고 사슴을 가져다가 2세황제에게 바치며 말했다. "말이옵니다." 그러자 2세황제가 웃으며 말했다. "승상은 잘못 알고 있구려! 사슴을 가리켜 말이라고 하다니!" 주변의 신하들에게 묻자, 누구는 침묵을 지키고, 누구는 사실대로 말했다. 이에 조고는 사슴이 맞다고 말한 사람들을 은밀하게 법망에 걸려들게 하였다. 그래서 뒤에 신하들은 모두들 조고를 두려워하여 감히 그의 잘못을 말하는 이가 없게 되었다.(丞相趙高欲專秦權, 恐群臣不聽, 乃先設驗, 持鹿, 獻於二世[26]曰, "馬也." 二世笑曰, "丞相誤邪! 指鹿爲馬!" 問左右, 或默或言. 高陰中[27]諸言鹿者以法, 後群臣皆畏高, 無敢言其過.)

---

26 '二世'는 '이세황제二世皇帝'의 준말로서 진秦나라 시황제始皇帝 영정嬴政의 아들인 영호해嬴胡亥를 가리킨다.

27 '中'은 '맞히다' '명중시키다'란 의미의 동사로서 결국 법망에 걸려들게 만들었다는 뜻이다.

위의 예문에 등장하는 조고趙高는 전국시대 진秦나라 때 내시의 신분으로 벼슬길에 올라 시황제를 섬기다가, 그의 아들인 2세황제가 즉위하자, 진나라를 통일국가로 만드는 데 일등공신이었던 재상 이사李斯에게 마수를 뻗쳐 제거하고는 권력을 독차지하려고 농간을 부렸다. 즉 순진하면서 어리석은 2세황제 면전에서 사슴을 말이라고 하며 버젓이 거짓말을 늘어놓고는, 자신에게 순종하지 않는 신하들을 색출하여 모두 제거한 것이다. 그래서 이처럼 말도 안 되는 꼼수를 부려 나머지 정적들마저 제거함으로써 완벽한 독재체제를 구축할 수 있었다. 그러나 그런 그도 얼마 안 가서 비참한 최후를 맞이하였으니, '사필귀정事必歸正'이라고나 할까?

우리는 지난 여러 해 동안 많은 격변을 겪으며 혼란스런 세상을 목격하였다. 누가 '정치가 바로 서야 나라가 산다'고 말했던가? 우리나라 정치판에서도 더 이상 궤변과 요설로 국민을 분노케 만드는 위정자들의 설 자리가 영원히 사라졌으면 좋겠다. 다시 말해서 '지록위마'하는 위정자들을 만나지 않았으면 하는 바람이다. 그런데 실상 '지록위마'라는 말은 누구에게나 쌍욕 못지 않은 험담인데도, 이 얘기를 듣고서 아무렇지도 않게 반응하는 정치인이 있는 것을 보면, 이를 어떻게 받아들여야 할지 난감할 때가 있다. 아마도 필자만의 느낌은 아닐 것이다.

32. 인생에 기회는 몇 번이나 찾아올까?

사람은 살면서 누구나 전화위복을 꿈꾸는 듯하다. 실상 인생사에서 어찌 불운한 일만 지속적으로 일어나리오? 이따금 절호의 기회가 찾아오기도 하는 법! 그러나 이를 잘 활용한다는 것이 말처럼 그렇게 쉽지만은 않은 듯하다.

우리가 일상생활에서 흔히 사용하는 '화를 복으로 바꿀 수도 있다'
는 의미의 '전화위복轉禍爲福'이란 말은 '변방 늙은이의 말'이란 의미의
'새옹지마塞翁之馬'란 말과 동일한 고사에서 유래한 고사성어이다. 그래
서 이 두 고사성어는 의미상 별 차이가 없이 쓰인다. 다만 중국인들은
동사+목적어 구조를 선호하기에 '변방 늙은이가 말을 잃다'는 의미의
'새옹실마塞翁失馬'라는 말을 즐겨 사용할 뿐이다. 이 고사는 전한 때 황
족 출신인 유안劉安(B.C.179-B.C.122)이란 선비가 지은 ≪회남자淮南子·
인간훈人間訓≫권18에 전하는데, 전문을 소개하면 아래와 같다.

　　국경 가까운 곳에 사는 사람 중에 누군가 점술에 밝았는
데, 그의 말이 아무런 이유도 없이 도망쳐 호족 땅으로 들어갔
다. 사람들이 모두 이에 대해 위로하자, 그 노인이 말했다. "이
것이 어찌 곧 복이 되지 않으리오?" 몇 달이 지나 그 말이 호
족의 준마들을 거느리고 돌아왔다. 사람들이 모두들 축하하
자, 그 노인이 또 말했다. "이것이 어찌 곧 화가 되지 않으리
오?" 집에 준마가 불어나자, 그의 아들이 말타기를 좋아하다가
말에서 떨어져 다리가 부러지고 말았다. 사람들이 모두 또 위
로하자, 그 노인이 말했다. "이것이 어찌 곧 복이 되지 않으리
오?" 1년 뒤 호족이 대거 국경을 침입하여 장정들이 무기를 들
고 전쟁터에 나가는 바람에, 국경 근처 사람들 가운데 죽은 이
가 열에 아홉 명이나 되었지만, 이 사람만은 절름발이였기에
부자가 모두 목숨을 보전할 수 있었다. (近塞上之人有善術者, 馬無故
亡而入胡, 人皆吊之, 其父曰, "此何遽不爲福乎?" 居數月, 其馬將胡駿馬而歸. 人皆賀
之, 其父曰, "此何遽不能爲禍乎?" 家富良馬, 其子好騎, 墮而折其髀. 人皆吊之, 其父
曰, "此何遽不爲福乎?" 居一年, 胡人大入塞, 丁壯者引弦而戰, 近塞之人, 死者十九, 此

獨以跛之故, 父子相保.)

누가 처음 한 말인지는 모르겠으나, '사람은 누구나 일생에 세 번의 기회를 맞는다'고 한다. '삼세번(?)'을 좋아하는 우리나라 사람들의 정서에서 생겨난 말이 아닐까 싶다. 헌데 우연의 일치겠으나, 위의 예문에서도 삶의 변화를 세 차례로 나눠서 나열하였다. 지금껏 필자에게는 몇 번의 기회가 찾아왔을까? 세어보지 않아서 모르겠다. 그러나 과거는 중요하지 않다. 앞으로 남은 인생에서 삶이 헝클어지지 않도록 노력하는 것이 더 중요하지 않을까? 계속해서 답을 찾고자 하지만 여전히 정답을 모르겠다. 어차피 인생에 정답이란 게 없는 것은 아닐까? 참으로 인생이란 어려운 명제이다.

33. 무엇이 많으면 많을수록 더 좋다는 말일까?

우리는 일상생활에서 '기왕이면 다홍치마!'라는 말만큼이나 '다다익선多多益善!'이란 말을 즐겨 사용한다. 원래는 중국의 고사성어이지만, 이제는 거의 우리말처럼 굳어져 일상적인 관용어로 자리잡고 있는 듯하다. 헌데 '많으면(多) 많을수록(多) 더욱(益) 좋다(善)'는 의미에서 무엇이 많으면 많을수록 좋다는 말인지 명확한 뜻을 알고 있는 사람은 그리 많지 않은 듯하다. 원 고사가 전한 사마천司馬遷(B.C.135-?)의 ≪사기史記·회음후전淮陰侯傳≫권92에 전하기에, 아래에 한번 소개해 보고자 한다.

(전한) 고조高祖(고제高帝 유방劉邦의 묘호)가 물었다. "나와 같은 사람은 군사를 얼마나 거느릴 수 있겠소?" 한신이 대답하

였다. "폐하는 단지 10만 명을 거느리실 수 있습니다." 고조가 말했다. "그대의 경우라면 어떠하오?" 한신이 대답하였다. "신은 많으면 많을수록 더욱 좋습니다." 그러자 고조가 웃으면서 말했다. "많으면 많을수록 좋다면서 어째서 나에게 사로잡혔소?"(上問曰, "如我能將幾何?" 信曰, "陛下不過能將十萬." 上曰, "於君何如?" 曰, "臣多多而益善耳." 上笑曰, "多多益善, 何爲爲我禽[28]?")

위의 고사는 진秦나라를 무너뜨린 뒤 숙적인 항우項羽마저 패퇴시키고 한漢나라를 건국한 고조高祖 유방劉邦(B.C.247-B.C.195)과, 전국시대 한韓나라 왕실 출신으로서 처음에는 유방과 결전을 벌이다가 뒤에 전투에 패하여 귀순한 회음후淮陰侯 한신韓信(?-B.C.196) 사이에 주고받은 농담을 기록한 것이다. 한신이 고조는 십만대군을 거느릴 재목이지만 자신은 군사가 많으면 많을수록 더 능력을 발휘할 수 있다고 자랑하자, 전투에서 패하여 자신에게 사로잡히고, 나아가 자신의 휘하로 들어온 상대방의 결정적인 약점을 거론함으로써 고조 유방이 역공을 펼쳐 한신을 말로 제압했다는 얘기이다.

헌데 필자로서는 오히려 다른 데 의구심을 품게 된다. 정말로 황제와 신하 사이에 이렇게 허물없는 농담이 오고갔을까? 고대 사회도 사람 사는 세상이었으니, 너무 진지하게 따질 필요는 없을 듯 싶다. 사적인 자리에서야 무슨 농담인들 못 하리오? 다만 요즘도 정계든 학계든 어느 집단이든지 너무 경직되지 않은 분위기가 좀더 조성되었으면 좋겠다. 하긴 그래서 그런지 예전보다는 훨씬 탈권위적인 시대가 도래하였나 보다!

---

28 '금禽'은 '사로잡을 금擒'의 본글자이다.

34. 얼마나 대단한 미인이길래 성이 다 기울까?

중국에서는 대단한 미인을 지칭할 때 '경국지색傾國之色'이나 '경성지색傾城之色'이라고도 하고, 이 두 성어를 합쳐서 '경성경국傾城傾國'이라고도 한다. 일반인들은 이를 '성을 함락시키고 나라를 기울게 하는 미인'이란 의미로 이해하지만, 본의는 원색적인 의미에서 출발하였다. '國'은 원래 상고시대 도시국가를 뜻하는 말에서 유래하였기에, '경성경국'은 본디 사람들이 구경하기 위해 성이나 도읍의 한쪽으로 우르르 몰려들어 성이나 도읍이 한쪽으로 기울어질 정도로 대단한 미인이란 의미를 가진다. 아무리 미인이라 한들 어찌 성이나 도읍의 지축이 기울 리가 있으랴마는, 과장법적이고 비유법적인 표현으로 이해하면 될 듯하다.

이는 전한 무제武帝 때 악사樂師인 이연년李延年이란 사람의 노랫말에서 유래하였다. 이연년은 천하절색인 자신의 여동생을 황제에게 바치고, 이를 빌어 출세의 욕망을 달성하고자 하였다. 그래서 아래와 같은 노랫말을 지어 황제의 마음을 떠 본 것이다. 그의 작품은 원래 ≪한서·외척열전外戚列傳≫권97에 수록되어 전하던 것을 후인들이 편의상 첫 구절을 빌어다가 임시로 <북방에 미인이 있다(北方有佳人)>는 제목을 달았다. 원문은 아래와 같다.

북방에 어느 미인은,
세상에 다시 없을 정도로 독보적이라네.
한번 돌아보면 성을 기울게 하고,
다시 돌아보면 나라를 기울게 하나니,
어찌 모른단 말인가? 성을 기울게 하고 나라를 기울게 할 정도의

미인을 다시 찾기 어렵다는 것을.

北方有佳人, 絶世而獨立. (북방유가인, 절세이독립.)

一顧傾人城, 再顧傾人國. (일고경인성, 재고경인국.)

寧不知傾城與傾國, 佳人難再得? (영부지경성여경국, 가인난재득?)

만약 '경국지색'을 '나라를 망하게 할 정도로 빼어난 미모'라고 해석하게 되면, 이연년이 자신의 여동생을 황제에게 소개하면서 그녀를 가까이하면 나라가 망하게 된다는 자기 고백을 한 것이나 마찬가지가 되니, 이는 자신의 여동생을 폄훼하는 말일 뿐만 아니라 황제에게 불충을 저지르는 행위나 진배없게 된다. 이연년이 그러한 의도로 노래를 지었을 리가 만무하다. 따라서 '경국지색'은 미녀를 구경하기 위해 국토가 한 쪽으로 기울 정도로 사람들이 한 곳으로 몰려들었다는 의미에서 글자 그대로 '나라를 한쪽으로 기울어지게 할 정도로 빼어난 미녀'라고 해석해야 당시 상황 논리에 맞는 말이 된다. 다만 후대에는 의미가 전의 내지는 와전되어 '나라가 망하도록 기울어지게 하는 미녀'라는 인신의 引伸義가 생겨났다고 이해하는 편이 합리적일 것이다.

35. 소 잃고 외양간 고치다!

우리나라 사람들에게는 다소 생소할지 모르겠으나, 중국인들에게는 비교적 잘 알려진 고사성어 가운데 '곡돌사신曲突徙薪'이란 말이 있다. 중국인들이 선호하는 동사+목적어+동사+목적어 구조로서, 글자 그대로 해석하면 '굴뚝을 구부리고 땔감을 옮긴다'는 뜻인데, 화를 미연에 방지하지 않는 어리석음을 꼬집을 때 흔히 사용한다. 우선 이 말의 원문이 실린 후한 반고班固(32-92)의 ≪한서漢書·곽광전霍光傳≫권68의 기록을 소개하면 아래와 같다.

(전한 때 누군가가 황제에게 아뢰었다.) 신은 이런 말을 들었습니다. 어느 길손이 주인 집에 들렀다가 부뚜막에 굴뚝이 곧게 서 있고 옆에 땔감이 쌓여 있는 것을 발견하였습니다. 손님이 주인에게 말했습니다. "굴뚝을 구부리고 땔감을 멀리 치우십시오. 그리하지 않으면 장차 화재가 일어날 것입니다." 그러나 주인은 침묵을 지킨 채 아무런 대꾸를 하지 않았습니다. 얼마 뒤 집에 정말로 화재가 일어나 이웃 사람들이 함께 도와 다행히 불이 꺼졌습니다. 그리하여 소를 잡고 술을 마련해 이웃 사람들에게 사례를 표했는데, 화상을 입은 사람은 상좌에 앉고 나머지 사람들은 각기 공로에 따라 차례대로 앉았지만, 굴뚝을 구부리라고 말한 사람은 초대하지 않았습니다. 그러자 누군가 주인에게 말했습니다. "일전에 만약 길손의 말을 들었더라면, 소와 술을 낭비하지 않고도 결국 화재가 나지 않았을 것입니다. 이제 공로에 대해 따져 손님을 초청하면서 굴뚝을 구부리고 땔감을 옮기라고 한 사람은 아무런 혜택도 받지 못 했는데, 불을 끄느라 화상을 입은 사람을 상객으로 모시다니요?" 주인이 그제서야 깨우치고서는 길손을 초청하였습니다.(臣聞, 客有過主人者, 見其竈直突, 旁有積薪. 客謂主人, "更爲曲突, 遠徙其薪. 不者且有火患." 主人嘿然不應. 俄而家果失火, 鄰里共救之, 幸而得息. 於是殺牛置酒, 謝其鄰人, 灼爛者在於上行, 餘各以功次坐, 而不錄言曲突者. 人謂主人曰, "向[29]使聽客之言, 不費牛酒, 終亡火患. 今論功而請賓, 曲突徙薪亡恩澤, 焦頭爛額爲上客耶?"主人乃寤而請之.)

---

29 '向'은 '지난번에' '예전에'를 뜻하는 '嚮'의 본글자이자 통용자이다.

위의 예문은 전한 때 황실에 위협적인 존재였던 권신權臣 곽광霍光을 견제할 것을 주장했다가 제대로 대접을 받지 못 한 서복徐福을 위해, 실명이 밝혀지지 않은 어느 신하가 그를 변호하기 위해서 제시한 우화이다. 즉 주인은 황제를, 화재는 곽광을, '곡돌사신'을 주장한 길손은 서복을 비유한다. 예문에서처럼 굴뚝을 직선으로 만들면 불씨가 지붕으로 떨어지고, 땔감이 부엌에 있으면 큰 불로 번진다는 것은 삼척동자도 아는 상식적인 얘기이다. 필자가 학교 다닐 때 교실에서 갈탄을 태우던 난로의 굴뚝을 직각으로 구부려 교실 밖으로 내놓았던 장면을 떠올려도 금세 이해할 수 있을 듯 싶다. 그렇기에 화재를 방지하기 위해서는 굴뚝을 구부려야 하고, 땔감을 불에서 멀리 옮겨야 하는 것이다. 만약 이를 사전에 조치하였다면 굳이 화재를 끈 사람들을 위해 술과 고기를 허비하지 않아도 되건만, 미연에 방지하지 않는 바람에 괜히 도와준 사람들에게 사례한다고 재물만 낭비한 꼴이 되고 만 것이다.

우리말 속담에 '소 잃고 외양간 고친다'는 말이 있다. 위의 '곡돌사신'과 의미하는 바가 유사하다. 그리고 우리가 자라면서 수시로 듣던 말이기도 하다. 우리는 '소 잃고 외양간 고치는' 우를 얼마나 자주 범했을까? 필자로서는 분명히 기억나지 않지만, 후회스러운 일을 한 적이 한두 번이 아니었던 것 같다. 그렇다면 앞으로는? 역시 장담할 수 없는 일인 듯하다. 한 치 앞도 내다보지 못 하는 것이 우리네 인생 아닐까?

36. 아! 옛날이여!

필자가 학교 다닐 때 '열공'에 관한 옛 얘기 가운데 '형설지공螢雪之功'이란 고사성어를 배웠던 기억이 난다. 글자 그대로 옮기면 '반딧불이

(螢)와 눈에 반사된 달빛(雪)을 이용해 열심히 공부했다(功)'는 말이 된다. 그런데 이 사자성어는 실은 두 가지 고사를 한데 모아서 만든 합성어이다. 하나는 진晉나라 때 차윤車胤이란 아이가 집이 가난해 불을 밝힐 기름이 없자 반딧불이를 잡아서 주머니에 모아 그 빛으로 독서를 했다는 것이고, 또 하나는 같은 시기에 손강孫康이란 아이가 역시 집안이 가난해 눈에 반사되는 달빛을 이용해 글공부를 했다는 것이다. 그러나 이와 유사한 예로 시기적으로 훨씬 빠른 고사가 존재하기에 소개해 보고자 한다. 원문은 남조南朝 양梁나라 오균吳均이 전한 때 서경(섬서성 장안)을 배경으로 한 고사를 모아서 엮은 ≪서경잡기西京雜記≫권2에 전한다.

광형匡衡은 학문에 정진하였지만 촛불이 없었다. 이웃집에 촛불이 있어도 미치지 않자, 광형은 벽을 뚫어 불빛을 끌어들여서 독서를 하였다. 고을의 한 부호가 문자상 자기 이름도 모르면서 집이 부유하고 서책이 많았기에, 광형이 그를 위해 일을 해 주면서 보상을 요구하지 않고 대신 서책을 얻어 다 읽고 싶다고 하였다. 주인이 감탄하여 품삯으로 서책을 주었기에, 마침내 훌륭한 학자가 되었다. (衡勤學無燭. 鄰舍有燭而不逮, 衡乃穿壁, 引其光而讀之. 邑大姓文不識名, 家富多書, 衡乃與其客作, 而不求償, 願得書遍讀之. 主人感歎, 資給以書, 遂成大學.)

위의 예문에 등장하는 광형匡衡(?-?)이란 학자는 ≪한서·광형전≫권81의 기록에 의하면 전한 때 사람으로서, 경전經典에 정통하여 선제宣帝 때 산서성 평원군平原郡의 문학文學[30], 원제元帝 때 태자소부太子少傅와 승상

---

30 여기서 '문학文學'은 벼슬 이름을 가리킨다.

丞相을 지내며 악안후樂安侯에 봉해졌으나, 성제成帝 때 왕증王曾의 탄핵을 받아 서인庶人으로 생을 마쳤다. 그는 평소 학문에 대한 열정이 대단하여 당시 "≪시경≫을 말하지 말게, 광형이 온다네. 광형이 ≪시경≫을 말하면, 사람들을 웃음짓게 한다네(無說詩, 匡鼎[31]來. 匡語詩, 解人頤)"라는 말이 유행할 정도로 당대의 석학으로 인정받았다고 한다. 그래서 위의 예문의 내용을 요약하여 '벽을 뚫어서 불빛을 훔치다'란 의미의 '착벽투광鑿壁偸光'이나, 그 줄임말인 '착벽鑿壁'이란 고사성어를 유행시키기까지 하였다.

필자가 1980년 고교를 졸업한 지도 어느새 만 40년이 훌쩍 넘어섰다. 그래서 동창회에서 40주년 기념 행사를 거행하고자 하였으나, 코로나19 사태로 순연되고 말았다. 학교 다닐 때 '특목고'라는 성격 때문에 교장선생님을 위시하여 은사님들로부터 '○○의 영재!'라는 말을 숱하게 들었던 추억이 떠오른다. 그리고 우리 스스로도 그러한 자부심에 젖어서 고교생활을 보내지 않았나 싶다. 지금이야 그냥 '피식' 웃어넘길 일이겠으나, 그 당시는 철부지 나이라서 그랬는지 이러한 말들을 별 거부감없이 받아들였던 것 같다. 이제 '이순耳順'의 나이를 넘어서며 돌이켜 생각하니 추억이 새록새록 새롭다. 아! 옛날이여!

37. 사람은 누구나 자기중심으로 생각하기 마련!

술을 좋아하는 친구들이라면 한번 쯤 겪어보았을 법하지만, 지인들과 술을 마시다가 술기운이 무르익으면 대개 한 잔 더 하자면서 지인들의 소매를 붙잡고 놓아주지 않은 적이 있을 것이다. 이를 한자어로는 손

---

31 '정鼎'은 광형의 아명兒名.

님이 수레를 타고서 떠나지 못 하도록 우물 속에 '비녀장을 집어던진다'는 의미에서 '투할投轄'이라고 한다. 이에 관한 고사가 후한 반고班固(32-92)의 저서인 ≪한서漢書·유협열전遊俠列傳≫권92에 전하기에, 아래에 한번 소개해 보고자 한다.

> (전한) 진준은 자가 맹공으로 천성적으로 술을 좋아하였다. 매번 손님들에게 술자리를 베풀 때마다 수레바퀴 굴대에 꽂는 비녀장을 떼다가 우물 속에 던졌기에, 손님들은 설사 급한 용무가 있어도 떠날 수가 없었다.(陳遵, 字孟公, 性嗜酒. 每飮賓客, 取轄, 投井中, 雖有急, 不得去.)

원문에서 '할轄'은 현대인에게는 생소하게 들릴지 모르겠으나, 수레바퀴를 고정하는 데 필요한 부속품인 '비녀장'을 가리킨다. 요즘으로 말하자면 주차 브레이크 장치에 해당한다고 하겠다. 따라서 비녀장이 없으면 수레는 움직일 수 없다고 한다. 전한 때 진준(?-?)이란 선비는 술을 워낙 좋아해서 손님들이 찾아오면 그들을 꼼짝달싹 못 하도록 하기 위해 비녀장을 뽑아서 우물에 던져버렸다는 것이다. 여기서 손님을 억지로 붙잡아두는 것을 비유하는 말인 '투할'이라는 고사성어가 생겨났다.

사내들이야 흔히 겪는 일이라서 그러려니 하겠지만, 술자리가 무르익어 친구들을 붙잡아두고 계속 술을 마시려고 하면 마나님의 인상은 험악하게 구겨지기 마련이다. 필자 역시 예전에 이러한 경험을 한두 번 겪어본 것이 아니다. 헌데 오히려 집사람이 흥이 나서 술자리가 길어지면, 이러한 상황이야말로 대책이 서지 않는다. 역시 인간은 자기중심적으로 생각하는 존재인가 보다!

38. 얌체라고 해야 하나? 현명하다고 해야 하나?

굳이 페미니스트다 뭐다 거론할 필요 없이, 요즘은 남녀평등 시대가 아니라 오히려 여성상위 시대가 아닐까 싶을 정도로 여성의 '파워'가 막강해졌다는 것을 실감하고 살고 있다. 그럼에도 여기서는 얌체 같은 한 처자의 이야기를 소재로 한번 담론을 전개해 보고자 한다. 우리나라에도 이미 '동가식서가숙東家食西家宿'이라고 하여 마치 속담처럼 전하는 내용이다. 원문은 원래 후한 응소應劭의 ≪풍속통의風俗通義≫에 실려 있던 것이나, 현전하는 ≪풍속통의≫에는 실전되어 수록되어 있지 않고, 대신 당나라 구양순歐陽詢의 ≪예문류취禮文類聚 · 예부하禮部下≫권40에 인용되어 전하기에, 이를 아래에 인용해 본다.

> 제나라 사람에게 딸이 있었는데, 두 집안에서 그녀에게 결혼을 청하였다. 헌데 동쪽 집은 아들이 못생겼지만 부유했고, 서쪽 집은 아들이 잘생겼지만 가난뱅이였다. 그녀의 부모가 이러지도 저러지도 못 하며 결정을 내릴 수 없어 딸에게 물었다. "시집가고 싶은 곳을 정하되, 대놓고 말하기 어려우면 한쪽 소매를 거둬서 우리에게 알려주거라!" 허나 딸은 양쪽 소매를 다 거두는 것이었다. 부모가 괴이한 생각이 들어 연유를 묻자, 딸이 대답하였다. "동쪽 집에서 밥 먹고, 서쪽 집에서 잠 자고 싶어요!"(齊人有女, 二人求之. 東家子醜而富, 西家子好而貧. 父母疑不能決, 問其女, "定所欲適, 難指斥言者, 偏袒, 令我知之!" 女便兩袒. 怪問其故. 云, "欲東家食西家宿!")

위의 예문에서 '한쪽 소매를 걷는다'는 말은 무슨 의미일까? 옛날에 황제나 스승 · 부모는 남향으로 앉고, 신하나 제자 · 자식은 북향으로 시립하였다. 따라서 딸이 오른쪽 소매를 걷는 것은 동쪽 집에 시집가겠다는 의사 표시가 되고, 왼쪽 소매를 걷는 것은 서쪽 집에 시집가겠다는 의사 표시가 된다. 헌데 아니! 이런 얌체가 다 있나? 양쪽 소매를 모두 걷어서 '동쪽 집에서 밥 먹고, 서쪽 집에서 잠 자고 싶다'고 하다니? 하지만 이게 현실인 걸 어쩌랴? 실생활에서의 욕구도 중요하고 본능적인 욕망도 중요한 것이야 인간의 본성이 아닐까? 어찌보면 매우 현명한 처자라고 할 수도 있을 듯하다. 두 가지 욕심을 모두 충족시키고 싶은 것은 오늘날 인간에게도 여실히 드러나고 있는 현상이거늘, 그런 말을 내뱉은 처자를 비난만 할 수도 없을 듯하다.

아! 그러나 세상을 어찌 욕심대로만 살 수 있으리오? 필자가 듣기 가장 거북스러워 하는 말 중에 하나가 '명분과 실리를 함께 챙겨 두 마리 토끼를 다 잡는다'는 것이다. 실상 이는 거의 불가능에 가까운 얘기이기 때문이다. 나름대로 살아오면서 느낀 점은 명분을 살리려면 불이익을 감수해야 하고, 이익을 챙기려면 명분을 잃기 마련이라는 것이다. 세상사에서 일거양득을 취한다는 것은 실현하기 어려운 이치가 아닐까 싶다. 급기야 모인사로부터 자신은 '부조리는 참아도 불이익은 못 참는다'는 말을 들으면서까지도, 필자는 가급적 명분을 선택하려고 노력해 왔다. 왜냐하면 그냥 체면을 잃고 싶지 않은 마음에서 그렇다. 그렇다고 전혀 후회가 없었던 것은 아니지만…… 세상살이라는 게 결코 만만하지가 않다.

39. 조강지처를 버리라고 하다니!

필자는 앞에서 일반인들이 그 어원에 대해 잘 모르는 고사성어를 몇

가지 소개한 적이 있다. '농단壟斷' '몽진蒙塵' '압권壓卷' '백미白眉' 등이
그러한 예이다. 여기서도 우리가 흔히 쓰는 고사성어를 활용하여 담론
을 한번 펼쳐 보고자 한다. 흔히 사람들은 누군가 출세하거나 부자가 된
뒤에 함께 고생하던 본부인을 버리면 사람도 아니라고 힐난하면서, '조
강지처糟糠之妻를 버리다니!'라는 말을 흔히 내뱉는다. '조강지처'란 무
슨 뜻일까? 글자 그대로 풀이하면 '술지게미(糟)와 쌀겨(糠)로 허기를 함
께 때우던 아내(妻)'란 뜻이 된다. 즉 가난할 때 동고동락하던 본처를 가
리킨다.

그런데 이 말에는 오래된 유래가 있다. 즉 이는 후한 광무제光武帝와
그의 신하인 송홍宋弘의 사이에서 벌어진 일련의 사건과 관련이 있다.
원 고사는 후한 때 반고班固(32-92) 등이 지은 ≪동관한기東觀漢記·송홍
전≫권13에 전하는데, 그 원문을 인용하면 다음과 같다.

후한 광무제의 누나인 호양공주가 막 과부가 되었다. 광무
제가 그녀와 뭇 신하들에 대해 논의를 하면서 넌지시 그녀의
의중을 살피자, 공주가 말했다. "송공(송홍)이 위용이 있고 인
품이 뛰어나 다른 신하들이 미치지 못 한답니다." 광무제가 말
했다. "장차 한번 시도해 보지요." 후에 송홍이 부름을 받아 알
현하게 되었는데, 광무제가 누나에게 병풍 뒤에 있으라고 하
고는 그참에 송홍에게 말했다. "속담에 '부자가 되면 친구를
바꾸고, 고관이 되면 아내를 바꾼다'고 하던데, 인지상정이겠
지요?" 그러자 송홍이 대답하였다. "신이 듣자하니 '빈천했을
때 친구는 잊어서 안 되고, 술지게미와 쌀겨를 먹으며 함께 고
생했던 아내는 집에서 쫓아내서 안 된다'고 하였나이다." 광무
제가 공주를 돌아보며 말했다. "일이 잘 안 풀리네요!"(漢光武姊

湖陽公主新寡. 帝與共論群臣, 微觀其意, 主曰, "宋公威容德器, 群臣莫及." 帝曰, "方
且圖之." 後弘被引見, 帝令姊在屛風後, 因謂弘曰, "諺云, '富易交, 貴易妻,' 人情乎!"
弘曰, "臣聞, '貧賤之交不可忘, 糟糠之妻不下堂.'" 帝顧謂主曰, "事不諧矣!")

광무제는 전한 말엽에 왕망王莽(B.C.45-A.D.23)이 쿠데타로 세운 신新
나라를 무너뜨리고 다시 한나라를 중흥시켜 후한을 세운 건국 황제이
다. 헌데 위의 글을 보면 황제라는 신분에 걸맞지 않게 어처구니 없는
실수를 세 가지 범하고 있다. 첫째는 비록 병풍 뒤에 숨기긴 했지만 자
신의 누나인 호양공주를 신하와 독대하는 자리에 불러들여 배석케 했다
는 것이고, 둘째는 신하가 칠언시七言詩의 형식으로 품격있게 대답하는
데 자신은 격이 떨어지는 속담을 인용해 신하의 이혼과 재혼을 종용했
다는 것이다. 그러나 무엇보다도 결정적인 실수는 일이 안 풀리자 고개
를 돌려 말을 건넴으로써, 몰래 숨겨두었던 누나를 그대로 노출시키고
말았다는 것이다. 이 얼마나 해괴한 일인가? 그래서 '위의 고사가 과연
실화일까?'라는 의구심이 들 수밖에 없다. 만약 실화라면 광무제로서
는 망신도 이런 개망신이 없다. 유아독존인 천자로서의 체면이 말이 아
니게 된 것이다. 그렇기에 액면 그대로 믿기에는 석연치 않은 부분이 많
다. 여하튼 '믿거나 말거나!'에 속하는 고사이기는 하나, 사자성어만큼
은 절묘하게 잘 만들어진 듯하다.

40. 그렇게까지 구차한 모습을 보여야 했을까?

오늘날 누군가 시험에 합격하거나 소망하는 직장에 들어가면 '등용
문登龍門'이라고 말하곤 한다. 그래서인지 심지어 '등용문학원'이란 보

습시설 명칭을 어디선가 들은 적이 있는 듯하다. 그러면 그 학원에서 공부한 학생은 자신이 원하는 대학에 다 합격한다는 말인가? 그냥 희망 사항일 것이기에 그리 거창하게 학원 이름을 지었을 게다.

'등용문'이란 말은 어디서 유래하였을까? 이를 우리말로 옮기면 '용문산에 오른다'는 뜻이다. 용문산은 하남성 낙양洛陽 남쪽에 있는 산을 가리킨다고도 하고, 광서성 교주交州에 있는 산을 가리킨다고도 하는데, 일반적으로는 전자로 보는 것이 통설이다. 고대 중국에서는 봄에 바다의 물고기가 황하의 도화랑桃花浪이 불어날 때 이곳의 폭포수를 거슬러 오르면 용이 된다는 전설이 있었다. 또 이를 활용하여 후한 때 대유大儒인 이응李膺(?-169)에게 인정을 받으면 '등용문'이라는 말이 유행하기도 하였다. 그래서 과거시험에 급제하거나 당대의 석학에게 인정을 받는 것을 통상 '등용문'이란 말로 비유하게 되었다. 아래에 이 고사를 활용한 시를 한 수 소개해 보고자 한다. 작가는 당나라 때 무명인사인 요곡姚鵠이란 사람이고, 작품은 <가뭄을 맞은 물고기를 읊은 노래를 지어 재상 묘진경苗晉卿(685-765)에게 바치다(旱魚詞, 上苗相公)>란 제목의 오언율시五言律詩로서 송나라 이방李昉(925-996)이 편찬한 ≪문원영화文苑英華·기증寄贈≫권263에 수록되어 전한다.

용처럼 비늘 이미 충분한데도,
아직 용문산을 오르지 못 했을 뿐,
햇살 아래서도 아가미는 여전히 축축하고,
진흙 속에서도 눈은 아직 흐릿하지 않답니다.
호미로 개미굴을 막아 주시기를 바라고,
물을 금대야에 듬뿍 부어 주시기를 바라나니,
훗날 (용이 되어) 비를 내릴 수 있게 된다면(고관에 오른다면),

앞장서 틀림없이 이 은혜에 보답하겠습니다.

似龍鱗已足, 惟是欠登門. (사룡린이족, 유시흠등문.)

日裏腮猶濕, 泥中目未昏. (일리시유습, 니중목미혼.)

乞鉏防蟻穴, 望水瀉金盆. (걸서방의혈, 망수사금분.)

他日能爲雨, 先當報此恩. (타일능위우, 선당보차은.)

이 작품은 요곡이란 사람이 벼슬에 오르고 싶어, 당시 권세가로서
재상을 맡고 있던 묘진경苗眞卿에게 은혜를 베풀어 주기를 바라는 간절
한 심경을 읊은 것이다. 그래서 용문산을 올라 용이 된다면, 다시 말해
서 은혜를 입어 고관에 오르게 된다면, 반드시 그 은덕에 보답하겠다고
다짐을 하는 것이다. 얼마나 절박했으면 비굴하게 느껴질 정도로 등용
해 주기를 간청하는 시를 지어서 바쳤을까? 아무리 출세가 좋다고 해도
이렇게까지 구차한 모습을 보여야 했을까? 필자로서는 당사자가 아니
라서 그 심경을 헤아릴 수 없을 것 같다.

41. 대들보 위의 군자!

우리는 흔히 도둑을 점잖게 표현할 때 '양상군자梁上君子'라는 말을
쓴다. 우리말로 그대로 옮기면 '대들보 위의 군자'라는 뜻이다. 범죄자
인 도둑을 군자에 비유하였으니, 이 얼마나 후덕한 표현인가? 이에 관
한 고사가 남조南朝 유송劉宋 때 사람 범엽范曄(398-445)이 지은 ≪후한서
後漢書 · 진식전陳寔傳≫권92에 전하기에, 아래에 소개해 보고자 한다.

(후한 때) 때마침 흉년이 들어 백성들이 먹을 게 없었는데,

한 도둑이 밤에 방에 들어와 대들보 위에 숨었다. 진식이 몰래 이를 알고서는 일어나 스스로 옷매무새를 가다듬고 자손들을 불러 정색을 한 채 훈계하였다. "무릇 사람은 스스로 노력하지 않으면 안 되느니라. 악한 사람도 반드시 본래부터 악했던 것이 아니라 습관이 들어 성격처럼 형성되다가 급기야는 이 지경에 이르는 법이란다. 대들보 위의 군자가 바로 그러한 예란다!" 도둑이 깜짝 놀라 땅에 엎드리고는 머리를 조아린 채 이실직고하였다. (時歲荒民儉, 有盜夜入其室, 止於梁上. 寔陰見, 乃起自整拂, 呼命子孫, 正色訓之曰, "夫人不可不自勉. 不善之人未必本惡, 習以性成, 遂至於此. 梁上君子者是矣!" 盜大驚, 自投於地, 稽顙歸罪.)[32]

예문에 등장하는 '진식陳寔(104-187)'이란 인물은 후한 때 사람으로서, '이무기가 용문산을 오르면 용이 된다'는 의미의 '등용문登龍門'이란 고사성어로도 유명한 이응李膺(?-169)의 절친이었다. 그는 군자의 풍모를 갖추고서 공정한 송사를 통해 고을 사람들의 고충을 해결해 줌으로써 당시에 명성을 떨쳤다. 그런 그가 자식들을 훈계하는 자리에서 도둑이 숨어든 것을 눈치채고서도, 자식들 앞에서는 도둑이란 직설적인 어휘 대신 비유법적 표현으로 도둑을 지칭했다는 것이다.

요즘은 언론에서든 SNS에서든 가릴 것 없이 지나치게 직설적인 표현이 난무하는 듯하다. 옛 선비들의 풍류스러운 언행은 대개 비유를 통한 풍자와 해학에 그 핵심적인 '키워드'가 담겨 있었다고 해도 과언이 아니다. 아무리 경쟁적이고 바쁜 생활에 쫓기는 현대인이라 할지라도, 고인의 풍류를 다시금 되새겨보는 것은 어떠할까? 하긴 필자부터 그러

---

32 원문에서 '계상稽顙'은 머리를 조아리는 것을 뜻하고, '귀죄歸罪'는 죄를 자신에게 돌려 자백하는 것을 의미한다.

한 멋을 갖추도록 노력해야 하겠지만, 예전에는 너무 말이 날카롭다는 지적을 자주 받았는데, 지금은 얼마나 순화되었는지 모르겠다!

42. 다시 심기일전하는 자세를 갖자!

비록 우리나라 저술은 아니지만, 번역본도 다양하기에 누구나 읽어 보았을 법한 것으로 소설책인 ≪삼국(지)연의三國(志)演義≫가 있다. 여기 등장하는 주인공 가운데 유비劉備는 정사正史 말고도 다양한 서책에 그에 관한 일화가 수록되어 전한다. 그중 지금은 실전되어 일반인들에게는 생소한 얘기가 있기에, 이 자리를 빌어 한번 소개해 보고자 한다. 원문은 진晉나라 사마표司馬彪(?-약 306)가 지은 ≪구주춘추九州春秋≫에 실려 있던 것이나, 원서는 이미 오래 전에 실전되고 대신 송나라 이방李昉(925-996)이 황명을 받들어 지은 ≪태평어람太平御覽·비고髀股≫권372에 인용되어 전한다.

> (삼국 촉나라) 유비가 말했다. "나는 늘 몸이 말안장에서 떠나지 않아 넓적다리 살이 다 빠졌었다. 지금은 더 이상 말을 타지 않아 넓적다리에 살이 찌고 말았다. 세월이 마치 말 달리듯 빨리 흘러 노년이 곧 도래할 터인데도, 공업을 세우지 못하고 있기에 그래서 슬퍼하는 것이다."(備曰, "吾常身不離鞍, 髀肉皆消. 今不復騎, 髀裏肉生. 日月若馳, 老將至矣, 而功業不建, 是以悲耳.")

예문에서 '비備'는 바로 삼국시대 때 촉蜀나라를 세운 유비의 이름을 가리킨다. 비록 소설책에서 유비가 주인공처럼 기록되어 있지만, 한나라 황실과 동성이라서 그 정통성을 계승한 것으로 인식되었던 것일 뿐이지, 실제로 삼국시대를 주도한 주인공은 위魏나라를 건국한 문제文帝 조비曹丕의 부친인 무제武帝 조조曹操라고 할 수 있다. 그러나 그는 '쿠데타'의 주역이라는 오명을 뒤집어쓰고 싶지 않았기에, 실제 정식으로 국가를 세우지도, 국호를 정하지도 않았다. 단지 아들인 조비가 부친의 봉호인 위왕魏王을 받들어 국호로 정하고, 부친을 황제로 추대하여 '무제'라는 시호를 헌납했을 뿐이니, 오히려 '불사이군不事二君'의 도리를 지킨 것은 조조라고 치켜세울 수 있지 않을까?

헌데 위의 고사에서도 생겨난 고사성어가 있으니, '넓적다리에 비게 살이 자란다'는 의미의 '비리육생髀裏肉生'이 바로 그것이다. 이는 결국 하는 일 없이 빈둥거리는 삶을 비유적으로 가리킨다. 이 글을 읽다보면 마치 요즘 필자의 한적한 삶을 지적하는 듯하여 내심 마음 한 켠으로 캥기는 기분이 들곤 한다. 다시 한번 심기일전하는 각오를 다져야 하겠다.

43. 닭갈비가 뭐 먹어볼 게 있다고?

앞서 게재한 글에 등장하는 후한 말엽 조조曹操(155-220)의 오른팔이자 지략가 역할을 담당했던 사람으로 양수楊脩(175-219)라는 인물이 있다. 양수라고 하면 문득 떠오르는 고사성어로 '계륵鷄肋'이 있다. '계륵'은 순 우리말로 하면 요즘 한국 사람들이 즐겨 찾는 음식인 '닭갈비'를 뜻한다. 여기서는 이에 관해 한번 담론을 전개해 보고자 한다. 원문은 본래 진晉나라 사마표司馬彪(?-약 306)가 지은 ≪구주춘추九州春秋≫란 책에 실려 있었으나, 지금은 실전되고 대신 당나라 구양순歐陽詢(약 557-약 641)의 ≪예문류취藝文類聚·조부중鳥部中·계鷄≫권91에 인용되어 전하기에, 이를 아래에 인용해 보겠다.

> 때마침 위왕魏王 조조曹操가 돌아가고자 하면서 명령을 내
> 려 "닭갈비다!"라고 하였지만, 수하들은 무슨 말인지 알지 못
> 했다. (주요 문서를 관장하는) 주부직을 맡고 있던 양수가 바로
> 손수 군장을 꾸리자, 사람들이 깜짝 놀라 양수에게 물었다.
> "어떻게 아셨습니까?" 그러자 양수가 대답하였다. "무릇 닭갈
> 비란 버리기는 아깝고 먹자니 먹어볼 것이 없는데, 그것을 (섬
> 서성) 한중 땅에 비유하였으니, 위왕께서 돌아가고 싶어하신
> 다는 것을 알 수 있지요."(時王欲還, 出令曰, "雞肋!" 官屬不知所謂. 主簿楊
> 脩便自嚴裝, 人驚問脩, "何以知之?" 脩曰, "夫雞肋, 棄之如可惜, 食之無所得, 以比漢
> 中, 知王欲還也.")

위의 예문에 등장하는 '한중漢中'은 한수漢水 중류에 있는 땅 이름을
가리킨다. 후한 말엽에 위왕에 봉해진 조조는 유비劉備(162-223)의 촉나
라 땅을 침공하여 한중 지역을 손에 넣었는데, 한중 땅이 별 쓸모가 없
자 고심 끝에 병사들에게 '닭갈비!'라는 알쏭달쏭한 명령을 내렸다. 당
연히 일반 병사들이야 이 수수께끼 같은 말을 알아듣지 못 하였기에 꾀
돌이인 양수에게 물었던 것인데, 두뇌가 명석하게 돌아가는 양수는 대
번에 그 의미를 알아차리고는 몸소 군장을 꾸렸다는 것이다. 즉 양수는
한중 땅이 지키자니 별 쓸모가 없고 버리자니 아까운 곳이기에, 조조가
이곳을 닭갈비에 비유했다는 것을 금세 알아차린 것이다. 여기서 '계륵'
이란 고사성어가 탄생하였다.

필자는 닭고기를 포함해 조류에 속하는 육류를 별로 좋아하지 않는
다. 과학적으로는 타당한 말인지 모르겠으나, 운동량이 많은 동물의 고

기는 별로 맛이 없을 것이라고 생각하기 때문이다. 그러나 어느 졸업생이 명절 선물이라고 춘천의 유명 닭갈비를 인터넷몰에서 주문해 우리 집으로 배달해 주어서 맛있게 먹었다. 그런데 비단 닭고기만 맛있게 먹은 것이 아니라, 넉넉하게 담겨져 있어 남게 된 양념장으로 볶음밥까지 만들어 몇 차례의 끼니마저 덤으로 해결할 수 있었다. 게다가 평소에 잘 먹지 않던 닭갈비에 맛이 들어 이제는 손수 인터넷몰에서 닭갈비를 주문해 구입해서 먹게 되었다. 참으로 사람의 입맛이란 게 무엇이길래 이리도 간사한 것일까? 하지만 물리게 되면 언젠가 자연스레 손을 떼지 않을까 싶기도 하다.

44. 지식인들 사이의 갈등은 필연적인 것일까?

전국시대 때 쏟아져 나온 제자백가의 저서들을 보면 은연중 그 갈등의 정도를 암시하는 고사들이 제법 적지 않게 발견된다. 그중 표면적으로는 잘 드러나지 않지만, 실상 곱씹어보면 그 첨예한 대결 양상이 감지되는 경우가 있다. 그 일례로 전국시대 진나라 때 여불위呂不偉(?-B. C.235)의 저서로 알려진 ≪여씨춘추呂氏春秋 · 불굴不屈≫권18에 전하는 고사를 한 토막 아래에 소개해 보고자 한다.

(전국시대 때) 광장은 위魏나라 왕의 면전에서 혜자에게 말했다. "메뚜기를 농부들이 잡아서 죽이려고 하는 것은 무엇 때문일까요? 그것들이 농작물을 해치기 때문입니다. 이제 공은 출행할 때 많으면 수레 수백 대를 거느린 채 수행원을 수백 명씩 데리고 다니고, 적을 경우 수레 수십 대를 거느리면서 수행

원 수십 명을 데리고 다닙니다. 이는 농사를 짓지 않고서 식량을 축내는 것이니, 농작물을 해치는 것이 메뚜기보다 더 심한 격이지요."(匡章謂惠子於魏王之前曰, "蝗螟, 農夫得而殺之, 奚故? 爲其害稼也. 今公行, 多者數百乘, 步者數百人, 少者數十乘, 步者數十人. 此無耕而食者, 其害稼亦甚矣.")

예문에서 '광장'은 맹자(맹가孟軻)의 제자로서 신상에 대해서는 알려진 바가 거의 없다. 또 뒤에 등장하는 '혜자'는 본명이 혜시惠施로서 장자(장주莊周)의 절친으로도 잘 알려진 인물이지만, 명가학파名家學派를 대표하는 그의 저서인 ≪혜자≫는 이미 오래 전에 실전되었다고 한다. 당시 혜자는 위나라 왕의 휘하에서 승상을 지내고 있었다. 그런데 일개 식객에 지나지 않는 광장이 왕의 면전에서 고관에 대해 직접 '디스'하고 나섰다고 하니, 실상 믿기 어려운 고사이기는 하다. 그러나 그보다도 그 이면에는 당시 주류인 유가학파가 여타 학파를 깔보려는 의도가 내재되어 있음을 엿볼 수 있다. 비록 광장이 던진 말이 틀린 얘기는 아니라 할지라도……

중국문학을 전공한 학도라면 누구나 알 법한 사자성어 가운데 '문인상경文人相輕'이란 말이 있다. 삼국시대 위魏나라 문제文帝 조비曹丕의 <문장에 대해 논함(論文)>이란 글에서 유래한 말로서, 글자 그대로 풀이하면 예로부터 '문인들은 서로 상대방을 경시하는 성향이 강했다'는 말이다. 그런데 요즘은 정치인들 사이에 '상경'하는 분위기가 더 심한 듯하다. 걸핏하면 서로 못 잡아먹어 난리이니 한번 던져보는 말이다. 아니, 오히려 그래야 정치인다운 것인가? 헌데 거기에 편승해서 일반 국민들마저 편을 갈라 서로 으르릉대고 있으니, 이를 어찌 이해해야 할까? 급기야 이른바 '똥 묻은 개가 겨 묻은 개를 나무란다'는 말처럼 그 경계가 무너지는 기이한 현상마저 목격되고 있기에 그저 씁쓸하기만 하다.

45. 백안시를 좋아할 사람이 어디 있으랴?

세상에 누군가로부터 '개무시' 당하는 일을 겪었을 때, 얼굴에 웃음을 띨 사람은 아무도 없을 것이다. 그리고 사람이 누군가를 완전 무시할 때 취하는 행동은 상대방에게 눈길조차 주지 않는 것이다. 이를 흔히 한자 어로는 '백안시白眼視' 라고 한다. 헌데 '백안시' 를 글자 그대로 해석하면 '흰 눈을 하고서 상대방을 본다' 는 뜻이다. 실상 '백안' 의 상태를 만들려 면 일부러 사팔뜨기를 하지 않는 이상, 검은 눈동자를 모두 한쪽으로 쏠 리게 함으로써 흰 자위만 보이게 해야 한다. 즉 상대방에게 전혀 눈길 을 주지 않음으로써 완전히 무시하는 행태를 가리킨다. 이 말은 삼국시 대 위魏나라 때 일곱 명의 은자인 '죽림칠현竹林七賢' 가운데 대장격인 완 적阮籍(210-263)이란 인물로부터 비롯되었다. 이에 관한 고사가 ≪진서晉 書 · 완적전阮籍傳≫권49에 전하기에 아래에 한번 소개해 보고자 한다.

완적은 예교에 얽매이지 않고, 청안시와 백안시를 잘 하였 는데, 예법을 중시하고 세속적인 선비를 보면 그를 백안시하 였다. 혜희가 조문하러 찾아왔을 때 완적이 백안시하자, 혜희 가 불쾌해 하며 물러갔다. 혜희의 동생인 혜강이 이 얘기를 듣 고서는 술을 들고 금을 허리에 끼고서 그를 방문하였다. 그러 자 완적은 무척 기뻐하면서 청안시하였다. 이 때문에 예법을 중시하는 선비들이 그를 마치 원수처럼 미워하였지만, 황제 가 매번 그를 감싸주었다. (籍不拘禮敎, 能爲靑白眼, 見禮俗之士, 以白眼對

之. 及嵇喜來吊, 籍作白眼, 喜不懌而退. 喜弟康聞之, 乃齎酒挾琴造焉. 籍大悅, 乃見
靑眼. 由是禮法之士疾之若仇, 而帝每保護之.)[33]

　　위의 예문에 등장하는 혜강嵇康(224-263)은 완적과 함께 죽림칠현을
대표하는 인물로서 성향이 완적과 비슷하였을 뿐만 아니라, 사망 시기
도 동일하다. 그러나 그의 형인 혜희嵇喜(?-?)는 동생과 달리 세속적인
인물로서 권력과 부귀영화를 좇던 사람이다. 그래서 완적이 동생인 혜
강에게는 '청안시靑眼視'하고, 형인 혜희에게는 '백안시白眼視'했다는 것
이다.

　　'백안시'의 상대어는 '청안시'이지만, 이 말은 실생활에서 자주 사용
하지 않는다. 또 혹자는 '백인종이 아닌데 어찌 눈에서 푸른 빛이 나오
겠냐?'고 반문할런지 모르겠으나, 그냥 반가운 눈빛을 '청안'으로 비유
했다고 이해하면 될 듯 싶다. 헌데 완적이나 혜강은 모두 진晉나라가 삼
국을 통일하던 해인 서기 281년보다 훨씬 이전에 이미 사망했는데도,
그들의 전기가 모두 진晉나라 역사를 기록한 ≪진서晉書≫에 수록되어
전한다. 아마도 완적과 혜강을 제외한 죽림칠현의 대다수가 진나라 때
까지 생존하여 그들의 전기가 대부분 ≪진서≫에 수록되면서, 완적과
혜강의 전기까지 함께 휩쓸려들어간 것이 아닌가 싶다. 고대 중국의 사
학자라고 어찌 실수가 없을 수 있었으랴? 너무 심각하게 따질 필요까지
는 없을 듯하다.

---

33 예문에서 '조造'는 요즘은 주로 '창조하다' '제조하다'라는 뜻으로 쓰이지만, 본뜻은 '찾아
　　가다' '이르다'이고, 여기서는 본뜻으로 쓰였다. '어느 방면에 조예造詣가 깊다'라고 할 때의
　　'조造'자나 '예詣'자 모두 '이르다'는 뜻이라서, 최고의 경지에 이르는 것을 의미하는 말에서
　　'조예'라는 관용어가 유래한 것도 같은 이치이다.

46. 요즘은 소위 관종이 왜 이리도 많을까?

고인들은 타인 앞에 나서는 행위에 무척 신중하였고, 실제로 함부로 나서지 않는 성향이 강했다. 그러나 요즘은 타인에게 관심을 받고 싶어 하는 사람들이 너무도 많은 듯하다. 그래서 그런지 개나 소나 언론의 주목을 받는 듯하다. 심지어 황당한 일을 벌여놓고도 '만인의 관심을 끌었으니 성공했다'고 자화자찬하는 정신이상적인 '관심종자'마저 한둘이 아닌 것이 요즘의 현실인 듯하다. 그런데 고인 가운데는 남의 이목을 피함으로써 오히려 남의 주목을 받았던 인물이 있다. 이에 관한 고사가 남조南朝 유송劉宋 때 사람 유의경劉義慶(403-444)이 지은 ≪세설신어世說新語·아량雅量≫권중에 전하기에, 아래에 한 토막 소개해 보고자 한다.

> (진晉나라 때) 태부에 오른 치감郗鑒은 (강소성) 경구현에 있을 때, 문하생을 시켜 승상 왕도王導에게 서신을 보내 사위를 달라고 하였다. 왕도가 치감이 보낸 문하생에게 말했다. "자네는 동쪽 별채로 가서 마음대로 골라 보시게." 문하생이 돌아와 치감에게 아뢰었다. "왕승상(왕도) 집안의 여러 사내들은 역시 모두들 칭찬할 만합니다. 사위를 구하러 왔다는 말을 듣고서 모두 자신만만해 하는데, 오직 한 사내가 동쪽 평상 위에서 배를 드러내고 누운 채 마치 그 소식을 못 들은 척하더군요." 그러자 치감이 말했다. "바로 이 아이가 좋겠네!" 수소문하였더니, 바로 왕일소(왕희지)였기에 그참에 딸을 그에게 시집보냈다. (郗[34]太傅在京口, 遣門生與王丞相書, 求女婿. 丞相語郗信, "君往東廂, 任意選之."

---

34 '치郗'는 '극郤'으로 적힌 판본도 있는데, '극郤'은 '극郄'의 이체자異體字로서 둘 다 성씨로 쓰이는 글자이지만, 자형字形이 비슷하여 혼동해서 잘못 사용한 것일 뿐, 전혀 별개의 한자이다.

門生歸, 白郗曰, "王家諸郎亦皆可嘉. 聞來覓婿, 咸自矜持, 唯有一郎在東床上坦腹臥,

如不聞." 郗公云, "正此好!" 訪之, 乃是逸少[35], 因嫁女與焉.)

예문에서 '태부'는 황제의 스승에게 수여하는 명예직을 가리키는 말로서, '치태부'는 진나라 때 명사인 치감(269-339)을 가리키고, '왕승상'은 당시 권력자인 왕도(276-339)를 가리킨다. 치감은 명문대가인 왕씨 집안에서 사위를 얻고 싶어 문하생을 시켜서 재목을 찾았는데, 중국 서예의 대가로도 유명한 왕희지(321-379)만 아무런 욕심을 드러내지 않은 채 태연한 태도를 보였기에, 결국 그를 사위감으로 선택했다는 것이다. 여기서 사위를 비유하거나 물욕이 없고 한적한 경지를 상징하는 '동상탄복東床坦腹' 혹은 그 줄임말인 '탄복坦腹'이란 고사성어가 생겨났다.

그렇다면 필자 자신은 남의 주목을 받고자 하는 욕구에서 초연한 태도를 강구하고 있을까? 필자보고 '그대 역시 남에게 관심을 받고 싶어서 글을 게재하는 것이 아니냐?'고 역공을 펼친다면 할 말은 없다. 그러나 정말로 그런 말이 귀에 들어온다면, 절필을 심각하게 고민해야 하지 않을까 싶기도 하다. 하지만 밥줄을 끊을 수는 없는 법!

47. 장원급제했다고 건방을 떨다니!

옛날에는 올림픽 경기에서 우승한 선수에게 월계관을 씌우던 장면을 언론 매체를 통해 보았던 것으로 기억한다. 그것이 언제부터 금메달로 바뀌었는지는 모르겠지만…… '월계관月桂冠'의 '월계'는 '달 속에 있

---

35 왕희지王羲之의 자字.

다는 전설상의 계수나무'를 가리킨다. '그 계수나무는 키가 무려 5백장에 달하는데, 신선이 되고자 하다가 과오를 범해 유배당한 오강吳剛이란 사람이 그것을 베라는 명령을 받았지만, 아무리 도끼질을 해도 금세 상처가 아물어 소용이 없다(月中桂樹, 高五百丈, 下有一人常斫之, 樹創隨合. 其人姓吳, 名剛, 西河人, 學僊有過, 謫令伐桂)'는 신화 전설이 당나라 때 단성식段成式(?-863)이 지은 《유양잡조酉陽雜俎 · 천지天咫》권1에 전한다.

현실 세계에서 계수나무는 따듯한 남방 지방에서 자라는 나무이다. 중국에서는 주로 계림桂林 일대에 많이 자란다. 그래서 지방 명칭 자체가 '계수나무 계桂' 자가 들어가는 한자로 구성되어 있다. 헌데 계수나무가 남방에서만 자라는 이유에 대한 고대 중국인들의 설명이 조금은 황당하다. 명나라 팽대익彭大翼의 《산당사고山堂肆考 · 천문天文》권3에 인용된 《본초도경本草圖經》에서는 "노인들이 전하는 말에 의하면 이는 (계수나무 열매) 달에서 떨어지는 것인데, 북방에 이것이 없는 것은 달의 궤도가 아니기 때문이라고 한다(故老相傳, 是月中落也. 北方獨無者, 非月路也)"라고 설명하고 있으니 그저 당혹스럽다. 그냥 재미있는 해설로 받아들이면 될 듯한데, 여하튼 예로부터 계수나무는 달과 끈끈한 인연을 맺어왔다.

또한 계수나무는 올림픽 경기에서의 우승과 마찬가지로 과거시험에서 장원급제하는 것을 상징하는 말로도 활용되었다. 그래서 장원급제를 비유하는 말로서 '계수나무 가지를 꺾는다'는 의미의 '절계折桂'란 고사성어가 생겨났다. 이 고사성어가 생기게 된 연유에 대한 기록을 아래에 소개하는 것으로 글을 마무리짓고자 한다. 원문은 정사正史인 《진서晉書 · 극선전郤詵傳》권52에 다음과 같이 전한다.

극선이 여러 관직을 거쳐 (섬서성) 옹주자사로 승진하자, 무제가 동당에서 모임을 열고 전송해 주면서 극선에게 물었다. "경은 스스로 생각하기에 어떠하다고 보오?" 그러자 극선이 대답하였다. "신이 현량대책과에 응시해 장원급제를 한 것은 오히려 계림의 나뭇가지 하나를 꺾고, 곤산의 옥 조각 하나를 얻은 것에 불과하옵니다." 무제는 그냥 웃어넘겼다. 헌데 시중이 (건방지기 이를 데 없다는 이유로) 극선의 관직을 박탈할 것을 주청하자, 무제는 "나는 그와 농담을 한 것일 뿐이니, 이상하게 받아들일 것 없소!"라고 가볍게 응수하고 말았다. (累遷雍州刺史, 武帝於東堂會送, 問詵曰, "卿自以爲何如?" 詵對曰, "臣擧賢良對策[36], 爲天下第一, 猶桂林之一枝, 崑山之片玉." 帝笑. 侍中奏免詵官, 帝曰, "吾與之戱耳, 不足怪也!")

48. 하늘이 알고 땅이 알고 자네가 알고 내가 아네!

사람들은 잘못을 범하면 '아무도 모르겠지?'라고 자위하며 그냥 넘어가거나, 유야무야 덮으려 하는 경향이 있다. 실상 이는 인간의 자연스런 속성이 아닐까 싶다. 고대 중국인들이라고 무엇이 다르랴? 후한 때 사람 양진楊震과 관련된 고사에서 이와 유사한 유형을 발견할 수 있는데, 원나라 때 저자 미상의 ≪씨족대전氏族大全·양씨楊氏≫ 권8에 다음과 같은 고사가 전한다.

(후한) 양진이 (호북성) 형주자사로 부임하자, (그 휘하에 속하

---

36 '현량대책賢良對策'은 사람의 성품을 테스트하는 과거시험을 뜻하는 말로서, 일종의 면접시험을 가리킨다.

는) 창읍현의 현령인 왕밀이 (승진의 기회라고 생각해) 황금을 품에 안고서 찾아가 뇌물로 바치고자 하면서 말했다. "밤이라서 아는 사람이 없을 것입니다." 그러자 양진이 대답하였다. "하늘이 알고, 땅이 알고, 자네가 알고, 내가 아는데, 어찌 아무도 아는 사람이 없다고 말하는가?" 왕밀이 부끄러워하며 사죄하고서 물러갔다. (楊震遷荊州刺史, 昌邑令王密懷金十斤, 遺之曰, "暮夜無知者." 震曰, "天知, 地知, 子知, 我知, 何謂無知?"密愧謝而去.)

위의 고사에서 유래한 고사성어가 '사지四知'이다. 즉 자신이 범한 잘못에 대해 아무도 모를 것 같아도, 하늘이 알고 땅이 알고 상대방이 알고 있으니 감추려 해도 감출 수 없고, 급기야 자신의 양심이 잘 알고 있으니 무엇보다도 자기 자신에게 부끄러운 일이라는 말이다. 하지만 일반 사람들은 이를 애써 인정하려고 들지 않으면서 외면하기 십상이다.

청문회에 임하는 각료 후보자나 투표권자의 심판을 받는 국회의원 출마자 등, 이른바 고위 공직에 오르고자 하는 이들은 대부분 자신의 허물이 드러나지 않으리란 착각을 가지고 사는 듯하다. 하긴 어느 누가 자신의 주머니에 먼지가 얼마나 들어 있는지 인정하고 싶으리오? 필자는 주변 사람들에게 '상대방의 허물을 공격하려면 자신의 주머니를 털어 먼지가 나지 않을 자신이 있을 때 해야지, 그렇지 않으면 역으로 되치기를 당해 큰코 다칠 각오를 해야 한다'는 말을 곧잘 내뱉곤 하였다. 그러면서도 필자 스스로 타인의 불편한 진실을 들춰내 꼬집곤하여 독설가라는 불명예를 안기도 하였다. 그렇다면 나 자신은 주머니를 털어서 얼마나 먼지가 나지 않을 자신이 있을까? 이는 어디까지나 필자 자신만의 비밀이다.

49. 세상만사 마음 먹기에 달려 있다던가?

우리말 속담에 '자라 보고 놀란 가슴, 솥두껑 보고도 놀란다'고 했던가? 사람이 공포에 젖으면 사소한 것에도 놀랄 수 있다는 점을 일깨우기 위해 생겨난 말이 아닐까 싶다. 이와 유사한 고사가 정사正史인 《진서晉書 · 악광전樂廣傳》권43에 전하기에, 아래에 한번 소개해 보고자 한다.

> (진晉나라) 악광에게는 친한 손님이 있었으나, 오래도록 더 이상 찾아오지 않았다. 악광이 그 이유를 묻자 손님이 대답하였다. "전에 좌석에 앉았을 때 술을 베푸는 은혜를 입었는데, 막 마시려고 할 때 술잔에 뱀이 있는 것을 발견하였습니다. 내심 이를 싫어하였기에 마시고 나자 병이 나고 말았습니다." 이에 (하남성) 하남현 청사 벽에 각궁이 걸려 있고, 옻칠로 뱀이 그려져 있다는 것을 알고서, 악광은 술잔 속의 뱀이 바로 각궁의 그림자라고 생각하였다. 이전과 같은 장소에 다시 술상을 차리고는 손님에게 말했다. "술잔 속에 다시 보이는 게 있습니까?" 그러자 손님이 대답하였다. "보이는 것이 처음과 꼭같습니다." 악광이 이에 그 연유를 알려주자 손님은 씻은 듯이 오해가 풀렸고, 병도 순식간에 치유되었다. (樂廣嘗有親客, 久闊不復來. 廣問其故, 答曰, "前在坐, 蒙賜酒, 方欲飮, 見杯中有蛇. 意甚惡之, 旣飮而疾." 於是河南聽事壁上有角, 漆畫作蛇, 廣意杯中蛇卽角影也. 復置酒於前處, 謂客曰, "酒中復有所見不?" 答曰, "所見如初." 廣乃告其所以, 客豁然意解, 沈痾頓愈.)

위의 고사에 등장하는 악광樂廣(?-?)이란 사람은 용모가 출중하고 인품이 고매하여 당시 칭송을 받았지만, 남을 칭찬하는 데 인색하여 원성을 사기도 했다고 전한다. 악광은 일종의 착시 현상 때문에 손님이 자신과 소원해지자 그의 마음을 달래주었는데, 여기에는 미신을 멀리하던 그의 성품이 잘 반영되어 있는 듯하다. 여하튼 위의 이야기에서 지나치게 걱정하거나 부질없이 의심하는 것을 비유하는 말인 '배중사영杯中蛇影' 혹은 '배궁사영杯弓蛇影'이란 고사성어가 생겨났다. 다만 후자인 '배궁사영'은 한자의 조합 원리상 잘못 만들어진 말이 아닐까 의심될 정도로 배합이 어색하지만, 오랜 세월 사용되어 오면서 사전에까지 수록되었다.

각설하고, 누가 처음으로 던진 말인지는 모르겠으나, 우리는 살아오면서 '세상만사는 사람 마음 먹기에 달렸다'는 얘기를 많이 들어보았음 직하다. 필자도 너무 오래 되어 기억이 희미하기는 하지만, 위와 유사한 경험을 한 적이 있다. 별것 아닌 일에 놀랐다가 차후에 자초지종을 알고 나서야 비로소 안심했던 경험이 아련히 떠오른다. 아마도 누구나 보이는 반응이 아닐까 싶다.

50. 자라 보고 놀란 가슴, 솥뚜껑 보고도 놀라다!

중국은 땅덩어리가 넓어서 그런지 춘추전국시대와 같은 혼란기를 수차례 겪었다. 그중 위진남북조魏晉南北朝 시기 때 북방은 오랜 세월 이민족의 지배를 받았었다. 그래서 북방에서는 다섯 부류의 호족이 세운 열여섯 개의 국가가 명멸을 되풀이하였는데, 이를 보통 '오호십육국五胡十六國'이라고 부른다. 그중 한족을 크게 괴롭힌 인물로 '부견苻堅(338-385)'이란 전진前秦의 황제가 있다. 부견은 흔히 오랑캐로 불리던 저족氐族 출신이다. 게다가 원래 성씨도 '부苻'가 아니었다.

부견의 원래 성씨는 '포蒲'였다. 진晉나라 때 부견의 조부인 포홍蒲洪

(285-350)이 "성씨가 '풀 초艸'와 '붙을 부付'자면,(혹은 성씨에 '풀 초艸'가 붙으면,) 응당 왕에 오른다(草付應王)"는 예언을 들어서 '부苻'씨로 개성改姓하였다고 한다. 그 뒤 포홍, 즉 부홍의 아들인 부건苻建(317-355)이 전진前秦의 황제 자리에 올랐고, 부건의 조카인 부견苻堅이 사촌형인 부생苻生(335-357)을 시해하고 황제의 자리를 찬탈하면서 크게 세력을 떨치기 시작하였다. 그러나 그의 욕심이 과해서였을까? 남쪽의 진晉나라를 침공하였다가, 진나라 장수 사현謝玄(343-388)에게 비수淝水에서의 전투에서 대패하는 바람에 치명타가 되어 세력이 급속히 쇠약해지기 시작하였다. 그가 동생인 부융苻融과 함께 진나라를 침공했을 때를 배경으로 한 고사성어를 하나 아래에 소개해 본다. 원문은 ≪진서晉書·부견재기苻堅載記³⁷≫ 권114에 전한다.

(오호십육국五胡十六國 전진前秦의 황제인) 부견이 (안휘성) 수춘현에 도착해, (동생인) 부융과 함께 성에 올라서 진晉나라 군대를 바라보다가, 진영이 잘 정돈되어 있고, 장병들이 정예병사임을 알게 되었다. 또 북쪽으로 팔공산 위를 바라보니, 초목이 모두 사람의 형상을 하고 있었다. 그러자 고개를 돌려 부융을 보면서 말했다. "이 또한 강적이거늘, 어찌 적다고 하였느냐?" 시무룩한 표정으로 두려운 기색을 띠었다.(苻堅至壽春, 與苻融登城, 而望王師³⁸, 見部陣齊整, 將士精銳. 又北望八公山上, 草木皆類人形. 顧謂融曰,"此亦勃敵也, 何謂少乎?"憮然有懼色.)

---

37 한족漢族 출신 황제의 전기를 '본기本紀'라고 하는 반면, 이민족 출신 황제의 전기는 '재기載記'라고 달리 표현함으로써 격을 낮추었다.

38 '왕사王師'는 천자의 군대를 뜻하는 말로서, 여기서는 진晉나라 군대를 가리킨다.

위의 이야기에서 '풀과 나무가 모두 병사로 보인다'는 의미의 '초목 개병草木皆兵'이란 고사성어가 생겨났다. 이 말은 무척 겁이 많거나 의심이 많은 사람을 비유적으로 가리킬 때 사용한다. 우리 속담의 '자라 보고 놀란 가슴, 솥뚜껑 보고도 놀란다'는 말과 '뉘앙스'가 비슷한 고사성어라고 할 수 있을 듯하다.

51. 건방기가 하늘을 찌르네!

우리 세대가 학교 다닐 때 학생들을 괴롭히던 기생충 가운데 '이(슬蝨)'라는 벌레가 있었다. 거의 눈에 보이지도 않아 잡기도 어렵지만, 이제는 거의 박멸되어 박물관의 유물처럼 희귀하기까지 하다. 이 단락에서는 '이'와 관련된 고사성어에 관해 한번 담론을 전개해 보고자 한다. 결론부터 말하자면 '이를 잡는다'는 의미의 '문슬'이란 한자어로 시작하는 고사성어이다. 이와 관련한 내용이 북조北朝 북위北魏 때 사람 최홍崔鴻이 지었다고 하나, 원서는 실전되고 대신 명나라 때 도교孫喬손과 항임項琳 두 사람이 다시 엮은 위서僞書인 《십육국춘추十六國春秋·전진록前秦錄·왕맹전王猛傳》권42에 다음과 같이 전한다.

> (진晉나라) 왕맹은 (섬서성과 하남성 경계에 있는) 화산에 은거하고 있다가 환온이 관내로 들어왔다는 말을 듣게 되자, 허름한 칡베옷을 걸치고서 그를 예방하였다. 이를 잡으며 당시 세상사에 대해 얘기하는데, 옆에 마치 아무도 없는 것처럼 건방진 태도를 취하였다. (王猛隱居華山, 聞桓溫入關, 披褐詣之. 捫蝨而談當代之事, 旁若無人.)

위의 예문에 등장하는 두 인물 가운데 왕맹(325-375)은 진晉나라 때 은자로서, 뒤에는 전진前秦의 황제인 부견苻堅의 신임을 얻어 재상까지 오른 인물이다. 한편 환온(312-373)은 진나라 황제인 명제明帝의 사위로서, 요즘으로 말하면 국무총리에 해당하는 대사마大司馬까지 오른 막강한 권력의 소유자이자 실세였다. 그런 환온이 자신의 은거지가 있는 곳에 도착해 관청에 머물자, 그를 예방하여 그의 면전에서 당시 정세에 대해 자문을 하였는데, 주변의 보좌관들을 무시한 채 건방진 태도를 취하였던 것이다. 그래서 후인들도 안하무인 격이거나 여유만만한 태도를 비유적으로 표현할 때, '이를 잡으면서 얘기하다'란 의미의 '문슬이담捫蝨而談'[39]이란 사자성어를 곧잘 사용하게 되었다.

실상 일반인들은 권력자 앞에서 고개를 빳빳이 세우고 대등하게 말하기 쉽지 않다. 특히 고대의 황제나 근현대의 독재자 앞이라면 더 더욱 그럴 수밖에 없을 것이다. 그러나 오늘날의 민주사회에서는 최고 권력자 앞에서도 마음놓고 자신의 의견을 개진할 수 있으니, 이 얼마나 좋은 세상인가? 농담삼아 하는 말이지만, 우리학교를 소개할 때 '우리학교는 모든 교수가 다 총장입니다!'라는 말을 웃으면서 내뱉는다. 그만큼 이제는 소속 교원들 사이에 신분의 격차를 의식하지 않게 되었다는 말로 이해해도 좋을 듯하다. 여하튼 참으로 편한 세상에서 산다는 느낌을 늘 지울 수 없다. 허나 역설적으로 생각하면, 상대방에게 존중받기 위해서는 그만큼 조신하게 처신해야 한다는 말이 될 수도 있을 듯하다.

---

39 '談'은 이체자異體字인 '담譚'으로도 쓰고, 한편으로는 유사한 의미의 한자인 '언言'으로 대체해서 쓰기도 한다.

52. '밀다'라고 할까? '두드리다'라고 할까?

우리는 글을 완성하고 나면, 이를 보통 '퇴고推敲'라는 고사성어로 표현하곤 한다. 헌데 이 말의 본의는 '밀고 두드리다'이다. 즉 "'밀다'라는 말을 쓸까? '두드리다'는 말을 쓸까?" 하고 심사숙고하다가 최종적으로 어느 글자를 선택한다는 말로서, 그러한 선택이 끝나면 시가 완성되기에 글을 끝내는 것을 비유하는 말로 쓰이게 되었다. 이 말은 당나라 때 시인인 가도賈島(779-843)라는 사람과 관련이 있다. 가도는 중당中唐 시기 사람으로 승려로 입적했다가 속인으로 환속하는 과정을 반복했던 인물이다. 헌데 그가 과거시험에 응시하러 도성으로 가다가, 요즘으로 말하면 서울특별시장 겸 경기도지사에 해당하는 대윤大尹(경조윤京兆尹)이라는 최고위직을 맡고 있던 당시 문단의 영수 한유韓愈와 마주친 사건이 발생하면서 이 고사성어가 생겨났다는 것이 통설이다. 원문은 송나라 계민부計敏夫가 지은 ≪당시기사唐詩紀事・가도≫권40에 전한다.

가도가 과거시험에 응시하려고 도성으로 가면서 나귀를 탄 채 시를 짓다가 '스님이 달 아래 대문을 미네'라는 구절을 얻었는데, '밀 퇴'자를 '두드릴 고'자로 바꾸고 싶어 손을 당겨서 밀고 두드리는 동작을 취하였으나, 결정을 내리지 못 하였다. 그러다가 자신도 모르게 경조윤을 맡고 있던 한유와 충돌하게 되자, 자초지종을 상세히 설명하였다. 그러자 한유는 "'두드릴 고'자가 좋겠네!"라고 대답하였다. 그리고는 급기야 고삐를 나란히 한 채 시에 대해 토론하였다. (島赴擧至京, 騎驢賦詩, 得'僧推月下門'之句, 欲改推作敲, 引手作推敲之勢, 未決. 不覺衝大尹[40]韓愈, 乃具言,

---

40 '大尹'은 요즘으로 말하자면 서울특별시장 겸 경기도지사에 해당하는 '경조윤京兆尹'의 별

愈曰, "敲字佳矣!" 遂竝轡[41]論詩.）

위의 예문에서 '나귀를 탔다'는 말은 그가 아직 정식 관원이 아니라 과거시험 응시생이란 신분을 나타낸다. 당나라 때 귀족들이 말에다가 온갖 치장을 하고 신분을 뽐내는 사치풍조가 만연하자, 화가 난 측천무후則天武后가 정식 관원이 아니면 말을 타지 못 하게 엄명을 내렸기에, 나귀를 탄다는 것은 아직 관직에 오르지 못 했다는 사실을 상징적으로 나타낸다. 그런데 위의 예문에서 "'推'자를 쓸 것인가? 아니면 '敲'자를 쓸 것인가?"는 분위기의 차이일 뿐이다. 다시 말해서 '밀 퇴推'자를 쓰면 정적인 분위기가 돋보이고, '두드릴 고敲'자를 쓰면 동적인 분위기가 돋보인다고 볼 수 있다. 정작 한유는 동적인 분위기를 선호한 것이다. 한유의 이 조언 때문인지 이 시를 수록한 판본들은 대부분 '敲'로 되어 있다.

기왕 말이 나왔으니 가도에 얽힌 흥미로운 고사를 하나 더 소개하는 것으로 글을 마무리하고자 한다. 가도가 법건사法乾寺에 머물고 있을 때 당시 황제인 선종宣宗이 미복微服 차림으로 시찰에 나서 절에 들렀다가 우연히 그의 시집을 읽자, 가도가 자신의 시집을 빼앗으며 "젊은이가 어찌 이 시집을 이해하겠는가?(郞君何會此邪?)"라고 핀잔을 준 일 때문에 선종에게 찍혀 벼슬길이 막혔다는 얘기가 송나라 왕무王楙의 ≪야객총서野客叢書≫권14에 전한다. 설마 명색이 황제인 선종이 그리 쩨쩨하게 굴었을까? 역시 '믿거나 말거나'에 해당하는 일화라 하겠다. 허나 당나

칭이다.

41 '병비竝轡'는 '고삐를 나란히 한다'는 말로, 결국 일반인에게 특별하게 대우해 주었다는 말이다.

라 정기程錡란 시인이 <가도의 무덤에서 쓰다(題賈島墓)>란 제목의 오언
율시五言律詩에서 "나귀를 탔다가 대윤(한유)과 부딪히고, 시집을 빼앗아
선종의 마음을 거스렀네!(騎驢衝大尹, 奪卷忤宣宗!)"라고 읊은 것을 보면 전
혀 근거없는 얘기만은 아닌 듯하다. 정기의 시는 ≪전당시全唐詩≫권768
에 수록되어 전한다.

53. 눈이 오면 개들이 왜 날뛰지?

모두가 알고 있다시피 중국은 땅덩어리가 우리나라와는 비교할 수
없을 정도로 넓다. 그래서인지 지역마다 기후의 차가 심한 편이다. 그중
중국을 온대와 아열대로 나누는 중요한 기점이 있으니, 바로 강소성을
가로질러 흐르는 회수淮水라는 강물이다. 그래서 '(회수를 건너면) 귤이 탱
자로 변한다(橘化爲枳)'는 고사성어도 생겨났다. 이 말은 통상 사람에게
성장 환경 내지 교육 환경이 매우 중요하다는 점을 비유적으로 강조할
때 사용된다. 그런데 교통이 불편했던 고대 중국에서는 사람들이 각 지
역의 기후를 직접 체험하기란 쉽지 않았을 것이다. 당나라 유종원柳宗元
(773-819)이 그의 문집인 ≪유하동집柳河東集≫권34에 수록된 <위중립에
게 답하는 글(答韋中立書)>에서 한 말을 통해서도 이를 엿볼 수 있다.

"저는 '(사천성) 용주과 촉주 지방 남쪽은 비 오는 날이 늘상
이어지고, 해를 볼 수 있는 날이 적어, 해가 나오면 개가 짖는
다'는 말을 들었습니다. 하지만 저는 지나친 말이라고 생각했
습니다. 6, 7년 전에 제가 남방에 내려왔을 때, 큰 눈이 오령五
嶺을 넘어 월 땅의 몇 개 주를 뒤덮자, 몇 개 주의 개들이 모두

어쩔 줄을 모르며 정신없이 짖어대고, 며칠 동안 미친 듯이 뛰어다니다가 눈이 없어지고 나서야 그만두더군요. 그런 뒤에야 비로소 전에 들었던 말이 사실이란 것을 믿게 되었습니다."("僕聞, '庸蜀之南, 常雨少日, 日出則犬吠.' 予以爲過言. 前六七年, 僕來南, 大雪踰嶺[42], 被越中數州. 數州之犬, 皆蒼黃吠噬, 狂走累日. 至無雪, 乃已. 然後始信前所聞者.")

위의 내용에서 유래한 고사성어가 바로 '촉 지방 개가 해를 보고 짖는다'는 의미의 '촉견폐일蜀犬吠日'과, '월 지방 개가 눈을 보고 짖는다'는 의미의 '월견폐설越犬吠雪'로서, 둘 다 식견이 좁은 사람을 비유적으로 꼬집을 때 사용한다. 헌데 유종원은 자신의 글에서 늘 흐린 날씨가 지속되는 중국의 서남방 지역인 사천성 일대에서 개들이 해를 보고 짖는다는 말을 믿지 않다가, 눈이 내리지 않는 동남방 지역에서 개들이 눈을 보고 미친 듯이 뛰어다니는 것을 보고서야, 전에 들었던 얘기를 믿게 되었다고 말하고 있다. 물론 이는 직접 경험하지 않았다고 해서 모두 사실이 아니라고 믿는 것은 위험한 생각이란 점을 강조하기 위해서 한 말이다. 그래도 여하튼 유종원의 경험담을 통해 중국의 기후가 지역마다 차이가 심하다는 것을 엿볼 수 있다.

다만 한 가지! 유종원은 개들이 눈이 내렸을 때 정신없이 뛰어다니는 것이 마치 사천성의 개들이 해를 보고 신기해서 짖어대듯이, 동남방의 개들도 눈을 보고 신기해서 뛰어다니는 것으로 간주한 듯하다. 즉 개들이 자신들이 배설물을 뿌려서 표시해 놓은 영역을 감지할 수 없어 당황해서 취하는 행동이란 사실을 몰랐을 것이다. 아무래도 당시는 오늘

---

42 '유령踰嶺'은 '오령五嶺을 넘는다'는 말로, 지금의 광동성·광서성 일대로 내려가는 것을 뜻한다.

날과 달리 과학적 지식이 부족했던 시대이니까, 그리 생각할 수밖에 없었던 것이 아닐까?

54. 오 지방 소는 달을 보고서도 겁을 먹는다니!

앞에서 '촉 지방 개가 해를 보고 짖는다'는 의미의 '촉견폐일蜀犬吠日' 및 '월 지방 개가 눈을 보고 짖는다'는 의미의 '월견폐설越犬吠雪'이 실려 있는 당나라 유종원柳宗元(773-819)의 글을 소개하였다. 둘 다 식견이 좁거나 세상물정에 어두운 사람을 비유적으로 꼬집을 때 사용하는 고사성어인데, 이와 유사한 어휘로 '오우천월吳牛喘月'이란 말이 있기에 보충삼아 소개해 보고자 한다. 이 말은 글자 그대로 옮기면 '오 지방 소가 달을 보고서 숨을 헐떡인다'는 뜻을 담고 있다. '오吳'가 지금의 강소성과 절강성 일대를 가리키는 지명이기에, 기후가 무더운 곳이라서 그곳의 소는 달을 보고서도 해로 착각해 숨을 헐떡인다는 의미에서 유래하였다. 이 말은 남조南朝 유송劉宋 때 사람 유의경劉義慶(403-444)이 지은 ≪세설신어世說新語 · 언어言語≫권상의 기록에서 유래하였는데, 원 고사를 인용하면 다음과 같다.

> 만분은 찬바람을 두려워하였다. 진나라 무제가 베푼 연회 석상에 참석했을 때 북창 아래 유리병풍을 설치했는데, 실제로 두꺼운데도 성긴 듯이 보였다. 만분이 난색을 보이자 무제가 웃음을 지었다. 그러자 만분이 말했다. "신은 오 지방 소가 달을 보고서도 숨을 헐떡이는 것처럼 두려움이 많나이다."(滿
> 奮畏風. 在晉武帝坐, 北窗作琉璃屏, 實密似疏. 奮有難色, 帝笑之. 奮答曰, "臣猶吳牛

위의 예문에 등장하는 만분滿奮이란 사람은 진晉나라에서 벼슬길에 올라, 요즘으로 말하면 국무총리에 해당하는 상서령尙書令이란 고관까지 오른 인물이지만, 사서史書에 전기가 실리지 않아 신상에 대해서는 알려진 바가 거의 없다. 그런 신분의 그도 몸이 부실하여 찬바람을 싫어하는 습성이 있었다. 그래서 두꺼운 유리병풍이 바람을 막지 못 할까 걱정하며, '오 지방 소가 더위를 싫어해 달을 보고서도 숨을 헐떡인다'는 민담을 인용하자 무제가 웃음을 지었다는 것이 위의 얘기의 요지이다. 뒤에는 '오우천월'이란 고사성어로 굳어져, 주로 식견이 좁아서 세상물정에 어둡거나 간담이 작아 지레 겁을 잘 먹는 사람을 비유하는 말로 쓰이게 되었다.

오늘날은 인터넷이 발달하여 무수한 정보가 통신망을 타고서 돌아다니고 있다. 그러나 개중에는 그 근거가 불명확한데도, 누군가의 입을 통해 와전되거나 과도하게 재생산되어 퍼지는 터무니없는 속설들도 부지기수인 듯하다. 모종의 어휘나 고사를 활용할 때는 그 말의 원의와 유래에 대해 정확히 알고서 쓰는 것이 중요할 듯하다. 그렇지 않으면 잘못하다가 엉뚱한 샛길로 빠지기 십상이다.

55. 나 자신을 속인 것은 아닐까?

여기서는 '권토중래捲土重來'란 사자성어와 관련해 지극히 개인적인 경험을 한번 소개해 보고자 한다. 이 말을 번역할 때 우리나라에서는 흔히 '흙먼지(土)를 말아올리며(捲) 다시(重) 찾아온다(來)'라고 옮겨적는다.

그러나 실상 고대 중국인의 언어 관념에서 보면, 사자성어의 가장 전형적인 구조인 동사+목적어+동사+목적어 형태로 파악하여 '흙먼지(土)를 말아올리면서(捲) 등장을(來) 재차 실행한다(重)'는 의미로 이해하는 것이 원의에 가깝다. 다만 우리말로 번역할 때는 동사+목적어+부사+동사로 옮기는 것이 더 자연스럽기에, 그리 표현하는 것일 뿐이라고 생각한다. 이 말은 누군가 실력을 쌓아서 다시 멋지게 등장하는 것을 비유할 때 흔히 쓰인다.

'권토중래'는 당나라 말엽의 시인인 두목杜牧(803-852)이 <오강의 정자에서 쓰다(題烏江亭)>란 칠언절구七言絶句에서 "장강 동쪽 일대 자제들 가운데는 인재들이 많으니, 흙먼지를 말아올리며 다시 등장하리란 것을 아직 알 수 없다네(江東子弟多才俊, 卷土重來未可知)"라고 읊은 구절에서 유래하였다. 이 시는 당나라 두목杜牧의 시집인 ≪번천시집樊川詩集≫권4와 송나라 때 홍매洪邁(1123-1202)가 엮은 ≪만수당인절구萬首唐人絶句≫권25에 수록되어 전한다.

그런데 위의 구절에서도 알 수 있듯이 '捲'자가 원문에는 '卷'으로 되어 있다. '卷'은 명사로 쓸 때는 '두루마리'를 뜻하지만, 동사로 쓸 때는 '말다'라는 의미를 지니는 파음자破音字[43]이다. 우리음에는 성조聲調가 없지만, 중국어에서는 명사의 경우 4성인 거성去聲(juàn)으로, 동사의 경우 3성인 상성上聲(juǎn)으로 발음함으로써 의미나 품사를 구분하였다. 후대에는 '卷'자가 주로 명사로 쓰이면서 동사의 경우 분별자分別字인 '捲'(juǎn)자가 생겨났고, 동사의 경우는 대체로 '卷' 대신 '捲'자를 사용하게 되었을 뿐이다. 예를 들어 '舍'자가 명사로 쓰일 때는 '집'을 뜻

---

43 여러 개의 음을 가진 한자를 뜻하는 말인데, 고대에는 대부분의 한자가 파음자에 해당하였다고 말해도 과언이 아니다.

하면서 4성(shě)으로 발음하고, 동사로 쓰일 때는 '버리다'를 뜻하면서 3
성(shě)으로 발음하였는데, 뒤에 동사 전용의 분별자인 '버릴 사捨'(shě)
자를 만듦으로써 주로 명사로만 쓰이게 된 것도 같은 이치이다.

필자의 딸아이는 이곳 강릉에서 중고등학교를 다니면서 선택과목
으로 한문을 택한 적이 있다. 어느날 딸아이가 한문 시험을 치르고 와서
내게 묻기를, "'捲土重來'를 '卷土重來'라고 썼는데, 선생님이 틀린 답이
라고 점수를 깎았다"며 "선생님 채점이 맞냐?"고 내게 질문을 던졌다.
그 순간 필자는 다소 난처한 입장에 빠졌다. 딸아이의 주장에 동조하면
선생님의 권위를 무너뜨리는 것이 되고, 그렇다고 딸아이의 주장이 틀
렸다고 하면 내 얄팍한 전공 지식을 부정하는 꼴이 되기 때문이다. 그래
서 고심 끝에 딸아이에게 "'卷'이 '捲'의 본글자이고, '捲'이 '卷'의 분별
자란 원리를 아느냐?"라고 반문하였다. 그러자 딸아이는 무슨 말인지
이해하지를 못 하는 표정을 지었다. 그래서 필자 나름대로의 명답(?)을
내놓았다. "너는 모르고 쓴 것이니, 선생님이 틀렸다고 채점해도 할 말
없어!" 그러자 다행히도 딸아이는 수긍하고 그냥 넘어갔다. 당시 필자가
뒷처리를 잘 한 것인지 아닌지, 지금까지도 알쏭달쏭하기만 하다.

56. 말의 의미도 바뀌는 법!

우리는 말에 조리가 없고 논리적으로 맥락이 닿지 않을 때 '횡설수
설橫說竪說'[44]이란 말을 즐겨 사용한다. 그러나 이 고사성어를 글자 그대
로 해석하면 '가로로 말하고 세로로 말한다'는 뜻이다. 즉 여러 방면으

---

44 '竪'는 '豎'로도 쓴다.

로 상세하게 설명하여 논리적이고 명쾌하게 의사를 잘 전달한다는 말이다. 그런데 어째서 이것이 두서없이 하는 말이란 뜻으로 변질되어 쓰이게 되었을까? 먼저 이 말의 원의를 확인할 수 있는 근거를 아래에 예시해 보겠다.

1. 《장자》의 문장은 '무'에서 '유'를 창조해냈고, 《전국책》의 문장은 '굽은 것'도 '곧은 것'으로 만들어냈다. (송나라) 동파 선생(소식蘇軾)은 평생 이 두 서책에 심취하였기에, 그의 문장은 다방면으로 상세하게 설명함으로써 오직 생각을 다 펼쳐냈으니, 논리가 명쾌하여 더는 막히는 데가 없게 되었다. (莊子之文, 以無爲有, 戰國策之文, 以曲作直. 東坡平生熟此二書, 故其爲文, 橫說竪說, 惟意所到, 俊辨痛快, 無復滯礙.)

2. (고려 때 학자) 정몽주鄭夢周의 논리는 다방면으로 주도면밀하여 타당한 이치를 담지 않은 것이 없었기에, 동방(조선) 이학의 시조로 추앙받는다. (夢周論理, 橫說竪說, 無非當理, 推爲東方理學之祖.)

위의 예문 가운데 앞의 1번은 송나라 때 나대경羅大經이란 학자가 지은 《학림옥로鶴林玉露》권9의 기록이고, 뒤의 2번은 명나라 때 저자 미상의 《조선사략朝鮮史略》권11의 기록이다. 두 서책의 기록에 등장하는 '횡설수설'은 모두 말을 논리적이고 상세하게 잘 구사하는 것을 의미한다. 즉 위에서 말한 원의에 합치하는 것이다. 그리고 중국인들은 우리와 달리 지금도 여전히 이 어휘를 원의에 충실하게 사용하고 있다.

그렇다면 오늘날 우리는 왜 이 '횡설수설'이란 말을 전혀 다른 뜻으로 사용하게 되었을까? 누구에 의해 언제부터 그리되었는지 그 기원에 대해서는 정확히 알려져 있지 않은 듯하다. 다만 '가로 횡橫'이란 한자가 고문에서 주로 '멋대로' '함부로'라는 부정적인 의미로 쓰이고, '세로 수竪(豎)'란 한자 역시 '풋내기' '내시'처럼 부정적인 의미의 한자였기에, 안 좋은 어감을 나타내는 말로 뒤바뀐 듯하다. 다시 말해서 '가로로 말하고 세로로 말하다' 즉 '논리적으로 잘 설명하다'란 긍정적인 의미에서 '멋대로 말하고 풋내기처럼 말하다' 즉 '두서없이 함부로 말하다'란 부정적인 의미로 바뀐 셈이다. 그러나 어쩌랴? 작금의 우리나라에서는 그리 사용하고 있는 것을…… 그런데 한동안 세간에서 명성(?)을 떨쳤던 '가로세로연구소'라는 유투브 방송은 '횡설수설'과 무슨 관계가 있기에, 그리 이름을 지었을까?

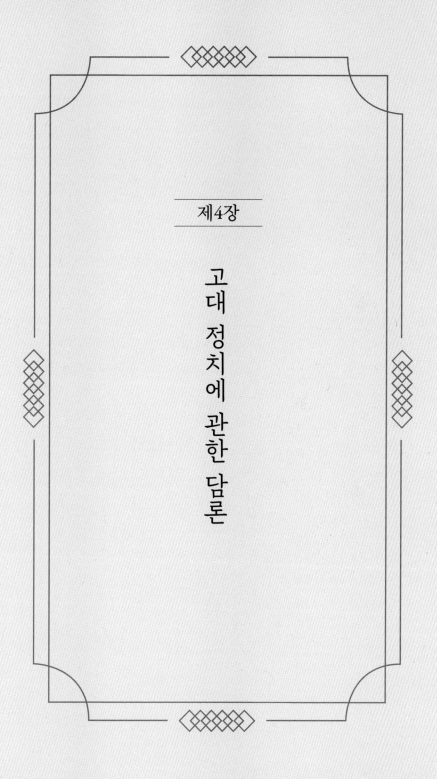

제4장

고대 정치에 관한 담론

1. 거창한 명칭을 쓰라고 누가 허락했을까?

흔히 사극이나 고문헌에서는 최고권력자에 대해 '제왕帝王'이라고 두루뭉술하게 표현하지만, 실상 엄격히 말하면 '제'와 '왕'은 전혀 다른 개념의 한자였다. 원래 '제'는 천상 세계의 임금을 가리키고, '왕'은 인간 세계의 임금을 가리키는 말이었다. 그래서 전설상의 성군인 삼황오제三皇五帝[01]를 제외하면, 동주東周, 즉 춘추전국시대 때까지는 임금을 '왕'이라고 부르고, 제후국의 군주를 공작·후작·백작·자작·남작 등 다섯 작위로 나누었다. 그러다가 전국시대 때 제후국의 군주들도 주周나라 천자와 맞장뜨려고 너도나도 '왕'이라고 자칭하게 되었다.

통일국가인 진秦나라를 세운 영정嬴政은 다른 제후국 군주(王)보다 권위를 높이기 위해 신하들의 건의를 받아들여 임금에 대한 칭호를 '皇帝'라고 하고, 앞에 '시작한다'는 의미의 '始'자를 덧붙여 '최초의 황제'라는 의미에서 '시황제'라고 하였으니, 참으로 건방지기 짝이 없는 존칭을 만들어 냈다.[02] 시황제는 후손들이 만세황제까지 이어지기를 바란다

---

01 이에 관한 설은 버전이 여럿인데, '황제도 죽을 맛일 때가 있다'항에서 상세히 다루었다.

02 일본은 '천황天皇'이라고 상당히 건방진 존칭을 아직도 쓰고 있는데, 우리는 '日王'이라고

고 유언을 남겼지만, '아이러니' 하게도 2세황제[03]에서 진나라는 망하고 말았다. 그런데 시황제 영정의 성씨를 보면 참으로 묘한 글자를 택하고 있다.

시황제의 성씨인 '嬴'에 '물 氵 (水)' 부수가 붙은 '큰 바다 영瀛'은 고대 중국인들이 신선들이 산다고 상상의 나래를 펼쳐 만든 동해(황해)의 세 선산仙山 가운데 하나인 영주산瀛洲山의 첫 글자이다. 그래서 동해를 비유적으로 가리키기도 하고, 신선세계를 상징하기도 한다. 그런 면에서 신선이 되고자 추구했던 시황제와도 잘 어울리는 한자라 하겠다. 필자가 사는 강릉에도 이 글자를 활용해 만든 지명이 있다. 옛날에 강릉 사또[04]가 사신이나 외빈을 맞이하던 숙소를 '임영관臨瀛館'[05]이라고 하는데, 글자 그대로 풀이하면 '영주산, 즉 동해가 내려다보이는 여관' 이란 뜻이 된다. 무척 운치 있는 이름으로 들린다.

그런데 언젠가 바닷가 초당동에 사는 동창 집에 놀러가느라 길을 걷다가 더 거룩한(?) 명칭을 발견했다. 커다란 한옥 양식으로 지어져 마치 궁궐을 연상케 하는 한국전력[06] 건물 출입구 누각 현판에 '광영루光瀛樓' 라고 적혀 있는 것이 아닌가? 아니 '영주산(강릉)을 빛내주는(밝히는) 누각' 이라니? 누가 이렇게 거창한 명칭을 쓰라고 일개 전력회사에 허락해 준 것일까?

하는 것이 시의적절하지 않을까 싶다.

03 3세황제는 즉위하자마자 사망하고 진나라가 멸망하였기에 유명무실하다.

04 옛 지명대로 하면 '명주군수溟州郡守' 이다.

05 문화재로 지정되어 복원되었다. 또 강릉을 대표하는 대규모 한정식집으로 임영관도 있었으나 폐점하였다.

06 무슨 연유인지는 모르겠으나 한옥, 그것도 궁궐처럼 지어졌다.

2. 고대 중국 봉건제에서의 작위의 의미는?

우리에게는 서양소설의 대표적 작품 가운데 하나로 잘 알려져 있지만, 영화나 뮤지컬로도 여러 차례 제작된 것으로 알렉산드로 뒤마의 《몬테 크리스토 백작》이란 작품이 있다. 이 작품의 영어 명칭은 'The Count of Monte Cristo'이다. 따라서 동양식 명칭인 '백작伯爵'에 해당하는 영어식 표기가 곧 'Count'라는 말이 된다.

영국의 봉건제도에서는 Duke, Marquess, Earl, Viscount, Baron 등의 작위가 있었는데, 그중 'Earl'을 유럽에서는 'Count'라고 칭했다고 한다. 그런데 공교롭게도 이는 상고시대 중국 봉건제도에서의 오작五爵과 일치한다. 이를 한자어로 대체하면 각기 공작公爵, 후작侯爵, 백작伯爵, 자작子爵, 남작男爵에 해당한다. 그렇다면 이러한 '오작'의 형성은 언제부터 시작되었을까? 이에 대해 후한 반고班固(32-92)의 《백호통의白虎通義》 권상에서는 다음과 같이 설명하고 있다.

> 《예기·왕제》권11에서 "임금이 봉록과 작위를 제정하면서 도합 다섯 등급을 두었다"고 한 것은 공작·후작·백작·자작·남작을 말한다. 이는 주나라 때 제도이다.… 은나라 때 작위가 세 등급이라는 것은 공작·후작·백작을 말한다.… 《춘추공양전·환공桓公11년》권5에 "백작·자작·남작을 아울러 하나의 작위로 삼았다"고 하였다. (王制曰, "王者之制祿爵, 凡五等," 謂公·侯·伯·子·男. 此周制也.… 殷爵三等, 謂公侯伯也.… 春秋傳曰, "合伯子男, 以爲一爵.")

이상의 기록을 종합해 보면 하나라에 대해서는 알려진 바가 없지만, 은나라 때만 해도 공작·후작·(백작·자작·남작이 통합된) 백작의 3등급이었다가, 주나라 때 공작·후작·백작·자작·남작의 5등급으로 더 세분화되었다는 것을 알 수 있다. 영토가 넓어지고 인구가 많아져 제후국의 개체수가 많아졌으니, 작위의 등급이 더 세분화된 것은 어찌보면 자연스런 현상이 아닐까 싶다. 헌데 근자에 영국에서 영화배우에게까지 작위를 남발하는 것을 보면서 고개가 갸우뚱해지곤 한다. 필자가 아직 서양문화에 대해 무지해서일까?

3. 황제도 죽을 맛일 때가 있다!

고대 중국에서 가장 막강한 힘을 가진 존재는 아무래도 황제皇帝라 할 수 있다. 고대 중국인들은 황제의 위상을 높이기 위해 모범이 되는 전설상의 임금을 상상의 나래를 펼쳐 다양한 명칭으로 창조해냈다. 물론 수많은 도시국가 내지 부족국가가 존재했을 상고시대 때, 그들 모두가 실존하지 않았다고 단언하기도 어렵겠지만…… 역사적 기록에 남아 있지 않고, 상고시대 유물로 입증하기 어렵다 해도, 전설상의 황제들이 각 도시국가의 권력자로서 존재했을 가능성을 완전히 배제할 수는 없을 듯하다.

고대 중국인들이 창조해낸 전설상의 임금들을 살펴보면 각 문헌마다, 또 각 기술자마다 제각각이어서, 그 '버전'이 무척 다양한 편이다. 그중에서도 가장 보편적으로 거론되는 것이 '삼황오제三皇五帝'이지만, 그 이전에도 수많은 전설상의 임금이 존재했다는 전제 하에 여러 황제를 나열하였다. 이를테면 호랑이 담배 피우던 시절처럼 그 시기를 알 수 없는 때에 천황씨天皇氏·지황씨地皇氏·인황씨人皇氏가 천하를 다스렸다고 하면서, 그 이후로도 용성씨容成氏·대정씨大庭氏·백황씨栢皇氏·중앙

씨中央氏·율륙씨栗陸氏·여련씨驪連氏·혁소씨赫蘇氏·종로씨宗盧氏·축화
씨祝和氏·혼돈씨渾沌氏·호영씨昊英氏·유소씨有巢氏·주양씨朱襄氏·갈천
씨葛天氏·음강씨陰康氏·무회씨無懷氏 등의 임금이 있었다고 하니, 도통
뜬구름 잡는 소리 같아서 이를 어떻게 받아들여야 할지 난감하기만 하
다. 어쨌든 자신들의 역사를 길게 상정하기 위해서인지는 모르겠으나,
수많은 전설상의 임금을 만들어냄으로써 뭔가 정치적 노림수를 획책한
것이 아닐까 의심이 가는 대목도 한두 군데가 아니다.

　고대 중국인들이 가장 많이 거론하는 삼황오제도 확정된 틀이 없이
여러 '버전'이 존재했다. 전한 사마천司馬遷(B.C.135-?)의 ≪사기史記·오
제본기五帝本紀≫권1에서는 '삼황'에 대한 언급이 없이 '오제'에 대해서
만 황제黃帝·전욱顓頊·제곡帝嚳·요堯·순舜을 가리킨다고 한 반면, 진晉
나라 때 황보밀皇甫謐이 지은 ≪제왕세기帝王世紀≫권1에서는 '삼황'으로
복희伏羲·신농神農·황제黃帝를 설정하면서 '오제'에 대해 소호少昊·전
욱顓頊·제곡帝嚳·요堯·순舜을 가리킨다고 하였다. 이처럼 전설상의 군
주에 대해 통일된 설이 없는 것은 학자마다 제각기 자기의 설을 피력한
데서 기인한다. 따라서 후인의 입장에서는 그러한 설이 있었나 보다 하
고 생각하면서 참조사항으로만 삼으면 될 듯하다. 여하튼 훗날 전국시
대를 통일한 진秦나라 영정嬴政이 자신에 대해 '최초의 황제'란 의미에
서 '시황제'란 극존칭을 정한 것도, '삼황오제'라는 이름에서 두 글자를
따서 그 정통성을 이은 것으로 이해하면 그만일 것이다.

　고대 사회에서 황제의 권한은 막강했지만, 그에 비례해서 책임 또한
막중하기 그지없었다. 그렇기에 일식이나 월식이 일어나고, 하늘에서
운석이 떨어지고, 지상에서 지진이 일어나고, 홍수와 가뭄이 들어도 모
두 황제의 책임이었다. 그래서 하늘에 제를 올리고, 신하에게 대책을 강

구케 한 일이 비일비재하였다. 자연 현상에 대한 과학적 지식이 부족하던 당시로서는 누군가에게 책임을 전가할 수밖에 없었기에, 모든 허물을 황제가 뒤집어써야 했을 것이다. 절대권력이란 막강한 힘에 대한 대가 치고는 너무 가혹한 것이 아닐까? 황제라는 자리가 마냥 달가운 것만은 아닐 듯 싶다. 심지어 혼란기에는 암살이나 독살을 당하는 일도 수없이 일어났으니 말이다. 오늘날에도 국가에 불상사가 생기면 대통령 탓을 하는 것도 새로운 일은 아닌 듯하다. 그러나 옛날처럼 터무니없이 책임을 묻지는 않으니, 당사자 입장에서는 그나마 다행이라 하겠다.

4. 사면은 득일까? 독일까?

언제부터인가 때만 되면 감옥에 갇힌 전임 대통령이나 재벌 총수에 대한 사면론이 고개를 들곤 하였다. 특히 광복절이나 기념일이 가까워지면 본격적으로 수면 위로 부상하곤 하는데, 아마도 긍정론은 국민통합을 전제로 하기 때문이고, 부정론은 사법정의 실현에 대한 부정적 효과를 전제로 하기 때문인 듯하다. 고대 중국에서도 사면령에 대한 호불호가 시대마다 갈리곤 하였다. 특히 엄격한 법치주의를 중시하는 법가사상을 대표하면서 춘추시대 제齊나라에서 재상을 지낸 관중管仲(본명은 관이오管夷吾)은 사면에 대해 부정적인 생각이 강하였다. 이를 웅변적으로 말해주는 글이 진위를 떠나, 그의 저서로 알려진 ≪관자管子·외언外言·법법法法≫권6에 전하기에 아래에 소개해 보고자 한다.

무릇 사면이란 이익은 적고, 해악이 크다. 따라서 오래 가면 그 화를 감당하기 어렵다. 사면을 하지 않으면 해악은 작으나 이익이 크다. 따라서 오래 가면 그 혜택이 감당하기 어려울 정도로 크다. 사면을 하는 것은 급히 달리면서 수레를 버리는 것과 같고, 사면을 하지 않는 것은 악성 종기가 생겼을 때 돌침으로 치료하는 것과 같다. 사면령을 내면 백성은 불경해지고, 은혜를 베풀면 과오가 날로 늘어난다.(凡赦者, 小利而大害也. 故久而不勝其禍. 無赦者, 小害而大利也. 故久而不勝其福. 赦者, 奔走之委輿也, 無赦者, 痤疽之礦石也. 赦出則民不敬, 惠行則過日益.)

법가사상을 추종한 이들뿐 아니라, 삼국시대 촉나라 때 재상 제갈양諸葛亮도 "정치는 큰 은덕을 베풀어야지, 사소한 은혜를 이용하는 것이 아니다. 그래서 (전한) 광형과 오한도 사면을 시행하는 것을 좋아하지 않았던 것이다. 선제(유비劉備)도 '내가 (후한) 진원방(진기陳紀)·정강성(정현鄭玄)과 어울리면서 매번 만날 때마다 나라를 다스리는 이치에 대해 빼놓지 않고 말을 하였지만, 일찍이 사면에 대해서는 논한 적이 없었네'라고 말씀하셨다. 이를테면 유경승(유표劉表) 부자의 경우 해마다 사면령을 내렸지만, 정치에 무슨 보탬이 되었던가? 또 후한 때 오한이 병이 위독해졌을 때 광무제가 친히 병문안을 하면서 하고 싶은 말에 대해 묻자, 오한은 '신 어리석어 아는 바가 없습니다만, 원하옵건대 폐하께서는 사면만은 하지 마시옵소서'라고 말했다(爲政以大德, 不以小惠. 故匡衡·吳漢, 不願爲赦. 先帝亦言, '吾周旋陳元方·鄭康成間, 每見, 言理亂之道, 悉矣, 曾不論赦.' 若劉景升父子, 歲歲赦宥, 何益於政? 又東漢吳漢病篤, 光武親臨, 問所欲言, 對曰, '臣愚無所知識, 願陛下無赦而已')"라고 하여 사면에 대한 부정적인 생각을 밝힌 적이 있고, 동시대 인물인 맹광孟光도 "사면이란 것은 형평성을 잃은 조치이니, 밝은 세상에 베풀 것이 못 된다(赦者偏枯之物, 非明世宜有)"라고 하여 적극적인 반대 의견을 개진한 적이 있다. 그러나 송나라 때 태평성대를 구가한 태종太宗이 제갈양의 주장에 반대하는 신하의 의견을 받아들여 3년마다 사면령을 반포한 것은 민심의 전환과 백성들의 화합을 위한 것이었으니, 부정적인 측면만 있는 것도 아니라 하겠다.

　내로라하는 고대 중국의 유명인사들이 대놓고 사면에 반대한 것은 형평성과 공정이라는 대원칙을 훼손하는 행위라는 데 인식을 같이 했기 때문이고, 이에 반해 황제들이 정기적으로 사면령을 시행한 것은 여론의 전환과 국민통합을 의식했기 때문일 것이다. 궁극적으로 사면이 나라를 위해 득이 될지 독이 될지 잘 모르겠으나, 시대적 상황을 고려하여 혜안을 내놓는 것은 결국 통치권자의 몫이 아닐까?

5. 죽으면 그냥 자연으로 돌아가야 하나 보다!

　필자는 어렸을 때 서울의 동쪽 끝에 자리한 면목동에 살아서, 같은 또래 꼬맹이들과 이따금 망우리 공동묘지로 놀러가곤 하였다. 날이 어두워지면 침엽수만 늘어서 있는 묘지에서 두려움을 떨치려고 친구들과 큰 소리로 외치며 집으로 돌아오던 장면이 지금도 아련히 떠오른다. 철저하게 신분사회였던 고대 중국의 경우 무덤은 모양새가 어떠하고, 주변에 어떠한 나무를 심었을까? 이에 관한 기록이 후한 반고班固(32-92)의 ≪백호통의白虎通義·붕훙崩薨≫권하에 전하기에, 아래에 한번 소개해 보고자 한다.

　　봉분을 만들고 무덤 주위에 나무를 심는 것은 표지로 삼기 위해서이다. 그래서 ≪예기·단궁상檀弓上≫권6에 "(춘추시대 노魯나라 공자가 말했다.) 옛날에는 무덤을 만들면서 봉분을 하지 않았다. 이제 언덕처럼 만드는 것은 내가 동서남북을 돌아다니는 사람이라서 표지를 세우지 않을 수 없어서이다. 그래서 봉분을 만들면서 (사방을 상징적으로 나타내기 위해) 높이를 네 자로 하는 것이다"라고 하였다. 《춘추함문가》에서는 "천자의 봉분은 높이가 세 길이고, 소나무를 심는다. 제후는 그 절반의 높이(열다섯 자)로 만들고, 측백나무를 심는다. 대부는 (일곱 자 반을 올림해서) 여덟 자 높이로 만들고, 모감주나무를 심는다. 사士는 네 자 높이로 만들고, 홰나무를 심는다. 서민은 봉분을 하지 않고, 버드나무를 심는다"고 하였다. (封樹者, 所以爲識[07]. 故檀弓曰, "古也墓而不墳. 今丘也, 東西南北之人也, 不可以不識也. 於是封之, 崇四尺." 春秋含文嘉曰, "天子墳高三仞, 樹以松. 諸侯半之, 樹以栢. 大夫八尺, 樹以欒. 士四尺, 樹以槐. 庶人無墳, 樹以楊柳.")

위의 기록에 의하면, 봉분은 애당초 무덤의 존재를 사람들에게 각인시키기 위한 수단이었다. 그러나 뒤에는 신분의 격차마저도 사람들에게 공시하기 위해 그 높이에 상당한 차이를 두었다는 것을 알 수 있다. 그래서 천자로부터 제후, 대부, 사士로 신분이 내려감에 따라 높이가 반감되었고, 서민의 경우는 아예 평지처럼 밋밋하게 무덤을 만들었다는 것이다. 물론 현대인들은 돈만 있으면 얼마든지 무덤을 높이 세우기도 하지만……

우리나라는 땅이 좁아서인지 언제부터인가 봉분은 고사하고 묘지의 사용을 아예 법률로 금지시킨 것 같다. 그래서 이제는 화장이 대세가 되고 말았다. 실상 요즘은 오래된 선산이나 기존의 공원묘지 등을 제외하면, 성묘객의 모습을 마주하기가 쉽지 않은 듯하다. 필자도 아내와 함께

---

07 '識'는 '표지' '기록하다'를 뜻하는 '지志'의 통용자이다.

희망하기는 수목장을 마련하는 것인데, 훗날에는 이마저도 그리 수월치 않으리라는 얘기를 들었다. 그렇다면 그냥 화장하여 강물에 뿌려져서 자연으로 돌아갈 수밖에는 없지 않을까? 하긴 죽은 뒤에야 인지하지도 못 할 터이니, 무슨 상관 있으랴?

6. 중국에서 브래지어는 어떻게 생겨났을까?

고대 중국에는 세 개의 조정이 있었다. 황제가 관장하는 정식 조정朝廷, 황후가 관장하는 후궁後宮, 태자가 관장하는 태자궁('동궁東宮' 혹은 '청궁靑宮'이라고도 한다)이 그것이다. 그중 태자가 관장하는 동궁이 가장 규모가 작다. 아침 일찍 일어나 공부하라고 일부러 해 뜨는 동쪽에 궁궐을 마련하여 '스트레스'를 팍팍 주었으니, 태자에게 큰 규모의 행정기관을 턱 하니 맡겼을 리가 만무하다.

그중 황제의 조정에 못지 않게 치열하게 권력투쟁이 벌어진 곳이 후궁이다. 황제와 마찬가지로 품계가 없는 황후와, 1품인 삼비三妃[08], 2품인 구빈九嬪, 3품인 첩여婕妤, 4품인 미인美人[09], 5품인 재인才人 등을 총칭하여 '후궁'이라고 한다. 그리고 시대마다 차이는 있지만, 각 품계는 한 등급이 떨어질 때마다 3배수로 증가하여 '비'는 3명(혹은 4명), '빈'은 9명, '첩여'는 27명, '재인'은 81명, '미인'은 243명이 정원으로 책정되었다.[10] 그런 점에서 백제 시대 때 의자왕이 3천 궁녀를 거느렸다는 말은 당시

---

08 황제의 권력이 강하고 욕심이 과하면 정원을 4비로 늘리기도 하였다.

09 관직명으로 고유명사이다.

10 합산하면 음력의 1년 355일이나 양력의 1년 365일과 수치가 얼추 비슷해지는데, 그냥 우연의 일치인지 모종의 연관성이 있는지는 불명확하다.

인구수에 비추어 볼 때, 누군가 의자왕을 엿먹이려는 의도에서 빚어낸 지나치게 과장된 가짜 뉴스가 아닐까 싶다.

그런데 중국에 조공을 바치는 제후국에는 황후가 존재하지 않기에, 이러한 품계가 한 단계씩 상승한다. 그래서 자존심이 상하는 얘기이기는 하지만, 중국에 조공을 바치던 우리나라 조선에서는 비妃가 임금의 본부인이 되고, 빈嬪이 1품인 후궁이 된다. 조선시대 제도에 대해 잘은 모르겠으나, 드라마의 소재로 자주 등장하는 장희빈의 직책인 '희빈禧嬪'은 1품에 해당하였을 것이다. 그렇다면 대사가 거의 없어 보통 엑스트라가 맡는 '숙빈淑嬪'과는 무슨 차이가 있을까? 아마도 품계는 같으나, 서열이 위였을 것이다. 즉 중국 후궁의 질서와 마찬가지로 뒤의 '빈'자는 품계를 가리키고, 앞의 '희禧'자나 '숙淑'자는 같은 품계 내에서 서열을 구분짓기 위해 덧붙인 한자로 추정된다.

중국에서 4대미인으로 꼽히는 양귀비楊貴妃는 4비, 즉 귀비·숙비淑妃·덕비德妃·현비賢妃 가운데서도 가장 서열이 높았다. 즉 중국에서도 앞의 '귀貴'자가 4비 가운데 가장 높은 서열을 나타내는 한자이다. 양귀비와 관련해 재미있는 고사가 많이 전한다. 그중 한 가지를 소개하면, 중국에서 처음으로 브래지어가 만들어진 것도 양귀비와 관련이 있다고 한다. 송나라 때 첨개詹玠란 사람이 지은 ≪당송유사唐宋遺史≫에 의하면, 양귀비와 간통한 안녹산安祿山이 패악을 저지르다가 양귀비의 젖가슴에 상처를 냈기에, '가자訶子'라는 장식물을 만들어 이를 가린 것이 중국 브래지어의 시초라고 한다." 이 역시 어디까지 믿어야 할지 알 수 없지만……

---

11 명明나라 팽대익彭大翼의 ≪산당사고山堂肆考·형모形貌≫권113에 "(당나라) 양귀비가 매일 안녹산과 어울려 노닐었는데, 하루는 안녹산이 술에 취해 손장난을 하다가 양귀비의 젖꼭지 부근을 긁어 상처를 내고 말았다. 양귀비가 울면서 말했다. '내가 그대와 정을 통한 잘못

7. 이제는 중국 눈치 볼 필요가 없다네!

앞에서도 언급했다시피 고대 중국 사회에서는 신분의 구별이 엄격하였다. 그래서 각 신분에 따라 명칭 또한 엄격하게 구분되어 설정되었다. 이는 비록 남존여비의 시대였다고 하더라도, 남자에게만 국한된 얘기가 아니라서 여자의 경우도 동일하였다. 그래서 여기서는 남자가 아닌 여자에 관한 호칭에 대해 한번 소개해 보고자 한다. 이에 관한 간략한 기록이 후한 말엽의 학자인 채옹蔡邕(133-192)이 지은 ≪독단獨斷≫권 상에 보이기에 아래에 소개해 본다.

> 천자의 아내는 '후'라고 한다. '후'라는 말은 '뒤를 잇는다'는 뜻이다. 제후의 아내는 '부인夫人'이라고 한다. '부인'이란 말은 '돕는다'는 뜻이다. 대부의 아내는 '유인'이라고 한다. '유 인'이란 말은 '속한다'는 뜻이다. '사士'의 아내는 '부인婦人'이라고 한다. '부인'이란 말은 '복종한다'는 뜻이다. 서민의 아내는 '처'라고 한다. '처'란 말은 '남편과 나란히 한다'는 뜻이다. 공작이나 후작 등 제후에게는 부인夫人이 있고, 세부가 있고, 처가 있고, 첩이 있다. (天子之妃曰后. 后之言, 後也. 諸侯之妃曰夫人. 夫人之言, 扶也. 大夫曰孺人. 孺之言, 屬也. 士曰婦人. 婦之言, 服也. 庶人曰妻. 妻之言, 齊也. 公侯有夫人, 有世婦, 有妻, 有妾.)

위의 예문에서도 밝혔다시피 신분에 따라 여성에 대해 '후' '부인夫人' '유인' '부인婦人' '처' '첩' 등 다양한 호칭이 만들어졌다. 그중 제후의

이오.' 현종이 상처자국을 볼까 염려하여 황금으로 젖가리개를 만들어 그곳을 가렸다. 그러자 뒤에 궁안의 여자들이 모두 이를 흉내냈다(楊貴妃日與安祿山嬉遊. 一日祿山醉, 戲引手, 抓傷妃胸乳間. 妃泣曰, '吾私汝之過也.' 盧帝見痕, 以金爲訶子, 遮之. 後宮中皆效焉)"는 기록이 전한다.

아내인 '부인夫人'은 후대에는 '비妃'라는 존칭으로 바뀌어서 사용되었다. 그리고 사대부의 아내인 '부인婦人'은 요즘은 주로 일반 가정 주부를 가리키는 말로 쓰이고 있다.

얼마 전에 TV에서 '철인왕후'라는 드라마를 방영한 적이 있었던 것으로 기억한다. '왕후'라는 명칭은 주周나라 때 천자를 '왕'이라고 칭했을 때만 천자의 본부인에게 사용하던 것이다. 그러다가 전국시대 때 각 제후국의 임금들도 천자와 맞짱을 뜨려고 너도나도 자칭 '왕'이라고 칭하게 되자, 전국을 통일한 시황제 영정嬴政(B.C.259-B.C.210)이 전설상의 성군인 삼황오제三皇五帝를 본떠 자칭 '황제'라는 존칭을 사용하면서 '왕후'라는 명칭은 공식적으로 사라졌다. 즉 천자의 본부인은 '황후皇后'라고 하고, 제후국 군주의 본부인은 '왕비王妃'라고 하여, '황후'보다 한 등급 격하된 존칭을 사용하게 되었다. 드라마 제목에서 '왕후'라고 한 것은 누구의 '아이디어'인지는 모르겠으나, '황후'와 '왕비'의 중간에 해당하는 어정쩡한 등급으로 신분 세탁을 하기 위해 인위적으로 만들어서 붙여준 것이 아닐까 싶다. 그러나 여하튼 지금이 중국에 조공을 바치던 조선시대도 아니니, 명칭 사용의 정확성에 대해 시시비비를 따질 필요까지는 없을 듯 싶다.

8. 일개 아전이 공주에게 반기를 들다니!

앞에서도 말했다시피 고대 중국에는 세 개의 조정이 있었다. 황제가 통솔하는 정식 조정, 황후가 통제하는 후궁後宮, 태자에게 황제 업무를 예행케 하기 위한 동궁東宮이 그것이다. 그중 후궁의 여인, 특히 황족에 속하는 여인들도 부류가 여러 가지여서 다양한 명칭이 만들어졌다.

황제의 할머니는 높여서 태황태후太皇太后, 황제의 어머니는 태후太后(황태후皇太后의 준말), 황제의 본부인인 황후皇后, 황제의 딸인 공주公主 등이 그러한 예이다.

그중 공주라는 명칭은 그 의미하는 바가 제법 흥미롭다. 황제가 딸을 시집보낼 때 스스로 주례를 설 수 없어 집안 어른 가운데 공작에 해당하는 제후에게 주례를 서게 하였기에, 그래서 '공작인 제후가(公) 주례를 선다(主)'는 의미에서 '공주'라는 명칭이 생겨났다는 것이다. 그러나 공주도 항렬에 따라 같은 명칭을 사용할 수는 없었기에, 황제의 자매는 '장공주長公主', 황제의 고모는 '대장공주大長公主'라고 존칭함으로써 황제의 딸인 공주와 항렬을 구분지었다.

고대 중국의 정사正史를 들여다보면, 황제의 아내들을 모아서 만든 '후비열전后妃列傳'이 있듯이, 공주들만 따로 모아서 만든 '공주열전公主列傳'이 있다. 예를 들어 《신당서新唐書》를 펼치면 당나라 건국황제인 고조高祖 이연李淵 슬하의 공주 19명으로부터 마지막 황제인 소종昭宗 이엽李曄 슬하의 공주 11명에 이르기까지 여러 공주들의 전기를 싣고 있다. 그중 가장 많은 일화를 남긴 이는 아마도 고종高宗과 측천무후則天武后 사이에서 태어난, 여걸이자 말썽꾸러기라고 평할 수 있는 태평공주太平公主가 아닐까 싶다. 필자가 여걸이라고 한 것은 간신인 장역지張易之(?-705)를 제거하는 데 혁혁한 공을 세웠기 때문이고, 말썽꾸러기라고 한 것은 뒤에 모반을 꾀하다가 조카인 현종玄宗에게 사형을 당했기 때문이다. 이러한 공주에게도 낮은 직책에도 불구하고 서슴없이 반기를 든 인물이 있었으니, 바로 이원굉李元紘이란 사람이다. 그에 관한 고사가 명나라 팽대익彭大翼의 《산당사고山堂肆考·제속帝屬》권39에 전하기에, 아래에 소개하는 것으로 글을 마무리하고자 한다.

당나라 이원굉은 (섬서성) 옹주의 사호참군을 지냈다. 당시 태평공주는 권세가 천하를 뒤흔들었는데, 일찍이 승려와 물레방아를 놓고 소송을 걸었을 때, 이원굉이 승려에게 돌려주라는 판결을 내렸다. (상관인) 옹주자사 두종일이 쫓아와 그에게 판결을 바꾸라고 하자, 이원굉이 큰 글씨로 판결문에 다음과 같이 적었다. "남산을 옮길 수는 있어도, 판결을 바꿀 수는 없다." 두종일도 결국 그의 뜻을 꺾지 못 했다. (唐李元紘爲雍州司户[12]. 時太平公主勢震天下, 嘗與寺僧爭碾磑, 元紘斷還寺僧. 刺史竇從一趣令改之, 元紘大署判曰, "南山可移, 判不可改." 從一不能奪.)

9. 고대 장수의 계급은 어떻게 생겨났을까?

고대 중국 사회는 유학을 국시國是로 삼아 무치武治보다 문치文治를 중시하던 세상이었기에, 무관武官보다는 문관文官의 신분이 높았고, 고위 무관도 문관이 담당하는 경우가 많았다. 우리나라 조선시대 세종 때 육진六鎭을 개척하기 위해 문관인 김종서金宗瑞가 장수직을 맡아 군대를 통솔했던 것도 같은 이치가 아닐까 싶다.

장수의 휘하 관원들은 보통 '막관幕官'이라고 부른다. 이는 장수의 경우 일정한 관공서를 설치하고서 근무하는 것이 아니라, 수시로 이동하면서 들판에다가 군막을 설치하고 군대를 지휘했기 때문이다. 또 장수 가운데는 눈길을 끄는 것으로 '정동장군征東將軍' '정남장군征南將軍' 등의 명칭이 있는데, 이는 이름이 말해주듯 '정동장군'은 동방의 반군을 정벌

---

12 '사호司户'는 주州나 군郡에서 호구户口에 관한 일을 관장하던 지방 관리인 사호참군司户參軍의 준말이다.

한 뒤에, 그리고 '정남장군'은 남방의 반군을 정벌한 뒤에 사라지는 장수직을 가리킨다. 즉 임시직을 가리키는 말이다.

　고대 중국에서 처음에 군대를 통솔하는 직책으로는 '장군'이란 명칭만 있었다. 그러나 인구가 늘어나고 군대 조직이 방대해지면서 장군의 숫자가 기하급수적으로 늘어나자, 장군들에게도 계급상에 차이를 둘 필요가 생겨났다. 그래서 일반 장군보다 높은 직책은 '대장군大將軍'이라고 하고, 다시 대장군보다 더 높은 직책을 만들면서 '상장군上將軍'이란 명칭을 만들어냈다. 즉 무관의 직급에도 장군→대장군→상장군의 순으로 엄격한 차등이 생겨났다.

　오늘날 정부 조직 가운데 가장 직급이 복잡한 곳이 군대인 듯하다. 장관과 차관의 별정직을 제외하고 일반 공무원은 9급으로 구분하지만, 경찰이나 소방관은 12등급이 있다. 경찰의 경우만 보아도 의경-순경-경장-경사-경위-경감-경정-총경-경무관-치안감-치안정감-치안총감의 12계급이 있다. 그보다 더 복잡한 계급 체계가 군대이다. 일반병사는 이병·일병·상병·병장, 하사관급은 하사·중사·상사·원사·준위, 위관급은 소위·중위·대위, 영관급은 소령·중령·대령, 장군급은 준장·소장·중장·대장까지 해서 총 19등급으로 나뉘어 있다. 다만 미군이나 유엔군 때문에 우리나라에는 별이 다섯인 원수元帥가 없다는 말을 들었다. 아마도 단일 조직 가운데 소속 인원수가 가장 방대하기 때문에 계급이 더욱 세분화된 것이 아닐까 싶다. 이러한 원리는 고대 사회에서도 유사하게 적용되었던 것 같다.

10. 9급공무원 제도가 이렇게 오래되었다니!

필자가 고등학교와 대학교를 다닐 때만 해도 장래 희망이 공무원이라는 얘기를 거의 들어본 적이 없다. 당시는 워낙 박봉이었으니까 이상한 일도 아니다. 하지만 요즈음은 대학생은 물론 대학원생들마저 공무원을 선호하는 세상으로 바뀌었으니, 참으로 알다가도 모를 일이 세상사인 것 같다. 이에 여기서는 공무원 체계와 관련한 담론을 전개해 보고자 한다.

오늘날 공무원이 9급까지 있듯이 옛날에도 관리들의 품계는 9등급이었다. 이는 주周나라 때 구명제九命制와 그 후신인 후한後漢 말엽의 구품(중정)제九品(中正)制에서 비롯되었다. 그렇다면 '구명제'와 '구품제'의 차이는 무엇일까? 구명제에서는 1명命이 가장 낮고 9명이 가장 높았던 반면, 구품제에서는 9품品이 가장 낮고 1품이 가장 높다는 것이다. 즉 순서만 뒤바뀌었을 뿐이다.

그러나 인구가 늘어나고 행정 조직이 커지면서 보다 세분화할 필요성이 생겨났다. 그래서 품계를 더욱 늘릴 수밖에 없었다. 이에 9품을 정正과 종從으로 이분화하였고, 이것으로도 부족하자 다시 4품부터 9품까지의 정과 종을 각기 상上과 하下로 나누게 되었다. 즉 1품부터 3품까지는 정1품·종1품처럼 두 등급씩 나뉘고, 4품부터 9품까지는 정4품상·정4품하·종4품상·종4품하처럼 네 등급씩 나뉘었다. 따라서 처음에 등급이 9개이던 것이 18개로 늘어났다가, 다시 상하의 구분으로 인해 1품부터 3품까지 6개, 4품부터 9품까지 24개 등 도합 30등급으로까지 늘어나게 되었다. 그래야 '피라미드' 구조로 형성된 수많은 관원들의 등급을 일목요연하게 구분함으로써 수월하게 통제할 수 있었을 것이다. 이는 우리나라 조선시대도 마찬가지였을 것으로 추측된다. 그런 점에서 보면 오늘날 공무원의 등급 구분은 비교적 간소한 편이다. 물론 장관이나 차관과 같은 별정직까지 합친다면 등급의 수치는 더 늘어날 수 있다.

필자 역시 국립대학 소속 교수라서 교육공무원에 속한다. 국립대 교수는 조교수의 경우 5급 공무원, 부교수의 경우 4급 공무원, 정교수의 경우 3급 공무원에 해당한다. 2005년 정교수가 된 필자는 엄연히 3급 공무원이니 고위공무원에 속한다고 말할 수 있다. 그러나 교수사회는 상하조직이 아니라 평면 구조이기에 권한을 발동할 일이 거의 없다. 즉 권력의 맛을 음미할 기회가 없는 집단이란 말이다. 대신 타인으로부터 간섭을 거의 받지 않는 자유를 누릴 수 있으니, 더 큰 권리를 누린다고도 말할 수 있지 않을까? 그런 면에서 삼촌설三寸舌을 함부로 놀려 교육자 신분에 누를 끼치는 사람들을 뉴스에서 대할 때면 마음이 씁쓸해진다.

11. 고대 관복의 색깔은 무엇을 의미할까?

앞에서 오늘날 공무원의 체계가 9급으로 나뉘어 있는 것처럼, 옛날에도 행정 조직은 아홉 등급으로 이루어진 구품제九品制였다는 얘기를 꺼냈다. 여기서는 그 연속선 상에서 구품제와 고대 관원의 복장과의 상관관계에 대해서 담론을 이어가고자 한다.

고대 중국의 관복官服을 보면 시대마다 다소 차이는 있으나, 당송唐宋 왕조를 기준으로 했을 때 1품은 가장 짙은 붉은 색의 관복인 주의朱衣를, 2품과 3품은 그보다 덜 붉은 자주색의 관복인 자의紫衣를, 4품과 5품은 옅은 붉은 색인 비색緋色, 즉 분홍색에 가까운 관복인 비의緋衣를, 6품과 7품은 녹색을 띤 관복인 녹의綠衣를, 8품과 9품은 푸른 색을 띤 관복인 청의靑衣를 입었다. 그리고 그들이 관복에 차는 도장(印)과 그 도장을 관복에 연결하기 위한 인끈(綬)도 금색·은색·청색 등 품계에 따른 구분이 있었다. 옛날 관리들은 수시로 결재를 하기 위해 도장을 늘 몸에 휴대하고 다녀야 했기에, 관복과 도장을 연결하기 위한 인끈이 필요했다. 관복과 마찬가지로 관인官印과 인끈도 관리가 임의로 만들 수 있는 것이 아니라, 궁중의 물품을 제작하는 상방上方과 같은 기관에서 제작하여 임명받는 관료에게 하사해서 착용케 했다가, 관직을 그만두면 다시 회수하였다.

중국의 문물제도를 받아들였던 우리나라 조선시대도 이와 비슷한 관복 체계를 갖추었던 것으로 보인다. TV에서 상영하는 사극을 시청하다 보면, 녹의와 청의를 입은 관원들이 궁중을 오가는 장면이 자주 등장한다. 그런데 그들의 경우 거의 대사가 없이 왔다갔다 하는 장면만 연출하는 광경을 쉽게 목격할 수 있다. 이는 아마도 그들이 사극에서 주인공이 아니기 때문일 것이다. 대개 대사가 많은 배우들은 고관의 직책을 담당한 주인공에 해당하는 배역들이다. 그래서 그들이 입고 있는 관복을 보면 대부분 붉은 색 계통에 속한다.

오늘날이야 공무원이든 회사원이든 복장이 자유로우니, 그 얼마나 편한가! 비록 예전에는 정장 차림이 의무처럼 강요당한 적도 있지만…… 필자도 처음 학교에 부임한 뒤로 약 10년 동안은 정장을 하고 출퇴근하다가, 기강이 해이해진(?) 뒤로는 간편한 일상복을 즐겨 착용하였다. 그러다가 2016년 별도의 직책을 맡으면서 남의 이목도 있고 하여 예의를 갖춘답시고 다시 정장을 차려입게 되었다. 하지만 예전보다 살이 쪄서 그런지 허리춤이 빡빡해졌다. 이제는 체형에 신경을 쓸 나이가 되었나 보다!

12. 고대 중국의 연봉제와 연금은 어떠했을까?

앞에서 고대 관직의 품계品階와 관복官服에 관해 얘기를 꺼냈기에, 여기서는 그와 연계되는 고대 중국 관료의 봉급 체계에 관해 소개해 보고자 한다. 우리나라에서는 얼마 전만 해도 봉급을 월급으로 지급받았지만, 이제는 공적 기관이든 사적 기관이든 막론하고 대부분 연봉제로 바뀐 듯하다. 국립대학교에서도 2015년부터 성과급연봉제를 실시하고 있다.

고대 중국의 봉급도 연봉제였다. 왜냐하면 가을에 곡식을 수확하고서 국가 재정이 충족된 뒤라야 관료들에게 봉급을 지급할 수 있었을 테니까. 반면 월급은 일종의 '보너스'처럼 이따금 지급되었다. 중국의 연봉제는 시대마다 차이가 있는데, 여기서는 한나라 때 고위관료의 연봉제를 실례로 설명해 보고자 한다. 한나라 때 역사를 정리한 ≪한서漢書≫나 ≪후한서後漢書≫를 보면, 고위 관료의 경우 세 가지 연봉제가 있었다. 즉 '중이천석中二千石' '이천석二千石' '비이천석比二千石'이 바로 그것이다. 여기서 '中'은 '적중하다' '들어맞는다'는 의미의 한자이고, '比'는 '가깝다' '근접한다'는 의미의 한자이다. 이에 대해 당나라 때 경학가經學家인 안사고顔師古(581-645)는 ≪한서·평제기平帝紀≫권12의 주에서 "그중 '중이천석'이라고 하는 것은 월 180휘(가마)를 뜻하고, '이천석'은 월 120휘를 뜻하며, '비이천석'은 월 100휘에 해당한다(其稱中二千石者, 月百八十斛, 二千石者, 百二十斛, 比二千石者, 百斛云云)"고 설명하였다.

여기서 '휘(가마)'를 뜻하는 '곡斛'을 '石'으로 환산하여 연봉을 계산하면 '중이천석'은 '이천석'이 조금 넘는 180×12=2,160석이 되고, '이천석'은 120×12=1,440석이 되며, '비이천석'은 100×12=1,200석이 된다. 예를 들어 구경九卿과 장수將帥 등의 최고위 관직은 연봉이 '중이천석'이었고, 태수는 '이천석'이었으며, 그보다 직급이 낮은 관원은 '비이천석'

에 해당하였다. 물론 하급관료의 연봉으로는 8백석, 6백석, 4백석 등도 있었다. '이천석'의 경우 요즘의 값어치로 환산하면, 80kg짜리 쌀 한 가마에 40만원으로 책정해 어림잡아 계산했을 때, 시세로 약 6억원에 상당한다. 연봉이 6억원이라고? 그런데 왜 고대 중국 사회에서도 비리와 부패가 끊이지 않았을까? 현대 사회의 핵가족제도를 전제로 계산한다면 어마어마한 보수이기에 당연히 이상하다는 생각이 들겠지만, 옛날에는 대가족제도라서 아무리 고관이라 할지라도 대가족에 머슴과 노비까지 수십 명을 먹여살려야 하는 막중한 책임을 지고 있었으니, 이 정도 연봉을 많다고 치부할 수는 없을 듯하다.

그렇다면 옛날에도 연금이 있었을까? 당연히 있었다. 고대 중국 사회에서는 '봉토封土'를 하사하는 제도가 있었다. 즉 재직 기간 동안 국가를 위해 책무를 다한 관원들에게는 특정 고을을 봉토로 지급해 주었다. 그 봉토에서 생산되는 곡물 가운데 일부는 국세로서 조정에 헌납하여 국가 재정에 도움을 주었고, 일부는 지방세로서 해당 지역의 행정기관에 납부하여 지방 살림을 꾸리도록 배려하였으며, 나머지를 퇴직한 관원이 연금으로 챙길 수 있게 해 주었다. 그렇지 않다면 노후의 삶을 어찌 지탱할 수 있으리오? 옛날이나 오늘날이나 사람이 생계를 유지할 수 있도록 하는 시스템은 별반 차이가 없는 듯하다.

13. 매를 대신 맞고 돈 버는 직업이 있었다니!

앞서 게재한 글에서 '음양오행설'과 관련하여 언급하였다시피, 고대 중국인들은 확실히 비과학적이란 비판을 받을 수 있는 이러한 관념을 무척 좋아했던 것 같다. 심지어 이러한 생각은 여러 문물 제도에도 그대로 반영되었다. 그중 하나로 형벌 제도를 들 수 있다. 옛날 형벌 제도를 보면 '오형五刑'이란 말이 있다. 즉 형벌을 다섯 가지 종류로 구분하는 것이다.

≪신당서新唐書·형법지刑法志≫권56의 기록에 의하면, 하夏나라·상商나라·주周나라 등 상고시대 때 오형은 원래 잔인하기 그지없는 형벌이었다. 즉 오형은 얼굴에 낙인을 찍어 거리를 활보할 수 없게 만드는 묵형墨刑, 코를 베어서 숨쉬기조차 힘들게 하는 의형劓刑, 성기를 잘라 남자 구실을 못 하도록 거세하는 궁형宮刑, 발목을 잘라 움직이지 못 하게 하는 월형刖刑[13], 오늘날의 사형에 해당하는 대벽형大辟刑을 가리킨다. 그러나 비인도적인 점 때문에 후대에는 사형을 제외한 나머지 네 가지 형벌을 보다 인본적인 성향을 띠는 형벌, 즉 대나무 회초리로 때리는 태형笞刑, 그보다 통증이 더 심하게 나무몽둥이로 패는 장형杖刑, 오늘날 징역형에 해당하는 도형徒刑, 멀리 외진 곳으로 귀양보내 고된 삶을 살게 하는 유형流刑으로 바꾸었다.

그런데 이러한 오형마저도 각기 개별적으로 다시 다섯 가지 종류로 분류하였다. 태형의 경우는 10대·20대·30대·40대·50대로, 장형의 경우는 60대·70대·80대·90대·100대로, 도형의 경우는 1년·1년 반·2년·2년 반·3년으로, 유형의 경우는 1,000리·1,500리·2,000리·2,500리·3,000리로 정했다. 한편 사형의 경우는 이름만 들어도 공포스러운 팽형烹刑·화형火刑·거열형車裂刑 등 여러 종류가 있다가, 후대에는 덜 잔인해 보이는 교수형과 참형으로 한정되었다.

여기서 한 가지 흥미로운 사실은 장형의 경우 한 번에 다 맞지 않기

---

13 '비형剕刑'이라고도 한다.

도 했다는 것이다. 즉 하루에 몰아서 맞으면 사망에 이르기에 나눠서 맞았다는 것이다. 이를테면 열 대 맞고 치료한 뒤 다시 나머지를 나눠서 맞는 경우가 있었다고 하니, 이런 말을 듣고서 웃어야 할지 울어야 할지, 참으로 황당한 얘기처럼 들리기도 한다. 심지어 부패한 시기에는 돈을 받고 대신 매를 맞아 생계를 유지하는 괴이한 직업도 있었다고 하니, 이는 더 더욱 웃지못할 일이라 하겠다. 그런데 땅덩어리가 넓은 중국의 경우야 2,500리나 3,000리 먼 곳으로 유배를 보낼 수 있지만, 남쪽 끝에서 북쪽 끝까지 3,000리라고 하는 우리나라의 경우는 한양 땅을 기준으로 했을 때 1,500리 이상 먼 곳으로 보낼 수가 없을 것이다. 그렇다면 조선시대 때 유형을 당한 사람들을 유배보낼 때는 형량을 어떻게 구분했을까? 아마도 중국에 비해서는 기준을 낮춰 나름대로의 '시스템'을 갖추지 않았을까 조심스레 추측해 본다.

14. 이름이 멋지다고 좋아할 것은 없다네!

앞에서 고대 중국의 형벌 제도인 '오형五刑'에 관해 언급하면서 오늘날에는 사라졌지만, 옛날에는 멀리 귀양을 보내는 '유형流刑'이 그중 하나라고 소개하였다. 아울러 유형에도 다섯 가지 종류가 있는데, 1,000리·1,500리·2,000리·2,500리·3,000리를 가리킨다고 하였다. 따라서 유형 가운데서도 3,000리 밖으로 쫓겨가는 것이 당연히 가장 심한 형벌일 수밖에 없을 것이다.

우리나라야 지형상 이러한 형벌이 존재할 수 없겠지만, 땅덩어리가 넓은 중국에서는 얼마든지 가능했다. 그중에서도 도성으로부터 가장 먼 지역인 광동성과 광서성 일대가 그 대상 지역에 해당하였다. 헌데 중국의 고문헌을 읽다 보면, 고대 유배지를 대표하는 장소로 흔히 8주州가 등장한다. 이와 관련해 원나라 때 저자 미상의 ≪씨족대전氏族大全≫권 11에는 다음과 같은 고사가 전한다.

유안세(1048-1125)는 자가 기지로 송나라 (철종哲宗) 원우 (1086-1093) 연간에 (요즘으로 말하면 대통령비서실의 연설문 작성 담당관에 해당하는) 중서사인을 지내면서 사람들에게 면박을 주고 조정에서 간쟁을 벌였기에, 사람들이 그에게 ('궁중의 호랑이'란 의미에서) '전상호'란 별명을 붙여주었다. (철종) 소성(1094-1097) 초에 (구법당파舊法黨派와 신법당파新法黨派 사이에) 당쟁 사건이 일어나면서 유안세는 특히 장돈과 채변의 미움을 받아, 결국 (광동성·광서성 일대인) 오령五嶺 이남 지역으로 폄적당했다. 사람들은 "춘주春州·순주循州·매주梅州·신주新州는 죽음과 이웃한 곳이요, 고주高州·염주廉主·뇌주雷州·화주化州는 입에 올리기도 무서운 땅이다"라고들 말한다. 이상 8개 주는 열악한 땅인데도, 유안세는 그중 7개 주에서의 폄적생활을 두루 다 겪었다. (劉安世, 字器之, 宋元祐中, 爲中書舍人, 面折廷爭, 目之爲殿上虎. 紹聖初, 黨禍起, 公尤爲章惇·蔡卞所忌, 遂謫嶺外. 人言"春·循·梅·新, 與死爲隣. 高·廉·雷·化, 說著也怕." 八州惡地, 公歷遍其七.)

위의 예문에서 열거한 8개 주는 중국의 동남방에 위치한 행정구역으로서, 송나라 당시 도성인 하남성 개봉開封으로부터 가장 먼 지역에 해당하였다. 그런데 각 주의 이름을 보면 묘한 공통점이 발견된다. 그 명칭에 해당하는 한자들이 무척 우아하거나 신선하거나 고상하거나 아름다운 의미를 담고 있다는 것이다. 고대 중국인들은 외지고 험한 땅일수록 명칭만큼은 좋은 이미지를 덧씌우고 싶었던 듯하다. 마찬가지로 오늘날 중국의 음식 명칭에서도 이러한 성향을 발견할 수 있다. 필자만의 개인적인 생각일지 모르겠으나, 오래 전 경험에 의하면 싸구려 음식일수록 이름이 거창하고 미적이었던 기억이 난다. 그래서 그때 느낀 것이 음식 명칭이 멋질수록 조심해서 주문해야겠다는 생각을 품은 적이 있다. 명실상부를 중시하는 중국인들도 미진한 측면을 채워주기 위해 고육지책을 발동하여 그런 명칭들을 만든 것은 아닐까? 하여튼 필자에게는 아직도 수수께끼로 남아 있다.

15. 민심은 천심!

국민 전체의 여론을 중시할 때 흔히 '민심은 천심'이란 말을 즐겨 사용한다. 이 말의 유래가 정확히 어디서 시작되었는지는 알 수 없으나, 이와 매우 유사한 표현이 중국 고문헌에서도 발견되기에 이 자리를 빌어 한번 소개해 보고자 한다.

고대 중국인들은 흔히 중국의 상고시대를 '삼대三代'라는 말로 표현하였다. '삼대'는 곧 하夏나라·상商(은殷)나라·주周나라를 가리킨다. 그중 주나라는 처음 도읍을 서쪽의 섬서성 장안 근처에 세웠을 때인 서주西周와, 동쪽의 하남성 낙양 일대로 천도하였던 동주東周로 나뉘는데, 동주는 흔히 '춘추전국시대'라고도 한다. 그중 춘추시대의 역사를 기록한 고서로는 ≪좌전左傳≫과 ≪국어國語≫가 전하지만, 위에서 말한 '민심은 천심'이란 말의 어원처럼 보이는 기록이 전한 때 유향劉向(약 B.C.77-B.C.6)이 지은 ≪설원說苑·건본建本≫권3에 전하기에 아래에 옮겨본다.

(춘추시대) 제나라 환공이 관중('仲'은 '관이오管夷吾'의 자)에게
물었다. "군주는 무엇을 소중히 여겨야 하오?" 관중이 대답하
였다. "하늘을 소중히 여겨야 합니다." 환공이 고개를 들어 하
늘을 쳐다보자, 관중이 말했다. "제가 말씀 드린 하늘은 푸르
고 드넓은 하늘이 아닙니다. 백성들 위에 거하는 자는 백성을
하늘로 여겨야 한다는 뜻입니다."(齊桓公問管仲曰, "王者何貴?" 對曰,
"貴天." 桓公仰視天, 仲曰, "所謂天者, 非蒼蒼莽莽之天也. 居人上者, 以百姓爲天.")

'민심이 천심'이란 말은 하도 많이 들어서, 우리나라 사람들에게는
귀에 못이 박이지 않았을까 한다. 특히 역사 드라마에 단골처럼 등장하
는 출연 배우들의 극중 대사이기도 하다. 이 말이야 시간과 공간을 초월
하여 동서고금 어느 시대 어느 나라 정치에나 다 적용되는 표현이겠지
만, 너무 뻔한 얘기라서 사람들 뇌리에서 쉽게 잊혀지는 격언이라고도
할 수 있지 않을까? 오늘날 위정자들도 다시금 되새겨야 할 금과옥조가
아닐까 싶다.

16. 사극 작가들은 역사 공부를 많이 하나 보다!

   요즘은 주로 석가탄신일에 볼 수 있는 현상인 듯하지만, 고대 중국
에서는 정월초하루에도 방생을 함으로써 새해의 출발을 산뜻하게 맞고
자 하였다고 한다. 그러나 좋은 의도의 방생이 오히려 역효과를 낳을 수
도 있음을 알려주는 고사가 있기에 한번 소개해 보고자 한다. 이와 관
련한 고사는 도가사상을 대표하는 ≪열자列子·설부說符≫권8에 다음과
같이 전한다.

(춘추시대 진晉나라 때 하북성) 한단군의 백성이 정월 초하루에 간자(조앙趙鞅)에게 비둘기를 바치자, 간자가 기분이 좋아 그에게 큰 상을 내렸다. 손님이 그 연유를 묻자 간자가 대답하였다. "정월 초하루에 방생을 하면 은혜를 베풀었다는 것을 보일 수 있지요." 그러나 손님이 말했다. "백성들이 귀하가 방생을 좋아한다는 것을 알면 다투어 그것을 잡을 것이기에, 죽는 생물이 늘어날 것입니다. 귀하가 만약 그것을 살리고 싶으시다면, 차라리 백성들이 생물을 잡지 못 하도록 하는 것이 낫습니다. 잡았다가 풀어준다면 은혜와 과오가 상호 보완적인 것이 못 되지요." 간자가 대답하였다. "맞는 말씀이오."(邯鄲之民, 以正月之旦獻鳩於簡子, 簡子大悅, 厚賞之. 客問其故. 簡子曰, "正旦放生, 示有恩也." 客曰, "民知君之欲放之, 競而捕之, 死者衆矣. 君如欲生之, 不若禁民勿捕. 捕而放之, 恩過不相補矣." 簡子曰, "然.")

위의 예문에서 '한단'은 '남을 함부로 흉내내지 말라'는 의미의 '한단학보邯鄲學步'라는 고사성어로도 유명한 장소로서, 나중 전국시대 때 조趙나라의 수도에 해당한다. 이상의 고사는 당시 권신인 조앙이 비둘기 선물에 기뻐하면서 방생을 즐겼지만, 오히려 그러한 행위가 무분별한 생물의 남획을 초래할 수 있다는 사실을 말하고 있다. 이는 비록 선의에서 출발한 행위라도 의도와 달리 나쁜 결과를 낳을 수 있으니, 전후 맥락을 잘 살펴서 신중하게 행동해야 한다는 교훈을 남기고자 만들어진 것으로 보인다.

각설하고 조금 엉뚱한 얘기가 되겠지만, 아주 오래 전에 사극 가운데 '뿌리 깊은 나무'라는 드라마를 시청한 적이 있다. 그때 등장 인물 가운데 세종대왕을 호위하는 역할로서 '무휼無(毋)恤'이란 배역이 있었다.

이 배역을 맡은 연예인도 그 덕택에 그 뒤로 탄탄대로를 밝게 되었다는 얘기를 들은 적이 있다. '무휼'이란 가공 인물의 이름은 우리말로 옮기면 임금을 위협하는 자객 따위를 '일말의 동정(恤)도 베풀지 말고(無) 순식간에 베라'는 무시무시한 의미가 담겨 있다. 헌데 '무휼'은 바로 위에 등장하는 조간자趙簡子, 즉 조앙趙鞅의 아들로서, 강대국인 진晉나라를 조趙나라·위魏나라·한韓나라로 삼분함으로써 춘추시대를 종식하고 전국시대를 연 기폭제가 된 인물이다. 드라마 작가가 이러한 역사적 사실을 알고서 일부러 그런 가공의 이름으로 설정한 것이 아닐까? '뿌리 깊은 나무'의 대본을 쓴 작가 본인에게 물어보지를 않아서 정확히는 알 수 없으나, 아마도 그 작가가 중국의 고대 역사를 공부하였기에 그런 배역 이름을 지어낸 것이 아닐까 싶다. 그냥 나만의 개인적인 억측이 아니기를 바란다.

17. 내 돈 주고 사 먹지롱~~~

오늘날 공직에 있는 사람들이 가장 두려워하는 대상이 누구일까? 아마도 감사원 소속의 감찰반원이 아닐까 싶다. 고대 중국에도 이와 유사한 직책이 있었다. 당송唐宋 시기를 기준으로 예를 들면, '감찰어사監察御史'란 관직을 거론할 수 있을 듯하다. '감찰어사'는 장관인 어사대부御史大夫와 버금 장관(차관)인 어사중승御史中丞이 관장하는 어사대御史臺 소속 말단 관원으로서 비위를 저지르는 관리들을 탄핵하는 업무를 전담하던 직책을 가리킨다. 비록 품계는 9품이라서 직급은 낮았지만, 현장에 출동하여 불법을 저지른 관리들을 색출하였기에, 신분의 고하에 상관없이 모든 관원들에게는 그야말로 공포의 대상이었다.

동서고금을 막론하고 나라의 녹을 먹는 공무원들에게 가장 금기시되는 범죄 중에 하나는 뇌물죄가 아닐까 싶다. 고대 중국의 사회에서도 벼슬아치들이 가장 경계했던 것은 바로 이러한 범죄였다. 그리고 당송 때는 바로 감찰어사가 최전선에서 이러한 범죄자를 색출하는 업무를 담당하였다. 뇌물과 관련하여 전한 말엽 사람인 유향劉向(약 B.C.77-B.C.6)이 지은 ≪신서新序 · 절사節士≫권7에 흥미로운 일화가 전하기에 아래에 한번 소개해 보고자 한다.

옛날 (춘추시대 때) 어떤 사람이 정나라 재상에게 물고기를 선물하였지만, 정나라 재상이 받지를 않자 누군가 정나라 재상에게 말했다. "어르신께서는 물고기를 좋아하시면서 어째서 받지 않으십니까?" 정나라 재상이 대답하였다. "나는 물고기를 좋아하기 때문에 받지 않는 것이라오. 물고기를 받으면 봉록을 잃기에 물고기를 먹을 수 없지만, 물고기를 받지 않으면 봉록을 받기에 죽을 때까지 물고기를 직접 사먹을 수가 있다오."(昔者有饋魚於鄭相者, 鄭相不受, 或謂鄭相曰, "子嗜魚, 何故不受?" 對曰, "吾以嗜魚, 故不受魚. 受魚失祿, 無以食魚. 不受得祿, 終身食魚.")

'굴비를 좋아하기에 굴비 선물을 받지 않는다'고 하면 흡사 모순된 말처럼 들릴 수 있겠지만, 결과적으로 따지면 논리적으로 결코 앞뒤가 어긋나지 않는다. 뇌물을 받아 관직에서 쫓겨나면 더 이상 굴비를 먹을 수 없지만, 청렴한 관리로서 관직을 유지하면 자기가 좋아하는 굴비를 자신의 봉급으로 평생 사먹을 수 있다는 말이 되니, 이 얼마나 지당한 말씀인가? 하지만 사람들은 당장 눈앞의 자그마한 이익 때문에 이러한 지극히 상식적이고도 간단명료한 이치를 쉽게 망각한다. 굳이 공인이 아니라 하더라도 누구나 십분 새겨들어야 명언이 아닐까? 헌데 뇌물과 선물의 경계선은 누가 어떻게 정하나? 그래서 소위 '김영란법(부정부패방지법)'이 필요한가 보다.

18. 수단이 목적을 정당화시키지 못 한다면?

인류역사상 수많은 전쟁이 일어났다. 도대체 인간은 왜 서로 잡아먹지 못 해 그리도 많은 전쟁을 일으켰고, 지금도 일으키고 있는 것일까? 조금씩 양보하면서 화평하게 살면 안 되나? 너무 뻔한 질문에 철없는 소리처럼 들릴지도 모르겠으나, 과학기술은 끊임없이 발달하는데도 여전히 그 혜택을 인류 전체에 온전히 돌리지 못 하고 있는 현대사회가 왠지 허망하기만 하다.

대략 20년 전에 '트로이'라는 전쟁 영화를 재미있게 본 기억이 난다. 소위 헐리우드의 대표 배우라 일컬어지는 '아무개의, 아무개에 의한, 아무개를 위한 영화'라는 조롱 섞인 평을 받기도 했지만, 재미도 있고 흥행에 성공했던 것 같다. 상대방을 물리치기 위해 적진 깊숙이 아군을 침투시켜 내부로부터 무너뜨리는 '트로이 목마'라는 전술은 익히 잘 알려진, 서양의 '스토리 텔링'의 소재이다. 이와 결이 유사한 전술을 펼친 중국 고대 군주에 관한 고사가 떠오르기에, 한번 소개해 보고자 한다. 원문은 법가사상을 대표하는 전국시대 한韓나라 한비韓非의 저서인 ≪한비자韓非子 · 설난說難≫권4에 수록되어 전한다.

옛날에 (춘추시대) 정나라 무공은 호족을 정벌하고자 하였기에, 먼저 자신의 딸을 호족 군주에게 아내로 주어서 그의 마음을 흡족하게 해 주었다. 그참에 신하들에게 물었다. "내 군대를 동원하고 싶은데, 누가 정벌할 만하겠소?" 대부직을 맡고 있던 관기사가 대답하였다. "호족이 정벌할 만합니다." 무공이 화가 나서 그를 죽이려고 하면서 말했다. "호족은 형제의 나라이거늘, 그대가 그들을 정벌할 만하다고 말하는 것은 어째서인가?" 호족의 군주가 이 얘기를 듣고서는 정나라가 자신들을 친족으로 여긴다고 생각해, 결국 정나라에 대해 아무런 대비도 하지 않았다. 이에 정나라 사람들이 호족을 습격하여 그 땅을 손에 넣었다. (昔者, 鄭武公欲伐胡, 故先以其女妻胡君, 以娛其意. 因問於群臣, "吾欲用兵, 誰可伐者?" 大夫關其思對曰, "胡可伐." 武公怒而戮之曰, "胡兄弟之國也, 子言伐之, 何也?" 胡君聞之, 以鄭爲親己, 遂不備鄭. 鄭人襲胡, 取之.)

정나라 무공武公의 속임수는 일견 보기에 치졸하지만, 결과적으로는 그의 시호(武)에 걸맞게 교묘하기 그지없다고 평할 만하다. 딸을 시집보내서 정략결혼을 맺고, 전쟁을 부추기는 신하의 목을 침으로써 상대방을 안심시킨 뒤, 유비무환의 태세를 갖추지 못 한 상대방을 기어코 정복하고 말았던 것이다. 결국 자신의 딸을 '트로이의 목마' 처럼 활용하였으니, 이보다 절묘한 전술이 어디 있으랴? 그러나 왠지 이야기 전체를 읽고 나면 찜찜한 기분을 금할 수가 없다. '수단이 목적을 정당화시키지 못 한다' 는 명구가 떠올라서이다.

19. 잘난 지도자가 나라를 망칠 수도 있는 법!

어느 나라 국민이나 훌륭한 지도자를 맞이하고 싶은 마음은 동일하지 않을까? 그러나 그 지도자란 사람이 오만에 젖어 남의 의견을 잘 받아들이지 않는다면, 어떤 결과를 초래할까? 이에 관한 장편의 고사를 한 토막 소개해 보고자 한다.

　본문은 원래 전한 때 한영韓嬰이란 사람이 지었다고 하는 ≪한시외전韓詩外傳≫에 실려 있던 것이지만, 현전하는 서책에는 실전되었기에, 대신 송나라 이방李昉(925-996)의 ≪태평어람太平御覽 · 지부地部 · 한漢≫ 권62에 수록되어 전하는 문장을 옮겨본다.

　　옛날에 괵나라 군주가 괵나라를 나서며 자신의 마부에게 말했다. "내 목이 마르니 음료수를 마시고 싶소." 그래서 마부가 청주를 바쳤다. 군주가 다시 말했다. "내 배가 고프니 음식을 먹고 싶소." 그러자 마부가 말린 고기와 주먹밥을 바쳤다. 군주가 말했다. "어찌 미리 준비하였소?" 마부가 대답하였다. "신이 비축해 놓은 것입니다." 군주가 물었다. "어째서 비축해 두었소?" 마부가 대답하였다. "왕께서 망명차 출국하시면, 도중에 배가 고프고 목이 마를 것이라고 생각했습니다." 군주가 말했다. "그대는 내가 장차 망명하리라는 것을 알았소?" 마부가 대답하였다. "그렇습니다." 군주가 물었다. "그렇다면 어째서 미리 간언하지 않았소?" 마부가 대답하였다. "왕께서 아첨하는 말을 좋아하고, 바른 말을 싫어하셨기 때문입니다. 신은 간언을 올리고 싶어도 우리 괵나라가 망하기 앞서 먼저 죽을까 두려웠기에, 그래서 간언하지 않은 것입니다." 괵나라 군주가 낯빛을 바꾸고는 화를 내며 말했다. "내가 망명하게 된 이유가 진정 무엇 때문이오?" 그러자 마부가 말을 돌려 아뢰었다. "왕께서 망명하시게 된 이유는 너무 현명하기 때문입니다." 군주가 말했다. "무릇 현명한 자가 살아남지 못 하고 망명하는 이유가 무엇이오?" 마부가 대답하였다. "천하에 다른 현자가 없이 왕 혼자 현명하기에, 그래서 망명하시게 된 것입니다." 그러자 군주가 수레가로나무에 엎드려 탄식하며 말했다. "아! 현자를 잃으면 이처럼 되는 것인가?" 그리하여 몸은 지치고 힘이 빠져서 마부의 무릎을 베고 눕자, 마부가 준비해 놓은 물품으로 바꿔서 베게 하고는, 먼 길에 올라 사라졌다. 군주 자신은 결국 들판에서 죽어 호랑이와 이리의 먹이감이 되고 말았다. (昔虢君出虢, 謂其御者曰, "吾渴, 欲飲." 御者進淸酒. 曰, "吾飢, 欲食." 御者進干脯梁糗. 曰, "何備也?" 御者曰, "臣儲之." 曰, "奚儲之?" 御者曰, "爲君之出亡, 而道飢渴也." 曰, "子知吾且亡乎?" 御者曰, "然." 曰, "何不以諫也?" 御者曰, "君喜道諛, 而惡至言. 臣欲進諫, 恐先虢亡, 是以不諫也." 虢君作色而怒曰, "吾所以亡者, 誠何哉?" 御轉其辭曰, "君之所以亡者, 太賢." 曰, "夫賢者所以不爲存而亡者, 何也?" 御曰, "天下無賢而獨賢, 是以亡也." 伏軾而嘆曰, "嗟乎! 失賢人者如此乎?" 於是身倦力解, 枕御膝而臥, 御自易以備, 疏行而去. 身死中野, 爲虎狼所食.)

예문에 등장하는 '괵虢'은 춘추시대 때 작은 제후국을 가리킨다. 그 나라의 군주가 너무 현명하여 오히려 망명길에 올랐다고 하니 모순된 듯하지만, 그 연유에 대해 마부가 소상히 밝히고 있다. 상기 고사를 보면서 문득 작고한 어느 대통령이 던졌던 말이 떠오른다. '남의 머리는 얼마든지 빌릴 수 있다'고 했던가? 지도자 혼자 아무리 머리가 비상하다 해도 만사를 다 해결할 수는 없는 법이니, 겸허한 마음으로 많은 인재의 좋은 '아이디어'를 잘 수합할 수 있는 것이 진정한 지도자의 역할이 아닐까 하는 생각이 든다. 꼭 정치인만을 염두에 두고 하는 말은 아니지만……

20. 선정의 요체란?

군주가 선정을 펼칠 수 있으려면 기본적으로 어떠한 태도를 취해야 할까? 아마도 '역지사지易地思之'하는 자세가 아닐까? 상대방의 어려움을 자신의 어려움으로 받아들일 줄 안다면, 폭정을 행할 근본적인 원인도 발생하지 않을 테니까!

춘추시대 때 위衛나라 영공靈公은 백성들의 고난을 인지하지 못 하고 있다가 신하인 완춘宛春의 간언을 받아들여 '역지사지'하는 태도를 취함으로써 선정의 요체를 간파하였는데, 그에 관한 고사가 ≪여씨춘추呂氏春秋·사순론似順論·분직分職≫권25에 전하기에 전문을 소개해 본다.

> 위나라 영공이 날씨가 추운데도 연못을 파자 완춘이 말했다. "날씨가 추워서 백성들이 다칠까 걱정스럽습니다." 영공이 말했다. "춥지 않소." 완춘이 말했다. "전하께서는 여우 갖옷을 입고, 곰가죽 방석에 앉고, 구석에 부뚜막이 있으니 춥지 않으시겠지만, 백성들은 옷이 해져도 깁지를 못 하고, 신발이 떨어져도 꿰매지를 못 하고 있습니다. 임금은 안 추워도 백성들은 춥기 마련입니다." 영공이 "옳은 말이오"라고 말하고는 공사를 중지하라는 명령을 내렸다. (衛靈公天寒鑿池, 宛春曰, "天寒, 恐傷民." 公曰, "不寒." 春曰, "公衣狐裘, 坐熊席, 陬隅有灶, 是以不寒, 民衣敝不補, 履缺不組. 君則不寒, 民則寒矣." 公曰, "善." 令罷役.)

우리는 상대방이 자신을 알아주지 않을 때 흔히 '입장 바꿔놓고 생각해 보라!'는 말을 내뱉곤 한다. 즉 '역지사지'하라는 말이다. 그러나 보통 절대 권력을 쥐고 있는 사람은 이러한 태도를 취하기 쉽지 않다. 모든 일에 독선적이기 때문이다. 그런 면에서 위나라 영공은 현명한 군주라 평할 만하다. 과연 이런 지도자가 얼마나 될까? 우리도 늘 이러한 지도자를 바라며 투표에 참여하는 것이 아닐까?

21. 분수를 알고 살자!

우리는 너무 과욕을 부리며 사는 것은 아닐까? 사람 사이의 갈등은 대부분 바로 개개인의 욕심이 충돌하는 데서 비롯되는 것이 아닐까 생각된다. 비록 가장 아래 계층에 속하는 직업을 가진 사람이지만, 자신의 분수를 잘 알았던 고대 중국인에 관한 고사가 한 토막 떠오르기에 아래에 소개해 보고자 한다. 원 고사는 전한 때 한영韓嬰(?-?)이 지었다고 하는 ≪한시외전韓詩外傳≫권8에 다음과 같이 전한다.

　　(춘추시대 때) 오나라 사람들이 초나라를 공격하자 소왕이 모국을 떠나게 되었는데, 초나라에서 (직업이 도살업인) 도양열이란 사람이 바다까지 수행하였다. 소왕이 귀국하여 수행했던 사람들에게 상을 내리게 되었는데, 도양열의 차례가 되자 도양열이 사양하며 말했다. "왕께서는 나라를 잃었으나 신이 잃은 것이라곤 도살업뿐이었는데, 왕께서 귀국하셨기에 신 또한 다시 도살업에 종사하게 되어 신의 수입이 많아졌거늘, 또 무슨 상을 받겠나이까?" 사양하며 왕명을 받들지 않았다. 소왕이 강요하자 도양열이 말했다. "왕께서 나라를 잃은 것이 신의 죄가 아니기에 형벌을 받지 않았듯이, 왕께서 귀국하게 된 것 또한 신의 공이 아니기에 그 상을 받지 않는 것이옵니다."(吳人伐楚, 昭王去國, 國有屠羊說從海. 昭王反國, 賞從者, 及說, 說辭曰, "君失國, 臣所失者屠, 君反國, 臣亦反其屠, 臣之祿既厚, 又何賞之?" 辭不受命. 君强之, 說

曰, "君失國, 非臣之罪, 故不伏其誅, 君反國, 非臣之功, 故不受其賞.")

원문에서 '도양열屠羊說'은 도살업 내지 백정이 직업이고 이름이 '열'인 사람을 지칭하는데, '도양'은 직업에서 유래한 복성이고, '열說'은 '기쁠 열悅'의 통용자로서 이름으로 이해하면 적절할 듯하다. 도양열은 비록 천한 직업을 가진 사람이었지만, 그는 자신의 직분과 분수를 명확히 파악하고 있었다. 위의 얘기도 분수에 넘치는 욕심을 품지 말 것을 가르치기 위해 만들어진 고사로 이해하면 될 듯 싶다.

각설하고, 필자는 평소 딸아이 앞에서 '세상에 공짜는 없다' '모든 화는 욕심으로부터 비롯된다' '이 세상에서 가장 무서운 죄는 괘씸죄이다' '불이익은 참아도 부조리는 참지 말아라' 등등과 함께 '스트레스는 사람 때문에 생긴다'는 말을 즐겨 내뱉곤 하였다. 그래서 부연하여 '스트레스를 받지 않으려면 타인과 거리두기를 하면 된다'고도 하였다. 그러나 무인도에 갇힌 로빈슨 크루소처럼 살 수도 없는 노릇이니, 타인과 접촉하지 않고 살 수 있는 방도가 어디에 있으리오? 얼마 전까지만 해도 코로나바이러스 때문에 타인과의 접촉이 자연스레 줄어들었는데, 오히려 고독감 때문에 우울증에 걸리는 사람이 늘고, 가족 간의 잦은 접촉으로 가정불화가 증가했었다고 하니, 도리어 '아이러니'한 현상으로 느껴지기도 한다. 참으로 이러지도 저러지도 못 하는 삶의 연속이 인간의 필연적인 숙명인가 보다.

22. 충신의 참모습이란?

우리는 TV 사극에서 목숨을 걸고서 임금에게 간언을 서슴지 않는 충신들의 면모를 종종 보게 된다. 그때마다 '정말로 저리 용감하게 절대 권력자에게 대들었을까?' 하는 의구심을 품으면서도, 흥미진진하게 드라마의 전개를 시청하곤 한다. 중국에도 각 왕조마다 강직했던 충신들에 관한 고사가 전해지고 있다.

그중 전한 때 주운朱雲이란 신하는 직신直臣으로서의 강직한 면모를 유감없이 발휘하는 흥미로운 고사를 남겼다. 심지어 그로 인해 '절함折檻'이라는 고사성어도 생겨났다. '절함'은 글자 그대로 풀이하면 '전각의 난간을 부러뜨렸다'는 뜻으로, 충신의 강직한 간언을 비유한다. 이와 관련하여 송나라 고승高承의 ≪사물기원事物紀原·성시번어부城市藩禦部≫권 8에서 간략하게 압축해서 기록한 ≪한서·주운전≫권67의 고사를 소개하면 다음과 같다.

성제 때 장우가 황제의 스승이 되자, 주운이 글을 올려 "상방참마검을 하사받아 간신 한 사람의 머리를 베어서 나머지 신하들을 격려코자 하옵니다"라고 아뢰었다. 성제가 "누구냐?"고 묻자, 주운이 "장우이옵니다"라고 대답하였다. 성제가 화가 나서 어사를 시켜 전각 아래로 끌어내리게 하자, 주운이 난간을 잡는 바람에 난간이 부러지고 말았다. 뒤에 난간을 수리하려고 하자, 성제는 "수리하지 마시오! 그대로 묶어둠으로써 강직한 신하를 표창하고자 하오"라고 말했다. (成帝時, 張禹爲帝師, 雲上書, "願賜上方斬馬劍[14], 斷佞臣一人頭, 以勵其餘." 上問, "誰?", 曰, "張禹也." 帝怒, 使御史將下殿, 雲攀檻折. 後理檻, 上曰, "勿易! 組之, 以旌直臣.")

---

14 '상방참마검上方斬馬劍'은 황제가 소유하는 보검 이름으로 '상방검'과 '참마검'이란 두 자루의 검 이름으로 보는 설도 있는데, 궁중의 물품을 제작하는 '상방'에서 제작한 '참마검'으로 볼 수도 있을 듯하다.

위의 예문에서 장우는 당시 황제가 스승으로 섬기던 인물이다. 그런 그를 일개 신하가 전횡을 일삼는다는 구실로 황제의 전용 어검을 받아 목을 베겠다고 하였으니, 황제가 노발대발하여 그를 궁전 아래로 끌어 내리려 한 것도 무리는 아닐 듯하다. 그러나 황제는 주운의 충심을 알고 부러진 난간을 그대로 방치함으로써 이를 충신의 징표로 남기고자 하였다. 위의 기록이 실화라면 참으로 강직한 신하의 표상이라 하겠다. 우리나라에는 이와 유사한 고사를 남긴 충신으로 누가 있을까? 정작 우리나라의 역사에 대해서는 모르는 것이 너무 많다.

23. '쿨!'한 황제의 모습은?

앞에서 우리에게도 익숙한 '조강지처糟糠之妻'란 고사성어를 소개하면서, 만약 이 고사성어가 생기게 된 과정이 실화라면 후한 광무제光武帝로서는 건국 황제의 체면에 먹칠을 한 얘기가 된다고 설명한 적이 있다. 대신 여기서는 반대로 광무제의 체면을 살릴 수 있는 고사를 하나 소개해 보고자 한다.

광무제 유수劉秀는 한나라를 중흥시키기 위해 수많은 난관을 거치면서 우여곡절 끝에 다시 후한을 건국하는 데 성공하였다. 그러나 그런 그에게도 젊은 시절 평민이었을 때 동문 수학하며 소박하게 사귀던 친구가 있었다. 그의 이름은 엄광嚴光이다. 그러나 엄광은 벼슬에 뜻이 없어 은자로서의 삶을 추구했던 인물이다. 그런 그가 모처럼 친구인 광무제를 예방하여 함께 잠자리를 가지게 되었는데, 실수로 발을 광무제의 배 위에 올려놓고 잠이 들고 말았다. 이로 인한 결과에 관한 얘기는 ≪후한서·일민전逸民傳·엄광전嚴光傳≫권113에 다음과 같이 전한다.

엄광은 후한 광무제와 오랜 친분이 있어서 알현하러 입궐하면, 광무제가 그와 함께 잠을 자곤 하였다. 한밤중에 엄광이 발을 광무제의 배 위에 올려놓고 잤는데, 이튿날 아침 (천문天文을 관장하는) 태사가 상주하였다. "객성(혜성)이 황제의 별자리를 매우 급하게 범접하였나이다." 그러자 광무제가 웃으며 대답하였다. "짐의 친구인 엄자릉(자릉은 엄광의 자)이었소."(嚴光與漢光武有舊, 入謁, 帝與同宿. 半夜光足加帝腹, 明旦太史奏, "客星犯帝座, 其急." 帝笑曰, "朕故人嚴子陵也.")

일개 평민이 황제의 배에다가 발을 올려놓고 자다니? 하지만 잠을 자면서 자신이 무슨 행동을 하는지 어찌 알 수 있으리오? 결코 이를 탓할 일은 아닐 것이다. 게다가 이를 다른 신하가 어찌 알 수 있었을까? 전기에 의하면 천문학을 관장하는 태사가 혜성이 천제의 별자리를 침범하는 천문 현상을 관찰하고서 알았다고 했지만, 이를 어찌 믿을 수 있으리오? 아마도 내시 중에 누군가 태사에게 전달하지 않았을까? 여하튼 태사가 엄광의 행동을 시비삼자, 광무제는 '쿨'하게 그냥 자신의 친구였다는 한 마디로 대수롭지 않게 받아넘기는 대인배의 모습을 보였다. 친구 사이라면 신분이나 빈부의 차를 넘어 진심으로 아끼는 마음이 가장 중요하지 않을까?

24. 이런들 어떠하리? 저런들 어떠하리?

조선시대를 연 태조 이성계의 아들 태종 이방원이 정몽주를 설득하기 위해 지은 노랫말에 '이런들 어떠하리? 저런들 어떠하리?'라는 구절이 있었던 것으로 기억한다. 주지하다시피 정몽주는 이러한 제안을 거절함으로써 살해당했다고 한다. 사람이 살면서 그러한 태도를 취하면 '스트레스'를 덜 받을 수 있을까마는, 고대 중국인 가운데 이러한 태도를 취함으로써 웃음거리를 던져준 실례가 있기에, 이 자리를 빌어 한번 소개해 보고자 한다. 원문은 남조南朝 양梁나라 때 황제인 원제元帝 소역蕭繹(508-554)이 제위에 오르기 전에 지은 ≪금루자金樓子·잡기편雜記篇≫ 권6에 다음과 같이 전한다.

> (후한 말엽에) 어떤 사람이 사마휘를 찾아와 인물에 대해 질문하면, 사마휘는 당초 그 우열을 가리지 않고 매양 좋다는 말만 하였다. 그래서 그의 아내가 간언하였다. "사람들은 당신을 훌륭한 선비로 생각하기에, 당신에게 의문나는 것에 대해 질의하는 것이니, 당신은 마땅히 분명하게 논변해서 각자 제자리를 찾게 하셔야 하는데, 첫 번째 사람도 좋다고 하고 두 번째 사람도 좋다고 하시니, 어찌 남들이 당신께 자문을 구하는 의도라 하겠습니까?" 그러자 사마휘가 대답하였다. "당신 말도 역시 훌륭하오." 이것이 바로 사마휘가 어려운 순간을 모면하는 방도였다. (有人以人物就問司馬徽, 徽初不辨其高下, 每輒言佳. 其婦諫之曰, "人以君善士, 故質疑問於君, 君宜論辨, 使各得其所, 而一者言佳, 二者言佳, 豈人所咨問君之意耶?" 徽曰, "汝此言亦復佳." 此所以避時也.)

위의 고사에 등장하는 사마휘는 후한 말엽 때 사람으로 자가 덕조德操이고, 호는 수경선생水鏡先生이다. ≪삼국지·촉지蜀志·방통전龐統傳≫ 권37의 기록에 의하면, 사마휘는 유비劉備(162-223)에게 제갈양諸葛亮(181-234)과 방통龐統(179-214)을 천거하였는데, 뒤에 조조曹操(155-220)가 등용하려고 하였으나 병사하였다고 한다. 그런데 그는 아내에게마저 핀잔을 받을 정도로 우유부단한 성격의 소유자였던 것 같다. 그러나 그의 그러한 언행이 오히려 그로 하여금 여러 가지 난관을 극복할 수 있게 해 주었다고 하니, 역설적인 이야기이기도 하다. 어쩌면 그의 의도된 언행이었는지도 모르겠다.

필자는 성격이 모나서 그런지 '이래도 좋고 저래도 좋다'는 식의 행동에 대해 거부 반응을 보여왔다. 그러나 자신도 모르는 사이에 나이가 들면서 점차 모호한 태도를 취하는 성향이 짙어지는 듯하기도 하다. 그런데 오히려 아내는 반기는 반응을 보이니, 이를 어찌 이해해야 할까? 남편에 대한 애정이 남달라서 필자가 다치지 않기를 바라기에 그렇다고 그냥 자조적으로 위안을 삼으면 그만일 것일까?

25. 자기 입맛대로 해석하는 것은 인간의 속성일까?

물론 꼭 중국인만 그런 건 아니지만, 정치에 관심이 많던 고대 중국인들은 전대 왕조의 정치적 득실에 대해 나름대로 평가를 내리는 글을 짓기 좋아하였다. 그런데 그 평가가 본인이나 본인이 속한 집단의 정치적 이해득실에 따라 전혀 다른 방향으로 전개되는 것은 고대 중국인이라고 해서 피해갈 수 없는 현상이었다. 아래에 두 가지 실례를 들어서 이를 밝히고자 한다. 앞의 예문은 후한 말엽 때 문장가인 공융孔融(153-208)의 글을 인용한 것이고, 뒤의 예문은 삼국 위魏나라의 후신인 진晉나라 때 문장가 은융殷融(?-?)의 글을 인용한 것인데, 모두 남조南朝 양梁나라 원제元帝 소역蕭繹(508-554)의 ≪금루자金樓子·입언편9상立言篇九上≫ 권4에 수록되어 전한다.

(주周나라) 무왕은 (은殷나라) 주왕을 정벌하고서 백기에 그의 머리를 매달았지만, 한나라 고조(유방劉邦)가 함곡관函谷關에 들어섰을 때 (진秦나라 황제인 삼세황제三世皇帝) 영자영嬴子嬰은 죽지 않았다. 무왕은 여러 해 동안 단지 백어가 배 안으로 뛰어드는 상서로운 징조만 있었지만, 한나라 고조에게 나타난 징조는 상서로운 것이 한두 가지가 아니었다. 이로써 보건대 한나라 고조가 우월하고 (주나라) 무왕이 열등하다는 것을 알겠다. (武王伐紂, 而懸之白旗, 漢祖入關, 子嬰不死. 武王歷年, 止有白魚之瑞, 漢祖祥應, 其瑞不一. 是則漢祖優, 而武王劣也.)[15]

(삼국) 위나라 무제(조조曹操)가 군대를 일으킨 것은 본래 몸소 거사한 데서 비롯되었지만, 한나라 고조가 처음 군대를 일으켰을 때는 본래 오합지졸이었다. 이로써 보건대 위나라 무제가 한나라 고제高帝(고조 유방)보다 우월하다는 것을 알 수 있다. (魏武興師, 本由親舉, 漢祖初起, 本是亂兵. 此則魏武優於漢帝.)

공융이 한나라 고조를 주나라 무왕보다 우월하다고 말한 것은 자신의 왕조를 돋보이게 하기 위해서이고, 은융이 위나라 무제가 한나라 고조보다 우월하다고 말한 것 역시 자신의 왕조를 돋보이게 하기 위해서였을 것이다. 이렇게 보는 사람의 입장에 따라 그 평가가 확 달라지는 것은 자신의 이해관계와 직결되기 때문일 것이다. 그래서인지 ≪금루자≫의 저자인 원제 소역도 위와 같은 평문들을 자신의 서책에 인용하

---

15 원문에서 '백기白旗'는 항복할 때 사용하는 깃발이 아니라 황제의 지휘용 깃발을 뜻하고, '백어白魚'는 은나라가 수덕水德을 숭상하였고 수덕이 오행상 백색에 해당하기에, 결국 주周나라가 은殷나라를 손아귀에 넣는다는 의미를 담고 있다.

면서도 쓰레기통에 던저넣어야 한다고 강력하게 배척하는 입장을 보였다. 요즘도 정계나 언론에서 똑같은 사안을 두고 자기 입맛대로 해석하는 것을 보면, 아무리 역사가 바뀌어도 변치 않는 인간의 속성인 듯 싶어 뒷맛이 씁쓸하다.

26. 얼렁뚱땅 핑계 대기!

우리는 누구나 살다보면 자신이 캥긴다고 생각하는 부분을 감추고 싶어하였던 경험을 한번 쯤 겪어보았을 법하다. 그것이 부끄러운 마음에서 비롯되었든, 아니면 무언가 두려운 심경에서 비롯되었든 간에, 인간의 기본적인 심성이기에 고인들 역시 여기서 벗어날 수는 없었을 것이다.

고대 중국에서 한나라가 망하고 삼국시대가 열렸을 때, 천하를 호령한 이로는 ≪삼국연의三國演義≫라는 소설로도 잘 알려진 삼인방이 있었다.[16] 주지하다시피 위魏나라의 조조曹操(155-220), 촉蜀나라의 유비劉備(162-223), 오吳나라의 손권孫權(182-252)을 가리킨다. 유비가 군주의 자리에 오르기 전인 후한 말엽에 조조의 휘하에서 일개 장수를 지낼 때, 조조와 대면한 자리에서 자신의 섬뜩한 기분을 감추기 위해 얼렁뚱땅 위기를 모면한 고사가 있는데, 이를 소개하면 다음과 같다. 원문은 진晉나라 상거常璩의 ≪화양국지華陽國志·유선주지劉先主志≫권6에 전한다.

---

16 우리나라에서는 흔히 ≪삼국지三國志≫라고 말하지만, 엄정하게 말하면 '志'는 역사에 관한 기록을 뜻하기에, ≪삼국지≫는 이십오사二十五史에 속하는 정사正史이고, ≪삼국지≫에 담긴 의미를 부연하여 소설화한 서명은 '삼국지연의' 혹은 '삼국연의'라고 하는 것이 맞을 듯하다.

조조가 일찍이 선주(유비)와 자리를 함께 하였을 때, 유비에게 말했다. "천하 영웅은 오직 사군(귀하)과 나 조조뿐이오. 본초(원소袁紹) 같은 무리는 끼기에 부족하지요." 유비가 막 음식을 들려다가 마침 우레가 칠 때 수저를 놓치고는 짐짓 조조에게 말했다. "성인(공자)께서 '우레가 치고 강풍이 불면 반드시 태도가 변한다'고 하였는데, 실로 다 이유가 있어서였습니다."(曹公嘗與先主[17]共坐, 謂先主曰, "天下英雄, 惟使君[18]與操耳. 本初[19]之徒, 不足數也." 先主方食, 會雷震, 失匕箸, 謂公曰, "聖人言, '迅雷風烈必變,' 良有以也.")

조조가 '천하의 영웅은 그대와 나뿐'이라고 하면서 자신을 강력한 적수로 인정하자, 순간 조조가 자신을 제거 대상으로 간주하고 있다고 간파한 유비는 조조의 말에 무척 놀라 수저를 떨구고 말았다. 그렇지만 유비는 이를 들키고 싶지 않았기에, 공자의 말을 인용하면서까지 우레 소리에 놀라 수저를 떨어뜨린 것이라고 적당히 둘러댔다. 즉 유비는 깜짝 놀란 자신의 은밀한 모습을 감추고 싶었던 것이다. 때마침 우레가 친 것이 단지 '타이밍'이 절묘하게 맞았던 것일까? 만약 실화라면 당시 유비는 얼마나 마음이 조마조마했을까? 그런데 더 궁금한 것은 조조와 같은 인물이 과연 이러한 사실을 알아채지 못 했을까 하는 점이다. 아마도 눈치챘으면서도 체면상 모른 척 하지 않았을까 심히 의심스럽다.

---

17 '선주先主'는 촉蜀나라를 건국한 유비劉備의 별칭이다.
18 '사군使君'은 지방 수령인 태수에 대한 존칭으로서 여기서는 유비를 가리킨다.
19 '本初'는 후한 말엽의 실세였던 원소袁紹의 자를 가리킨다.

27. 신동에게 KO 펀치를 맞다니!

요즘은 대학까지 나서서 영재교육에 몰입하고 있다. 옛날에도 똑똑한 아이는 어른들의 특별한 관심을 받았다. 심지어 과거시험의 일종으로 신동과神童科라는 과목도 있었다. 신동과에 급제한 아이를 데려다가 무엇에 쓰려는 것이었을까? 그냥 누가 신동인지 궁금해서 '체크'만 해보려고 했을까? 아니다! 실제로 급제한 아이에게 벼슬을 하사하였다. 예를 들어 당나라 때는 신동에게 '정자正字'라는 벼슬을 하사하였다. 하지만 역시 어린아이였기에 단지 문서에서 잘못 쓴 글자를 교정하는 단순작업에 종사하는 직책에 불과했다.

삼국시대는 국가간의 쟁탈전이 치열했던 시기이다. 그런 와중에 오吳나라에서는 모국을 대표하는 학자인 장온張溫을 사신으로 촉蜀나라에 파견한 적이 있다. 그러나 촉나라 재상 제갈양諸葛亮은 자기 나라에서 신동으로 알려진 진복秦宓을 사신을 맞이하는 엄중한 자리에 배석케 하였다. 국가대표로서 방문한 장온의 입장에서는 무척 자존심이 상할 상황이었을 것이다. 그래서 그 꼬맹이를 구석으로 몰기 위해 어려운 질문을 던졌지만, 신동은 매번 재치있는 대답을 이어간다. 그러다가 장온은 결과적으로 되치기를 당하는 치명적인 질문을 던지고 말았다. 그래서 결국 그 꼬맹이에게 KO펀치를 맞고 나가떨어지는 결과를 초래하였다. 관련 고사는 진晉나라 진수陳壽가 엮은 ≪삼국지三國志 · 촉지蜀志 · 진복전秦宓傳≫권38에 다음과 같이 전한다.

오나라에서 장온을 보내 문안인사를 올릴 때, 진복은 나이 열두 살로 제갈양이 마련한 자리에 배석하였다. 장온이 진복에게 물었다. "하늘에 머리가 있는가?" 진복이 대답하였다. "머

리가 있습니다." 장온이 말했다. "어느 쪽에 있는가?" 진복이
대답하였다. "《시경·대아大雅·황의皇矣》권23에 '이에 서쪽을
향해 고개를 돌리네'라고 하였으니, 이로써 추론해 보건대 머
리는 서쪽에 있습니다." 장온이 말했다. "하늘에 귀가 있는가?"
진복이 대답하였다. "하늘은 높은 곳에 있으면서 낮은 곳을 듣
습니다. 《시경·소아小雅·학명鶴鳴》권18에 '학이 깊은 연못에
서 우니 소리가 하늘까지 들리네'라고 하였습니다. 만약 하늘
에 귀가 없다면 어떻게 들을 수 있겠습니까?" 장온이 말했다.
"하늘에 발이 있는가?" 진복이 대답하였다. "《시경·소아·백
화白華》권22에 '하늘이 고난의 길을 걷네'라고 하였으니, 만약
하늘에 발이 없다면 어떻게 걸을 수 있겠습니까?" 장온이 말했
다. "하늘에 성씨가 있는가?" 진복이 대답하였다. "성이 '유劉'
씨입니다." 장온이 말했다. "어떻게 아는가?" 진복이 대답하였
다. "천자의 성이 '유'씨이니, 이로써 알 수 있습니다."(吳使張溫來
聘, 秦宓年十二, 在諸葛亮坐. 溫問宓曰, "天有頭乎?" 宓曰, "有之." 溫曰, "在何方?" 宓
曰, "詩云, '乃眷西顧.' 以此推之, 頭在西方." 溫曰, "天有耳乎?" 宓曰, "天處高而聽卑.
詩云, '鶴鳴於九皋, 聲聞於天.' 若其無耳, 何以聽之?" 溫曰, "天有足乎?" 宓曰, "詩云,
'天步艱難.' 若其無足, 何以步之?" 溫曰, "天有姓乎?" 宓曰, "姓劉." 曰, "何以知之?" 宓
曰, "天子姓劉, 是以知之.")

위의 글에서 '천자의 성이 유씨'란 말은 천하에 유일한 천자는 바로
촉나라 군주인 유비劉備라는 말이니, 장온의 입장에서는 체면이 이만저
만 구겨지는 일이 아닐 수 없었을 것이다. 질문을 아니 던지니만 못 한
결과를 초래한 것이다. 아주 오래된 얘기지만, 세계 최고의 IQ로 이름
을 떨쳤던 어느 천재에 관한 일화가 떠오른다. 하지만 세간의 주목을 받
았던 그는 우여곡절 끝에 결국 평범한 삶의 길을 걸었다. 그의 선택이

결과적으로 옳았던 것일까? 조물주만이 알 일이다.

28. 권력을 분산시키는 데 묘안은 없을까?

우리나라는 물론 고대 중국 사회에서도 권력 투쟁은 막심하였다. 그렇기에 이를 잘 분산시키는 것이 국정을 책임지는 임금의 주요 과제였다. 이와 관련한 고사가 남조南朝 유송劉宋 때 사람 유의경劉義慶(403-444)이 지은 ≪세설신어世說新語 · 방정方正≫권중에 전하기에, 아래에 한번 소개해 보고자 한다.

진나라 무제 때 순욱은 중서감을 맡고, 화교는 중서령을 맡았다. 관례에 의하면 중서감과 중서령은 줄곧 수레를 함께 탔었다. 화교는 성품이 아정하여 순욱의 아첨을 늘상 싫어하였다. 뒤에 관용 수레가 도착하자, 화교는 곧바로 수레에 올라 전면을 향해 앉으면서 순욱이 앉을 자리를 허용하지 않았다. 순욱은 겨우 다른 수레를 찾은 뒤에야 출발할 수 있었다. 중서감과 중서령에게 각기 따로 수레를 제공한 것은 이로부터 비롯되었다. (晉武帝時, 荀勖爲中書監, 和嶠爲令[20]. 故事, 監令由來共車. 嶠性雅正, 常疾勖諂諛. 後公車來, 嶠便登, 正向前坐, 不復容勖. 勖方更覓車, 然後得去. 監令各給車, 自此始.)

위의 예문에 등장하는 관직명인 중서감中書監과 중서령中書令은 궁중

---

20   여기서 '령令'은 진晉나라 때 중서감과 함께 중서성中書省을 관장하던 고관인 중서령을 가리킨다.

㈜의 문서(書), 그 중에서도 핵심이라고 할 수 있는 황제의 조서를 작성하고 전달하는 기관인 중서성中書省의 업무를 총괄하는 두 장관을 가리킨다. 위의 고사는 두 권력 간의 충돌로 인하여 뒤에는 중서령만 남고, 중서감이 폐지된 연유를 밝힌 것이다. 그래서 당송 이후로도 중서성의 장관은 중서령으로 한정되었다.

각설하고, 한동안 우리나라는 '검찰개혁이다' '사법개혁이다' 하니 말도 많고 탈도 많았다. 아니, 지금도 현재진행형이 아닐까 싶다. 고대 중국에서도 권력의 분산은 최고권력자인 황제에게 중요한 고민거리였다. 그러나 권력의 분산이 또 다른 권력의 갈등을 빚는다면 오히려 역효과만 커지는 격이니, 이를 어찌 잘 조절할 것인가는 최고권력자의 또 다른 몫이 되고 말 것이다. 동서고금을 막론하고 권력의 안배는 국정을 펼치는 데 있어서 난제 중에 난제가 아닐까?

29. 세상에 사람의 목숨보다 더 귀한 것이 있을까?

세상에 사람의 목숨보다 더 귀한 것이 있을까? 이따금 뉴스 같은 데서 사람의 목숨을 경시하여 생기는 범죄가 보도될 때면 왠지 서글픈 마음이 들곤 한다. 이것이 어찌 필자만의 생각이겠는가마는, 이와 관련한 고사가 남조南朝 유송劉宋 때 사람 유의경劉義慶(403-444)이 지은 ≪세설신어世說新語·덕행德行≫ 권상에 전하기에 아래에 소개해 보고자 한다.

진나라 간문제는 (황제로 즉위하기 전) 무군장군을 지낼 때, 자신이 앉던 평상 위에 먼지를 닦는 일을 허용하지 않았고, 쥐가 다닌 흔적을 보면 그것을 보고 아주 좋은 징조로 여겼다.

한 참군이 쥐가 대낮에 돌아다니는 것을 보고서는 수판으로 그것을 때려죽이자, 무군장군(간문제)이 내심 불쾌해 하였다. 그러나 수하가 탄핵을 제기하자, 교지를 내려 말했다. "쥐가 죽임을 당해도 오히려 마음 속에서 잊지 못 하거늘, 이제 다시 쥐 때문에 사람을 다치게 한다면, 해서는 안 되는 일이 아니겠는가?"(晉簡文爲撫軍時, 所坐床上, 塵不聽拂, 見鼠行迹, 視以爲佳. 有參軍見鼠白日行, 以手板批殺之, 撫軍意色不說. 門下起彈, 敎曰, "鼠被害, 尙不能忘懷, 今復以鼠損人, 無乃不可乎?")

위의 예문에서 '간문簡文'은 진나라 때 황제 사마욱司馬昱의 시호이고, '무군撫軍'은 무관인 '무군장군撫軍將軍'의 약칭이며, '참군參軍'은 한나라 이후로 왕부王府나 장수·사신·자사·태수 휘하에서 군무軍務를 참모하던 벼슬에 대한 통칭이고, '수판手板'은 황제의 명령을 받아 적기 위해 허리에 차고 다니던 '홀笏'의 별칭을 가리킨다. 위의 고사는 간문제가 황제에 오르기 전 무군장군을 지낼 때 수하에게 베푼 덕행을 소개한 것이다.

사람의 목숨을 빼앗는 범죄 가운데서도 가장 끔찍한 것은 아동 학대에 의해 태어난 지 얼마 되지도 않는 어린아이의 생명을 앗아가는 일이 아닐까 싶다. 근자에 아동 학대로 인한 어린이의 피살 소식이 꼬리에 꼬리를 물면서 세상에 알려진 적이 있다. 그것이 어찌 최근의 일이겠는가마는, 아마도 그 동안은 수면 아래로 가라앉아 있다가 근자에 와서 사회적 '이슈'로 부각되었던 것 같다. 그리고 이에 대한 전국민의 공분을 일으키면서 관련 법률의 개정에 대한 목소리도 커졌던 것으로 보인다. 그래서 일정 시간이 지나면 뇌리에서 잊혀지는 사안으로 남지 않기를 바랄 뿐이다.

30. 인간 욕망의 끝판왕!

인간의 욕심은 끝이 없다고 하지 않던가? 인간으로서 욕망의 한계가 어디까지 다다를 수 있는지 보여주는 재미있는 일화가 있기에, 이 자리를 빌어 한번 소개해 보고자 한다. 진晉나라 때 도간陶侃(257-332)이란 유명인사가 있었다. 중국을 대표하는 전원시인田園詩人 도연명陶淵明(365-427)이 자랑거리로 내세우던 그의 증조부이기도 하다. 그에 관한 고사 가운데 대조적인 이야기 두 가지를 예시하면 다음과 같다. 앞의 것은 당唐나라 방교房喬의 ≪진서晉書·도간전≫권66의 기록이고, 뒤의 것은 남조南朝 유송劉宋 유경숙劉敬叔의 ≪이원異苑≫권4의 기록이다.

진나라 도간은 명제 때 (광동성) 광주자사에 임명되었는데, 광주에 일이 없자 아침 저녁으로 기와를 수백 장씩 날랐다. 사람들이 그 연유를 묻자 대답하였다. "내 바야흐로 중원에서 힘을 쓸 텐데, 지나치게 편하게 지내면 장차 일을 감당할 수 없을까 염려가 되어서라오!"(晉陶侃, 明帝時拜廣州刺史, 在州無事, 朝暮運百甓. 人間其故, 答曰, "吾方致力中原, 過爾優逸, 恐不堪事!")

진나라 도간은 왼손의 손금이 가운데 손가락까지 곧장 뻗어가다가 가로난 손금이 있는 윗마디에 이르러 끊어져 있었다. 점술가가 이 손금이 만약 끝까지 통한다면 지위가 한없이 오를 것이라고 하자, 도간은 바늘로 그것을 후벼서 끝까지 통하게 하고는 피가 흐르자 벽에다가 뿌려서 (재상을 뜻하는) '공公'자를 만들었는데, 종이로 탁본을 뜨자 '공'자가 더욱 선명하게 보였다. (晉陶侃左手有文, 直達中指, 至橫文上節, 便絶. 占者以爲此文若通, 位無極. 侃以針挑, 令徹, 血流, 彈壁上, 仍作公字, 以紙裹之, 公字愈明.)

앞의 예문은 도간의 충심과 성실함을 극찬한 사서의 기록이고, 뒤의
예문은 도간의 과욕을 풍자한 소설 속의 기록이다. 재상이 되고 싶은 욕
망 때문에 점술가의 말처럼 손금을 만들기 위해 바늘로 판 뒤 흐르는 피
로 재상을 상징하는 '公'자를 쓰고, 그것도 모자라 다시 탁본까지 떴다
고 하는, 뒤의 예문이야 어차피 소설적 요소가 강하기에 그를 시기하는
누군가가 지어낸 것일 가능성이 높지만, 인간의 욕망이 어느 정도로 표
출될 수 있는지를 해학적으로 보여주고 있다. 필자 자신도 평소 늘 '모
든 화의 근원은 과욕'이라는 말을 곧잘 내뱉곤 하지만, 과연 필자 자신
부터 이를 몸소 실천하고 있는지 의문스러울 때가 많다. 다시 한번 되풀
이해서 말해 본다! 모든 화는 '과욕'으로부터 비롯된다고……

31. 태수 때문에 진주가 돌아왔다고?

고대 중국의 관직 가운데 황제가 지방을 통제하기 위해 가장 중시했
던 직책으로는 '태수太守' 내지 '현령縣令'을 첫손가락으로 꼽을 수 있을
듯하다. 오늘날 우리나라에서는 '군수'라고 하는 말을 중국에서는 주로
'태수'라고 칭하였다. 중국도 원래의 명칭은 전국시대까지만 해도 '군
수'였는데, 뒤에 격을 높여 주고자 '太'자를 붙여 극존칭을 만든 것으로
보인다. 그 기원에 대해 명明나라 팽대익彭大翼은 자신의 저서인 ≪산당
사고山堂肆考 · 신직臣職≫권73에서 "(태수는) 옛날에 주州를 관장하는 목
민관과 같은 직책이다. 진나라는 제후를 폐지하고 '수'를 설치하면서 천
하를 36개 군으로 나누었다. 군수는 연봉이 곡식 2천 가마였다. 전한 경
제 중원 2년(B.C.148)에 처음 '태수'로 개명하였다(古州牧之任也. 秦罷侯置守,
分天下爲三十六郡. 郡守秩二千石. 漢景帝中元二年, 始更名太守)"고 설명하였다.

고대 중국에서는 훌륭한 태수와 잔학한 태수에 관한 무수한 고사가 정사正史의 개별 전기는 물론, <순리열전循吏列傳>이나 <혹리열전酷吏列傳>과 같은 통합적 성격의 기록물에도 산재되어 전한다. 그중 여기서는 다분히 소설적인 요소가 가미된 후한 때 광동성 합포군의 태수를 지낸 맹상孟嘗이란 인물에 얽힌 이야기를 소개해 보고자 한다. 그에 관한 기록은 원나라 때 저자 미상의 ≪씨족대전氏族大全·맹씨孟氏≫권19에 다음과 같이 전한다.

> 후한 때 사람 맹상은 자가 백주이고, (절강성) 상우현 사람으로 (광동성) 합포군의 태수를 지냈다. 합포군에는 곡식과 과일이 나지 않는 대신 바다에서 진주가 생산되었기에, 백성들은 늘 진주를 캐서 쌀과 바꿔 먹었다. 그전에 태수나 현령들이 지나치게 탐욕을 부려 진주가 점점 (광서성) 교지 경계로 이주를 하였기에, 합포에서는 진주가 나지 않아 굶어죽는 이들이 거리에 넘쳐났다. 그러나 맹상이 합포군에 도착해서 이전의 폐해를 혁신하자, 1년도 되지 않아 떠났던 진주들이 다시 되돌아왔다. (漢孟嘗, 字伯周, 上虞人, 爲合浦太守. 郡不產穀實, 而海出珠, 民嘗採珠以易米. 先是, 守宰貪穢, 珠漸徙去交趾境界, 合浦無珠, 餓死者盈路. 及嘗到郡, 革去前弊, 未踰歲, 去珠復還.)

아무리 훌륭한 태수라 할지라도 그의 부임 때문에 사라졌던 진주가 다시 되돌아왔다니! 현대인의 상식에 비추어 보면 다소 터무니없는 얘기처럼 보인다. 아마도 맹강이란 태수는 부임한 뒤 생태계의 순환을 잘 조절함으로써 다시금 진주가 생산될 수 있도록 모종의 조치를 취하였을 것이다. 하지만 어진 목민관이 나타나기를 얼마나 학수고대했으면 이런 고사를 만들어 냈을까? 최고통치권자의 임명이 아닌 주민의 투표로 자치행정기구의 수장을 선출하는 현대 민주주의 제도하에서도, 선거가 끝나면 쇠고랑을 차는 피선거권자가 속출하고 있으니, 이러한 악순환의 고리는 언제나 끊어질 수 있을까?

32. 관습헌법이라고?

중국에서는 새로운 왕조를 건설하면 가장 먼저 행하는 것이 문자와 도량형의 통일이지만, 그에 못지 않게 중요한 것이 '도읍을 어디에 세울 것인가?' 하는 과제였다. 중국의 역사를 들여다보면 전통적으로 중시하던 4대 도읍지가 있다. 바로 한나라와 당나라 때 수도인 섬서성 장안長安, 후한이나 북조北朝 때 수도인 하남성 낙양洛陽, 오대五代와 북송 때 수도인 하남성 개봉開封, 남조南朝와 명나라 때 수도인 강소성 남경南京을 들 수 있다. 지금의 수도인 북경北京은 원나라 때 몽고족이나 청나라 때 만주족이 모국인 몽고나 만주로부터 지리적으로 가까운 곳에 선정한 임시 수도이다가, 오늘날 중국의 수도로 확정된 곳이다. 따라서 다른 도성에 비해서는 전통성이 좀 떨어진다고 평할 수 있을 듯하다.

역대 왕조의 역사를 살펴보면 수도는 결코 한 곳에만 고정된 것은 아니다. 전략적으로 제2, 제3의 도읍이 필요하였기에 동서남북에도 별도의 도읍을 설치하였다. 이를 '배도陪都'라고 한다. 한편 모종의 사건이나 형편 때문에 정식 수도를 옮기기도 하였다. 그러나 천도는 그리 쉬운 일이 아니다. 재정적인 문제는 차치하고서라도, 무엇보다 계층간의 이해 충돌이 심하게 벌어지기에 국난 수준의 혼란에 빠지기도 한다. 이를 잘 설명해 줄 수 있는 내용이 명나라 팽대익彭大翼의 ≪산당사고山堂肆

考·군도君道≫권32에 요약 정리된 ≪자치통감資治通鑑·진기晉紀≫의 기록에 잘 나타난다.

(삼국시대) 오나라는 처음에 (호북성) 공안에 도읍을 정했다가, (호북성) 악주로 천도하고는 악주를 '무창'으로 개명하였다. 뒤에는 (강소성) 건업(남경)으로 천도하였다. 진나라 (무제) 태시(265-274) 연간에 오나라에서 서릉도독을 맡고 있던 보천이 상소문을 올려 무창으로 천도할 것을 주청하자, 오나라 왕이 그의 말을 따랐다. 그러나 양주(남경)의 백성들이 물길을 거슬러 물품을 공급하느라 이를 무척 힘들어 하였고, 또 무창은 땅이 지세가 험준하고 토질이 척박하여 왕의 도읍으로 부적합하였기에, 아이들조차 이렇게 노래하였다. "차라리 건업(남경)의 물을 마실지언정 무창의 물고기를 먹지 않으리. 차라리 건업(남경)으로 돌아가 죽을지언정 무창에 머물러 살지는 않으리." 이 때문에 다시 건업으로 천도하였다. (吳始都公安, 徙都鄂, 更名鄂曰武昌[21]. 後遷建業. 至晉泰始中, 吳西陵督步闡表請, 徙都武昌, 吳王從之. 然揚州之民, 泝流供給, 甚苦之, 且武昌土地, 危嶮埆确, 非王者之都. 故童謠云, "寧飮建業水, 不食武昌魚, 寧遷建業死, 不止武昌居." 由是還都建業.)

윗 글에서도 말하다시피 도읍을 옮긴다는 것은 무척 지난한 일이다. 오래 전에 우리나라도 수도를 옮기는 문제로 나라 전체가 시끄러웠던 일이 떠오른다. 기득권층의 강력한 반발로 말미암아, '관습헌법'이라는 사상초유의 묘한 법률 용어까지 등장하며 결국 행정도시를 설치하는 선

---

21 근자에 코로나19 바이러스의 발원지로 악명을 떨쳤던 '우한'(무한武漢)시의 옛 이름이다. '武漢'은 '무창武昌'과 '한구漢口' 두 도시가 합쳐져서 생긴 신흥 도시다.

에서 유야무야 흐지부지되고 말았지만…… 실상 도읍을 옮기는 것은 여러 가지 면에서 매우 복잡한 문제인 것은 분명해 보인다. 우리나라의 경우 통일국가를 전제로 했을 때는 지금의 서울이 지리적으로 가장 적절한 곳이겠지만, 남한만을 놓고 보면 세종시가 남한 전체에서는 중간에 위치하기에, 이 또한 마냥 부정적으로만 볼 수도 없는 노릇일 게다. 여하튼 워낙 난제라서 묘안이 없는 듯하다. 하긴 필자가 염려한다고 해결될 문제도 아니다.

33. 이런 불효막심한 황제를 보았나?

옛날에는 효자가 아니었어도 만백성에게 모범을 보여야 하는 황제의 시호 앞에는 관습적으로 '孝'라는 한자를 붙여서 부르기도 하였다. 이를테면 전한 때 월남과 한반도까지 침공함으로써 역대로 중국의 영토를 가장 크게 확장시킨 무제武帝를 '효무제'로도 부르는 것이 그러한 예이다. 물론 전에 무제가 있는데 다시 '무武' 방면에서 업적을 세운 황제에게 '武'라는 시호를 정하면서, 이전의 무제와 구분하기 위해 '효무제'라는 공식 시호를 사용하는 경우도 있었다. 남조南朝 유송劉宋 때 황제 가운데 한 사람인 '효무제'가 바로 그러한 예이다.

남조 때 송나라(유송)를 건국한 유유劉裕는 시호가 '무제'이고, 묘호는 '고조高祖'이다. 그의 손자인 세조世祖 유준劉駿에게도 '무'라는 시호를 정해 주면서 조부와 구분하기 위해 앞에 '효'자를 덧붙였다. 그런데 효무제의 언행과 관련한 기록을 검토해 보면, '효'와는 전혀 어울리지 않는 행태를 보인 적이 있다. 이와 관련해 명明나라 팽대익彭大翼은 ≪산당사고山堂肆考·군도君道≫권35에서 다음과 같이 적고 있다.

남조 유송을 건국한 고조(무제 유유)는 평민이었을 때, 일찍이 (강소성) 신주에서 물억새를 손수 베면서 베를 짜깁기한 적삼과 핫옷을 입었는데, 장황후가 손수 만든 것이었다. 황제에 오르고 나서는 그것을 (절강성) 회계를 봉토로 받은 선장공주에게 건네주면서 말했다. "후세에 사치를 좋아하여 절약하지 않는 자가 있거든, 이 옷을 그에게 보여주거라." 효무제(세조 유준) 때에 이르러 고조가 생전에 거처하던 집을 허물고 그곳에 옥촉전을 세우고는, 신하들과 함께 구경하였다. 침상 머리에는 흙을 빚어 만든 칸막이가 있었고, 벽 위에는 칡으로 엮은 등롱과 삼베 껍질로 엮은 파리채가 걸려 있었다. 시중직을 맡고 있던 원의가 이를 빌어 고조의 검소한 덕을 극구 칭찬하자, 효무제가 말했다. "시골 노친네가 이것들을 얻은 것만 해도 이미 과분하다 할 만하오."(南宋高祖微時, 嘗自於新洲伐荻, 有衲布衫襖, 臧皇后手所作也. 旣貴, 以付長安會稽公主[22]曰, "後世有驕奢不節者, 可以此衣示之." 至孝武帝, 壞高祖所居陰室, 於其處起玉燭殿, 與群臣觀之. 牀頭有土障, 壁上挂葛燈籠·麻蠅拂. 侍中袁顗, 因盛稱高祖儉素之德, 帝曰, "田舍翁得此, 已爲過矣.")

설혹 화려한 건물을 지은 일로 인해 신하 앞에서 자존심이 구겨졌다고 해도, 자신의 할아버지를 '시골 노친네'라 부른 것도 불효막심한 언사이거늘, 할아버지의 검소한 삶을 폄훼하여 초라하고 소박한 등롱과 파리채조차도 할아버지에게 과분했다고 평가절하하다니, 이런 망발이 어디 있을까? '효무제'란 시호에서 '효'자를 떼어내야 할 일이지만, 할아버지와 동일한 명칭이 되기에 그리할 수도 없는 노릇이다. 하긴 작금

---

22 '장안회계공주長安會稽公主'는 봉호가 '회계會稽'이고 시호가 '선장宣長'인 '會稽宣長公主'의 오기이기에, 역문에서는 바로잡았다.

의 세상에서는 돈을 안 준다거나 결혼을 방해한다는 이유로 부모를 살해하는 극단적인 패륜마저 자행되고 있으니, 이를 어찌 이해해야 할까? 참으로 세상이 말세로 치달리나 보다.

34. 옛날에도 사람은 사람이었다!

근자에는 TV가 없어 목도하지 못 했지만, 오래 전에 TV를 보다가 의아한 장면을 대한 적이 있다. '드라마 작가들도 공부를 많이 하고, 극본을 쓰면서 사학자에게 자문도 구한다던데?'라는 생각에 양반이 노비를 함부로 매질하거나 심지어 살해하는 장면을 보면서, '어! 저게 가능했을까?'라는 의문을 품곤 하였다. 하지만 '아마도 극적 재미를 위한 장치로 그냥 설정했나 보다!'라고 생각하면서 의구심을 접곤 하였다.

고대 사회라 하더라도, 그리고 아무리 권력이 막강한 귀족이라 하더라도, 사사로이 형벌을 가하는 것은 법률상 금지되어 있었다. 노비에 대한 형벌도 합리적인 사유를 근거로 해당 기관에 보고한 뒤 시행하는 것이 통례였고, 특히 노비를 사형에 처할 경우는 황제에게까지 보고하여 허락을 받은 뒤 실행하는 것이 원칙이었다. 즉 옛날에도 최소한의 인도주의적이고 법적인 보호 장치는 마련되어 있었다. 물론 법을 반드시 지키는 것은 아니지만……

남조南朝 유송劉宋 때 사영운謝靈運(385-433)이란 문인은 산수시山水詩의 창시자로서, 전원시田園詩의 창시자인 도연명陶淵明(365-427)과 함께 나란히 후세에까지 명성을 떨쳤다. 더욱이 그는 신동으로 태어나 가문의 사랑을 독차지했을 뿐만 아니라, 조부인 사현謝玄(343-388)이 비수淝水에서 이민족 국가인 전진前秦의 침략을 물리친 공로 덕분에, 공작의 지위를 고스란히 물려받은 '금수저' 중에 '금수저'였다. 그러나 그런 그도 자신의 첩실과 간통한 계흥桂興이란 노비를 멍석말이로 두들겨 패 죽이고, 그 시신을 몰래 강물에 내다버린 일이 발각되어 황제의 귀에까지 들어가는 바람에 탄핵을 받아 삭탈관직을 당하는 수모를 겪어야만 했다. 옛날에도 사람은 사람이었다! 그가 아무리 노비라 할지라도…… 비록 이따금 패악을 저질렀고 뒤에는 반역의 오명을 쓰고 형장의 이슬로 사라졌지만, 그래도 시인으로서의 명성만은 역사에 길이 남긴, 인생무상을 주제로 한 그의 시 한 수를 소개하는 것으로 글을 마무리하고자 한다. 사영운은 산수시인으로 이름을 떨쳤지만 산수시가 대부분 장편이기에, 여기서는 비교적 편폭이 짧은 다른 작품을 인용하고자 한다. 원문은 명나라 때 장보張溥가 편찬한 ≪한위육조백삼가집漢魏六朝百三家集 · 사영운집≫권66에 아래와 같이 전한다.

〈한 해를 보내며(歲暮)〉
근심 걱정에 잠 못 이루고,
이를 괴로워하느라 밤도 지새지 못 하는데,
밝은 달은 가득 쌓인 눈을 비추고,
북풍은 거세고도 소리 애닯구나!
시운이 다 사라져서인지 곁에 오래 머물러주는 이 없건만,
한 해도 다 흘러가 목숨 쉬 재촉함을 느끼노라.
殷憂不能寐, 苦此夜難頹. (은우불능매, 고차야난퇴.)
明月照積雪, 朔風勁且哀. (명월조적설, 삭풍경차애.)
運往無淹物, 年逝覺易催. (운왕무엄물, 년서각이최.)

35. 체력장을 부활시키자!

한때 대학생들이 출세의 지름길로 여기던 제도로 사법고시·행정고시·외무고시가 있었다. 이들 고시를 통과하면 바로 사무관인 5급 공무원에 발탁되어 출세가도를 보장받는다는 인식이 팽배했던 것으로 기억한다. 지금은 시험이 폐지되고, 이런 제도가 대부분 다른 방식으로 바뀌었지만…… 고대 중국 사회에서 이에 준하는 제도를 꼽는다면 과거시험이 아닐까 싶다. 고대 중국에서 정식 과거시험의 실시는 언제부터 시작되었을까? 대략 한나라 때로 추정할 수 있을 듯하다. 그러나 당시는 필기도구가 발달하지 않았기에 구두시험, 즉 면접고사가 주를 이루었다. 황제 앞에서 질문을 받았을 때 누가 더 많은 독서량을 바탕으로 논리적으로 잘 답변하는가가 당락을 좌우하였다.

중국에서 과거제도가 필기시험의 형태로 정착된 것은 종이의 발명과 긴밀한 연관성이 있어 보인다. 종이는 흔히 후한 말엽에 채윤蔡倫이란 사람이 나무껍질과 삼·해진 베·어망 등을 섞어서 가공하여 발명한 것으로 알려져 있다. 그래서 종이를 '채윤지蔡倫紙'라고도 하였다. 그러나 종이가 발명되었다고 해서 바로 대중화되지는 않았을 것이다. 여러 시행 착오를 거쳐 대량 생산 체제로 정착됨으로써 대중화하는 데는 상당한 시간이 소요되었을 것이다. 그러나 적어도 진晉나라 때 좌사左思란 사람이 지은 <삼국시대 세 도읍을 읊은 부(三都賦)>를 사람들이 너도나도 베끼느라, '낙양의 종이가 값이 폭등했다'는 '낙양지귀洛陽紙貴'란 고사성어가 생겨난 것에 비추어 볼 때, 늦어도 진나라 때는 종이 사용이 대중화되었으리라 짐작된다. 그러나 실제로 필기시험으로서의 과거제도가 처음 실시된 것은 수隋나라 때부터로 보는 것이 정설로 통한다.

과거시험이 본격적으로 안착한 시기는 당나라 때라 할 수 있다. 그래서 당나라 때는 여러 형태의 과거제도가 발달하였다. 그중 가장 중시 받은 것은 유가 경전을 대상으로 한 명경과明經科와 시부詩賦 같은 창작 능력을 대상으로 한 진사과進士科였다. 그 외에도 법률 지식을 시험하기 위한 명법과明法科나 수학 실력을 '테스트'하기 위한 명산과明算科, 서예 솜씨를 대상으로 하는 명서과明書科 등도 있었다.

그렇다면 고대 중국에는 문과 출신들만 우대했을까? 그렇지 않다. 무관을 선발하기 위한 과거제도도 있었다. 다만 그 시기가 뒤늦어 당나라 측천무후則天武后 때부터 처음으로 실시되었다. 고문헌에 의하면, 최초 시기는 측천무후의 아들인 예종睿宗 장안長安 2년(702)이라고 한다. 그런데 그 과목을 보면 우리의 흥미를 끌 만한 요소가 있다. 멀리까지 화살을 날리는 능력을 시험하는 '장타長垛', 말을 타고서 활을 쏘아 과녁을 맞히는 능력을 시험하는 '마사馬射', 걸으면서 활을 쏘아 과녁을 맞히는 능력을 시험하는 '보사步射', 멀리서 활을 쏘아 과녁을 맞히는 능력을 시험하는 '통사筒射', 말을 탄 상태에서의 창술을 시험하는 '마창馬槍', 무거운 것을 들어올리게 해 누가 힘이 센지를 가리는 '교관翹關', 무거운 것을 짊어지는 체력을 시험하는 '부중負重', 체격을 비교하는 '신재身材' 등을 가리킨다. 지금은 사라졌지만 옛날 중고등학교 때 체력장 시험을 연상하는 것은 나만의 느낌일까? 젊은이들이 허우대만 좋아지고 체력이 형편없어졌다고 하니, 다시 체력장을 부활시키면 어떠할지?

36. 여황제를 섬기고 싶지 않네!

현대사회를 여권신장의 시대라고 한다. 비록 불행한 결말로 끝나기는 했지만, 우리나라에서는 최초의 여성 대통령이 등장하기도 하였다.

그렇다면 중국은? 현재 상황은 모르겠으나, 고대 중국 사회에서도 여자가 절대권력을 휘두른 시절이 있었다. 중국 최초의 여황제는 당나라 때 측천무후이다. 비록 전한 때 고조高祖 유방劉邦(B.C.247-B.C.195)이 사망한 뒤, 그의 본부인인 황후皇后 여치呂雉가 조정을 좌지우지한 적은 있으나 정식으로 황제의 자리에 즉위하지 않았기에, 공식적으로는 측천무후가 중국 최초의 여황제라고 보아야 할 듯하다.

'측천무후則天武后'는 본명이 무조武曌(624-705)로 '무측천' '천후' '무후' 등 다양한 별칭으로도 불렸다. 원래 '曌'는 부뚜막을 뜻하는 한자로서 본글자는 '竈'였으나, 측천무후는 자신의 이름을 돋보이게 하기 위해 새로운 한자를 만들어 '曌'로 표기함으로써 튀는 행동을 마다하지 않았다. 따라서 '曌'라는 한자는 측천무후의 이름에만 쓰인다. 그녀의 별칭에서 '측천'은 시호이고, '무'는 성씨이며, '후'는 황후라는 신분을 가리킨다. 헌데 '則天'을 왜 '즉천'이나 '칙천'으로 읽지 않고 '측천'으로 읽을까? 만약 '즉천'으로 읽으면 '곧 하늘이다'라는 뜻이 되어 의미가 어색하면서 터무니없게 되고, '칙천'으로 읽으면 '하늘을 본받는다'는 뜻이 되어 의미가 약해지지만, '則'을 '측測'의 통용자로 보아 '측천'으로 읽으면 '하늘을 헤아린다'는 뜻이 되기에, 적당히 거창한 의미로 '업그레이드'가 될 수 있기 때문인 듯하다. 여하튼 중국인들이 'zé'(쩌)로 읽지 않고 'cè'(처)로 읽기에, 우리 한글음도 이를 따라 '측'으로 발음하는 것으로 보인다.

측천무후는 그 어느 여성보다도 권력욕이 대단하였다. 오죽하면 자신의 두 아들인 예종睿宗과 중종中宗을 모두 축출하고, 자신이 직접 황제의 자리에 올라 국호를 '당唐'에서 '주周'로 바꾸기까지 하였을까? 그러나 여성이 황제의 자리에 오르는 전통이 없었던 고대 중국 사회에서는 이를 쉽게 받아들일 수 없었을 것이다. 그래서 그녀의 측근이면서 견제자였던 승상 적인걸狄仁傑(630-700)이 수차례 압력을 가하여, 결국 그녀로 하여금 황제의 자리에서 물러나면서 다시 아들들에게 '정권을 되돌려준다'는 의미의 '반정反正'을 이행케 하였으니, 남성위주 전통의 견고함은 쉽게 무너뜨릴 수 있는 제도가 아니었던 것 같다. 적인걸이 적극적으로 반정을 도모했던 연유의 실마리를 엿볼 수 있는 해학적인 고사가 원나라 때 저자 미상의 《씨족대전氏族大全》권3에 전하기에, 아래에 소개하는 것으로 글을 마무리짓고자 한다.

　　양국공梁國公에 봉해진 적인걸이 재상을 지낼 때, 사촌이모인 노씨가 나이 들어 (섬서성 장안의) 자오교 남쪽에 살고 있었다. 적인걸이 그녀에게 아뢰었다. "제가 지금 재상을 맡고 있으니, 이모님 아들이 무엇을 원하든지 뜻대로 다 이루어 드릴 수 있습니다." 그러자 노씨가 대답하였다. "이 늙은 이모에게는 단지 아들이 이 아이 하나뿐이라서, 여자 군주(측천무후)를 섬기게 하고 싶지는 않네." 적인걸이 멋쩍은 표정을 지으며 물러났다. (狄梁公爲相, 有堂姨盧氏, 姥居子午橋南. 公啓之曰, "吾今爲相, 爾子有何願, 悉如指." 盧曰, "老姨止此一子, 不欲使事女主." 公慙而退.)

37. 대통령 생일도 휴일로 하자!

고대 중국은 다양한 명절이 존재했었다. 그중에서도 가장 특이한 것을 든다면 황제의 생일이지 않을까 싶다. 황제의 생일마저도 명절로 만들어 버리다니! 역시 절대권력자가 통치하던 시대에서나 가능한 일이라

하겠다.

황제의 생일을 명절로 지정하는 것은 당나라 때부터 시작되었다. 지금은 실전된 부분에 해당되어 다른 서책에 인용되어 전하는 ≪명황잡록明皇雜錄≫에 "당나라 현종은 음력 8월 5일에 태어났기에, 이 날이 되면 화악루[23]에서 재상들에게 연회를 베풀었다. 그러자 원건요가 '이 날을 천추절로 정하시옵소서'라고 주청하였고, 신하들은 만세를 살기를 축수하는 술을 바쳤다(唐玄宗八月五日降誕, 是日宴宰相于花萼樓. 源乾曜請, '以是日爲千秋節.' 群臣獻萬歲壽酒)"고 하여 그 시초를 현종 때로 보고 있다. 천추절은 뒤에 '천장절天長節'로 개명되었다. 또 송나라 왕명청王明淸(1127-1205)의 ≪휘주전록揮塵前錄≫권1의 기록에 의하면, 그 뒤로도 숙종肅宗의 지평천성절地平天成節·문종文宗의 경성절慶成節·무종武宗의 경양절慶陽節·선종宣宗의 수창절壽昌節·의종懿宗의 연경절延慶節·희종僖宗의 응천절應天節·소종昭宗의 가회절嘉會節·애제哀帝의 연화절延和節 등 황제의 생일로 인한 다양한 명절이 생겨났다고 한다. 왕명청의 또 다른 저서인 ≪휘주여화揮塵餘話≫권1에는 송나라 효종孝宗의 출생 순간에 대한 절강성 수주秀州의 의사인 장호張浩의 보기 드문 증언이 수록되어 전하기에 소개해 본다. 물론 신화적인 요소가 가미되어 있기에 실화인지 여부를 확인할 길은 없다.

"젊어서 군적에 예편되어 일찍이 (절강성) 덕청군德淸軍의 수문을 관장하는 관직을 맡은 적이 있지요. 하루는 저녁에 가흥현에 들렀다가 갑자기 현승의 청사에서 붉은 빛이 하늘을

---

23 '화악花萼'은 꽃받침을 뜻하는 말로서 형제간의 우애를 상징하는데, 현종이 형제들과 사이가 좋아 누각 이름을 이렇게 지었다고 한다.

비추는 것을 보았습니다. 화재가 난 것이 아닌가 생각이 들어 서둘러 들어가 보니, 바로 현승을 맡고 있던 (효종의 부친 수왕秀 王) 조자칭趙子偁의 아내가 마침 아이를 분만하는 중이었답니 다."("少隸軍籍, 嘗爲德淸閣官, 一日晚過嘉興縣, 忽覩丞廳赤光照天, 疑爲回祿, 亟入 視之, 乃趙縣丞之室適娩娠.")[24]

오늘날 만약 대통령의 생일을 공휴일로 정하자고 한다면, 전국민의 비난거리가 되지 않을까? 그러나 일반 직장인의 입장에서 본다면 휴일 이 늘수록 좋으니, 찬성하는 사람도 있지 않을까 싶다. 재미삼아 한번 찬반 투표를 해 보는 것은 어떨까?

38. 악어마저도 이용하다니!

고대 중국인들에게 악어는 가장 공포스러운 맹수 가운데 하나였다. 그래서 중국의 고문에는 악어가 자주 등장한다. 심지어 광동성 조주潮州 에는 악어가 우글거린다고 해서 '악계鱷溪'[25]라는 골짜기가 있었다. 게다 가 중국의 고문에서 '교룡蛟龍에게 해를 당했다'고 기록했을 때의 '蛟'도 아마 악어를 신격화하여 표현한 말이 아닐까 조심스레 추측해 본다.

당나라 때 대유大儒이자 명문장가로서 당송팔대가唐宋八大家에도 속하

---

24 역문에서 '덕청군'의 '군軍'은 군사 행정 구역을 가리키는 말이고, 원문에서 '승청丞廳'은 '현 령縣令' 다음 가는 직책으로서 오늘날의 부시장에 해당하는 '현승縣丞'의 관청을 뜻하며, '회 록回祿'은 원래 화신火神 이름이지만, 여기서는 화재를 비유하는 말로 쓰였다.

25 '鱷'과 '鰐'은 모양만 다를 뿐 음과 훈이 같은 이체자異體字인데, 우리나라에서는 주로 획수 가 적은 후자를 사용하고 있다.

는 한유韓愈(768-824)의 글에도 이 악어가 등장한다. 그러나 한유는 이 무시무시한 동물을 자신의 정치적 입지를 강화하기 위해 절묘하게 이용하였던 것으로 보인다. 그가 도성인 섬서성 장안長安으로부터 수천 리 떨어진 광동성 조주潮州의 자사刺史로 좌천당했을 때 지은 <악어에게 제를 올리는 글(祭鱷魚文)>이란 작품이 바로 그러한 예이다. 원문은 송나라 때 위중거魏仲擧가 엮은 ≪오백가주창려문집五百家注昌黎文集[26]·잡문雜文≫권36에 전하는데, 지면 관계상 원문의 일부를 소개하면 아래와 같다.

> 악어는 지각이 있다면 자사인 나의 말을 들어라! … 이제 악어와 약조하건대, 사흘 안으로 추악한 식구들을 인솔하여 남쪽으로 바다로 이사가서, 천자가 임명하신 관리인 나를 피하도록 하라. 사흘 동안 할 수 없으면 닷새 안에 하고, 닷새 안에 할 수 없다면 일주일 안에 하되, 일주일 안에 할 수 없다면 이는 끝내 이사가지 않겠다는 뜻으로 받아들이겠노라. … 그렇다면 나 조주자사는 재주 좋은 관리와 백성들을 선발하여 강력한 활과 독화살을 가지고 너희 악어와 사생결단을 내, 반드시 다 죽인 뒤라야 멈출 것이다. 후회하지 말라!(鱷魚有知, 其聽刺史言! … 今與鱷魚約, 盡三日, 其率醜類南徙于海, 以避天子之命吏. 三日不能, 至五日, 五日不能, 至七日, 七日不能, 是終不肯徙也. … 刺史則選材技吏民, 操强弓毒矢, 以與鱷魚從事, 必盡殺乃止. 其無悔!)

글에서 한유는 표면적으로는 백성들에게 해악을 끼치는 악어에게 말귀를 알아들을 리 없음에도 불구하고, 다른 곳으로 이주하라고 경고장을 날리는 형식을 취하고 있다. 그러나 한유가 정말 휘하 관리와 백성

---

26 문집 이름에서 '창려昌黎'는 한유의 호를 가리킨다.

들에게 자신의 진심을 알리기 위해서만 이 글을 지었을까? 필자는 그리 생각하지 않는다. 자신이 백성들을 위해 위험을 무릅쓰면서까지 애쓰고 있으니, 조정에 있는 황제도 이를 알아주어 하루빨리 자신을 중앙 정계에 복귀시켜 달라는 속마음을 내비친 것이 아닐까 싶다. 여하튼 한유가 고도의 정치적 수완을 발휘한 문장으로 보는 것이 더 타당한 해석일 듯하다. 어찌보면 잔머리를 굴리는 것은 고인들이 현대인보다 더 뛰어난 측면이 있다. 하긴 옛날에야 스마트폰이니 컴퓨터니 게임기니 하는 놀이기구가 없었으니, 얼마나 사유할 시간이 많았겠는가? 요즈음 문명의 이기에만 의존하는 학생들을 볼 때면, 논리적인 사고 능력의 배양에 게으름을 피우는 것만 같아 안타까운 생각이 들 때가 많다. 얼마 전에는 '심심한 사과'를 '사과를 하면서 심심해 한다'로 해석해 시비를 건 젊은 세대들의 문해력에 문제를 제기하는 소동이 빚어지기도 하였기에, 더욱 우려스럽다. 하지만 이런 얘기를 학생들에게 자주 내뱉으면 괜히 '꼰대' 소리 듣기 딱 좋으니 자제해야 하지 않을까 싶다.

39. 노비를 인간적으로 대우하다!

중국에서 노비는 언제부터 존재했을까? 현전하는 중국 최초의 자전인 후한 허신許愼의 ≪설문해자說文解字≫권12에 "노비는 고대 죄인들이다(奴婢, 古罪人也)"라고 하였고, ≪논어·미자微子≫권18에 "(상商나라 주왕紂王이 무도하게 굴어 그의 친척인) 기자가 그 때문에 노비가 되었다(箕子爲之奴)"고 하였으며, 지금은 실전되어 다른 서책에 인용되어 전하는 ≪주례周禮≫의 기록에도 '어린 계집종(여해女奚)'이란 말이 있는 것으로 보아, 이미 상고시대인 하夏나라·상商(은殷)나라·주周나라 때부터 노비가 있었던 것으로 추정된다.

중국에서 노비는 죄수나 전쟁 포로들의 기존 신분을 박탈하여 인권이 말살된 계층으로 떨어뜨린 사람들을 가리킨다. 그러나 그렇다고 해서 그들이 언제나 짐승보다 못 한 대접을 받았던 것은 아니다. 당나라때 장지화張志和(약 743-810)란 사람은 황제가 하사한 남녀 노비에게 당시로서는 보기 드물게 인간적인 대접을 해 주었다. 명明나라 팽대익彭大翼은 ≪산당사고山堂肆考·인품人品≫권109에서 이에 관해 다음과 같이 기록하고 있다.

숙종이 일찍이 사내종과 계집종 각 한 명을 하사하자, 장지화는 그들에게 부부의 인연을 맺어주고, 각자에게 '어동'과 '초청'이라는 이름을 지어주었다. 사람들이 그 연유를 묻자, 장지화는 "어동에게는 낚시대를 들고 낚시줄을 거두며 갈대숲에서 노를 저으라 할 것이고, 초청에게는 난초를 베고 계수나무를 땔나무하며 대나무숲에서 차를 끓이라고 할 것입니다"라고 대답하였다. (肅宗嘗賜奴婢各一人, 志和配爲夫婦, 名曰漁童樵靑. 人問其故, 答曰, "漁童, 使捧釣收綸, 蘆中鼓枻. 樵靑, 使蘇蘭薪桂, 竹裏烹茶.")

한번도 시청한 적은 없지만, 우리나라에서 한때 인기 드라마로 '추노追奴'라는 시리즈물이 방영된 적이 있었던 것으로 기억한다. '추노'는 도망친 노비(奴)를 추적하여 체포하는(追) 일종의 현상금 사냥꾼을 뜻하는 말로 보인다. 그리고 보면 옛날 우리나라의 노비도 비인간적인 대우를 받았다는 것을 알 수 있다. 얼마나 삶의 고통이 심하였으면 죽음을 무릅쓰고 도망자 신세를 스스로 자초했을까? 현대인들은 감히 짐작조차 하지 못 할 듯하다. 현대 민주주의 사회는 만인이 평등하기에, 적어도 이러한 비인도적인 계층의 존재를 목도하지 않아도 되니 심히 다행이다. 그러나 빈부 격차가 날로 심화되고 있으니, 새로운 형태의 노비와 같은 존재가 생겨나는 것은 아닐까? 이러한 사회문제가 해결되려면 어떠한 세상을 만들어야 할까? 참으로 슬픈 일이다.

40. 식초 세 말을 코로 들이킬 수 있다고?

사람의 도량은 무엇을 근거로 판단할 수 있을까? 보통은 상대방의 공격이나 비난을 얼마나 관대하게 잘 받아들일 수 있는지와 같은 태도를 그 판단 기준으로 제시하는 것이 일반적일 듯하다. 즉 관용과 이해심 같은 것을 헤아리면 얼추 알 것 같기도 하다.

송나라 초엽에 명재상으로 이름을 떨친 인물로 범질范質(911-964)이란 선비가 있었다. 그는 자가 문소文素로서 모친이 누군가로부터 오색필五色筆을 받는 태몽을 꾸고서 태어나, 어렸을 적부터 문장에 천부적인 재능을 발휘했다는 입지전적 인물이다. 그는 청렴하고 지조가 강한 것으로도 정평이 나 있었다. 헌데 그가 재상이 될 수 있는 기준으로 도량을 내세우면서 내뱉은 말이 묘한 여운을 남긴다. 이에 대해 명나라 팽대익彭大翼은 ≪산당사고山堂肆考·신직臣職≫권43에서 다음과 같이 기록하고 있다.

송나라 때 노국공에 봉해진 범질은 훌륭한 계책과 넓은 도량을 갖추어 당시 사람들이 그를 명재상이라고 칭송하였는데, 일찍이 동료에게 이런 말을 한 적이 있다. "사람이 식초 세 말을 코로 들이킬 수 있다면 재상이 될 수 있을 것이오."(宋范魯

公質, 嘉謀偉量, 時稱名相. 嘗謂同列曰, "人能鼻吸三斗醋, 卽可爲宰相矣.")

코로 식초 세 말을 들이킬 수 있으면 재상이 될 수 있다니? 정말로 그리했다가는 누구든 바로 혼절하고 말 것이다. 여기서 '코로 식초 세 말을 들이킨다'는 것은 인내심이 대단하고 도량이 큰 것을 비유한다. 옛 말에 '사람이 아니면 참지 못 하고, 참지 못 하면 사람이 아니다(非人不忍, 不忍非人)'라는 격언이 있다. 옛 사람들이라고 해서 별반 다르지는 않았 겠지만, 특히 현대인들은 유달리 참을성이 부족한 듯하다. 오죽하면 '분 노 조절 장애'라는 말이 생겨났을까? 자신의 화를 억누르지 못 해 '묻지 마 살인'을 저지르는 인간들마저 속출하고 있다고 하니, 참으로 무서운 세상이다. '참을성 있는 사람에게는 적이 없다'는 의미의 '인자무적忍者 無敵'[27]이란 말을 다시금 되새겨 볼 일이다.

41. 상대방의 호감을 사는 방법?

사람은 일반적으로 유능한 상대에게 호의적으로 대하고, 무능한 이 에게 냉정하게 대하기 마련이다. 만약 이와 정반대로 행동한다면 어떠 한 결과를 초래할까? 당연히 훌륭한 인재를 얻지 못 해 무슨 일을 벌이 든 실패하기 십상일 것이다. 그러나 그렇지 않은 경우도 있을 수 있다.

송나라 때 재상을 지낸 이방李昉(925-996)이 그 대표적인 예이다. 이 방은 송나라 초엽에 태종太宗을 모시면서 많은 업적을 쌓은 인물이다.

---

27 보통은 '어진 사람에게는 적이 없다'는 의미의 '인자무적仁者無敵'이란 사자성어로 많이 쓰 이지만, 재미삼아 '仁'자를 '忍'자로 치환해 보았다.

그는 정치가로서의 능력을 발휘했을 뿐만 아니라, ≪태평어람太平御覽≫ 1,000권이나 ≪문원영화文苑英華≫ 1,000권, ≪태평광기太平廣記≫[28] 500권과 같은 방대한 총서를 편찬하는 문화사업을 통솔하는 데도 타의 추종을 불허하는 공을 세웠고, 당시 명사들의 모임인 구로회九老會를 주도했던 사람이다. 그는 인재를 등용하는 데 있어서 일반인들의 상식을 뒤집는 태도를 보였는데, 이에 대해 명明나라 팽대익彭大翼은 ≪산당사고山堂肆考·신직臣職≫권43에서 다음과 같이 소개하고 있다.

송나라 이방은 재상을 지낼 때 파견근무를 청탁하는 사람이 있으면, 그에게 취할 만한 재능이 있다는 것을 알고도 반드시 정색을 하고 거절했다가 얼마 뒤에 기용하였다. 혹 등용하기에 부족한 사람이라면 반드시 부드러운 안색과 온화한 말투로 그를 대하였다. 자제들이 그 까닭을 묻자, 공이 대답하였다. "현자를 쓰는 것은 임금님의 일이란다. 내가 만약 그의 청탁을 받아들인다면, 이는 사사로이 은혜를 파는 것이다. 그래서 엄준하게 거절하는 것이란다. 만약 그가 등용되지 않을 사람이라면 이미 그의 희망을 빼앗은 것인데, 거기다가 다시 좋은 말을 하지 않는다면 이는 원한을 맺는 지름길이란다!"(宋李昉爲相, 有求差遣者, 見其材可取, 必正色拒之, 已而擢用. 或不足收用者, 必和顔溫語待之. 子弟問其故, 公曰, "用賢, 人主之事. 我若受其請, 是市私恩也, 故峻絶之. 若其不用者, 旣失其望, 又無善辭, 此取怨之道也!")

일반적으로 말해서 사람은 호불호에 따라 상대방을 대하는 일정한

---

28 앞의 두 책이름에서 '태평太平'은 송나라 태종 때의 연호인 '태평흥국太平興國'의 준말이다. 즉 두 책 모두 태평흥국 연간에 출판되었다는 의미를 담고 있다.

'패턴'이 있다. 그러나 위의 예문에 의하면 이방은 정반대의 태도를 취하였다. 훌륭한 인재에 대해서는 엄격한 태도를 취한 반면, 무능한 사람에 대해서는 오히려 호감을 나타냈으니 말이다. 이는 그가 말한 대로 공은 임금에게 돌리고 화는 자신이 떠맡기 위한 방책이었다. 어찌보면 표리부동한 인품으로 치부될 수 있지만, 시각을 달리하면 무척 현명한 방법이라고 평할 수도 있을 듯하다. 필자도 앞으로는 이러한 태도를 본받아서 한번 시험해 보아야 하겠다. 그러나 그러다가 오히려 괜히 화만 자초하게 되는 것은 아닐까?

42. 소인배의 정당은 내치소서!

어제 오늘의 일은 아니지만, 요즘 뉴스를 시청하다 보면 상대 정당이나 진영을 공격하기 위해 상대방의 약점을 찾느라고 모두들 혈안이 되어 있는 듯하다. 그런 뉴스를 너무 자주 접하다 보면, 국민들 사이에 정치에 대한 혐오증만 더 심화되는 것은 아닐런지 심히 우려스럽기 짝이 없다.

중국의 고문헌을 읽다보면 정치의 본질에 대해 논하는 글들을 어렵지 않게 발견할 수 있다. 그중에서도 가장 필자의 눈길을 끈 것은, 송나라 때 정치적으로뿐만 아니라 문학적으로도 당시 인사들에게 절대적인 영향력을 발휘했던 문단의 영수 구양수歐陽修(1007-1072)가 지은 한 편의 문장이다. 제목부터 <붕당(정당)에 관해 논하는 글(朋黨論)>로 되어 있어 원색적 의미를 담고 있다. 이 글에서 구양수는 정당의 참뜻에 대해 다음과 같이 논하였다. 원문은 황제에게 올리는 상소문의 형태로 그의 문집인 ≪문충집文忠集·거사집居士集17·논6수論六首≫권17에 수록되어 전하는데, 그중 핵심적인 단락을 소개하면 다음과 같다.

소인에게는 정당이 없고, 오직 군자에게만 있습니다. 그
이유는 무엇이겠나이까? 소인이 좋아하는 것은 이익이고, 탐
하는 것은 재물입니다. 그들이 이익을 함께 했을 때 잠시 서로
무리지어 끌어들여서 정당을 만드는 것은 위선입니다. 그들
은 이익을 보면 먼저 차지하려고 다투다가도, 혹여 이익이 사
라져 관계가 소원해지면 도리어 서로 해치려고 듭니다. 비록
형제나 친척이라 할지라도, 서로 보호할 줄 모릅니다. 그래서
신은 소인에게는 정당이 없고, 그들이 잠시 정당을 만드는 것
은 위선이라고 하는 것입니다. 군자는 그렇지 않아서 지키는
것은 도의이고, 행하는 것은 충성과 신의이며, 아끼는 것은 명
예와 절조입니다. 이로써 몸을 닦았기에 도리를 함께 하면서
서로 이익을 나누고, 이로써 나라를 섬기기에 마음을 함께 하
면서 함께 백성을 구제합니다. 시종일관 한결같으니, 이것이
바로 군자의 정당입니다. 따라서 임금이 단지 소인의 거짓 정
당을 물리치고, 군자의 진실된 정당을 가까이하면, 천하는 잘
다스려질 것입니다. (小人無朋, 惟君子則有之. 其故何哉. 小人所好者, 祿利
也, 所貪者, 財貨也. 當其同利之時, 暫相黨引以爲朋者, 僞也, 及其見利而爭先, 或利盡
而交疏, 則反相賊害, 雖其兄弟親戚, 不能相保, 故臣謂小人無朋, 其暫爲朋者僞也. 君
子則不然, 所守者道義, 所行者忠信, 所惜者名節. 以之修身, 則同道而相益, 以之事國,
則同心而共濟, 終始如一, 此君子之朋也. 故爲人君者, 但當退小人之僞朋, 用君子之眞
朋, 則天下治矣.)

구양수가 주장하는 바는 동서고금을 막론하고 누구나 알고 있는 지
극히 평범한 진리이다. 문제는 이를 위정자들이 제대로 실천하지 않는

데 있다. 요즘의 세태는 어떠한가? 군이 필자가 토를 달지 않아도 익히 주지하고 있으리라고 본다. 도의와 명분이 아니라 실리와 연분만 좇으니, 권력을 차지했을 때와 권력을 상실했을 때 어찌 그리도 손바닥 뒤집 듯 주장을 바꾸는지, 자라나는 새싹들 보기에도 민망하기 그지없다.

43. 고정관념을 깨자! 제1탄

우리나라 정치 현실에서도 늘상 보게 되는 현상으로 혁신세력과 기득권층의 충돌을 들 수 있다. 고대 중국에서도 이러한 일은 반복적으로 일어났다. 그중에서도 대표적인 사례로 송나라 신종神宗 때 왕안석王安石(1021-1086)의 혁신정치를 들 수 있다. 다만 왕안석에 대한 평가는 당시로부터 호불호가 갈렸다. 여기서는 그러한 정치적 측면에서의 언급을 지양하는 대신, 문학적인 측면에서 그의 독특한 시각을 소개해 보고자 한다.

왕안석은 당송팔대가唐宋八大家에 속할 정도로 명문장가로서도 이름을 떨쳤다. 그런데 그가 지은 글 가운데 필자의 이목을 끄는 것이 있다. 그것은 다름 아니라 기존의 고정관념을 깨기 위한 주제를 피력하고자 지은 <맹상군의 전기를 읽고서(讀孟嘗君傳)>란 작품이다. 이 글은 왕안석의 문집인 ≪임천문집臨川文集≫권71에 수록되어 전하는데, 그 전문을 소개하면 아래와 같다.

세간에서는 모두들 맹상군이 인재를 잘 알아보았기에, 인재들이 그 때문에 그에게 귀의하였고, 결국 그들의 힘에 의지해 호랑이와 승냥이처럼 사나운 진나라로부터 탈출했다고 말한다. 아! 그러나 맹상군은 단지 닭 울음소리를 잘 내고, 개처럼 도둑질을 잘 하는 무리들의 두목일 뿐이거늘, 어찌 인재를 잘 알아본다고 말할 수 있겠는가? 그렇지 않고 강력한 제나라를 잘 통제하여 인재를 한 명 얻기만 했어도, 의당 남쪽을 향해 군주처럼 행세하며 진나라를 제압할 수 있었을 것이니, 어찌 닭 울음소리를 잘 내고 개처럼 도둑질을 잘 하는 무리들의 잔재주를 택할 필요가 있었겠는가? 닭 울음소리를 잘 내고 개처럼 도둑질을 잘 하는 소인배들이 그의 문하에서 나왔다는 것, 바로 이것이 인재들이 그를 찾아오지 않은 이유이다. (世皆稱孟嘗君能得士, 士以故歸之, 而卒賴其力, 以脫於虎豹之秦. 嗟乎! 孟嘗君特雞鳴狗盜之雄耳, 豈足以言得士? 不然, 擅齊之强, 得一士焉, 宜可以南面而制秦, 尙何取雞鳴狗盜之力哉? 夫雞鳴狗盜之出其門, 此士之所以不至也.)

위의 예문에서 등장하는 맹상군은 전국시대 제齊나라의 공자公子인 전문田文의 별칭이다. 그는 당시 가장 존경받았던 인물로서 진나라에 사신으로 갔다가 억류당하자, 도둑질을 잘 하는 수하의 힘을 빌어 귀중품을 훔쳐서 진나라 군주의 애첩에게 바쳐 출옥하였고, 닭 울음소리를 잘 내는 수하 덕에 통행금지를 풀어서 관문을 통과하여 귀국할 수 있었다. 하지만 왕안석은 맹상군이 잔재주를 잘 부리는 소인배들을 이끄는 우두머리에 불과하다고 주장함으로써, 역대로 맹상군을 군자로 칭송하던 기존의 고정관념을 깨고자 하였다. 오늘을 사는 우리도 늘 모종의 현상을 바라볼 때, 이러한 왕안석의 태도를 한번 취해보는 것은 어떨까?

44. 고정관념을 깨자! 제2탄

우리는 충신을 정의할 때 무엇을 기준으로 할까? 맹목적으로 불사이군不事二君의 도리를 지키면 되는 것일까? 여기서는 고정관념 깨기의 일환으로 이에 대한 다소 엉뚱하게 들릴 수도 있는 의견을 하나 제시해 보고자 한다.

중국인들이 보통 상고시대 왕조의 폭군을 언급할 때 실례로 많이 거론하는 인물을 꼽는다면, 하夏나라 마지막 왕인 걸왕桀王과 은殷나라 마지막 왕인 주왕紂王, 그리고 주周나라 때 여왕厲王과 유왕幽王을 들 수 있을 듯하다. 그중 은나라 주왕을 제거하기 위해 쿠데타를 일으킨 주周나라 무왕武王과 관련하여 자주 등장하는 인물로, 고죽국孤竹國이란 제후국 군주의 아들인 백이伯夷와 숙제叔齊 형제가 있다. 두 사람은 역대로 고대 중국인들에 의해 지조가 굳은 충신으로 칭송을 받아왔다. 그러나 정말로 그러할까? 우선 전한 사마천司馬遷(B.C.135-?)의 ≪사기 · 백이열전≫ 권61의 기록을 소개하면 아래와 같다.

　(주나라) 무왕(희발姬發)이 나무로 만든 신주를 싣고서 문왕(희창姬昌)이라고 부르며, 동쪽으로 (은나라) 주왕紂王을 정벌하였다. 그러자 백이 · 숙제 형제가 말고삐를 당기며 간언하였다. "부친(문왕)이 사망했는데도 장사 지내지 않고 전쟁을 벌이려고 하시니, 효도라고 할 수 있겠습니까? 신하의 신분으로 군주를 시해하려고 하시니, 어질다고 할 수 있겠습니까?" 좌우 신료들이 그들을 죽이려고 하자, 강태공이 말했다. "이들은 의로운 사람이오." 그를 부축해 자리를 피하게 하였다. 무왕이 은나라의 혼란을 평정하고 나자, 천하 사람들이 주나라를 떠받들었지만, 백이 · 숙제 형제는 이를 부끄럽게 여겨 도의상 주

나라에서 나는 곡식을 먹지 않고, (섬서성) 수양산에 은거한 채 고비를 캐 먹다가 급기야 굶어 죽고 말았다. (武王載木主, 號爲文王, 東伐紂. 伯夷叔齊叩馬而諫曰, "父死不葬, 爰及干戈, 可謂孝乎? 以臣弑君, 可謂仁乎?" 左右欲兵之, 太公曰, "此義人也." 扶而去之. 武王已平殷亂, 天下宗周, 而伯夷叔齊恥 之, 義不食周粟, 隱於首陽山, 采薇[29]而食之, 及餓且死.)

고대 중국인들은 불사이군不事二君의 충심으로 절조를 지킨 고상한 인물을 거론할 때, 흔히 백이와 숙제 형제를 칭송하곤 하였다. 그가 쿠 데타를 일으켜 은나라 주왕을 시해한 주나라 무왕에게 충성을 바치지 않고 굶어죽기까지 했기 때문이다. 그러나 기왕에 절조를 지키고 굶어 죽을 거라면 고비도 먹지 말았어야지, 맛있는 고비는 왜 캐서 먹었을 까? 그래서 일말 그들 형제의 지조에 의문을 제기해 보지만, 너무 심하 게 따지는 것이라고 질책한다면 할 말은 없다. 그러나 그 동안 전통적으 로 내려오던 고정관념을 한번 깨보자는 의도에서 하는 말이니, 너무 심 각하게 받아들이지는 말기를 바란다. 하긴 중국 사람에 관한 얘기이니, 상관할 사람도 없을 것 같다.

45. 정말 믿을 수 있을까?

중국에는 이루 헤아릴 수 없을 정도로 수많은 고사가 전한다. 하긴 수천년 동안 그 넓은 땅덩어리에서 무슨 일인들 벌어지지 않았으랴? 그 러나 현전하는 문헌들에 기록된 내용들을 보면 상상의 산물은 차치하더

---

29 고사리 계통의 채소를 가리키는 한자로서 '궐蕨'과 '미薇'가 출현할 때, 필자는 편의상 '蕨' 은 '고사리'로, '薇'는 '고비'로 구분하여 번역한다.

라도, 사실만을 적었다는 정사正史의 기록들 가운데서도 상식적으로 받아들이기 어려운 내용들이 더러 발견된다.

송나라 때 명재상 가운데 한 사람으로 이항李沆(947-1004)이란 인물이 있었다. 그는 자가 태초太初이고, 시호는 문정文靖으로, 참지정사參知政事·동중서문하평장사同中書門下平章事·상서우복야尙書右僕射 등 고관을 역임하며 진종眞宗을 잘 보필하여 선정을 베풀었기에, '성상聖相'이란 지극히 명예로운 칭호를 얻었다. 동시대 인물로 역시 명성을 떨치던 왕증王曾이 문목공文穆公 여몽정呂蒙正 대신 그를 장인으로 선택할 정도로, 당대에는 만인의 존경을 한 몸에 받던 사람이다. 그런 그의 강직한 성품은 그의 전기인 《송사·이항전》권282에 수록된 다음과 같은 고사에서 고스란히 드러난다.

> 송나라 진종이 어느 날 저녁 사신을 시켜 손수 작성한 친필 조서를 가지고 가게 하고는, 유미인을 귀비로 삼으려고 하였다. 그러자 재상 이항이 사신 앞에서 촛불을 가져다가 조서를 태우고는, 상주문을 덧붙이며 말했다. "단지 신하 이항이 안 된다고 여기더라 말씀 전하시게." 그래서 그에 대한 논의가 결국 잠잠해졌다. (宋眞宗一夕遣使持手詔, 欲以劉美人爲貴妃. 宰相李沆對使者, 引燭焚詔, 附奏曰, "但道臣沆以爲不可." 其議遂寢.)[30]

위의 예문은 진종이 관례를 무시하고 4품에 불과한 미인美人 유씨를 1품 가운데서도 서열이 가장 높은 귀비貴妃에 임명함으로써 파격적인

---

[30] 예문에서 '미인美人'은 고유명사로 후궁의 여관女官 가운데 정4품에 해당하는 직책을 가리키고, '귀비貴妃'는 정1품에 해당하는 직책을 가리킨다. 따라서 '미인'을 '귀비'에 임명하는 것은 관례에 어긋나는 파격적인 특혜에 해당한다.

승진을 감행하려고 하자, 이항이 이에 반발하여 조서를 불태웠다는 내용을 담고 있다. 그러나 아무리 강심장의 소유자라 하더라도 특별한 경우가 아니면 황제가 직접 작성하지 않는 친필 조서를 정말로 불태웠을까? 비록 자신의 소신을 지키기 위해 목숨을 걸 수는 있다 하더라도, 황제의 친필 조서를 불태우는 엄청난 무례를 범했다는 말은 실상 믿기 어려운 얘기이다. 아마도 극적 효과를 최대한 끌어올리기 위해 다분히 과장된 얘기를 만들어낸 것이 아닐까 의심스럽다. 그러나 여하튼 이처럼 강직한 신하를 둔 통치자가 부럽긴 하다. 우리나라 현대사에서도 대부분의 불행한 정치적 사건은 최고통치자의 주변에 감언이설甘言利說만 일삼는 간신 같은 무리들이 설쳐대서 발생했던 것으로 기억된다. 동서고금을 막론하고 절대 권력자의 주변에는 늘 고언을 서슴지 않는 올바른 보좌관들이 있어야 나라가 바로설 수 있으리라!

46. 무덤마저 대소변으로 더럽혀진 이유는?

우리나라에도 천고의 역적으로 꼽히는 인물이 여럿 있지만, 그중에서도 단연 손꼽히는 인물을 거론한다면 대한제국 말엽에 나라를 통째로 일본에 팔아먹은 이완용을 들 수 있지 않을까 싶다. 중국에도 역대로 수많은 역적과 간신이 있었지만, 중국인들이 그 대표적인 인물로 주저없이 꼽는 인물을 든다면, 송나라를 망친 주범인 진회秦檜(1090-1155)라 할수 있다.

진회의 악행은 하도 많아서 일일이 열거할 수 없을 정도이다. 아내와 음모를 꾸미며 황제의 조서를 조작해서까지 만고의 충신인 악비岳飛(1103-1141)를 살해한 것도 그렇고, 당대의 충신인 조정趙鼎(1085-1147)을 축출하여 자살케 만든 것도 그렇고, 여진족이 세운 금金나라와의 굴욕적인 화친책으로 나라를 도탄에 빠뜨린 것도 그렇고…… 하여튼 진회로부터 해악을 당한 충신들이 헤아릴 수 없을 정도로 많았다. 그래서인지 그는 죽어서도 편히 눈을 감지 못 했다. 후인들이 그의 무덤까지 그냥 내버려 두지 않았던 것이다. 이와 관련해 명明나라 팽대익彭大翼의 ≪산당사고山堂肆考·지리地理≫권30에 기재된 기록을 인용하면 다음과 같다.

　　진회의 무덤은 (강소성) 건강(남경)에 있다. 무덤 가에는 커다란 비석이 우뚝 세워져 있지만, 한 글자도 새겨져 있지 않다. 아마도 당시 사대부들이 그의 사람 됨됨이를 경멸한 데다가, 물의를 일으킬까 두려워서 감히 신도비를 세우지 못 했을 것이다. 맹공이 금나라 군대를 물리치고 돌아오다가 진회의 묘소에 군대를 주둔시키고는 군사들에게 무덤 위에 대소변을 보게 하였기에, 사람들은 그곳을 ('더러운 무덤'이란 의미에서) '예총'이라고 부른다. (秦檜墓在建康. 墓上豐碑屹立, 不鐫一字. 蓋當時士夫鄙其爲人, 兼畏物議, 故不敢立神道碑. 及孟琪滅金回, 屯軍于檜墓所, 令軍士糞溺[31]墳上, 人謂之穢塚.)

진씨 가문의 횡포는 단순히 진회에서만 머물지 않았다. 친아들이 없어 처형인 왕환王煥의 서자 왕희王熺를 데려다가 양자로 삼은 진희秦熺까지도 패악을 서슴지 않았으니…… 그러나 천벌을 받았는지, 진회가 간신으로 몰려 삭탈관직을 당하고 울화병으로 죽은 뒤, 그의 양자인 진희마저도 얼마 안 가서 사망하고 말았다. 우리도 반민족 친일파의 후손들

---

31 '溺'는 '오줌 뇨尿'와 통용자이다.

이 선조로부터 물려받은 땅을 가지고 송사를 벌였는데, 국가가 재판에 져서 부정한 재산을 나라로 귀속시키지 못 한 채 친일파의 후손들에게 고스란히 넘겼다는 뉴스를 이따금 접하곤 한다. 우리는 언제나 민족 정기를 바로세울 수 있으려나? 해방 직후 반민특위가 좌절되면서 첫단추를 잘못 채운 후과가 너무나도 큰 듯하다. 이제라도 나라의 정통성을 되찾을 수 있기를 간절히 소망해 본다.

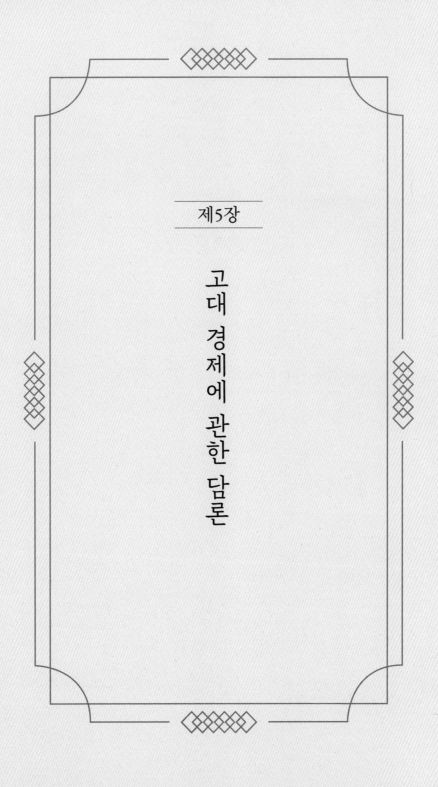

제5장

고대 경제에 관한 담론

1. 최악의 세법 십일조!

필자는 아직도 무신론자이다. 그러나 독실한 기독교 신자인 아내와 결혼하기 전후로 아내의 마음을 얻기 위해 작전상 이따금 교회에 다닌 적이 있었다. 하지만 목사가 세례를 받으라고 하면 기도문 따위를 외우기 싫어 일부러 교회로부터 도망을 치곤 하였다. 그래서 목사로부터 얻은 민망한 별명이 '발목신도'였다. 아쉬울 때 교회에 발목만 슬쩍 들이민다고 해서……

각설하고, 필자가 교회에서 가장 듣기 싫어하는 말이 있었다. 바로 '십일조十一租'를 내라는 말이다. 필자가 교회에서 '십일조'란 말을 들을 때마다 구시렁거리면 집사람이 내 옆구리를 쿡쿡 찌르곤 하였지만, '십일조'라니? 십일조는 고대 중국 사회에서도 가장 무거운 세법이었다. 자신의 수입 가운데 10분의 1을 낸다면 얼마나 가혹한 세금 징수인가? 이는 명明나라 팽대익彭大翼의 저서인 ≪산당사고山堂肆考・정사政事≫권 87에 기재된 다음과 같은 기록을 통해서도 알 수 있다.

전한 효경제 2년(B.C.155)에는 백성들에게 조세를 반만 내게 하여 30분의 1을 과세하였다. 후한 광무제는 건무 6년 (A.D.30)에 조서를 내려 말했다. "근자에 군대가 해산되기 전에는 재정이 부족하였기에 십일조의 과세제도를 시행하였으나, 이제 군사들도 (식량을 자급자족하는) 둔전제를 실행하여 식량이 다소 비축되었도다. 명하노니 각 군과 제후국에서는 옛날 제도대로 30분의 1을 과세토록 하라!"(漢孝景二年, 令民半出田租, 三十而稅一. 東漢光武建武六年, 詔曰, "頃者師旅未解, 用度不足, 故行什一之稅. 今軍士屯田, 糧儲差積. 其令郡國三十稅一如舊制!")

위의 기록을 보면 나라 형편이 좋을 때는 세금을 소득의 30분 1로 줄였다가, 사정이 나쁘면 '십일조'로 거두었다는 것을 알 수 있다. 물론 현대를 살아가는 직장인들은 자신의 전체 수입에서 십일조가 아니라 '십이조' 내지 '십삼조'를 내고 있다. 옛날에 비해 더욱 복잡해진 현대사회에서는 사회 기반 시설의 확충 등 국가 재정을 필요로 하는 곳이 많으니, 세금이 더 세질 수밖에 없을 것이다. 그래서 봉급에서 거의 십일조를 원천징수할 뿐만 아니라, 각종 물품을 구입할 때마다 다시 부가가치세로 십일조를 거두고 있는 것일 게다. 그런 면에서 보면 오늘날이야말로 '가렴주구苛斂誅求'의 세상이라고 말할 수 있을 듯하다. 그러나 불평등 해소와 사회 복지 등을 위해서는 더 많은 세금이 필요하니 어찌하랴? 헌데 휘발류나 담배·주류의 경우는 판매 가격의 절반 이상을 세금으로 거두고 있으니, 자가용도 몰고, 담배도 피우고, 술도 마시는 사람이야말로 진정한 애국자라고 말할 수 있지 않을까?

2. 구구단의 역사는 얼마나 오래되었을까?

아이들이 초등학교에 입학해 산수 시간에 가장 중요하게 암기해야 하는 항목은 바로 '구구단九九段'이 아닐까 싶다. '2×2는 4!' '2×3은 6!' 부터 '9×8은 72!' '9×9는 81!' 까지 오랜 시간에 걸쳐 열심히 외우던 모습이 아련히 먼 옛날 추억 속에 아른거린다. 그렇다면 구구단은 언제부터 시작되었을까? 서양의 역사는 모르겠으나, 중국의 경우는 그 시기가 적어도 3천년 전으로 거슬러오를 수 있을 듯하다. 이에 관한 고사가 명나라 팽대익彭大翼의 ≪산당사고山堂肆考 · 군도君道≫ 권34에 기록되어 있기에, 아래에 소개해 본다.

제나라 환공은 선비 가운데 알현하러 찾아오는 사람들을 위해 마당에 횃불을 설치하였지만, 1년이 지나도록 아무도 오지 않았다. 동쪽 교외에 사는 한 시골 사람이 구구단을 가지고 알현하려고 하자, 환공이 말했다. "구구단이 어찌 알현할 만한 거리가 되겠소?" 그러자 그 사람이 대답하였다. "신은 알현하기에 족하다고 생각하는 것이 아닙니다. 신은 '주군께서 마당에 횃불을 설치하고 선비들을 기다리셨으나, 1년이 지나도록 선비들이 찾아오지 않았다'는 말을 들었나이다. 주군께서는 천하에 어진 군주이십니다. 사방의 선비들이 모두 스스로를 평하여 주군께 미치지 못 한다고 생각하고 있습니다. 그래서 찾아오지 않는 것입니다. 무릇 구구단은 얄팍한 재능에 불과합니다. 그러나 주군께서 그래도 이를 예우해 주신다면, 구구단보다 더 뛰어난 재능을 가진 사람들이야 말할 나위가 있겠나이까?" 환공이 말했다. "옳은 말이오." 이에 그를 예우해 주자, 1개월만에 사방의 선비들이 서로 손을 잡고 함께 찾아왔다. (齊桓公設庭燎, 爲士之欲造見者, 期年而不至. 于是東野鄙人, 有以九九之術見者, 桓公曰, "九九, 何足以見乎?" 對曰, "臣非以爲足以見也. 臣聞, '主君設庭燎以待士, 期年而士不至.' 夫主君天下賢君也. 四方之士, 皆以自論而不及君, 故不至也. 夫九九, 薄能耳, 而君猶禮之, 況賢于九九乎?" 桓公曰, "善!" 乃因禮之, 期月, 四方之士, 相攜而至.)

위의 예문에 등장하는 환공이란 군주는 춘추시대 때 제나라라는 제후국의 임금으로서, B.C.685년부터 B.C.643년까지 43년 동안 장기집권을 하였다. 따라서 지금으로부터 역으로 계산하면 대략 2,700년 전의 인물이다. 헌데 예문을 보면 구구단을 하찮은 재주로 여기고 있다. 즉 당시 사람들에게도 수학 분야에서 기본적인 지식으로 간주되고 있었다는 사실을 미루어 짐작할 수 있다. 그렇다면 훨씬 이전인 3천년 전의 시대에도 일반인들이 구구단을 기본적인 수학 지식으로 여기고 있었을 가능성이 높아 보인다.

필자가 고대 중국인의 수학 실력을 너무 얕잡아본 것일까? 얼마 전에 필자의 동창이 수학을 쉽게 포기하는 요즘 학생들의 세태를 안타까워하면서, '수포자'에 관한 글을 고교동창밴드에 올린 일이 있다. 수학이 모든 학문의 기초이고 경제를 분석하는 밑바탕이거늘, 어찌 이 분야를 홀시할 수 있으리오? 고대에 비해 비교할 수 없을 정도로 과학이 발달한 현대를 살아가는 존재로서 옛 사람들 보기에 창피스럽기 싫어서라도, 수학을 포기하는 세대라는 말은 듣지 말아야 할 것이다.

3. 고대 도량형에 대해서도 알아봅시다!

고대 중국의 경우 새로운 왕조가 들어서면 건국황제가 가장 먼저 착수한 작업으로 도성을 건설하는 일 외에도, 문자와 도량형의 통일을 주요 과제로 꼽을 수 있다. 문자의 통일은 정치, 경제, 사회, 문화 등 전분야에 걸친 전장제도의 확립과 정보의 교류를 위해 무엇보다도 필요하였고, 도량형의 통일은 통치의 효율성을 높이기 위한 기본적인 장치를 마련하는 일이었다. 예를 들어 전쟁터에 나가서 전차가 고장났을 때 만약 도량형이 통일되어 있지 않다면, 수레바퀴 하나를 교체하는 데도 어려움이 따를 수밖에 없으니, 그 얼마나 중요한 과제였겠는가? 요즘은 물론 서양인의 관점에 의한 것이기는 하지만, 전세계적으로 공통된 도량형을 사용하고 있는 듯하다. 다만 길이를 예로 들었을 때, 'km' 같은 영국식 표준과 'mile' 같은 미국식 표준의 차이가 있는 듯하지만…… 여하튼 우리나라는 길이(度)나 부피(량量), 무게(형衡) 등에서 영국식 표준을 따르는 것으로 알고 있다.

그렇다면 고대 중국의 도량형은 어떠했을까? 시대마다 다소 차이는 있지만, 오늘날 통용되는 기준을 적용하여 간략히 소개하면, 길이의 경우는 약 3mm 정도에 해당하는 분分(한 푼), 한 푼의 열 배인 약 3cm에 해당하는 촌寸(한 치), 한 치의 열 배인 약 30cm에 해당하는 척尺(한 자), 한 자의 열 배인 약 3m에 해당하는 장丈으로 나뉘고, 부피의 경우는 약 180ml 정도에 해당하는 합合(한 홉), 한 홉의 열 배인 약 1.8리터에 해당하는 승升(한 되), 한 되의 열 배인 약 18리터에 해당하는 두斗(한 말), 한 말의 열 배에 해당하는 곡斛(한 휘)으로 나뉘며, 무게의 경우는 좀 특이하지만 약 1.5g 정도에 해당하는 수銖, 1수의 24배인 38g 정도에 해당하는 냥兩, 한 냥의 16배인 약 600g(혹은 500g)에 해당하는 근斤, 한 근의 30

배인 약 18kg에 해당하는 균鈞으로 나뉘는 방식을 취하였다.

헌데 길이의 경우, 육안으로 간파하기 어려운, 거의 '나노'급에 해당하는 리釐(1/10푼=약 0.3mm)나 호毫(1/10리=약 0.03mm)와 같은 단위도 있었는데, 이는 어떻게 책정했을까? 당연히 당시는 현미경과 같은 정밀기계가 없었으니, 단지 상상의 나래를 펼쳐서 그러한 미세 단위의 존재를 상정하였으리라 추측된다. 마찬가지로 다른 도량형의 경우도 미세 단위 역시 같은 방식으로 상정하였을 것이다. 여하튼 도량형을 설정하는 원리는 예나 지금이나 별 차이가 없어 보인다.

필자는 대략 30년 전에 대만에서 잠시 유학생활을 할 때, 집사람과 함께 장을 보러 시장에 갔다가 당시로서는 무척 생소한 경험을 한 적이 있다. 우리나라에서는 '과일 10개에 만원', '생선 5마리에 만원'과 같은 방식으로 판매하지만, 중국 상인들은 과일이든 생선이든 '한 근에 얼마'라는 식으로 장사를 하는 것이었다. 그러한 방식이 낯설면서도 간명해 보이기는 했는데, 품질상의 차이는 어떻게 반영하는지 궁금한 생각이 들기도 했다. 물론 품질에 따라 근수와 가격을 달리하겠지만, 영업상의 비밀일 수 있어 대놓고 물어보지는 않았다.

4. 고대 중국의 저금통은 어떻게 생겼을까?

우리는 누구나 어렸을 때 저금통에 동전을 모아본 경험이 한번쯤은 있을 법하다. 필자도 어린 시절 플래스틱으로 만들어진 빨간 빛깔의 돼지저금통에 동전을 모았다가, 딱지나 구슬을 사려고 저금통을 깬 적이 있었던 것으로 기억한다. 그러다가 부모님에게 들켜서 혼이 났던 안 좋은 추억도 있지만……

그렇다면 고대 중국인들은 어떠했을까? 옛날 중국에도 저금통이 있었다. 이를 한자어로 '박만撲滿'이라고 하였다. 우리말로 풀이하면 '가득 찬(滿) 동전통을 깬다(撲)'는 의미를 지닌다. 당시는 플라스틱 같은 화학물질이 없었으니, 당연히 요즘 같은 저금통이 있을 수는 없다. 고문헌에 의하면 고대 저금통은 진흙을 빚어서 만든 도자기 형태였다. 이에 관한 기록이 남조南朝 양梁나라 오균吳均(469-520)의 저서인 ≪서경잡기西京雜記≫권6에 전하기에, 아래에 소개해 보고자 한다.

> (전한 때) 공손홍이 (무제武帝) 원광 원년(B.C.134)에 고향인 치천국淄川國에서 추천을 받자, 무제가 그를 현량한 인재로 생각하였다. 고향 사람인 추장천이 '박만' 한 개를 선물로 주며 말했다. "'박만'은 흙을 빚어서 만든 그릇으로 돈을 담기 위한 것입니다. 뒷면에 (돈을 집어넣기 위해 만든) 작은 구멍이 있지만, 출구가 없기에 가득차면 그것을 깨뜨립니다. 흙은 천한 사물이고, 돈은 귀한 재물입니다. 집어넣되 꺼내지 못 하고, 쌓기만 하고 뿌리지 못 하기에, 그것을 부수는 것입니다. 사대부로서 재물을 모으기만 하고 뿌릴 줄 모른다면, '박만'과 같은 낭패를 당할 것이니, 경계하지 않을 수 있겠습니까? 그래서 그대에게 이를 선물하는 것입니다"(公孫洪元光元年, 爲國所推, 上爲賢良. 國人鄒長倩贈以撲滿一枚云, "撲滿以土爲器, 以畜錢. 背有入竅而無出, 滿則撲之. 土, 麁物, 錢, 重貨. 入而不出, 積而不散, 故撲之. 上有聚斂而不能散者, 將有撲滿之敗, 可不戒歟? 故贈君.")

위의 예문에서 전한 때 추장천鄒長倩이란 사람이 친구인 공손홍公孫弘(B.C.200-B.C.121)에게 저금통을 선물한 것은 돈을 많이 모아 부자가 되라는 의도에서 그린 것이 아니라, 들어가는 입구만 있을 뿐 출구가 없어 가득 차면 깨질 수밖에 없는 저금통 신세처럼, 자린고비로 살다가는 화를 당할 수 있다는 교훈을 암시하기 위한 것이었다. 뒤에 공손홍은 '일인지하一人之下 만인지상萬人之上'의 지위까지 올랐지만, 친구의 충언을 망각한 채 야박하게 행동하다가 핀잔을 받기도 하였으니, 아무리 좋은 조언도 재물욕 앞에서는 연기처럼 사라지고 마는 법인가 보다! 재물이 많으면 행복할까? 그것을 관리하기 위해 많은 신경을 쓰느라 오히려 더 '스트레스'만 받는 것은 아닐까? 죽어서 금송아지를 저승까지 가지고 갈 것도 아니건만, 사람들은 왜 악착같이 재물을 모으려고 혈안이 되어 있는지 모르겠다. 참으로 알다가도 모를 일이다.

5. 국민을 붕어 취급하다니!

코로나 상황이 심각했던 얼마 전만 해도 뉴스에서는 단언코 '긴급 재난 지원금'이 첫 번째 가는 화두였다. 또 당시 뉴스 가운데 '긴급 재난 지원금'이 속히 지급되지 않는 상황을 소재로 그린, 저체온증으로 위험에 처한 사람에게 '담요 가지고 와서 구조하겠다'는 내용을 담은 풍자성 만평을 본 적이 있다. 그래서 그때의 상황과 딱 들어맞는 중국 고사가 떠올랐기에, 이와 관련하여 담론을 한번 전개해 보고자 한다. 관련 고사의 원문은 ≪장자莊子·외물外物≫권9에 다음과 같이 전한다.

(전국시대 송宋나라) 장주는 집이 가난해 (황하를 관장하는 벼슬아치인) 감하후를 찾아가 곡식을 빌리려고 하였다. 감하후가 말했다. "좋소. 내 장차 고을의 세금을 거두어 그대에게 삼백

냥을 빌려 드리면 되겠소?" 그러자 장주는 화가 나서 낯빛을 바꾸며 말했다. "제가 어제 오다가 보니 길에서 누군가 저를 부르더군요. 제가 돌아보니 수레바퀴 자국 안에 웬 붕어가 있었습니다. 제가 그에게 물었습니다. '붕어야! 자네는 무엇 하고 있는 것인가?' 그러자 붕어가 대답하였습니다. '저는 동해에 사는 수신水神입니다. 선생께서 물을 좀 가져다가 저를 살려주실 수 있겠습니까?' 그래서 제가 대답했습니다. '좋네. 내가 남쪽으로 오나라와 월나라 땅에 놀러 가는 중이니, 서강의 물을 길어다 자네를 구해 주면 되겠는가?' 그러자 붕어가 화가 나서 낯빛을 바꾸며 '저는 제가 늘 함께 하던 동료를 잃고, 거처할 곳도 없습니다. 저는 적은 양의 물만 있으면 즉시 살 수 있습니다. 그런데 선생이 이런 말을 내뱉다니, 결국은 차라리 일찌감치 건어물 가게에서 저를 찾는 것이 나을 것입니다'라고 말하더군요."(莊周家貧, 故往貸粟於監河侯. 監河侯曰, "諾. 我將得邑金, 將貸子三百金, 可乎?" 莊周忿然作色曰, "周昨來, 有中道而呼者. 周顧視車轍中, 有鮒魚焉. 周問之曰, '鮒魚來! 子何爲者邪?' 對曰, '我, 東海之波臣也. 君豈有斗升之水而活我哉?' 周曰, '諾. 我且南游吳越之土, 激西江之水而迎子, 可乎?' 鮒魚忿然作色曰, '吾失我常與, 我無所處. 吾得斗升之水然活耳. 君乃言此, 曾不如早索我於枯魚之肆.'")

위의 예문에 등장하는 '장주'는 주지하다시피 '장자莊子'라는 존칭으로 더 잘 알려진 중국의 도가사상을 대표하는 인물이고, 누구를 가리키는지 구체적으로 알 수는 없지만, '감하후'는 '황하를 감독하는 관리'를 뜻하는 관직 명칭이다. 장자가 자신의 처지를 호소하기 위해 인용한 우화는 한 줌의 물만 있으면 생환할 수 있는 붕어에 빗댄 것으로, 당장 밥을 지어먹을 쌀이 필요한 자신에게 세금을 걷어서 주겠다는 감하후의 말에 화가 나서, 본인이 지어냈거나 아니면 시중에 유행하는 고사를 옮겨적은 것으로 보인다.

얼마 전 코로나19 사태로 어려움에 처한 사람들이 한둘이 아니었다. 특히 소상공인이나 비정규직 직원들이 더욱 난감한 처지에 놓였었다. 그들에게는 당장 생활자금이 필요하건만, 정부와 국회는 법률이 어떻고 절차가 어떻고 하며 실랑이를 벌였으니, 이 소식을 듣는 국민들은 붕어와 장자의 처지에 놓인 자신들의 사정을 아랑곳않는 정치인들의 정쟁이 무척 아니꼬와 보일 수 있었을 듯 싶다. 심지어 선거가 끝났다고 손바닥 뒤집듯이 말을 바꾸는 위정자들을 보면서 무슨 생각을 하리오? 신속한 집행이 중요한 시점에서는 더 이상 시간을 끄는 난맥상이 사라져야 할 것이다.

6. 최악의 해충 메뚜기!

고대 중국의 농경사회에서는 경제에 가장 치명타를 입힘으로써 골머리를 썩이는 곤충이 있었으니, 바로 메뚜기이다. 요즘은 미래의 먹거리라고 하지만, 우리가 어렸을 때 잡아다가 볶아먹던 바로 그 벌레이다. 1970년 전후해서 펄 벅이란 작가의 ≪대지≫란 소설을 기반으로 만든 영화에서 하늘을 새까맣게 뒤덮은 메뚜기를 보고서 무척 놀랐던 추억이 아련히 떠오른다. 그 당시는 컴퓨터 그래픽 기술이 없던 시절인데, 어떻게 그런 장면을 연출했는지 지금 생각해도 신기하기만 하다. 중국 고문헌에도 메뚜기가 자주 등장한다. 고대 중국인들에게도 가장 골칫거리였으니까! 오죽하면 청나라 때 진방생陳芳生이란 사람은 메뚜기 잡는 방법에 대해 상세하게 기술한 ≪포황고捕蝗考≫라는 책을 저술하기까지 하였을까? 고문헌에 의하면, 메뚜기는 한자로 '황충蝗蟲' 혹은 '비황飛蝗' 이라고 하고, 메뚜기를 잘 잡아먹는 곤충인 깡충거미를 '승호蠅狐' '승호蠅虎' '승황蠅蝗' '승표蠅豹' '표자豹子' 등 다양한 어휘로 불렀다고 한다. 메뚜기와 관련하여 송나라 때 저자 미상의 ≪문주청화文酒淸話≫에 수록된 해학적인 일화를 하나 소개하면 다음과 같다.

> 송나라 때 가황중賈黃中이란 사람은 재상을 지내고, 노다손盧多遜이란 사람은 (재상에 준하는 직책인) 참지정사參知政事를 맡았다. 하루는 경기 일대에 메뚜기떼가 나타나자 노다손이 말했다. "제가 듣자하니 메뚜기를 판다고 하더군요." 그러자 가황중이 대답하였다. "저도 듣자하니 농작물을 해치지 않고, 단지 무가 많이 다쳤을 뿐이라고 하더군요."(宋賈黃中爲相, 盧多遜作參. 一日府畿有蝗蟲, 盧曰, "某聞乃賈蝗蟲." 賈曰, "某亦聞不傷稼, 但蘆多損耳.")

위의 예문에서 앞 부분은 사람 이름인 '가황중賈黃中(쟈황중 jiàhuángzhōng)'과 '메뚜기를 판다'는 의미의 '고황충賈蝗蟲(구황충 gǔhuángchóng)'이 발음이 유사한 것을 이용하여 해학적으로 표현한 말이고, 뒷 부분 역시 사람 이름인 '노다손盧多遜(루둬쉰lúduōxùn)'과 '무가 많이 다쳤다'는 의미의 '노다손蘆多損(루둬쑨lúduōsǔn)'이 발음이 유사한 것에 착안하여, 해음諧音의 원리를 이용해서 상대방의 이름을 놀리기 위해 해학적으로 표현한 것이다.

심지어 역으로 메뚜기는 훌륭한 인물을 부각시키는 고사의 소재로도 활용되었다. 예를 들어 ≪후한서·마능전馬棱傳≫권54에 의하면, 마능이 강소성 광릉태수廣陵太守를 맡자 그의 덕업에 감화받아 메뚜기떼가 바다로 들어가 물고기나 새우로 변하였기에, 관리와 백성들이 이를 바위에 새겨 송축하였다고 한다. 비록 다분히 소설적인 요소가 강하기에 믿기지는 않지만, 이와 유사한 형태의 고사들이 고문헌에 많이 전한다. 이를 어디까지 믿어야 할지는 여전히 의문!

7. 고대에도 토목공사로 경기를 진작시켰나 보다!

한때 이전 정부에서는 4대강 사업을 대대적으로 일으킨 적이 있다. 아마도 경기를 부양시키는 한 방법으로 채택한 정책이었던 듯하다. 건설업자를 먹여 살리면서 정치자금을 음성적으로 마련하기 위해서라느니, 자연환경을 대대적으로 파괴하는 재앙을 불러올 것이라느니 해서 이를 비판하는 말도 많았지만, 여기서는 그러한 정책적 정당성에 대해 논하는 일은 지양하고자 한다.

헌데 이러한 경기 부양책은 고대 중국 사회에서도 하나의 방편으로 채택되곤 하였다. 송나라 때 범중엄(989-1052)이란 사람이 그러한 정책을 펼친 예가 있는데, 그에 관한 기록이 명나라 팽대익彭大翼의 ≪산당사고山堂肆考 · 정사政事≫권90에 수록되어 있기에, 아래에 소개해 보고자 한다.

> 오 지역에 대기근이 들자, 문정공文正公 범중엄范仲淹은 백성들에게 용선龍船 경주를 시키고, 태수들에게 날마다 호숫가에서 연회를 열게 하였다. 그래서 봄부터 여름까지 주민들이 거리를 텅 비운 채 놀러다녔다. 또 불사로 그들을 불러서 대규모 토목공사를 일으켰고, 또 곡식 창고와 관사를 신축하며 날마다 수천 명의 인부를 고용하였다. 그러자 감찰관이 (절강성) 항주에서 기근을 구제할 정사를 펼치지 않고 무절제하게 유

희를 즐긴다고 탄핵하였다. 범중엄은 이에 연회를 열고 토목
공사를 일으킨 연유가 모두 남은 재물을 꺼내 가난한 백성들
에게 혜택을 베풀고자 함이라고 조목조목 서술하여 보고하였
다. 그래서 절강 동쪽과 서쪽 일대에서는 오직 항주에서만 기
근을 당한 백성들이 흩어지지 않았다. (吳中大饑, 范文正公縱民競渡,
太守日出宴於湖上, 自春至夏, 居民空巷出遊. 又召諸佛寺, 大興土木之役, 又新廠倉吏
舍, 日役千夫. 監司劾杭州不恤荒政, 嬉遊無節. 公乃條敍所以宴遊興造之故, 皆欲發有
餘之財, 以惠貧民也. 由是兩浙之間, 惟杭州饑民不流徙.)

기근이 들었음에도 백성들에게 재물을 풀어 유흥을 즐기고 건물을
짓게 하였다니, 탄핵을 당해도 할 말이 없을 듯하지만, 오히려 범중엄은
그 동안 비축한 재정을 방출하여 경기를 부양시켰다고 한다. 과연 이러
한 방법이 적절한지 여부는 알 수 없지만, 역사의 수레바퀴처럼 오늘날
에 와서도 재연되고 있기에, 한편으로는 의아스럽기도 하다. 경제 분야
에 대해서는 아는 게 별로 없어 더 이상 뭐라고 논의를 전개하기는 어려
울 듯하다.

8. '절약이 미덕'이란 것도 이제는 옛말!

우리는 어렸을 때 학교를 다니면서 '근검' '절약'이란 말을 귀가 따
갑게 들었던 것 같다. 이러한 표어와 직접적인 관계가 있어 보이지는 않
지만, 유사점이 느껴지는 고사가 떠올라 아래에 한 가지 소개해 보고자
한다. 원문은 전한 때 대문호인 가의賈誼(B.C.201-B.C.169)의 저서로 알려
진 ≪신서新書 · 유성諭誠≫권7에 수록되어 전한다.

(춘추시대) 초나라 소왕이 오나라 군대와 전투를 벌였다가 초나라 군대가 패하였다. 소왕이 도주하다가 신발에 등이 터져 걷던 중 그 신발을 잃고 말았는데, 30보를 가서는 다시 되돌아가 그 신발을 주웠다. 수나라에 도착했을 때 좌우 신료가 물었다. "왕께서는 어찌하여 신발 한 짝을 아까워하십니까?" 그러자 소왕이 대답하였다. "우리 초나라가 가난하다 해도, 어찌 신발 한 짝에 애착을 가질 수 있겠소? 그저 함께 돌아가고 싶은 생각이 들었던 것이오." 그 뒤로 초나라 풍속에는 신발을 버리는 일이 없게 되었다. (楚昭王與吳人戰, 楚軍敗. 昭王走, 屨決背, 而行失之. 行三十步, 復旋, 取屨. 及至於隨, 左右問, "王何曾惜一踦屨乎?" 王曰, "楚國雖貧, 豈愛一踦屨哉? 思與偕反也." 自是之後, 楚國之俗, 無相棄者.)

일반 서민도 아니고 왕의 신분을 가진 자가 전쟁에 패하여 정신없이 도주하던 와중에, 신발 한 짝을 잃어버렸다고 해서 그것을 되찾는다면, 신하들이 무슨 생각을 먹을까? 그러나 초나라 소왕은 늘상 몸에 신고다니던 신발에 대한 미련을 버리지 못 해 다시 길을 되돌려 그것을 기어코 되찾았다. 이는 단순히 정이 든 물품에 대한 애착을 나타내고자 해서 하는 말이 아니라, 은연중 사람과 사람 사이의 의리라는 명분을 드러내기 위해 지어낸 이야기가 아닐까 싶기도 하다.

요즘 사람들은 신상품이 나오면 소유욕을 떨쳐버리지 못 해, 멀쩡한 제품도 내다버리고 신상품을 구입하는 듯하다. 특히 전자기기와 관련해서는 '얼리 어댑터(Early Adapter)'라는 기묘한 말도 유행하는 듯하다. 그야말로 절약을 금과옥조처럼 여기던 시대는 사라지고, 빠른 소비를 권장하는 시대로 바뀌고 말았으니, '소비가 미덕'이라는 표어가 이제는 일상화되고 만 것일까? '포스트코로나' 시대로 돌입하는 바람에 경제활성

화가 더욱 절박해지면서, 이러한 주장이 더 절실하게 느껴지는 것인지도 모르겠다.

9. 죽은 뒤 금송아지를 가지고 가는 것도 아니거늘!

앞에서 춘추시대 초楚나라 사람 손숙오孫叔敖와 '양두사兩頭蛇'에 얽힌 고사를 소개한 적이 있는데, 삶의 지혜와 연관된 이야기가 떠올랐기에 그와 관련한 고사를 한 토막 더 소개해 보고자 한다. 원문은 도가사상의 대표적 저서 가운데 하나인 ≪열자列子·설부說符≫권8에 수록되어 전한다.

> 손숙오가 병에 걸려 죽음을 맞으면서 아들에게 훈계하였다. "왕이 자주 나를 봉하려 했지만 나는 받지 않았는데, 내가 죽으면 왕은 곧 너를 봉하려 할 것이다. 너는 필히 이로운 땅을 받지 말거라! 초나라와 월나라 사이에 '침구'라는 땅이 있는데, 이 땅은 이롭지 않고 이름만 고약하단다. 초나라 사람들은 귀신을 숭상하고, 월나라 사람들은 제사를 좋아하니, 오래도록 소유할 수 있는 땅은 이곳뿐이란다." 손숙오가 죽자 왕이 정말로 좋은 땅으로 그의 아들을 봉하려 하였다. 그러나 아들은 사양한 채 받지 않고, 침구 땅을 요청하였다. 왕이 그 땅을 주는 바람에 지금까지도 그 땅을 잃지 않고 있다. (孫叔敖疾將死, 戒其子曰, "王亟封我矣, 吾不受也, 爲我死, 王則封汝. 汝必無受利地! 楚越之間, 有寢丘者, 此地不利而名甚惡. 楚人鬼而越人禨, 可長有者唯此也." 孫叔敖死, 王果以美地封其子. 子辭而不受, 請寢丘. 與之, 至今不失.)

손숙오는 앞에서도 설명하였다시피 초나라에서 재상의 위치에까지 오른 현자이다. 그는 사후에 아들이 필시 왕이 내리는 봉토를 받을 것을 알아채고 미리 유언을 남겼다. 좋은 땅을 받지 말라고…… 대신 이름조차 '척박한 언덕'이란 의미라서 토질이 좋지 않은 '침구'라는 땅을 받으라고 하였으니, 아들 입장에서 생각하면 얼마나 서운했을까? 그러나 손숙오의 혜안은 정확하였다. 옥토는 남에게 빼앗기기 쉽지만, 척박한 땅은 남들이 탐내지 않으니, 오래도록 보전할 수 있는 법이다.

제법 오래 전 얘기지만, 어느 공무원이 '로또'에 당첨되어 친인척을 비롯해 주변 사람들로부터 압박이 심하자, 주민등록마저 말소하고 사라졌으나, 직업도 잃고 재산도 잃은 뒤 거의 알거지가 되어 나타났다는 뜬소문이 돈 적이 있다. 금송아지를 관에 싣고 갈 것도 아닌데, 사람들은 왜 그리도 부에 집착하는 것일까? 재물을 잘못 다루면 도리어 화만 불러오는 법이거늘……

10. 자기 자신만의 보물은?

사람들은 누구나 심지어 가족들도 관여하지 못 하게끔 자신만이 소중하게 여기는 나름대로의 고유한 보물이 있을 것이다. 전자제품을 좋아하는 사람은 컴퓨터 같은 기기를 보물로 여길 것이고, 여행을 좋아하는 사람은 고급 자동차를 보물로 여길 것이며, 영화나 음악을 좋아하는 사람은 비디오·오디오 세트를 보물로 여길 것이고, 운동을 좋아하는 사람은 골프채나 라켓 등 운동 기구를 보물로 여길 것이며, 장식품이나 악세사리를 좋아하는 사람은 보석이나 귀금속을 보물로 여길 것이다.

헌데 춘추시대 송宋나라 때 사람 악희樂喜는 독특한 발상을 하였다.

그는 주옥과 같은 귀중품이 아니라, 탐욕을 부리지 않는 무욕의 정신을 보물로 여겼다는 것이다. 이에 관한 고사가 오대십국五代十國 후진後晉 때 사람 이한李瀚이 지은 ≪몽구蒙求≫권상의 '자한사보子罕辭寶' 항목에 전하기에, 아래에 한번 소개해 보고자 한다.

송나라 사람이 옥을 얻어 그것을 (성을 관리하는 벼슬인) 사성직을 맡고 있던 자한(악희)에게 바쳤다. 자한이 받지 않자, 옥을 바친 사람이 말했다. "그것을 옥전문가에게 보였더니, 그가 보물이라고 해서 바치는 것입니다." 그러자 자한이 대답하였다. "나는 탐욕을 부리지 않는 것을 보물로 여기고, 그대는 옥을 보물로 여기니, 만약 그것을 내게 준다면 모두 보물을 잃는 것이기에, 차라리 각자 자기 보물을 간직하는 것이 나을 것이오."(宋人得玉, 獻諸司城子罕. 子罕弗受, 獻玉者曰, "以示玉人, 玉人以爲寶, 故獻之." 子罕曰, "我以不貪爲寶, 爾以玉爲寶, 若以與我, 皆喪寶也, 不若人有其寶.")[01]

이 글을 읽는 독자들은 무엇을 자신의 보물로 여기고 있을까? 아마도 개인에 따라 천차만별이리라 생각되지만, 고상한 품격의 소유자이기를 바라기에, 겉으로는 금전이나 보석 같은 물질적인 것을 내세우지는 않으리라 생각된다. 그렇다고 표리부동한 위선자라고 자책하지는 마시기를…… 어디까지나 인간 본연의 자연스러운 모습일 터이니!

---

01 원문에서 '제諸'는 3인칭대명사와 전치사가 합쳐진 '지어之於'의 합성어이고, '사성司城'은 '성곽을 관장한다'는 의미로서 춘추시대 송나라의 벼슬 이름이며, '자한子罕'은 악희樂喜란 관리의 자를 가리킨다.

11. 왜 500원 짜리 동전에만 동물이 새겨져 있을까?

요즘은 화폐 가운데 동전은 고사하고 지폐를 사용하는 사람조차도 발견하기가 쉽지 않다. 더욱이 신용카드, 심지어는 스마트폰을 활용한 자동결제가 보편화되면서 그러한 현상은 가일층 심해지고 있는 듯하다. 우리나라 사정은 잘 모르겠으나, 중국에서 동전의 사용은 그 역사가 무척 오래되었다.

중국 고문헌에 의하면 중국에서 동전을 처음으로 주조한 것은 주周나라 경왕景王(B.C.544-B.C.520 재위) 때라고 하니, 역으로 추산하면 지금으로부터 족히 2,500년도 더 된 역사를 가지고 있다. 또 후한 때 반고班固(32-92)가 지은 ≪한서漢書·식화지食貨志≫권24에서 "동전에는 '보화'라는 문구가 새겨져 있다(文曰寶貨)"고 한 것으로 보아, 동전에다가 글귀를 새기는 역사도 무척 오래되었다는 것을 알 수 있다. 그래서 동전을 셀 때 '문文'이란 한자를 활용하기도 하였다. 우리말로 옮기면 '한 냥' '두 냥'이라고 할 때의 '냥' 정도의 의미에 해당한다. 물론 '냥'이란 어휘조차도 도량형을 나타내는 한자 '량兩'에서 유래하긴 하였지만……

고대 중국에서는 당나라 이후로 '(현종玄宗) 개원(713-741) 연간에 발행한 통용 화폐'라는 의미의 '개원통보開元通寶'나 '(후진後晉 고조高祖) 천복(936-942) 연간에 발행한 주요 화폐'라는 의미의 '천복원보天福元寶' 등의 문구가 새겨진 동전을 발행하였다. 우리나라의 경우 조선시대 때 숙종肅宗 이후로 '상평창에서 발행한 통용 화폐'란 의미의 '상평통보常平通寶'라는 문구가 새겨진 동전이 유행했던 것도 이러한 동전 발행 방식에서 영향을 받은 것이 아닐까 싶다.

헌데 우리나라 중앙은행에서 발행한 화폐에는 그것이 동전이든 지폐든 역사적 인물들이 새겨져 있다. 다들 잘 알고 있다시피, 예를 들어

100원 짜리 동전에는 충무공 이순신이, 1,000원 짜리 지폐에는 퇴계 이황이, 5,000원 짜리 지폐에는 율곡 이이가, 10,000원 짜리 지폐에는 세종대왕이, 50,000원 짜리 지폐에는 신사임당이 새겨져 있다. 그렇다면 만약 100,000원 짜리 지폐가 발행된다면 안중근 의사나 김구 선생이 들어가지 않을까? 하지만 500원 짜리 동전에는 뜬금없이 두루미가 새겨져 있으니, 이는 무슨 연유 때문일까? 아직도 알쏭달쏭하기만 하다. 별 쓸데없는 것에 의문을 품는다고 지적한다면 할 말은 없다.

12. 합리적인 의심은 어디까지?

우리는 어려서부터 종이 · 화약 · 나침반 · 인쇄술이 중국의 4대발명품이라고 들어왔다. 그런데 얼마 전 어느 언론 매체에서 나침반과 관련하여 허구성을 의심하는 기사를 본 적이 있다. 그 진실 여부를 떠나 실상 중국에서는 나침반과 관련한 기록이 무척 오래 전 문헌에서부터 출현하였다. 그 일례로서 남조南朝 양梁나라 때 우희虞喜가 지은 ≪지림志林≫의 기록을 아래에 인용해 보고자 한다. 원서는 오래 전에 실전되고, 대신 명나라 팽대익彭大翼의 ≪산당사고山堂肆考 · 천문天文≫권5에 다음과 같이 전한다.

(전설상의 임금인) 황제黃帝가 치우와 (하북성) 탁록의 들판에서 전투를 벌였는데, 치우가 3일 동안 질은 안개를 일으켜 군사들이 갈팡질팡하였다. 황제가 풍후에게 명령하여 북두성을 본떠 지남거를 만들어서 사방을 구별할 수 있게 하였다. 그래서 마침내 치우를 사로잡았다. (黃帝與蚩尤, 戰於涿鹿之野, 蚩尤作大霧三

日, 軍人皆惑. 帝令風后, 法斗機, 作指南車, 以別四方, 遂擒蚩尤.)

　　위의 예문에 등장하는 '황제'는 보통명사인 황제皇帝와 달리 고유명
사로서, 삼황오제三皇五帝 가운데 한 명인 전설상의 임금을 가리키고, 치
우는 그의 신하로서 반란을 일으켜 패권을 다투다가 사로잡혀 사망했
다고 전한다. 따라서 위의 얘기는 허구에 가깝기에 단지 신화나 전설로
간주하면 그만일 것이다. 그러나 사실 여부를 떠나 주목하고 싶은 것은
'나침반을 설치한 수레'를 의미하는 '지남거'라는 어휘의 등장이다. '지
남거'는 '사남거司南車'나 '사방거司方車'라는 동의어로도 여러 문헌에 등
장한다. 이는 이미 오래 전부터 고대 중국인들이 자석을 이용한 나침반
의 존재를 인식하고 있었다는 점을 말해준다. 다만 그 형체가 구체적으
로 어떻게 생겼는지 알려져 있지 않을 뿐이다. 그래서 이에 의심하는 설
이 등장한 것으로 보인다.

　　요즘은 법리적인 용어로서의 '합리적인 의심'이란 말이 거의 모든
분야에 통용되는 것 같다. 그래서인지 그 동안 정설로 받아들여지던 얘
기들에 대해서도 의심의 눈초리를 보내는 경우가 많은 듯하다. 여하튼
모든 것은 냉철하게 검증하고 지나가는 것이 좋지 않을까? 이에 대해
불편해 하는 사람들도 있겠지만……

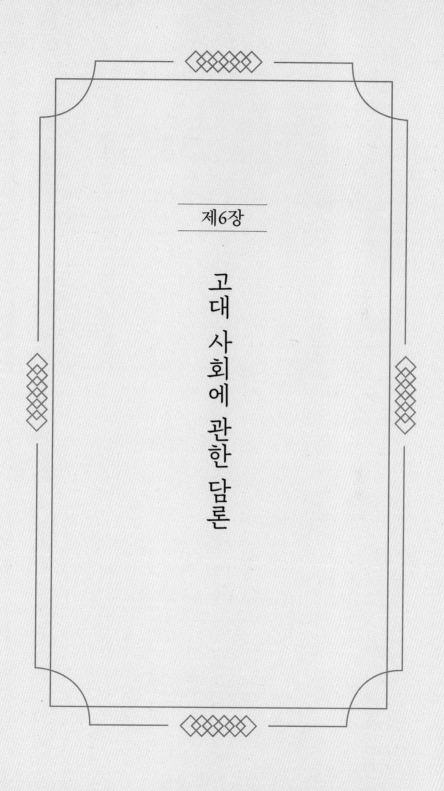

제6장

고대 사회에 관한 담론

1. 완벽한 사람이 될 수 있도록 노력은 해 보자!

서양에 '윌리엄 텔'이나 '로빈 훗'이 있다면, 중국에는 '후예后羿'[01]라는 활쏘기 명수가 있었다. 물론 유궁국有窮國의 임금으로서 신하인 한착寒浞에게 시해를 당했다는 전설상의 인물이기에, 실존 여부에 대해 확인할 길은 없다. 우리나라 후삼국시대 때 후고구려의 군주인 '궁예弓裔'도 표면적으로는 '활의 장인의 후손'이라는 의미에서 지은 이름이지만, 음훈音訓에 비추어 보았을 때는 중국의 전설적인 활쏘기 달인의 이름을 의식하고 작명한 것이 아닐까 조심스레 추측해 본다.

진晉나라 황보밀皇甫謐(215-282)은 전설상의 임금인 삼황오제三皇五帝로부터 삼국시대 때까지 역대 제왕에 대한 기록을 정리하여 ≪제왕세기帝王世紀≫라는 역사책을 지었다. 원서는 오래 전에 실전되고, 지금은 후인이 여러 문헌에 흩어져 있는 기록들을 수집하여 재구성한 10권본이 속수사고전서續修四庫全書에 전하는데, 여기에 전설상의 인물인 후예에 관한 언급이 있기에 소개해 보고자 한다.

---

01 '后'는 군주를 뜻하는 말로서 '帝'와 동의어이기에 '제예帝羿'라고도 한다.

후예 유궁씨가 오하와 함께 북쪽을 유람하는데, 오하가 후예에게 참새를 맞히라고 하였다. 그러자 후예가 물었다. "살릴까? 죽일까?" 오하가 대답하였다. "왼쪽 눈을 맞혀 보십시오." 후예가 활을 당겨 그것을 맞히려 했으나, 실수로 오른쪽 눈을 맞히고 말았다. 후예는 고개를 숙인 채 부끄러워하더니 죽을 때까지 이를 잊지 않았다. 그래서 후예의 훌륭한 활솜씨는 오늘날까지도 칭송을 받고 있다. (帝羿有窮氏與吳賀北游, 賀使羿射雀. 羿曰, "生之乎? 殺之乎?" 賀曰, "射其左目." 羿引弓射之, 誤中右目. 羿抑首而愧, 終身不忘. 故羿之善射, 至今稱之.)

실상 오른쪽 눈을 맞히든 왼쪽 눈을 맞히든 무슨 상관이 있으랴? 활로 자그마한 참새를 맞히는 것조차도 어려운 일이거늘, 원하는 눈을 맞히지 못 했다고 자책하는 후예의 모습에서 오히려 자만심을 엿볼 수 있을 듯하다. 그러나 후예는 참새의 반대쪽 눈을 맞혔다고 평생 이를 마음에 담아두었다고 하니…… 기실 우리는 세상을 살아가면서 모종의 일을 겪게 될 때, 대충 얼버무리고 그냥 지나쳐지기를 바라는 경우가 많다. 세상에 완벽한 사람은 없다고 스스로를 위로하면서…… 그러나 최소한 완벽한 사람이 될 수 있도록 노력은 해야 하지 않을까? 후예의 고사를 통해 다시 한번 자신의 삶을 되새길 수 있는 계기가 되기를 바란다.

2. 정신줄 놓은 도둑 이야기!

필자는 평소 '사람이 살아가면서 초래하는 모든 화는 과욕에서 비롯된다'는 말을 즐겨 내뱉으면서, '욕' 철학을 마치 금과옥조처럼 떠받들고 있다. 하지만 이 세상에 욕심 없는 사람이 어디 있으랴? 다만 이를 좋은 방향으로 잘 활용하는 것이 중요할 듯하다. 그러면 자아 발전의 좋은 원동력이 될 수 있을 것이다.

앞에서 소개한 고대 중국의 도가사상을 대표하는 책으로, ≪노자≫ ≪장자≫와 함께 많이 거론되는 ≪열자≫라는 책에는 재미있는 고사가 많이 수록되어 전한다. 그중에서도 욕심과 관련 있는 얘기가 하나 있기에, 이 자리를 빌어 소개해 보고자 한다. 관련 고사는 ≪열자·설부說符≫ 권8에 전한다.

옛날에 제나라 사람 중에 금을 무척 욕심내는 사람이 있어, 새벽에 의관을 차려입고 저자로 나가 금은방이 있는 곳으로 갔다가, 그김에 그곳의 금을 움켜쥐고 떠나려고 하였다. 경찰이 그를 체포하고는 물었다. "사람들이 모두 그곳에 있었는데도 남의 금을 훔치다니, 어찌된 거요?" 그러자 그 사람이 대답하였다. "금을 움켜쥘 때 사람은 안 보이고, 단지 금만 보였습니다!"(昔齊人有欲金者, 清旦衣冠而之市, 適鬻金者之所, 因攫其金而去. 吏捕得之, 問曰, "人皆在焉, 子攫人之金, 何?" 對曰, "取金之時, 不見人, 徒見金!")

백주대낮에 정장을 쫙 빼입은 멀쩡하게 생긴 사람이 금은방에 들어와 사람들이 모두들 쳐다보고 있는 데서 정신줄을 놓은 채 남의 금을 훔쳤다면, 이 얼마나 황당한 상황이겠는가? 그러니 그를 체포한 경찰조차도 궁금증을 참지 못 해, 무슨 연유로 모든 사람들이 지켜보는 와중에 금을 훔쳤는지 물을 수밖에 없었을 것이다. 그러나 그 이유는 간단하다. 욕심에 눈이 멀어 오직 금만 자기 눈에 들어왔다는 것이다. 참으로 어처구니없고 '넌센스'에 가까운 이야기이지만, 열자는 인간의 욕심이 얼마나 무서운 결과를 초래할 수 있는지를 적나라하게 보여주고 싶어서 이런 설정을 한 것으로 유추된다. 거듭 새겨들을 교훈이라 하겠다.

3. 명당자리가 운명과 무슨 관련이 있을까?

동서양을 막론하고 과학적 지식이 부족하던 시대에는 미지의 삼라만상에 대한 두려움 때문에 각종 점술이 발달하였다. 고대 중국에서도 다양한 점술이 유행하였다. 별을 관찰하여 앞날을 예측하는 점성술占星術, 구름의 기운을 살펴서 운명을 점치는 망기술望氣術, 거북껍질이나 시초蓍草를 이용하여 점치는 복서卜筮, 사람의 얼굴을 대상으로 그의 삶을 점치는 상술相術, 집터를 고르는 택점宅占, 묘터를 고르는 묘점墓占 등등 그 종류도 다양하다. 그리고 중국에서는 오늘날까지도 ≪점경占經≫ ≪택경宅經≫ ≪장서葬書≫ 등, 그와 관련한 서책들이 사고전서四庫全書에 버젓이 수록되어 전해지고 있다.

흔히 세간에서는 좋은 묘터를 두고 '명당자리'라는 말을 즐겨 사용한다. 심지어 한의학계에서는 침을 놓거나 뜸을 뜨는 혈맥을 기록할 때 인형을 만들어 점으로 표기하고는 그곳을 '명당'이라고 부르기도 하고, 관상학계에서는 손바닥의 정중앙을 가리키는 말로도 사용한다. 그러나 원래 '명당明堂'은 실상 정치적 용어였다. 즉 '명당'은 위는 하늘을 본받아 둥글고 아래는 땅을 본받아 네모진 형태로 만들되, 사방으로 문을 내 조도照度를 최대한 높이고서, 제왕이 정교政教와 전례典禮를 펼치던 신성한 건물을 가리키는 말이다. 그래서 ≪예기≫에 한 편명으로 등장하기도 한다. 이에 관해 비교적 소상하게 설명한 당나라 두우杜佑(735-812)의 ≪통전通典 · 예례禮4 · 길吉3 · 대향명당大享明堂≫권44의 기록을 소개하면 다음과 같다.

(전설상의 임금인) 황제黃帝는 '명당'에서 천제에게 공손히 제사를 올렸고, (요왕堯王의) 당나라와 (순왕舜王의) 우나라 때는 '오부'에서 (중앙과 동서남북의) 다섯 천제에게 제사를 올렸으며, 하나라 우왕禹王 때는 '세실'에서 조상신들에게 제사를 올렸다. 상나라 사람들은 '중옥'이라고 하였다. 주나라 사람들은 '명당'에서 문왕에게 제사를 올리며, 천제에게 배향하였다. (黃帝拜祀上帝于明堂, 唐·虞祀五帝于五府, 夏后享祖宗于世室. 商人曰重屋. 周人宗祀文王于明堂, 以配上帝.)

즉 명당은 시대마다 명칭이 바뀌기는 했어도, 정교나 제례와 관련이 있는 건물을 가리킨다. 그런데 그것이 어쩌다가 다른 의미로까지 확대 적용되었을까? 언제부터 그리되었는지 그 연유와 유래는 불분명하다. 다만 중국이 아니라 주로 우리나라에서 좋은 집터나 묘자리를 비유하는 말로 사용하고 있는 것으로 보인다. 여하튼 이 역시 미신의 일종이기에, 그리 신뢰할 만한 얘기는 못 되는 듯하다. 그저 북쪽으로 산을 등지고 남쪽으로 물을 앞에 두어 '배산임수背山臨水'에 해당하는, 즉 양지 바르고 앞이 탁 트인 곳이면 명당이 아닐까? 게다가 사람의 운명과도 별 관련은 없어 보인다.

4. 환상은 깨져야 한다네!

고대 중국은 농경사회였다. 그래서 나름대로 천문학이 발달하였다.

그러나 이러한 학문이 점술과 연계되면 또 다른 문제를 낳을 수 있다. 여기서는 왕조의 흥망과 관련한 점성술에 관한 고사를 한 토막 소개해 보고자 한다. 원문은 명나라 팽대익彭大翼의 《산당사고山堂肆考·천문天文》권3에 다음과 같이 전한다.

> 수나라 오교는 (절강성) 잡계(오흥현吳興縣) 사람으로 천문학에 정통하여 (당나라 때 유명한 도사인) 원천강이 그를 스승으로 섬겼다. 양제 때 일찍이 (하남성) 업중을 지나다가 그곳 현령에게 말했다. "중성이 태미원太微垣을 지키지 않으니, 주군(양제)께서 왕의 기운이 진나라 땅으로 흘러 모일 거라고 의심하실 것인데, 귀하께서는 이를 알고 있소?" 현령이 그 말을 믿지 않았다. 당나라 고조가 즉위하자, 그제서야 그의 말이 허튼소리가 아니었다는 것을 알았다. (隋吳嶠, 雪溪人, 精天文, 袁天綱師事之. 煬帝時, 嘗過鄴中, 告其令曰, "中星不守太微, 主君有嫌, 王氣流萃於秦地, 子知之乎?" 令不之信. 及唐高祖卽位, 始知其言不誣.)

예문에서 '중성中星'은 이십팔수二十八宿 가운데 일출이나 일몰 시 정남쪽에 보이는 별을 가리키고, '태미太微'는 고대 중국인들이 천제天帝를 모시는 별자리라고 믿었던 성명星名 가운데 하나를 가리키며, '진지秦地'는 당나라를 건국한 고조高祖 이연李淵의 고향이자 이연의 아들인 태종太宗 이세민李世民이 황제로 즉위하기 전의 봉토를 가리키기에, 결국 당나라를 상징한다. 따라서 오교가 한 얘기는 수나라가 망하고 당나라가 건국될 것임을 별자리를 보고서 예측했다는 말이다. 그리고 현령이 뒤에 가서야 오교의 말이 허튼소리가 아니라는 것을 알았다는 것이다. 그러나 그러한 예언은 현대인의 과학적인 관점에서 보면 허튼소리가 아닌 것이 아니라, 허튼소리 그 자체로 들릴 수밖에 없을 것이다. 별의 운행과 왕조의 운명이 무슨 상관이 있으랴?

각설하고 조금 결을 달리하는 얘기겠으나, 몇 년 전부터 중국의 전통무술인 쿵푸(功夫)가 일반인들에게 엄청나게 비난받기 시작하였다. 화려한 몸동작에 비해 실전력이 현저하게 떨어짐에도 불구하고, 세칭 '격투광인'이라고 불리는 어느 격투기 선수의 도발에 발끈하여 자칭 수많은 '쿵푸마스터'들이 도전장을 던졌다가, '샌드백'처럼 얻어터져 만신창이가 되는 꼴을 당하면서 전통무술에 대한 회의론이 강하게 일어났다. 실상 현대에 들어서 무술은 상대방을 제압하기 위한 동작으로서의 필요성이 사라졌기에, 체조나 무용처럼 건강 증진을 위한 '스포츠'의 성격이 강해졌다. 그래서 실제로 치고박고 싸우는 대련이 사라진 셈이다. 그럼에도 불구하고 미신적인 환상에 젖어 전문적인 싸움꾼(?)이라고 할 수 있는 격투기 선수와 맞붙었으니, 그 결과야 명약관화明若觀火한 일이 아닐까? 미신이든 환상이든 여러 방면에서 중국인은 물론 우리들도 기존의 문화나 사상에 대한 냉철한 자기 성찰이 필요할 듯 싶다.

5. 인간관계에서 가장 중요한 덕목은?

인간관계에서 가장 중요한 덕목이 무엇일까? 사람마다 가치관이 다르기에 개인차가 있을지 모르겠으나, 필자는 개인적으로 신의가 무엇보다도 중요하다고 생각한다. 서로 무엇이든지 내줄 수 있을 듯 친하게 지내다가도, 신의관계가 무너지면 생면부지인 관계처럼 돌변하는 것이 사람과 사람과의 관계가 아닐까?

여기서는 '신의'와 관련해 중국 고문헌에서도 비교적 시기적으로 빠른 고사를 한 가지 소개해 보고자 한다. 원문은 앞에서도 언급한 오대십국五代十國 후진後晉 때 사람 이한李瀚이 지은 ≪몽구蒙求≫권하의 '계찰괘검季札挂劍' 항목에 전한다.

　　오나라 계찰은 오나라 왕 수몽의 막내아들이다. 처음에 북방에 사신으로 가면서 서나라 군주에게 들렀을 때, 서나라 군주가 계찰의 검을 좋아하면서도 입으로 감히 말을 하지 못 했다. 계찰은 내심 이를 알아챘지만, (큰 제후국인) 상국(제齊나라)에 사신으로 가야 했기 때문에 헌납하지 않았다. 돌아오는 길에 서나라에 도착했지만, 서나라 군주는 이미 사망해 있었다. 그러자 자신의 보검을 풀어 서나라 군주의 무덤 옆 나무에 걸고서 그곳을 떠났다. 그러자 수행원이 물었다. "서나라 군주가 이미 사망하였는데, 누구에게 주시는 것입니까?" 그러자 계찰이 대답하였다. "그렇지가 않네. 처음에 내가 마음 속으로 이미 이를 허락하였거늘, 어찌 죽었다고 해서 내 본심을 저버릴 수 있겠는가?"(吳季札, 吳王壽夢季子也. 初使北, 過徐君, 徐君好季札劍, 口不敢言. 季札心知之, 爲使上國, 未獻. 還至徐, 徐君已死, 乃解其寶劍, 懸徐君冢樹而去. 從者曰, "徐君已死, 尙誰予乎?" 季子曰, "不然. 始吾心已許之, 豈以死倍吾心哉?")[02]

　　예문에 등장하는 '계찰'이란 사람은 춘추시대 때 오나라의 왕자이다. 왕명을 받들고 큰 제후국인 제나라에 사신으로 가다가 중도에 서나라에 들르게 되었는데, 사신의 징표인 보검을 탐내는 서나라 군주의 요청을 받아들일 수 없었지만, 그래도 내심 선물하겠다는 마음을 먹고 있

02　원문에서 '상국上國'은 춘추전국시대 때 중원에 위치한 제후국이나 규모가 큰 제후국을 높여 부르던 말이고, '배倍'는 '배신할 배背'의 통용자이다.

었다. 그러나 상대방이 이미 사망했음에도 귀국길에 그의 무덤에 걸어
두었다고 하니, 이 이야기 역시 '믿거나 말거나'에 속하는 고사라고나
할까? 그러나 '신의'라는 덕목을 얼마나 강조하고 싶었으면, 이러한 이
야기를 만들어냈을까? 오늘날 과학기술이 빠르게 발달하고 있기는 하
지만, 갈수록 경쟁이 심해지는 현대사회에서는 이러한 덕목이 너무 희
석되어 가고 있다는 느낌을 지울 수 없다.

6. 제자가 정말로 스승을 죽이려고 했을까?

중국 고문헌의 기록 중에는 상식적으로 믿기 어려운 내용들이 한두
가지가 아니다. 귀신 같은 상상의 산물은 차치하고서라도, 실존 인물과
관련한 것들도 부지기수다. 그중 공자와 관련한 '쇼킹'한 얘기가 한 토
막 떠오르기에, 아래에 소개해 보고자 한다. 관련 고사는 남조南朝 양梁
나라 때 원제元帝 소역蕭繹(508-554)의 저서인 ≪금루자金樓子·잡기편雜記
篇≫권6에 다음과 같이 전한다.

(춘추시대 노나라) 공자가 산을 유람하다가 한곳에 자리를
잡으며 자로(중유仲由)에게 물을 떠오라고 했는데, 물가에서
호랑이를 만나 맞서 싸우다가 꼬리를 움켜쥐더니 이를 취하
여 품속에 넣었다. 물을 떠서 돌아와 공자에게 물었다. "상급
의 선비는 호랑이를 죽이면 어찌합니까?" 공자가 대답하였다.
"상급의 선비는 호랑이를 죽이면 호랑이 머리를 차지하네." 자
로가 물었다. "중급의 선비는 호랑이를 죽이면 어찌합니까?"
공자가 대답하였다. "중급의 선비는 호랑이를 죽이면 호랑이

귀를 차지하네." 자로가 물었다. "하급의 선비가 호랑이를 죽이면 어찌합니까?" 공자가 대답하였다. "하급의 선비는 호랑이를 죽이면 호랑이 꼬리를 차지한다네." 그래서 자로는 호랑이 꼬리를 꺼내어 버리고는 다시 돌쟁반을 품속에 넣으며 중얼거렸다. "선생님은 호랑이가 물가에 있다는 것을 알면서도 내게 물을 뜨라고 하셨으니, 이는 나를 죽이려는 것이다." 이에 공자를 죽이려고 하면서 물었다. "상급의 선비는 사람을 죽일 때 어찌합니까?" 공자가 대답하였다. "붓끝을 이용하네." 자로가 물었다. "중급의 선비는 사람을 죽일 때 어찌합니까?" 공자가 대답하였다. "말로 하네." 자로가 물었다. "하급의 선비는 사람을 죽일 때 어찌합니까?" 공자가 대답하였다. "돌쟁반을 사용하네." 자로가 결국 돌쟁반을 버리고 자리를 떴다. (孔子游舍於山, 使子路取水, 逢虎於水, 與戰, 攬尾得之, 內於懷中. 取水還, 問孔子曰, "上士殺虎, 如之何?" 子曰, "上士殺虎, 持虎頭." "中士殺虎, 如之何?" 子曰, "中士殺虎, 持虎耳." 又問, "下士殺虎, 如之何?" 子曰, "下士殺虎, 捉虎尾." 子路出尾棄之, 復懷石盤曰, "夫子知虎在水, 而使我取水, 是欲殺我也." 乃欲殺夫子, 問, "上士殺人, 如之何?" 曰, "用筆端." "中士殺人, 如之何?" 曰, "用語言." "下士殺人, 如之何?" 曰, "用石盤." 子路乃棄石盤而去.)

위의 예문에 등장하는 '자로子路'는 본명이 중유仲由로서 공자의 수제자 가운데 한 명으로 널리 알려진 인물이다. 그런 그가 이유야 어찌되었든 공자를 살해하려고 했다니? 이를 믿어야 할까? 말아야 할까? 비록 상대방을 설득하는 데 있어서 폭력과 같은 강압적인 수단보다는 말이나 글과 같은 논리력이 훨씬 중요하다는 점을 강조하기 위해 만들어낸 고사라 할지라도, 역대로 중국인들이 성인으로 떠받들어온 공자를 남도 아닌 수제자가 죽이려고 했다고 하니, 유가사상이 지배해 온 고대 중국에서는 상상하기 힘든 '스토리'임에는 틀림없다.

위의 고사가 실린 서책은 현전하는 고문헌 가운데서는 ≪금루자金樓子≫가 유일하다. 그렇다고 ≪금루자≫의 저자인 소역이 처음으로 만들어낸 이야기로 보이지도 않는다. 누군가가 유가학파를 엿먹이려고 만든 고사를 소역도 인용하였을 터이지만, 원서는 실전된 듯하다. 그런데 여하튼 정말로 자로가 스승인 공자를 죽이려고 한 적이 있기는 한 것일까? 아니면 아직도 필자의 고증 능력에 한계가 있는 것일까? 여전히 해결하지 못 한 '미스테리' 가운데 하나이다.

7. 인간관계에서 신의보다 중요한 덕목이 있을까?

유가학파에서 강조하는 덕목으로 흔히 '인의예지신仁義禮智信'을 거론한다. 그중에서도 '신信'은 순서상 맨마지막에 놓여 있어 다소 그 중요성이 떨어지는 듯 보이지만, 실상 각 덕목 사이에 경중을 따질 필요가 어디 있으리오? 여기서는 사람 간에 신의를 강조하기 위해 비유법적으로 만들어진 고사를 한 토막 소개해 보고자 한다. 원 고사는 전한 때 한영韓嬰(?-?)이 지었다고 하는 ≪한시외전韓詩外傳≫권8에 아래와 같이 전한다.

옛날에 전자방이 외출했다가 길에서 늙은 말을 발견하고서, '아!' 하고 탄식하며 측은지심이 일어나 마부에게 물었다. "이는 무슨 말인가?" 마부가 대답하였다. "원래 어르신 집에서 키우던 가축이온대, 노쇠하여 쓸모가 없어서 내다버린 것입니다." 그러자 전자방이 말했다. "젊었을 때 힘을 다 소모했음에도, 노쇠하다고 해서 그것을 버리는 것은 어진 자라면 하지 않는 법이라오." 그래서 비단 한 묶음으로 그것을 다시 사들였다. 그러자 궁핍한 선비들이 이 얘기를 듣고서는 마음을 맡길 곳을 알게 되었다. (昔田子方出, 見老馬於道, 喟然有志焉, 以問於御曰, "此何馬也?" 御曰, "故公家畜也, 罷[03]而不用, 故出放之." 田子方曰, "少盡其力, 而老棄其身, 仁者不爲也." 束帛而贖之. 窮士聞之, 知所歸心矣.)

예문에 등장하는 '전자방'이란 사람은 공자의 제자인 자하子夏의 문하생으로서, 전국시대 때 위魏나라 군주인 문후文侯의 스승을 지낸 인물이다. 그에 관해서는 ≪사기史記≫ 같은 사서나 ≪장자莊子≫ ≪회남자淮南子≫ 등 제자백가서에 단편적으로 전하는 기록을 통해서 삶의 단면들을 엿볼 수 있다. 위의 고사는 노쇠해져 버림받은 말에게까지 의리를 지켰다는 내용에 빗대, 신의의 중요성을 강조하기 위해 만들어진 것으로 보인다.

갈수록 경쟁이 심화되는 현대사회에서는 신의에 대한 사람들의 관심도가 날로 떨어지는 듯하다. 그러나 필자도 경험해 보았지만, 사람과 사람 사이에 신뢰관계가 무너지면 감정적인 갈등으로까지 격화되어 회복 불가능한 단계로까지 악화되곤 한다. 그리고 한번 무너진 신뢰관계는 웬만해서는 되돌릴 수가 없다. 이 역시 상호 이해관계의 충돌로 인해 상처를 받음으로써 생기는 일이니, 그저 어찌할 수 없는 서글픈 현실로 받아들일 수밖에는 없는 것일까?

---

03 '피罷'는 요즘은 주로 독음이 '파'이고 '마치다' '파하다'는 뜻으로 쓰이는 한자이지만, 고문에서는 '피로할 피疲'의 통용자로도 곧잘 쓰였다.

8. 친구를 위해 목숨을 걸 수 있을까?

진정한 친구 사이란 무엇일까? 아마도 모든 이해관계를 초월할 수 있는 관계가 아닐까? 이익이 될 때만 사귀고, 손해가 될 때는 갈라선다면, 이를 어찌 우정이라 할 수 있으리오? 그러나 세상 인심은 그렇지 않은 듯하다. 그렇기에 전에도 소개한 적이 있는 '조강지처糟糠之妻'라는 고사성어의 주인공인 후한 광무제光武帝 때 사람 송홍宋弘도 '빈천했을 때 친구는 잊어서 안 된다(貧賤之交不可忘)'고 황제 앞에서 힘주어 강조했을 것이다.

수隋나라 때 대유大儒인 왕통王通(584-618)은 자신의 저서인 ≪문중자중설文中子中說·위상편魏相篇≫ 권8에서 "군자는 먼저 사귈 상대를 잘 선택한 뒤에 교유관계를 맺기에 허물이 적지만, 소인배는 먼저 교유관계를 맺은 뒤에 상대방을 선택하기에 원망하는 일이 많다(君子先擇而後交, 故寡尤. 小人先交而後擇, 故多怨)"고도 하고, 또 "권세 때문에 사귀는 사람은 권세가 기울면 절교하고, 이익 때문에 사귀는 사람은 이익이 없어지면 흩어진다(以勢交者, 勢傾則絶. 以利交者, 利窮則散)"고도 하였다.

왕통이 하고자 하는 말은 친구를 사귈 때 선택이 중요하고, 선택을 한 뒤에는 이해득실을 따져서 안 된다는 것으로 요약할 수 있을 듯하다. 즉 진정한 친구 관계에서는 권력이나 이익이 아니라, 명분과 의리가 가장 중요하다고 본 것이다. 그렇다면 우리의 삶은 어떠할까? 필자 자신도 자신할 수 없지만, 늘 이해득실을 따져서 인간관계를 맺어오지는 않았을까? 이를 반추해 볼 수 있는 고사를 하나 예로 듦으로써 담론을 마무리하고자 한다. 예문은 명나라 팽대익彭大翼의 ≪산당사고山堂肆考·인품人品≫ 권105에 다음과 같이 전한다.

후한 때 순거백이 멀리 친구의 병문안을 갔는데, 마침 반
군이 고을을 공격하였으나, 순거백은 차마 떠나지 않았다. 도
적들이 도착해 순거백에게 말했다. "대군이 이르러 고을이 온
통 텅 비었는데, 그대는 어떤 사람이기에 감히 혼자 이곳에 남
아 있소?" 그러자 순거백이 대답하였다. "친구가 병이 들어서
차마 버려둘 수가 없소이다. 차라리 내 한 몸으로 친구의 목숨
을 대신하고자 하오." 반군은 그가 어질다는 것을 알고는 결국
군대를 철수하였다. (漢荀巨伯遠省友人疾, 値寇賊攻郡, 巨伯不忍去. 賊至, 謂
巨伯曰, "大軍至, 一郡皆空, 汝何男子, 敢獨在此?" 巨伯曰, "友人有疾, 不忍委之, 寧以
身代友人之命." 賊知其賢, 乃旋軍.)

9. 옛날에는 청년들의 취업난이 없었을까?

오늘날 사회 문제로 대두되는 화두 가운데 단연 사람들의 이목을 끄
는 것은 청년 실업에 관한 얘기일 것이다. 그렇다면 옛날에는 이처럼 골
치아픈 문제가 없었을까? 오히려 더 심했다고 진단해 볼 수도 있지 않
을까 싶다.

요즘 젊은이들에게 조금은 위안이 될 수 있는 말일지 모르겠으나,
고대 중국 사회에서 취업 시기는 그리 빠르지 않았다. ≪예기·곡례상
曲禮上≫권1의 기록에 의하면, 처음 관직에 오르는 나이를 40세로 잡고
있다. 마흔 살이 되어야 육체적으로나 정신적으로 건강한 경지에 오른
다고 본 것이다. 아마도 공자가 말한 것처럼 '불혹不惑'의 나이가 되어야
세상을 제대로 보는 안목이 생기기에, 마흔 살이 되어야 비로소 관직을
맡길 만한 성인으로 간주했던 것 같다. 물론 천부적 재능을 타고나 20대
에 과거시험에 급제하여 조기에 벼슬길에 오르는 사람도 있었지만, 이

는 아주 예외적인 경우라고 말해도 무방하다. 그리고 대략 치매기가 시작되는 70세를 퇴임의 최적기로 간주하였기에, "대부는 일흔 살이 되어 벼슬을 그만두는데, 만약 허락할 수 없다면 (편하게 출퇴근하는 데 도움을 주기 위해) 반드시 그에게 안궤와 지팡이를 하사한다(大夫七十而致事, 若不得謝, 則必賜之几杖)"고 하였다. 명나라 팽대익彭大翼의 ≪산당사고山堂肆考·과제科第≫권84의 다음과 같은 기록은 송나라 때 과거시험으로 인해 얼마나 사회적으로 문제가 심각했는지를 잘 대변해 준다.

> 송나라 때 진사과 출신 중에는 성시省試를 통과하여 전시殿試를 보러왔다가 오히려 낙방하는 이가 있었는데, 먼 곳에서 온 한문寒門 출신 선비들이라서 가난 때문에 돌아갈 여비가 없어, 강물로 달려가서 투신자살하는 이들이 많았다. 인종은 이 얘기를 듣고서 측은지심이 생겨 그때부터 전시에서만큼은 낙방시키지 않았다. 비록 (부정행위를 저지른) 잡범이라 하더라도, 그들 역시 맨마지막 명단에 포함시켜 주었다. (宋朝進士過省赴殿試, 尚有被黜者, 遠方寒士貧不能歸, 多有赴河而死. 仁宗聞之惻然, 自是殿試不黜. 雖雜犯, 亦收之末名.)

오죽 실업 문제가 심각했으면, 예부禮部에서 실시하는 성시省試를 통과하여 황제가 직접 실시하는 전시殿試에 응시했다가 낙방한 응시생에게만큼은 임시로 합격자 명단 말미에 등재시켜 주었을까? 심지어 '컨닝' 같은 부정행위를 저지른 응시생까지도 위법행위를 눈감아 주었다고 하니, 비록 전시에 응시하는 이들이 소수의 '엘리트'라 할지라도, 그 후유증이 얼마나 심각했으면 초법적인 조치마저 취하였을까? 그렇다고 '공정'을 외치는 요즘 세상에서 이러한 특혜를 줄 수는 없는 노릇이니,

어찌하면 무한 경쟁 시대에서 이러한 사회 문제를 해소할 수 있을지 모르겠다. 안타깝게도 필자에게는 뾰족한 묘안을 제시할 능력이 없다!

10. 고려장의 유래는?

우리는 어렸을 때 서책을 통해서인지 아니면 언론 매체를 통해서인지 기억이 분명치는 않지만, '고려장高麗葬'이란 말을 한 번쯤은 들어보았음 직하다. 문자 그대로 풀이하면, 고려시대 때 부모를 생매장하듯이 내다버렸다가 뒤에 장례를 치렀다는 악습을 가리킨다. 그리고 후대에는 불효막심한 행위의 대명사처럼 쓰이게 되었다. 그러나 역사적으로 그러한 폐습이 실존했었다는 증거가 없기에, 일제강점기 때 우리나라의 미풍양속을 폄훼하기 위해 생겨난 말이란 설도 있는 듯하다.

문헌상의 기록으로만 따진다면, 고대 중국에는 이와 유사한 풍습이 실제로 존재했었다. 원문은 원래 ≪효자전孝子傳≫이란 고서에 실려 있던 것이나, 원전은 실전되고, 대신 송나라 때 이방李昉(925-996) 등이 황명을 받들어 제작한 고사총서인 ≪태평어람太平御覽·종친부宗親部≫권519에 수록되어 전하기에, 아래에 옮겨적어 본다.

원곡은 어디 사람인지 알려지지 않았다. 조부가 연로하자, 부모가 그를 미워하여 내심 내다버리려고 하였다. 원곡이 나이 열다섯에 눈물을 흘리며 간곡하게 간언하였지만, 부모는 그의 말을 따르지 않고, 도리어 수레를 만들어 조부를 싣고서 내다버렸다. 그러자 원곡은 부모를 따라갔다가 수레를 수거해서 돌아왔다. 부친이 말했다. "너는 어째서 이 흉물을 수거하였느냐?" 원곡이 이에 대답하였다. "아마도 훗날 부모님이 늙으셔서 다시 이 도구를 만들 수 없을 것이기에, 그래서 수거한 것입니다." 부친이 깨달음을 얻고 수치심을 느껴서, 결국 조부를 수레에 태워서 돌아와 극진히 봉양하였다. 부친은 정성을 다하고 자신을 책망하면서 진정한 효자가 되었고, 원곡도 효성스런 손자가 되었다. (原穀者, 不知何許人. 祖年老, 父母厭患之, 意欲棄之. 穀年十五, 涕泣苦諫, 父母不從, 乃作輿舁棄之. 穀乃隨, 收輿歸. 父謂之曰, "爾焉用此凶具?" 穀乃曰, "恐後父老, 不能更作, 是以取之耳." 父感悟愧懼, 乃載祖歸, 侍養, 克己自責, 更成純孝, 穀爲純孫.)

위의 예문에 등장하는 '원곡'은 춘추전국시대 때 사람으로서 출신 성분을 알 수 없는 미지의 인물이다. 그렇기에 위의 기록의 진위 여부도 현재로서는 확인할 길이 없다. 그렇다면 중국인들도 저런 악습이 원래 없었고, 후인의 조작이라고 주장할 수 있지 않을까? 그러나 어쩌랴? 중국에서는 이미 문헌상의 기록이 존재하고 있으니…… 만약 중국인들도 우리처럼 실존하지 않았던 악습이라고 주장한다면, '물귀신 작전 펴지 말라'고 따끔하게 일침을 가하도록 하자! 헌데 '고려장'도 혹시 일제가 위의 기록을 가져다가 고려시대 풍습이라고 변질 내지는 조작해서 생겨난 결과물이 아닐까?

11. 순장의 유래는?

앞에서 '고려장高麗葬'에 관한 얘기를 거론하던 와중에 불현듯 '순장殉葬'이란 단어가 머릿속을 스쳐지나기에, 여기서는 이에 관한 고사를 한번 소개해 보고자 한다. 순장은 주지하다시피 신분이 높은 사람이 사망했을 때, 산 사람과 여러 가지 부장품을 함께 묻는 것을 의미한다. 심지어 춘추시대 진秦나라 목공穆公(B.C.659-B.C.620 재위)이 사망했을 때는 그의 세 아들인 엄식奄息 · 중항仲行 · 침호鍼虎를 함께 순장하였다는 기록마저 ≪시경≫에 전한다. 오늘날이야 절대 있을 수 없는 악습 중에 악습이라고 할 수 있다. 이러한 폐습은 언제 처음으로 생겨났을까?

서양의 역사는 잘 모르겠으나, 중국에서는 순장의 역사가 무척 오래되었다. 그러나 중국인들이 성인으로 떠받드는 춘추시대 노魯나라 공자가 산 사람 대신 인형을 순장하는 제도마저도 반대한 것으로 보아, 그 폐해에 대한 혐오적 반향은 이미 오래 전부터 양심의 소리로 전파되어 내려왔을 법하다. '순장'의 폐해에 관한 기록이 ≪예기禮記 · 단궁하檀弓下≫권10에 전하기에 아래에 인용해 본다.

> (춘추시대 때) 진건석이 병석에 누워 형제에게 당부하면서 자기 아들 진존기陳尊己에게 유언을 남겼다. "만약 내가 죽으면 반드시 내 관을 크게 만들어, 나의 두 첩실을 내 양쪽에 함께 넣도록 하거라." 진건석이 죽자 그의 아들이 말했다. "순장하는 것도 예법에 맞지 않거늘, 하물며 산 사람을 관에 함께 넣는 것이야 더 말할 나위가 있겠는가?" 결국 그녀들을 죽이지 않았다. (陳乾昔寢疾, 屬其兄弟, 而命其子尊己曰, "如我死, 則必大爲我棺, 使吾二婢子夾我." 陳乾昔死, 其子曰, "以殉葬, 非禮也, 況又同棺乎?" 弗果殺.)

위의 예문에 등장하는 진건석이란 사람은 신상이 알려지지 않은 미지의 인물이다. 그러나 ≪예기≫의 기록이 춘추전국시대 때 등장한 것을 감안하면, 적어도 2,500년 전보다 훨씬 앞선 시대 때 인물임은 분명해 보인다. 대략 춘추시대 때 인물로 추정된다. 그리고 앞의 고사성어 편에서 소개한 적이 있는 춘추시대 진晉나라 때 사람 위과魏顆의 선행에서 유래한 '결초보은結草報恩'이란 고사성어에서도 순장에 관한 얘기가 등장한다. 따라서 중국에서 순장이 생긴 것은 그 역사가 무척 오래되었을 것으로 짐작된다. 그러나 공자 이후로는 그러한 악습이 점차 사라졌을 것으로 추정된다. 비록 위진남북조魏晉南北朝 시대까지도 일부 소수민족 국가에서는 음성적으로 그러한 관습이 존속했었다는 기록이 발견되기는 하지만……

12. 한눈 팔지 말고 삽시다!

우리 속담에 '남의 떡이 더 커 보인다'는 말이 있지 않던가? 자신의 현재 삶에 만족하지 못 하고, 타인의 삶을 부러워하면서 살아가는 사람들이 제법 많은 듯하다. 필자는 그릇이 작아서 그런지 여태껏 필자 자신의 삶에 그럭저럭 만족하면서 살아왔다. 오히려 그러한 태도 때문에 아내로부터 핀잔을 들으며 이따금 부부싸움을 했던 기억이 난다. 특히 부동산이나 금전 문제가 개입했을 때는 세계대전(?)에 버금가는 심각한 상태로까지 악화됐던 적도 있었던 듯하다.

조금 결을 달리 하면, 특히 남녀관계에 있어서 자신의 애인을 등한시한 채 한눈을 팔았다가는 매우 끔찍한 결과를 낳기도 한다. 이와 유사한 얘기가 중국 고문헌에서도 발견되기에, 이 자리를 빌어 한번 소개해 보고자 한다. 원문은 ≪노자老子≫ ≪장자莊子≫와 함께 도가사상을 대표하는 저서로서, 전국시대 때 출간된 것으로 추정되는 저자 미상의 저서인 ≪열자列子·설부說符≫권8에 아래와 같이 전한다.

(춘추시대) 진나라 문공이 출정했다가 마침 위나라를 치려고 하자, 문공의 아들 서鋤가 하늘을 우러러보며 웃었다. 문공이 "무엇이 우스우냐?"라고 묻자, 그가 대답하였다. "신이 웃은 것은 이웃 사람이 친정에 가는 아내를 배웅하다가 길에서 뽕잎 따는 아낙네를 보고 좋아서 말을 걸었지만, 고개를 돌려 자신의 아내를 보자 그녀에게도 유혹하는 남자가 있는 것을 보았기 때문입니다. 그래서 신은 남몰래 이를 보고 웃은 것입니다." 문공은 그의 말이 무슨 뜻인지 깨닫고는 마침내 출정을 그만두었다. 군대를 이끌고 돌아오는데, 본국에 채 도착하기도 전에 진나라의 북쪽 국경을 침입한 자가 있었다. (晉文公出, 會欲伐衛, 公子鋤仰天而笑. 公問, "何笑?" 曰, "臣笑鄰之人有送其妻適私家者, 道見桑婦, 悅而與言. 然顧視其妻, 亦有招之者矣. 臣竊笑此也." 公寤其言, 乃止. 引師而還, 未至而有伐其北鄙者矣.)⁰⁴

위의 예문에 등장하는 우화는 본질적으로 남의 여자에게 한눈을 파는 성적인 문제를 거론하기 위해 만들어낸 것은 아니다. 진나라 문공이 이웃 나라를 침공하려고 하자, 그의 아들이 전쟁을 막기 위해 만들어낸 우화일 뿐이다. 결국 자신의 국토도 제대로 돌보지 않다가 타국의 침략을 받았으니, 아들이 비유적으로 표현하기 위해 던진 우화는 시의적절한 이야기라고 평할 만하다. 우리도 자신의 삶을 소중히 여기지 않은 채, 부귀영화를 좀 더 누린다고 타인의 삶을 부러워하다가, 더 안 좋은 결과를 초래한 적은 없었을까? 역으로 지나치게 현실에 안주하는 태도가 아니냐고 비판한다면 할 말은 없다.

---

04 원문에서 '호미 서鋤'자는 문공의 아들 이름이고, '잠깰 오寤'자는 '깨달을 오悟'와 통용자이다.

13. 어리석게도 지인에게 확인하다니!

 사람들은 누구나 자신을 칭찬하는 말에는 반색을 하고, 자신을 힐난하는 말에는 인상을 구기기 마련이다. 꼭 이해관계와 맞아떨어져서만 그런 것은 아니고, 감정적인 차원에서도 그런 반응을 보이는 것이 인간의 속성이 아닐까 한다. 여기서는 그러한 단면을 적나라하게 보여주는 고사를 한 토막 소개해 보고자 한다. 원문은 저자 미상의 ≪전국책戰國策·제책齊策≫권8에 수록되어 전한다.

　추기는 키가 8척이 넘고, 몸매가 빼어났다. 아침에 의관을 차려입고 거울을 보다가 아내에게 말했다. "나와 성 북쪽에 사는 서공 중에 누가 더 잘 생겼소?" 그의 아내가 대답하였다. "당신이 훨씬 잘 생겼지요. 서공이 어찌 당신에게 미칠 수 있겠어요?" 성 북쪽에 사는 서공은 제나라에서 아주 잘 생긴 사람이었다. 그래서 추기는 스스로 그 말을 믿을 수 없어 다시 첩실에게 물었다. "나와 서공 중에 누가 더 잘 생겼소?" 첩실이 대답하였다. "서공이 어찌 당신에게 미칠 수 있겠어요?" 이튿날 아침 손님이 밖에서 들어와 함께 앉아서 담화를 갖게 되었을 때 이를 손님에게 물었다. "나와 서공 중에 누가 더 잘 생겼소?" 그러자 손님도 "서공이야 그대만큼 잘 생기지 못 했지요"라고 대답하였다. 이튿날 서공이 찾아왔을 때, 그를 한참 쳐다보고서는 스스로 그만 못 하다는 생각이 들었고, 거울을 통해 자신을 보고서는 다시 훨씬 못 하다는 것을 알았다. 날이 저물어 잠자리에 들면서 생각에 젖어 중얼거렸다. "내 아내가 나보고 잘 생겼다고 하는 것은 나를 사랑하기 때문이고, 첩실이 나보고 잘 생겼다고 하는 것은 나를 두려워해서이며, 손님이 나

보고 잘 생겼다고 하는 것은 나한테 바라는 바가 있어서이리라!"(鄒忌修八尺有餘, 身體昳麗. 朝服衣冠, 窺鏡, 謂其妻曰, "我孰與城北徐公美?" 其妻曰, "君美甚, 徐公何能及公也?" 城北徐公, 齊國之美麗者也. 忌不自信, 而復問其妾曰, "吾孰與徐公美?" 妾曰, "徐公何能及君也?" 旦日, 客從外來, 與坐談, 問之客曰, "吾與徐公孰美?" 客曰, "徐公不若君之美也." 明日, 徐公來, 孰視之, 自以爲不如, 窺鏡而自視, 又弗如遠甚. 暮寢而思之, 曰, "吾妻之美我者, 私我也, 妾之美我者, 畏我也, 客之美我者, 欲有求於我也!")

위의 예문에 등장하는 추기는 전국시대 제齊나라 출신으로서, 추연鄒衍 · 추석鄒奭과 함께 명성을 떨치다가 뒤에 환공桓公 · 위왕威王 · 선왕宣王 등 세 임금을 섬기며 재상 자리에까지 오른 입지전적인 인물이다. 그는 용모에 자부심이 강했지만, 어리석게도 이를 가족이나 친구에게 확인하는 우를 범하였으니, 가족이나 친구들이 그의 자부심을 부추기는 것은 당연히 원하는 바가 있어서라는 사실을 뒤늦게 깨우쳤다는 것이다.

예전에 아내와 딸이 2020년 최고의 시청률을 기록했다면서 재미있다고 권하기에, '사랑의 불시착'이란 드라마를 꽤나 긴 시간을 할애하여 끝까지 시청한 적이 있다. '뿌리 깊은 나무' 이후로 '다음 회를 기대하시라'는 식의 시리즈물을 시청하지 않다가, 오랜만에 정주행한 드라마이다. 한 마디로 평하면 대사가 감칠맛 나는 코메디이면서 눈물샘을 자극하는 멜로물이었다. 그리고 드라마에서 가장 인상 깊었던 것은 여주인공이 주변 인물들을 들었다 놓았다 하는 말재간이었다. 작가가 대사에 무척 공을 들인 듯하다. 그런데 집사람은 내게 용모나 사회성에 대해 칭찬을 내뱉은 기억이 거의 없다. 천성이 솔직해서 그런 것일까? 아니면 가까운 사람에 대해 소중하게 여기는 마음이 없어서일까? 하긴 거꾸로 내게 같은 질문을 하면 나 자신도 잘한 게 별로 없는 듯하다.

14. 아직도 가부장적 권위를 누리는 이가 있을까?

옛날의 우리나라와 마찬가지로 고대 중국은 가부장적 사회였다. 그래서 가장의 권위가 절대적일 수밖에 없었다. 그러나 아무리 가장이라고 해도 경제적인 능력이 없다면 옛날이라고 별수 있었으랴? 그 일면을 엿볼 수 있는 고사가 유가의 대표적 저술인 ≪맹자孟子·이루하离娄下≫ 권8에 전하기에, 아래에 한 토막 소개해 보고자 한다.

(전국시대 때) 제나라 사람 중에 어떤 사람이 본처 한 명과 첩실 한 명을 데리고 한집에 살았는데, 그 남편이 외출하면 필시 술과 고기를 배불러 먹은 뒤에 돌아오곤 하는 것이었다. 그의 아내가 음식을 주는 사람에 대해 물으면 모두 부귀한 사람들이었다. 그의 아내가 첩실에게 말했다. "남편이 외출하면 필시 술과 고기를 배불리 먹은 뒤에 돌아오곤 하기에, 음식을 주는 사람에 대해 물었더니, 모두 부귀한 사람이라고 하지만, 일찍이 부귀한 사람이 찾아온 적이 없소. 내 장차 남편이 가는 곳을 염탐해 보리다." 아침 일찍 일어나 남몰래 남편이 가는 곳을 따라갔는데, 나라 안을 두루 다녀도 함께 담화를 나누는 사람이 없었다. 결국 동쪽 성곽 밖의 묘지에서 제사를 지내는 곳을 찾아가 남은 음식을 구걸하였고, 부족하면 다시 방향을 바꿔 다른 곳을 찾아갔으니, 이것이 바로 그가 음식을 배불리 먹는 방도였다. 그의 아내가 돌아와 이를 첩실에게 알리면서 말했다. "남편이란 사람은 우러러 존경하면서 평생을 함께 해야 하거늘, 이제 보니 실정이 이와 같다오!" 첩실과 함께 남편의 흉을 보면서 함께 마당에서 눈물을 떨구었지만, 남편은 이를 알아채지 못 한 채 느긋하게 밖에서 돌아와 자신의 아내와

첩실에게 거만하게 굴었다. (齊人有一妻一妾而處室者, 良人出, 則必饜酒肉
而後反. 其妻問所與飮食者, 則盡富貴也. 其妻告其妾曰, "良人出, 則必饜酒肉而後反,
問其與飮食者, 盡富貴也, 而未嘗有顯者來. 吾將瞷良人之所之也." 蚤起, 施從良人之
所之, 徧國中無與立談者. 卒之東郭墦間之祭者, 乞其餘, 不足, 又顧而之他, 此其謂饜
足之道也. 其妻歸, 告其妾曰, "良人者所仰望而終身也, 今若此!" 與其妾訕其良人, 而
相泣於中庭, 而良人未之知也, 施施[05]從外來, 驕其妻妾.)

집안에서 거들먹거리던 가장이 실제로는 밖에서 거지 행세를 한다
면, 처첩들이 이를 어떻게 받아들일까? 당연히 체면이 말이 아닐 것이
다. 그러나 이를 모른 채 귀가하여 여전히 '폼'을 잡았으니, 자신의 실제
모습을 처첩이 알게 되었다는 사실을 뒤늦게라도 알아챈다면 어떤 상황
이 벌어졌을지에 대해서는 구체적인 설명이 없이 위의 고사는 끝을 맺
고 있다.

필자는 과거 독재자처럼 횡포를 부린다는 얘기를 아내와 딸로부터
들으며 곤욕을 치른 적이 한두 번이 아니다. 세월이 흐를수록 '파워'가
약해져 점점 나약한 존재로 추락했지만…… 그렇다면 독자들은 과연 집
안에서 어떠한 위치에 있을까? 우리 부모 세대처럼 가부장적인 지위를
누리고 있을까? 아니면 민주적 가장으로서 집안사를 조율하며 중간자
적인 위치에 있을까? 그것도 아니면, 매사 식구들의 눈치를 살피는 초
라한 신세로 전락해 있을까? 각자 판단할 일이다.

---

05 '시시施施'는 '느긋한 모양' '만족스러워 하는 모양'을 뜻한다.

15. 고대 중국의 결혼 적령기는?

언제부터인가 '인구 절벽'이란 말이 유행할 정도로 인구 감소가 우리나라의 가장 시급한 사회 문제로 떠올랐다. 인구당 출산율이 세계에서도 가장 낮다고 하니, 우리나라 미래에 암울한 구름을 드리우는 듯하다. 하긴 결혼하는 신혼 부부가 해마다 줄고 있으니, 출산율의 상승을 기대하는 것은 요원한 일일 듯하다. 여기서는 전통적인 결혼 적령 시기에 대한 담론을 전개해 보고자 한다. 이에 관한 설명이 후한 반고班固의 ≪백호통의白虎通義·가취嫁娶≫권하에 전하기에 우선 아래에 옮겨적어 본다.

> 남자는 30세에 장가들고, 여자는 20세에 시집간다. 양기(남자)는 수치가 홀수(3)이고, 음기(여자)는 수치가 짝수(2)이다. 남자가 나이가 많고 여자가 나이가 어린 것은 양기가 느긋하고 음기가 촉박하기 때문이다. 남자는 30세가 되어야 근육과 뼈가 강건해져 부친의 역할을 맡을 수 있고, 여자는 20세가 되어야 살과 피부에 탄력이 넘쳐 모친의 역할을 맡을 수 있다. 합쳐서 50세가 되는 것은 대연의 수치가 만물을 낳는 것에 호응하는 것이다. 그래서 ≪예기·내칙≫권28에서도 "남자는 30세가 되어야 건장하여 가정을 꾸릴 수 있고, 여자는 20세가 되어야 건장하여 시집을 갈 수 있다"고 하였다. (男三十而娶, 女二十而嫁. 陽數奇, 陰數偶. 男長女幼者, 陽舒陰促. 男三十筋骨堅强, 任爲人父. 女二十肌膚充盛, 任爲人母. 合爲五十, 應大衍[06]之數生萬物也. 故禮內則曰, "男三十壯, 有室, 女二十壯而嫁.")

---

06 '대연大衍'은 10일日·12진辰·28수宿 등 천체 운행을 계산하는 숫자를 가리킨다.

고대 중국인들은 남자는 30세, 여자는 20세가 결혼하기 가장 적당한 연배라고 보았던 것 같다. 다만 '대연' 운운하는 말은 다소 미신적인 요소가 가미되어 그다지 과학적으로 보이지는 않기에, 언뜻 납득하기는 어려울 듯 싶다.

꽤 오래 전에 상영한 영화 가운데 '꼬마 신랑'이란 우리나라 고전 영화가 있었던 것으로 기억한다. 이 때문인지 어렸을 때는 조선시대 때 어린 남자가 나이든 여자에게 장가드는 것이 일반적인 관습이라고 오해했었다. 그러나 이는 영화적 재미를 배가시키기 위해 작위적으로 만들어낸 이야기였을 것이다. 그래서 어렸을 때는 철없이 기묘한 성적 환상에 젖었던 적도 있었던 것 같다. 하지만 실제로는 서른 살이 다 되어 결혼했으니, 필자 역시 자연의 섭리를 거스르지는 않은 듯하다. 다행인지 불행인지는 모르겠지만!

16. 손님 없는 결혼식을 치른다고 섭섭해 하지 말자!

고대 중국인들은 딸을 시집 보내거나 며느리를 맞이할 때 어떠한 심경에 젖었고, 또 어떠한 관습이 있었을까? 이와 관련하여 후한 때 사람으로서 ≪한서≫의 저자로 유명한 반고班固(32-92)의 또 다른 저서인 ≪백호통의白虎通義·가취嫁娶≫ 권하에 다음과 같은 기록이 전하기에, 이 자리를 빌어 한번 소개해 보고자 한다.

> ≪예기·증자문曾子問≫권18에 "딸을 시집보내는 집에서 사흘 동안 불을 끄지 않는 것은 이별을 걱정해서이고, 며느리를 맞이하는 집에서 사흘 동안 음악을 연주하지 않는 것은 후사

를 보게 된 것을 슬퍼해서이다"라고 하였는데, 이는 부모가 연로하여 세대가 바뀌게 된 것에 대한 감회를 말한다. 그래서 《예기·교특생郊特生》권26에도 "혼례 때 축하인사를 받지 않는 것은 사람의 세대가 바뀌기 때문이다"라는 말이 있다. (禮曰, "嫁女之家, 不絶火三日, 相思離也. 娶婦之家, 三日不擧樂, 思嗣親[07]也." 感親年衰老代至也. 禮曰, "婚禮不賀, 人之序也.")

반고의 설명에 의하면, 딸을 시집보내는 것은 말 그대로 출가이니 이별의 슬픔을 품게 되는 것이고, 며느리를 맞이하는 것은 자식을 낳아 세대가 바뀌게 되는 것이니 결혼식을 꼭 즐거운 행사로만 보지는 않았다는 말이다. 그래서 주변의 축하인사를 받지 않았다고 한다. 그러나 이는 상고시대 때 얘기이고, 후대에는 풍습이 이와는 많이 달라진 듯하다.

이제 필자를 포함해 필자의 동기들도 우리 나이 60세인 '이순耳順'과 만 60세인 '환갑還甲(회갑回甲)'을 거쳐 만 61세인 '진갑進甲'마저 넘어섰으니, 아들을 장가보내거나 딸을 시집보내는 이들이 심심치 않게 나타나는 듯하다. 그러나 코로나바이러스의 창궐로 인하여 예전처럼 성대한 연회를 열고서 손님들을 맞이하지 못 하는 뜻밖의 상황을 맞이하는 바람에, 안타깝고 아쉬운 심정을 금치 못 할 것으로 보인다. 하지만 옛날 사람들은 아예 축하인사를 받지 않았다고 하니, 너무 섭섭해 할 필요는 없을 듯 싶다. 아직 종신대사終身大事를 치르지 않았기에 편한 대로 말한다고 윽박지른다면 할 말은 없다.

---

07 '사친嗣親'은 '부모의 뒤를 잇는다'는 뜻으로, 후사를 보게 되었기에 부모가 그만큼 늙는다는 것을 비유한다.

17. 남자와 여자 중에 누가 더 시기심이 강할까?

옛날에는 '일곱 가지 제거해야 할 죄악'이란 의미에서 '칠거지악七去之惡'의 하나로 여인의 시기심을 무척 죄악시한 시절이 있다. 그래서인지 사극에서도 후궁들 사이의 질투와 정쟁을 소재로 한 드라마들이 자주 방영되곤 하였다. 그래도 사람들은 식상함을 느끼지 않고 여전히 흥미롭게 시청하곤 한다. 하긴 세상에서 제일 재미난 게 싸움 구경과 불구경이라고 했던가? 여인의 질투심이 어떠한 결과를 초래할 수 있는지, 그 극단적인 내용의 고사가 저자를 알 수 없는 ≪전국책戰國策·초책4楚策四≫권17에 전하기에, 아래에 한 토막 소개해 보고자 한다.

(전국시대) 위나라 왕이 초나라 왕에게 미인을 선물로 주자, 초나라 왕이 그녀를 좋아하였다. 부인 정수는 왕이 그녀를 좋아한다는 것을 알게 되자, 왕보다 더 그녀에게 총애를 베풀었다. 왕이 말했다. "아내가 남편을 섬기는 것은 미색을 꾸며서이고, 질투하는 것은 애정 때문이다. 이제 정수가 과인이 좋아한다는 것을 알면서도 과인보다 총애를 더 베풀고 있으니, 이는 효자가 부친을 섬기고 충신이 임금을 섬기는 도리로다." 정수는 왕이 자신이 질투하지 않는다고 생각하리라는 것을 알고는 미인에게 말했다. "왕께서 자네를 무척이나 총애하지만 자네 코는 싫어하시니, 자네는 왕을 뵐 때면 필시 코를 가리도록 하게." 미인이 그녀의 말을 따르자, 왕이 정수에게 말했다. "미인이 과인을 보면 필시 코를 가리는데 어째서인지 아시오?" 정수가 대답하였다. "전하의 냄새가 맡기 싫은가 보옵니다." 왕이 "고약한지고!"라고 말하고는 명을 내려 그녀의 코를 베어버렸다. (魏王遺楚王美人, 王悅之. 夫人鄭褒知王之悅之也, 愛之甚于王. 王

曰,"婦人所以事夫者色也, 而妬者其情也. 今鄭袖知寡人之所悅, 其愛甚于寡人, 此孝
子所以事親, 忠臣所以事君也." 鄭袖既知王以爲不妬, 因謂美人曰, "王愛子, 甚矣, 然
惡子之鼻, 子見王, 必掩其鼻." 美人從之. 王謂鄭袖曰, "美人見寡人, 必掩其鼻, 何也?"
對曰, "似惡聞王之臭." 王曰, "悍哉!" 令劓之.)

질투의 화신인 초나라 왕의 정식 아내 정수는 위나라 출신으로서 첩
실로 들어온 어느 미인을 미워하면서도, 이를 내색하지 않고 술수를 써
서 기어코 그녀에게 위해를 가했다. 그런데 그 꼼수가 무척이나 교활하
고 음흉하기 짝이없다. 잔머리를 무척 잘 굴린 것처럼 보이면서도 그 기
교에 소름이 돋기까지 하는 것은 필자만의 느낌이려나?

그런데 고대 문헌에서는 주로 질투심을 거론할 때 여인들 간에 벌어
지는 암투들을 예로 많이 들지만, 실상 여자들보다도 남자들 사이의 질
투 내지 시기심이 더 심한 듯하다. 남의 장점이나 능력을 인정하기보다
는 어떻게든 깎아내리려고 하는 일들이 주변에서 늘상 벌어지는 것을
보면, 이는 단순히 몇몇 사람들에게만 한정되어서 일어나는 일 같지는
않기에 하는 말이다. 심지어 정계와 관련한 뉴스에서도 이러한 실례를
어렵지 않게 발견할 수 있으니, 그런 소식을 접할 때마다 그저 뒷맛이
씁쓸하기만 하다.

18. 현대는 자기 PR의 시대!

현대는 '자기 PR'의 시대라고 했던가? 모두들 자신의 값어치를 남에
게 알리기 위해 무척이나 애를 쓰며 살아가고 있는 듯하다. 하긴 스스로
자신을 홍보하지 않고서는 자기 자신을 남에게 알릴 뾰족한 방도도 없

을 듯 싶다. 고대 중국인 가운데 자신을 광고하기 위해 눈물겹게 노력한 인물이 한 명 있기에 아래에 소개해 보고자 한다. 이에 관한 고사는 전한 사마천司馬遷(B.C.135-?)의 ≪사기史記·평원군전平原君傳≫권76에 다음과 같이 전한다.

　　문하에 모수라는 사람이 앞으로 나서 평원군(조승趙勝)에게 자화자찬하며 말했다. "저 모수가 듣자하니, 전하께서 장차 초나라와 남북으로 동맹을 맺고자 하면서 식객이나 문하생 20명과 함께 가되, 밖에서 인재를 찾지 않겠다고 약속하셨다고 하더군요. 이제 한 사람이 부족하니, 원하옵건대 전하께서는 즉시 저 모수로 정원을 채워서 출발하시기 바랍니다." 그러자 평원군이 물었다. "선생은 나 조승의 문하에 머문 지 지금까지 몇 년이나 되었소?" 모수가 대답하였다. "올해로 3년이 됩니다." 평원군이 말했다. "무릇 현사의 처세술이란 비유하자면 송곳이 주머니 속에 있으면 그 끝이 바로 드러나는 것과 같지요. 이제 선생이 나 조승의 문하에서 지금까지 3년이나 있으면서도 주변 사람들로부터 칭송하는 얘기가 없었고, 나 조승도 들은 바가 없으니, 이는 선생께 특별히 가지고 있는 재주가 없다는 뜻이겠지요. 선생으로는 안 되겠으니, 선생은 그냥 여기 머물러 있으시오." 그러자 모수가 대답하였다. "신은 고작 오늘에서야 주머니 속에 머물겠다고 청하는 것입니다. 만약 저 모수가 일찌감치 주머니 속에 머물 수 있었다면, 송곳 자루까지 통째로 튀어 나왔지, 단지 그 끝만 보이는 데 그치지는 않았을 것입니다."(門下有毛遂者, 前, 自贊於平原君曰, "遂聞君將合從於楚, 約與食客門下二十人偕, 不外索. 今少一人, 願君卽以遂備員而行矣." 平原君曰, "先生處勝之門下幾年於此矣?" 毛遂曰, "三年於此矣." 平原君曰, "夫賢士之處世也, 譬若錐之

處囊中, 其末立見. 今先生處勝之門下三年於此矣, 左右未有所稱誦, 勝未有所聞, 是先生無所有也. 先生不能, 先生留." 毛遂曰, "臣乃今日請處囊中耳. 使遂蚤得處囊中, 乃穎脫而出, 非特其末見而已.")[08]

　　위의 예문에 등장하는 '평원군'은 전국시대 조趙나라 무령왕武靈王의 아들인 조승趙勝의 봉호로서, 제齊나라 맹상군孟嘗君 전문田文, 위魏나라 신릉군信陵君 위무기魏無忌, 초楚나라 춘신군春申君 황헐黃歇과 함께 '사군자四君子'로 칭송받던 인물이다. 위의 고사는 평원군 조승이 왕실을 대표하여 초나라에 사신으로 가면서 수행원을 선발하는 과정에서 일어난 사건을 가리킨다. 여기서 스스로 자기 자신을 홍보하는 것을 비유하는 '모수자천毛遂自薦'이나 '영탈이출穎脫而出'이라는 고사성어가 생겨났다.

　　그런데 아무리 현대 사회에서 자신을 홍보하는 것이 중요한 일이라 할지라도, '관종'이란 소리를 들으면서까지 자신을 알리고자 애쓸 것까지는 없을 듯 싶다. 대부분은 금전과 같은 사리사욕을 채우긴 위한 노림수일 터이지만, 타인에게 손가락질을 당하면서까지 그러한 언행을 일삼는 것을 보면 추악함을 넘어 정신이상자처럼 보이기 십상이기 때문이다. 진정으로 자신의 가치를 알리고자 한다면, 남들이 자연스레 알아줄 때까지 겸허한 자세로 기다리는 것이 최선의 방도가 아닐까?

08　원문에서 '합종合從'의 '從'은 '세로 종縱'의 본글자이기에, '합종'은 세로, 즉 남북으로 동맹을 맺는 것을 뜻하고, '조蚤'는 '이를 조무'와 통용자이다.

19. 골든 타임은 아무리 강조해도 지나치지 않다네!

필자의 연배 쯤 되면 육체에 여러 가지 질병을 달고 살아가기 시작할 즈음이 되는 듯하다. 필자도 직업상 책상물림 생활을 하고, 이를 보상한답시고 과하게 운동을 하다 보니, 이제는 여기 저기 통증 때문에 일상생활에 지장을 느낄 정도로 고통을 안고 살고 있다. 처음 증상이 발현되었을 때 시기를 놓치지 말고 치료했어야 하는데, 귀찮고 겁이 많아 '골든 타임'을 놓치고 말았다. 치유 시기의 중요성을 강조한 고사가 떠오르기에 한 토막 소개해 보고자 한다. 원문은 법가사상을 대표하는 ≪한비자韓非子 · 유로喩老≫권7에 다음과 같이 전한다.

편작(진월인秦越人)이 채나라 환공을 알현하고서 말했다. "군왕께서는 살갗에 병이 있는데, 치료하지 않으면 장차 심해질까 염려스럽습니다." 그러자 환공이 말했다. "과인은 병이 없소." 편작이 밖으로 나갔다. 환공이 말했다. "의사들이란 병이 없는 사람도 치료해서 공적을 세우기 좋아하는 법이지." 열흘 뒤 편작이 다시 환공을 알현하여 말했다. "군왕의 병환이 피부 속으로 파고들었기에 치료하지 않으면 장차 더 심해질 것입니다." 환공이 다시 아무런 반응을 보이지 않았다. 편작이 다시 밖으로 나갔다. 환공은 또 불쾌한 표정을 지었다. 열흘이 지나서 편작이 다시 환공을 알현하여 말했다. "군왕의 병이 내장까지 파고들었기에 치료하지 않으면 장차 더욱 심해질 것입니다." 환공이 또 아무런 반응을 보이지 않아 편작이 밖으로 나갔다. 환공은 또 불쾌해 하였다. 열흘이 지나 편작이 멀리서 환공을 바라보다가 걸음을 돌려 도망치자 환공이 일부러 사람을 시켜 물었다. 그러자 편작이 대답하였다. "병이 살

갖에 있을 때는 찜질 따위로 치료할 수 있고, 피부 속에 있을 때는 침으로 치료할 수 있으며, 내장에 있을 때는 탕약으로 치료할 수 있지만, 골수까지 파고들면 저승사자라 할지라도 어찌할 수가 없는 법이지요. 이제 골수까지 파고들었기에 신은 그래서 알현을 청하지 않은 것입니다." 닷새가 지나 환공은 몸에 통증을 느껴서 사람을 시켜 편작을 찾았지만 이미 진나라로 도망친 뒤였다. 환공은 결국 사망하고 말았다. (扁鵲見蔡桓公, 曰, "君有疾在腠理, 不治將恐深." 桓侯曰, "寡人無疾." 扁鵲出. 桓侯曰, "醫之好治不病以爲功." 居十日, 扁鵲復見曰, "君之病在肌膚, 不治將益深." 桓侯又不應. 扁鵲出. 桓侯又不悅. 居十日, 扁鵲復見曰, "君之病在腸胃, 不治將益深." 桓侯不應. 扁鵲出. 桓侯又不悅. 居十日, 扁鵲望桓侯而還走, 桓侯故使人問之. 扁鵲曰, "疾在腠理, 湯熨之所及也, 在肌膚, 鍼石之所及也, 在腸胃, 火齊之所及也, 在骨髓, 司命之所屬, 無奈何也. 今在骨髓, 臣是以無請也." 居五日, 桓侯體痛, 使人索扁鵲, 已逃秦矣. 桓侯遂死.)[09]

예문에서 편작은 본명이 진월인秦越人이고, 전국시대 때 진秦나라 사람으로서, 중국인들이 역대로 후한 말엽의 화타華佗와 함께 명의로 떠받들던 인물이다. 그가 아무리 신의神醫에 가까운 의술을 지녔다 하더라도, 의학이 발달한 현대도 마찬가지이겠지만, '골든 타임'을 놓친 뒤라면 치명적인 병까지 치료할 수는 없었을 것이다.

누가 처음 한 말인지는 모르겠으나, '인생은 타이밍이 중요하다'고 했던가? 필자도 지금껏 중요한 찰나를 놓친 적이 한두번이 아니었던 것 같다. 그래서 '인생은 후회의 연속'이라는 말도 함께 유행하는 것이 아닐까 싶다. 나아가 큰 사건이 터질 때마다 '골든 타임'을 강조하는 뉴스

---

09 원문에서 탕약을 뜻하는 '화제火齊'의 '齊'는 '소화제'라고 할 때의 '제劑'의 본글자이자 통용자이고, '사명司命'은 사람의 생사를 주관하는 신을 뜻한다.

가 그래서 지면을 도배하는 건 아닐까?

20. 남자가 한을 품으면 오뉴월에도 서리가 내린다?

우리나라 속담에 '여자가 한을 품으면 오뉴월에도 서리가 내린다'는 말이 있다. 그런데 왜 하필 여자이지? 남자가 한을 품어서 오뉴월에 서리가 내린다고 하면 안 되나? 이러한 의문에 대해 별 쓸데없는 화두를 다 던진다고 핀잔을 줄 사람도 있을 법하다. 세상은 참으로 많은 변화를 겪어왔다. 남존여비 시대에서 남녀평등 사회로, 다시 여성상위 시대로 바뀌면서, 다시 모계사회로 돌아가는 것은 아닐까? '미투운동'이다, '페미니즘'이다 하여 요즈음은 여성 '파워'가 이만저만 거센 게 아니다.[10] 실상 중국의 고문헌을 읽다가 보면 우리나라 속담의 유래에 의문점이 생기게 만드는 예가 있다. 이와 관련한 고사를 소개하면 아래와 같다.

(전국시대 때 사람) 추연은 연나라 혜왕을 섬기며 충성을 다 하였으나, 좌우 신료들이 그에 대해 모함을 하여 혜왕이 그를 감옥에 가두었다. 추연이 하늘을 우러러 통곡을 하자, 한여름 5월에 하늘에서 이 때문에 서리가 내렸다. (鄒衍事燕惠王, 盡忠, 左右 譖之, 王繫之獄. 衍仰天而哭, 夏五月, 天爲之下霜.)[11]

---

10 '미투운동'이나 '페미니즘'을 폄훼하고자 던지는 말은 아니니, 오해 없으시기를 바란다.

11 이상 예문의 원 출처는 전한 사람 유안劉安이 지은 ≪회남자淮南子≫이나 현전하는 ≪회남 자≫에서는 실전되고, 당나라 구양순歐陽詢의 ≪예문류취藝文類聚 · 세시부상歲時部上 · 하夏≫ 권3 등에 인용되어 전하기에, 이를 그대로 옮겨적었다.

위의 예문에서 5월을 두고 한여름이라고 한 것은 고대에는 역법曆法에서 음력을 사용했기 때문이다. 옛 음력에 의하면 1월부터 3월까지를 봄, 4월부터 6월까지를 여름, 7월부터 9월까지를 가을, 10월부터 12월까지를 겨울이라고 하였다. 그러므로 5월은 한여름에 해당한다. 따라서 오뉴월은 결국 한여름을 가리킨다.

위의 기록에 의하면 오히려 '남자가 한을 품으면 오뉴월에도 서리가 내린다'는 말이 성립된다. 언제부터 그 주체가 남자에서 여자로 바뀌었는지는 알 수 없지만, 아마도 우리나라 특유의 문화적 배경에서 새로운 '버전'이 탄생한 것이 아닐까? 이제부터는 '남자가 한을 품으면 오뉴월에도 서리가 내린다'는 말을 채택하여 진정한 남녀평등의 사회를 만들도록 하자! 그냥 던져보는 말이다.

21. 흑심을 품으면 짐승도 알아챈다고?

사람이 정말로 동물과 교감을 가질 수 있을까? 필자는 반려동물을 키운 적이 거의 없어서 동물과의 유대감을 잘 모른다. 고대 중국인들도 동물과의 교감을 소재로 한 고사를 곧잘 지어냈다. 그 일례로 전국시대 정鄭나라 사람 열어구列禦寇가 지었다고 전하는 ≪열자列子·황제黃帝≫ 권2에 수록된 일화를 하나 소개해 보고자 한다.

바닷가에 사는 사람 중에 누군가 갈매기를 좋아하여 매일 아침마다 바닷가로 나가서 갈매기를 따라 노닐었는데, 갈매기 중에 찾아오는 것들이 백 단위로 헤아려도 그치지 않을 정도로 많았다. 그의 부친이 말했다. "내 듣자하니 갈매기들이

모두 너를 따라 노닌다던데, 네가 잡아 와서 나도 데리고 놀게
해 주렴!" 그러나 이튿날 바닷가로 찾아가자, 갈매기들이 공중
에서 춤추기만 할 뿐 내려오지를 않았다. (海上之人有好鷗鳥者, 每旦
之海上, 從鷗鳥游, 鷗鳥之至者百數而不止. 其父曰, "吾聞鷗鳥皆從汝游, 汝取來, 吾玩
之!" 明日之海上, 鷗鳥舞而不下也.)

상기 고사는 사람이 아무런 욕심을 품지 않았을 때는 날짐승도 따르
지만, 흑심을 품으면 날짐승조차도 이를 눈치채고 멀리한다는 내용을
담고 있다. 짐승이 어찌 사람의 마음을 들여다볼 수 있을까마는, 어쨌든
인간의 심성에 변화가 일어나면, 그에 상응하여 결과도 달라질 수 있다
는 교훈을 가르치고자 만든 얘기인 듯하다. '과학적으로 가능하냐? 불
가능하냐?'를 떠나 이야기의 전개가 흥미롭다는 점만은 수긍할 수 있을
듯하다.

각설하고, 지금은 시들해졌는지 모르겠으나, 한때 서울 강남구 일대
에서 최고가 아파트로 명성을 떨치던 곳이 '현대아파트'였다. 그리고 그
동네를 '압구정동'이라고 했던 것으로 기억한다. 그래서 마치 무슨 관
용어처럼 '압구정동 현대아파트'라는 말이 사람들 입에 오르내리곤 했
었다. '압구정狎鷗亭'[12]은 말 그대로 '갈매기와 어울릴 수 있는 정자'를 뜻
한다. 아마도 옛날 조선시대 때 선비들이 한강 가에 있는 이곳 정자에서
물새들을 구경하며 유유자적 시도 짓고 음주도 즐겼기에 지어진 이름
인 듯하다. 필자로서는 서울의 아파트 얘기가 나오면 집사람과의 안 좋
은 기억만 떠오른다. 서울에 아파트 한 채 마련하지 못 했다고, 재테크

---

12 '狎'은 보통 '깔보다' '업신여기다'라는 뜻으로 쓰이지만, 상대방을 깔볼 정도로 허물없는
사이, 즉 '무척 친하게 지내다'란 의미를 뜻할 때도 있는데, 이 경우가 거기에 해당한다.

에 무능하다며 필자를 타박하던 아내와의 고약스러운 '전투씬'만 떠오르기 때문이다. 그래도 이곳 강릉에서 마음 편히 잘 먹고 잘 살고 있으니, 부러울 게 뭐 있으리오?

22. 말꼬리 잡기를 삼가자!

중국의 선진시대先秦時代, 즉 춘추전국시대春秋戰國時代의 철학자들을 구분할 때, 보통 '아홉 학파'를 뜻하는 '구류九流'나 '열개 학파'를 뜻하는 '십가十家'라는 말을 사용한다. '십가'에 대해 후한 반고班固(32-92)의 ≪한서漢書·예문지藝文志≫권30에서는 유가儒家·도가道家·음양가陰陽家·법가法家·명가名家·묵가墨家·종횡가縱橫家·잡가雜家·농가農家·소설가小說家를 가리킨다고 하였다. 반면 '구류'라고 하면, 이상의 '십가' 가운데 소설가를 제외한 나머지 9개 학파를 가리킨다. 여기에는 춘추시대 노나라 공자가 소설을 삼가야 할 무가치한 작업으로 무시했던 전력이 주요 계기로 작동한 듯하다.

그중에서 중국철학의 양대산맥 가운데 하나인 도가사상을 대표하는 인물로는 보통 노자老子(이이李耳)와 장자莊子(장주莊周)를 꼽는다. 진위를 떠나 각기 그들의 저서로 알려진 ≪노자≫와 ≪장자≫는 문체 방면에서 확연한 차이를 보인다. ≪노자≫가 원론적이고 딱딱한 사유 체계를 제시하기 위해 비교적 짧은 문장을 택한 반면, ≪장자≫는 독자의 흥미를 끌기 위해 재미난 우화를 섞었기에 문장이 비교적 긴 편이다. 여기서는 전국시대 송나라 출신인 장자가 절친인 혜자惠子(혜시惠施)와 주고받은 말장난에 가까운 대화를 한 토막 소개하고자 한다. 원문은 ≪장자·추수秋水≫권6에 전한다.

장자와 혜자가 호수 다리에서 노닐 때 장자가 말했다. "피라미가 나와서 노니는 것이 참 여유롭구나! 이것이 물고기의 낙이로다!" 혜자가 말했다. "자네는 물고기가 아니거늘, 어찌 물고기의 낙을 알겠는가?" 그러자 장자가 대꾸하였다. "자네는 내가 아니거늘, 내가 물고기의 낙을 모른다고 어찌 알겠는가?"(莊子與惠子, 遊於濠梁, 莊子曰, "鯈魚出游從容! 是魚樂也!" 惠子曰, "子非魚, 安知魚之樂也?" 莊子曰, "子非我, 安知我不知魚之樂也?")

실상 장자도 피라미의 내심을 알 수 없고, 혜자도 장자의 속마음을 헤아릴 수는 없는 법이다. 당사자 외에 그의 생각과 마음을 누가 알 수 있으리오? 두 사람이 서로 말꼬리를 잡고 이어간다면 끝이 없을 것이다. 한때 필자가 참여했던 고교 동창 밴드에서도 누군가 글을 올리면 말꼬리를 잡아 댓글이 계속해서 이어지는 광경을 목도하곤 하였다. 이는 일반 SNS 선상에서 대화들 사이의 공통점이 아닐까 싶다. 여하튼 매우 비효율적이고 소모적인 논쟁인 듯하기에 지양할 필요가 있을 듯 싶다.

23. 논리적 언변이 발휘하는 힘은 어느 정도일까?

주지하다시피 우리나라 속담에 '말 한 마디로 천 냥 빚을 갚는다'는 말이 있다. 말에 담긴 내용과 표현력이 얼마나 커다란 가치를 지니고 있는지를 강조하는 말일 것이다. 그 말이 만약 사람의, 특히 자신의 목숨을 건질 수 있다면, 그 얼마나 대단한 것인가? 실제로 말주변이 뛰어나 목숨을 건진 고사가 법가사상을 대표하는 전국시대 한비韓非의 ≪한비자韓非子·설림상說林上≫권7에 전하기에, 아래에 한번 소개해 보고자 한다.

누군가 초나라 왕에게 (복용하면 무병장수할 수 있는) 불사지 약을 바치자, 알자(내시)가 그것을 들고서 입궐하였다. (임금의 호위를 담당하는 벼슬아치인) 중사지사가 물었다. "먹을 수 있는 것입니까?" 알자가 "먹을 수 있지요"라고 대답하자, 그참에 그것을 빼앗아 먹어 버렸다. 왕이 무척 화가 나서 사람을 시켜 중사지사를 죽이려 하자, 중사지사가 그 사람을 통해 왕에게 해명하였다. "신이 알자에게 물었는데, 먹을 수 있다고 하기에 신은 그래서 먹은 것이니, 이는 신에게 죄가 없고 죄가 알자에게 있다는 것을 말해 줍니다. 또 길손이 불사지약을 바쳤는데, 신이 그것을 먹었다고 해서 왕께서 신을 죽이신다면, 이는 사약입니다. 이는 결과적으로 길손이 왕을 속인 것이 됩니다. 무릇 죄 없는 신하를 죽이고, 누군가 왕을 속였다는 사실을 밝히느니, 차라리 신을 풀어주는 것이 나을 것입니다." 왕이 결국 그를 죽이지 않았다. (有獻不死之藥於荊王者, 謁者操之以入. 中射之士問曰, "可食乎?" 曰, "可." 因奪而食之. 王大怒, 使人殺中射之士, 中射之士使人說王曰, "臣問謁者, 曰可食, 臣故食之, 是臣無罪, 而罪在謁者也. 且客獻不死之藥, 臣食之, 而王殺臣, 是死藥也. 是客欺王也. 夫殺無罪之臣, 而明人之欺王也, 不如釋臣." 王乃不殺.)

위의 예문에서 '형왕荊王'의 '荊'은 오늘날의 형주荊州(강릉江陵)를 가리키는 지명으로서 춘추전국시대 때 초나라의 수도이기에 '형왕'은 결국 당시 초나라 왕을 가리킨다. 또 '알자謁者'는 후대의 내시와 유사한 직책으로서 신하의 알현을 중재하는 관직을 가리킨다. 또 '중사지사中射之士'는 요즘으로 말하면 대통령 경호원 정도에 해당하는 임금의 호위무사의 직분을 가리킨다.

그런데 필자는 위의 고사에서 자신의 목숨을 구하기 위해 논리정연하게 풀어낸 경호원의 언변보다도, 이 고사 자체를 만들어낸 원 창조자의 논리적 사고력이 더욱 감탄스럽다. 다만 그 장본인이 한비자 자신인지, 아니면 한비자에게 이 얘기를 들려준 제3자인지를 알 수 없는 것이 아쉬울 따름이다.

24. 억지 부리지 맙시다!

누군가 뻔한 얘기를 하려고 하면 사람들은 괜히 딴짓을 하곤 한다. 그러면 말을 내뱉던 상대방은 불쾌감을 드러내기 마련일 것이다. 만약 그 당사자가 부친이라면 어떨까? 만약 여러분이 자식에게 훈계를 하는데, 여러분의 자식이 듣는둥 마는둥 한다면, 여러분은 어떤 반응을 보일까? 아마도 '이 놈의 호로자식 보았나?'라고 하며 주먹부터 올라가지 않을까? 후한 반고班固(32-92)가 지은 ≪한서漢書 · 진만년전陳萬年傳≫권 66에 이와 유사한 일화가 전하기에, 아래에 소개해 보고자 한다.

진만년의 아들 진함陳咸이 자주 정사에 대해 말을 꺼내며 근신들을 비방하자, 진만년이 병든 몸으로 진함을 불러 침상 아래서 훈계하였다. 한밤중까지 대화가 계속되자, 진함이 졸다가 머리를 병풍에 부딪혔다. 진만년이 대노하여 말했다. "네 애비가 훈계하고 있는데, 네가 내 말을 듣지 않다니, 이 무슨 작태이냐?" 진함이 대답하였다. "말씀하시려는 것을 잘 알고 있습니다만, 요지는 저에게 아첨하라는 것이 아닙니까?" 진만년이 결국 더 이상 아무 말도 못 했다. (陳萬年子咸數言事, 譏刺近臣, 萬年病, 召咸, 戒牀下. 語至半夜, 咸睡, 頭觸屏. 萬年大怒曰, "乃[13]公敎汝, 汝不聽吾

---

13 '내乃'는 2인칭 대명사로서 뒤의 '여汝'와 뜻이 같다.

言, 何也?" 咸曰, "具曉所言, 大意教咸諂也." 萬年乃不復言.)

위의 예문에 등장하는 전한 때 사람 진만년(?-B.C.44)은 구경九卿 가운데 하나로서, 요즘으로 말하면 대통령 비서실장 정도에 해당하는 태복경太僕卿이란 고관에 오른 사람이다. 그는 정치가로서뿐만 아니라 효자로도 이름을 떨쳤던 당대의 유명인사이다. 그리고 그의 아들 진함(?-?)도 강직한 성품으로 명성을 떨치다가, 뒤에 요즘으로 말하면 국무총리에 해당하는 태위太尉라는 최고위직에 올랐던 인물이다. 그런데 진만년이 훈계하는 자리에서 진함이 딴짓을 하고 있었으니, 화를 내는 것도 당연했을 것이다. 그러나 아들인 진함의 대답이 걸작이다. 자신에게 말조심하라는 것은 결국 고관들에게 직언을 하지 말고 아첨하라는 훈계로 들리니 바로 이의를 제기한 것이고, 부친인 진만년도 이에 대해 논리적으로 반박할 수 없어 바로 수긍을 했다는 것이다.

필자도 예전에 상세한 사연은 잘 기억나지 않지만, 딸아이에게 훈계를 하다가 언변이 딸려서 그냥 꼬리를 내린 적이 있다. 어쩌랴? 설득력이 부족하면 그냥 수긍할 수밖에…… 그런데 당시는 속으로 무척 괘씸한 녀석이라고 생각했던 것 같다. '감히 아빠의 권위에 도전하다니?' 라고 생각했을 테니까! 현대사회는 '탈권위 시대'라고 한다. 아무리 부모 자식 간이라 할지라도 억지가 통하지 않거늘, 타인과의 관계에서야 더더욱 그럴 수밖에 없을 것이다. 그런데도 여전히 권위나 나이를 내세워 상대방을 짓누르려고 억지를 부리는 사람들을 주변에서 마주하게 되는 현실이 왠지 불편하기는 하다.

25. 어머니 회초리가 안 아파서 울다니?

사람이 지켜야 할 가장 중요한 덕목으로 동양 사회에서 내세우는 것은 아마도 '효孝'가 아닐까 싶다. 그래서 우리나라에도 효자에 관한 감동적인 옛 이야기들이 많이 전해 내려온다는 말을 들은 적이 있다. 지금이야 그런 얘기하면 고리타분하다는 소리를 들을지 모르지만…… 중국에도 효자에 관한 수많은 고사들이 전한다. 그중 송나라 유청지劉淸之의 ≪소학小學·계고稽古≫권4에 실린 대목을 하나 소개해 보고자 한다.

> (전한 때) 백유가 잘못을 범하여 모친이 회초리로 때리자 눈물을 흘렸다. 모친이 말했다. "다른 날에는 회초리로 때려도 네가 눈물을 보인 적이 없거늘, 지금은 눈물을 흘리니 어찌된 일이냐?" 그러자 백유가 대답하였다. "다른 날에 죄를 지어 회초리를 맞으면 늘 통증을 느꼈습니다만, 지금은 어머니 힘이 저를 아프게 하지 못 할 정도로 약해지셨기에, 그래서 눈물을 흘리는 것입니다."(伯兪有過, 其母笞之, 泣. 母曰, "他日笞, 子未嘗泣, 今泣, 何也?" 對曰, "他日得罪, 笞常痛, 今母之力, 不能使痛, 是以泣.")

위의 예문에 등장하는 '백유'라는 인물은 성씨가 '한'씨인 한백유韓伯兪란 사람을 가리킨다. 그러나 그에 관한 기록이 다른 문헌에 전하지 않기에, 전한 때 사람이란 것 외에는 신상에 대해 알려진 바가 없다. 그런데 그에게 얽힌 이야기를 보면 일반인의 상식을 완전히 뒤집는다.

우리가 어렸을 때 잘못을 범하면 어머니들이 회초리를 들어 종아리를 때리곤 하던 기억이 아련히 떠오르는데, 위의 예문에도 그런 장면이 등장한다. 그런데 매를 맞는 아이라면 당연히 매로 인한 고통으로 울기 마련이건만, 한백유는 오히려 아프지 않아서 운다고 하니, 이를 어찌 상식적으로 이해할 수 있으리오? 하지만 그의 답변이 걸작이다. 어머니가 늙으셔서 근력이 약해져 회초리가 아프지 않기에 눈물이 난다는 것이다. 아! 이런 효심을 어떻게 말로 설명할 수 있으리오? 필자도 이런 효자 한 명 있으면 좋겠다. 아니, 양가 부모님이 모두 돌아가시기 전에 효도 한번 못 해본 자신부터 반성해야 하지 않을까?

26. 내게도 똘똘한 자식이 있다면!

우리는 누구나 아들이든 딸이든 상관없이 똘똘한 자식을 슬하에 두고 싶어한다. 그러나 그것이 어디 사람 마음대로 되던가? 고대 중국인이라고 총명한 자식을 두고 싶지 않은 이들이 어찌 있었겠는가? 고대 중국에서는 국가적으로 인재를 선발하기 위해 일찌감치 과거제도를 설치하였다. 그런데 보통 2, 30대의 성인을 대상으로 하는 과거제도와 달리 꼬맹이를 대상으로 하는 신동과神童科라는 제도도 있었다. 이 시험을 통과한 아이들에게는 단순히 글자를 교정하는 업무를 관장하는 '정자正字'라는 조촐한 관직을 하사하는 데 그쳤다고 한다.

후한 말엽의 문단을 대표하는 인물로서 헌제獻帝 건안建安(196-220) 시기에 활동하여 '건안칠자建安七子'로 불리던 7인의 문장가가 있었다. 그중 1인으로서 공융孔融(153-208)이란 사람은 어려서부터 무척 총명하였지만, 자신의 재주를 믿고 거만한 태도를 부리다가 조조曹操의 눈밖에 나서 비참한 최후를 맞이하였다. 그의 어린 시절 고사를 하나 아래에 소개해 본다. 본문은 원래 《세설신어世說新語》권상에 실려 있던 것으로, 후대에 편찬된 공융의 문집인 《공북해집孔北海集》 말미의 부록附錄에 수록되어 전한다.

공융은 자가 문거로 나이 열 살에 부친을 따라 (하남성) 낙
양에 갔다가, (섬서성) 한중 사람 이응이 청렴하고 강직하다는
소문을 듣고서 그를 흠모하여 그를 찾아가 만나려고 했지만,
문하생이 그의 방문을 이응에게 알리려고 하지 않았다. 그러
자 공융이 말했다. "저는 선생님과는 대대로 알고 지내던 가
문의 자손입니다." 문하생이 소상히 아뢰자, 이응이 공융을 접
견하고서 물었다. "자네와 내가 무슨 친분이 있는가?" 그러자
공융이 대답하였다. "옛날에 저의 선조이신 (춘추시대 노魯나라)
중니(공자 공구孔丘의 자)와 선생님의 선조이신 (초楚나라) 백양
(노자 이이李耳의 자)은 도덕과 도의를 함께 토론하며 서로 스승
이자 친구로 지내셨습니다. 그래서 저와 선생님 역시 집안 대
대로 잘 알고 지낸 사이입니다." 이응과 빈객들이 그를 무척
기특하게 여겼다. 태중대부 진위가 뒤에 도착했을 때 사람들
이 그 얘기를 들려주자, 진위가 말했다. "어렸을 때 총명하다
고 해서 나이 들어서도 반드시 훌륭해지는 것은 아니지요." 그
러자 공융이 대답하였다. "생각건대 선생님께서는 어렸을 때
분명 총명하셨을 것입니다." 그래서 진위가 어찌할 바를 몰라
하였다. (融, 字文擧, 年十歲, 隨父至洛, 聞漢中李膺淸節直亮, 慕之, 欲往觀其人,
門下不爲通. 融曰, "我是公通家子孫." 門下具白之, 膺見融, 問曰, "君與僕何親?" 融曰,
"昔先君仲尼與君先人伯陽同德度義, 而相師友. 故僕與君, 亦累世通家也." 膺與賓客大
奇之. 大中大夫陳韙後至, 人以其語語之. 韙曰, "小時了了, 大未必佳." 文擧曰, "想君
小時必當了了." 韙大踧踖.)

공융이 말미에 던진 말이 기막히다. 진위陳韙가 '어린 공융이 총명하

다고 해서 어른이 되어서도 그러란 법은 없다'고 놀려대자, 공융은 진위가 어렸을 때 총명하였기에 지금은 멍청한 것이라고 되받아치기를 한 것이다. 고작 열 살밖에 먹지 않은 꼬맹이가 어른을 가지고 놀다니! 하지만 어쩌랴? 먼저 원인을 제공한 것은 진위 본인인 것을! 어려서부터 건방기가 하늘을 찌르더니, 그래서 삶의 굴곡이 심했던 것일까? 인생이란 참으로 기묘한 과정의 연속인가 보다!

27. 내게도 이런 아들이 있었으면!

사람들은 누구나 자기 자식이 똑똑하고 출세하기를 바란다. 이것이야 인지상정이니 누구를 탓할 일도 아닐 듯 싶다. 그렇다 하더라도 타인에 대한 배려심이 없이 자기 자식만을 위한답시고 남에게 민폐를 끼치는 일은 삼가야 하겠지만…… 후한 말엽의 대표적 문장가인 공융孔融(153-208)에게도 제법 똑똑한 자식이 있었다. 고사의 내용을 보면 앞에 제시한 공융의 총기 못지 않다. 그러나 부친의 업보 때문에 꽃을 피워보지도 못 하고 어린 나이에 사망하는 불운을 겪고 말았다. 이에 관한 고사가 남조南朝 유송劉宋 때 사람 유의경劉義慶(403-444)이 지은 ≪세설신어世說新語 · 언어言語≫권상에 전하기에 아래에 소개해 보고자 한다.

(후한 말엽에) 공융이 감옥에 갇히자, 조정 안팎이 공포에 떨었다. 당시 공융의 아들은 장남이 아홉 살이고, 막내아들이 여덟 살이었는데, 두 아이는 일부러 못 던지기 놀이를 하면서 전혀 다급한 표정을 짓지 않았다. 공융이 사자에게 말했다. "죄가 저 자신에게만 머물기를 바라지만, 두 아이가 무사할 수 있

겠소?" 그러자 아들들이 천천히 아뢰었다. "아버지는 엎어진 둥지 아래 온전한 새알이 있는 것을 보신 적이 있습니까?" 얼마 안 있어 그들도 붙잡혀 수감되었다. (孔融被收, 中外惶怖. 時融兒大者九歲, 小者八歲, 二兒故琢釘戲, 了無遽容. 融謂使者曰, "冀罪止于身, 二兒可得全不?" 兒徐進曰, "大人豈見覆巢之下, 復有完卵乎?" 尋亦收至.)

위의 예문에서 '탁정희琢釘戲'는 못을 던져 땅에 꽂히게 해서 승부를 가리는 놀이를 뜻하고, '불不'은 부가의문문을 만들기 위한 조동사이며, '대인大人'은 부모에 대한 존칭을 가리킨다. 그런데 공융의 두 아들의 답변이 걸작이다. 부친이 화를 당하면 자신들도 후과를 피할 수 없다는 것이다. 요즘으로 치면 초등학교 1, 2학년에 불과한 어린애가 정말로 이런 대견한 말을 내뱉았을까? 실상 쉽게 믿기는 어려운 얘기라서 누군가 과장되게 지어낸 일화일 가능성도 배제할 수 없을 듯 싶다.

그러나 어쨌든 비록 일찍 요절하기는 했어도 그런 자식을 둔 공융이 부럽기는 하다. 이런 말을 외동딸만 있는 집안에서 했다가는 큰 일이 벌어지겠지만…… 그래서 이렇게 몰래 필자의 담론에서만 화두로 던져보는 것이다.

28. 상사절에는 무슨 일이 벌어졌을까?

고대 중국의 명절 가운데 음력 3월 3일을 '상사절上巳節'이라고 한다. 상사절은 원래는 3월 상순上旬의 사일巳日을 가리키는 말이었으나, 삼국시대 위魏나라 이후로는 양수陽數가 겹치는 3월 3일을 선택해 고정시켰다. 상사절이 생기게 된 유래에 대해 남조南朝 양梁나라 때 사람 오균吳

均의 ≪속제해기續齊諧記≫에서는 '주周나라 때 문왕文王 희창姬昌의 아들이자 무왕武王 희발姬發의 동생으로서 조카인 성왕成王 때 재상의 직책을 맡아 조카를 보필하여 주나라의 전장제도典章制度를 정비함으로써 성인의 반열에 오른 주공周公 희단姬旦이 곡수曲水에서 술잔을 띄웠다'는 고사에서 찾고 있지만, 그보다 훨씬 더 이전일 가능성도 배제할 수는 없을 듯하다. 여하튼 그 유래는 무척 오래된 듯하다. 상사절은 양수陽數(홀수)가 중첩된 날이기에 양기를 이용해 사악한 기운이나 질병 따위를 물리치는 상징적인 행사를 벌였다.

중국의 고문헌을 열람하다 보면, 이 날의 풍습에 관한 기록을 쉽게 발견할 수 있다. 이를테면 냇가에서 깨끗한 물에 손을 씻고, 난초를 손에 쥐거나 버들가지로 고리를 만들어 손목에 차서 악기를 쫓는다든지, 제사를 지내 사악한 기운을 물리친다든지, 제사를 마친 뒤 연회를 열어 음주를 하면서 홍복을 기원한다든지, 문인들끼리 연회에서 시를 주고받으며 글재주를 겨룬다든지 하는 것들이 그러한 예이다. 상사절과 관련한 고대 문장 가운데 가장 유명한 것을 든다면, 진晉나라 때 왕희지王羲之(321-379) 등이 절강성 회계군會稽郡 산음현山陰縣의 난정蘭亭이란 정자에 모여 작시를 겨루고서 그때 지어진 시들을 모아 출간하였는데, 거기에 수록된 왕희지 본인의 ≪난정집蘭亭集≫ 서문을 들 수 있을 듯하다. 그 뒤로도 이러한 전통을 계승하여 수많은 후대 문인들이 유사한 모임을 즐겼다. 왕희지의 서문은 명나라 때 장보張溥가 편찬한 ≪한위육조백삼가집漢魏六朝百三家集・왕희지집≫권59에 전하는데, 일부를 발췌하여 인용하면 다음과 같다.

이날 하늘이 맑고, 공기가 쾌청하고, 봄바람이 부드럽게 불어, 위로 광대한 우주를 바라보고, 아래로 번창한 온갖 자연물을 관찰하였기에, 눈을 즐기고 회포를 마음껏 풀며 시각과 청각의 즐거움을 만끽하였으니, 실로 즐겁다 할 만하다. 모인 날 자리를 함께 한 이들은 (산서성) 태원군 사람 손통 등 41명이다. (是日也, 天朗氣清, 惠風和暢, 仰觀宇宙之大, 俯察品類之盛, 所以遊目騁懷, 足以極視聽之娛, 信可樂也. 會之日, 同事者太原孫統等四十有一人.)

이 글을 다시금 읽다 보니, 수 년 전에 필자가 사는 이곳 강릉을 방문한 스무 명 가량의 동창들이 떠오른다. 비록 고인들처럼 제를 지내지도 않고, 시문을 주고받지도 않았지만, 함께 허심탄회하게 음주와 대화를 즐기던 모습이 아련히 그림처럼 스쳐 지나간다. 그러나 이듬해 코로나 사태가 터지면서 더 이상의 모임을 가질 수 없게 되었다. 그리고 그 뒤로도 코로나 사태가 좀처럼 진정되지 않아 더 이상의 만남의 기회는 없었다. 그저 안타까울 따름이다.

29. 중양절을 복원한다면?

중국의 고대 명절 가운데 음력 9월 9일을 '중양절重陽節'이라고 한다. 지금은 사람들의 이목을 그다지 끌지 못 하고 있으나, '중양절'은 옛날에는 상당히 중요한 명절 가운데 하나였다. 우리나라에서도 옛날에는 제법 중요한 명절로 간주되었다고 한다. '중양'은 글자 그대로 양수陽數가 겹친 것을 뜻한다. 그리고 9는 양수 가운데 가장 크기에, 가장 길한 숫자로 간주되었다. 그리고 그 다음날인 9월 10일은 '소중양小重陽'이라고 하였다.

중양절이 언제부터 명절로 자리잡았는지는 정확하게 알려지지 않았다. 다만 전한 때 고사를 기록한 ≪서경잡기西京雜記≫에도 이에 관한 내용이 적혀 있고, 명明나라 팽대익彭大翼의 ≪산당사고山堂肆考·시령時令≫ 권13에 인용된 남조南朝 양梁나라 오균吳均의 ≪속제해기續齊諧記≫에서는 후한 때 도사 비장방費長房이 제자인 환경桓景을 위해 액땜을 할 수 있는 비법을 전수한 데서 유래하였다고 밝히고 있다. 그러나 그보다는 훨씬 이른 춘추전국시대 때부터 유행했던 명절로 추정된다. '비장방'과 관련한 다음의 기록을 통해 중양절의 특성을 얼추 짐작할 수 있기에, 아래에 한번 게시해 본다.

(하남성) 여남현 사람 환경은 비장방을 따라 학문을 익혔다. 몇 년 뒤 비장방이 환경에게 말했다. "9월 9일 중양절에 자네 집에 분명 재앙이 있을 것이니, 서둘러 떠나야 할 것이네. 가족들에게 각자 붉은 주머니를 만들어 수유꽃을 담아서 팔에 매고, 높은 곳에 올라 국화주를 마시게 하게. 그러면 이 재앙이 없어질 것이네." 환경이 귀가하여 비장방의 말대로 가족들을 데리고 산에 올랐다. 헌데 저녁에 집에 돌아와서 살펴보니, 닭·개·소·양 등 가축들이 동시에 폭사해 있었다. 비장방이 이 얘기를 듣고서 말했다. "짐승들이 재앙을 대신한 것일세." 오늘날 세상 사람들이 매년 중양절이 되었을 때, 산에 올라 국화주를 마시고, 아낙네들이 수유꽃 주머니를 허리에 차는 것도 바로 이 때문이다. (汝南桓景隨費長房游學. 累年, 長房謂景曰, "九月九日, 汝家當有灾厄, 急宜去. 令家人各作絳囊, 盛茱萸, 以繫臂, 登高飲菊酒, 此禍可消." 景歸如言, 擧家登山, 夕還家, 見雞·狗·牛·羊一時暴死. 長房聞之曰, "代之矣." 今世人每至九日, 登山飲菊酒, 婦人帶茱萸囊, 以此.)

우리나라에서도 중양절에 군주와 신하들이 함께 모여 시를 짓고 액땜을 하는 풍습이 있었다고 한다. 그러나 요즘 사람들에게는 매우 생소한 절기가 아닐까 싶다. 굳이 미풍양속을 해치거나 재정적으로 큰 부담을 주지 않는다면, 다시금 이러한 전통 풍습을 되살려보는 것도 어떨까? 그나마 음력 1월 1일인 설날이나 음력 8월 15일인 중추절이 아니면, 온가족이 모이는 날도 갈수록 줄어들고 있기에 하는 말이다. 고리타분한 생각이라고 지적한다면 할 말은 없다.

30. 후래자는 벌주 세 잔!

우리나라에서도 언제부터인가 술자리에 뒤늦게 나타나거나 요구사항을 받아들이지 못 하는 상대방에게 '벌주 세 잔'이라며 강요 아닌 강요 방식으로 술 마시기를 강권하는 고약한 풍습이 전해내려 왔다. 그렇다면 이 '벌주 세 잔'은 어디서 유래하였을까? 이는 진晉나라 때 망나니로 유명한 석숭石崇이 금곡원金谷園에서 연회를 열고 시를 지었는데, 시를 제대로 짓지 못 하는 사람에게 벌주 세 말을 건넸다는 고사에서 비롯된 것으로 보인다.

≪진서晉書·석숭전≫권33에 의하면 석숭(249-300)은 자가 계륜季倫으로 석포石苞(197-273)의 6남 가운데 막내 아들로 태어났다. 그는 검소한 생활을 중시했던 부친과는 달리 사치스런 생활을 좋아하였다. 그는 호북성 형주자사荊州刺史와 조정의 위위경衛尉卿을 지내며 사신이나 상인들의 재물을 갈취하여 하남성 낙양에 호화로운 정원인 금곡원과 별장을 조성하고, 그곳을 근거지로 삼아 '이십사우二十四友'로 불리는 육기陸機·반악潘岳 등 당대 문단을 대표하는 24명의 유명인사들과 함께 당시 실

세인 가밀賈謐에게 빌붙어 방탕한 생활을 영위하였다. 당시 진晉나라 무제武帝의 외숙부인 왕개王愷와 부를 다투던 일화가 남조南朝 유송劉宋 유의경劉義慶(403-444)의 ≪세설신어世說新語 · 태치汰侈≫권하에 전하는데, 이를 통해 그의 사치스러운 생활이 어느 정도였는지를 짐작할 수 있을 듯하다.

진나라 무제가 일찍이 키가 두 자 가량 되는 산호수를 왕개에게 하사하였는데, 가지들이 풍성한 것이 세상에 비할 데가 없었다. 왕개가 이를 석숭에게 보여주자, 석숭이 쇠로 된 여의를 가지고 그것을 부쉈다. 왕개가 온종일 안타까워하자 석숭이 말했다. "안타까워할 것 없습니다. 이제 경에게 갚아 드리겠습니다." 그래서 사람을 시켜 산호를 가져오게 하자, 높이가 서너 자 되는 것이 6, 70그루나 되었고, 왕개의 것과 맞먹는 것이 무척 많았다. 왕개가 멍한 표정을 지으며 망연자실해하였다.(晉武帝嘗以珊瑚樹賜王愷, 高二尺許, 枝柯扶疏, 世所罕比. 愷以示石崇, 崇以鐵如意擊碎之. 愷惋惜彌日, 崇曰, "不必多恨. 今還卿." 乃命悉取珊瑚, 高三四尺者, 六七十株, 如愷者甚衆. 愷恍然自失.)

허나 방탕한 생활을 일삼던 그는 뒤에 반란을 일으킨 조왕趙王 사마윤司馬倫에게 살해당하고, 그가 애지중지하던 애첩인 녹주綠珠는 사마윤의 수하인 손수孫秀에게 팔려가는 것을 거부하다가 투신자살하는 지경에 이르고 말았다. 그의 평소 언행이 결국 이러한 비참한 결말을 초래하고 만 것이니, 결코 원인 없는 결과는 없다고 할 수 있겠다. 패가망신의 전형을 보는 듯하다.

31. 형의 친구 이름을 함부로 부르다니!

아무리 불만이 있더라도 형의 면전에서 형의 친구를 대놓고 비난한다면 무슨 일이 벌어질까? 아마도 형제간에 험악한 싸움이 일어나지 않을까? 이와 관련 있는 고사가 남조南朝 유송劉宋 때 사람 유의경劉義慶(403-444)이 지은 ≪세설신어世說新語·방정方正≫권중에 전하기에, 아래에 소개해 보고자 한다.

> (진晉나라) 주백인('백인'은 주의周顗의 자字)은 이부상서를 맡았을 때 상서성尙書省 내에서 밤에 병이 위독해졌는데, 당시 조현량('현량'은 조협刁協의 자)이 상서령을 맡고 있으면서 모든 방법을 다 강구하여 지극정성을 다하였기에, 한참이 지나자 병에 차도를 보였다. 이튿날 아침 이를 (동생인) 주중지('중지'는 주숭周嵩의 자)에게 알리자, 주중지가 황급히 달려왔다. 막 문을 들어서자, 조현량이 침상에서 내려와 그를 보고서 눈물을 흘리며 주백인의 지난 밤 위중했던 상황을 설명해 주었다. 그러나 주중지가 손으로 그를 물리쳤기에, 조현량은 문 옆으로 비켜설 수밖에 없었다. 주중지는 형 앞으로 다가서고 나서도 병세에 대해서는 전혀 묻지 않고, 단지 "형님은 조정에서 화장여('장여'는 화교和嶠의 자)와 명성을 나란히 떨치면서, 어찌 간신배인 조협과 우정을 나누는 것입니까?"라고 말하는 것이었다. 그리고는 곧바로 나가버렸다. (周伯仁爲吏部尙書, 在省內夜疾危急, 時刁玄亮爲尙書令, 營救備親好之至, 良久小損. 明旦, 報仲智, 仲智狼狽來. 始入戶, 刁下床, 對之大泣, 說伯仁昨危急之狀. 仲智手批之, 刁爲辟易于戶側. 旣前, 都不問病, 直云, "君在中朝, 與和長輿齊名, 那與佞人刁協有情?" 逕便出.)[14]

---

14 원문에서 '영구營救'는 온갖 방법을 동원하여 상대방을 구하는 것을 뜻하고, '소손小損'은 병

위의 예문에서 주의周顗의 직책인 '이부상서'는 요즘의 행정안전부 장관에 해당하고, 조협刁協의 직책인 '상서령'은 요즘의 국무총리에 해당하는 고관이다. 또 주숭周嵩은 주의의 동생이고, 화교和嶠는 당대에 만인의 존경을 한몸에 받던 유명인사를 가리킨다. 위의 내용은 두 고관 가운데 상서령을 지내던 조협에게 불만을 품은 동생 주숭이 형인 주의의 면전에서 고관이자 친구인 조협을 비난하는 상황이 벌어진 것을 가리킨다. 그것도 형의 병을 치료하기 위해 지극정성을 다한 형의 친구 앞에서 그리하였으니, 무례하기 짝이 없는 일이었을 것이다.

헌데 주의의 동생인 주숭의 단호한 태도는 형에게 불평하는 표면적인 표현은 차치하고서라도, 그가 내뱉은 상대방에 대한 호칭에서도 극명하게 드러난다. 고인들은 이미 사망한 사람이 아니면 남의 이름을 함부로 입에 올리지 않았다. 더욱이 주숭은 조협에 대해 형의 친구이면서 연배나 지위가 한참 위임에도 불구하고, 별칭인 자字로 부르지 않고 본명을 입에 올렸으니, 이보다 더한 결례가 어디 있으랴? 요즘 사람들은 별칭이 없어 남의 이름을 마음대로 입에 올릴 수 있으니, 참으로 편한 세상인 듯하다.

32. 살다보면 어처구니없는 일도 겪기 마련!

우리는 누구나 살아오면서 '아닌 밤중에 홍두깨'와 같은 어처구니없는 봉변을 한번 쯤은 겪어보지 않았을까 싶다. 갑작스레 예기치 못 한

이 약간 차도를 보이는 것을 뜻하며, '피역辟易'은 '辟'가 '피할 피避'의 본글자이기에 몸을 피해 방향을 바꿔서 비켜서는 것을 뜻하고, '나那'는 의문사인 '나哪'의 본글자이다.

일을 당하면 누구나 당황하여 적절하게 대처하지 못 하곤 한다. 이와 유사한 고사가 남조南朝 양梁나라 때 원제元帝 소역蕭繹(508-554)의 저서인 ≪금루자金樓子·잡기편雜記篇≫권6에 전하기에, 아래에 한 토막 소개해 보고자 한다.

(남조) 양나라 때 부자 우씨는 재물이 헤아릴 수 없을 정도로 많았다. 그는 높은 누각에 올라 대로를 굽어보며 술자리를 마련하고, 그 위에서 도박판을 벌였다. 누각 아래의 협객이 서로 함께 길을 가는데, 누각 위에서 도박을 하는 이들은 좋은 패를 다투느라 웃고 떠들었다. 마침 날아가던 솔개가 썩은 쥐를 떨어뜨려 정확히 협객을 맞혔다. 협객은 누각 위의 웃음소리를 듣고서 우씨가 쥐를 자신한테 던졌다고 생각해, 밤에 동료들을 모아서 우씨를 공격해 멸족시켰다. (梁有富人虞氏, 財資無量. 登高樓, 臨大路, 陳酒, 博奕其上. 樓下俠客, 相隨而行, 樓上博奕者, 爭采[15]而笑. 會飛鳶墜腐鼠, 正中俠客. 俠客聞樓上笑, 謂虞氏以鼠投己, 夜聚, 攻滅虞氏.)

솔개가 떨어뜨린 쥐 때문에 본인은 비명횡사하고 가문마저 멸문지화를 당했다고 하니, 이 얼마나 황당한 '스토리'인가? 그러나 그 부자가 전혀 과오를 범하지 않은 것은 아니었다. 재물이 많다고 술자리와 도박판을 벌이고 시끄럽게 놀면서 소음 공해를 일으켰으니, 그것도 죄라면 죄라고 할까? 말이 협객이지 깡패나 진배없는 무리들에게는 몹시도 거슬리는 장면이었을 것이다. 마침 솔개가 쥐의 시신을 떨구어 그 무리를 맞힌 것이 공교롭게도 구실로 작용하는 바람에 화를 당한 것이리라!

---

15 '쟁채爭采'는 도박에서 좋은 패를 차지하기 위해 다투는 것을 뜻한다.

각설하고, 필자도 황당한 경험을 겪은 적이 있다. 너무도 어처구니가 없는 일이었기에, 지금까지도 선명하게 뇌리에 각인되어 있다. 대학을 갓 입학하고서 몇몇 동기들과 모임을 가진 뒤 집으로 돌아가던 길이었다. 당시만 해도 감당하지 못 하던 막걸리를 몇 잔 걸친 채 노량진 전철역에 들어섰다가, '갈 지之'자로 걷던 중 그만 앞서가던 웬 남자의 뒷주머니에 손가락이 걸리고 말았다. 그러자 그 남성이 대뜸 소매치기로 오인하여 돌아서자마자 내게 따귀를 날리는 것이었다. 어찌 해명할 방도도 없던 차에 동기 중에 한 명이 학생증을 보이며 보증을 서준 덕에 겨우 화를 모면하였는데, 지금까지도 당시의 장면이 또렷하게 머릿속을 스쳐지나간다. 그러나 어쩌랴? 이것도 하나의 추억으로 간직하는 수밖에……

33. 괘씸죄에 걸리지 않도록 조심하자!

우리에게는 지금껏 살아오면서 무의식적으로 놓치고 지나간 찰나들이 있을 것이다. 그 순간이 자신에게는 아무렇지도 않을지 모르지만, 타인에게는 강한 인상을 남겨 두고두고 꼬투리가 잡히는 계기가 되기도 한다. 이와 유사한 고사가 당나라 때 이백약李百藥(565-648)이 지은 ≪북제서北齊書·양음전楊愔傳≫권34에 전하기에 이 자리를 빌어 한번 소개해 보고자 한다.

　　(북조北朝) 동위 때 양음에게 관리 선발을 관장케 하자, 일찍
　　이 60명을 일등급으로 뽑은 적이 있다. 양음은 그들에게 자술
　　서를 쓰게 하고, 다 마칠 때까지 장부를 살피지 않다가, 즉시

차례로 호명하였는데도 실수가 없었다. 뒤에 선발자 가운데 노만한이란 사람이 스스로 "미천한 소인만 유독 알아보지 못하셨습니다"라고 하자, 양음이 대답하였다. "그대는 전에 (종실 출신으로 시중侍中을 지낸) 원자사의 동네 골목에 살 때, 털 빠진 암나귀를 타고 지나가다가 나를 보고도 내리지 않고 부채로 얼굴을 가렸거늘, 내가 어찌 그대를 몰라볼 수 있겠는가?" 노만한이 깜짝 놀라면서 탄복해 하였다. (東魏以楊愔典選, 嘗以六十人爲一甲. 愔令其自敍訖, 不省文簿, 便次第呼之, 無有悞者. 後有選人魯漫漢, 自言"猥賤獨不見識." 愔曰, "卿前在元子思坊, 騎禿草驢經過, 見我不下, 以方麴障面, 我何以不識卿?" 漫漢驚服.)[16]

위의 예문에 등장하는 양음(511-560)이란 사람은 남북조南北朝 시기 북위北魏 때 태어나 북위가 동서로 분열되면서 생긴 동위東魏를 거쳐, 북제北齊 때에는 요즘으로 말하면 국무총리에 해당하는 상서령尙書令이란 고관까지 올랐으나, 뒤에 왕권을 강화하기 위해 정적을 제거하려다가 일이 누설되어 살해당한 인물이다. 위의 기록은 그가 젊은 시절 겪었던 재미있는 일화를 소개한 것인데, 정사正史에 수록된 것으로 보아 실화인 듯하다.

필자는 사회생활에 뛰어든 딸아이에게 세상에서 제일 무서운 죄가 '괘씸죄'라는 말을 반농담조로 던지곤 한다. 그래서 늘 신중에 신중을 기하고, '역지사지'하는 자세를 취하라는 조언을 서슴지 않고 있다. 민형사상의 책임을 추궁당하지는 않겠지만, 누군가에게는 평생 지울 수 없는 죄목처럼 죽을 때까지 따라다니기 때문이다. 근자에 어느 연예인

---

16 원문에서 '독초려禿草驢'는 털이 빠진 암나귀를 뜻하는 말로서 매우 초라한 신분을 비유하고, '방국方麴'은 얼굴을 가리는 데 사용하는 의장용 부채를 뜻한다.

이 병역 기피-본인은 '기피'가 아니라 '면제'라는 해괴한 궤변을 늘어놓지만-와 관련하여, 유투브에 동영상을 올려 항의하다가 오히려 매를 더 번 것도 그 출발점은 국민 전체에 의해 덧씌워진 '괘씸죄' 때문이 아닐까 싶다.

34. 나라면 속으로 쾌재를 부를 터인데!

우리나라는 물론 중국을 비롯해 동양에서 전통적으로 인간이 중시해야 할 덕목을 얘기할 때, 우선적으로 꼽는 것을 들라면 '효'를 거론할 수 있을 듯하다. 그래서인지 고대 중국에서는 효자에 관한 전기가 무척 많이 저술되었다. 이들은 공통적으로 대부분 ≪효자전孝子傳≫이란 제목 하에 출간되었다.

이를테면 정사正史인 ≪수서隋書·경적지經籍志≫권33이나 ≪구당서舊唐書·경적지≫권46, ≪신당서新唐書·예문지藝文志≫권58 등 서지書誌에 수록된 저서의 경우, 진晉나라 소광제蕭廣濟의 15권본과 왕소지王韶之의 15권본, 남조南朝 유송劉宋 정집지鄭緝之의 10권본, 사각수師覺授의 8권본, 종궁宗躬의 20권본, 우반좌虞盤佐의 1권본, 서광徐廣의 3권본, 양梁나라 무제武帝의 30권본 등 다양한 종류의 ≪효자전≫이 있었고, 송나라 이방李昉(925-996)의 ≪태평어람太平御覽≫ 경서도서강목經史圖書綱目에는 그 외에도 권수를 알 수 없는 전한 유향劉向과 진晉나라 주경식周景式·왕흠王歆의 ≪효자전≫도 있었다고 한다. 그러나 대부분 소실되어 지금은 전하지 않는다. 중국에서 효자로 이름을 떨친 인물은 수없이 많은데, 여기서는 시기적으로 가장 오래된 춘추시대 노魯나라 사람으로서 공자의 제자인 민손閔損의 효행에 관해 한번 소개해 보고자 한다. 그에 관한 기록은 오대五代 후진後晉 때 사람 이한李瀚이 지은 ≪몽구蒙求≫권하에 다음과 같이 전한다.

(춘추시대 노魯나라) 민손은 자가 자건으로 일찌감치 모친을 여의자, 부친이 후처를 얻어 두 아들을 낳았다. 민손은 게으름을 피우지 않고 효도를 다 하였지만, 계모가 그를 미워해 자신이 낳은 아들들에게는 솜옷을 입힌 반면, 민손에게는 갈대꽃으로 솜을 대신해 옷을 입혔다. 부친이 겨울에 민손에게 수레를 몰게 하였는데, 몸이 추워 고삐를 놓치는 바람에 부친이 그를 꾸짖었지만, 민손은 아무런 변명을 하지 않았다. 부친이 자세히 살핀 뒤 알아채고는 계모를 내쫓으려 하자, 민손은 눈물을 흘리며 부친에게 아뢰었다. "계모가 계시면 아들 하나가 춥지만, 계모가 떠나면 세 아들이 외롭게 됩니다." 부친이 가상히 여겨 그만두었고, 계모 역시 회개해 세 아들을 공평하게 대함으로써 결국 자애로운 모친이 되었다. (閔損, 字子騫, 早喪母, 父娶後妻, 生二子. 損至孝不怠, 母疾惡之, 所生子以綿絮衣之, 損以蘆花絮. 父冬月損御車, 體寒失靷, 父責之, 損不自理, 父察知之, 欲遣後母, 損泣啓父曰, "母在, 一子寒, 母去, 三子單." 父善之而止, 母亦悔改, 待三子均平, 遂成慈母.)

계모의 박대에도 불구하고 계모가 쫓겨나면 이복형제들도 고아가 된다고 계모를 내쫓으려는 부친을 만류하였다고 하니, 이 얼마나 기특한 효자인가? 나라면 속으로 오히려 쾌재를 부를 터인데…… 그래서인지 역대로 고대 중국인들은 공자의 72제자 가운데 민손을 거론할 때는 대개 효자의 사표로 삼곤 하였다. 우리나라에도 고려나 조선시대 때 효자에 관한 기록이 많았으리라 짐작된다. 그러나 필자가 과문하여 거기까지는 아는 바가 없다. 그래서 내 나라 사정도 모르면서 남의 나라 얘기만 자꾸 꺼내려니, 민망한 생각이 들기도 한다.

35. 원수를 가까이하는 것이 과연 좋은 방법일까?

사람은 누구나 자신에게 달콤한 말을 하면 좋아하고, 쓴소리를 하면 싫어하기 마련이다. 그래서 '달면 삼키고 쓰면 뱉는다'는 의미의 '감탄고토甘吞苦吐'라는 사자성어도 생겨난 것이 아닐까? 허나 감언甘言은 독이 되고, 고언苦言은 약이 되는 법! 세상만사가 어찌 자신이 좋아하는 쪽으로만 흐를 수 있으랴? 경우에 따라서 그 상반된 상황이 벌어질 수도 있을 듯하다. 남조南朝 유송劉宋 때 범엽范曄이 지은 ≪후한서後漢書·풍연전馮衍傳≫권58에 수록된 풍연이 내뱉은 다음과 같은 우화를 보면 그러한 측면을 엿볼 수 있다.

> 어떤 사람이 이웃집 아내를 유혹하였는데, 그중 나이가 많은 여자는 그에게 욕을 하고, 나이가 젊은 여자는 그에게 보답을 하였다. 그 뒤로 그녀들의 남편이 죽고서 나이 많은 여자를 아내로 맞자 누군가 말했다. "당신을 욕한 여자가 아니오?" 그러자 그 사람이 대답하였다. "남의 여자로 있을 때는 그녀가 내게 보답하기를 바랐지만, 내 여자로 와 있으면 그녀가 남을 욕하기를 바라기 마련이지요."(人有挑其鄰之妻者, 其長者罵之, 其少者報之. 後其夫死, 而娶其長者. 或曰, "夫非罵爾者耶?" 曰, "在人, 欲其報我, 在我, 欲其罵人.")

풍연(?-?)은 전한 말엽 후한 초엽 때 사람으로서 자가 경통敬通이다. 전한 말엽 경시제更始帝 유현劉玄(B.C?-A.D.25)의 휘하에서 입한장군立漢

將軍에 올랐으나, 광무제光武帝 유수劉秀(B.C.6-A.D.57)가 후한을 건국할 때 뒤늦게 투항하는 바람에 괘씸죄에 걸려, 광무제 눈밖에 났기에 벼슬을 얻지 못 했다. 위의 우화는 당시 광무제에게 신임을 얻은 포영鮑永이란 사람에게 자신의 처지를 비유적으로 표명하기 위해 꺼낸 얘기이다. 즉 광무제가 당초 자신을 탐탁하게 생각하지 않았겠지만 자신은 별로 걱정하지 않는다고 하면서, 어떤 사람을 광무제에, 그리고 욕쟁이 여자를 자기 자신에게 빗대어, 욕쟁이 여자가 오히려 아내로 간택되었다는 우화를 빌어서 우회적이고 자위적으로 자신의 처지를 설명한 것이다. 그래서일까? 사서史書에서는 그의 예측대로 결국 광무제의 선택을 받아 하북성 곡양현曲陽縣의 현령에 임명되었다고 적고 있다.

좀 뜬금없는 얘기처럼 들릴지 모르겠으나, 우리나라 속담에 '우는 아이 떡 하나 더 준다'고 하는데, 독자 여러분이 광무제와 같은 입장에 놓인다면 어떠한 선택을 하겠는가? 평소 나 자신을 씹고 다니는 사람을 가까이할 수 있을까? 과연 자신에게 고언을 일삼는 사람을 관용을 베풀어 자기 사람으로 받아들일 수 있을까? 참으로 예측하기 어려운 것이 사람의 마음이요, 세상만사인 듯하다.

36. 원한은 반드시 갚아야 한다고?

제법 오래 전 일이라서 기억에 희미하기는 하지만, 어느 중국인이 부모의 원수를 갚는다고 상대방을 살해했는데, 법정에서 무죄 판결을 받고 풀려났다는 기사를 본 적이 있다. '은혜를 입고서도 갚지 않으면 군자가 아니고, 원한이 있는데도 갚지 않으면 사람 구실 못 한다(有恩不報非君子, 有仇不報枉爲人)'는 중국 속담처럼, 중국인들에게는 원한을 갚는 것이 하나의 미덕처럼 받아들여져 왔다. 그들이 원수를 대하는 태도를 근원적으로 암시해 주는 기록이 후한 반고班固(32-92)의 ≪백호통의白虎通義·주벌誅伐≫권상에 전하기에, 아래에 한번 소개해 보고자 한다.

　　아들이 부친을 위해 복수할 수 있는 것은 신하를 군주와 관련지어 보았을 때 그 도리가 동일하다고 보기 때문이다. 충신이나 효자가 복수를 그만둘 수 없는 이유는 은혜나 도의상 그 의지를 빼앗을 수 없기 때문이다. 그래서 "부친의 원수와는 천하에 공존할 수 없고, 형제의 원수와는 같은 나라에 살 수 없으며, 친구의 원수와는 같은 조정에서 근무할 수 없고, 친족의 원수와는 함께 이웃해서 살 수 없다"고 하는 것이다. 그렇기에 《공양전·은공隱公11년》권3에서도 "자식으로서 복수하지 않으면 자식이 아니다"라고 하였고, 《예기·단궁상》권7에 "(춘추시대 노나라) 자하(복상卜商)가 '형제의 원수와 함께 살게 되면 어찌해야 합니까?'라고 묻자 (공자가) '벼슬에 오르면 같은 나라에 살지 않아야 하지만, 군주의 명을 따르게 되면 그를 만나도 싸우지 말아야 하느니라'라고 대답하였다"고 하였다. 한편 부모가 도의상 죽임을 당했을 때 자식이 복수하지 않는 것은 계속해서 복수가 대물림되어 그치지 않기 때문이다. 그래서 《공양전·정공定公4년》권25에서도 "부친이 징벌을 당한 것이 아니라면, 자식은 복수해도 괜찮다"고 하였다. (子得爲父報讐者, 臣子於君父, 其義一也. 忠臣孝子所以不能已, 以恩義不可奪也. 故曰, "父之讐, 不與共天下, 兄弟之讐, 不與共國, 朋友之讐, 不與同朝, 族人之讐, 不共鄰." 故春秋傳曰, "子不復讐, 非子." 檀弓記, "子夏問曰, '居兄弟之讐, 如之何?' '仕不與同國. 銜君命, 遇之不鬪.'" 父母以義見殺, 子不復讐者, 爲往來不止也. 春秋曰, "父不受誅, 子復讐, 可.")

위의 내용에 의하면 부모나 형제를 해친 원수뿐만 아니라, 친구나 지인에게 해코지를 한 원수까지도 용서하지 않는 것이 중국인들의 전통적인 관념이었던 것 같다. 단 부모가 죄를 지어 죽임을 당했을 때는 예외로 두고 있다. 복수의 대물림이 반복되는 악순환을 방지하기 위한 최소한의 장치로 본 듯하다.

요즘은 당쟁에 몰입하는 정치인들뿐만 아니라, 그들을 맹목적으로 추종하는 일련의 무리들까지도 진영을 나눠 서로 상대방을 마치 원수 대하듯 서로 잡아먹지 못 해 으르렁거리는 일들이 비일비재非一非再하게 일어나고 있는 것 같다. 모종의 사안마다 개별적으로 객관적인 잣대를 적용하여 시시비비를 가리고, 옳고 그름을 따져야 함에도 불구하고, 오로지 진영논리에 함몰되어 같은 사안을 놓고도 전혀 상반된 입장에서 상대방을 공격하는 데만 혈안이 되어 있으니, 이러한 세기말적인 현상이 언제나 종식될 수 있으려나? 아니, 민주화된 사회에서는 필연적으로 일어나는 현상으로 자연스럽게 받아들여야 하는 것일까? 알쏭달쏭하기만 하다!

37. 되로 받고 말로 준다면 얼마나 통쾌할까?

우리 속담에 '되로 주고 말로 받는다'는 말이 있다. 여러 가지 상황에 적용할 수 있는 말이겠으나, 만약 되로 받고 말로 주는 정도의 강도로 상대방에게 복수를 할 수 있다면 얼마나 통쾌할까? 이러한 생각을 연상시키는 이야기가 한 토막 떠오르기에, 아래에 한번 소개해 보고자 한다. 관련 고사는 남조南朝 양梁나라 때 원제元帝 소역蕭繹(508-554)의 저서인 《금루자金樓子 · 잡기편雜記篇》권6에 다음과 같이 전한다.

유목지는 도성에 거주하였지만 집이 가난하였다. 그의 아내는 강사의 딸이었다. 유목지는 아내의 오빠 집에 가서 음식을 얻어 먹는 것을 좋아하였지만, 매번 아내의 오빠와 남동생들에게 모욕을 당하곤 하였다. 그러나 유목지는 이를 수치스럽게 생각하지 않았다. 하루는 처가에 가서 식사를 마친 뒤 빈랑을 달라고 하자, 아내 강씨의 남동생이 희롱조로 말했다. "빈랑은 본래 음식을 빨리 소화시키기 위한 것인데, 자형은 늘 배가 고프거늘, 어째서 갑자기 이것을 필요로 하십니까?" 뒤에 유목지는 (남조南朝) 유송劉宋 무제를 위해 건국을 도와서 급기야 (강소성) 단양윤에 임명되자, 아내의 오빠와 남동생들을 불러 음식을 성대하게 차리고 술을 권하여 모두 취하게 만들었다. 즐겁게 얘기를 나누고 자리가 거의 끝날 즈음이 되자, 주방 사람을 불러 금쟁반에 빈랑 한 가마를 담아오게 하고는 말했다. "이것을 두고 날마다 이야깃거리로 삼았답니다." 손님들이 그래서 물러가고 말았다. (劉穆之居京下, 家貧. 其妻江嗣女. 穆之好往妻兄家, 乞食, 每爲妻兄弟所辱. 穆之不爲恥. 一日往妻家, 食畢, 求檳榔. 江氏弟戲之曰, "檳榔本以消食, 君常飢, 何忽須此物?" 後穆之來爲宋武佐命, 及爲丹陽尹, 乃召妻兄弟, 設盛饌, 勸酒令醉. 言語致歡, 座席將畢, 令廚人, 以金柈貯檳榔一斛曰, "此日以爲口實." 客因此而退.)

'빈랑檳榔'이란 과일은 우리나라 사람들에게는 다소 생소할지 모르겠으나, 중국인들이 즐겨 먹는 야자수에 속하는 남방 과일의 일종이다. 빈랑은 일명 '감람橄欖' '여감자餘甘子'라고도 하는데, 송나라 때 황정견黃庭堅(1045-1105)은 휘종徽宗이 즉위한 뒤 감람을 즐겨 먹듯이 간언을 달갑게 받아들이기는 바라는 마음에서 '미간味諫'이란 별칭을 붙여주기도 하였다. 심지어 남만족南蠻族이 세운 가라국歌羅國에서는 결혼 예물로 썼다고도 한다. 이 과일은 입에 넣고 씹으면 붉은 과즙이 배어나와 입술 주위를 붉게 물들여 마치 흡혈귀처럼 보이게 만들기에, 남들이 보기에는 흉칙스럽게 느껴질 수도 있을 법한 과일이다. 중국인들이 남녀노소를 불문하고 남의 시선을 의식하지 않은 채 길에서도 씹어대는 모습에 필자도 처음에는 눈살을 찌푸린 적이 있다. 지금 생각해 보면 실상 타민족 고유의 음식 문화에 대해 과민 반응을 보일 필요까지는 없었다는 생각이다.

그런데 위의 고사를 보면 유목지의 복수 방법이 조금 졸렬해 보이는 측면이 없지 않다. 그러나 본인은 무척 통쾌함을 느끼지 않았을까? 그러고 보니 필자도 예전에 이와 유사한 방법을 동원한 적이 있는 듯하다. 너무 오래되어 기억이 흐릿하지만, 상세한 내막은 비밀에 부치고자 한다.

38. 차라리 남이 더 낫다네!

가족 중에 누군가 자꾸 말썽을 부리면, 남보다도 못 하다는 말을 내뱉곤 한다. 오죽하면 원수라는 어휘를 가져다가 견주기까지 할까? 친구인 줄 알았는데 남보다 못 한 관계를 맺고 있다면, 그 또한 속에서 열불이 터지지 않을까? 이와 유사한 고사가 명나라 팽대익彭大翼의 ≪산당사고山堂肆考 · 인품人品≫권106에 전하기에, 한번 소개해 보고자 한다.

전한 공손홍이 벼슬길에 들어 승상에 올라서는, 친구인 고하에게 현미밥을 대접하고 삼베이불을 덮어주자, 고하가 원망조로 말했다. "친구가 부귀한들 무슨 소용이 있는가? 현미와 삼베이불은 나 자신도 가지고 있거늘!" 화가 나 그곳을 떠

나서는 사람들에게 말했다. "공손홍은 몸에 고급스런 옷을 걸
치면서 겉으로는 삼베옷이나 모시옷을 입고 다니고, 집안에
서는 고급스러운 음식을 먹으면서 밖에서는 한 가지 고기만
먹으니, 그의 검소함은 속임수랍니다." 공손홍이 이 얘기를 듣
고서는 부끄러워하며 말했다. "차라리 나쁜 손님을 만날지언
정, 오랜 친구를 만나서는 아니 되겠구먼!"(漢公孫弘起家爲丞相, 食
故人高賀以脫粟飯, 覆以布被. 賀怨曰, "何用故人富貴爲? 脫粟布被, 我自有之!" 怒而
去, 語人曰, "弘身服貂蟬, 外衣麻枲, 內廚五鼎, 外膳一餚. 其儉, 詐也." 弘聞之, 慚曰,
"寧逢惡賓, 不逢故人!")[17]

   위의 고사에 등장하는 전한 무제武帝 때 사람 공손홍(B.C.200-B.
C.121)은 인물평에 있어서 호불호가 갈리는 사람이다. 학교를 세우고 교
육을 진흥시키는 데 큰 공을 세웠으나, 정적을 가차없이 제거하고 이중
적 태도를 보임으로써 지탄의 대상이 되기도 하였으니 말이다.
   위의 예문의 내용도 그의 이런 이중적 태도를 지적하기 위한 것인
듯하다. 자신은 남이 안 보는 데서는 고급 옷과 음식을 향유하면서, 친
구나 손님에게는 야박한 대접을 하였으니, 그의 집을 방문하는 이들 가
운데 누가 그에게 호감을 보일 수 있으랴? 그러나 그렇다고 해서 동네
방네 소문을 내 친구를 헐뜯는 고賀는 또 어찌 평가해야 할까? 누구를
가리켜 잘못이 더 크다고 말해야 할까? '오십보소백보五十步笑百步'라고
나 할까?

---

17 원문에서 '초선貂蟬'은 한나라 이후로 시종관侍從官이 쓰던 모자인 초선관貂蟬冠의 약칭으로
   서 고관의 복장을 상징하고, '오정五鼎'은 다섯 개의 세발솥을 뜻하는 말로서 다섯 가지 맛
   좋은 음식을 비유하기에, 결국 호화스러운 생활이나 높은 봉록을 상징한다.

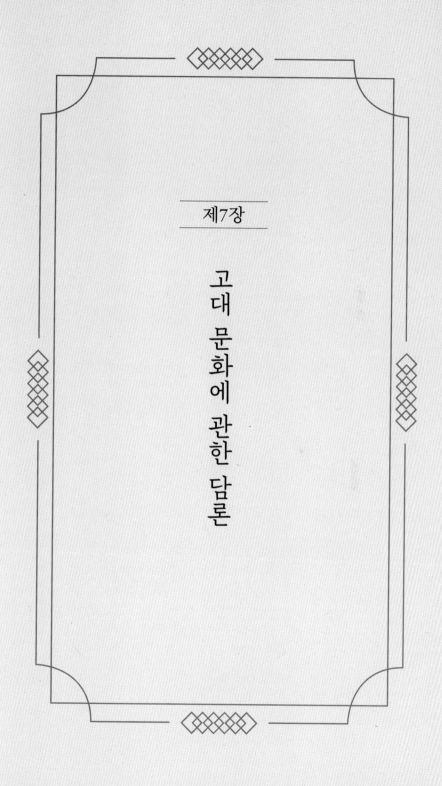

제7장

고대 문화에 관한 담론

1. 그냥 우연의 일치인 것일까?

인류의 역사는 얼마나 됐을까? 지구의 나이인 45억 년 가운데 원시 인류의 등장은 대략 3, 4백만 년 전으로 잡는 듯하다. 그렇다면 고대 중국인들은 어떻게 생각했을까? 물론 고고학이 발달하지 않았던 옛날에는 다분히 상상의 나래를 펼쳐 인류의 역사를 추정하였다. 헌데 우연의 일치인지는 모르겠으나, 그 추론이 서양의 학설과 크게 차이가 나지 않는다. 이에 관한 기록이 당나라 사마정司馬貞이 ≪사기색은史記索隱≫권 30에 첨부한 ≪보사기補史記·삼황본기三皇本紀≫에 전하기에, 아래에 소개해 보고자 한다.

≪춘추경≫의 위서緯書인 ≪춘추명력서春秋命歷序≫에 "천지개벽부터 기린을 잡은 해(B.C.481)까지 도합 327만6천 년을 10기로 나누는데, 인간이 살아온 세대는 7만6천 년이다. 10기 중에 첫 번째를 '구두기'라고 하고, 두 번째를 '오룡기'라고 하고, 세 번째를 '섭제기'라고 하고, 네 번째를 '합락기'라고 하고, 다섯 번째를 '연통기'라고 하고, 여섯 번째를 '서명기'라고 하고, 일곱 번째를 '수비기'라고 하고, 여덟 번째를 '회제기'라고

하고, 아홉 번째를 '선통기'라고 하고, 열 번째를 '유흘기'라고 한다"고 하였다. (春秋緯稱, "自開闢至于獲麟, 凡三百二十七萬六千歲, 分爲十紀, 凡世七萬六千年. 一曰九頭紀, 二曰五龍紀, 三曰攝提紀, 四曰合雒紀, 五曰連通紀, 六曰序命紀, 七曰修飛紀, 八曰回提紀, 九曰禪通紀, 十曰流訖紀.")

상기 예문에서 '기린을 잡았다(獲麟)'는 말은 춘추시대 노魯나라 애공哀公 14년(B.C.481)에 상서로운 동물인 기린이 잡히자, 공자가 ≪춘추경≫의 저술을 중단했다는 의미를 말한다. 즉 춘추시대 말년을 가리킨다. 그리고 중원에 한족이 등장한 역사 시기를 7만6천 년 가량으로 추정하고 있다. 다만 '구두기'니 '오룡기'니 하는 말들은 위서緯書의 저자가 대충 구분한 모호한 시대 명칭에 불과하기에 신빙성은 떨어진다. 그래도 중국의 구석기 문화가 약 2백만년 전에 등장한 것으로 추정하는 것으로 보아, 3백만년 전의 '구두기'와 얼추 비슷하게 떨어지는 것이 신통해 보이기도 한다.

고대 중국인들의 기록들을 살펴보면 과학적 근거가 부족한 예들이 이루 헤아릴 수 없을 정도로 많다. 그러나 개중에는 현대에 들어서 과학적으로 입증된 학설과 대략 엇비슷하게 들어맞는 사례들도 이따금 발견된다. 동서양을 막론하고 사람의 두뇌 활동에 별 차이가 없어서 그러한 것인지, 아니면 단순히 우연의 일치인지 헷갈릴 때가 많다. 필자가 쓸데없는 사항에 대해 지나치게 천착하는 것이라고 지적한다면 할 말은 없다.

2. 폭죽의 유래!

중국에서 폭죽은 언제 처음으로 발명되었을까? 폭죽과 관련한 가장 오래된 기록은 전한 때 동방삭東方朔(B.C.154-B.C.93)이 지었다고 하지만, 실제로는 그로부터 몇 백 년 뒤인 위진남북조 때 저술된, 그래서 위서로 간주되는 ≪신이경神異經≫에 보인다. 송나라 축목祝穆의 ≪고금사문류취古今事文類聚·천시부天時部·원일元日≫전집前集권6에 인용된 ≪신이경≫의 비교적 간략한 기록을 소개하면 아래와 같다.

> 서방의 깊은 산 속에 키가 한 장이 넘는 키다리가 있는데, 사람들이 그를 보면 오한이 들거나 더위를 먹는다. 이름하여 ('산에 사는 키다리'란 의미에서) '산초'라고 한다. 사람들이 매번 대나무를 불 속에 던져 '탁탁' 하고 소리를 내면 산귀신이 놀라서 숨는다. (西方深山中有長人丈餘, 人見之, 則病寒熱, 名曰山魈. 人每以竹着火中, 爆烞有聲, 則山鬼驚遁.)

필자가 대만에서 잠시 유학생활을 할 때, 새벽에 갑작스레 폭죽 소리를 듣고서 깜짝 놀라 잠에서 깬 적이 있다. 명절날도 아닌데 이웃집 사람이 새로 구입한 차를 기념하기 위해 폭죽을 터뜨린 것이다. 시도 때도 없이 터뜨리는 폭죽 소리가 그리 달갑지 않았던 것이 사실이다. 지금 필자가 살고 있는 이곳 강원도 강릉에서는 음력 5월 5일 단오절 행사 때 폭죽으로 밤하늘을 아름답게 수놓곤 한다. 그러나 이따금 단잠을 방해하기도 하니 마냥 반갑지는 않다. 끝으로 송나라 때 왕안석王安石(1021-1086)이 폭죽과 관련하여 지은 칠언절구七言絶句를 한 수 소개하는 것으로 글을 마무리하고자 한다. 원시는 왕안석의 문집인 ≪임천문집臨川文集·칠언절구≫권27에 수록되어 전한다.

〈설날(元日)〉

폭죽 소리 속에 한 해가 저물더니,

봄바람이 온기를 불어 (맛좋은 술인) 도소주가 익었네.

가가호호 집집마다 먼동이 트면,

(악귀를 쫓기 위해) 새로 만든 복숭아나무 인형을 묵은 부적과

바꾸겠지!

爆竹聲中一歲除, 春風送煖入屠蘇. (폭죽성중일세제, 춘풍송난입도소.)

千門萬戶曈曈日, 總把新桃換舊符. (천문만호동동일, 총파신도환구부.)[01]

3. 전족이 예쁘다고?

중국의 다양한 풍습 가운데 고약한 것을 들라면 '전족纏足'을 꼽을
수 있을 듯하다. 전족을 글자 그대로 풀이하면 여자들의 '발을 꽁꽁 싸
매서' 발육을 막는 것을 뜻한다. 그 연유에 대해서는 '여자들이 도망가
지 못 하게 하기 위해서'라고도 하고, '발을 예쁘게 만들기 위해서'라고
도 하고, '발의 꼬린내를 향유하기 위해서'라고도 하는 등 여러 황당하
기까지 한 이유를 드는 것 같다.

전에 누군가 '전족'에 대해 청나라 때 만주족의 풍습이라고 하는 얘
기를 들은 적이 있다. 그러나 이는 그 유래에 대해 잘 모르고 하는 소리
이다. 이에 대한 근거로 송나라 때 저자 미상의 ≪도산신문道山新聞≫에
다음과 같은 기록이 있다. 원서는 오래 전에 실전되고, 예문은 명나라
팽대익彭大翼의 ≪산당사고山堂肆考 · 제속帝屬≫권40에 인용되어 전한다.

---

01 원문에서 '屠蘇'는 설날에 마시는 술 이름이고, '新桃'는 악귀를 물리치기 위해 새로 복숭아
나무를 깎아서 만든 인형을 가리킨다. 고대 중국인들은 악귀가 복숭아나무를 무척 싫어한다
고 믿었다.

(오대십국五代十國 때 남당南唐의 군주인) 후주 이욱李煜의 후궁인 요낭은 용모가 아름답고, 춤을 잘 추었다. 후주는 높이 여섯 자 되는 금련화를 만들어 보석으로 장식해 주고, 요낭에게 비단으로 발을 싸게 하였는데, 작고 발등이 위로 굽은 것이 초승달 모양과 흡사하였다. 하얀 버선을 신고서 금련화 위에서 춤을 출 때, 몸을 돌리면 구름을 나는 듯한 모습을 띠었다. 그래서 당호라는 시인이 시에서 "연꽃 속에 있기에 꽃이 더 예쁘고, 구름 속에 있기에 달이 늘 새롭네"라고 읊은 것도 요낭 때문에 지은 것이다. 이 때문에 후세 사람들도 이를 본받아 부인들의 발은 활처럼 등이 굽고 작은 것을 예쁘다고 생각하였다. 이로써 부인들의 전족은 오대 때부터 비로소 행해졌다는 것을 알 수 있다. (李後主宮嬪窅娘. 纖麗善舞. 後主作金蓮高六尺, 飾以寶物, 令窅娘以帛纏足, 纖小屈上, 如新月狀. 着素襪, 舞金蓮之上, 體勢回旋, 有凌雲之態. 唐鎬詩曰, "蓮中花更好, 雲裏月常新,"[02] 因窅娘作也. 由是後人效之, 婦人之足, 以弓小爲好. 以此知婦人纏足, 自五代以來, 乃爲之.)

오늘날에도 전족을 계속 유지하고 있는 지방이 있는지는 모르겠다. 중국은 땅이 하도 넓어서 어느 곳에서 무슨 일이 벌어지고 있는지 일일이 다 알기가 어렵다. 하지만 만약 아직도 전족이 보존되고 있는 곳이 있다면, 그 폐해에 대한 고발이 인터넷에 오르는 것은 시간 문제가 아닐까? 어쩌면 지금은 완전히 사라진 악습일 수도 있을 듯하다. 다만 어느 여행객으로부터 오지에서 전족을 한 할머니를 본 적이 있다는 얘기를

---

02 인용한 시에서 '연꽃 속에 있기에 꽃이 더 예쁘고, 구름 속에 있기에 달이 늘 새롭네'라고 한 것은 금련화 위에서 춤을 추는 요낭의 아름다운 모습을 '꽃'과 '달'에 빗대어 비유적으로 묘사한 말로 보인다.

들은 적이 있기는 하다.

4. 동양식 계산법을 포기하자!

고대 중국인들은 정월 상순 중 특정 날짜에 생명체를 대입하여 특별한 명칭을 만들어냈다. 즉 정월 초하루 설날은 '닭의 날'(계일雞日), 2일은 '개의 날'(구일狗日), 3일은 '양의 날'(양일羊日), 4일은 '돼지의 날'(저일猪日), 5일은 '소의 날'(우일牛日), 6일은 '말의 날'(마일馬日), 7일은 '사람의 날'(인일人日), 8일은 '곡식의 날'(곡일穀日)이라고 명명하였다. 이상의 배열을 보면 동물의 경우, 그 중요도에 따라 순서를 정한 듯하다. 이를테면 제사에 바치는 희생물에서 양보다 돼지를 중시하고, 돼지보다 소를 중시한 것이 그러한 예이다. 그런데 혹자는 '옛날 농경사회에서는 소가 가장 소중한데, 왜 말이 소보다 뒤에 등장할까?' 라는 의구심을 품을 법하다. 이는 아마도 국방력이란 관점에서 볼 때는 말이 가장 중요한 수단이기 때문이 아닐까 싶다. 그중 고시古詩에서는 '인일'을 소재로 한 작품이 곧잘 등장한다. 이와 관련하여 명明나라 팽대익彭大翼의 ≪산당사고山堂肆考·시령時令≫권8에 수록된 고사를 소개하면 아래와 같다.

수나라 설도형은 자가 현경으로 (산서성) 하동군 분음현 사람이다. 일찍이 (중국이 통일되기 전인 북조北朝 북주北周 때 남조南朝의) 진陳나라에 초빙되었으나, 인일에 고국으로 돌아가고 싶은 생각이 들자 시를 지어 말했다. "새 봄이 온 지 겨우 7일이 되었건만, 집 떠난 지 벌써 2년이 지났구나." 그러자 남방 사람들이 이를 비웃으며 말했다. "누가 이 사람 보고 시를 지을 줄 안다고 말하는가?" 그러나 "내가 돌아가는 것은 기러기가 (북방으로) 돌아간 뒤이겠지만, (고향에 대한) 그리움이 일어나는 것은 봄꽃이 피기 이전이라네"라고 하자, 비로소 희색을 띠며 말했다. "명성은 실로 괜히 전하는 것이 아니로구나!"(隋薛道衡, 字玄卿, 河東汾陰人. 嘗聘陳, 人日思歸詩曰, "入春纔七日, 離家已二年." 南人嗤之曰, "誰謂此虜解作詩?"及云, "人歸落雁後, 思發在花前." 乃喜曰, "名下固無虛士!")

설도형은 시를 통해 자신이 실제로 귀국할 시기는 철새인 기러기가 북쪽 고향 땅으로 돌아가는 때보다 늦어지겠지만, 갓 봄꽃을 볼 수 있는, 혹은 봄꽃이 피기도 전인 '인일'에 이미 고향에 대한 그리움이 간절하게 일어난다고 말하면서, 자신이 집을 떠난 지 2년이 되었다고 하였다. 여기서 '2년'이란 기간을 동양식 관점에 근거해 산술적으로 계산했을 때는 만 7, 8일로부터 만 1년 5, 6일까지 가능하겠지만, 문학적인 관점에서 계산했을 때는 만 7, 8일로 보아야 시적인 효과가 극대화된다. 즉 작년 말경에 집을 떠나 인일까지 고작 7, 8일밖에 안 되는데도, '2년'이란 과장법으로 표현한 것으로 보아야 시의 맛이 감칠나게 잘 살아난다.

그러나 동양식 계산법은 여러 모로 부작용(?)을 낳기도 한다. 연초에 태어나 해가 바뀌어 365일이 지난 사람도 두 살이라고 하고, 연말에 태어나 해가 바뀌어 하루 이틀밖에 안 된 사람도 두 살이라고 하니까 매우 불합리한 측면이 있다. 예전에 사람들이 나이 가지고 '주민등록증 까자!'고 실랑이를 벌이는 모습도 목격하곤 하였다. 서양 사람들처럼 계산은 정확하게 '만滿'으로 하는 게 바람직하지 않을까 싶기도 하다. 그렇다고 대통령 선거에 공약 사항으로까지 등장한 것은 좀 과한 것이 아닐까? 하긴 법으로 정하지 않으면 오랜 풍습을 바꾸기란 지난한 일일 것이다.

5. 박씨들이여 자부심을 가지시라!

필자는 모 인사의 초대를 받아 ○○대학교 공자아카데미에서 '중국 성씨의 유래와 인물 고사'란 주제로 강연을 가진 적이 있다. 여기서는 그때의 강연을 바탕으로 흥미를 끌 만한 일부 내용을 간략히 소개해 보고자 한다. 고대 중국의 성씨는 대부분 지명과 일치한다. 즉 중국인 성씨의 상당수는 지명으로부터 유래하였다고 보아도 무방하다. 그 외에도 대략 고대 제후국 이름인 국호國號나 관직명·작위명·직업·자호字號·시호諡號·피화避禍·피휘避諱·이국異國 등등 다양한 형태의 유래를 가지고 있다. 그중 이 단락에서는 '사마司馬'씨와 '차車'씨를 예로 들어 보겠다.

'사마'씨라고 하면 아마 중국 최초의 정사正史라고 평할 수 있는 《사기史記》의 저자인 전한 때 사관史官 사마천司馬遷(B.C.135-?)을 떠올리는 사람이 많을 것이다. '사마'는 원래 전투마를 감독하는 직책을 뜻하는 말이기에, 요즘으로 말하면 국방부장관에 해당하는 고관을 가리킨다. 원나라 때 저자 미상의 《씨족대전氏族大全》권22의 기록에 의하면, 주周나라 때 제후국인 정程나라의 군주 휴보休父[03]가 천자국에서 대사마大司馬에 오르자, 그 후손 중에 종손이 아닌 자가 조상의 관직을 명예롭게 여겨 이를 자신의 성씨로 삼으면서 생겨났다고 한다. 사마씨의 후손 가운데는 사마천 외에도 한나라를 대표하는 문장가인 사마상여司馬相如(?-B.C.117)와 송나라 때 명재상인 사마광司馬光(1019-1086)을 그 대표적인 인물로 손꼽을 수 있다.

한편 '차'씨는 원래 전田씨와 동성동본이다. 전한 때 전천추田千秋(?-B.C.77)란 사람은 무제武帝의 장남인 여태자戾太子 유거劉據의 원혼을

---

03 '父'는 '멋쟁이 보甫'와 통용자이다.

풀어준 공로로 재상에 올랐다. 그리고 무제는 그가 은퇴한 뒤로도 자문을 구하기 위해 편전으로 불러들였는데, 원래 신하는 궁궐에 도착하면 말이나 수레에서 내려 걸어서 입궐하는 것이 예법이었다. 그러나 전춘추에게만은 수레를 탄 채 입궐할 수 있도록 특혜를 베풀어 주었다. 그래서 당시 그는 '수레를 타고 입궐하는 승상'이란 의미에서 '거승상車丞相'으로 불렸다. 그의 후손 가운데 누군가 이를 가문의 영광으로 여겨 성씨를 '車'씨로 개성하였는데, 수레를 뜻할 때의 발음인 '거(jū)'와 구분하기 위해 성씨의 경우는 발음을 '차(chē)'로 바꾸어 달리하게 되었다. 따라서 바퀴가 두 개 달린 탈거리를 '자전거'라고 하듯이, 바퀴가 네 개 달린 탈거리도 '자동거'라고 하는 것이 원칙에 맞지 않을까? 그러나 어쩌랴? 이미 '자동차'란 말로 쓰이고 있는 것을…… 하긴 예전에는 자전거를 '자전차'로도 발음하였으니, 수레와 성씨의 발음 구분이 무너진 지 오래된 듯하다. 이는 중국어에서도 마찬가지여서 중국인들이 이미 오래 전부터 성씨와 탈거리를 모두 '처chē'라고 발음해 왔으니, 누구를 탓할 일도 아니다.

각설하고, 혹자는 중국의 김金씨도 우리나라 고유의 '김'씨가 중국으로 건너가 귀화해서 생긴 것이라고 하지만, 중국의 '김'씨는 엄연히 자체적으로 생겨난 중국 고유의 성씨이다. ≪씨족대전≫권12에서는 전한 때 흉노족匈奴族의 왕자가 귀순하자, 무제가 그에게 '김일제金日磾'란 성명을 하사해서 생긴 성씨라고 밝히고 있다. 즉 우리나라의 '김'씨와는 별개의 성씨이다. 그러므로 우리나라의 성씨에서 유래하였다고 주장하는 것은 무리일 듯 싶다. 단 '박朴'씨만은 중국에 없는 우리나라의 독자적인 성씨이다. 박씨 가문 사람들이여 자부심을 가지시라!

6. 시진핑은 '갑툭튀'?

중국에는 수많은 성씨가 있다. 옛날에는 두 자로 된 복성複姓도 제법 많았으나, 오늘날에 와서는 복성은 점차 사라지고 단성單姓이 대세인 듯 하다. 예를 들어 우리나라는 '남궁' '독고' '선우' '황보' 등 복성이 10개 내외인 반면, 중국은 원나라 때까지만 해도 80개에 달했다. 개중 '흑치黑齒'(집안에 충치 환자가 많았나 보다!)라는 성씨는 당나라 때 우리나라 백제 의 장수인 흑치상지黑齒常之가 귀화하여 생긴 것이다.

원나라 때 저자 미상의 ≪씨족대전氏族大全≫을 살펴보면, 희귀성인 '습習'씨의 유래와 그 가문 출신 인물들에 대한 정보가 실려 있다. 이 책 에 의하면 '습'씨는 '습나라'라는 상고시대 때 제후국에서 유래한 성씨 ⁰⁴로서 본관은 절강성 동양군東陽郡이다. 헌데 습씨 가문에서 이름을 떨 친 사람은 진晉나라 때 습착치習鑿齒(?-383)란 인물이 거의 유일하다. 당 시에는 문장가로 이름을 떨쳤다고 하나, 그의 글이 대부분 실전되어 중 국문학을 전공하는 학자들에게조차도 잘 알려져 있지 않은 인물이다. ≪씨족대전 · 습씨≫권21에 수록된 그에 얽힌 고사를 한 토막 소개하면 다음과 같다.

> 승려 도안이 습착치와 대면한 자리에서 "하늘을 노니는 석 도안입니다!"라고 자신을 소개하자, 습착치는 "천하를 주름잡 는 습착치입니다!"라고 대답하였다. 그래서 당시 사람들은 멋 진 응대라고 평하였다. (桑門道安與之相見曰, "彌天釋道安!" 習曰, "四海習鑿

---

04 '성姓'은 모계로부터 나온 것이라서 '강姜'이나 '희姬'처럼 '女'가 붙은 한자가 주종을 이루 고, '씨氏'는 부계로부터 나온 것으로 지명 · 관직 · 직업 · 경험 등 그 유래가 다양하다. 따라서 '성'과 '씨'는 엄연히 다른 말이지만, 지금은 개념의 경계가 허물어져 혼용되고 있다.

齒!" 時以爲佳對.)[05]

2천년 가까이 습씨 가문의 인물을 보지 못 하였기에, 필자는 습씨 가문이 대가 끊겨 성씨가 사라진 줄 알았다. 그러다가 근자에 와서야 불쑥이 성씨를 가진 인물을 마주하게 되었다. 바로 지금 중국의 국가 주석인 시진핑[06](習近平)이다. 왜 그 동안 습씨 가문에서 유명인사가 배출되지 않았는지 궁금하면 중국을 방문하여 시진핑에게 물어보시라!

7. 제사를 폐기해야 할까? 보존해야 할까?

우리나라도 마찬가지겠지만, 자연 현상에 대해 과학적 지식이 부족했던 고대 중국인들은 여러 공포의 상징물을 대상으로 제사를 지냈다. 농업·어업·임업 중심의 사회였던 옛날에는 국가적 차원에서 천신天神이나 지기地祇(지신地神), 산신령, 수신水神은 물론이고, 조상신이나 주변 사물들마저도 제사의 당사자로 선정하여 때가 되면 주기적으로 제사를 올리곤 하였다. 이는 민간에서도 예외가 아니어서 심지어 집안 곳곳의 사물을 상대로 제사를 올리기까지 하였다. 여기서는 그중 오행의 원리를 응용한 '오사五祀'에 대해 담론을 전개해 보고자 한다. 먼저 이에 관한 간략한 기록을 소개하면 다음과 같다.

---

05 원문에서 '상문桑門'은 인도어의 음역으로 승려를 뜻하고, '석釋'은 석가모니의 성씨에서 따온 말로 승려의 법호 앞에 붙이는 존칭이다.

06 뉴스 때문인지 우리말로 '습근평'이라고 표기하면 왠지 어색하기에 중국어 발음으로 표기하였다.

‘오사’란 무슨 말일까? 문·지게문·우물·부뚜막·안방을 관장하는 신에게 지내는 제사를 말한다. 제사를 올리는 연유는 무엇일까? 사람들이 거처하면서 출입하는 곳이고, 음식을 마시고 먹고 하는 곳이기에, 신을 정해 제사를 올리는 것이다. ‘오사’가 문·지게문·우물·부뚜막·안방을 관장하는 신에게 지내는 제사를 말한다는 것을 어떻게 알 수 있을까? 《예기·월령》권14에 “지게문 신에게 제사를 지낸다”고 하고, 또 (《예기·월령》권15에) “부뚜막 신에게 제사를 지낸다”고 하고, (《예기·월령》권16에) “안방 신에게 제사를 지낸다”고 하고, “문 신에게 제사를 지낸다”고 하고, “우물 신에게 제사를 지낸다”고 하였다. (五祀者, 何謂也? 謂門·戶[07]·井·竈·中霤也. 所以祭, 何? 人之所處出入, 所飮食, 故爲神而祭之. 何以知五祀謂門·戶·井·竈·中霤也? 月令曰, “其祀戶,” 又曰, “其祀竈,” “其祀中霤,” “其祀門,” “其祀井.”)

　위의 기록은 후한 반고班固(32-92)가 지은 《백호통의白虎通義·오사五祀》권상에 적혀 있는 문구이다. 이에 의하면 우리들 일상생활의 기본 요소인 의식주와 관련하여, 사람의 이동상 안전을 기원하기 위해 대문은 물론 지게문에도 제사를 지냈고, 식생활과 직결된 우물이나 부뚜막에도 제사를 지냈으며, 평안한 수면을 위해 안방에다가도 제사를 지냈다는 것이다. 이를 ‘오행五行’과 연계시켜 봄(木)에는 지게문(戶) 신에게, 여름(火)에는 부뚜막(竈) 신에게, 한여름(土)에는 안방(中霤) 신에게, 가을(金)에는 대문(門) 신에게, 겨울(水)에는 우물(井) 신에게 제사를 지냈다고 한다. 삶이 얼마나 팍팍하고 불안했으면 이런 다양한 미신적인 행사까지 생겨났을까?

07　지게문 내지 결문을 뜻하는 ‘호戶’자 대신 도로(길신)를 뜻하는 ‘행行’자로 적힌 판본도 있다.

예전에는 음력 설날인 구정舊正에만 제사를 지냈지만, 요즘은 양력 설날인 신정新正에도 제사를 지내는 사람들이 있는 듯하다. 심지어 이마저도 생략하는 집안도 있는 것 같다. 필자는 장남이 아니라서 제사를 책임지지 않는다. 명절 때 큰형님 댁을 방문하여 조상신에게 지내는 제사에 참석할 뿐이다. 그러나 큰조카는 큰형님 내외가 돌아가신 뒤에는 제사를 지내지 않겠다고 이미 공언하였다. 과연 미신적이고 비효율적인 제사 문화를 폐지하는 것이 맞는 것일까? 아니면 갈수록 소원해지는 친족간의 단합을 위한 미풍양속의 일환으로서 계속 보존하는 것이 옳은 일일까? 그저 알쏭달쏭하기만 하다. 그런데 코로나바이러스라는 의외의 복병 때문에 이것마저도 헛된 바람에 그치지나 않을까 염려스럽다.

8. 고대 중국의 지진감지기의 성능은 어떠했을까?

우리나라 사람들도 요즘 들어서 이따금 발생하는 지진 때문에 무척 신경이 예민해진 듯하다. 필자가 사는 이곳 강릉에서도 몇 차례 지진을 감지한 적이 있다. 반면 중국은 지진이 하나의 재앙으로 기정사실화되어 있는 듯하다. 특히 서남부 지역인 사천성 일대에서는 잦은 지진의 발생으로 인해 수많은 사상자가 발생한 적이 한두 번이 아니었던 것으로 기억한다.

과학적 지식이 부족했던 고대 중국인들은 지진에 대해 더 예민한 반응을 보일 수밖에 없었다. 오죽했으면 황제가 부덕해서 일어나는 재앙이라고 여겨 최고 권력자 탓으로 돌리기까지 하였을까? 그러나 단순히 통치자의 책임으로 돌리기에는 한계가 있기에, 그들 스스로 지진을 예측할 수 있는 기기를 발명하고자 노력하기도 하였다. 이에 관한 기록이 명나라 팽대익彭大翼의 ≪산당사고山堂肆考·지리地理≫권15에 전하기에 아래에 소개해 본다.

　　후한 장형은 자가 평자로 (하남성) 남양현 사람이다. ('풍향을 살피고 지진을 감지하는 의기'라는 의미에서) '후풍동지의'라는 기구를 만들었는데, 순정한 구리로 주조하였다. 그 기계는 지름이 여덟 자이고, 덮개 부분이 높이 솟아 있어 모양이 술동이 비슷한데, 전서체와 산·거북·날짐승·들짐승의 형상을 새겨 넣었다. 그릇 중앙에는 구리 기둥이 있고, 옆으로 여덟 개의 통로를 내서 기관 장치를 설치하였다. 밖으로는 여덟 개의 용 머리를 만들어 각각 구리 탄환을 입에 물게 하고, 아래로는 두꺼비를 만들어 입을 벌리고 그것을 받게 하였다. 땅이 혹시라도 움직이면 그 방향을 따라 용이 구리 탄환을 뱉어냈다. 그러면 관찰하는 사람이 이를 따라 지진이 일어나는 곳을 감지할 수 있었다. (東漢張衡, 字平子, 南陽人. 作候風動地儀, 以精銅鑄. 其器圓徑八尺, 蓋合隆起, 形似酒罇, 飾以篆文及山·龜·鳥·獸之狀. 罇中有都柱, 旁行八道, 施關發機. 外有八龍首, 各銜銅丸, 下有蟾蜍, 張口承之. 地或動, 則隨其方面, 龍吐銅丸. 伺者因此, 乃知震動之所在.)

　　위의 예문에 등장하는 장형張衡(78-139)은 후한 때 사람으로서 당시 문장가로도 이름을 널리 알린 인물이다. 그런 그가 풍향을 살피고 지진을 예측할 수 있는 기계인 '후풍동지의'를 발명했다는 것이다. 게다가 그 생김새와 작동 원리에 대해 비교적 상세하게 기술하고 있다. 그러나 그것이 얼마나 제 기능을 발휘했는지는 현재로서 확인할 길이 없다. 다만 고대에도 중국인들에게 지진이 무시할 수 없는 골칫거리였다는 점만은 분명하다는 사실을 알 수 있다. 일본의 원전 사고를 목격한 데다가,

우리나라도 지진으로부터 안전 지대가 아니라는 인식이 퍼지면서, 원자력 발전에 대한 이슈가 정치적으로 쟁점화되기까지 한 일이 있다. 과학자들의 객관적이고 합리적인 판단을 근거로 이 문제가 잘 정리되기를 바란다.

9. 웃고 노래하는 데는 지장이 없다오!

흔히 중국인들은 대국적인 기질이 있다고 한다. 그러면서도 여러 가지 측면에서 비난의 화살을 날리기도 한다. 이를테면 '너무 시끄럽다' 느니, '뻥이 너무 심하다' 느니, '목욕을 잘 하지 않아서 더럽다' 느니 하면서, '어쩌구 저쩌구……' 악담을 늘어놓기까지 한다. 그러나 그들 전체에 대해 몇 마디로 정의를 내리려고 하지는 말아야겠다. 한국인들도 사람마다 개성과 성향이 다르듯이, 중국인들도 사람에 따라 개인차가 심하므로, 특정 민족에 대해 한두 마디로 평가절하하는 것은 별로 설득력이 없어 보인다.

자고이래로 중국인들에게는 확실히 통큰 면이 있는 듯하다. 진晉나라를 좌지우지했던 왕王씨와 사謝씨라는 양대 권문세가 가운데, 사씨 가문 출신으로 사곤謝鯤(281-324)이란 인물이 있었다. 그는 ≪노자≫와 ≪역경≫을 좋아하고, 도가사상을 추종하였다. 그래서 당대를 대표하는 화가인 고개지顧愷之(341-402)로부터 "이 사람은 자연 속에서 살게 내버려두는 것이 마땅할 것이오(此子宜在丘壑中)"라는 평을 들었다고 한다. 그의 호방한 성품을 엿볼 수 있는 일화가 ≪진서晉書·사곤전≫권49에 전하기에 아래에 소개해 본다.

사곤은 자가 유여로 이웃집 여인 고씨가 용모가 아름다운 것을 보고서 그녀를 유혹하였는데, 그 여자가 베틀북을 집어 던지는 바람에 이빨이 두 개나 부러지고 말았다. 당시 사람들이 "방자하기 그지없더니 유여(사곤)가 이빨이 부러졌네"라고 놀렸지만, 사곤은 한참 웃으며 말했다. "그래도 웃고 노래하는 데는 지장이 없다오!"(謝鯤, 字幼輿, 見鄰女高氏貌美, 挑之, 女投梭, 折其兩齒. 時人語日, "任達不已, 幼輿折齒." 鯤長笑日, "猶不廢我笑歌!")

필자도 어렸을 때 이빨이 부러진 경험이 있다. 중학교 시절 축구를 할 때 동기생이 머리받기를 하면서 공 대신 내 턱을 들이받는 바람에 아랫니가 쪼개진 것이다. 치과에서 보정을 했지만 몇 년마다 재치료를 해야 했기에, 이제는 포기하고 생긴 대로 살고 있다. 이빨이 부러져도 웃고 떠드는 데 지장이 없다고 너털웃음을 터뜨리며 대수롭지 않게 여기는 사곤의 풍모가 부럽긴 하다. 이제 얼마 남지 않은 생! '허허!' 하며 살아갈 수 있는 여유를 늘 유지할 수 있으면 좋겠다.

10. 요일 이름은 도대체 누가 만들었지?

동양을 지배해 온 사상 가운데 많이 거론되는 것으로 '음양오행설陰陽五行說'을 꼽을 수 있다. 요즘 우리가 사용하는 요일 이름은 영어의 Sunday·Monday·Tuesday·Wednesday·Thursday·Friday·Saturday를 한자로 옮긴 것이다. 이를 각기 서양 신화의 유래에 맞춰 한자로 일·월·화·수·목·금·토요일로 번역하였다는 것이 통설인 듯하다. 아마도 동서양을 막론하고 두려움의 대상인 하늘에서 육안으로 쉽게 관찰할 수 있는 것이 해·달·화성·수성·목성·금성·토성이었기 때문일 것이다.

그런데 각 요일의 명칭 배열을 보면 참으로 어색하기 그지없다. 아마도 서양문물을 먼저 받아들인 일본인들이 영어에 맞추다 보니까, 지금 우리가 사용하고 있는 형태로 각 요일의 이름을 지은 것이 아닐까 싶다. 그러나 중국의 전통적인 관점에서 말한다면 이러한 배열은 그 원리가 정체불명이다. 만약 전통적인 음양오행설에 입각해 명명한다면, 일요일·월요일·목요일·화요일·토요일·금요일·수요일과 같은 방식으로 이름을 지어야 한다.

오행의 변화에는 상생설相生說과 상극설相克說이 있다. '상생설'은 나무(木)가 불(火)을 낳고(인류 최초 불의 발명을 연상해 보시라!), 불이 흙(土)을 낳고(화산재를 연상해 보시라!), 흙이 쇠(金)를 낳고(탄광을 연상해 보시라!), 쇠가 물(水)을 낳고(금속 액체를 연상해 보시라!), 물이 나무(木)를 낳는다(생명체가 물에서 시작되었다는 과학 이론을 연상해 보시라!)는 것이고, '상극설'은 나무를 쇠가 이기고(도끼를 연상해 보시라!), 쇠를 불이 이기고(용광로를 연상해 보시라!), 불을 물이 이기고(화재 진압을 연상해 보시라!), 물을 흙이 이기고(빗물이 흙속으로 스미는 것을 연상해 보시라!), 흙을 나무가 이긴다(새싹이 흙을 뚫고 솟아나오는 것을 연상해 보시라!)는 것이다. 즉 상생설은 '목→화→토→금→수→목'으로 순환하고, 상극설은 '목→금→화→수→토→목'으로 순환한다. 이것에 과학적 근거가 부족하다 해도, 중국인들의 사유체계에서는 이러한 순환 논리가 여러 이론의 근저가 되어 왔다. 그래서 왕조의 교체는 상극설에 의한다고 본 반면,(상생설로 보는 견해도 있다) 자식을 낳아 이름을 지을 때는 반드시 상생설에 근거하여 작명하였다. 작명할 때 만약 '상극설'을 따른다면 자식이 부모를 죽이는 참상이 연상되기 때문이다. 그러나 현재 상용하고 있는 요일의 배열은 상생설에도, 상극설에도 근거하고 있지 않다. 즉 족보를 알 수 없는 사생아와 같은 결과물이다.

점술가들이 점을 치는 것도 그 기본 원리는 음양오행설에 근거하는 경우가 많다. 단 '팔자'는 믿지 마시라! 오늘날이야 서기 몇년 몇월 몇일 몇시로 시간을 나타내지만, 옛날에는 십간十干과 십이지十二支를 활용하여 '갑자년 갑자월 갑자일 갑자시'와 같은 형태로 표기하였다. 연월일시의 한자들을 한데 모으면 여덟 자, 즉 '팔자가 사납다'고 할 때의 그 '팔자八字'가 된다. 내가 무슨 해, 무슨 달, 무슨 일, 무슨 시에 태어난 것이 내 운명과 무슨 관계가 있으랴? 불운하거나 우울한 일이 있어서 점을 보러 가고 싶으면, 점술가의 말을 액면 그대로 믿을 게 아니라, 그냥 순간의 위안거리로 삼는 것이 바람직하리라 생각한다. 악의를 가지고 하는 말은 아니니, 전국의 철학관 주인들의 양해를 구한다.

11. 왜 '한강漢江'이라고 할까?

우리는 자라면서 음양오행설이나 사주팔자와 관련하여, 어른들로부터 '기왕이면 다홍치마'이니 굳이 미신이라고만 따지지 말고 한번 따르라는 말을 들은 적이 있을 듯 싶다. 고대 중국인들도 서민뿐만 아니라 나라를 다스리는 조정에서조차 국가의 전장제도를 마련하는 데 음양오행설을 적용하였다. 이와 관련하여 국호나 지명에 얽힌 기록을 한 편 소개해 보고자 한다. 원문은 당나라 말엽 사람인 이부李涪가 지은 ≪간오刊誤≫권하에 다음과 같이 전한다.

한나라는 화덕으로 천하를 통일하였다. 후한은 (하남성) 낙양에 도읍을 정했는데, 글자 옆에 '물 수水'가 있고, 물이 불을 이기기에 '새 추隹'자를 따랐다. 수나라는 (북조 때) 북위北魏·북주北周·북제北齊가 안정을 이룰 겨를이 없었기에, 문제가 이를 싫어하여 마침내 (隨'에서) '달릴 주辵'자를 제거하고 단순히 '수隋'로 썼다. 그래서 지금의 '락洛'자는 '물 수' 부수의 '락洛'자와 '새 추' 부수의 '락雒'자가 있게 되었고, '수隨'자는 '달릴 주'가 있는 '수隨'자와 '달릴 주'가 없는 '수隋'자가 있게 되었다. 무릇 문자는 정치를 이루는 근본이거늘, 어찌 한나라와 수나라 두 왕조 때 불경한 문자를 기피했다고 해서 그대로 본받을 수 있겠는가? 이제 의당 고문자를 따라 '새 추'를 제거하여 '락洛'자로 쓰고, '달릴 주'가 있는 '수隨'자로 써야 할 것이다. (漢以火德有天下. 後漢都洛陽, 字旁有水, 以水尅火, 故就隹. 隨以魏·周·齊不遑寧處, 文帝惡之, 遂去走, 單書隋字. 故今洛字有水, 有隹, 隨字有走, 無走. 夫文字者, 致理之本, 豈以漢·隨兩朝不經之忌, 而可法哉? 今宜依古文, 去隹書走.)

앞에서도 한번 언급한 적이 있듯이, 역성혁명易姓革命이 일어나면 각 왕조마다 오행의 기운을 달리 추종하였다. '목木-화火-토土-금金-수水'의 '오행상생설五行相生說'에 따르면, 주周나라는 목덕木德을, 그 다음의 한漢나라는 화덕火德을 숭상한 것이 그러한 예이다. 그래서 한나라 때는 불을 이기는 물을 금기시하여, 낙수 북쪽(陽)에 마련한 수도인 하남성 낙양洛陽의 '낙洛'자를 '물 수水' 부수가 아닌 '새끼새 추隹' 부수인 '낙雒'으로 대체했다는 것이다.

각설하고, 필자는 우리나라 수도인 서울을 왜 예전에는 '한양漢陽'이라고 했는지 의아스럽다. '한양'은 '낙양'이란 어휘와 마찬가지로 도성이 한강漢江 북쪽(陽)에 위치했기에 생긴 명칭이다. 헌데 우리나라는 전통적으로 국호나 지명에 '대한민국大韓民國'이나 '삼한三韓'처럼 '韓'자를 사용해 왔기에 '韓陽'으로 표기해야지, 중국의 강물인 한수漢水의 '漢'을 굳이 사용할 필요가 있었을까? 이에 대해서는 그 유래를 모르겠기에 독자 여러분의 지도편달을 바란다.

12. 눈에 보이는 게 다가 아니다!

몇 해 전 개천절에 멀리 서울서 동기 부부가 나들이 차 강릉을 방문하여 강릉에 거주하는 또 다른 동기와 함께 셋이서 오랜만에 낮술의 진수를 맛보았다. 그 자리에서 대화 중 한 친구가 '눈에 보이는 게 다가 아니다!'라는 명언을 꺼내 문득 아이디어가 떠올랐기에, 이와 관련 있는 중국의 고사를 가지고 담론을 전개해 보고자 한다.

주지하다시피 중국인들이 성인으로 떠받드는 춘추시대 노魯나라 공자도 한평생 많은 실수를 범하였다. 더욱이 반대파인 도가사상가들로부터 체면이 구길 정도로 농락의 대상이 된 적도 있다. 실화인지는 알 수 없지만, 그중에서도 자신의 수제자인 안회顔回를 의심한 일화는 공자에게는 매우 뼈아픈 경험이 아닐 수 없었을 것이다. 구체적인 내용은 《여씨춘추呂氏春秋 · 심분람審分覽 · 임수任數》권17에 수록되어 전하는데, 이를 소개하면 다음과 같다.

> 공자는 진陳나라와 채蔡나라 사이에서 곤경에 처해 명아주 국조차도 먹지 못 하고, 일주일이나 밥 구경을 못 한 채 낮잠에 들었다. 안회가 쌀을 구해 밥을 지었는데, 거의 익을 무렵이 되었다. 공자가 멀리서 보니 안회가 솥 안에 손을 넣어 그것을 먹고 있었다. 얼마 뒤 밥이 다 되어 공자를 찾아뵙고 음

식을 바쳤다. 공자는 짐짓 그것을 못 본 척하였다. 공자가 일어나 말했다. "방금 꿈에 선친을 뵈었는데, 음식이 깨끗해야 제사 음식으로 바칠 수 있을 것일세." 그러자 안회가 대답하였다. "아니 됩니다. 좀전에 그을음이 솥 안으로 들어갔는데, 음식을 버리는 것은 상서롭지 못 하기에, 제가 손을 넣어 그것을 먹었습니다." 공자가 탄식하며 말했다. "믿을 것은 눈이지만 눈도 믿을 수 없고, 믿을 것은 마음이지만 마음도 믿을 수가 없구나. 제자들아! 이를 꼭 기억해 두거라! 사람을 아는 것이 정말로 쉽지 않다는 것을!"(孔子窮乎陳蔡之間, 藜羹不糝, 七日不嘗粒, 晝寢. 顔回索米, 得而爨之, 幾熟. 孔子望見顔回攫其甑中而食之. 選間, 食熟, 謁孔子而進食. 孔子佯爲不見之. 孔子起曰, "今者夢見先君, 食潔而後饋." 顔回對曰, "不可. 嚮者煤炱入甑中, 棄食不祥, 回攫而飮之." 孔子歎曰, "所信者目也, 而目猶不可信, 所恃者心也, 而心猶不足恃. 弟子! 記之! 知人固不易矣!")

공자는 제자인 안회가 먼저 배를 채우기 위해 남몰래 제사 음식에 손을 댔다고 의심을 한 것이다. 그러나 실제로는 그을음을 제거하기 위한 행동이었다. 그래서 자신의 눈도 믿을 수 없고, 마음도 믿을 수 없다고 개탄한 것이다. 공자의 말처럼 현세를 사는 우리도 너무 자신이 목도한 것만 믿는 것은 아닌지 성찰할 필요가 있을 듯하다. 더욱이 자신이 본 것이 모두 진실이 아닐 가능성이 있다면, 더 더욱 신중에 신중을 기해야 하지 않을까 싶다.

13. 자기 자식은 손수 가르치지 않는 법!

이 세상에 남에게 과외수업을 시키고 싶은 사람이 어디 있을까? 금

전적인 문제는 차치하고서라도, 타인을 100% 신뢰할 수 없으니 하는 말이다. 그러나 자기 자식을 직접 가르치는 것은 보통 어려운 일이 아니다. '자식을 가르칠 정도로 실력을 구비하고 있느냐?' 하는 문제는 차치하고서라도, 정작 자식한테 '이것도 몰라?'라고 언성을 높이며 감정이 앞서 손부터 올라가는 일을 우리는 누구나 한번쯤 경험해 보았을 법하기 때문이다.

이는 옛 사람들도 마찬가지여서 자기 자식은 직접 가르치지 말라는 교훈을 고대 중국인도 이미 남긴 적이 있다. 이에 관한 고사가 유가儒家의 대표적 저서인 ≪맹자孟子·이루상離婁上≫권7에 수록되어 전하기에, 아래에 한번 소개해 보고자 한다.

　　(전국시대 추鄒나라) 공손추가 말했다. "군자가 자기 자식을 가르치지 않는 것은 어째서입니까?" 맹자가 대답하였다. "형편상 그리하지 않는 것입니다. 가르치는 사람은 반드시 바른 태도로 해야 하는데, 바른 태도로 행하지 않다 보면 뒤를 이어 화를 내게 됩니다. 뒤를 이어 화를 내게 되면, 도리어 부자지간의 정을 해치게 됩니다. '선생님은 저에게 바른 도리를 가르치면서도, 선생님은 바른 도리에서 출발하지 않고 있습니다'라고 한다면, 이는 부자지간에 서로 해악을 끼치는 것입니다. 부자지간에 서로 해악을 끼치는 것은 나쁜 일입니다. 옛날에는 자식을 바꿔서 가르쳤기에, 부자지간에 선을 요구하지 않았습니다. 선을 요구하면 서로 멀어지고, 서로 멀어지면 이보다 더 불길한 일은 없을 것입니다."(公孫丑曰, "君子之不教子, 何也?" 孟子曰, "勢不行也. 教者必以正, 以正不行, 繼之以怒. 繼之以怒, 則反夷矣. '夫子教我以正, 夫子未出於正也.' 則是父子相夷也. 父子相夷, 則惡矣. 古者易子而教之, 父子之間

不責善. 責善則離, 離則不祥莫大焉.")

'사람은 태어나면서부터 선하다'는 성선설性善說을 주창했다는 맹자마저도 자식 교육에 감정이 쉽게 앞서는 점을 경계하였다는 것을 알 수 있다. 그런데 이를 뒤집어서 생각하면, 성현으로 추앙받는 맹자 역시 자식 교육에 감정이 앞서 실수를 범하는 경험을 한 적이 있었다는 말로 해석할 수도 있을 듯하다. 맹자라고 해서 별 수 있었으랴? 그도 그냥 인간인 것을……

14. 세상에 이보다 더 멍청한 사람이 있을까?

동양이든 서양이든 이 세상에는 재미있는 얘기가 많이 전한다. 서양에 ≪이솝 우화≫가 있듯이, 중국에는 ≪소림笑林≫ 같은 소화집笑話集이 존재했었다. 요즘은 주로 TV에서 개그맨들이 우스운 장면을 많이 연출하지만, 중국 고대 우화 가운데서도 엉뚱하고 우스꽝스러운 이야기가 제법 많다. 그중 얼토당토않은 고사를 하나 소개해 보고자 한다. 원문은 전국시대 여불위呂不韋(?-B.C.235)가 지었다고 하는 ≪여씨춘추呂氏春秋 · 자지自知≫권24에 아래와 같이 전한다.

(전국시대 때) 어느 백성이 종(쇠북)을 얻어 짊어지고 가려고
하니, 종이 너무 커서 짊어질 수가 없어 몽둥이로 그것을 깨려
고 했지만, 종이 '쨍!' 하고 소리를 내는 바람에 다른 사람이 이
소리를 듣고서 자신에게서 빼앗을까 염려하여 서둘러 자신의
귀를 틀어막았다. (百姓有得鐘者, 欲負而走, 則鐘大不可負, 以椎毁之, 鐘況然

有音, 恐人聞之而奪己也, 遽揜其耳.）

위의 고사는 등장 인물도 불분명하고, 그 배경이 되는 시기도 불명확하다. 다만 원서가 전국시대 때 나온 것이기에 대략 그 무렵에 생성된 우화로 추정할 수 있을 뿐이다. 그리고 원문에 등장하는 '황연況然'이란 한자어는 금속이 깨지는 소리를 형용하는 중국 고유의 의성어이다. 헌데 자신의 귀를 막는다고 종이 깨지는 소리가 남에게도 들리지 않을 것이라고 생각했다니? 세상에 이런 멍청한 사람이 어디 있을까? 그래도 그냥 웃어버리고 말기에는 왠지 허무한 느낌이 든다. 어쨌든 위의 우화로부터 본의가 '귀를 막은 채 방울(혹은 종)을 훔친다'는 의미이면서 어리석은 행동을 비유하는 말인 '엄이도령掩耳盜鈴'[08]이란 고사성어가 생겨났다.

위의 장면을 상상하다 보면, 예전에 어느 개그맨이 텔레비전에 출연하여 펼친 개그 한 토막이 불현듯 떠오른다. 등이 가려운데 손이 닿지 않자, 먼저 벽을 '박박!' 긁은 뒤 가려운 등을 벽에다가 대고서는 '아! 시원하다!'라고 '멘트'를 날리는 것이었다. 자기 귀를 막고서 남에게도 소리가 안 들릴 것이라고 생각하는 것만큼이나 우스꽝스러운 짓이 아닐까 싶다. 그런데 너무나도 오래 전 일이라서 그 개그맨의 예명이 잘 떠오르지 않는다. '맹구'라고 했던가?

---

08 '엄掩'은 '엄揜'의 이체자異體字이고, '령鈴'은 '종鐘'으로도 쓴다.

15. 조각할 때 코는 크게 만들고 눈은 작게 만들라!

누구나 한번쯤은 어렸을 때 미술 시간에 조각을 한답시고 조각칼을 가지고 놀다가 손을 다쳤을 법하다. 고대 중국인들이 만들어낸 고사 가운데 조각과 관련이 있는 이야기가 한 가지 있기에, 여기서는 이것을 가지고 담론을 전개해 보고자 한다.

흔히 ≪한비자韓非子≫는 법가사상을 대표하는 저서로 널리 알려져 있다. 그러나 법가사상을 피력했다고 해서 딱딱하고 이론적인 얘기만 실려 있는 것은 아니다. ≪한비자≫에는 재미있는 우화가 많이 전하는데, 그중 조각과 관련된 고사가 있다. 원문은 ≪한비자韓非子 · 설림하說林下≫권8에 아래와 같이 전한다.

> 환혁이 말했다. "조각의 이치란, 코는 차라리 크게 만드는 것이 낫고, 눈은 차라리 작게 만드는 것이 낫다. 코는 크면 작게 할 수 있지만, 작으면 크게 할 수 없다. 눈은 작으면 크게 할 수 있지만, 크면 작게 할 수가 없다. 매사가 다 그러하니, 되돌릴 수 없다는 것을 생각한다면, 일을 망치는 경우가 적을 것이다."(桓赫曰, "刻削之道, 鼻莫如大, 目莫如小. 鼻大可小, 小不可大也, 目小可大, 大不可小也. 擧事亦然, 爲其不可復者也, 則事寡敗矣.")

환혁이란 사람이 누군인지는 알려지지 않았다. ≪한비자≫에 실린 위의 고사 외에는 이 사람에 대해 언급한 기록이 보이지 않기 때문이다. 아마도 ≪한비자≫의 저자로서 전국시대 한나라 왕족 출신인 한비韓非와 동시대를 살았던 사상가이거나 미술계 인사인 듯하다. 헌데 조각을 빌어 세상을 살아가는 이치를 설명한 것이 제법 그럴싸하다. 조각을 할 때 코는 일단 크게 만들어야지 작게 만들어 시작하면 크기를 되돌릴 수 없고, 눈은 일단 작게 만들어야지 크게 만들어 시작하면 역시 크기를 되돌릴 수 없다는 지극히 상식적인 이론을 바탕으로 이야기를 전개하고 있다. 세상사도 마찬가지일 것이다. 앞날을 생각하고 신중하게 처리해야지, 일단 잘못된 상황으로 발전하면 다시 원위치로 되돌리는 것이 불가능하다는 말이다. 누군들 이러한 이치를 모르리오? 그러나 알면서도 매번 실수를 반복하는 것이 인간의 한계가 아닐까? 곱씹어 볼수록 지극히 타당한 얘기지만, 실천하기가 쉽지 않으니 그것이 문제로다!

16. 누가 더 뛰어나다고 말할 수 있을까?

우리는 살아오면서 불가해한 사안에 대해 끙끙거리며 고민을 해본 경험이 한 번쯤은 있지 않을까? 이와 관련하여 시사하는 바를 던져주는 고사가 한 편 있기에, 이 자리를 빌어 소개해 보고자 한다. 원문은 전국시대 때 진秦나라 사람 여불위呂不偉(?-B.C.235)가 문객들과 함께 지었다고 알려진 ≪여씨춘추呂氏春秋·군수君守≫ 권17에 전한다.

(춘추시대 때) 노나라 국경에 사는 사람이 송나라 원왕에게 매듭을 선물로 주자, 원왕이 나라에 명령을 내려 솜씨가 좋은 사람들이 매듭을 풀러 찾아왔다. 그러나 아무도 그것을 풀 수 있는 사람이 없었다. 예열의 제자가 그것을 풀러 가겠다고 청하여 결국 그중 하나를 풀었지만, 나머지 하나를 풀지 못 하고는 말했다. "풀 수 있는 것이 아니라서 저는 풀지 못 한 것이니, 확실히 풀 수 없는 것입니다." 이를 노나라 국경에 사는 사

람에게 묻자, 그 사람이 대답하였다. "맞는 말입니다. 확실히 풀 수 없는 것입니다. 저는 그것을 만들었기에, 그것이 풀 수 없는 것이라는 사실을 잘 알고 있습니다. 헌데 이제 직접 만들지 않고서도 그것이 풀 수 없는 것이라는 사실을 알아냈으니, 이 사람은 저보다도 솜씨가 뛰어납니다." 따라서 예열의 제자와 같은 사람은 풀지 않고서도 그것을 푼 것이다. (魯鄙人遺宋元王閑, 元王號令於國, 有巧者皆來解閑. 人莫之能解. 兒說之弟子請往解之, 乃能解其一, 不能解其一, 且曰, "非可解而我不能解也, 固不可解也." 問之魯鄙人. 鄙人曰, "然. 固不可解也. 我爲之而知其不可解也. 今不爲而知其不可解也, 是巧於我." 故如兒說之弟子者, 以不解解之也.)

예문에서 '폐閑'는 매듭을 뜻하는 말이고, '원왕元王'은 공식 명칭이 '원공元公'이지만, 여기서는 후인에 의해 극존칭으로 승격된 변형 용어에 해당하며, '예열兒說'의 '兒'는 오늘날에는 주로 '아동兒童'의 '兒'처럼 어린아이를 뜻하는 한자로 쓰이고 있지만, 여기서는 성씨인 '예倪'의 본글자이다. 고사는 풀 수 없는 매듭을 만든 사람보다도 그것이 난해함을 알아챈 사람의 능력이 더 뛰어나다는 점을 말하기 위해서 만들어진 것으로 보인다.

세상에는 말로 딱 꼬집어서 설명할 수 없는 일들이 비일비재非一非再하다. 흔히 '느낌으로는 알 것 같은데, 딱히 말로 설명하려니 쉽지 않다'는 말을 한 번쯤은 들어보았을 듯 싶다. 아마도 우리 스스로도 이러한 느낌을 한 번쯤은 가져보지 않았을까? 하지만 이를 두고 '제대로 알지 못 하기에 그런 것이다'라고 반론을 제기하면, 이 또한 뭐라고 해명할 길이 막막한 경우가 다반사다. 필자도 이런 막연함을 느낀 적이 한두번이 아니었던 것으로 기억한다. 요즈음 유행하는 '느낌적 느낌'이란 표현이 그러한 '뉘앙스'를 나타내 주는 말이 아닐까 싶다.

17. 10대 명주와 '듣보잡'인 수정방!

요즈음 중국의 명주名酒 가운데 우리나라 사람들도 즐겨 마시는 술로 '수정방水井坊'이란 것이 있다. 가격도 지금까지 출고된 주류 가운데 가장 고가인 것으로 알고 있다. 실제로 중국음식점 메뉴판을 들여다보면 깜짝 놀랄 정도로 고가이다. 가장 널리 알려진 '마오타이'주에 비해서도 두세 배로 책정되어 있는 듯하다. 그러나 실상 필자의 입장에서 보면 요즘 유행하는 말로 '듣보잡'에 해당한다. 이 술이 언제부터 유명세를 탔는지는 잘 모르겠으나, 중국의 10대 명주에는 이름을 올리지 못 했던 것이다. 실상 10대 명주라고 하는 것도 누가 언제 무슨 객관적 기준을 가지고 선정하는지조차 불분명하다. 그러나 통상 그리 얘기하니 그런가 보다 하고 있다.[09]

흔히 10대 명주라고 하면 닉슨과 모택동이 미중 국교정상화 때 마셨다고 해서 더욱 유명해진 귀주성 모대현茅臺縣의 모대주茅臺酒[10](마오타이지우)를 필두로 해서, 다섯 가지 곡식으로 빚는다는 사천성 의빈현宜賓縣의 오량액주五粮液酒, 하북성 양하 일대에서 생산되는 양하대곡주洋河大曲酒, 사천성 노주에서 생산되는 노주로교주瀘州老窖酒, 산서성 분수汾水 일대에

---

09 10대 명주는 중국주류협회에서 정하는 것으로 알려졌지만, 얼마나 공신력이 있는지는 별개의 문제다.

10 우리나라 사람들에게도 중국어 발음인 '마오타이'로 잘 알려져 있다. 우리나라에서는 초가집을 지을 때 주로 볏짚을 활용하였지만, 중국인들은 띠풀인 모茅를 사용했다고 하니, '모대'라는 지명도 이와 연관이 있을 듯하다.

서 생산되는 분주汾酒, 전국시대 진秦나라 사람 이빙李氷의 둘째 아들의 혼령인 이랑신二郎神과 관련이 있어 보이는[11] 귀주성 이랑탄二郎灘에서 생산되는 낭주郎酒, 후한 말엽 조조曹操가 고향의 술을 황제에게 바친(貢) 데서 유래하였다는 고정공주古井貢酒, 섬서성 봉상현鳳翔縣에서 생산되는 서봉주西鳳酒, 귀주성 동주창董酒廠에서 생산되는 동주董酒, 사천성 검산劍山[12]의 남쪽 면죽현綿竹縣에서 생산되는 검남춘주劍南春酒를 가리킨다.

이 가운데서도 필자의 이목을 끄는 것은 '검남춘주'이다. 술을 맛본 적은 없지만, 그 명칭이 필자의 호기심을 자극하기 때문이다. 전통적으로 고대 중국에서는 술 이름 말미에 보통 '春'자를 붙이는 것이 일반적이었다. 아마도 가을에 곡식을 수확하여 술을 담갔다가 봄이 되어 익으면 마신다고 해서 술 이름에 '春'자를 즐겨 사용한 것이 아닐까 싶다. 그러나 현대에 와서는 술 이름에 이 '春'자를 사용한 예를 발견하기가 쉽지 않다. 촌스럽고 구태의연하다고 생각해서일까? 여하튼 그 연유에 대해서는 잘 모르겠다.

각설하고, 모두에서 거론한 '수정방'은 본래 사천성의 성도省都인 성도시成都市에 있는 동네 이름을 가리킨다. '수정방'의 '坊'자는 땅(土)의 네모진(方) 형태를 뜻하는 한자이다. 요즘 흔히 쓰는 말로 하면, 사방의 대로 사이에 형성된 동네를 지칭하기 위해 영어에서 따온 단어인 '블록(block)' 정도에 해당한다. 그런데 이 '듣보잡'인 술이 언제부터 세간에서 유명세를 치르기 시작했는지는 모르겠으나, 오늘날 유행하는 중국술 가운데서는 최고가를 구가하고 있다. 그리고 보니 부끄럽게도 정작 우리

---

11 이는 전적으로 개인적인 추측에 불과하다.

12 봉우리가 검처럼 뾰족하게 솟아 있다고 해서 이런 이름이 생겼다고 전한다.

나라의 명주에 대해서는 아는 게 별로 없다.[13]

18. 여자를 구미호라고 부를 땐 다른 핑계를 대자!

같은 사물을 놓고도 어떻게 보느냐에 따라 결과가 달라진다. 이는 인간의 호불호가 시대에 따라, 사안에 따라 전혀 다른 방향으로 작동할 수 있기 때문이다. 이제는 거의 우리말처럼 쓰이는 말 중에 '구미호九尾狐'란 단어가 있다. 글자 그대로 풀이하면 '꼬리가 아홉 개 달린 여우!'란 말이 된다. 드물긴 하나 중국의 고문헌에서는 이 상상의 동물이 이따금 등장하였다. 지금으로부터 2천년도 더 이전의 춘추전국시대 때 지어진 것으로 추정되는 저자 미상의 ≪산해경山海經≫이나 후한 때 반고班固(32-92)가 지은 ≪백호통의白虎通義≫ 등의 기록을 보면, 전설상의 동물인 구미호는 원래 상서로운 짐승의 의미로 출발하였다.

> "청구산에 동물이 사는데, 그 모양새는 여우처럼 생겼으면서 꼬리가 아홉 개 달려 있다. 그 울음소리는 애기 같은데, 그것을 먹으면 재앙을 당하지 않는다. (青丘之山有獸焉, 其狀如狐而九尾. 其音如嬰兒, 食者不蠱.)" (≪산해경≫권14)
>
> "덕이 짐승에게 이르면 구미호가 출현한다. (德至鳥獸, 則九尾狐見.)" (≪백호통의≫권하)

---

13 첨언 한 마디! 오래 전에 이곳 강릉의 한 지인이 '杜康酒'란 술병을 사진으로 찍어서 필자에게 보내며 이름의 유래를 물은 적이 있는데, '두강杜康'은 '의적儀狄'과 함께 처음으로 술을 발명했다는 중국의 주신酒神 이름이다. 서양으로 치면 바커스(Bacchus)에 해당한다. 그러나 이 술의 유명세도 어느 정도인지는 모르겠다.

그러나 오랜 세월이 지나면서 '구미호'는 정반대의 이미지로 변모하게 된다. 저자 미상의 ≪송사전문宋史全文·송진종宋眞宗2≫권6의 기록에 의하면, 송나라 때 진팽년陳彭年(961-1017)이란 사람은 영민하고도 기억력이 뛰어났지만, 천성적으로 간교하고 아첨을 잘 하였기에 사람들이 그를 '구미호'로 불렀다고 한다. 정확히 언제부터인지 단정할 수는 없으나, 이처럼 구미호는 천덕구러기로 전락하고 말았다.

우리나라에서는 '전설의 고향' 같은 드라마에 곧잘 등장하여 일반 대중에게도 친숙하게 각인된 상상의 동물이다. 하지만 자신의 아내나 애인을 '구미호'에 비유하지는 말자! 비유당하는 '구미호'가 오히려 기분 나쁠 테니까. 아니면 아내나 애인에게 구미호가 원래 사람들에게 사랑받던 전설상의 동물이라고 돌려서 말하는 것이 낫지 않을까?

19. 사영운의 발명품으로 돈 좀 벌어보자!

현대인은 과학문명의 발달로 인해 그 어느 때보다도 다양한 발명품의 혜택을 누리고 있다. 그러나 이것들에 지나치게 의존함으로써 역효과를 낳기도 한다. 요즈음 학생들은 수업시간조차도 스마트폰을 손에서 놓지 못 한다. 그래서 '꼰대' 소리 들을 각오를 하고 이따금 학생들에게 잔소리를 하게 된다. 특히 학생들이 각종 정보를 쉽게 구하는 데 익숙해져 논리적 사유를 게을리하는 것을 보면, 안타까운 심정마저 든다. 그러나 실상 필자 자신도 각종 문명의 이기에서 헤어나지 못 하고 있다. 더욱이 다양한 전자기기를 장만하는 바람에 기계들을 분업적으로 활용하고 있다. 즉 5인치 화면의 스마트폰으로는 전화와 문자 메시지·카톡을 하고, 10인치 화면의 태블릿 PC는 주로 음악 감상이나 메일을 확인하는 데 사용하고, 15인치 화면의 노트북은 개인방송국의 일반게시판에 연재글을 올리거나 인터넷을 검색하는 데 사용하고, 24인치 화면의 모니터 두 대를 연결한 데스크탑은 문서를 작성하는 데 사용하고, 비교적 큰 30인치 화면의 데스크탑은 영화를 관람하는 데 활용하고 있다. 하지만 필자 자신도 어느새 기계의 노예가 된 듯하기에 씁쓸한 기분이 들기도 한다.

앞에서 거론했던 남조南朝 유송劉宋 때 문인인 사영운謝靈運(385-433)은 산수시山水詩의 창시자로서 중국문학사에 이름을 남겼지만, 한편으로는 발명가이기도 하다. 그는 절강성 영가군永嘉郡의 태수로 좌천당했을 때 정사를 게을리한 채 그곳의 아름다운 산수를 유람하는 데 많은 시간을 할애하였다. 그런데 험지도 마다하지 않았기에 특별한 신발이 필요했다. 그래서 그 스스로 독특한 등산화를 발명하였다. 그의 전기가 실린 《송서宋書·사영운전》권19의 지면을 펼치면 다음과 같은 특이한 내용이 눈길을 끈다.

> 사영운은 유송 (문제文帝) 원가(424-453) 연간에 영가군의 태수를 지냈다. 영가군에는 이름난 산수가 있어 마음 내키는 대로 유람을 즐기면서, 산이나 언덕을 오르면 반드시 고즈넉하고 험준한 곳을 찾았는데, 등산할 때는 늘 (자신이 발명한) 나막신을 신으면서 (몸의 평형을 쉽게 잡으려고) 산을 올라갈 때는 앞굽을 떼고, 산을 내려올 때는 뒷굽을 뗐다. (宋元嘉中, 爲永嘉守. 郡有名山水, 肆意遨遊, 尋山陟嶺, 必造幽峻, 登躡常著木屐, 上山去前齒, 下山去後齒.)

도대체 나막신을 어떤 형태로 만들었기에 부속품의 탈착을 가능케 했는지에 대해서는 구체적인 기술이 없어 실상을 알 수는 없지만, 그 나름대로 뭔가 묘안을 짜내 새로운 발명품을 개발한 듯하다. 신발의 밑창에 있는 앞굽과 뒷굽을 떼냈다가 붙였다가 할 수 있게 만들었기에, 등산할 때 몸의 평형을 편하게 맞췄다는 것이다. 오늘날에도 이러한 신발을 만들면 장사가 되려나? 그런데 나중에 국사학을 전공하는 한 동창으로부터 들은 얘기인즉, 충청도 부여의 고분에서 발견된 백제 때 신발에 탈착식 앞뒷굽이 달려 있는데, 그 동안 그 용도를 모르고 있다가 필자로부터 '사영운의 발명품' 얘기를 듣고서 등산화일 가능성을 알게 되었다고 한다. 우리나라 고고학에 조금이나마 도움이 되었다면 그나마 보람이 있을 듯하다.

20. 주민등록증 까자고 하지 맙시다!

고대 중국 사회에서 친구 사이에는 나이를 따지지 않았다. 그래서 위아래로 10살 차이가 나도 허물없이 친구처럼 지냈다. 당나라를 대표하는 양대시인인 이백李白(701-762)과 두보杜甫(712-770)도 띠동갑에 가까울 정도로 나이차가 났지만, 서로 백년지기로서 수많은 시를 주고받았다. 더욱이 배움에는 위아래가 없는 법! 이와 관련해 명나라 팽대익彭大翼의 ≪산당사고山堂肆考·인품人品≫권104에 전하는 고사를 한 토막 소개해 보고자 한다.

당나라 고조(이연李淵)가 (산서성) 태원군을 진수할 때, 장복윤을 초빙하여 빈객으로 모시고는 진왕(이세민李世民)에게 경전을 전수케 하였다. 뒤에 태종(이세민)은 즉위하자 연월지를 하사하면서 넌지시 물었다. "오늘 제자가 어떻게 보입니까?" 그러자 장복윤이 대답하였다. "옛날에 공자의 제자가 3천 명이 었는데, 출세한 사람도 자작·남작과 같은 작위가 없었습니다. 신은 한 사람을 도와 천하를 다스리게 했으니, 신의 공로를 헤아려보면 선대의 성인(공자)을 능가합니다." 태종이 그 때문에 한 바탕 웃었다.(唐高祖鎭太原時, 引張復胤爲客, 以經授秦王. 後太宗卽位, 賜燕月池. 帝從容曰, "今日弟子何如?"胤曰, "昔孔子門人三千, 達者無子男之位. 臣翼贊一人, 乃王天下, 計臣之功, 過於先聖." 帝爲之笑.)

위의 예문에서 '진왕秦王'은 태종 이세민이 황제에 즉위하기 전에 받은 봉호를 가리킨다. 고조 이연은 당나라를 건국하기 전에 지방장관을 지낼 때, 아들인 이세민을 위해 장복윤을 스승으로 초빙하였다. 뒤에 장복윤은 태종과 독대한 자리에서 공자에게는 3천 명의 제자가 있었어도 출세한 제자가 없었지만, 자신은 한 명의 제자를 배출했으면서도 그 제자를 천자의 자리에 올렸으니, 자신이 공자를 훨씬 능가한다는 농담을 던졌던 것이고, 태종은 이를 우스개소리로 받아들여 가볍게 응수했다는 것이다.

필자도 지금껏 수많은 학생들을 배출했지만, 실상 이렇게 농을 주고받을 수 있는 제자는 손에 꼽을 수 있을 정도로 드물다. '종신대사終身大事'라는 인생의 전환점에서 주례를 서 주거나, 유수한 대학원에 진학시켜 학위를 취득할 기회를 마련해 줌으로써 각별한 인연을 맺지 않는 한, 거의 대부분의 제자들은 아련한 추억 속에 남은 채 기억 속에서 희미하게 스쳐지나갈 뿐이다. 그러나 어쩌랴? 그것도 인생의 수레바퀴 속에서 자연스럽게 받아들여야 하는 순리인 것을……

21. 고대 중국의 사대미인은?

언제 누가 처음으로 제기했는지는 모르겠으나, 역대 중국의 미녀를 얘기할 때 통상 '사대미인四大美人'이란 말을 들먹인다. 이 네 미녀를 시대순으로 나열하면, 첫 번째는 춘추시대 월越나라 때 미녀인 시이광施夷光을 가리키는데, 보통은 '서쪽 고을에 사는 시씨'라는 의미에서 '서시西施'로 불렸고, 그 미모가 '물고기조차 물 속으로 숨게 만든다'고 하여 '침어沈魚'라는 별명으로도 불렸다. 두 번째는 전한 원제元帝 때 후궁인 왕장王嬙을 가리키는데, 보통은 그녀의 자를 따서 '왕소군王昭君'으로 불렸고, 그 미모가 '날아가는 기러기도 떨군다'고 하여 '낙안落雁'으로도 불렸다. 세 번째는 후한 말엽 때 미녀인 초선貂蟬을 가리키는데, 그 미모가 '달도 숨게 만든다'고 하여 '폐월閉月'로도 불렸다. 그리고 마지막 타자가 바로 '꽃조차도 부끄러워하게 만든다'고 하여 '수화羞花'로 불리던 당나라 현종 때 총희寵姬 양귀비楊貴妃이다. 여기서는 맛보기로 ≪한서·흉노전匈奴傳≫권94에 수록된 왕소군에 관한 고사를 먼저 소개해 보고자 한다.

왕장은 왕양王穰의 딸로 태어나 전한 원제 때 후궁으로 들어갔다. 원제는 궁녀가 너무 많아 다 만날 수가 없었기에, 화공畵工에게 그들의 초상화를 그리게 한 뒤 이를 보고서 간택하였다. 후궁들이 모두 화공에게 뇌물을 주었지만, 왕소군만은 자신의 미모에 자부심이 강해 뇌물을 주지 않아서 화공이 결국 그녀의 미모를 추하게 그렸다. 뒤에 흉노왕과 정략결혼을 하게 될 때 결국 그림 때문에 왕소군이 가게 되었다. 하직인사를 올리러 들어가자, 미모가 눈이 부셔 좌우 신하들을 깜짝 놀라게 했다. 그러나 황제는 국가간의 약조를 바꿀 수 없었기에, 후회해도 이미 늦고 말았다. 이에 사안을 샅샅이 조사하자, 화공 모연수毛延壽·진창陳

敞·유백劉白·공관龔寬·양망楊望·번청樊靑 등이 뇌물죄가 발각되어, 모두 가장 불명예스러운 기시형棄市刑에 처해지고, 재산을 몰수당했다. 뒤에 왕소군은 자결하였는데, 호족胡族 땅에 모두 흰 풀이 자랐지만, 그녀 무덤만은 유독 푸르러 '청총靑塚'으로 불렸다.

초상화 위조 사건으로 한나라 때 화단을 대표하던 모연수毛延壽를 필두로 당시 내노라 하는 유명 화가들이 일시에 사형을, 그것도 시신을 저자거리에 내다버리는 가장 치욕적인 형벌인 기시형을 당했으니, 왕소군이 몰고온 피바람은 상상을 불허했던 것 같다. 뇌물에 따라 달리 그려진 궁녀들의 초상화 때문에 최고의 미인을 흉노족에게 시집 보내야 했던 황제로서는 분을 삭일 길이 없었을 것이다. 결국 왕소군은 이국 땅에서 자식까지 낳았지만, 불운하게 명을 달리하고 말았다. 오죽하면 뒤에 그녀의 고향에서는 딸을 낳으면 왕소군의 전철을 밟지 않게 하기 위해서 인두로 얼굴을 지졌다는 믿기 힘든 설화가 전해내려 왔을까? 그래서인지 당나라 때 백거이白居易(772-846)의 시집인 ≪백씨장경집白氏長慶集·감상感傷≫권11에는 다음과 같은 싯귀가 전한다.

〈왕소군의 고을에 들르다(過昭君村)〉

(전략前略!)
과거의 가르침을 본받지 않으면,
미래 여인들의 원성을 살까 두려워서인지,
오늘날까지도 마을 여인의 얼굴에,
불로 지진 흉터를 남기고 있다네!
不效往者戒, 恐貽來者寃.(불효왕자계, 공이래자원.)
至今村女面, 燒灼成瘢痕!(지금촌녀면, 소작성반흔.)

22. 양귀비 시리즈 제1탄!

앞에서 말한 사대미녀 가운데 역사적으로 인구에 가장 많이 회자되는 여인은 단언코 양귀비일 것이다. 그래서 이제부터는 양귀비에 관해 세 부분으로 나누어 상세하게 다루어 보고자 한다. 양귀비楊貴妃(719-756)는 현종의 총희寵姬로서 그녀에 관한 고사는 당나라 정처회鄭處誨의 ≪명황잡록明皇雜錄≫, 오대五代 후촉後蜀 왕인유王仁裕의 ≪개원천보유사開元天寶遺事≫, 송나라 구양수歐陽修의 ≪신당서新唐書·양귀비전≫, 악사樂史의 ≪양태진외전楊太眞外傳≫, 왕당王讜의 ≪당어림唐語林≫ 등에 산재되어 전한다.

양귀비는 어렸을 때 자가 옥환玉環으로 부친 양현염楊玄琰이 사천성 촉주蜀州의 사호참군司戶參軍을 지냈기에 촉주에서 태어났다가, 뒤에 산서성 포주蒲州 영락현永樂縣의 독두촌獨頭村으로 이주해 살았는데, 부친이 세상을 뜨는 바람에 숙부인 양현규楊玄珪의 슬하에서 자랐다. 양귀비는 당초 궁녀로 입궐하는 것을 원치 않아 눈물을 떨구며 가족과 헤어졌다. 처음에 그녀는 태진궁太眞宮에 머물며 도사의 의복을 즐겨 입어 '양태진楊太眞'[14]으로도 불렸다. 또 현종으로부터 '말을 할 줄 아는 꽃'이란 의미에서 '해어화解語花'[15]란 애칭도 받았다. 그런 양귀비에게도 강력한 맞수가 있었으니, 바로 매비梅妃로 불리던 후궁이었다. 매비는 의사인 강중손姜仲遜의 딸로 태어났고, 본명은 '채빈采蘋'이다. 이는 그녀가 ≪시경≫을 암송할 줄 알았기에, ≪시경≫에 실린 작품 제목을 딴 것이다. 당시 실세

---

14 '태진'은 여도사에 대한 존칭이기도 하다.

15 '해어화解語花'에 대해 인터넷 같은 데서는 보통 '말을 이해하는 꽃'이라고 풀이하지만, 여기서 '解'는 조동사로서 '能'의 뜻으로 쓰였다. 따라서 '말을 할 줄 아는 꽃'으로 해석하는 것이 더 운치가 있고 자연스럽다.

환관인 고역사高力士의 눈에 띄어 입궐한 뒤 현종의 사랑을 독차지하였
는데, '매비'는 그녀가 매화를 각별히 좋아하자 현종이 그녀에게 붙여준
애칭이다. 그러나 양귀비의 등장으로 매비의 위상도 흔들리게 되었다.
심지어 양귀비의 농간으로 매비는 상양동궁上陽東宮으로 쫓겨나고 말았
다. 한번은 매비가 보고 싶었던 현종이 그녀의 처소를 방문했다가 양귀
비에게 들켰는데, 당시 양귀비는 현종에게 이런 말을 던졌다고 한다.

> "안주와 과일이 널부러져 있고, 폐하의 평상 아래 아녀자
> 의 버려진 신발이 있는 것을 보니, 밤에 누군가 와서 폐하의
> 수청을 들고 즐기며 취했나 봅니다. 새벽이 되었는데도 조회
> 를 보지 않으시다니, 폐하께서는 나가셔서 신하들의 알현을
> 받으셔야 합니다. 소첩이 이 전각에 머물며 돌아오시기를 기
> 다리겠나이다. (看核狼籍, 御榻下有婦人遺舃, 夜來何人, 侍陛下寢, 懽醉, 至于
> 日出不視朝, 陛下可出見群臣, 妾止此閣, 以俟駕回.)"

결국 현종의 사랑을 독차지한 양귀비는 하늘 높은 줄 모르고 위세를
부렸다. 심지어 그녀가 귀비에 책립되면서 부친인 양현염은 오늘날 국
방부장관에 해당하는 병부상서兵部尙書를, 숙부인 양현규는 대통령 경호
실장에 해당하는 광록경光祿卿을 추증追贈받았고, 사촌 오빠인 양조楊釗
(양국충楊國忠)[16]와 양섬楊銛도 벼슬을 하사받았으며, 동생인 양기楊琦는 태
화공주太華公主에게 장가들어 부마도위駙馬都尉에 올랐고, 자매들도 각기
한국부인韓國夫人과 진국부인秦國夫人·괵국부인虢國夫人에 봉해져 권력을
누렸다. 그러니 양귀비의 권세가 어느 정도였는지 가히 짐작할 수 있을

---

16 개명한 이름인 양국충楊國忠으로 더 잘 알려졌다.

것이다. (To be continued!)

23. 양귀비 시리즈 제2탄!

양귀비와 관련한 주요 고사들을 몇 가지 요약, 정리하면 다음과 같다.

1. 《양태진외전楊太眞外傳》권상: 당나라 현종 개원開元 10년
   (722) 정월대보름 날에 양귀비의 외척 다섯 집이 밤에 유람
   을 나섰다가, 광평공주廣平公主의 시종들과 저자에서 싸움
   을 벌였다. 양씨 집 노비가 실수로 공주의 옷에 채찍질을 가
   해 공주가 말에서 떨어졌다. 부마駙馬인 정창예程昌裔가 공
   주를 부축하고, 그참에 상대에게 몇 차례 매질을 했다. 공
   주가 눈물을 흘리며 아뢰자, 현종은 양씨 집 노비 한 사람을
   죽이고, 정창예는 정직시켜 조알을 허락지 않았다. 그리하
   여 양씨가 더욱 횡포를 부렸기에, 도성 사람들이 이 때문에
   눈길을 피하며 두려워하였다.

2. 《백공육첩白孔六帖·교정鵁鶄》권95: 양귀비는 물총새를 데
   리고 노는 것을 좋아하더니, 환관을 시켜서 강남으로 가 해
   오라기·물총새·비오리 등을 잡아다가 궁중 정원에 풀려
   고 하였다. 그러자 하남성 변주자사汴州刺史 예약수倪若水가
   상소문을 올려 "이제 한창 농부들이 밭갈이를 하고, 아낙들
   이 누에를 치고 있나이다. 폐하께서 기이한 날짐승을 잡아
   다가 정원의 애완용 동물로 삼으려 하시는데, 수로와 육로
   로 운반하느라 도착하는 곳마다 사람들을 수고롭게 하니,
   길에서 구경하는 사람들이 어찌 폐하께서 사람을 천시하고

날짐승을 귀히 여긴다고 생각지 않겠나이까?(今農方田, 婦方蠶. 陛下捕奇禽怪羽, 爲園籞之玩, 水陸傳送, 所至煩擾, 道路觀者豈不以陛下賤人而貴鳥乎?)"라고 항의하였다.

3. 《양태진외전》권하: 양귀비는 여지荔枝라는 과일을 무척 좋아하였다. 여지는 남방 과일이라서 중국의 동남방인 복건성·광동성이나 서남방인 사천성에서 생산된다. 양귀비는 사천성 출신이라서 그곳에서 생산되는 여지의 맛에 익숙했으나, 동남방에 생산되는 것이 더 맛있다고 하자 이를 공급케 했는데, 광동성에서 도성인 섬서성 장안까지 공급하려면 아무리 잘 달리는 천리마라 할지라도 여지가 상하기 전에 도착하기는 무리였기에, 백성들이 무척 고생하고 운반용 말들이 떼죽음을 당했다.

당나라 두보杜甫도 자신의 시에서 이에 관해 언급한 적이 있기에 한 수를 소개하는 것으로 마무리하고자 한다. 원문은 청나라 구조오仇兆鰲(1640-1714)가 엮은 《두시상주杜詩詳註》권17에 수록되어 전한다.

〈번민을 풀다(解悶)〉 제12수
들판 언덕과 강가 포구에서 옆으로 자라더니,
채 익지도 않은 채 궁중에서 옥항아리를 가득 채우네.
구름 서린 골짜기에서 여지를 심은 서민이 늙어 죽어도,
사람을 힘들게 하고 말을 죽게 만드는 것은 미인(양귀비)이
기다리기 때문이라네.
側生野岸及江浦, 不熟丹宮滿玉壺. (측생야안급강포, 불숙단궁만옥호.)
雲壑布衣駘背死, 勞人害馬翠眉須. (운학포의태배사, 노인해마취미

수.)**[17]** (To be continued!)

24. 양귀비 시리즈 제3탄!

양귀비는 현종의 사랑을 독차지하기 위해 수단 방법을 가리지 않았다. 현종과 여산驪山의 궁궐에서 피서를 즐길 때는 "대대로 부부가 되고 싶나이다!(願世世爲夫婦!)"라고 아양을 떠는가 하면, 겨울에 고드름을 가지고 놀다가 현종이 묻자 "소첩이 가지고 노는 것은 옥 젓가락이랍니다!(妾所玩者, 玉筋也!)"라고 비유적으로 대답해 총기 있다는 칭찬을 유도하기도 하였다. 한 마디로 그냥 구미호九尾狐 그 자체! 그래서 당시 시중에는 "딸을 낳았다고 슬퍼하지 말고, 아들을 낳았다고 기뻐하지 말라!(生女勿悲酸, 生男勿喜歡!)"는 노래가 유행하였고, 또 "아들은 제후에 봉해지지 못 해도 딸은 왕비가 될 수 있으니, 그대는 보시게! 딸이 오히려 가문의 기둥이라는 것을!(男不封侯女作妃, 君看女却是門楣)"이라는 농담 아닌 농담이 퍼졌다고도 한다. 특히 ≪개원천보유사開元天寶遺事≫권3에 전하는 아래의 낯뜨거운 일화는 그중에서도 백미白眉라 하겠다.

　　5월 5일 단오절에 당나라 명황(현종)은 더위를 피하기 위해 흥경지에 놀러 가서, 양귀비와 함께 물가 전각에서 낮잠을 즐겼다. 다른 비빈들이 난간에 기대어 비오리 암수 한 쌍이 물

17　시에서 '태배駝背'는 낙타의 등을 뜻하는 말로서 늙어서 허리가 굽은 것을 비유한다. 한편 '駝'를 복어를 뜻하는 말인 '태鮐'의 통용자로 보아 늙어서 피부가 복어 껍질처럼 쭈글쭈글해지는 것으로 보는 설도 있다. 또 '취미翠眉'는 비취빛 눈썹을 뜻하는 말로서 미인, 즉 여지를 좋아하던 양귀비를 비유적으로 가리킨다.

에서 노니는 것을 다투어 구경하자, 명황은 당시 비단 휘장 안에서 양귀비를 끌어안은 채, 다른 비빈들에게 말했다. "자네들은 물속의 비오리를 사랑하겠지만, 어찌 내 이불 밑의 원앙새(양귀비)만하겠는가?"(五月五日, 唐明皇避暑, 遊興慶池, 與妃子晝寢於水殿中. 宮嬪輩凭欄倚檻, 爭看雌雄二鸂鶒, 戱於水中. 帝時擁貴妃于綃帳內, 謂宮嬪曰, "爾等愛水中鸂鶒, 爭如我被底鴛鴦?")

그러나 그리 잘 나가던 양귀비에게도 몰락의 길을 걷게 만든 두 인물이 있었으니, 바로 양국충楊國忠(?-756)과 안녹산安祿山(703-757)이다. 양국충은 양귀비의 사촌 오빠로 그를 비꼬는 '빙산난고氷山難靠'란 고사성어로도 유명하다. 반면 안녹산은 호족胡族 출신의 절도사節度使로서 본명이 호족말로 '아락산阿犖山' 혹은 '알락산軋犖山'(알렉산더)이었는데, 양귀비의 양자가 되어 총애를 받으며 간음을 일삼다가, 양국충과 갈등을 빚자 반란을 일으켜 수도인 장안長安을 점령하고 스스로 칭제稱帝한 뒤, 국호를 '연燕', 연호를 '성무聖武'라고 하였다. 그러나 뒤에는 자신의 장남인 안경서安慶緖(?-759)에게 살해당했다. 두 사람의 갈등으로 안녹산이 반란을 일으키면서 당나라 황실은 엄청난 소용돌이에 휘말려 현종이 멀리 사천성 성도成都로 피난가는 사태까지 벌어지고, 양귀비는 도중에 사망하고 말았으니, 당나라가 전성기를 지나 쇠락의 길로 들어서는 계기를 마련한 셈이다.

우리나라 역사에서 양귀비에 견줄 만한 여인을 찾는다면, 조선시대 때 후궁인 장희빈張禧嬪 정도 되지 않을까? 지위도 임금의 본부인을 제외하면 최고 서열인 1품에 오르고, 황후나 중전 자리를 꿰차려고 온갖 술수를 부렸다는 공통점도 있어서 하는 말이다. 우리 역사에 대해 잘은 모르나, 하도 드라마나 영화에서 많이 등장하여 일반인들에게 깊이 각인된 요물이 아닐까 싶다. 비록 우리 같은 장삼이사張三李四라 할지라도, 미모를 갖춘 여성은 늘 조심해야 할 일이다.

25. 대머리의 비애!

사람은 누구나 자신의 용모에 신경을 쓴다. 하지만 여자에 비해 남자가 유달리 신경쓰는 부분은 아마도 '헤어스타일'(중국어로는 '파싱faxíng 髮形'이라고 한다)일 것이다. 그중에서도 대머리로 고민하는 이들을 주변에서 흔히 볼 수 있다. 고대 중국인들도 마찬가지! 특히 상투를 틀고 두건을 두르고 갓을 써야 했던 입장에서는 상투를 틀기 힘들 정도로 머리카락이 빠진다면, 그 고민이 어떠할지 상상이 가지 않는다.

고대 문헌을 보면 대머리와 관련한 기록을 이따금 발견할 수 있다. 그것이 결코 흠이 될 수는 없겠지만, 인품이나 학식 방면에서조차 높이 평가받지 못 했던 사람이라면, 그 힐난의 정도가 배가되기도 한다. 전한 말엽에 정치적으로 전횡을 일삼다가 역모를 통해 신新나라를 세웠던 왕망王莽(B.C.45-A.D.23)의 경우, 그에 대한 비아냥의 정도가 남달리 심했다. 아래의 기록은 후한 때 사람으로서 왕망으로부터 시간적으로 그리 멀지 않은 시기에 활동했던 학자인 채옹蔡邕(133-192)이 ≪독단獨斷≫권하에서 밝힌 것이기에, 내용의 진위에 있어서 비교적 신빙성이 높아 보인다.

왕망은 머리카락이 없어서 결국 두건을 썼다. 그래서 당시 시중에 "왕망은 대머리라서 머리띠에 지붕을 얹었다네"라는 말이 돌았다. 진현관을 쓰는 것은 장발에 어울리고, 혜문관을 쓰는 것은 단발머리에 어울리기에, 각기 자신에게 적절한 것

을 따르게 되었다. (王莽無髮, 乃施巾. 故語曰, "王莽禿, 幘施屋." 冠進賢者宜
長耳, 冠惠文者宜短耳, 各隨所宜.)

윗 글에서 '대머리라서 머리띠에 지붕을 얹었다네'라고 한 말은 간
편한 두건의 형상을 묘사하는 듯하지만, 한편으로는 머리띠만 하고 허
연 대머리가 그대로 드러난 모습을 풍자적으로 형용한 표현으로 볼 수
도 있을 듯하다. 뒤의 '진현관進賢冠'은 신하가 임금을 알현할 때 쓰는 갓
을 가리키고, '혜문관惠文冠'[18]은 매미 날개처럼 얇은 천으로 만든 것으로
서, 법률과 형벌을 관장하는 법관法官이나 비위를 저지른 관리를 탄핵하
는 어사御史가 쓰던 모자를 가리킨다. 그러나 왕망은 대머리 때문에 진
현관도 혜문관도 착용하기가 마땅치 않았을 것이다. 그래서 머리띠 형
태의 간단한 헤어스타일을 유지할 수밖에 없었을 것이다. 그러나 모자
를 거의 착용하지 않는 현대인의 경우, 대머리라면 참으로 외모를 꾸미
기 난망할 것이다. 필자는 대머리가 아니라서 그 심경을 알지 못 하지
만, 그 모습도 세월의 흐름 속에 힘들게 얻은 '인생 계급장'이라 생각하
고 자연스레 받아들이면 어떨까?

26. 진정 간 큰 남자란?

우리나라 조선시대를 대표하는 재상을 꼽는다면 누구를 거론할 수
있을까? 일반인들에게는 아마도 황희 정승이 가장 널리 알려져 있는 인
물이 아닐까 싶다. 중국에서 그에 비견할 만한 인물을 꼽는다면, 중국인

---

18 '惠'는 분별자分別字인 '매미 혜蟪'의 본글자이다.

의 성씨를 거론할 때 언급한 사마광司馬光(1019-1086)을 예로 들 수 있을 듯하다. 그래서 여기서는 송나라 때 명재상인 사마광에 얽힌 흥미로운 이야기를 하나 소개해 보고자 한다.

사마광은 자가 군실君實이고, 호가 속수선생涑水先生이며, 시호는 문정 文正이고, 봉호는 온국공溫國公이다. 사마광은 어려서부터 검소한 생활을 몸소 실천하여 '과거시험에 급제했을 때 황제가 내린 어사화를 거부하다 가 결례라는 지적을 받자 한 송이만 꽂았다'고 자신의 글에서 직접 밝힌 일화로도 유명하다. 그는 정치적으로 수구파인 '원우당元祐黨'의 영수로 서 개혁파인 왕안석王安石(1021-1086)의 '신법당新法黨'에 맞섰기에, 그에 관한 정치적 평가는 호불호가 갈린다. 저서로는 대표작으로 송나라 이전 까지의 중국 고대사를 정리한 방대한 양의 ≪자치통감資治通鑑≫을 위시 하여, ≪전가집傳家集≫ ≪속수기문涑水紀聞≫ ≪속시화續詩話≫ ≪계고록 稽古錄≫ ≪법언집주法言集注≫ ≪가범家範≫ ≪온공역설溫公易說≫ ≪잠허 潛虛≫ ≪서의書儀≫ ≪효경지해孝經指解≫ ≪유편類篇≫ ≪절운지장도切韻 指掌圖≫ 등 수많은 유작이 사고전서에 전한다. 그에 관해 남송南宋 때 여 본중呂本中이 ≪헌거록軒渠錄≫[19]에서 기재한 '아재개그' 급의 이야기를 하 나 소개해 보고자 한다.

온국공에 봉해진 사마광이 (하남성) 낙양에서 은퇴생활을 하던 중, 시절이 마침 정월대보름이라서 부인이 등불을 구경 하러 외출하려고 하였다. 이에 사마광이 말했다. "집안에도 등 불을 켜 놓았는데, 어째서 굳이 구경하겠다고 외출하려고 하

---

19 '헌거'는 즐거운 모양을 뜻하는 의태어이기에, 책 이름은 결국 재미난 얘기를 모은 기록물을 뜻한다.

시오?" 그러자 부인이 대답하였다. "겸사겸사 놀러나온 사람들도 구경하고 싶어서요." 그러자 사마광이 말했다. "그럼 아무개(나)는 귀신이오?"(司馬溫公, 在洛陽閑居, 時上元節, 夫人[20]欲出看燈. 公曰, "家中點燈, 何必出看?" 夫人曰, "兼欲看游人." 公曰, "某是鬼耶?")

'아무개는 귀신이오?'라니! 이런 간 큰 남자를 보았나? 감히 마나님이 '아이쇼핑'을 하러 외출하시겠다는데, 사람 구경은 매일 마주하는 자기 하나로 족하다고 말하다니! 요즘 같으면 엄청 핀잔을 들을 얘기를 태연스럽게 내뱉는 능청스러운 모습이 부럽기도 하다. 그런데 허무한 느낌을 주기도 하고 여운을 남기기도 하는 우스갯소리이긴 분명하지만, 왠지 웃음이 잘 나오지는 않는다.

27. 몽생몽사·취생취사·품생품사·흥생흥사!

필자가 재미삼아 만든 말 가운데, '꿈처럼 살다가 꿈처럼 생을 마치고, 술에 취한 듯 살다가 술에 취한 듯 생을 마치고, 폼나게 살다가 폼나게 생을 마치고, 흥겹게 살다가 흥에 젖어 생을 마치자!'는 의미의 '몽생몽사夢生夢死, 취생취사醉生醉死, 품생품사品生品死[21], 흥생흥사興生興死!'라는 사자성어식 농담이 있다. 말이야 쉽지, 이를 실천하기가 어찌 쉬우리오?

진晉나라 때 왕휘지王徽之(?-386)라는 사람은 우리나라에도 중국을 대표하는 서예가로 잘 알려진 왕희지王羲之(321-379)의 셋째 아들이다.

---

20 '夫人'은 제후나 재상 같은 고관의 본부인에 대한 존칭으로서 일반 아녀자를 뜻하는 일반명사인 '婦人'과는 전혀 다른 한자어이다. 사마광이 재상을 지냈기에 이런 존칭이 사용되었다.

21 '品'은 '폼잡다'라는 말을 비슷한 음의 한자로 재미삼아 대체하여 표현한 것일 뿐이다.

그는 황문시랑黃門侍郎 등 고관에 올랐으면서도 풍류가 넘치는 삶을 추구했던 자유로운 영혼의 소유자였다. 그에 관한 짤막한 일화가 동시대 사람인 배계裴啓의 《어림語林》에 전하기에 아래에 소개해 보고자 한다. 원서는 오래 전에 실전되고, 대신 명나라 팽대익彭大翼의 《산당사고山堂肆考・천문天文》권5에 인용되어 전한다.

진나라 왕휘지는 자가 자유로 (절강성) 산음현에 거처하였다. 폭설이 내려 밤에 잠에서 깨자, 방문을 열어놓고 술을 따라 마셨다. 사방이 환히 밝은 것을 보고서 좌사의 〈은자를 부르는 시〉를 읊조리다가 갑자기 대안도('안도'는 대규戴逵의 자字)가 생각났다. 당시 대안도는 (절강성) 섬계에 살고 있었다. 즉시 야밤에 날랜 배를 탔는데, 밤이 다 지나서야 도착했다. 하지만 문앞에 도착하고서는 더 이상 앞으로 나가지 않고 발길을 되돌렸다. 누군가 그 연유를 묻자, 왕휘지는 이렇게 대답하였다. "내 본시 흥이 나서 왔으나, 흥이 사라져 돌아가는 것이거늘, 꼭 대안도를 만날 필요가 뭐 있겠소?"(晉王徽之, 字子猷, 居山陰. 大雪, 夜眠覺, 開室命酌, 四望皎然, 因詠左思招隱詩, 忽憶戴安道. 時戴在剡溪, 卽便夜乘輕船, 經宿方至. 旣造門, 不前而返. 人問其故, 王曰, "吾本乘興而來, 興盡而返, 何必見安道耶?")

만약 친구가 찾아왔다가 김샜다고 그냥 돌아가버린다면, 오늘날을 사는 우리는 어떠한 반응을 보일까? 아마도 십중팔구 대부분의 사람들은 불쾌감을 드러낼 것이다. 그러나 왕휘지는 이를 전혀 개의치 않고 자신의 흥취대로 행동하였다. 그의 친구인 대안도 역시 이에 대해 별반 시큰둥한 반응을 보이지는 않았을 것으로 짐작된다. 요즈음 현대인들은 너무 남의 이목을 의식하고 사는 듯하다. 자유로운 삶이야말로 온전하게 자신을 해방시키는 방법이 아닐까?

28. 고대 중국 사회에도 동성애가?

현대사회는 참으로 다양한 가치와 현상들이 인정받는 좋은 세상인 듯하다. 얼마 전까지만 해도 입에 올리는 것조차 금기시되었던 동성애가 자연스럽게 사람들 사이 대화 속에 등장하고 있으니 하는 말이다. 고대 중국에서도 동성애는 존재하였다. 심지어 어떤 군주는 여자를 멀리하고 동성인 남자만 가까이 한 예도 있다.

그중 하나로 춘추시대 때 위衛나라 군주인 영공靈公의 총애를 한몸에 받았던 미자하彌子瑕란 인물을 예로 들 수 있을 듯하다. 그에 관한 고사를 소개하면 아래와 같다. 원문은 명明나라 때 팽대익彭大翼의 저서인 ≪산당사고山堂肆考·형모形貌≫권113에 다음과 같이 전한다.

미자는 본명이 하瑕이다. 위나라의 최측근 대부로서 남색으로 위나라에서 총애를 얻었다. 위나라 국법에 의하면 임금의 수레를 훔쳐서 타면 죄가 (발목을 자르는 형벌인) 월형刖刑에 해당하였다. 미자의 모친이 병이 나 하인 중에 누군가가 밤에 미자에게 알리자, 미자가 임금의 수레를 멋대로 몰고 외출하였다. 영공이 이 얘기를 듣고서도 그를 어질다고 여기며 말했다. "효자로다! 모친 때문에 월형을 당할 죄를 범하다니!" 훗날 영공과 함께 과수원을 노닐 때 복숭아를 먹어보니 달아서 나머지를 영공에게 드렸다. 그러자 영공이 말했다. "나를 사랑하여 자기 먹을 것도 잊고 과인에게 먹이는구나!" 미자가 미색이 사그러들고 총애를 잃으면서 임금에게 죄를 짓자, 임금이 말했다. "일찍이 내 수레를 멋대로 몰았고, 또 내게 먹다 남은 복숭아를 먹였던 것이로다." 원래 미자의 행동은 분명히 처음과 달라지지 않았다. 그런데도 전에는 어질다고 인정받다가 뒤에 죄를 짓게 된 것은 애증의 마음이 달라져서이다. (彌子, 名瑕, 衛之嬖大夫, 以色有寵於衛. 衛國法, 竊駕君車, 罪刖. 彌子之母病, 其人有夜告彌子, 彌子矯駕君車, 以出. 靈公聞而賢之日, "孝哉! 爲母之故, 犯刖罪!" 異日, 與靈公遊果園, 食桃而甘, 以其餘獻靈公. 公曰, "愛我, 忘其口而啖寡人!" 及彌子色衰而愛弛, 得罪於君. 君曰, "是嘗矯駕吾車, 又嘗食我以餘桃." 故彌子之行未必變其初也, 前見賢, 後獲罪者, 愛憎之心變也.)

아무리 군주라 하더라도 인간인 이상 마음이 간사해지기는 일반인과 진배없는가 보다. 사람들은 상대방에게 애정을 품었을 때는 어떠한 행동도 미쁘게 받아들이다가, 애정이 시들해지면 모든 행동에 대해 삐딱한 눈길로 바라보기 마련이다. 현세를 살아가는 우리들도 걸핏하면 그러한 마음을 먹는 것은 아닐까? 한번쯤 우리 자신을 돌아보아야 할 때인 것 같다.

29. 실존 인물도 신격화하다니!

예로부터 고대 중국인들은 실존 인물조차도 신비주의화를 통해 신격화하는 작업을 즐겨 벌여왔다. 이를테면 심지어 인간계의 성인으로 추앙받는 공자마저도 '흑우黑牛'의 형상으로 변형시켜 종교적인 숭배 대상으로 탈바꿈시켰으니, 더 이상 무슨 말이 필요할까? 물론 공자가 상당히 거구였다는 전래 고사를 바탕으로 그러한 얘기를 만들어낸 것이 아닐까 싶은 생각이 들기는 한다.

　필자는 어려서 두보와 함께 중국을 대표하는 시인인 이백이 '물에 비친 달을 붙잡으려고 하다가 강물에 빠져 죽었다'는 다소 터무니없는 말을 들었던 기억이 어렴풋이 떠오른다. 당시는 그저 그러려니 했지만, 성인이 되어 중국고전을 전공하다 보니 깊은 의문이 들 수밖에 없었다. 우선 그에 관한 기록을 소개해 보면 아래와 같다. 예문은 명나라 팽대익彭大翼의 ≪산당사고山堂肆考 · 천문天文≫권3에 다음과 같이 전한다.

　　(당나라) 이백은 일찍이 영왕永王 이인李璘의 문객을 지낸 적이 있는데, 뒤에 이인이 반란을 일으켰을 때 누군가가 이백이 영왕을 옭아맸다고 상주하였다. 이백은 그 죄 때문에 사형을 당할 뻔했으나, (당나라를 대표하는 명장인) 곽자의가 관직을 박탈하고 속죄하게 만들라고 주청하였기에, (귀주성) 야랑현으로 장기간 유배한다는 조서가 내려졌다. 그래서 채석강을 지나다가 술에 취해서는, 달이 강 속에 있는 것을 보고 손으로 장난을 치다가 실수로 물에 빠져 죽었다. 후인은 이백이 달을 잡으려고 했다고들 말한다. (李白曾爲永王璘門下客, 後璘作亂, 或奏白使之拘. 白坐罪當誅, 郭子儀請解官贖罪, 詔長流於夜郎. 因過采石江, 酒醉, 見月在江中, 以手弄之, 失水而死. 後人謂其捉月.)

　그런데 이백이 달을 잡으려다가 익사했다는 얘기는 ≪구당서舊唐書≫나 ≪신당서新唐書≫와 같은 정사正史에는 보이지 않는다. 정사에 의하면 과음으로 인해 병사했을 가능성이 높아 보인다. 원래 위의 고사가 수록된 문헌 가운데 비교적 시기적으로 이른 것은 송나라 홍매洪邁의 ≪용재

수필容齋隨筆≫권3이나 원나라 신문방辛文房의 ≪당재자전唐才子傳≫권2 등의 기록이지만, 이러한 기록들도 무엇에 근거한 것인지는 불분명하다. 게다가 이백이 설혹 그러한 죽음을 맞이했다 하더라도 술을 워낙 좋아했던 그의 행실에 비추어보았을 때, 술에 취해 실족사한 것이 아니었을까? 여하튼 위와 같은 미담 아닌 미담을 만들어내는 고대 중국인들의 상상력(?)이 감탄스럽기는 하다. 덕분에 이백은 덜 창피한 죽음을 맞이한 인물로 '업그레이드' 되었다고나 할까?

30. 기억의 편집으로 인한 석학의 착각!

사람의 기억은 믿을 수 없다. 기억이란 편집되기가 쉬워서 곧잘 당사자로 하여금 착각을 일으키게 만들기 때문이다. 고대 중국의 석학들도 이따금 이로 인해 실수를 범하곤 하였다. 여기서는 이를 지적한 고사를 한 가지 소개해 보고자 한다.

당나라 때 대유大儒 한유韓愈는 '피휘避諱'[22]에 대해 편집광적으로 집착하는 당시의 그릇된 세태를 비판하기 위해서 <피휘에 대한 변론(諱辨)>이란 글을 지은 적이 있다. 이 글은 송나라 위중거魏仲擧가 엮은 ≪오백가주창려문집五百家注昌黎文集·잡문雜文≫권12에 전한다. 그런데 한유는 자신의 기억력에 의존해 글을 짓는 바람에 오류를 범하고 말았다. 이에 대해 당나라 말엽의 학자인 이광예李匡乂는 자신의 저서인 ≪자가집資暇集≫권상에서 다음과 같이 날카로운 지적을 던진 바 있다.

---

22 부모나 스승, 황제 등의 이름을 입에 올리거나 글에 쓰는 것을 금기시하는 관습을 일컫는 말로 앞에서도 몇 차례 언급하였다.

세간에서는 이름과 성씨의 음이 같은 것을 징험할 때 필시 '두도(dùdù)'를 거론한다. 나는 언젠가 이를 비판하여 "두씨는 '도'라고 이름 짓지 않았다"고 하였다. 그러자 그 사람이 냉소를 지으며 "한문공(한유)도 <피휘에 대한 변론>이란 글에서 이를 인용하였거늘, 선생 홀로 그렇다고 하지 않으니 망령되오"라고 하는 것이었다. 나는 그가 마치 (주周나라) 주공周公과 (춘추시대 노魯나라) 공자를 믿듯이 한문공의 말을 신뢰한다는 것을 알았기에, 감히 그와 말을 나누지 않고 돌아와 혼자 다음과 같이 적었다. "살펴보건대 《독론》에 '두백도는 본명이 『조操』이고, 자가 『백도』로, 초서를 잘 썼다'고 하였다. 따라서 (삼국) 위나라 때 이름이 무제(조조曹操)와 동일하였기에 본명을 감추고 자를 거론하게 되었는데, 후인들이 그의 성이 '두'이고 자가 '백도'인 것을 알고서 급기야 다시 '백'자를 제거한 뒤 '두도(dùdù)'로 부른 것이니, '도'가 본명이 아니라는 것을 분명히 알 수 있다. 게다가 《독론》은 두서가 지은 것이고, 두서 역시 위나라 때 사람으로서 두조杜操와 실상 같은 집안 사람이거늘, 어찌 두서가 지은 《독론》의 근본적인 진실을 믿지 않고, 한문공의 말단적인 오류를 믿는단 말인가?"(世徵名與姓音同者, 必稱杜度. 愚或非之曰, "杜不名度." 其人則冷哂曰, "韓文公諱辨亦引之, 子獨不然, 妄也." 愚見其信韓文公, 如信周孔, 故不敢與之言, 歸而自紀曰, "按篤論云, '杜伯度名操, 字伯度, 善草書.' 曹魏時, 以其名同武帝, 故隱而擧字, 後人見其姓杜, 字伯度, 遂又削去伯字, 呼爲杜度, 明知度非名也. 且篤論是杜恕所著, 恕亦曹魏時人也, 與伯度實爲一家, 豈可不信杜篤論之本眞, 而從韓文公之末誤也?")

위의 글은 피휘에 집착하면 성씨와 이름의 발음이 같은 '두도(dùdù)'의 후손들은 잘못하다가 조상 이름 때문에 성씨를 바꿔야 하는, 황당한 폐해의 발생에 대한 비판을 전제로 한 것이다. 헌데 이광예는 사람들이 한유의 명성 때문에 그가 한 말이라면 무조건 맹신하는 풍조에 대해 날카롭게 꼬집고 있다. 오늘날에도 TV 토론 프로그램을 보면, 토론자들이 자신의 주장을 상대방에게 확고하게 각인시키기 위해 유명인의 성명을 거론하면서 '아무개가 이런 말을 하였다'는 식으로 근거를 들이대는 장면을 목격할 수 있다. 물론 자신의 주장에 확신을 심어 주기 위해 유명인사의 말을 인용하는 것이 하나의 토론 방법일 수는 있겠으나, 역시 무턱대고 맹신할 일은 아닌 듯하다. 합리적인 의심은 언제나 필요한 거니까!

31. 언쟁 상대도 그리울 때가 있다네!

중국의 양대사상인 유가儒家와 도가道家 가운데 도가는 뒤에 불교와 결합하여 도교道教로 발전하면서 중국의 민간신앙으로 굳건하게 자리잡았다. 이는 우리나라에도 상당한 영향을 미침으로써 다양한 종교로 발전하였다. 물론 그 폐해도 적지 않았지만…… 여기서는 도가 내지 도교와 직접적인 관련이 있는 신선에 관한 고사를 한 토막 소개해 보고자 한다. 관련 이야기는 진晉나라 때 도사인 갈홍葛洪(284-363)이 엮은 84명의 신선에 관한 전기서인 《신선전神仙傳·난파欒巴》권5에 전한다.

후한 사람 난파는 자가 숙원이고, (사천성) 촉군 출신으로서, 부름을 받고 입궐하여 (요즘의 장관에 해당하는 직책인) 상서에 올랐다. 정월 초하루날 아침에 대조회大朝會가 열렸을 때 난파는 술을 받았으나 마시지 않고 남서쪽으로 향해 그것을 뱉어냈다. 그러자 담당관이 난파가 대단히 불경한 짓을 하였

다고 상주하였다. 황제가 조서를 내려 난파에게 묻자, 난파가
사죄를 올리며 대답하였다. "신의 고향은 성도(촉군)이온대,
저자에 불이 났기에 술을 뱉어서 비를 내려 불을 끄려고 한 것
이옵니다." 황제가 역마驛馬를 통해 문서를 보내서 급히 물었
더니, 한결같이 대답하기를 "비가 북동쪽에서 왔는데, 술냄새
가 나더니 불이 결국 꺼졌사옵니다"라는 것이었다. (後漢欒巴, 字
叔元, 蜀人, 徵入爲尙書. 正朝大會, 巴得酒不飮, 面西南噀之. 有司奏巴大不敬. 詔問
巴, 巴謝曰, "臣本縣成都, 市失火, 故噀酒爲雨, 救之." 帝以驛書馳問, 咸云, "雨從東南
來, 有酒氣, 火遂熄.")[23]

위에 등장하는 난파(?-168)라는 사람은 후한 순제順帝 때의 실존 인
물로서, 요즘으로 말하면 장관에 해당하는 상서尙書라는 고관까지 오른
사람이다. 그럼에도 그를 ≪신선전≫에서 수록한 것을 보면, 그가 도교
에 무척 심취해 있었다는 것을 알 수 있다. 그러나 한편으로는 도교의
교세를 넓히기 위해 그를 활용했을 가능성 또한 배제할 수 없을 듯하다.
여하튼 그가 도술을 부려 멀리 고향 땅에서 일어난 화재를 껐다는 얘기
는 '뻥'이 심해도 너무 심한 듯하다.

각설하고, 필자는 종교로서의 도교에 대해 다소 부정적인 생각 내지
는 편견(?)을 가지고 있다. 그래서 이쪽에 관심이 많은 동양철학 전공
교수와 술자리에서 자주 의견 충돌을 빚곤 하였다. 필자가 '뻥'이 심하
다고 비판하면, 그 분은 지나치게 실증주의에만 사로잡혀 '무지'(?)하다
고 내게 반격을 가하는 장면이 자주 반복되었기 때문이다. 그러나 그 분

---

23 예문에서 '유사有司'는 '소사所司'라고도 하는데, 모종의 업무를 전담하는 관리를 의미하고,
'동남東南'은 후한 때 수도인 하남성 낙양이 사천성 성도의 북동쪽에 위치했기에 문맥상 '동
북東北'의 오기로 보인다.

이 정년퇴임을 한 뒤로는 그런 논쟁(?)을 벌일 상대가 사라졌기에, 왠지 허전하고 심심해졌다. 그렇다고 그분에게 다시 복직하시라고 할 수도 없는 노릇이고……

32. 제갈양이 좋아한 채소라고?

땅덩어리가 어마어마하게 큰 중국에는 우리가 알지 못 하는 각종 생명체가 존재했고, 앞으로도 존재할 것이다. 일례로 삼국시대 촉蜀나라에서 재상을 지낸 제갈양諸葛亮(181-234)은 본명보다는 자인 '공명孔明'으로 인해 '제갈공명'이란 별칭으로 우리나라에도 잘 알려진 지략가인데, 중국에서는 그의 성씨를 딴 '제갈채諸葛菜'라는 채소가 있다. 송나라 때 고승高承이 지은 ≪사물기원事物紀原·초목화과부草木花菓部≫권10의 기록에 의하면, 각 지역마다 야생으로 자라는 풀로서 무처럼 생겼다고 한다.

제갈양은 군대를 주둔하는 곳마다 군사들에게 이 채소를 심게 했다. 그 연유에 대해 당나라 위현韋絢이 ≪유빈객가화록劉賓客嘉話錄≫에서 상세하게 설명하였는데, 이를 소개하면 다음과 같다.

> 모두가 다음과 같은 뜻을 취하였으니, 갓 자라면 날 것으로 먹을 수 있는 것이 첫 번째 이유이다. 잎사귀가 넓어서 끓여 먹을 수 있는 것이 두 번째 이유이다. 오래 거주한 곳에서도 아무데서나 자라는 것이 세 번째 이유이다. 그냥 버리고 떠나도 아깝지 않은 것이 네 번째 이유이다. 돌아올 때도 쉽게 찾아서 캘 수 있는 것이 다섯 번째 이유이다. 겨울에는 뿌리가 있어서 베어 먹을 수 있는 것이 여섯 번째 이유이다. 그러니

이 채소야말로 그 이점이 풍부하지 않은가?(莫不是取其纔出可生啗,
一也. 葉舒, 可煮食, 二也. 久居, 隨以滋長, 三也. 棄去不惜, 四也. 回則易尋而採, 五
也. 冬則有根, 可斸食, 六也. 此蔬其利不亦博乎?)

별 값어치가 없는 듯하면서도 실용적인 측면이 있다는 점에서 닭갈
비(계륵鷄肋)를 떠올리게 만든다. 또 한편으로는 흡사 흉년이 들었을 때
아사餓死를 막을 수 있는 구황식물救荒植物과도 같은 느낌도 준다. 21세
기 들어 인구는 한없이 불어나고 식량은 절대적으로 부족하여, 이제는
바퀴벌레 같은 소름돋는 벌레까지 활용해서 식량 개발에 심혈을 기울이
고 있다는데, 삼국시대 촉나라 때 제갈양은 참으로 간편하게 군량 문제
를 해결하였던 것 같다. 지금도 이 '제갈채'란 채소가 있다고 하는데, 2
천 년 전의 그것과 100% 동일 품종인지는 단정하기 어려울 듯하다.

33. 서역에서 들어온 생물들!

앞에서 '석류'가 서역의 안석국安石國이 원산지인 과일이라서 외국에
서 전래한 과일이라고 언급한 적이 있다. 석류를 처음 중국으로 들여온
사람은 전한 무제武帝 때 사신인 장건張騫으로 알려져 있다. 장건은 서역
을 개척한 인물로서 고문헌에 의하면 그의 손을 거쳐 수입된 식물이 석
류 외에도 여러 종이 있다. 우선 이와 관련한 기록들을 아래에 소개해
보겠다.

'호마'는 지금의 '유마'(참깨)이다. 중국의 삼은 '대마'라고
부른다. 장건이 처음으로 서역의 대원국(Ferghand)에서 참깨의

종자를 얻으면서 이 또한 '마'라고 불렀기에, '호마'라는 말로 구별하면서 한나라의 삼은 '대마'라고 부른 것이다. (胡麻只今油麻 也. 中國之麻, 謂之大麻. 張騫始自大宛得油麻種, 亦謂之麻, 故以胡麻別之, 謂漢麻爲 大麻.) (송나라 심괄沈括의《몽계필담夢溪筆談·약의藥議》권26)

장건이 서역에 사신으로 갔다가 마늘을 얻어서 돌아왔 다. (張騫使西域, 得大蒜而還.) (수隋나라 육법언陸法言의《절운切韻》)

장건이 외국에 사신으로 나갔다가 돌아오는 길에 호두를 얻었다. (張騫使外國回, 乃得胡桃也.) (진晉나라 장화張華의《박물지博物志》)

한나라 사신이 돌아올 때 포도와 거여목의 종자도 들어왔 다. (漢使歸, 葡萄·苜蓿種來.) (후한 반고班固의《한서·서역전》권96)

('거여목'은) 본래 서역에서 나는데, 그곳 사람들은 말 사료 용으로 쓴다. (전한 무제 때) 장건이 대하국(아프가니스탄)에 사 신으로 갔다가 그 종자를 얻어 귀국해서는 포도와 함께 별궁 의 건물 옆에 심었는데, 무척 무성하게 자랐다. 아마도 한나라 때 처음 중국에 들어왔을 것이다. (本自西域, 彼人以秣馬. 張騫使大夏, 得其種以歸, 與葡萄同種於離宮館傍, 極茂盛焉. 蓋漢始至中國也.) (진晉나라 장화 張華《박물지博物志》)

장건이 대하국(아프가니스탄)에 사신으로 가서 (향초의 일종 인) '호수'를 얻었다. (張騫使大夏, 得胡荽.) (진晉나라 장화張華《박물지 博物志》)

위의 예문에서 '호마'나 '유마'는 참깨를 가리킨다. '거여목'은 콩과 에 속하는 식물로서 말의 사료로 쓰였으나, 섬서성 일대에 거주하는 중 국인들은 음식으로 섭취하기도 했다고 전한다. '호수'는 구강을 청결히 하는 데 사용하는 향초의 일종인데, '胡'자가 북방 이민족을 가리키는 말이기에, 이에 불쾌감을 느낀 오호십육국五胡十六國 후조後趙의 군주 석늑石勒이 '향수香荽'로 개명했다고 한다. 그러나 아마도 '거여목'이나 '호수'는 우리나라 사람들에게 다소 생소한 식물일 듯하다. 그 외의 참깨나 마늘·호두·포도는 우리나라도 모두 중국을 통해 수입했을 가능성이 농후해 보인다. 다만 조선시대 정조 임금이 '요망한 풀'이란 의미에서 '요초妖草'라고 불렀다는 담배만큼은 수입하지 말았어야 했다. 필자 자신도 담배를 끊는 데 무척 고충이 많았다. 예전에는 단칼에 담배를 끊는 사람을 보면 '독종'이라고 농담을 걸곤 하였는데, 필자 자신도 그 반열에 들어서고 말았다.

34. 코끼리의 수난?

우리나라에 코끼리가 언제 처음으로 수입되었는지는 모르겠으나, 코끼리는 이제 꼬맹이들도 알 만큼 우리 국민에게도 친숙한 동물이다. 하지만 고가의 상아 때문에 아프리카 코끼리들이 멸종 위기에 놓였다는 얘기는 이미 전세계적으로 잘 알려져 있다. 얼마 전에는 중국의 사천성에서 삶의 터전을 잃은 코끼리들이 마을로 내려와 사람들을 해치기에, 골치덩어리로 전락했다는 뉴스를 접하기도 하였다. 우리나라도 조선시대 태종과 세종 때 일본으로부터 예물로 받은 코끼리가 사람을 해치고, 각 지역에서 감당키 어려운 식성 때문에 서로 코끼리 사육을 떠넘기려고 했다는 기록이 전한다. 우리나라나 중국이나 코끼리 때문에 골치를 썩는 것이 어제 오늘의 일은 아닌 듯하다.

코끼리는 중국 내의 자생 동물일까? 아니면 외국에서 수입된 외래종일까? ≪후한서後漢書·남만열전南蠻列傳≫권116에 "(광서성) 교지 남쪽에 월상국(베트남)이 있는데, (주周나라) 주공이 섭정을 행한 지 6년만에 월상국 사람들이 세 마리 코끼리를 타고서 여러 차례 통역을 거쳐 흰 꿩을 바쳤다(交阯之南, 有越裳國, 周公居攝六年, 越裳以三象重譯而獻白雉)"는 기록이 있는 것으로 보아, 후자에 해당할 듯하다. 또 전한 때 고사를 수록한 ≪서경잡기西京雜記≫권5에 '황제나 황후가 타는 수레 중에 코끼리가 끄는 것이 있다'는 기록이 보이고, 전국시대 때 지어진 것으로 추정되는 ≪산해경山海經·해내남경海內南經≫권10에 '파사巴蛇'라는 전설상의 뱀이 코끼리를 통째로 삼킨다는 우화 같은 얘기가 전한다. 따라서 코끼리가 중국에 전래된 것은 무척 오래 전의 일로 여겨진다.

중국과 베트남은 마치 우리나라와 일본처럼 견원犬猿과도 같은 관계를 맺어 왔다. 이는 물론 양국 간에 전쟁이 끊이지 않았기 때문일 것이다. 일례로 전한 때 영토 확장에 욕심이 많았던 무제武帝는 우리나라에 한사군漢四郡을 설치했던 것처럼 베트남 일대를 점령하고서 일남군日南郡을 설치한 적이 있다. 그러니 양국 간에 관계가 좋을 리 만무하다. 헌데 중국의 군대가 베트남을 침공했을 때 가장 두려워했던 존재가 바로 코끼리였다. 하긴 어마어마한 덩치의 코끼리가 전면에 나서 돌진해 들어온다면, 어찌 두렵지 않을 수 있으리오? 그래서 남조南朝 유송劉宋 때 종각宗愨이 베트남을 침공했을 때, 코끼리 부대에 대항하기 위해 사자 모양의 형상을 만들어서 코끼리를 쫓았다는 고사가 ≪송서宋書·종각전≫권76과 같은 정사正史에까지 전한다. 끝으로 코끼리와 관련해 원元나라 때 저자 미상의 ≪씨족대전氏族大全≫권7에 수록된 총기어린 꼬마에 대한 흥미로운 고사를 하나 소개하는 것으로 글을 마무리하고자 한다.

(삼국 위魏나라 때 조조曹操의 막내아들인) 조충(198-210)은 자가

창서로 대여섯 살의 꼬마임에도 지혜가 성인과 맞먹었다. 당시 오나라에서 코끼리를 바쳐 조조가 그 무게를 알고 싶어하자, 조충이 아뢰었다. "코끼리를 커다란 배에다 두고서 그로 인한 물자국을 표시한 뒤, 물건의 무게를 재서 거기에 실어 비교하면 됩니다."(曹沖, 字倉舒, 五六歲, 智慧若成人. 時吳貢大象, 操欲知斤兩. 沖曰, "置象大船中, 而刻其水痕, 稱物以載之.")

35. 인간 정신력의 한계는 어디까지일까?

사람의 초능력은 어디까지 가능할까? 무척이나 오래 전 일이지만, 어느 어머니가 차에 깔린 자식을 구하기 위해 초인적인 힘을 발휘해서 자동차를 번쩍 들어올렸다는 얘기를 해외토픽에서 본 기억이 난다. 물론 믿기지 않는 일이기에 요즘 같으면 가짜 뉴스라고 치부해버리기 쉬운 얘기일 것이다. 중국의 고문헌을 보면 이와 유사한 고사들이 전하는데, 그중 전한 한영韓嬰의 ≪한시외전韓詩外傳≫권6에 수록된 이야기를 하나 아래에 소개해 보고자 한다.

초나라 사람 웅거자가 밤에 길을 가다가 누워 있는 바위를 보고는, 웅크리고 앉아 있는 호랑이라고 생각하여 활을 당겨 그것을 맞혔는데, 화살촉이 들어가고 깃털까지 박혔지만, 내려가서 살펴보니 다름아니라 바로 바위였다. 그래서 다시 그것을 맞히자, 이번에는 화살이 튕겨져나가며 아무런 흔적도 남기지 못 했다. (楚熊渠子夜行見寢石, 以爲伏虎, 彎弓而射之, 沒金飮羽, 下視之乃石也. 因復射之, 矢躍無迹.)

웅거자는 춘추시대 때 초나라 출신으로 그의 신상에 대해서는 알려진 바가 거의 없기에, 실존 인물인지도 불확실하다. 그가 호랑이가 나타난 줄 알고 겁에 질려 정신을 집중해서 화살을 쏘았을 때는 초인적이 힘이 발휘되어 화살이 바위에 통째로 박혔지만, 그것이 호랑이가 아니라 바위라는 사실을 알고 나서 화살을 쏘았을 때는 흔적도 없이 튕겨져 나갔다는 얘기이다. 물론 이를 실화로 믿을 사람은 아무도 없겠지만……

다만 위의 고사는 사람의 정신력이 얼마나 대단한지를 강조하기 위해 지어낸 우화로 이해하면 될 것 같다. 인간의 정신력은 실제로 어느 정도의 힘을 발휘할 수 있을까? 그 한계를 아는 사람은 아무도 없을 듯하다. 그래서인지 요즘은 자본력으로 밀어붙이는 헐리우드의 '어벤져스'니 '엑스맨'이니 하는 시리즈물들이 극장가를 휩쓸고 있다. 신의 경지에 오르고 싶은 인간의 본질적인 욕망의 투사체라고나 할까? 여하튼 필자도 이들 영화들을 재미있게 보고 있지만, 한편으로는 거액의 외화가 다른 나라로 빨려들어간다고 생각할 때마다 씁쓸한 뒷맛이 남기도 한다.

36. 학자일까? 사기꾼일까?

몇 년 전 뉴스에서 호남의 모대학 소속 어느 명예교수가 수학계의 7대 난제 가운데서도 가장 어렵다는 소수素數와 관련한 '리만 가설(Riemann Hypothesis)'이란 숙제를 풀었다고 주장한다는 보도를 본 적이 있다. 이 난제를 풀면 미국의 모 수학연구소에서 100만불을 상금으로 포상한다고 하니, 수학계에서는 그 해법을 대단한 업적으로 간주하는 듯하다. 이에 대해 네티즌들은 그 사람의 전력을 거론하여 황우석 박사와 비교하면서, 논문으로 증명하지 않고 언론플레이를 일삼는 사기꾼이라고 비난하는 댓글을 달아 맹공을 가하였다. 그러면서 그에 비견되는 업적으로 '피타고라스 정리'를 함께 거론하는 것이었다.

'피타고라스 정리'는 주지하다시피 직각삼각형에서 빗변의 제곱이 직각을 낀 나머지 두 변의 제곱의 합과 같다는 공식이다. 그런데 왜 그 명칭을 굳이 '피타고라스 정리'라고 할까? 이는 우리가 서양식 교육을 받아 모든 과학적 업적을 서양인의 시각에서만 바라보아 왔기 때문이 아닐까 싶다. 앞에서 중국의 도서 분류를 설명하면서 고대 중국인들은 도서의 분류를 4분화하여 경서류經書類·사서류史書類·자서류子書類·집서류集書類로 정리하였고, 과학 도서는 자서류에 뭉뚱그려 소속시켰다는 화두를 던진 적이 있다. 따라서 고대 중국의 과학 서적들은 자서류에 속해 있다. 그중 수학에 관한 저서들도 제법 많은데, 거기에 직각삼각형이나 원주율에 관한 공식도 실려 있기에 한번 소개해 보고자 한다.

중국의 수학책 가운데 현전하는 가장 오래된 것으로 ≪주비산경周髀算經≫이란 고서가 있다. 저자를 알 수는 없으나, 그 이론적 바탕은 시기적으로 선진先秦시대까지 거슬러오르는 것으로 추정된다. 여기에 이른바 서양의 '피타고라스 정리'와 동일한 공식이 등장한다. 한자어로는 '구고법句股法'이라고 하는데, 직각삼각형에서 직각을 낀 짧은 변을 '구句'라고 하고, 긴 변을 '고股'라고 하며, 빗변을 '현弦'이라고 한다. 즉 '구'의 제곱과 '고'의 제곱을 합한 것이 '현'의 제곱과 같다는 이론이다. 이를 근거로 중국인들은 '구고법'의 발견이 서양의 '피타고라스 정리'보다 수백 년 더 오래되었다고 주장한다. 또 원주율(밀율密率)의 경우도 자신들의 선조가 서양보다 먼저 이 공식을 발견했다고 주장한다. 단 고대 중국의 원주율은 대충 3으로 계산하였기에, 무한소수(3.14……)로 정의 내려진 파이(π)에 비해서는 그다지 정교하지 못 할 뿐이다. 심지어 서양의 모학자마저도 이러한 중국의 고문헌들을 근거로 ≪중국과학사≫란 저서에서 세계 과학의 역사를 다시 써야 한다고 주장하는 것을 얼핏 본 기억이 있다.

그러나 실상 이러한 주장들은 현존하는 기록에 근거하는 것이기에, 그 이전에도 그러한 과학적 지식들을 먼저 제시한 인물이 없었다고 단정할 수는 없을 듯하다. 단지 현재 전하고 있는 기록에만 의존하는 주장들이니까! 중요한 것은 우리가 지금까지 알고 있는 지식에 대해 지나치게 서양의 관점이나 서양식 교육에 함몰되어 폭넓은 시각으로 바라보지 못 했다는 사실에 대한 성찰이 아닐까? 아울러 시기적으로 더 빠르냐 아니냐는 그리 중요하지 않다는 생각이 들기도 한다. 그런 점에서 우리나라 역사를 단군신화로까지 끌어올려 반만 년이라고 주장할 필요가 굳이 있을까?

37. '매너리즘'을 경계하자!

필자가 늘 경계하는 현상 중에 하나로 소위 '매너리즘'을 들 수 있다. 무언가 익숙해지면 나태해지는 것이 인간의 속성이 아닐까? 그러나 마음 속으로는 이를 경계하면서도 실생활에서는 지키기가 무척 어려운 듯하다. 타성에 젖는 행태가 어떠한 결과를 초래할 수 있는지, 그 해악을 콕 찝어서 거론한 글이 한 편 있기에, 이 자리를 빌어 한번 소개해 보고자 한다. 원문은 당나라 말엽 사람인 이부李溥가 지은 ≪간오刊誤≫권 하에 다음과 같이 전한다.

무릇 의사가 손가락 끝으로 진맥을 잘 하여 생사를 알 수 있는 것은 하늘로부터 능력을 부여받아서가 아니라면, 오랫동안 공부를 해서 얻은 결과이다. 그러나 처음에는 혹여 능력을 드러내다가도 말미에 가서는 효험이 줄어들기도 한다. 논자들은 처음에 능력을 발휘하는 것은 명운이 통해서이고, 말미에 어긋나는 것은 운수가 다했기 때문이라고들 한다. 그러나 내 생각은 이렇다. "그렇지 않다. 그가 처음에 자주 병세를 잘 맞히는 것은 재물이 늘어나는 것에 마음이 들떠서이고, 기억이 쇠미해지기 이전이라 진맥이 예리해서인데, 오랜 시간이 지나게 되면 근력이 쇠약해지고 마음이 나태해져 효과를 보는 일이 급기야 드물게 되는 것이므로, 처음에 능력을 발휘하고 말미에 가서 어긋나는 것을 여기서 찾을 수 있다. 만약 운수가 통하고 막히는 것 때문이라면, 어찌 이치를 안다고 말할 수 있겠는가?"(夫醫切脉指下, 能知生死者, 非天受其性, 則因積學而致. 然始或著能, 末而寡效. 論者以始能, 命通也, 末繆, 數窮也. 予曰, "不然. 其初屢中, 喜於積財, 記憶未衰, 診理方銳, 及其久也, 筋力已疲, 志怠心勞, 獲效遂鮮, 則始能末繆, 於斯見矣. 若以數之通塞, 豈曰知理哉?")

위에서 예를 든 것은 의사의 의료행위이지만, 그것이 어찌 의사란 직업에만 국한된 얘기이리오? 정치인이든 법조인이든 교육자든 회사원이든 막론하고 누구에게나 해당되는 말일 것이다. 특히 교육계에 종사하고 있는 필자로서도 무척 경계해야 할 내용이다. 타성에 젖어 나태한 자세를 조금이라도 보이면 학생들이 금세 눈치를 채니 하는 말이다.

그래도 필자에게는 가장 무서운 적수인 아내가 곁에 있다. 필자가 조금만 게으름을 부리면 옆에서 '타성에 젖어서 옛날 같지 않다!'고 잔소리를 늘어놓는다. 하긴 이런 저격수가 없다면 타성에 젖은 결말이 어디까지 다다를지 모르니, 그나마 다행이라고나 할까? 그렇다고 해도 아내의 잔소리가 마냥 귀찮고 성가시기는 하다!

38. 언쟁에서 이기는 방법은?

사람이라면 상대방으로부터 모욕적인 얘기를 들었을 때 같은 방식으로 보복하고 싶은 충동을 누구나 느끼지 않을까 싶다. 그것이 욕설과 같은 험악한 말보다는 상대방의 의표를 찌르는 데 더 효과적이기 때문일 것이다. 중국 고문헌 가운데 그러한 실례를 적나라하게 보여주는 고사가 있기에, 아래에 한번 소개해 보고자 한다. 원문은 남조南朝 양梁나라 때 원제元帝 소역蕭繹(508-554)의 저서인 ≪금루자金樓子·입언편立言篇≫ 권4에 다음과 같이 전한다.

> (진晉나라) 최정웅(최표崔豹)이 군을 방문하자 군의 장수로서 성이 진씨인 사람이 그에게 물었다. "귀하는 (춘추시대 제齊나라) 최저로부터 몇 세대 후손이시오?" 최표가 대답하였다. "저와 최저와의 세대 차이는 귀하와 진항과의 세대 차이와 같답니다."(崔正熊詣郡, 郡將姓陳問正熊曰, "君去崔杼幾世?" 答曰, "正熊之去崔杼, 如明府[24]之去陳恒也.")

중국의 고대 역사를 모른다면 위의 고사가 무슨 얘기를 하는 것인지 간파해내기란 실상 어려운 일이다. 위의 예문에서 '최정웅'의 '정웅'은 진晉나라 때 사람 최표崔豹의 자이기에 '최정웅'은 결국 최표를 가리킨

---

[24] '명부明府'는 한나라 이후로 군수나 현윤縣尹을 높여 부르던 존칭을 가리킨다.

다. 최표는 사고전서에도 수록된 ≪고금주古今注≫의 저자로 후인들에게 잘 알려진 인물이다. 그리고 뒤에 등장하는 '최저崔杼'는 최표로부터 대략 천년 전인 춘추시대 제齊나라 때 사람으로, 군주를 시해하고 그 사건을 기록한 사관史官마저 살해한 인물이다. 그러니 최표에게 '최저의 몇세대 후손이냐?'고 묻는 것은 다름 아니라 최표에게 '역적의 후손'이라고 모욕을 준 것이나 진배없다. 한편 그 뒤에 등장하는 '진항陳恒'도 춘추시대 제나라 때 사람인데, 그 역시 군주인 간공簡公을 시해한 인물이다. 따라서 최표 역시 같은 방식으로 상대방도 '역적의 후손'이라고 되받아치기를 한 것이다. 그야말로 '장군! 멍군!'이라고나 할까? 그러니 이 얼마나 통쾌한 복수인가?

우리도 살아가면서 이따금 누군가와 본의 아니게 언쟁을 벌이는 상황을 맞이할 때가 있다. 그때 육두문자가 아니라 이처럼 멋진 방법으로 'KO' 펀치를 날릴 수 있다면, 그야말로 속이 후련하지 않을까 생각된다. 애당초 그러한 장면이 연출되지 않도록 조신하는 것이 최선의 방법이기는 하겠지만……

39. 옛사람의 예법이 간촐할 때도 있다네!

우리는 옛사람들이 예법에 무척 엄격하였고, 그 층차가 매우 심했던 것으로 잘못 알고 있기 십상이다. 그러나 실상 고대인들은 일상생활에서 예의를 차릴 때 신분의 차이가 난다고 해서 다양한 격차를 두었던 것은 아니다. 만약 그리한다면 황제에게 취할 예법을 마련하는 데 어려움을 겪을 수밖에 없을 것이다. 우선 와전된 예법에 관해 반론을 제기한 글을 한 편 아래에 소개해 보고자 한다. 원문은 당나라 말엽 사람인 이

부李涪가 지은 ≪간오刊誤≫권하에 다음과 같이 전한다.

　　재상은 권한과 지위가 막중하기에 백관들이 우러러 공경
하지만, 9품관과 동등한 예법을 취해 왔다. 고금에 걸쳐 사람
들은 "(당나라 무종) 회창(841-846) 이전에는 이러한 제도가 바뀌
지 않다가, (의종) 함통(860-873) 이후로 매번 승상을 알현할 때
마다 반드시 먼저 혈연관계를 말하고 거듭 절을 올려야, 신하
로서의 예의를 다하는 것이 되었다"고 말한다. 서민 출신인
위보형韋保衡은 재상이 되었지만, 이미 외척 출신인데다가 명
망 있는 재상 가문 출신도 아니었다. 그럼에도 당시 고관이나
원로들이 다투어 자신의 집을 방문하여 북적이자, 모두에게
거만한 태도를 보이며 그들의 배례를 받았다. 위보형은 중서
성에 술을 준비케 하였고, 술잔을 들고 인사를 나눌 때 태사太
師·태보太保·상서尙書 등 고관들이 동시에 공손히 절을 올렸
다. 그 뒤로 뭇 관료들은 승상부를 알현할 때 모두들 혈연관계
를 말하고, 거듭 정중하게 인사를 올렸다. 옛날 (전한 때) 급암
도 대장군에게 절을 하지 않았으니, 가볍게 읍을 한 어느 손님
이 존중받았던 고사들이 어찌 사실이 아니겠는가?(宰相權重位尊,
百僚瞻敬, 然與九品抗禮. 古今謂, "會昌已前, 不易斯制, 咸通已後, 每謁見丞相, 必先
言中外, 申拜首, 乃盡具臣之儀." 韋庶人保衡爲相, 旣曰外進, 且非公望. 當時崇秩宿
德, 競造其門, 接跡排肩, 皆被傲然, 當其拜禮, 韋於中書命酒, 執爵揖讓之際, 師保尙
書, 一時下拜. 自後群官謁相府, 罕有不言中外, 曲申畢敬者. 昔汲黯不拜大將軍, 有揖
客爲重, 豈不信哉?)

　　극진한 예우를 받았던 황제를 제외하면, 관료들 사이에서는 품계의
격차와 상관없이 두 손을 맞잡고 가볍게 인사를 올리는 '읍揖'의 예법이

관례였는데, 뒤에 외척 출신인 위보형이란 사람이 재상에 올라 거들먹거리면서 재상에 대한 예법이 남달라졌다는 것이다. 실상 품계가 다르다고 해서 예법을 달리한다면, 그 많은 종류를 어찌 다 기억해서 실행에 옮길 수 있으리오? 그러니 사대부 간에는 차별을 두지 않는 것이 상례였을 것이다.

기득권층이 두터워지면 두터워질수록 많은 차별을 두어 층차를 벌임으로써 특별한 대우를 받으려는 것이 사람의 속성이 아닐까 싶다. 그래서 예법이 다양해지고, 신분은 더욱 고착화되는 것일 게다. 그것이 어찌 옛사람에게만 한정된 얘기이리오? 오늘날도 매한가지인 듯하다. 다만 현대는 빈부의 격차로 인해 그러한 관례 아닌 관례가 생겨나는 것이 서러운 일이라고나 할까? 그래도 갈수록 빈부차의 폐해에 대한 반성이 계층 사이의 차별화를 억제하는 쪽으로 작동하고 있기에, 그나마 다행이라고 하겠다.

40. 경험학적 지식도 무시할 수는 없다네!

현대인들은 고도로 발달한 과학 지식을 맹신하다시피 하여 고대인들의 지식을 어느 정도 무시하는 경향이 있는 듯하다. 실상 필자 역시 예외는 아니다. 그래서 고대 중국인들이 늘어놓는 주장에 대해 일단 의구심부터 품곤 한다. 그러나 그들의 경험학적 지식은 현대인 못지 않게 놀라운 경우가 많다. 그 일례를 아래에 제시해 보고자 한다. 예문은 원래 송나라 때 대문호인 구양수歐陽修(1007-1072)의 《귀전록歸田錄》에 실려 있던 것이지만, 원문은 실전되고 대신 송나라 때 저자 미상의 《금수만화곡錦繡萬花谷 · 화畵》전집前集권33에 인용되어 전한다.

(송나라) 구양수歐陽修는 오래된 그림을 한 장 얻었는데, 모란 아래 고양이가 그려져 있었다. 정숙공正肅公 오육吳育이 이를 보고서 말했다. "이것은 정오 무렵의 모란이군요. 꽃이 흐드러지게 피었으면서 색이 바래 있으니, 이는 정오 무렵에 핀 꽃입니다. 고양이의 눈은 아침 저녁으로 다른데, 검은 눈동자가 실처럼 그려져 있으니, 이는 정오 무렵의 고양이 눈동자랍니다."(歐公得一古畵. 牡丹下有猫. 吳正肅公一見曰, "此正午牡丹也. 其花披哆而色燥, 此日中時花也. 猫眼朝暮不同, 黑睛如線, 乃正午猫眼也.")

　　위의 예문에서 '구공歐公'은 구양수에 대한 존칭인 '구양공歐陽公'의 준말이고, '오정숙공吳正肅公'은 구양수와 사돈지간이면서 시호가 '정숙'인 오육吳育(1004-1058)에 대한 존칭이며, '피치披哆'는 첩운疊韻으로서 원래는 '입을 활짝 벌린 모양'을 뜻하는 말이지만 여기서는 꽃이 흐드러지게 핀 모양을 비유하고, '일중日中'은 '해가(日) 하늘 중앙에(中) 오는 시간', 즉 오전 11시에서 오후 1시 사이인 오시午時 때를 가리킨다.

　　위의 일화를 들여다보면 매우 섬세하고도 정밀한 과학 지식의 단면을 엿볼 수 있다. 대개 좌우를 경계하기 위해 가로로 발달한 초식동물들의 눈동자와는 달리, 고양이과에 속하는 맹수들의 눈은 상하를 넘나들며 사냥감에 초점을 맞추기 위해 세로로 발달해 있다고 한다. 그래서 빛이 강한 시간대에는 동공이 실처럼 좁아지는 형태를 띤다는 것이다. 이에 대해 송나라 때 오육이란 인물도 정확하게 인지하고 있었던 모양이다. 이는 물론 오육이란 사람에게만 국한된 지식은 아닐 것이고, 아마도 오랜 세월 경험에 의해 축적된 고대 중국인들의 일반적 지식이 아니었을까 싶다. 여하튼 현대 과학자들과 같은 이론적 무장은 덜 되어 있었을지 몰라도, 경험학적으로 체득한 과학 지식은 현대인이라고 해서 결코 가벼이 보아넘겨서는 안 되는 수준이라 하겠다.

41. 벼는 익을수록 고개를 숙인다!

우리나라 놀이문화 가운데 '투계鬪鷄'라는 것이 있다. 우리말로 옮기면 동사+목직어, 즉 '동빈구조動賓構造'로 보았을 때는 '닭에게 싸움을 붙이는 놀이'를 뜻하게 되고, 동사+명사, 즉 편정구조偏正構造로 보았을 때는 그러한 행위를 하는 '싸움닭'을 뜻하게 된다. 필자는 이 놀이를 구경한 적이 없어 그 생리에 대해서는 잘 알지 못 한다. 그리고 그것이 중국에서 유래한 것인지, 아니면 우리나라에서 자체적으로 생겨난 것인지에 대해 정확하게 단언을 내릴 수도 없다. 다만 중국 고문헌에도 이에 대한 기록이 발견되기에 한번 소개해 보고자 한다. 원문은 도가사상의 대표적 저서인 ≪장자莊子·달생達生≫권7에 전한다.

(전국시대) 기나라 성자가 (제齊나라) 왕을 위해 싸움닭을 키웠는데, 열흘이 지나자 왕이 물었다. "닭이 이제 싸울 수 있겠소?" 성자가 대답하였다. "아직 아닙니다. 이제 겨우 괜시리 거드름을 피면서 자기 기운만 믿고 있습니다." 열흘이 지나서 왕이 다시 묻자 성자가 대답하였다. "아직 아닙니다. 아직도 소리와 그림자에 반응하고 있습니다." 열흘이 지나서 왕이 다시 묻자 성자가 대답하였다. "아직도 아닙니다. 여전히 상대방을 째려보면서 성질만 부리고 있습니다." 열흘이 지나서 왕이 다시 묻자 성자가 대답하였다. "거의 다 되었습니다. 다른 닭이 비록 울어대도, 이제 아무런 변화를 보이지 않고 있습니다. 멀리서 보면 마치 나무로 깎은 닭 같아 그 능력이 완성되었기에,

다른 닭이 감히 반응을 보이지 않고, 보면 도리어 도망치고 맙니다."(紀渻子爲王養鬪鷄. 十日而問, "鷄可鬪已乎?"曰, "未也. 方虛憍而恃氣." 十日又問, 曰, "未也. 猶應響景[25]." 十日又問, 曰, "未也. 猶疾視而盛氣." 十日又問, 曰, "幾矣. 鷄雖有鳴者, 已無變矣. 望之似木鷄矣, 其德全矣, 異鷄無敢應, 見者反走矣.")

위의 예문에 등장하는 '기성자紀渻子'란 인물은 글자 그대로 이해하면, 강대국인 제齊나라 옆에 붙어 있어 결국 제나라에 의해 멸망당한 작은 제후국인 기나라의 군주로서, 시호가 '성渻'이고, 작위가 자작子爵에 해당하는 인물 정도를 가리킨다. 그러나 다른 문헌에 출현하지 않는 것으로 보아, 장자가 만들어낸 가공의 인물일 가능성도 배제할 수는 없을 듯하다.

각설하고, 위의 우화는 싸움닭도 최고의 공력을 갖추면 상대방이 감히 싸우려 들지 못 하고, 멀리서 보기만 해도 그 기운에 억눌려 꼬리를 내리고 만다는 것이다. 이는 결국 우리 속담의 '벼는 익을수록 고개를 숙인다'는 말처럼, 사람도 최고의 경지에 이르면 굳이 언행으로 드러내지 않아도 그 수준을 인정받을 수 있다는 말이 하고 싶어 만들어낸 고사인 듯하다. 요즈음처럼 '관심종자'들이 많은 세상에서는 그들에게 한번 들려주고 싶은 고사라 하겠다.

---

25 '향영響景'의 '景'은 '그림자 영影'의 본글자이자 통용자이다.

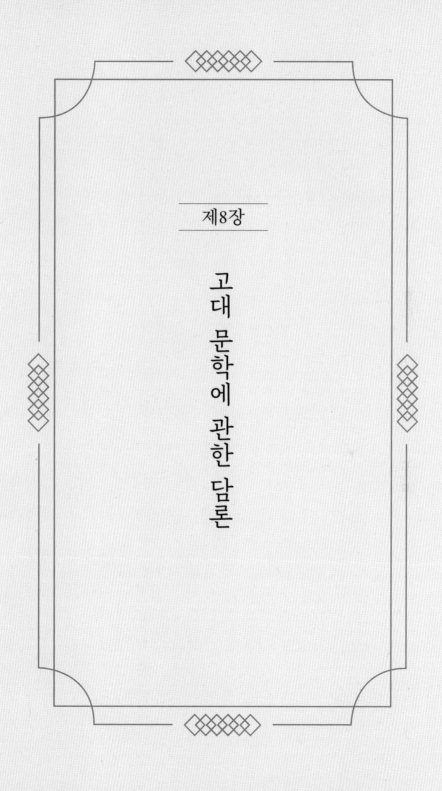

제8장

고대 문학에 관한 담론

1. 만약 광동어가 표준어가 되었다면?

우리나라에서는 보통 사람들이 사용하는 공인된 언어를 표준어라고 한다. 중국인들에게도 북경어를 바탕으로 하는 표준어가 있는데, 여러 가지 별칭을 가지고 있다. 일반적으로 중국에서는 '한족이 사용하는 말'이란 의미에서 '한어漢語'라고 하지만, 대만에서는 '나랏말'이란 의미에서 그냥 '국어國語'라고 부른다.

그 외에도 '보통 사람이 쓰는 말'이란 의미에서 '보통화普通話'라고도 하고, '중국말'이란 의미에서 '중국화中國話'라고도 하며, '국가기관에서 공인한 말'이란 의미에서 '관화官話'라고도 하고, '평소 입으로 늘상 내뱉는 구어'란 의미에서 '백화白話'라고도 한다. 물론 '백화'라고 할 때의 '白'은 예전에 취객의 노상방뇨를 막기 위해 전봇대에 붙였던 쪽지에 적던 '여기서 오줌 누지 마시오. 주인 백!'이라고 할 때의 그 '아뢸 백白'으로 이해하면 이해하기 쉬울 듯하다.

지금의 중국어는 북경 일대 사람들이 사용하는 언어를 기준으로 책정한 것이다. 홍콩을 비롯하여 중국 동남방 사람들이 쓰는 '광동어'가 표준어로 채택될 뻔했다는 얘기를 들은 적이 있다. 이는 표준어를 책정할 때 사용 인구수에 비추어 광동어 사용자가 많았기 때문이라고 한다. 그러나 이미 도성을 남경에서 북경으로 옮긴 명나라 중엽 이후로, 청나라의 만주족도 고향 땅에서 가까운 북경을 수도를 정했기에, 정치·경제·사회·문화의 중심지가 북쪽으로 이동한 마당에야, 북경 일대 언어가 표준어가 될 수밖에는 없었을 것이다. 그러나 고대와 중세의 본래 중국어가 입성入聲[01]이 사라지는 등 제 모습을 잃은 뒤의 언어이다.

만약 광동어가 표준어로 책정되었다면, 학습자의 입장에서 볼 때는 생각만 해도 끔찍한 일이다. 현재 표준어인 북경어의 성조가 네 종류인 데 반해, 광동어의 성조는 여덟 종류(?)나 된다고 하니까 하는 말이다. 예를 들어 '하차하세요!'란 말은 북경어로 '샤처(下車)!'라고 하여 한자가 우리와 같지만, 광동어로는 '록체(落車)!'로 표현한다고 한다. 차에서 떨어지라니? 의미도 조금은 우스꽝스럽기까지 하다. 게다가 입성入聲마저 살아 있다. '더빙'하지 않은 홍콩 영화를 보면 소리도 좀 방정맞게 들려 품위가 없어 보인다. 북경어를 먼저 배운 사람의 선입관이라고 지적한다면 할 말은 없다!

2. 고대 중국의 도서 분류법!

오늘날 도서관에 가면 출입구 주변에서 도서분류법이 적힌 표지를 쉽게 발견할 수 있는데, 보통 동양의 전통적인 분류법도 아니고, 서양에

---

01 '입성'은 종성終聲이 k, p, t로 끝나는 소리를 가리키는데, 현대 한어에서는 모두 사라지고 오히려 '각閣'이나 '읍邑', '월月'처럼 'ㄱ' 'ㅂ' 'ㄹ'로 끝나는 우리말 독음에 고스란히 보존되어 있다.

서 도입한 분류법도 아닌, 우리나라 자체에서 만든 '한국십진분류법'이 주종을 이룬다. 아마도 중국의 '사고전서(四庫全書)분류법'이나 서양의 '듀이(Dewey)십진분류법'이 우리 도서 현실에 맞지 않아, 1960년대에 한국도서관협회에서 새로 개발한 것인 듯하다. 여기서는 청나라 때 사고전서를 편찬하면서 거기에 수록된 약 3,500여종의 고서들을 분류하고 목록을 간명하게 소개한 ≪사고전서간명목록四庫全書簡明目錄≫에 근거하여, 중국 고유의 도서 분류법을 간략하게 소개함으로써 중국 고문헌에 대한 기본적인 정보를 제공해 보고자 한다.

'사고四庫'는 네 종류의 서고를 뜻하는 말이지만, 중국의 전통적인 학문 분류는 문사철文史哲, 즉 문학·역사·철학으로 나누는 삼분법이었다. 그중 문학을 대표하는 ≪시경詩經≫과 사학을 대표하는 ≪서경書經≫, 철학을 대표하는 ≪역경易經≫, 즉 삼경三經을 경전으로 승격시켜 경서류經書類를 추가함으로써 경經(경전)·사史(역사)·자子(철학)·집集(문학)의 네 종류가 기본틀로 형성되었다. 그리고 경서류에는 앞서 언급한 삼경 외에도 ≪좌전左傳≫ ≪곡량전穀梁傳≫ ≪공양전公羊傳≫ 등 춘추시대 역사를 해설한 춘추삼전春秋三傳과, ≪예기禮記≫ ≪주례周禮≫ ≪의례儀禮≫ 등 예법에 관한 삼례三禮, 유가의 대표적 경전인 ≪논어≫와 ≪맹자≫, 효에 관한 경전인 ≪효경≫, 중국 최고最古의 사전인 ≪이아爾雅≫가 추가됨으로써 십삼경十三經으로 늘어났고, 그에 관한 중요한 해설서까지 모두 경서류에 포함시킴으로써, 그 내용물이 방대한 양으로 불어나게 되었다.

경서류 외에 사서류史書類에는 이십오사二十五史에 속하는 ≪사기≫ ≪한서≫ ≪후한서≫ ≪삼국지≫ 등 정사류正史類 외에도 편년체編年體·기사본말체紀事本末體·별사류別史類·잡사류雜史類·전기류傳記類 등에 속하는 다양한 기록물이 수록되었고, 자서류子書類에는 ≪노자≫ ≪장자≫

≪손자≫ ≪한비자≫ 등 제자백가 및 후대 학자들의 다양한 철학서들이 수록되었으며, 집서류集書類에는 가장 오래된 창작물의 집합체라고 일컬을 수 있는, 전국시대 초나라와 한나라 때의 운문韻文들을 모은 ≪초사장구楚辭章句≫를 필두로, 후대 문인들의 시문집인 ≪양자운집揚子雲集≫ ≪조자건집曹子建集≫ ≪도연명집陶淵明集≫ ≪두보시집杜甫詩集≫ ≪이태백문집李太白文集≫ ≪동파전집東坡全集≫ 등 수많은 창작물들이 수록되었다. 이상이 바로 고대 중국의 전통적인 도서 분류법이다.

여기서 혹자는 '왜 자연과학이나 의학·공학과 관련한 서책에 대한 분류는 없을까?' '왜 예술에 관한 서책에 대한 분류는 빠져 있지?' 하고 의문을 제기할지도 모르겠다. 고대 중국의 도서 분류법에서는 이과 계통의 학문이나 예술과 관련한 서책들을 모두 철학서인 자서류에 포함시켜 세분하였다. '자연철학' '예술철학'이란 말처럼 철학의 한 분야로 취급하였던 것이다. '이들 분야를 홀대한 것이 아닌가?' 하고 불만이 있으신 분은 필자에게 항의하지 마시라! 고대 중국인들이 그리 사유한 데서 비롯된 것이니……

3. 공부는 요령을 피우면 안 되느니라!

앞에서 중국의 전통적인 도서 분류법을 소개하면서, 고대 중국인들은 모든 도서를 경서류經書類(경전)와 사서류史書類(역사)·자서류子書類(철학)·집서류集書類(문학)의 네 부문으로 분류했다는 얘기를 거론하였다. 그중에서도 필자가 관심을 가진 것은 자서류의 한 분야인 유서類書이다. 그래서 여기서는 이 부문에 대해 좀 더 소상히 소개해 보고자 한다.

중국에서는 예로부터 수많은 백과사전식 고사총집이 편찬되었다.

이를 중국인들은 '유서類書'라고 불러왔다. 즉 '우주만물에 대한 지식과 정보들을 종류별로 분류해서(類) 정리해 놓은 글(書)'을 의미한다. 따라서 유서는 고대 중국의 정치·경제·사회·문화·예술·종교·과학 등 제방면에 대한 폭넓은 지식과 다양한 정보를 제공해 준다는 의의를 지니고 있다. 중국에서 유서의 제작은 그 동기가 황제를 위한 것이었다. 즉 업무에 바쁘면서도 늘 신하들로부터 공부를 게을리하지 말 것을 독촉받던 황제가, 짧은 시간에 효율적으로 지식과 정보를 얻기 위해 신하들에게 압축된 지식의 보고를 작성하여 올리라고 요구한 데서 시작되었다. 그리고 당나라 이전까지 '황제가 열람하는 책'이란 의미에서 '황람皇覽'이란 이름의 유서들이 각 왕조마다 여러 종 편찬되었다는 기록이 전한다. 그러나 당나라 이전의 유서들은 모두 실전되고 말았다.

당나라 이후로 송·원·명·청을 거치면서 다양한 종류의 유서들이 출간되었는데, 청나라 건륭제乾隆帝 때 엄선을 거쳐 사고전서에 수록된 유서는 도합 50여종에 불과하다. 그중 필자가 역주서로 출간한 4종의 유서 가운데 ≪산당사고山堂肆考≫ 240권은 서명이 말해 주듯 '산 속 초가집에서 마음 내키는 대로 고찰해서 지었다'는 다소 겸허한 의미가 담겨 있다. 이 책은 비교적 시기적으로 늦은 명나라 말엽인 1619년에 팽대익彭大翼이란 학자가 출간한 유서이기에, 당나라와 송나라는 물론 원나라와 명나라 때 문헌까지도 함께 인용하고 있어 내용이나 범주 면에서 여타의 유서보다 다양하고 광범위하다는 장점을 지니고 있다. 게다가 독자들이 보기 편하도록 일목요연하게 잘 정리되어 있다. 또 송나라 때 고승高承이 편찬한 ≪사물기원事物紀原≫ 10권은 '추상적인 사안이나 구체적인 물체에 관한 명칭에 대해 그 기원을 기술한 책'이기에, 한자의 조합 원리나 한자어의 유래를 이해하는 데 도움을 준다. 또 원나라 때 저자 미상의 ≪씨족대전氏族大全≫ 22권은 고대 중국 성씨의 유래와 그 성씨에 속한 개별 인물들에 관한 간략한 전기를 담고 있어, 고대 중국인들을 이해하는 데 도움을 준다. 끝으로 비록 사고전서 맨앞에 실려 있는 서지류書誌類의 서책이라서 성격을 달리하기는 하지만, 청나라 때 기윤紀昀이 황명을 받들어 편찬한 ≪사고전서간명목록四庫全書簡明目錄≫ 20권은 국가적으로 공인받아 사고전서에 수록된 3,500여종의 역대 명저들에 대해 간략하게 설명한 것이라서, 중국의 고서들을 이해하는 데 도움을 준다.

송나라 때 어느 석학은 자식들이 유서를 읽으면 가차없이 회초리로 때렸다고 한다. 원전부터 충실하게 공부하지 않은 채, 지식과 정보들을 손쉽게 습득하기 위해 요령을 부리는 것에 대해 경종을 울리기 위해서였다는 것이다. 그러나 뒤늦게 고대 중국학을 공부하기 시작한 필자로서는 빠른 시간 안에 효율적으로 지식과 정보를 습득하기 위해 어쩔 수 없는 선택을 하였기에, 이들 4종의 유서에 관심을 가졌던 것이다. 만약 자기 합리화라고 지적한다면 할 말은 없다. 하지만 효율성을 중시하는 21세기를 살고 있고, 고대 황제들도 선택한 분야이니, 필자로서도 불가피한 선택이라고 강변하는 수밖에는 없을 듯 싶다.

4. 도대체 위서를 왜 짓는 것일까?

예전에 필자의 동기 중에 한 친구가 동창회 밴드의 댓글에서 "떠도는 많은 허위 정보 유형 중에 멋진 글들의 출처에 대해 '김구의 ≪백범일지≫'라던가, 멋진 시의 출처에 대해 '이해인 수녀'라고 도용된 것들이 많은 것도 신뢰를 위탁받아 퍼지기 때문"이라고 명쾌한 해석을 내놓은 적이 있다. 이 말에 전적으로 공감하기에, 여기서는 가짜 글, 즉 위서僞書에 대해 한번 담론을 전개해 보고자 한다.

중국의 고서 가운데서도 위서들이 상당수 존재한다. 이는 오래될수록 그 정도가 더욱 심하다. 다시 말해 선진先秦 시기, 즉 춘추전국시대 때 생산된 것으로 알려진 제자백가서가 특히 그러하다는 말이다. 물론 너무 오랜 세월이 지났기에 자연스레 저자의 성명이 실전되었다가 후인들 손에 의해 잘못 표기된 경우는 어쩔 수 없다손 치더라도, 고의로 타인의 이름을 도용한 경우라면 문제가 다르다. 그렇다면 왜 위서들이 대량으로 생산되었을까? 일차적으로는 반정부적인 내지는 반권위적, 반기득권적인 내용 때문에, 자신의 성명이 밝혀질 경우 불이익이나 해악을 당할까 두려워 일부러 그리했을 수도 있지만, 가장 중요한 원인은 필자의 친구가 밝혔다시피, 유명인사의 이름을 빌려 보다 신뢰성을 높이기 위해서라고 보는 것이 훨씬 가능성이 높아 보인다. 만약 순전히 자신의 학설이나 주장이 보다 오랜 세월 동안 내지는 보다 널리 퍼지기를 바라는 순수한 마음에서 그리했다면 그래도 귀엽게 봐줄 수 있겠으나, 대개는 유명인사의 명성을 빌려 도서의 판매량을 늘려서 유무형의 이득을 취하려는 일종의 꼼수에 해당한다고 평가절하해도 무방할 듯 싶다.

굳이 고대 중국의 위서를 소개하자면, 실례로 주周나라 때 재상인 강태공姜太公(여망呂望)이 지었다고 하는 ≪육도六韜≫ 6권을 비롯하여, 중국을 대표하는 사회주의 사상가라고 할 수 있는 춘추시대 송宋나라 묵자(묵적墨翟)의 저서로 알려진 ≪묵자墨子≫ 15권, 후한 반고班固의 저서로 알려진 소설류의 창작물인 ≪한무제내전漢武帝內傳≫ 1권 등등 분야에 상관없이 그러한 예는 일일이 열거할 수 없을 정도로 비일비재하다. 이러한 현상은 빈도는 덜 하지만 훗날까지도 계속되었다. 당나라 때 저명한 장수인 위국공衛國公 이정李靖(571-649)의 저서로 알려진 병법서 ≪이위공문대李衛公問對≫ 3권 역시 그러한 예이다. 그리고 청나라 때 고증학이 발달하면서 중국학자들 스스로도 상당수의 고서를 의심하여 위서라는 사실을 밝혀냈다. 필자는 의심 정도가 더 심하여 상고시대 도서들을 대부분 위서라고 의심하기까지 한다. 그러나 역설적으로 위서 여부는 중요하지 않다는 생각도 갖고 있다. 중요한 것은 그속에 어떠한 내용을 담고 있는지를 정확하게 간파하여 고대 중국인들의 사유체계를 이해하는 것이 아닐까 싶다.

조금 결을 달리 하는 얘기가 되겠지만, 얼마 전에 가짜 뉴스와 관련하여 '가짜 뉴스를 처벌할 수 있는 방지법을 도입할 것인가?' 아니면 '헌법에서 보장한 표현의 자유를 존중할 것인가?'에 대한 여론 조사를 벌였는데, 대략 5명 가운데 3명(64%)은 전자를 선택하고, 5명 가운데 1명(21%)만 후자를 선택했다고 한다. 여기서 필자는 강한 의구심을 갖는다. 현대 사회가 아무리 민주화되고 자유로운 세상이라 할지라도, '자유'에는 반드시 '책임'이 뒤따르는 법이거늘, 왜 자유만 강조하고 책임에는 무게를 두려고 하지 않을까? 책임이 따르지 않는 자유는 단지 '방종'에 불과한 것이라고, 학교 다닐 때 귀가 따갑게 듣지 않았던가? 그래서 비록 보수적이라는 비판을 받더라도, 개인적으로는 전자에 방점을 두고 있다.

5. '영가지란'이 반가운 이유는?

중국문헌사에서 가장 획기적인 사건을 든다면 '영가지란永嘉之亂'을 꼽을 수 있을 듯하다. '영가'는 진晉나라 회제懷帝 때의 연호(307-313)를 가리킨다. 따라서 '영가지란'은 회제 때 반군이 일으킨 전란을 의미한다. 당시 진나라는 흉노족 출신으로 오호십육국五胡十六國 가운데 하나인 전조前趙의 군주 자리에 오른 유총劉聰(?-318)의 침공을 받아, 중원 땅을 잃고서 결국 장강 이남으로 쫓겨나 쇠퇴기를 맞이하게 되었다. 그러나 이러한 정치적 손실뿐만 아니라 문화적인 '데미지'도 컸으니, 바로 귀중한 문헌들이 전란으로 인한 화마火魔 때문에 소실됨으로써 문화적 자산에 심대한 타격을 입었다는 사실이다.

유총은 반란에 성공한 뒤 회제의 뒤를 이은 민제愍帝마저 독살함으로써 진나라 황실을 무너뜨렸다. 당시 유총의 반란을 미연에 미처 막지 못 하고 한맺힌 삶을 마감한 인물 가운데 허숙許肅이란 사람이 있었는데, 그에 관한 진귀한 기록이 저자 미상의 ≪허숙별전許肅別傳≫에 전하기에 이를 소개해 본다. 원서는 이미 오래 전에 실전되고, 대신 당나라 서견徐堅(?-729)의 저서인 ≪초학기初學記·인부人部·충忠≫권17에 다음과 같이 인용되어 전한다.

> 허숙은 진나라 민제 때 시중을 지냈다. 유총이 몰래 독을 풀었는데, 민제가 그것을 먹고 가슴이 답답하여 허숙을 보고 싶어하였다. 허숙이 말을 달려 민제 앞에 도착했지만, 민제는 이미 말을 하지 못 한 채 허숙의 손을 잡고 눈물만 흘렸다. 허숙이 탄식을 하며 침상에 올랐을 때, 민제는 숨을 거두고 말았다. 허숙이 밤낮으로 통곡하였기에, 그 슬픈 울음소리에 다른 사람들도 감동을 받았다. (肅爲晉愍帝侍中. 劉聰陰行鴆毒, 帝食之, 心悶, 欲見肅. 肅馳詣帝前, 帝已不能語, 執肅手流涕. 肅欷歔登床, 帝遂殂. 肅晝夜號泣, 哀感異類.)

비록 중국인의 입장에서는 문화적 손실이 크기에 안타까워할지 모르겠으나, 필자 입장에서는 오히려 반가운 얘기로 들릴 수도 있다. 왜냐하면 그렇지 않아도 방대한 고서들 때문에 고생을 하고 있는데, 만일 당시의 문헌들이 고스란히 오늘날까지 전래되고 있다면, 읽어야 할 거리가 너무 많아 골아픈 일이 아닐 수 없다. 그래서 중국인들에게는 좀 미안한 얘기지만, 필자는 사실 내심 쾌재를 부르고 있다. 독서량의 부담을 덜어주어서 고맙다고…… 그나저나 요즘 코로나19 사태 때문에 팔자에도 없는 인터넷 방송 강의 관련 프로그램을 공부하고, 예행 연습도 하고, 수강생 입장에서 '모니터링'도 하느라 골머리를 썩인 적이 있지만, 한편으로는 새로운 것을 익히는 재미도 있었다. '진작에 컴퓨터 관련 공부를 해 두었으면' 하고 후회하면서도…… 그러나 어쩌랴? 인생이란 게 늘 후회의 연속인 것을!

6. 고대 서책들이 대부분 실전되어 다행이라네!

학문의 어려움에 대해서는 동서고금을 막론하고 수많은 성현들이 수없이 내뱉어 왔기에 새삼스러울 것은 없을 듯하다. 중국 고대 황제 가운데 한 사람인 남조南朝 양梁나라 때 원제元帝 소역蕭繹(508-554)도 자신의 저서인 ≪금루자金樓子·입언편立言篇≫권4에서 피력한 바가 있기에 아래에 한번 소개해 보고자 한다.

제자백가의 저술이 전국시대 때 흥기하고, 문집이 양한 시기에 번창하면서 심지어 집집마다 저서가 나오고, 사람마다 문집을 남기게 되었다. 그중 훌륭한 것은 정서를 잘 서술하고

풍속을 순화시켰지만, 그중 형편없는 것은 단지 종이만 낭비하고 후대의 서생들을 피곤하게 만들기만 하였다. 기왕의 저술이 이미 많이 쌓였고, 미래의 저술은 아직 멈추지 않았으니, 잠시 학문에 뜻을 둔다면 백발의 나이가 되어서도 다 읽지 못하게 될 것이다. 간혹 옛날에 소중히 여기던 것을 오늘날에는 도리어 천시하기도 하고, 오늘날 소중히 여기는 것이 옛날에는 천시받던 것일 수도 있다. 아! 내 후배 가운데 박학한 선비가 차이점을 구별하고, 쓸데없는 것을 정리할 수 있는 능력이 있어서, 서책에 흠결이 없게 해 열람할 때 힘을 낭비하지 않게 한다면, 학문을 이루었다고 말할 만할 것이다. (諸子興於戰國, 文集盛於二漢, 至家家有製, 人人有集. 其美者足以敍情志, 敦風俗, 其弊者秖以煩簡牘, 疲後生. 往者旣積, 來者未已, 翹足[02]志學, 白首不遍. 或昔之所重, 今反輕, 今之所重, 古之所賤. 嗟! 我後生博達之士, 有能品藻異同, 刪整蕪穢, 使卷無瑕玷, 覽無遺功, 可謂學矣.)

위의 내용을 보면 황제라는 신분을 떠나서 자신의 학문이 공고해지고, 자신의 저서가 후대에까지 길이 보전되기를 갈망하는 마음이 고스란히 배어 있음을 알 수 있을 듯하다. 이는 학계에 종사하는 사람이라면 누구나 바라는 욕구가 아닐까 싶다. 더욱이 만인의 모범이 되어야 하는 황제의 신분이라면 더 더욱 그러하지 않았을까?

고대 중국에서는 ≪역경≫ ≪서경≫ ≪시경≫, 즉 이른바 '삼경三經'의 출현 이후로 춘추전국시대 때부터 수많은 제자백가서가 나왔고, 그 뒤로도 후인들에 의해 개인문집까지 포함하여 이루 헤아릴 수 없을 정

---

02 '교족翹足'은 원래 발을 들어올리는 것을 뜻하는 말이나, 여기서는 매우 짧은 시간을 비유하는 말로 쓰였다.

도로 방대한 양의 저서들이 쏟아져 나왔다. 후인의 입장에서 볼 때 그나마 다행인 것은 전쟁이나 화마에 의한 대량 소실 외에도, 사람들의 주목을 받지 못 해 자연스레 도태된 도서의 양이 현전하는 것보다 훨씬 많다는 점이다. 그렇지 않다면 그것들을 어찌 다 소화할 수 있으리오?

7. 왜곡된 기록도 나름대로의 가치가 있지 않을까?

얼마 전에 헐리우드 영화 가운데 SF 시리즈물의 지배력을 거론했다가, 어느 동창으로부터 반미 성향이 강하다는 비판을 받은 적이 있다. 실상 필자는 '친미'니 '반미'니 하는 '이데올로기'적인 얘기에는 별 관심이 없기에, 단순히 재미삼아 가볍게 얘기를 던졌던 것인데, 그것이 색깔론 방향으로까지 전개되리라고는 전혀 예상치 못 했던 터라 다소 당혹스러움을 느꼈다. 그러나 어쨌든 그런 와중에서도 ≪시경≫의 해석에 대한 고대 중국인의 관점이 불현듯 연상되었기에, 여기서는 이와 관련하여 한번 담론을 전개해 보고자 한다.

≪역경≫과 ≪서경≫이 각기 중국철학과 중국사학의 출발점이라면, ≪시경≫은 중국문학의 기원이라고 평할 수 있다. ≪시경≫은 대략 3천년 전부터 2천5백년 전, 즉 상고시대인 주周나라로부터 춘추시대 말엽까지의 노랫말을 모아놓은 것이다. ≪시경≫은 크게 풍風·아雅·송頌이라는 세 분야로 나뉜다. 그중 왕실과 귀족의 연회용 노래에 해당하는 '雅' 및 천자국과 제후국의 제사용 노래에 해당하는 '頌'은 문학적 가치가 덜 하기에, 학자들은 주로 서민의 애환이 담겨 있는 '風'을 주요 연구 대상으로 삼아 왔다. 그러나 고대 유학자들은 ≪시경≫의 노랫말을 상당히 왜곡해서 해석하곤 하였다. 즉 노랫말의 본질과 관련없이 지나치

게 정치적으로 해석하는 데 초점을 맞추었던 것이다. 그 실례로서 ≪시경≫을 펼치면 맨처음 등장하는 '끼륵끼륵 우는 물수리'란 의미의 <관저關雎>라는 노래를 아래에 제시해 보고자 한다. 우리가 일상생활에서 상용하는 '요조숙녀窈窕淑女'니 '전전반측輾轉反側'이니 하는 사자성어도 바로 이 노래에서 유래하였기에, 일반인에게도 친숙한 느낌을 줄 수 있을 듯 싶다.

끼륵끼륵 울어대는 물수리가
황하의 물섬에 사는데,
아리따운 아가씨는
군자의 좋은 짝이라네.
關關雎鳩[03], 在河之洲. (관관저구, 재하지주.)
窈窕淑女, 君子好逑. (요조숙녀, 군자호구.)
(후략)

<관저>는 3장으로 되어 있고, 후렴구가 달린 전형적인 민가의 형식을 띠고 있는데, 지면 관계상 제1장만 예시하였다. 이 노래는 첫 장에서도 예견할 수 있듯이, 남자가 여자를 유혹하는 '남녀상열지사男女相悅之詞'의 대표적 경우라 할 수 있다. 그런데 한나라 이후로 유학자들은 차마 체면상 애정 노래로 받아들일 수가 없어 이를 정치적 관점에서 해석함으로써, 본처인 왕비가 다른 후궁들을 질투하지 않는 미덕을 드러낸 작품이라는 뜬금없는 해설을 내놓았다. 그런데 당송唐宋 이후로는 이러

---

03 물수리를 뜻하는 '저구雎鳩'라는 새는 원앙새처럼 금슬이 좋아 한 마리가 죽으면 짝도 덩달아 죽는다고 해서 애인이나 부부 사이를 상징한다. 따라서 물수리의 등장은 감정이입법에 해당한다.

한 해설이 상식에 어긋난다는 점을 인정할 수밖에 없었기에, 그 영향력이 힘을 잃고 말았다. 그러나 그렇다고 해서 그러한 해설을 다 폐기해야할까? 필자는 그리 생각하지 않는다. 비록 엉뚱한 해설이라 할지라도, 그러한 기록물을 통해 당시 유학자들의 사유체계나 정치적 관점을 이해할 수 있는 하나의 자료가 되기에, 사료로서 보전할 가치는 충분히 있다고 생각한다. 어떠한 기록물도 무가치한 것은 없다고 할 수 있다. 다만 이를 합리적이고 올바르게 해석해야 하는 것은 후인들의 몫이자 의무가 아닐까?

8. 유가와 도가의 '라이벌' 관계!

중국의 철학은 백가쟁명百家爭鳴 시기인 전국시대 때 꽃을 피우면서 그 뒤로 이를 확장, 발전시키는 과정을 밟아 왔다고 평할 수 있을 듯하다. 이를 보통 '구류九流' 혹은 '구파九派'라고 하는데, 유가儒家·도가道家·음양가陰陽家·법가法家·명가名家·묵가墨家·종횡가縱橫家·잡가雜家·농가農家를 가리킨다. 여기에 소설가小說家를 덧붙여 '십가十家'라고도 한다. 다만 춘추시대 노魯나라 공자가 일찍이 '소설'에 대해 '쓰잘데 없는 이야기'라고 무시하는 바람에, 역대로 이 학파는 고대 중국인들에게 존중받지 못 하여 입지가 약했을 뿐이다. 그러나 오늘날 자본주의 사회에서는 문학 '장르' 중에서도 소설이 가장 인기를 끌고 있으니, 아무래도 요즘은 흥미 위주의 글이 사람들의 이목을 가장 끌기 때문일 것이다.

제자백가 가운데서도 중국을 대표하는 두 학파인 유가와 도가는 그야말로 '용호상박龍虎相搏'의 '라이벌' 관계로서 상호 보완적인 관계를 맺고 있으면서도, 상대방에 대한 신랄한 공격을 멈추지 않았다. 주지하다시피 유가의 대표적 인물로는 춘추시대 노나라 공자(공구孔丘)와 전국시대 추鄒나라 맹자(맹가孟軻)를, 도가의 대표적 인물로는 공자와 유사한 시기를 살았던 주周나라 노자(이이李耳)[04], 맹자와 같은 시기를 살았던 전국시대 송宋나라 장자(장주莊周)를 꼽을 수 있다. 앞에서 중국인들이 성인으로 떠받드는 공자가 반대파인 도가학파로부터 체면을 구길 정도로 농락당한 적이 있다는 얘기를 거론한 적이 있기에, 이 자리를 빌어 ≪열자列子·탕문湯問≫권5에 수록된 고사를 하나 소개해 보고자 한다.

공자가 동쪽으로 유람하다가 두 아이가 말싸움하는 것을 보았다. 그 까닭을 묻자 한 아이가 말했다. "저는 해가 처음 떴을 때 사람에게서 가깝고, 해가 중앙에 떴을 때 멀다고 생각합니다." 다른 아이가 말했다. "해는 중앙에 떴을 때 가깝고, 처음 떴을 때는 멀지요." 한 아이가 말했다. "해가 처음 떴을 때는 커다란 수레바퀴 같지만, 중앙에 떴을 때는 쟁반 같습니다. 이는 멀면 작고 가까우면 크다는 이치가 아니겠습니까?" 다른 아이가 말했다. "해가 처음 떴을 때는 시원하지만, 중앙에 떴을 때는 뜨거운 물에 손을 대는 것과 같습니다. 이는 가까우면 뜨겁고 멀면 시원하다는 이치가 아니겠습니까?" 공자가 결정을 짓지 못하자, 두 아이가 웃으며 말했다. "여보세요! 누가 당신 보고 지혜가 많다고 하던가요?"(孔子東遊, 見兩小兒辯鬪. 問其故, 一兒曰, "我以日始出, 去人近, 日中時遠." 一兒曰, "日中時近, 日初出時遠." 一兒曰, "日初出時, 如大車輪, 及中, 如盤盂, 此不爲遠者小而近者大乎?" 一兒曰, "日初出, 蒼

---

04 노자 이이李耳는 어느 제후국 출신인지 알려지지 않았기에, 천자국의 국호로 표기한다. 그리고 노자의 이름 '李耳'는 조선시대 유학자인 율곡선생栗谷先生 이이李珥와 한자가 다르므로 오해 없기를 바란다.

蒼涼涼, 日中時, 如探湯, 此不爲近者熱而遠者涼乎?" 孔子不能決. 兩兒笑曰, "汝! 孰謂

汝多智乎?")

위의 예문을 통해 공자가 어린애한테까지 힐난을 받는 장면을 엿
볼 수 있다. 아무리 상대방을 깎아내리기에 혈안이 되었다 하더라도 그
렇지, 꼬맹이를 등장시켜 공자를 농락하는 것은 너무 심한 태도가 아닐
까? 하긴 상대방을 깔아뭉개기 위해서라면 무슨 짓인들 못 할까? 요즘
세태도 이와 별반 다를 게 없는 것을 보면 인간의 행태는 어느 때나 똑
같나 보다.

9. 경험학적 지식을 무시할 수 있을까?

사람의 경험학적 지식은 결코 무시할 일이 아니다. 현대 과학이라
할지라도 100% 모든 걸 다 명확하게 해결하는 것은 아니지만, 비록 과
학이 발달한 오늘날처럼 정확한 지식에 바탕을 두고서 이론적으로 설
명하지는 못 한다 하더라도, 고인들이 경험적으로나 감각적으로 체득한
앎의 영역은 무시하기에 제법 설득력 있는 측면들이 있다. 남조南朝 유
송劉宋 때 사람 성홍지盛弘之는 ≪형주기荊州記≫에서 다음과 같이 말한
바 있다.

(광서성) 임하현에 푸른 돌이 있는데, 그 위에는 칼과 도끼
를 간 흔적이 있다. 봄과 여름에는 맑고 깨끗한 빛을 띠지만,
가을과 겨울에는 더러운 기색을 띠기에, '우레의 신인 뇌공이
칼을 갈던 돌'이라고 한다. (臨賀有靑石, 上有磨刀斧之迹. 春夏明淨, 秋冬蕪

穢, 云是'雷公磨刀石.')

위의 글에서 '우레의 신인 뇌공이 칼을 갈던 돌'이란 다소 우화적인 명칭은 어디까지나 오랜 경험에서 비롯된 얘기로 보인다. 돌이 봄과 여름에 깨끗한 빛을 띠는 것은 오랜 시간에 걸쳐 번개를 여러 차례 맞아서이고, 가을과 겨울에 더러운 기색을 띠는 것은 번개를 맞을 일이 거의 없어서라고 본 것이다. 실제로 추운 날씨에는 번개와 우레가 잘 치지 않는다. 이를 과학적으로 설명하라면 자신은 없지만, 날씨가 추우면 대기가 안정되어 큰 구름이 형성되지 않고, 그러면 구름 속 양전기와 음전기 사이의 충돌이 일어나지 않음으로써 번개와 우레가 잘 발생하지 않는 것으로 알고 있다. 필자도 이곳 강릉에서 여름에는 번개가 치고 얼마 뒤 우레 소리가 들리는 것을 자주 경험하였지만, 겨울에는 번개와 우레를 경험한 적이 거의 없다. 이는 고대 중국인들도 마찬가지였을 것으로 짐작된다. 그래서인지 한나라 때는 다음과 같은 민요가 유행하였다. 이를 통해 고인들이 비록 과학적 지식은 부족했을 터이지만, 그들의 경험학적 지식마저 가벼이 여길 수는 없다는 사실을 미루어 짐작할 수 있을 듯하다. 원문은 송나라 때 곽무천郭茂倩이 엮은 《악부시집樂府詩集·고취곡사鼓吹曲辭》권16에 수록되어 전한다.

〈하늘이시여!(上邪!)〉
하늘이시여!
저는 임과 서로 알고 지내며 죽을 때까지 헤어지고 싶지 않나이다.
산에 언덕이 사라지고,
장강의 강물이 다 마르고,

겨울에 우레가 꽈르릉 치고,

여름에 눈이 내리고,

하늘과 땅이 합쳐져야,

비로소 임과 헤어지겠나이다!

上邪!(상야!)

我欲與君相知, 長命無絶衰. (아욕여군상지, 장명무절쇠.)

山無陵, (산무릉,)

江水爲之竭, (강수위지갈,)

冬雷震震, (동뢰진진,)

夏雨雪, (하우설,)

天地合, (천지합,)

乃敢與君絶! (내감여군절!)

10. 진정으로 자존심을 지키는 길은?

중국 문학의 묘미를 한 마디로 정의 내리기는 어렵지만, 표의문자表
意文字이자 그림문자라 할 수 있는 한자는 그 나름대로의 장점을 지니고
있다. 물론 꼭 한문에서만 나타나는 현상은 아닐지라도, 한자는 분리와
합체를 통한 일종의 놀이가 가능하기에 다양한 재미를 선사해 준다.

후한 때 조아曹娥라는 효녀가 있었는데, 강물에 빠져 죽은 아버지를
찾기 위해 17일 동안 통곡하다가 스스로 강물에 뛰어들어 죽은 지 5일
만에 아버지의 시신을 끌어안고 떠올랐다는 이야기가 ≪후한서後漢書·
열녀열전列女列傳≫권114에 전한다. 뒤에 한단순邯鄲淳이란 문장가가 그
녀의 효심을 기리기 위해 묘비명을 지었고, 다시 얼마 뒤에 채옹蔡邕이
란 대유大儒가 한단순의 문장을 평하기 위해, 묘비 뒷면에다가 '노란 비

단·어린 아낙·외손자·양념을 찧는 절구(黃絹·幼婦·外孫·齏臼)'란 여덟 자 짜리 짤막한 논평을 새겼다. 그렇다면 평문의 의미는 무엇일까? 언뜻 보아서는 알 수 없는 수수께끼 같은 말이다. 이를 해결한 이가 바로 조조曹操(155-220)의 오른팔인 양수楊脩(175-219)인데, 그와 관련해 명明나라 팽대익彭大翼의 ≪산당사고山堂肆考·지리地理≫권31에 다음과 같은 고사가 전한다.

양수는 자가 덕조로 승상인 조조의 휘하에서 (문서를 관장하는) 주부직을 지냈다. 강남에 이르러 조아의 비문을 읽다가, 비석 뒤에 여덟 자가 있는 것을 발견하였다. 조조가 그 뜻을 몰라 양수에게 물었다. "경은 무슨 말인지 아는가?" 양수가 대답하였다. "알고 있습니다." 조조가 말했다. "잠시 아무 말 말게. 내가 알아맞힐 때까지 기다리시게." 조조는 30리를 가서야 비로소 그 뜻을 알아차리고는 양수에게 풀이해 보라고 하였다. 양수가 말했다. "노란 비단은 색깔(色) 있는 실(糸)이니 합치면 '절絶'자가 되고, 어린 아낙은 젊은(少) 여자(女)이니 합치면 '묘妙'자가 되며, 외손자는 딸(女)의 아들(子)이니 합치면 '호好'자가 되고, 양념을 찧는 절구는 매운 채소(辛)를 받아들이니(受) 합치면 '사辭'자가 됩니다." 조조가 말했다. "내 생각과 꼭 같구려." 그래서 세간에서는 "지혜 있는 사람과 지혜 없는 사람이 간 거리가 30리 차이라네"라는 말이 생겨났다. (楊脩, 字德祖, 爲丞相曹操主簿. 至江南, 讀曹娥碑, 見碑背有八字. 操不解其意, 問脩曰, "卿知否?" 脩曰, "知之." 操曰, "且勿言, 待朕思之." 行三十里, 乃得之, 令脩解, 脩曰, "黃絹色絲爲絶字, 幼婦少女爲妙字, 外孫女子爲好字, 齏臼受辛爲辭字." 操曰, "一如朕意." 俗云, "有智無智, 行三十里.")

즉 '노란 비단·어린 아낙·외손자·양념을 찧는 절구'라는 논평은 결국 '절묘하기 짝이 없는 훌륭한 글(絶妙好辭)'이란 절찬의 뜻이 담긴 말이 된다. 게다가 조조는 실제로 끝까지 이를 알아채지 못 했을 가능성이 높아 보인다. 그렇지 않다면 조조 스스로 해설하면 될 것이지, 양수에게 풀이해 보라고 부탁할 필요도, '양수의 생각과 같다'는 말을 내뱉을 필요도 없었을 것이다. 그냥 조조의 체면을 세워주기 위해 덧붙인 말로 보인다. 조조로서는 무척 자존심이 뭉개지는 고사가 아닐 수 없다. 그러나 달리 생각하면, 오히려 조조가 끝내 알지 못 했다고 하는 것이 조조의 체면을 세워주는 것이 아닐까? 우리도 일상사에서 실수나 실언을 했을 때 인정할 것은 깨끗이 인정하는 모습을 보이는 것이 그나마 체통을 지킬 수 있는 지름길이 아닐까 싶다.

11. 일곱 걸음 안에 시를 완성하라고 하다니!

우리나라 사람들에게는 다소 생소하게 들릴지 모르겠지만, 중국인들에게는 익숙한 말로서 글재주가 뛰어난 것을 비유하는 '칠보지재七步之才' 혹은 '칠보성시七步成詩'라는 고사성어가 있다. 글자 그대로 옮기면 '일곱 걸음 안에 시를 짓는 글재주' 혹은 '칠곱 걸음 안에 시를 완성하다'라는 뜻이 된다. 다시 말해서 순식간에 글을 완성할 수 있는 뛰어난 글재주를 가리킨다. 원 고사가 남조南朝 유송劉宋 때 사람 유의경劉義慶(403-444)이 지은 ≪세설신어世說新語·문학文學≫권상에 전하기에 아래에 소개해 본다.

문제(조비)는 일찍이 동아왕(조식)에게 일곱 걸음 안에 시를 지으라고 하면서 완성하지 못 하면 큰 벌을 내리겠다고 하였다. 조식은 그 소리를 듣자마자 바로 다음과 같은 시를 지었다. "콩을 끓여서 국을 만들고, 콩을 걸러서 즙을 만들었는데, 콩깍지가 솥 아래서 타오르니, 콩이 솥 안에서 눈물을 흘리네. 본시 같은 뿌리에서 태어났건만, 들들 볶아대는 것이 어찌 이리도 급할까?" 문제가 무척 부끄러운 표정을 지었다. (文帝嘗令東阿王七步作詩, 不成者行大法. 應聲便爲詩曰, "煮豆持作羹, 漉菽以爲汁. 其在釜下然, 豆在釜中泣. 本是同根生, 相煎何太急?" 帝深有慙色.)

예문에서 '문제'는 삼국 위魏나라를 건국한 조비曹丕(187-226)의 시호諡號이고, '동아왕'의 '동아'는 아교의 원산지로도 유명한 지명을 가리키는 말로서 조비의 동생이자 당시 시단을 대표하는 조식曹植(192-232)의 봉호이다. 조비는 동생이 부친인 조조曹操(155-220)의 사랑을 독차지한 것에 강한 질투심을 품어 그를 무척 못마땅하게 여기던 차에, 그에게 재능을 입증하라고 하면서 덫을 놓았던 것이다. 그러나 조식이 능력을 발휘하여 순식간에 시를 완성함으로써 형을 난처하게 만들었다는 얘기이다.

헌데 일곱 걸음을 걸었다면 시간상으로 얼마나 될까? 30초? 60초? 아마도 무척 짧은 시간일 것이다. 그러니 그 시간 내에 30자에 달하는 오언고시五言古詩를 정말 완성할 수 있었을까? 사실 이렇게까지 꼬치꼬치 따질 필요 없이, 그냥 과장법으로 이해하면 간단한 일이다. 그러나 실상 위의 고사는 후인이 지어낸 '가짜 뉴스'이지 실화로 간주하는 학자는 없는 듯하다. 그러므로 이런 군더더기말 내지 췌언贅言조차 내뱉을 필요가 없을 듯 싶기도 하다.

12. 예나 지금이나 자식 농사는 힘든 법!

우리는 자라면서 부모님에게 '부모 노릇하기 참 힘들다!' '너희들도 자라서 자식 새끼 낳으면 부모 심정을 알게 될 게다!'라는 말을 자주 들었던 것 같다. 부모 심정이야 세대와 무슨 상관이 있으랴마는, 우리 자신도 자식들에게 이러한 마음을 품고 있는 것은 아닐까? 국적이나 민족을 떠나 고대 중국인들에게서도 이런 심경을 담은 글들을 쉽게 발견할 수 있다.

진晉나라를 대표하는 시인인 도연명陶淵明(365-427)은 강서성 팽택현彭澤縣의 현령을 맡은 지 채 3개월도 안 되었을 때, 감찰관(독우督郵)에게 허리를 굽히기 싫어 짧은 관직생활을 청산한 뒤, 전원에 은거하여 평생을 은자처럼 살았다. 오죽하면 '하루치 봉급인 쌀 다섯 말 때문에 촌구석 감찰관에게 허리를 굽신거리는' 행위를 거부하였기에, 상관에게 비굴하게 처신하는 행위를 상징하는 의미의 '오두미절요五斗米折腰'라는 고사성어가 생겨났을까? 그러나 그런 그도 자식 교육에 무척 애를 먹었던 듯하다. 그는 오언고시五言古詩인 <자식을 꾸짖는 시(責子詩)>에서 나름대로의 고민을 아래와 같이 토로하였다. 원시는 그의 문집인 ≪도연명집陶淵明集≫권3에 수록되어 전한다.

백발이 양쪽 귀밑머리를 덮고,
피부는 더 이상 탱탱하지도 않은데,
비록 다섯 아들이 있지만,
모두 종이와 붓을 좋아하지 않네.
도서陶舒는 이미 열여섯 살이건만,
게으르기가 애당초 맞먹을 이가 없을 정도이고,

도선陶宣은 배움에 뜻을 두긴 하였으나,
글짓기를 좋아하지 않는다네.
도옹陶雍과 도단陶端은 나이 열세 살인데도,
6과 7을 세지 못 하고,
도통陶通이란 아들놈은 아홉 살이 다 되어 가건만,
단지 배와 밤만 찾는다네.
하늘의 운명이 진정 이와 같으니,
그저 술잔 속의 물건이나 들이켜야 하리라!
白髮被兩鬢, 肌膚不復實. (백발피량빈, 기부불부실.)
雖有五男兒, 總不好紙筆. (수유오남아, 총불호지필.)
阿舒已二八, 懶惰故無匹. (아서이이팔, 나타고무필.)
阿宣行志學, 而不愛文術. (아선행지학, 이불애문술.)
雍端年十三, 不識六與七. (옹단년십삼, 불식륙여칠.)
通子垂九齡, 但覓梨與栗. (통자수구령, 단멱리여율.)
天運苟如此, 且進杯中物. (천운구여차, 차진배중물.)

　도연명에게는 맏아들 도서, 둘째아들 도선, 쌍둥이 아들 도옹과 도
단, 그리고 막내아들 도통 등 아들이 다섯 명 있었다. 그런데 그는 이 다
섯 아들에 대해 모두 탐탁하게 여기지 않았던 듯하다. 이유는 간단하다.
모두 공부를 게을리하며 맛있는 먹거리만 탐한다는 것이다. 그러면서
자포자기하듯 술로 근심을 달래는 태도를 보이고 있다. 흔히 '자식 농사
마음대로 안 된다'고 하는데, 이는 동서고금을 막론하고 누구에게나 적
용되는 만고의 진리인 듯하다. 요즘은 자식을 한둘만 낳는데도 힘들어
하니, 세상사 진정 마음대로 되는 게 하나도 없나 보다! 필자도 결혼 후
집사람과의 전쟁은 대부분 자식 교육에서의 견해차 때문으로 기억한다.
필자보고 '세상물정 모른다'고 타박하는 아내에게 언제나 판정패를 당

했지만…… 그래서 '무자식 상팔자'라고 했던가?

13. 싯귀가 정말로 멋있나?

물론 문학가나 문학 작품에 우열을 매기는 것은 부당하고도 불필요한 작업이겠지만, 흔히 중국을 대표하는 시인을 언급할 때 당나라 이후로는 이백李白(701-762)과 두보杜甫(712-770)를 거론하고, 당나라 이전으로는 삼국 위魏나라 조식曹植(192-232)과 진晉나라 도연명陶淵明(365-427)을 거론하곤 한다. 그중 도연명은 '전원시田園詩'라는 독자적인 장르를 개척함으로써 그 독창성 때문에 높이 평가받아 왔다. 도연명의 여러 작품 가운데서도 중국인들이 자주 언급하는 것으로 <음주시飮酒詩> 제5수가 있다. 그런데 이 시와 관련하여 문득 드는 두 가지 의문점이 있기에, 한번 담론을 전개해 보고자 한다. 원시는 그의 문집인 ≪도연명집陶淵明集≫권3에 수록되어 전하는데, 전문을 인용하면 아래와 같다.

사람 사는 곳에다가 집을 지었어도,
(속인들의) 수레와 말이 내는 시끄러운 소음이 없다네.
그대(도연명 자신)에게 묻노니 '어찌 그럴 수 있는가?'라고 하면,
'마음이 멀면 땅도 절로 멀어지는 법'이라고 하네.
동쪽 울타리 아래서 국화를 따는데,
아련히 멀리 남산이 눈에 들어오고,
산기운 저녁이 되어 아름다울 때,
날아다니던 새들도 서로 함께 둥지로 돌아가는구나.

바로 이속에 참뜻이 들어 있건만,

말로 표현하려고 하면 막상 말을 잊고 만다네.

結廬在人境, 而無車馬喧. (결려재인경, 이무거마훤.)

問君何能爾, 心遠地自偏. (문군하능이, 심원지자편.)

采菊東籬下, 悠然見南山. (채국동리하, 유연견남산.)

山氣日夕佳, 飛鳥相與還. (산기일석가, 비조상여환.)

此中有眞意, 欲辯已忘言. (차중유진의, 욕변이망언.)

위의 예시는 도연명이 국화주를 담그기 위해 국화꽃을 따면서 느낀 무념무상의 경지를 읊은 것이다. 헌데 위의 시를 읽고서 품게 되는 두 가지 의문점이 있다. 그중 첫 번째는 '남산'의 함의에 대한 별다른 주석이 없다는 것이고, 두 번째는 왜 유독 '동쪽 울타리 아래서 국화를 따는데, 아련히 멀리 남산이 눈에 들어온다(采菊東籬下, 悠然見南山)'는 구절을 유사이래 최고의 명구라고 칭송하는가 하는 점이다.

실상 '남산'은 단순히 산의 위치를 가리키는 말이 아니다. 이는 '남산의 표범이 욕심이 없어 몸을 보전할 수 있었다'는 전한 유향劉向(약 B.C.77-B.C.6)의 ≪열녀전列女傳·도답자처陶答子妻≫권2의 고사를 함축적으로 인용한 것으로, 은자의 흥취 내지는 무욕의 경지를 상징하는, 도가사상의 진체眞諦가 저변에 깔려 있기에, 도연명과 무척 잘 어울리는 시어이다. 그런데도 글자 한 자, 어휘 한 개에 대해 무척 세심하게 설명하는 주석서에서 이에 대한 별도의 해설을 본 적이 없기에, 고개를 갸우뚱하게 만든다. 또 위에서 예시한 두 구절에서 일면 정적이고 자연스러운 경지가 느껴지기는 하지만, 굳이 왜 특별한 의미와 최고의 평가를 부여하는지 잘 수긍이 가지 않는다. 필자가 아직도 시를 제대로 감상할 줄 아는 경지에 이르지 못 해서일까?

14. 봄이 왔어도 봄 같지 않다!

몇 해 전의 미얀마 사태처럼 민주화운동이 한창 벌어질 때면 뉴스에 '춘래불사춘春來不似春'이란 싯귀가 곧잘 등장하기에, 언젠가 이 말의 유래에 대해 상세히 다루어 보고 싶다고 마음 먹은 적이 있었다. 그래서 여기서는 이와 관련하여 한번 담론을 전개해 보고자 한다.

마치 속담 내지 격언처럼 쓰이는 이 구절은 원래 낭나라 때 부명시인인 동방규東方虯란 사람의 연작시連作詩에서 유래하였다. 동방규에 대해서는 ≪전당시全唐詩≫권100에 "동방규는 측천무후 때 (황제의 말을 적는 사관史官으로 기거랑起居郎의 별칭인) 좌사를 지냈다. 그는 일찍이 '100년 뒤 (전국시대 위魏나라 때 현자인) 서문표와 맞수를 이룰 수 있으리라'고 한 적이 있다. 진자앙은 <좌사직을 지낸 동방규에게 기다란 대나무를 읊은 시를 부치면서 쓴 편짓글>에서 '동방규의 <외로운 오동나무를 읊은 시>를 보면 기품이 단아하고 음운이 변화무쌍하니, (삼국 위魏나라) 정시(240-248) 연간의 훌륭한 시풍을 이 작품에서 다시 보게 되리라고는 생각지도 못 했다오'라고 극찬하였다. 그러나 지금은 실전되고, 시 4수만 남아 있다(東方虯, 則天時爲左史. 嘗云, '百年後, 可與西門豹作對.' 陳子昂寄東方左史脩竹篇書稱, '其孤桐篇, 骨氣端翔, 音韻頓挫, 不圖正始之音復覩於玆.' 今失傳, 存詩四首)"란 설명이 가장 상세할 뿐, 독립적인 전기가 없어 그의 신상에 대해서는 알려진 바가 거의 없다. 다만 측천무후로부터 하사받은 비단을 시를 더 잘 지은 송지문宋之問(?-약713)에게 빼앗겼다는 일화가 여러 서책에 짤막하게 전할 뿐이다. 그럼에도 불구하고 이 구절이 유독 인구人口에 회자膾炙되는 것은 그 자연스러운 구성과 심오한 함의에 사람들이 매료당했기 때문이 아닐까 생각한다. 원시는 <왕소군王昭君의 원망(昭君怨)>이란 제목의 오언절구五言絶句 3수 가운데 마지막 작품으로서, 전문을 소개하면 아래와 같다.

> 북방 오랑캐 땅에 꽃도 풀도 없어,
> 봄이 왔어도 봄 같지 않으니,
> 저절로 허리춤 느슨해졌던 것이지,
> 날씬한 몸매를 만들기 위해서 그리된 것은 아니라네.
> 胡地無花草, 春來不似春. (호지무화초, 춘래불사춘.)
> 自然衣帶緩, 非是爲腰身. (자연의대완, 비시위요신.)

  시의 제목에 등장하는 '왕소군'은 앞에서도 '사대미인'을 소개할 때 언급한 적이 있지만, 전한 원제元帝 때 후궁으로서 정략결혼 때문에 강제로 북방 선비족鮮卑族 군주에게 시집을 가서 이국 땅에서 불행한 삶을 마친 여인이다. 그러니 그녀에게 어찌 진정한 봄이 찾아올 수 있겠으며, 허리띠가 느슨해진 것이 어찌 몸매를 가꾸기 위한 노력의 결실일 수 있으리오? 그래서 사람들은 좋은 시절이 찾아와도 안 좋은 상황이 전개될 때, 이 싯귀를 활용하여 비유적으로 표현하곤 한다. 필자에게는 1980년 소위 '서울의 봄'이 찾아온 뒤 민주화과정을 겪으면서, 언론 매체에 이 싯귀가 자주 인용되었던 기억이 난다. 그렇다면 지금은 진정 봄이 찾아온 시대일까? 각자의 판단에 맡길 수밖에……

15. 중국인보다 더 '뻥'이 심한 민족이 있을까?

  고대 중국인들은 수치를 명확히 밝히는 것을 그다지 좋아하지 않았다. 그래서 10, 100, 1000 등 꽉찬 숫자를 동원하여 개수를 개략적으로 표기하는 경향이 강했다. 이를 '완성된 숫자'라는 의미에서 '성수成數'라고 한다. 즉 20, 30만 되도 '百'으로 표기하고, 100이 넘어서면 대충 '千'으로 표기하곤 하였다. 한편 고문에서 '千萬'이라고 하면 실수인 10,000,000을 가리키는 경우는 드물고, 대개는 '수천, 수만으로 헤아릴 정도로 많다'는 의미를 나타내는 경우가 대부분이다.

중국 유명 문장가의 시집이나 문집 가운데 수치를 밝힌 저술들을 보면, 제목에 비해 턱도 없이 모자라는 경우가 허다하다. 예를 들어 송나라 때 위중거魏仲擧란 사람이 엮은 ≪오백가주창려문집五百家注昌黎[05]文集≫은 제목만 보면, 당나라 때 문장가인 한유韓愈(768-824)의 시문을 모으면서 500명이 주를 달았다고 하였지만, 실제로는 백여 명도 채 안 된다. 또 원나라 때 고초방高楚芳이란 사람이 편집한 ≪집천가주두시集千家註杜詩≫는 제목만 보면, 당나라 때 시인인 두보杜甫(712-770)의 시를 모으면서 1,000명의 주를 모았다고 하였지만, 역시 실제로는 몇백 명도 채 안 된다. 그러니 실제 수치라고 믿을 필요가 없다.

중국 문인들의 작품에서 극단적으로 과장법적 표현을 사용한 용례를 들 때 빠지지 않는 예시가 바로 당나라 때 두보와 쌍벽을 이룬 이백李白(701-762)의 싯귀일 듯하다. "흰 머리카락 3천 장, 시름 때문에 이리 길어졌나 보다!" '백발이 3천 장(약 10km)'이라니, 이보다 더한 '뻥'이 어디 있으랴? 사람의 머리카락은 생리학적으로 자신의 키보다 더 자라지 않는다고 하거늘! 꼼꼼한 성품의 소유자였던 두보가 엄격한 형식의 근체시近體詩를 즐겨 지은 반면, 자유로운 영혼의 소유자였던 이백은 운율韻律이 자유로운 고체시古體詩를 즐겨 지었다. 위의 두 구절이 실려 있는

---

05 문집 이름에서 '창려昌黎'는 한유의 호이다.

작품을 소개하는 것으로 글을 마무리하고자 한다. 원문은 ≪이태백문집 李太白文集≫권6에 수록되어 전한다. 세사에 시달린 이백이 한적한 삶을 누리는 서민과의 대조를 통해 자신의 삶을 반추하는 모습을 보면서, 우리도 우리의 삶을 되새겨볼 기회가 된다면 좋을 듯 싶다.

〈추포에서 지은 노래(秋浦[06]歌)〉
흰 머리카락 3천 장,
시름 때문에 이리 길어졌나 보다!
거울을 아무리 들여다보아도
어디서 서리를 맞았는지 모르겠으니.
추포에 사는 시골 노인네,
물고기를 잡느라 배에서 잠을 자고,
아내는 꿩을 잡기 위해 펼치려고,
그물을 짜느라 깊숙한 대나무숲에 그림자를 드리우네.
白髮三千丈, 緣愁似個長!(백발삼천장, 연수사개장!)
不知明鏡里, 何處得秋霜. (부지명경리, 하처득추상.)
秋浦田舍翁, 採魚水中宿. (추포전사옹, 채어수중숙.)
妻子張白鷳, 結罝映深竹. (처자장백한, 결저영심죽.)

16. 단오절을 돌려달라고?

음력 5월 5일을 '단오절端午節'(의미상으로 볼 때 원래 '端五節'이란 한자어가 와전되어 굳어진 것으로 보인다)이라고 한다. 음력에서는 4년마다 윤달

---

06 제목에서 '추포秋浦'는 지명을 가리킨다.

이 찾아오는데, 2020년은 윤달 4월이 꼈기에 양력으로 환산했을 때 뒤로 많이 밀렸었다. 필자가 거주하는 이곳 강릉에서는 1년 중 가장 큰 명절이 오히려 단오절인 듯하다. 이날이 되면 일주일간 온갖 행사를 개최한다. 남대천南大川을 따라 수백 미터에 걸쳐 난장을 열고, 한밤중에는 밤하늘을 가득 채울 정도로 수많은 폭죽을 터뜨려 단잠을 방해하기도 한다. '저 많은 비용을 세금으로 치를 텐데……'라고 염려 아닌 염려를 하지만, 필자가 걱정할 사안은 아닌 듯하다. 하여튼 단오절이 이곳에서 가장 큰 명절임에는 틀림없어 보인다. 다만 2020년은 코로나19 때문에 부득불 '온라인' 축제로 전환, 축소되었을 뿐이다.

단오절은 일명 '천중절天中節'이라고도 하고, 도교에서는 '지랍地臘'이라고도 한다. 이날의 연원에 대해 흔히 전국시대 초楚나라 회왕懷王 때 애국시인인 굴원屈原[07]으로부터 비롯되었다고 한다. 그러나 이는 틀린 말이다. 단오절은 그보다 훨씬 전인 춘추시대에도 있었다. 다만 정식 명절로서 다양한 행사가 확장된 것이 굴원의 죽음의 영향을 받아서일 뿐이다. 이를테면 우리나라의 삼각김밥을 연상케 하는 종자粽子[08]를 만들어 굴원의 원혼을 달랜다든지, 굴원의 시신을 뜯어먹지 못 하게 물고기 떼를 쫓아내기 위해 용선龍船 경주를 벌인다든지, 악귀를 쫓기 위해 쑥을 엮어 인형을 만들어서 대문에 건다든지, 사람들이 함께 모여 풀싸움 놀이를 한다든지 하는 풍습이 그러한 예이다.

단오절은 어디까지나 중국에서 유래한 명절이다. 그래서 중국인들은 이날을 기념하기 위한 용선 경주를 자신들이 개최하는 국제스포츠 행사 때 슬쩍 경기종목으로 끼워넣기도 한다. 하지만 지금은 이곳 강릉

---

07 본명은 '굴평屈平'이나, 자를 딴 '굴원'으로 더 알려졌다.

08 '각반角飯' '각서角黍' '각종角粽'이라고도 한다.

에서 훨씬 거창한 명절 분위기를 연출하고 있다. 심지어 세계문화유산으로 '유네스코'에 등재하여 마치 우리나라 고유의 명절처럼 인식되고 있기까지 하다. 그래서인지 세계문화유산 등재를 신청할 때, 중국인들이 자신들의 명절을 한국이 도둑질했다고 무척 거칠게 반발했다는 뉴스가 한 동안 지속적으로 들린 적도 있다. 그러나 어쩌랴? 우리가 먼저 선점한 것을! 중국인들에게는 좀 미안한 생각이 들기는 하지만…… 끝으로 당나라 두보가 고생 끝에 겨우 관직을 얻어 단오절날 황제로부터 관복官服을 하사받은 뒤 감사의 뜻으로 쓴 시를 한 수 소개하는 것으로 마무리하고자 한다. 시는 청나라 구조오仇兆鰲(1640-1714)가 편집한 ≪두시상주杜詩詳註≫권6에 수록되어 전한다.

〈단오절에 옷을 하사받다(端午日賜衣)〉
궁중에서 하사받은 의복에 내 이름도 새겨져 있으니,
단오절에 은총을 입은 것이 분명하구나.
가는 베옷은 바람을 머금은 듯 부드럽고,
향기로운 비단은 눈이 쌓인 듯 가볍기만 하네.
천자께서 글씨를 쓰신 곳은 먹물이 아직도 젖어 있건만,
더운 날 입어보니 서늘하기 그지없는데,
마음 속으로 어림해 보아도 길이가 딱 맞으니,
죽을 때까지 성군의 은정을 저버리지 말아야 하리라.
宮衣亦有名, 端午被恩榮. (궁의역유명, 단오피은영.)
細葛含風軟, 香羅疊雪輕. (세갈함풍련, 향라첩설경.)
自天題處濕, 當暑著來淸. (자천제처습, 당서착래청.)
意內稱長短, 終身荷聖情. (의내칭장단, 종신하성정.)

17. 아내가 정말로 문밖까지 나와서 기다렸을까?

일전에 필자의 동창 중에 한 친구가 당나라 때 시인 두보杜甫(712-770)의 시가 어렵다고 해서 평이하고 감동적인 작품을 한번 추천해 보겠다고 말한 적이 있기에, 여기서는 그의 대표작을 가지고 한번 담론을 전개해 보고자 한다. 이미 우리나라에도 잘 알려진 작품이라서 눈에 익다고 여길 이도 있겠지만, 처음 대하는 독자들을 위해 비교적 상세한 해설을 달고자 한다.

두보는 이백李白(701-762)과 함께 자타가 공인하는 중국을 대표하는 시인이다. 그러나 그는 관운을 거의 타고나지 못 했다. 벼슬길에 오르고자 하는 욕망은 강했지만, 시를 잘 지은 두보도 작시를 '테스트'하는 진사과進士科에서 번번이 낙방하는 바람에 다른 길을 모색할 수밖에 없었다. 즉 공채가 여의치 않아 특채의 길을 택한 것이다. 그러기 위해서는 자신의 독서량을 과시할 필요가 있었다. 그래서 그는 난해하고 복잡한 장편에 해당하는 작품을 지어 고관에게 보임으로써 우회적으로 벼슬길에 올랐지만, 자만심 때문인지 만족하지 못 한 채 사직서를 제출하곤 하였다. 아래의 작품은 안녹산의 반란 때문에 도성인 장안長安에 갇혔을 때, 장안으로부터 북서쪽으로 수백km 떨어진 부주鄜州로 피난간 가족을 그리워하며 쓴 오언율시五言律詩로서, 청나라 구조오仇兆鰲(1640-1714)가 엮은 ≪두시상주杜詩詳註≫권4에 수록되어 전한다.

> 〈달밤(月夜)〉
> 오늘 밤 (섬서성) 부주에 뜬 달을,
> 규방의 아내는 그저 혼자서 구경하겠지.
> 멀리서 애틋한 마음이 이는 것은 철없는 아들과 딸들이,

장안에 있는 이 애비를 생각지 못 하기 때문이라네.
향그러운 안개에 아름다운 머리카락은 촉촉이 젖을 터이고,
맑은 달빛에 옥처럼 고운 팔은 한기를 느낄지니,
언제나 얇은 휘장에 기대어,
둘이서 함께 달빛 받으며 눈물 자욱 말릴까?

今夜鄜州月, 閨中只獨看. (금야부주월, 규중지독간.)

遙憐小兒女, 未解憶長安. (요련소아녀, 미해억장안.)

香霧雲鬟濕, 淸輝玉臂寒. (향무운환습, 청휘옥비한.)

何時倚虛幌, 雙照淚痕乾? (하시의허황, 쌍조루흔건?)

이 시는 두보가 자신은 함락당한 도성인 장안에 억류당해 있고, 아내와 자식들은 멀리 부주로 피난간 상황에서 지은 것이다. 철없는 아이들은 아비의 처지를 모르건만, 자신을 기다리는 아내는 안절부절 못 하여 머리카락이 안개에 젖고 팔이 추위에 시린데도 문밖까지 나와서 기다린다. 그러기에 하루빨리 재회하여 다시는 눈물 흘리는 일 없기를 학수고대한다. 위의 시에서 두보의 처절한 심경은 '빌 허虛' 자에 압축되어 담겨 있다고 볼 수 있다. '虛' 자는 추운 날씨에도 얇은 휘장을 칠 수밖에 없을 정도로 가난에 시달린다는 것을 뜻하면서, 동시에 두보 자신의 허탈한 심경을 상징적으로 나타내는 중의법적重義法的 표현에 해당하는 한 자이다. 고대 중국인들은 이처럼 시 전체에서 핵심적인 역할을 담당하는 한자나 어휘를 '시안詩眼'이라고 불렀다. 그런데 그나저나 아내가 추위에 떨며 문밖에서 기다리는 것이 단지 두보의 상상에 불과하다면 어쩌나? 그렇다면 두보가 더욱 불쌍해 보일 것이다.

18. 중국은 시의 나라!

흔히 '중국은 시의 나라'라고 한다. 누가 처음 내뱉은 말인지 모르겠으나, 그리 과장된 얘기는 아닐 성싶다. 중국인들의 일상생활에서 시는 빼놓을 수 없는 분야다. 중국의 최고 권력자들도 정상회담 같은 데서 외국 정상들을 상대로 연설할 때 곧잘 싯귀를 인용하곤 한다. 물론 보좌진이 쓴 연설문을 낭독하는 것이겠지만⋯⋯ 그러면 외신기자들은 무슨 의도로 그런 싯귀를 내뱉는 것인지 나름 애써 분석하는 진풍경을 연출하곤 한다.

중국시는 당나라에 이르러 최고의 전성기를 구가하였다. 그 이유에 대해서는 여러 해석이 있지만, 당나라 때 과거시험의 하나인 진사과進士科에서 작시作詩를 정식 시험과목으로 채택한 것이 주된 원인으로 꼽힌다. 중국을 대표하는 시인으로 '시 짓는 성인'이란 의미에서 '시성詩聖'으로 불리는 두보杜甫(712-770)나, '시 짓는 신선'이란 의미에서 '시선詩仙'으로 불리는 이백李白(701-762), 그리고 '시 짓는 부처'란 의미에서 '시불詩佛'로 불리는 왕유王維(699-759) 등도 모두 당나라 때 시인들이다.

당나라 중엽 두보와 유사한 성향을 띠는 시인으로 장적張籍이란 인물이 있다. 그는 비록 지명도가 높지도 않고, 그의 작품도 그다지 유명세를 떨치지는 못 했지만, 그가 남긴 작품 가운데 사회문제를 신랄하게 풍자한 것이 있어 아래에 소개하는 것으로 마무리하고자 한다. 얼마 전 국제영화제에서 상도 타고 관객을 천만 명 이상 동원해 '일타쌍피'의 성공을 거둔 '기생충'이란 영화가 빈부 격차를 잘 풍자하여 만인의 관심을 한몸에 받았는데, 이 작품 역시 풍자성에 있어서는 손색이 없을 듯하다. 감상은 독자 개인의 자유에 맡기고자 하기에, 별도의 자잘한 해설은 생략한다. 원시는 청나라 강희제康熙帝가 칙찬勅撰한 ≪전당시全唐詩≫

권382에 수록되어 전한다.

　　〈가난한 농부의 노래(野老歌)〉
　　늙은 농부 집이 가난해 산에서 사는데,
　　경작하는 화전이라곤 고작 서너 마지기.
　　낟알은 적은데 세금이 많아 먹고살기도 어렵건만,
　　관청 곳간에 세금으로 들이면 모두 썩어문드러지고 만다네.
　　연말이 되면 농기구를 (가구조차 없는) 썰렁한 방에 세워놓고,
　　아들을 불러 산에 올라 도토리를 줍건만,
　　서쪽 강가의 장사꾼은 진주가 수만 가마라서,
　　배에서 키우는 개조차도 주구장창 고기를 먹어댄다네.
　　老農家貧在山住, 耕種山田三四畝. (노농가빈재산주, 경종산전삼사무.)
　　苗疏稅多不得食, 輸入官倉化爲土. (묘소세다부득식, 수입관창화위토.)
　　歲暮鋤犁傍空室, 呼兒登山收橡實. (세모서리방공실, 호아등산수상실.)
　　西江賈客珠萬斛, 船中養犬長食肉. (서강고객주만곡, 선중양견장식육.)

19. 중국에 전염병이 빈번한 것도 이상하지 않다네!

　　대략 20년 전에는 '사스'란 병명이 뉴스를 도배하더니, 요 몇 년 동
안은 '코로나바이러스'란 용어가 뉴스의 전면을 장식하였다. 중국은 예
로부터 기온과 습도가 높은 남방의 각 지역마다 정체를 알 수 없는 각종
풍토병들이 창궐하였다. 아직도 옛 지명을 그대로 사용하고 있는지는
모르겠으나, 오죽하면 사천성 여주黎州에는 '전염병을 피할 수 있는 산'
이란 의미에서 지어진 '피장산避瘴山'이란 산이 있었고, 광동성에는 전
염병 자체가 이름인 '장수瘴水'라는 강물이 있었을까? 그러니 어찌보면

중국에서 무시무시한 전염병이 자주 발생하는 것도 그리 이상한 현상은 아닌 듯하다. 중국의 고문헌을 보면 송나라 소식蘇軾(1036-1101)을 비롯하여 수많은 문인들이 날씨가 더운 남방에 관리의 신분으로 좌천되거나 죄인의 몸으로 유배당했다가, 풍토병 때문에 말로 형언할 수 없는 고초를 겪었다는 기록들을 쉽게 발견할 수 있다. 그중 일례로 남송 말엽 주희朱熹(1130-1200)가 지은 ≪이락연원록伊雒淵源錄·염계선생濂溪先生·사장事狀≫권1의 기록을 아래에 소개해 보고자 한다.

> (북송 초엽에) 염계선생濂溪先生 주돈이周敦頤(1017-1073)는 광동 일대의 제점형옥사提點刑獄使를 지내면서, 힘든 근무 일정이나 전염병의 침습을 두려워하지 않았다. 비록 황량한 산간이나 뚝 떨어진 섬처럼 인적이 닿지 않는 곳이라도, 반드시 느긋하고 끈기 있는 자세로 시찰하면서 백성들의 억울함을 씻어주고 혜택을 주는 것을 자신의 소임으로 여겼다. (周濂溪提點廣東刑獄, 不憚出入之勤, 瘴毒之侵. 雖荒崖絶島, 人跡所不至處, 亦必緩視徐按, 以洗冤澤民爲己任.)

위의 예문은 송나라 때 유명한 철학자인 주돈이가 전염병을 전혀 두려워하지 않고 민생에 매진한 사례를 밝힌 글이다. 하긴 당시로서야 전염병의 실체나 그 대처법에 대해 무지했을 터이니, 관리로서의 임무를 다하기 위해 위험을 무릅쓸 수밖에는 없었을 것이다. 요즘 같으면 엄두도 낼 수 없을 뿐더러, 오히려 어리석고 무모한 행위라고 비판을 받을 수 있는 사안이라 하겠다. 근년에 우리나라는 전례에 없을 정도로 위중한 전염병 사태로 국가적 재난을 겪었다. 하루빨리 코로나바이러스 사태가 완전 종식되기를 소망하면서 풍토병과 관련한 당나라 유종원柳宗

元(773-819)의 시를 한 수 소개하는 것으로 글을 마무리하고자 한다. 해당 시는 그의 문집인 ≪유하동집柳河東集 · 고금시76수古今詩七十六首≫권 42에 수록되어 전한다.

〈동생 유종일柳宗一과 헤어지며 지은 시(別舍弟宗一)〉
쇠락한 신세에 망가진 넋이라 암울한 기분으로,
두 줄기 눈물 흘리며 장강 언덕을 넘게 되었네.
쓸쓸히 도성을 떠나 6천리 길에 올라,
수없이 죽을 고비 넘기며 변방에 몸을 맡긴 것이 12년이건만,
(호남성) 계령 너머 풍토병에 구름은 먹처럼 시커멓고,
동정호에 봄이 저물면 물빛이 하늘색이리라.
앞으로 그리움에 어떤 꿈을 꿀지 궁금하건만,
오래도록 형문산 너머 영郢 지방의 나무와 안개 속에서 지내
겠구나!

零落殘魂倍黯然, 雙垂別淚越江邊. (영락잔혼배암연, 쌍수별루월강변.)
一身去國六千里, 萬死投荒十二年. (일신거국육천리, 만사투황십이년.)
桂嶺瘴來雲似墨, 洞庭春盡水如天. (계령장래운사묵, 동정춘진수여천.)
欲知此後相思夢, 長在荊門郢樹煙! (욕지차후상사몽, 장재형문영수연!)

20. 시는 이렇게 짓는 거야!

여기서는 독특한 성향의 중국시 장르를 한 가지 소개해 보고자 한 다. 역대 중국시인들은 기존에 일어난 역사적 사건을 소재로 시를 짓는 것을 좋아하였다. 중국인들은 예로부터 이를 '역사를 읊은 시'라는 의미 에서 '영사시詠史詩'라고 불렀다.

명나라 팽대익彭大翼의 ≪산당사고山堂肆考·문학文學≫권127에서는 '영사시'를 소재로 한 흥미로운 고사를 하나 적고 있다. 당나라 중엽, 즉 중당中唐 시기를 대표하는 백거이白居易(772-846)·원진元稹(779-831)·유우석劉禹錫(772-842)·위초객韋楚客(?-?) 등 네 사람이 한 자리에 모여 작시 능력을 견주게 되었는데, 유우석이 술기운에 완성한 시를 보게 되자, 다른 이들이 모두들 두말하지 않고 두 손을 들었다는 내용을 담고 있다. 이를 소개하면 아래와 같다.

당나라 때 원미지('미지'는 원진의 자字)가 유몽득('몽득'은 유우석의 자)·위초객과 함께 백낙천('낙천'은 백거이白居易의 호號)의 집에 모였을 때, 각자 <(강소성) 금릉(남경)을 회고하는 시>를 짓게 되었다. 유우석이 술을 한 잔 가득 따라 다 마시고는, 즉시 다음과 같은 시를 완성하였다. "(진晉나라) 왕준의 거대한 전함이 (사천성) 익주에서 내려오니, 금릉의 왕업(오吳나라)의 기운이 암담하게 거두어졌네. (왕준의 전함을 막기 위해 장강에 설치했던) 천 심 길이의 쇠사슬을 장강 밑에 가라앉히자, 한 조각 백기가 (오나라의) 석두성을 나왔네. 인간 세상에 몇 번이나 지난 일을 마음 아파했던가? 산세는 변함없이 차가운 물줄기를 베고 있는데. 이제는 온 세상이 한 집이 되는 날이건만, 옛 보루에는 쓸쓸히 갈대와 물억새 날리는 가을이 찾아왔구나." 백거이가 그의 시를 보고서는 말했다. "네 사람이 흑룡을 만지려 할 때 그대가 먼저 여의주를 얻었으니, 나머지 비늘 조각이나 뿔 따위가 무슨 소용이 있겠소?" 세 사람이 이에 시 짓는 것을 포기하였다. (唐元微之與劉夢得·韋楚客同會于白樂天舍, 各賦金陵懷古詩. 劉滿引一盃, 飮已, 卽成其詩曰, "王濬樓船下益州, 金陵王氣黯然收. 千尋鐵鎖沈江底, 一片降幡出石頭. 人世幾回傷往事? 山形依舊枕寒流. 而今四海爲家日, 故壘蕭蕭蘆荻秋."

白覽詩曰, "四人探驪龍, 子先獲珠, 所餘鱗角何用耶?" 三人于是罷吟.)

시회詩會에서 유우석이 먼저 '진나라 장수 왕준이 삼국을 통일하기 위해 마지막 남은 오나라를 침공하여, 오나라에서 쇠사슬을 이용하여 설치한 『부비트랩』을 제거하고 항복을 받아냈다'는 역사적 사실을 소재로 인생무상을 기탁하며 시를 마무리하였다. 뒤에 백거이가 던진 말에서 '흑룡의 여의주'는 유우석의 훌륭한 시를 비유하고, '비늘 조각'이나 '뿔'은 자신들이 시를 지어 보아야 따라잡을 수 없다는 것을 비유한다. 그래서 나머지 세 사람이 시 짓는 것을 결국 포기했다는 것이다. 그야말로 타인의 능력에 대해 깨끗하게 승복할 줄 아는 고인의 풍모를 엿볼 수 있다. 우리의 삶은 어떠한가? 타인의 재능을 인정하기는커녕 어떻게든 꼬투리를 잡아 끝까지 물고 늘어지며, 타자를 무너뜨리는 삶을 살고 있는 것은 아닐까? 특히 정치인들의 행태에서 이러한 모습들을 늘상 발견하는 세태에 국민들이 한숨짓는 날이 언제나 끝나려나?

21. 고대 중국의 어처구니 없는 필화 사건!

우리나라 조선시대에서도 필화筆禍 사건이 수시로 일어났듯이, 고대 중국에서도 유사한 사건은 끊임없이 발생하였다. 글짓기를 전업으로 삼아 자신의 소신을 거침없이 밝히는 문관에게 필화는 어찌보면 운명적인 업보가 아닐까 싶다. 당나라 중엽을 대표하는 시인 가운데 한 사람인 유우석劉禹錫(772-842)이 당한 필화는 한편으로 바라보면 웃지못할 '개그' 같은 측면이 있다. 유우석은 동지이자 친구인 유종원柳宗元(773-819)과 함께 왕숙문王叔文(753-806)이 추진하는 개혁정치에 참여했다가 쓴맛을 보고서 지방관으로 좌천당했는데, 약 10년만에 조정으로 복귀했다가 지은 짤막한 칠언절구七言絶句가 권신들의 심기를 건드리고 말았다. 그 시를 인용하면 아래와 같다.

(황제가 다니는 도성의 대로인) 자주빛 길 위로 붉은 먼지가 얼굴을 때리는데,
사람들 모두 꽃을 구경하고 돌아온다고 하네.
현도관 안의 천 그루 복숭아나무는,
모두 나 유랑(유우석)이 떠난 뒤 심은 것이구나.
紫陌紅塵拂面來, 無人不道看花回. (자맥홍진불면래, 무인불도간화회.)
玄都觀裏桃千樹, 盡是劉郎去後栽. (현도관리도천수, 진시유랑거후재.)

위의 시는 당나라 때 도성인 섬서성 장안長安에 있는 도사들의 수양장소인 현도관玄都觀에서 복사꽃을 감상하고 지은 것이다. 시에서 유우석은 전에는 보지 못 했던 복숭아나무를 구경하고서 자신이 외지로 좌천당했을 때 심은 것이라고 하였다. 그런데 당시 정적들은 이를 꼬투리 삼아 복숭아나무를 자신들을 비유하는 말로 해석함으로써, 자신들을 '듣보잡'으로 취급하며 새로이 진출한 신진세력들을 폄훼한 것이라고 공격한 것이다. 시의 진의가 무엇인지는 저자인 유우석만이 알 수 있지만, 여하튼 이 시 때문에 유우석은 반대파의 배척을 받아 다시금 지방관으로 좌천당하고 말았다. 그 뒤로 14년이 지나 겨우 도성으로 복귀한 유우석은 다시 현도관을 유람하며 다음과 같은 시를 지었다. 아래 시에서는 앙심을 품은 유우석이 자신을 축출한 정적들을 작정하고 비아냥거렸

다는 낌새가 역력해 보인다. 그 시를 예시함으로써 글을 마무리하고자
한다. 앞의 시와 함께 모두 유우석의 문집인 ≪유빈객문집劉賓客[09]文集≫
권24에 전한다.

> 백 마지기 정원에 반은 이끼요,
> 복사꽃 다 없어지고 채소꽃이 피었네.
> 복숭아나무를 심었던 도사들은 다들 어디로 갔을까?
> 지난 번의 유랑(유우석)이 이제 다시 왔건만.
> 百畝庭中半是苔, 桃花淨盡菜花開. (백무정중반시태, 도화정진채화개.)
> 種桃道士歸何處? 前度劉郎今又來. (종도도사귀하처? 전도유랑금우래.)

22. 한식이 지나면 음식을 어떻게 데웠을까?

고대 중국의 명절 가운데 '한식寒食'이란 것이 있다. 지금은 세인의
관심에서 멀어졌지만, 우리나라에서도 예전에는 중국의 풍습을 받아들
여 이 날을 하나의 명절로 삼았다. 한식은 동지로부터 103일째[10] 되는 날
을 가리킨다. 이 날은 명칭 그대로 '차가운 음식'을 먹는 날이다. 즉 불
을 사용하지 않는다는 말이다. 그래서 한식 하루 전날은 '음식을 미리 익
혀 둔다'는 의미에서 '취숙炊熟'이라고 부른다. 이는 춘추시대 진晉나라
때 사람 개자추介子推의 고사에서 유래하였다. 그러나 정사正史인 ≪좌전

---

09 문집 이름에서 '빈객'은 원래 손님을 뜻하는 말로서, 여기서는 동궁東宮에서 가장 높은 벼슬
인 '태자빈객太子賓客'의 약칭인데, 유우석이 지낸 관직 가운데 가장 높은 직책이기에 관호
官號를 문집 이름으로 삼은 것이다.

10 105일째로 보는 설도 있다.

左傳≫이나 ≪사기史記≫에 '한식이 개자추로부터 비롯되었다'는 기록이 없기에 낭설이라는 반론도 존재한다. 개자추는 달리 '개지추介之推'로도 부르는데, '개자추'는 '개읍(介)을 봉토로 받은 선생(子) 추(推)'라는 의미이고, '개지추'는 '개읍(介)의(之) 추(推)'라는 의미이기에, 결국 호칭만 다를 뿐 같은 인물을 가리킨다. 즉 '개介'는 지명을 가리키고, '추推'는 인명을 가리킨다. 그에 관한 고사를 소개하면 아래와 같다. 아래의 예문은 진晉나라 때 사람 육화陸翽가 지은 ≪업중기鄴中記≫에 실려 있었으나, 현전하는 ≪업중기≫에는 삭제되어 실전되었고, 대신 다른 서책에 인용되어 전한다.

> (산서성) 병주 사람들은 동지로부터 103일째 되는 날에 개자추를 위해 불을 끊고 음식을 차게 해서 먹어야 한다고 생각하기에, 사흘 동안 차가운 죽을 만들어 먹는다. 중원 사람들은 이를 '한식'이라고 한다. (幷州之俗, 以冬至後一百三日, 爲介子推斷火冷食, 三日作乾粥, 食之. 中國以爲寒食.)

전하는 속설에 의하면 진晉나라 문공文公 중이重耳가 군주로 즉위하기 전 공자公子의 신분으로 진秦나라에 망명했을 때, 개자추가 그를 19년 동안이나 옆에서 보필하였으나, 임금 자리에 오른 뒤 관직을 주지 않자 면산緜山에 은거하였는데, 문공이 이를 뉘우치고 그를 강제로 부르기 위해 면산에 불을 질렀으나, 끝내 나오지 않고 나무를 끌어안은 채 불에 타 죽고 말았다고 한다. 여기서 한식이란 풍습이 생겨났다는 것이다. 그렇다면 불을 끈 뒤에 한식이 지나고 나면 어찌했을까? 다시 적절한 나무를 골라 불씨를 살렸다. 심지어 고관대작의 가문에는 황제가 특별히 불씨를 하사하기도 하였다. 고대 중국은 어차피 불평등사회였으니까! 한식을 소재로 한 당나라 때 한굉韓翃이란 시인의 <한식날 즉흥적으로 짓다(寒食卽事)>라는 칠언절구七言絶句를 게재함으로써 글을 마무리하고자 한다. 원시는 청나라 강희제康熙帝의 황명으로 편찬된 ≪전당시全唐詩≫권 245에 다음과 같이 수록되어 전한다.

> 봄 성에 꽃이 날리지 않는 곳이 없건만,
> 한식날 동풍(봄바람)이 불어 버들가지 기우누나.
> 해 저물자 궁중에서 촛불을 전하느라,
> 가녀린 연기가 권문세가의 집으로 흩어져 들어가네.
> 春城無處不飛花, 寒食東風御柳斜. (춘성무처불비화, 한식동풍어류사.)
> 日暮漢宮傳蠟燭, 靑煙散入五侯[11]家. (일모한궁전랍촉, 청연산입오후가.)

23. 우리나라는 왜 무궁화를 국화로 정했을까?

앞에서 변치않는 우정과 관련한 고사성어로 '관포지교管鮑之交' '문경지우刎頸之友'와 함께 '금란지교金蘭之交'라는 어휘를 소개한 적이 있다. 여기서는 딱딱한 분위기를 지양하기 위해 이와 관련한 얘기를 문학적으로 풀어보고자 한다.

중당시기를 대표하는 시인 가운데 맹교孟郊(751-814)라는 인물이 있다. 문학사적으로는 본명 대신 자字를 따서 '맹동야孟東野'로 많이 불리

---

11 시에서 '오후五侯'는 전한 성제成帝 때 원제元帝의 황후인 왕정군王政君의 외척 평아후平阿侯 왕담王譚·성도후成都侯 왕상王商·홍양후紅陽侯 왕입王立·곡양후曲陽侯 왕근王根·고평후高平侯 왕봉시王逢時 등 다섯 명의 제후를 아우르는 말로서 뒤에는 황실의 외척이나 권문세가를 상징하는 말이 되었다.

기도 하였다. 그의 시풍에 대해서는 동시대 인물인 가도賈島(779-843)와 비교하여 '맹교의 시는 스산하고, 가도의 시는 매말랐다(郊寒島瘦)'는 모호한 인상비평으로 중국고전시가 전공자들에게 널리 알려져 있다. 그런 그가 남긴 작품 가운데 우정에 대해 읊은 시가 있기에, 한 수 아래에 소개해 본다. 원시는 <우정에 대해 살피는 시(審交詩)>라는 제목의 오언고시五言古詩로서, 그의 시집인 ≪맹동야시집孟東野詩集 · 감흥상感興上≫권2에 수록되어 전한다.

> 나무를 심을 때는 모름지기 땅을 살피나니,
> 나쁜 토양은 나무의 뿌리를 바꾸기 때문이라.
> 친구를 사귈 때도 인정을 잃게 되면,
> 중도에 비방하는 말이 생기는 법.
> 군자는 향기로운 계수나무의 성품을 지녀,
> 봄에는 농익은 향기를 내고 겨울에도 다시 번창하지만,
> 소인배는 무궁화꽃 같은 마음을 지녀,
> 아침에 피었다가 저녁이면 지고 만다네.
> 오직 쇠와 돌 같은 단단한 우정을 맺어야,
> 현달한 사람들과 말을 할 수 있으리라.
> 種樹須擇地, 惡土變木根. (종수수택지, 악토변목근.)
> 結交若失人, 中道生謗言. (결교약실인, 중도생방언.)
> 君子芳桂性, 春濃寒更繁. (군자방계성, 춘농한갱번.)
> 小人槿花心, 朝在夕不存. (소인근화심, 조재석부존.)
> 惟當金石交, 可與賢達論. (유당금석교, 가여현달론.)

좀 엉뚱한 방향으로 흐르는 얘기일지 모르겠으나, 위의 시에는 우리나라의 국화國花인 무궁화가 등장한다. 그런데 중국인들에게 무궁화는

좋은 인상의 꽃이 아니다. 왜냐하면 피는 시간이 짧기 때문이다. 게다가 무궁화를 재배하는 이들로부터 벌레가 많이 끼기에 집안에서 키우면 지저분해져서 재배하기가 매우 꺼려진다는 말을 듣곤 한다. 그런데 왜 우리나라에서는 이 꽃을 나라를 대표하는 식물로 정하였을까? 아직 거기까지는 과문하여 연유를 알아내지 못 했다. 독자제현의 지도편달을 바란다.

24. 친구 아들에게까지 푸대접을 받는다면?

사람이 동일 세대 사이에서도 의리를 지키기를 바라기 어렵겠지만, 만약 살아 생전 친구의 자손에게조차 대놓고 푸대접을 받는다면 얼마나 기분이 상할까? 이에 관한 고사가 송나라 손광헌孫光憲(?-968)이 당나라 말엽과 오대십국五代十國 때의 여러 가지 일화를 모아 엮은 책인 ≪북몽쇄언北夢瑣言 · 이상은초진검표李商隱草進劍表≫권7에 전하기에, 아래에 한번 소개해 보고자 한다.

(당나라) 이의산('의산'은 당나라 말엽 때 시인인 이상은李商隱의 자)은 영호초令狐楚의 옛 속관이었는데, 영호초의 아들인 영호도令狐綯가 재상직을 계승하면서 그에게 전혀 마음을 쓰지 않았다. 음력 9월 9일 중양절에 이상은이 영호도의 청사를 방문하여 시를 지어서 말했다. "일찍이 산옹(영호초)과 함께 술잔을 들 때는, 가을 날씨에 하얀 국화가 마침 활짝 피었었는데, 10년 전 황천으로 가시어 소식이 없으니, 9월 9일 중양절 술동이 앞에서 그리움이 일어납니다. 전한 때 사신(장건張騫)이 거

여목을 재배한 것을 본받지 말아야 할진대, 다시 초나라 길손 (굴원屈原)과 함께 (향초인) 강리를 읊고 있습니다. 낭군(영호도) 께서 관직이 높아 (관청 앞에 사람의 통행을 막기 위한) 행마를 설치하셨으니, (손님을 모시는) 동각에서 다시 엿볼 길이 없답니다." 영호도가 시를 보더니 결국 이 청사를 폐쇄하고, 죽을 때까지 거기에 머물지 않았다. (李義山乃令狐楚故吏, 楚子綯繼相, 殊不展分. 重陽日, 義山詣綯廳事, 題云, "曾共山翁把酒巵, 霜天白菊正離披. 十年泉下無消息, 九日尊前有所思. 莫學漢臣栽苜蓿, 還同楚客詠江蘺. 郎君官重施行馬, 東閣無由得再窺." 綯見詩, 乃閉此廳, 終身不處.)

예문에서 '산옹山翁'은 원래 진晉나라 때 호주가好酒家인 산간山簡에 대한 존칭인데, 여기서는 영호초令狐楚(766-837)를 비유적으로 가리킨다. 또 '목숙苜蓿'은 전한 무제武帝 때 사신인 장건張騫이 서역의 대원국大宛國(Ferghand)에서 종자를 가지고 들어와 옮겨 심은 식물로서, 말의 사료용으로 쓰이고 진秦 지방 사람들이 식용으로도 썼기에 청빈한 생활을 상징하는데, 여기서는 영호도가 부친과 각별한 사이인 자신을 푸대접하고 새로운 인물을 중용하는 것을 빗대어 한 말이다. 또 '강리'는 중국인들이 애국시인의 전범으로 떠받드는, 전국시대 초楚나라 굴원屈原(약 B.C.340-B.C.278)의 ≪이소離騷≫에 등장하는 향초 이름으로서, 여기서는 이상은 자신을 굴원에 빗대어 배척당한 신세를 비유적으로 표현한 말이다. 윗 글은 이상은이 친구의 아들에게 푸대접받은 자신의 처지를 시를 통해 풍유적으로 표현한 장면을 연출한 것이다. 그러나 결국 그 시 덕분에 친구의 아들이 자신의 잘못을 깨닫고 공관을 폐쇄했다고 한다.

필자는 가급적 남에게 아쉬운 소리를 하지 않고 살고자 노력해서인지, 지인들에게 불쾌한 처우를 받은 적이 거의 없기에, 옛 시인의 심정을 제대로 이해할 수는 없을 듯 싶다. 그러나 누군가로부터는 무심하게 전화 한번 주지 않는다는 원성을 들어보았다. 그래도 푸대접 받는 것보다는 나으니, 그나마 차라리 다행이라고 해야 할까?

25. 무식의 극치!

현대는 '정보화 시대'라고들 말한다. 심지어 어느 친구는 오늘날의 인터넷 세상을 두고 지금은 '노하우(Know How)'가 아니라 '노웨어(Know Where)'의 시대라고도 정의하였다. 아마도 필요한 정보를 얻는 것이 얼마나 빠른 시간 안에 해당 사이트를 잘 찾아서 관련 지식을 획득하느냐에 달려 있다는 말인 듯하다. 인터넷에 어두운 필자로서는 마땅히 새겨들어야 할 얘기지만, 아직도 인터넷은 낯설고도 성가신 대상이다.

중국의 고문헌을 열람하다 보면, 정보 내지는 지식에 어두워 어처구니 없는 실수를 범하고, 그 바람에 망신을 당한 유생에 관한 고사가 이따금 발견된다. 사서史書나 전기류의 서책에 관련 기록이 없어 실존 인물인지 여부에 대해 단언하기는 어렵지만, 당나라 때 장유고張由古란 사람과 관련한 고사가 그 대표적인 예이다. 당나라 유숙劉肅이 지은 소설류의 저서인 ≪당신어唐新語·징계懲誡≫권11에 그에 관한 기술이 있어 이를 아래에 잠시 소개해 보고자 한다.

> 당나라 때 사람 장유고는 관리로서의 재능이 있어, 학식이 없는데도 불구하고 여러 차례 조정의 요직을 역임하였다. 그는 일찍이 사람들 사이에서 (후한) 반고가 뛰어난 재능이 있는데도, 그의 문장이 《문선》에 수록되지 않았다고 개탄한 적이

있다. 그러자 혹자가 말했다. "〈양도부〉〈연산명〉〈전인〉 등이 모두 《문선》에 수록되어 있거늘, 어찌하여 없다고 말씀하십니까?" 그러자 장유고가 대답하였다. "이는 모두 반맹견의 문장이니, 반고의 고사와 무슨 상관이 있겠소?" 이 말을 들은 사람들이 모두들 입을 가린 채 킥킥거리며 웃었다. 장유고는 또 동료들에게 이런 말을 하였다. "어제 (남조南朝 양梁나라) 왕승유의 문집을 구매했는데, 대단한 도리가 담겨 있더군요." 두문범은 그가 잘못 알고 있다는 것을 알아채고는, 그 말을 듣자마자 말했다. "저 역시 장불포(왕승유)의 문집을 구매했는데, 왕승유보다 훨씬 뛰어나더군요." 장유고는 그 소리를 듣고서 무슨 말인지 깨닫지 못 했다. (唐張由古有吏才, 而無學術, 累歷臺省. 嘗于衆中嘆班固大才, 文章不入文選. 或曰, "兩都賦·燕山銘·典引等, 竝入文選, 何爲言無?" 由古曰, "此竝班孟堅文章, 何關固事?" 聞者揜口而笑. 又謂同官曰, "昨買得王僧孺集, 大有道理." 杜文範知其誤, 應聲曰, "文範亦買得張佛袍集, 勝于僧孺, 遠矣." 由古應之, 不覺.)

이는 '맹견'이 후한 때 대유大儒인 반고의 자字이기에, '반고'와 '반맹견'이 동일 인물인데도 장유고가 무식하여 엉뚱한 소리를 했다는 말이다. 또 뒤의 '장불포'는 대성大姓인 '왕王'씨를 '장張'씨로 바꾸고, '승僧'을 의미상 연관성이 있는 '불佛'로 바꿨으며, '유孺'(rú)를 동음자인 '유襦'(rú)로 치환한 뒤 의미상 유사한 '袍'로 대체하였지만, 결국은 '왕승유'를 가리킨다. 더욱이 왕승유의 자가 실제로 '불포佛袍'인 점을 감안하면, 결론적으로 《장불포집》은 《왕승유집》을 가리킨다. 따라서 후반부는 결국 장유고가 왕승유의 문집을 불교 서적으로 잘못 알고 있고, 또 왕승유의 자가 '불포'임을 모를 것이라는 점에 착안하여, 두문범이 장유고를 놀리기 위한 화술을 구사한 것이다. 우리도 일상생활에서 잘못된 지식이나 기억으로 어처구니 없는 실수를 범할 때가 있다. 하지만 어쩌랴? 인간이란 원래 불완전한 존재인 것을!

26. 현명하면서도 얄미로운 아내!

사람은 누구나 현명하고 재능있는 아내를 얻고 싶어하지 않을까? 예전에는 '현모양처賢母良妻'라는 말로 여성의 모범적인 표상을 나타내곤 하였는데, 요즘은 남녀불평등의 상징적인 말이라는 이유로 여성 단체의 반대가 심하여 거의 사용하지 않는 바람에 사어死語가 된 듯하다. 그러나 아무리 시대가 바뀌었다고 해도, 선의의 뜻이 담긴 어휘까지 매장시킬 필요가 있는지 사뭇 의아스럽다.

명나라 팽대익彭大翼의 ≪산당사고山堂肆考·친속親屬≫권94에서는 당나라 때 한 무명인사가 만년에 낮은 벼슬에 오른 뒤 글재주가 뛰어난 아내를 얻어서 벌어진 고사를 하나 싣고 있는데, 그 내용이 제법 사람들의 흥미를 끌 만하다. 이를 소개하면 원문은 다음과 같다.

> 당나라 때 노단이란 사람은 말년에 (궁중의 문서를 교감하는 벼슬인) 교서랑에 임명되어 뒤늦게 최씨를 아내로 맞이하였는데, 글재주가 있어 그녀와 결혼한 것이다. 뒤에 아내가 다소 싫어하는 기색을 보이자, 노단이 시를 써서 심경을 밝혀줄 것을 부탁하였다. 그러자 최씨가 즉시 다음과 같은 칠언절구七言絶句를 한 수 완성하였다. "당신이 나이가 많은 것을 원망하는 것도 아니고, 당신이 관직이 낮은 것을 원망하는 것도 아니랍니다. 저 자신 늦게 태어나, 당신이 젊었을 때 만나지 못 한

것이 한스러울 뿐이랍니다!"(唐盧象暮年爲校書郎, 晚娶崔氏, 有詞翰, 結縭[12]之. 後微有嫌色, 盧請賦詩述懷. 崔立成一絶云, "不怨盧郎年紀大, 不怨盧郎官職卑. 自恨妾身生較晚, 不及盧郎年少時!")

말년에 궁중의 도서관에서 문서를 교정하는 낮은 벼슬에 겨우 오른 노단이란 사람이 뒤늦게 글재주가 뛰어난 아내를 맞이하였다. 그러나 아내가 나이차 때문에 시큰둥한 표정을 짓는다고 오해하여 시를 지어서 솔직하게 속마음을 밝혀줄 것을 요구하자, 아내는 제법 재치있게 시를 지어 자신의 심경을 드러냈다. 즉 '남편과의 나이차를 원망하는 것도 아니고, 남편의 관직이 낮은 것을 원망하는 것도 아니라, 남편과 진작 젊은 시절에 일찌감치 만나지 못 한 것이 안타깝다'는 것이다. 여시인의 본심이야 우리로서는 알 수 없지만, 시를 통한 답변만큼은 무척 총기가 넘쳐 보인다. 우리들의 배우자는 어떠한가? 타인과 비교하지 말고 그냥 삽시다!

27. 왜 명시의 반열에 오르지 못 했을까?

사람이든 작품이든 만인에게 인정을 받으려면 어떠한 속성을 지녀야 할까? 매우 난해한 질문이겠지만, 그 실마리를 제시할 수 있는 고사가 있기에 아래에 한번 예시해 보고자 한다. 아래 예문은 명나라 팽대익彭大翼의 ≪산당사고山堂肆考·문학文學≫권127에 인용되어 전한다.

---

12 '결리結縭'는 어머니가 시집가는 딸에게 훈계를 적은 띠를 매 주거나 수건에 달아주는 것을 뜻하는 말로서, 결국 결혼을 의미한다.

당나라 때 양사복은 자가 계지로 (경종敬宗) 보력(825-826) 연간에 (과거시험 감독관인) 지공거를 맡아 합격자들을 발표하게 되었는데, 그의 부친이자 (재상에 해당하는) 복야僕射직을 맡고 있던 양오릉楊於陵이 동쪽 (하남성) 낙양으로부터 황제를 알현하러 입궐하였다. 그러자 양사복은 합격생들을 이끌고서 (섬서성) 동관에서 그를 영접하였다. 집으로 돌아간 뒤 신창리 자택에서 연회를 열자, 원진과 백거이 등이 모두 연회에 참석하여 시를 지었다. 오직 양여사만 시를 뒤늦게 완성하였는데, 그 내용은 다음과 같다. "좌석을 떼어놓았으니 모름지기 황제의 병풍을 하사받은 줄 알 수 있거니와, 신선의 붓(급제자들)을 다 이끌고서 높은 하늘(조정)에 올랐네. 문장의 오랜 가치를 난액지(조정)에 남기더니, 복숭아나무와 자두나무의 새로운 그늘(급제자들)이 공이孔鯉의 정원(양사복의 자택)에 들어섰구나. 두 해에 걸쳐 문하생들이 축하연을 가득 메웠으니, 한 시대의 훌륭한 사관이 그 향기를 모두 전파하리라. 당시 (전한 때) 소광疏廣과 소수疏受가 비록 성대하였다고는 하지만, 어찌 이런 현자들(양오릉 부자)처럼 맛좋은 술을 마셨으리오?" 원진과 백거이가 그의 시를 보고서는 아연실색하였다. 그 날 양여사는 귀가하여 자식들에게 말했다. "내가 오늘은 원진과 백거이를 압도하였단다."(唐楊嗣復, 字繼之, 寶曆中知貢擧, 及放榜, 其父僕射於陵自東洛入覲. 嗣復率門生, 迎于潼關. 既回, 宴于新昌里第, 元稹·白居易等, 皆預宴賦詩. 惟楊汝士詩後成, 其詩曰, "隔座須知賜御屏, 盡將仙翰入高冥. 文章舊價留鶯掖, 桃李新陰在鯉庭. 再歲生徒陳賀宴, 一時良史盡傳馨. 當年疏傅雖云盛, 詎有茲賢醉醁醽?" 元·白覽詩失色. 是日汝士歸, 謂諸子曰, "我今日壓倒元·白矣.")

위에 인용된 시에서 '격좌隔座'는 부자가 함께 배석하면 서먹하기에

서로 자리를 떼어서 앉게 했다는 고사에서 유래한 말로 부자가 함께 고관에 오른 것을 상징하고, '난액鸞掖'은 문하성門下省에 있는 연못을 이르는 말로서 결국 조정을 비유하며, '도리桃李'는 당나라 측천무후 때 적인걸狄仁傑이 훌륭한 인물들을 많이 천거한 것을 비유하는 고사성어에서 유래한 말로 양사복이 배출한 급제자들을 비유적으로 가리키고, '이정鯉庭'은 춘추시대 노魯나라 공자의 아들인 '공이孔鯉가 예를 갖춰 정원을 종종걸음으로 지나갔다(鯉趨而過庭)'는 ≪논어·계씨季氏≫권16의 고사에서 유래한 말로 양사복의 자택을 비유하며, '소부疏傅'는 전한 때 태자태부太子太傅에 오른 소광疏廣과 태자소부太子少傅에 오른 소수疏受 두 숙질叔姪을 아우르는 말로서 여기서는 양오릉·양사복 부자를 비유적으로 가리키고, '녹령醁醽'은 맛좋은 술 이름으로서 여기서는 양오릉·양사복 부자의 영광스러운 경사를 상징하는 말로 쓰였다.

위에 인용된 칠언율시七言律詩는 당시의 상황이나 분위기에 비추어 보았을 때는 다양한 고사와 화려한 시구를 동원하여 완성도 높게 지은 작품으로 볼 수 있지만, 작품 자체만 떼어놓고 보면 난이도가 높고 시종 칭송조로 일관하기에, 시대를 초월하여 만인으로부터 인정을 받기는 어려워 보인다. 문학 작품의 경우도 보편적 가치와 진정성을 결여한 채 잔재주에 의존하면 만인의 공감을 끌어내지 못 하거늘, 하물며 사람의 경우도 진실과 성심을 바탕에 깔지 않는다면, 다른 사람들로부터 인정받기 어려운 것이 아닐까?

28. 모란꽃의 수난?

아주 오래 전 일이라서 기억 속에 가물가물하지만, 신라시대 때 선덕여왕이 소녀 시절에 모란꽃이 그려진 그림을 보고서, '꽃은 아름답지만 나비가 없는 것으로 보아 향기가 없겠네요!'라고 추론하여 총명하다는 칭찬을 받았다는 얘기를 들은 적이 있는 듯하다. 하지만 모란꽃에도 꿀이 있고 향기가 있어서 나비나 벌이 날아든다. 아마도 선덕여왕의 일화 때문에 잘못 알려진 것이 아닐까 싶다. 오대십국五代十國 때 오월국吳越國 사람 왕경王耕이 모란을 그려 마당에 그림을 펼쳐 놓으면, 벌과 나비가 모여들었다는 송나라 진찬陳纂의 ≪보광록葆光錄≫의 기록을 통해서도 이를 확인할 수 있다. 그러나 어쨌든 모란은 외양이 무척 화려하고 아름다워 사람들에게 많은 사랑을 받아온 꽃으로 널리 알려져 있다. 또 옛날에 중국인들은 모란꽃이 작약꽃과 흡사하다고 하여 '목작약木芍藥'으로도 불렀다. 모란의 전래에 대해 당나라 위현韋絢의 ≪유빈객가화록劉賓客嘉話錄≫에서는 다음과 같이 적고 있다.

세간에서 모란이 근자에 생겼다고 말하는 것은 아마도 이전 문인들의 문집에 모란에 대해 읊은 시가가 없기 때문일 것이다. (당나라) 유우석劉禹錫은 일찍이 "(북조 때 사람) 양자화가 모란을 그린 그림을 남겼는데, 처리 기법이 지극히 선명하다"고 말한 적이 있다. (世謂牡丹花近有, 蓋以前朝文士集中無牡丹歌詩. 禹錫嘗言, "楊子華有畫牡丹, 處極分明.")

위의 예문에서 언급한 '양자화'란 사람이 북조北朝 북제北齊 때 화가이고, 또 남조南朝 양梁나라 오균吳均(469-520)이 전한 때 고사를 모아서 저술한 ≪서경잡기西京雜記≫에서 최상위급 품종으로 요姚씨 집안에서 재배한 노란 색 모란을 '요황姚黃'이라고 하고, 위씨 집안에서 재배한 자주색 모란을 '위자魏紫'라고 했다고 밝힌 것으로 보아, 모란이 중국에 전래된 것은 그 유래가 무척 오래된 듯하다. 중국에 모란이 전래된 이후로 한족 사람들은 모란을 더 아름답게 개량하는 데 심혈을 기울였다. 그래서 여러 가지 개량종이 탄생했는데, 개중에서도 하남성 낙양洛陽과 강소성 양주揚州(지금의 남경 일대)의 품종이 가장 유명하였다고 한다. ≪전당시全唐詩≫권479에 수록된 모란을 소재로 읊은 당나라 장우신張又新의 칠언절구七言絶句를 한 수 소개하는 것으로 글을 마무리하고자 한다. 이 시는 장우신이 헌종憲宗 원화元和(806-820) 연간에 과거시험에 장원급제한 뒤 아름다운 아내를 얻고자 했으나 그러지 못 하자, 신부를 모란에 빗대어 지은 것이라고 한다.

<모란(牡丹)>
모란꽃 한 송이가 천금의 가치가 나가기에,
여태껏 빛깔이 가장 심오하리라 생각했건만,
오늘 정원 가득 눈처럼 핀 것을 보니,
평생 꽃을 감상하려던 마음을 저버리누나.
牡丹一朶直[13]千金, 將謂從來色最深. (모란일타치천금, 장위종래색최심.)
今日滿園開似雪, 一生辜負賞花心. (금일만원개사설, 일생고부상화심.)

29. 잔꾀는 부려봐야 소용이 없다네!

우리에게도 널리 알려져 있다시피, 고대 중국의 삼국시대를 주름잡은 세 사람 가운데 실상 주연급의 인물을 꼽는다면 단언코 조조曹操(155-220)를 거론할 수 있을 듯하다. 흔히 25사史에 속하는 정통 사서인 ≪삼

---

13 '치直'는 '값어치가 나가다'란 의미의 한자인 '치値'의 본자이자 통용자이다.

국지三國志≫나 이를 바탕으로 한 소설책인 ≪삼국연의三國演義≫에서는 유비劉備(162-223)가 한나라의 황실과 같은 성씨의 종실 출신이기에 마치 역사의 주체인 듯 기술하였지만, 세력 면에서 볼 때나 인구에 회자되는 빈도수에 비추어 볼 때나 그 주역은 오히려 조조라고 할 수 있다.

조조는 옛 기록에서 흔히 의심이 무척 많은 간흉奸凶으로 묘사되었다. 그의 의심은 살아 생전뿐만 아니라 사후의 세계에까지 닿아 있다. 그래서 그의 무덤을 '의심이 많아서 만든 가짜 무덤'이란 의미에서 '의총疑塚'이라고 부른다. 즉 자신이 죽은 뒤에 도굴당할까 의심해서 수많은 무덤을 만들었다는 말이다. 원나라 말엽 도종의陶宗儀(1316-약 1396)는 자신의 저서인 ≪철경록輟耕錄·의총疑冢≫권26에서 "조조의 가짜 무덤 72개는 장하 가에 있다(曹操疑塚七十二, 在漳河上)"고 하였는데, 얼마 전에 조조의 실제 무덤이 발견되었다는 소식을 해외토픽에서 본 듯하다. 추후에 그 진위가 어떻게 밝혀졌는지는 모르겠지만……

그러나 아무리 가짜 무덤을 많이 만들어 놓은들 무슨 소용이 있으리오? 이에 대해 송나라 유응부俞應符는 이미 자신의 잡언고시雜言古詩에서 조조의 속임수를 단박에 해결할 수 있는 방법을 아주 간명하게 제시하였으니, 그 정도도 예측 못 한 조조야말로 어리숙한 사람이라 할 수 있지 않을까? 유응부의 시는 위에서 거론한 ≪철경록≫권26에 함께 수록되어 전한다. 이를 아래 예시하는 것으로 글을 마무리짓고자 한다.

생전에는 천자를 속여 한나라 법통을 끊더니,
죽어서는 사람들을 속이려고 가짜 무덤을 만들었네.
사람이 살면서 기지를 부린들 죽으면 그만이거늘,
어찌하여 남은 잔꾀를 무덤까지 가지고 갔을까?

남들은 '의총'이라고 하지만 나는 의심하지 않나니,

내게 한 가지 방법이 있는 것을 그대(조조)는 미처 몰랐으리라.

그저 가짜 무덤 72개를 몽땅 발굴하기만 한다면,

필시 무덤 하나에는 그대의 시신이 숨겨져 있을 터.

生前欺天絶漢統, 死後欺人設疑塚. (생전기천절한통, 사후기인설의총.)

人生用智死卽休, 何有餘機到丘壟? (인생용지사즉휴, 하유여기도구롱.)

人言疑塚我不疑, 我有一法君未知. (인언의총아불의, 아유일법군미지.)

直須發盡疑塚七十二, 必有一塚藏君屍. (직수발진의총칠십이, 필유일총장군시.)

30. 까마귀가 게을러서 일식이 일어난다고?

우리는 학교 다닐 때 천문학 현상 가운데 일식과 월식에 대해 배운 적이 있다. 당시 우리는 이미 지동설을 알았기에, 일식은 해와 달과 지구가 일직선상에 놓여 달이 해를 가리기 때문에 일어나는 현상이고, 월식은 해와 지구와 달이 일직선상에 놓여 지구의 그림자가 달을 가려서 생기는 현상이란 것을 알았다. 그러나 천동설을 믿어 지동설을 몰랐던 고대 중국인들은 일식의 경우는 육안으로 관찰해도 알 수 있어 현대인들처럼 그 원인을 알았지만, 월식의 경우는 해와의 연관성을 추측할 뿐 지구 그림자로 인한 현상임을 몰라 제대로 된 설명을 내놓지 못 했다.

고대 중국인들은 일식에 대해 막연한 두려움을 가지고 있었다. 그래서 심지어 황제가 자신의 부덕의 소치로 인한 결과로 간주하여 하늘에 제를 올리면서 속죄하기까지 하였으니, 현대인들이 보기에는 어이없는 행동으로 비춰질 수도 있을 듯하다. 여기서는 송나라 초엽의 문단을

대표하는 시인인 매요신梅堯臣(1002-1060)의 <일식에 관한 노래(日蝕歌)>
라는 잡언고시雜言古詩를 한 수 소개해 보고자 한다. 작품은 그의 문집인
≪완릉집宛陵集≫권25에 다음과 같이 수록되어 전한다.

갈까마귀가 사는 곳(해) 이미 절로 평온하거늘,
세 발로 떡 버리고 어찌 게으름을 부리랴?
하지만 지금은 주둥이가 있어도 울 줄 모르고,
지금은 발톱이 있어도 공격할 줄을 모르네.
단지 괴물(달)이 천신의 눈(해)을 가리는 것을 볼 뿐,
바야흐로 일을 줄이고 자기 몸을 돌보려 하는구나.
해와 달은 만물과 원래 악연이 없으니,
의당 이 새가 재앙을 부른 것이리라.
내 생각으로는 이 새를 헤아려 보건대,
분명 번개같이 몸을 빼 해의 궁전을 떠나려는 듯.
어디서 난폭하지 않은 후예后羿를 만나,
그저 함께 성심을 다해 강한 활을 당겨서,
원망을 사는 이 새를 맞혀,
악독한 벌레(일식)를 피할 수 있을까?
두 빛(해와 달)이 각각 제 궤도에 안주한다면,
재앙은 만날 일이 없을 것이라.

老鴉居處已自穩, 三足鼎峙何乖慵?(노아거처이자온, 삼족정치하괴용?)

而今有嘴不能噪, 而今有爪不能攻.(이금유취불능조, 이금유조불능공.)

但看怪物翳天眼, 方且省事保爾躬.(단간괴물예천안, 방차생사보이궁.)

日月與物固無惡, 應由此鳥招禍凶.(일월여물고무악, 응유차조초화흉.)

吾意髣髴料此鳥, 定亦閃避離日宮.(오의방불료차조, 정역섬피리일궁.)

安逢后羿不乖暴, 直與審慤彎强弓,(안봉후예불괴폭, 직여심각만강궁,)

射此貪怨鳥, 以謝惡毒蟲?(석차고원조, 이사악독충?)
二曜各安次, 災害無由逢.(이요각안차, 재해무유봉.)

고대 중국인들은 해에 '발이 셋 달린 까마귀'인 '삼족오三足烏'가 산다고 생각하였다. 그래서 위의 노래에서도 갈까마귀를 등장시켜 해를 비유적으로 표현하고 있다. 그리고 그 까마귀의 게으름으로 인해 일식이 일어나기에, 활의 명수인 후예가 나태한 까마귀를 징벌해 주기를 소망한다는 다소 우스꽝스러우면서 신화적인 얘기를 끌어다가 시가로 승화시켰다. 심지어 이러한 신화적 해석에 굳이 과학적 근거를 들이대기 위해 '삼족오'를 태양의 흑점黑點을 발견하여 표현한 말이라고 견강부회하는 학자마저 등장한 적도 있으니, 나가도 너무 나간 것이 아닐까?

참고 문헌

1. 사전류

≪漢韓大辭典≫ 동양학연구소 한국: 단국대학교출판부(2008)

≪韓國漢字語辭典≫ 동양학연구소 한국: 단국대학교출판부(1996)

≪漢韓大字典≫ 한국: 민중서관(1983)

≪中韓辭典≫ 고대민족문화연구소 한국:고려대학교출판부(1993)

≪漢語大詞典≫ 漢語大詞典編纂委員會 中國: 上海辭書(1986)

≪中文大辭典≫ 中文大辭典編纂委員會 編 臺灣: 中華學術院(1973)

≪四庫大辭典≫ 李學根、呂文郁 編 中國: 吉林大學出版社(1996)

≪二十六史大辭典≫ 馮濤 編 中國: 九洲圖書出版社(1999)

≪十三經大辭典≫ 吳楓 編 中國: 中國社會出版社(2000)

≪中國歷史大辭典≫ 中國歷史大辭典編纂委員會 中國: 上海辭書(2000)

≪中國古今地名大辭典≫ 謝壽昌 等 編 中國: 商務印書館(1931)

≪中國歷代職官辭典≫ 沈起煒、徐光烈 編 中國: 上海辭書(影印本)

≪中國古代文學家字號室名別稱辭典≫ 張福慶 編 中國: 華文出版社(2002)

≪中國文學家大辭典≫ 譚正璧 編 中國: 上海書店(1981)

≪中國文學家列傳≫ 楊蔭深 臺灣: 中華書局(1984)

≪中國文學大辭典≫ 傅璇琮 等 編 中國: 上海辭書(2001)

≪中國詩學大辭典≫ 傅璇琮 等 編 中國: 浙江教育出版社(1999)

≪中國詞學大辭典≫ 馬興榮 等 編 中國: 浙江教育出版社(1996)

≪中國曲學大辭典≫ 齊森華 等 編 中國: 浙江教育出版社(1997)

≪唐詩大辭典≫ 周勛初 編 中國: 鳳凰出版社(2003)

≪宋詞大辭典≫ 王兆鵬、劉尊明 主編 中國: 鳳凰出版社(2003)

≪元曲大辭典≫ 李修生 主編 中國: 鳳凰出版社(2003)

≪詩詞曲小說語辭大典≫ 王貴元 主編 中國: 群言出版社(1993)

≪中國古典小說鑑賞辭典≫ 谷說 主編 中國: 中國展望出版社(1989)

≪中國哲學大辭典≫ 方克立 編 中國: 中國社會科學出版社(1994)

≪中國哲學辭典≫ 韋政通 編 中國: 水牛出版社(1993)

≪中國典故大辭典≫ 辛夷、成志偉 編 中國: 北京燕山出版社(2009)

≪中華成語大辭典≫ 中國: 吉林文史出版社(1992)

≪宗教辭典≫ 任繼愈 編 中國: 上海辭書(1981)

≪佛教大辭典≫ 任繼愈 編 中國: 江蘇古籍出版社(2002)

≪佛經解說辭典≫ 劉保全 著 中國: 河南大學出版社(1997)

≪中華道教大辭典≫ 胡孚琛 編 中國: 中國社會科學出版社(1995)

≪十三經索引≫ 葉紹均 編 臺灣: 開明書店(影印本)

≪諸子引得≫ 臺北: 宗青圖書出版公司(影印本)

2. 원전류

≪四庫全書簡明目錄≫ 淸 于敏中 等 撰 中國: 上海古籍(1995)

≪四庫全書叢目提要≫ 淸 紀昀 撰, 王雲五 主編 臺灣: 商務印書館(1978)

≪文淵閣四庫全書≫ 淸 乾隆帝 勅撰 中國: 上海古籍(1995)

≪續修四庫全書≫ 編纂委員會 編 中國: 上海古籍(1995)

≪四庫全書存目叢書≫ 編纂委員會 編 中國: 齊魯書社(1997)

≪四庫未收書輯刊≫ 編纂委員會 編 中國: 北京出版社(1998)

≪四庫禁毀書叢刊≫ 編纂委員會 編 中國: 北京出版社(1998)

≪全上古三代秦漢三國六朝文≫ 淸 嚴可均 編 中國: 中華書局(1999)

≪全唐文≫ 淸 董皓 編 中國: 上海古籍(2007)

≪先秦漢魏晉南北朝詩≫ 逯欽立 編 中國: 中華書局(1982)

≪全漢三國晉南北朝詩≫ 丁福保 編 臺灣: 世界書局(1978)

≪全唐詩≫ 淸 康熙帝 勅撰 中國: 中華書局(1999)

≪全宋詩≫ 北京大學古文獻研究所 編 中國: 北京大學出版社(1998)

≪全宋詩索引≫ 北京大學古文獻研究所 編 中國: 北京大學出版社(1999)

≪御定詞譜≫ 淸 康熙帝 勅撰 中國: 上海古籍(1995) 四庫全書本

≪北堂書鈔≫ 唐 虞世南 撰 中國: 上海古籍(1995) 四庫全書本

≪藝文類聚≫ 唐 歐陽詢 勅撰 中國: 上海古籍(2010)

≪初學記≫ 唐 徐堅 勅撰 中國: 中華書局(2010)

≪白孔六帖≫ 唐 白居易 撰 中國: 上海古籍(1995) 四庫全書本

≪太平御覽≫ 宋 李昉 勅撰 中國: 河北教育出版社(2000)

≪太平廣記≫ 宋 李昉 勅撰 中國: 中華書局(1986)

≪冊府元龜≫ 宋 王欽若 勅撰 中國: 鳳凰出版社(2006)

≪玉海≫ 宋 王應麟 撰 中國: 廣陵書社(2002)

≪海錄碎事≫ 宋 葉廷珪 撰 中國: 中華書局(2002)

≪記纂淵海≫ 宋 潘自牧 撰 中國: 上海古籍(1995) 四庫全書本

≪古今事文類聚≫ 宋 祝穆 撰 中國: 上海古籍(1995) 四庫全書本

≪古今合璧事類備要≫ 宋 謝維新 撰 中國: 上海古籍(1995) 四庫全書本

≪職官分紀≫ 宋 孫逢吉 撰 中國: 上海古籍(1995) 四庫全書本

≪錦繡萬花谷≫ 宋 著者 未詳 中國: 上海古籍(1995) 四庫全書本

≪名賢氏族言行類稿≫ 宋 章定 中國: 上海古籍(1995) 四庫全書本

≪全芳備祖前集≫ 宋 陳景沂 中國: 上海古籍(1995) 四庫全書本

≪山堂考索≫ 宋 張俊卿 中國: 上海古籍(1995) 四庫全書本

≪翰苑新書≫ 宋 著者 未詳 中國: 上海古籍(1995) 四庫全書本

≪韻府群玉≫ 元 陰時夫 中國: 上海古籍(1995) 四庫全書本

≪萬姓統譜≫ 明 凌迪知 中國: 上海古籍(1995) 四庫全書本

≪喻林≫ 明 徐元太 撰 中國: 上海古籍(1995) 四庫全書本

≪天中記≫ 明 陳耀文 撰 中國: 上海古籍(1995) 四庫全書本

≪御定淵鑑類函≫ 清 康熙帝 勅撰 中國: 上海古籍(1995) 四庫全書本

≪御定駢字類編≫ 清 康熙帝 勅撰 中國: 上海古籍(1995) 四庫全書本

≪御定子史精華≫ 清 康熙帝 勅撰 中國: 上海古籍(1995) 四庫全書本

≪御定佩文韻府≫ 清 康熙帝 勅撰 中國: 上海古籍(1995) 四庫全書本

≪通典≫ 唐 杜佑 中國: 中華書局(1992)

≪御定續通典≫ 清 康熙帝 勅撰 中國: 商務印書館(1935)

≪通志≫ 宋 鄭樵 撰 中國: 中華書局(1987)

≪御定續通志≫ 清 康熙帝 勅撰 中國: 浙江古籍出版社(2000)

≪文獻通考≫ 元 馬端臨 撰 中國: 中華書局(1986)

≪御定續文獻通考≫ 清 康熙帝 勅撰 中國: 商務印書館(1936)

3. 주석류

≪十三經注疏≫ 清 紀昀 等 編 臺灣: 藝文印書館

≪說文解字注≫ 後漢 許愼 撰、清 段玉裁 注 臺灣: 黎明文化事業公司

≪曹子建詩注≫ 魏 曹植 撰、黃節 注 臺灣: 藝文印書館

≪曹植詩解譯≫ 魏 曹植 撰、聶文郁 解釋 中國: 青海人民出版社

≪阮步兵詠懷詩注≫ 魏 阮籍 撰、黃節 注 臺灣: 藝文印書館

≪嵇康集注≫ 魏 嵇康 撰、殷翔 郭全芝 注 中國: 黃山書社

≪陸士衡詩注≫ 晉 陸機 撰、郝立權 注 臺灣: 藝文印書館

≪陶淵明集校箋≫ 晉 陶潛 撰、楊勇 校箋 臺灣: 鼎文書局

≪謝康樂詩注≫ 宋 謝靈運 撰、黃節 注 臺灣: 商務印書館

≪鮑參軍詩注≫ 宋 鮑照 撰、黃節 注 臺灣: 藝文印書館

≪謝宣城詩注≫ 齊 謝朓 撰、郝立權 注 臺灣: 藝文印書館

≪謝宣城集校注≫ 齊 謝朓 撰、洪順隆 校注 臺灣: 中華書局

≪李白詩全譯≫ 唐 李白 撰 中國: 河北人民出版社(1997)

≪杜詩詳註≫ 唐 杜甫 撰、清 仇兆鰲 注 中國: 中華書局

≪杜甫詩全譯≫ 唐 杜甫 撰、韓成武 譯 中國: 河北人民出版社(1997)

≪樊川詩集注≫ 唐 杜牧 撰、清 馮集梧 注 中國: 上海古籍(1982)

≪詳注十八家詩抄≫ 清 曾國藩 撰 臺灣: 世界書局

≪新譯唐詩三百首≫ 邱燮友 譯註 臺灣: 三民書局(1973)

≪增訂註釋全唐詩≫ 陳貽焮 主編 中國: 文化藝術出版社(1996)

≪二十四史全譯≫ 章培恒 等 譯 中國: 漢語大詞典出版社(2004)

≪資治通鑑全譯≫ 宋 司馬光 撰 中國: 貴州人民出版社(1993)

≪中國歷代名著全譯叢書≫ 王運熙 主編 中國: 貴州人民出版社(1997)

≪二十二子詳注全譯≫ 韓格平 等 主編 中國: 黑龍江人民出版社(2004)

≪孔子家語譯註≫ 王德明 譯註 中國: 廣西師範大學出版社(1998)

≪春秋繁露今註今譯≫ 前漢 董仲舒、賴炎元 註譯 臺灣: 常務印書館(1984)

≪鹽鐵論譯註≫ 前漢 桓寬 撰 中國: 冶金工業出版社(影印本)

≪法言註釋≫ 前漢 揚雄、王以憲 等 註釋 中國: 北京華夏出版社(2002)

≪潛夫論註釋≫ 後漢 王符、王以憲 等 註釋 中國: 北京華夏出版社(2002)

≪白虎通疏證≫ 後漢 班固、清 陳立 注 中國:中華書局(1994)

≪古文觀止全譯≫ 楊金鼎 譯 中國: 安徽教育出版社

≪두보 초기시 역해≫ 김만원(공역) 솔출판사(1999)

≪두보 지덕연간시 역해≫ 김만원(공역) 한국방송대출판부(2001)

≪두보 위관시기시 역해≫ 김만원(공역) 서울대학교출판부(2004)

≪두보 진주시기시 역해≫ 김만원(공역) 서울대학교출판부(2007)

≪두보 성도시기시 역해≫ 김만원(공역) 서울대학교출판부(2008)

≪두보 재주시기시 역해≫ 김만원(공역) 서울대학교출판부(2010)

≪두보 2차성도시기시 역해≫ 김만원(공역) 서울대학교출판문화원(2016)

≪두보 기주시기시 역해 1≫ 강민호(공역) 서울대학교출판문화원(2017)

≪두보 기주시기시 역해 2≫ 강민호(공역) 서울대학교출판문화원(2019)

≪두보 기주시기시 역해 3≫ 강민호(공역) 서울대학교출판문화원(2021)

≪두보 고체시 명편≫ 김만원(공역) 서울대학교출판문화원(2015)

≪두보 근체시 명편≫ 김만원(공역) 서울대학교출판문화원(2018)

≪山堂肆考 譯註≫(전20책) 김만원 도서출판 역락(2014)

≪事物紀原 譯註≫(전2책) 김만원 도서출판 역락(2015)

≪氏族大全 譯註≫(전4책) 김만원 도서출판 역락(2016)

≪四庫全書簡明目錄 譯註≫(전4책) 김만원 도서출판 역락(2017)

≪白虎通義 譯註≫ 김만원 도서출판 역락(2018)

≪獨斷‧古今註‧中華古今註 譯註≫ 김만원 도서출판 역락(2019)

≪金樓子 譯註≫ 김만원 도서출판 역락(2020)

≪蘇氏演義‧刊誤‧資暇集 譯註≫ 김만원 도서출판 역락(2021)

4. 저술류

≪고대 중국의 이해≫ 김만원 도서출판 역락(2022)

≪死不休-두보의 삶과 문학≫ 김만원(공저) 서울대학교출판문화원(2012)

≪중국시와 시론≫ 김만원(공저) 현암사(1993)

≪중국시와 시인≫ 김만원(공저) 사람과책(1998)

≪중국통사≫ 徐連達 等 著‧중국사연구회 옮김 청년사(1989)

≪중국철학소사≫ 馮友蘭 著‧문정복 옮김 이문출판사(1997)

≪중국 고전문학의 이해≫ 김학주 한국방송통신대학교출판부(2005)

≪중국문학사≫ 김학주‧이동향 한국방송통신대학교출판부(1989)

≪中國文學發展史≫ 劉大杰 中國: 上海古籍(1984)

≪中國歷史紀年表≫ 臺灣: 華世出版社編著印行(1978)

≪東亞歷史年表≫ 鄧洪波 撰 中國: 嶽麓書院(2004)

≪中國類書≫ 趙含坤 中國: 河北人民出版社(2005)

≪中國古代的類書≫ 胡道靜 中國: 中華書局(2008)

저자 소개

김만원(金萬源)

국립서울대학교 중어중문학과 학사 / 석사 / 박사
국립대만대학교 중국문학연구소 방문학자
국립강릉대학교 인문학연구소장
국립강릉원주대학교 인문대학장 겸 교육대학원장
현 국립강릉원주대학교 인문대학 중어중문학과 교수

≪山堂肆考 譯註≫ (20책), 도서출판 역락(2014)
  ★ 2015년 대한민국학술원 우수학술도서
≪事物紀原 譯註≫ (2책), 도서출판 역락(2015)
  ★ 2016년 세종도서 학술부문 우수학술도서
≪氏族大全 譯註≫ (4책), 도서출판 역락(2016)
  ★ 2017년 대한민국학술원 우수학술도서
≪四庫全書簡明目錄 譯註≫ (4책), 도서출판 역락(2017)
≪白虎通義 譯註≫, 도서출판 역락(2018)
≪獨斷·古今注·中華古今注 譯註≫, 도서출판 역락(2019)
≪金樓子 譯註≫, 도서출판 역락(2020)
  ★ 2021년 대한민국학술원 우수학술도서
≪蘇氏演義·刊誤·資暇集 譯註≫, 도서출판 역락(2021)
≪고대 중국의 이해≫, 도서출판 역락(2022)
≪死不休 - 두보의 삶과 문학≫, 공저, 서울대학교출판부(2012)
≪두보 고체시 명편≫, 공역, 서울대학교출판문화원(2015)
≪두보 근체시 명편≫, 공역, 서울대학교출판문화원(2018)

고대 중국학 담론

초판 1쇄 인쇄 2023년 5월 25일
초판 1쇄 발행 2023년 6월 8일

지은이   김만원
펴낸이   이대현
편집   이태곤 권분옥 임애정 강윤경
디자인   안혜진 최선주 이경진
마케팅   박태훈

펴낸곳   도서출판 역락
출판등록   1999년 4월 19일 제303-2002-000014호
주소   서울시 서초구 동광로 46길 6-6 문창빌딩 2층 (우06589)
전화   02-3409-2060
팩스   02-3409-2059
홈페이지   www.youkrackbooks.com
이메일   youkrack@hanmail.net

ISBN 979-11-6742-549-2   03820